Redeeming 6

Também de Chloe Walsh

SÉRIE OS GAROTOS DE TOMMEN

Vol. 1: *Binding 13*
Vol. 2: *Keeping 13*
Vol. 3: *Saving 6*
Vol. 4: *Redeeming 6*

CHLOE WALSH

Redeeming 6

O AMOR É A ÚLTIMA CHANCE

Tradução

RAQUEL NAKASONE

Bloom Brasil

Publicado por Companhia das Letras em associação com Sourcebooks USA.

Grafia atualizada segundo o Acordo Ortográfico da Língua Portuguesa de 1990, que entrou em vigor no Brasil em 2009.

TÍTULO ORIGINAL Redeeming 6

CAPA Brittany Vibbert/Sourcebooks

FOTO DE CAPA Colormos/Getty Images

ADAPTAÇÃO DE CAPA Danielle Fróes/BR75

PRODUÇÃO EDITORIAL BR75 texto | design | produção

Dados Internacionais de Catalogação na Publicação (CIP)
(Câmara Brasileira do Livro, SP, Brasil)

Walsh, Chloe
Redeeming 6: o amor é a última chance / Chloe Walsh; tradução Raquel Nakasone. — São Paulo: Bloom Brasil, 2025. — (Os Garotos de Tommen; 4)

Título original: Redeeming 6.
ISBN 978-65-83127-04-4

1. Ficção irlandesa I. Título. II. Série.

25-264800 CDD-Ir823

Índices para catálogo sistemático:
1. Romances: Literatura irlandesa Ir823

Eliete Marques da Silva — Bibliotecária — CRB-8/9380

2ª reimpressão

EDITORA SCHWARCZ S.A.
Rua Bandeira Paulista, 702, cj. 32
04532-002 – São Paulo – SP
Telefone: (11) 3707-3500
facebook.com/editorabloombrasil
instagram.com/editorabloombrasil
tiktok.com/@editorabloombrasil
threads.net/editorabloombrasil

Dedico este livro aos garotos com quem estudei na escola secundária,
cujas travessuras, amizade, brincadeiras, palhaçadas e lealdade cega
inspiraram os personagens Johnny, Gibsie, Feely e Hughie.
Walshy, Slash, Al e Madden: vocês são os garotos originais do Tommen.
(E, sim, eu me casei com o primeiro.)

Nota da autora

Redeeming 6 é o quarto livro da série Os Garotos de Tommen, e o segundo livro da história de Joey Lynch e Aoife Molloy.

Algumas cenas aqui retratadas podem causar mal-estar em certas pessoas, portanto, sugiro que avalie a lista abaixo antes de seguir com sua leitura.

Em razão de cenas explícitas de conteúdo sexual, violência, temas adultos, gatilhos e linguagem chula, a leitura desta obra é recomendada para maiores de 16 anos.

A história se passa no sul da Irlanda, entre 1999 e 2005, e contém gírias e expressões irlandesas.

Obrigada por se juntarem a mim nesta aventura.

Com amor,
Chloe xxx

PARTE 1

1

Ainda tentando

JOEY

— Você está quieto demais, Joey, meu filho.

— Estou ótimo, Tony.

— Tem certeza? Está branco feito um fantasma e passou a semana toda calado.

— Está tudo bem.

— Você e a Aoife não... — Ele parou de falar, mas manteve os olhos em mim, esperando uma explicação.

— Estamos bem, Tony — ofereci a mentira que ele queria ouvir e depois voltei a atenção para a ferramenta na minha mão. — Está tudo ótimo.

— Graças a Deus. — Seus olhos cintilaram de alívio. — Será que você não sabe o que está acontecendo com ela? Ela está andando pela casa com uma cara...

— Não faço ideia.

Mentiroso.

— Sério? — Ele coçou o maxilar, confuso. — Você normalmente é o primeiro a saber quando tem algum drama rolando.

— Acho que ela brigou com a Casey no Natal.

— É mesmo?

Eu não conseguia explicar por que as palavras "a gente terminou" se recusavam a sair da minha boca. Ou pior, por que resolvi mentir e colocar a culpa na melhor amiga dela, mas foi o que fiz.

— Pois é. — Assenti, seguindo em frente com aquela baboseira. — Acho que ela comentou alguma coisa sobre isso.

— Nossa, deve ter sido uma briga e tanto então — ele declarou, me olhando do outro lado do carro em que estávamos trabalhando. — Ela anda meio histérica. Chorando quase todas as noites.

Puta merda.

— É mesmo?

Ele fez que sim.

Meu coração murchou.

— Nossa.

— Você podia conversar com ela — ele acrescentou, se concentrando no carro. — Ela sempre te ouve. Tente fazer ela acertar as coisas com a Casey antes que inunde a casa de lágrimas.

— Hum, claro... vou ligar pra ela depois do trabalho — consegui dizer com esforço, pois já estava difícil respirar, quanto mais falar.

Porque era culpa minha.

As lágrimas de Molloy eram culpa minha.

Todo aquele caos era resultado da minha inabilidade de resistir à força do meu DNA cagado.

Senti que meu coração ia explodir, então abaixei a ferramenta e segui para a porta dos fundos.

— Já volto.

— Quero ver você largar o cigarro até o ano-novo — ele falou atrás de mim, mas seu tom era brincalhão.

De qualquer forma, ambos sabíamos que eu não ia largar.

Já tinha largado coisas demais.

Saí da oficina, peguei o cigarro que estava na minha orelha, o coloquei na boca e saquei o isqueiro no bolso do macacão. Depois de acendê-lo, dei uma longa tragada e me recostei na parede, sentindo um milhão de emoções diferentes.

Exalei uma nuvem de fumaça e travei uma batalha interna para *não* jogar a toalha e fazer exatamente o que eu sabia que acabaria fazendo. No fim, era só uma questão de minutos até eu pegar o celular que tive que arrancar das mãozinhas do meu irmão de manhã.

Soltando um suspiro frustrado, destravei a tela, rejeitei mais uma ligação de Shane, abri o contato de *Molloy* e liguei.

Ela atendeu no quarto toque, mas não me cumprimentou. Eu não julgava. Pois não merecia nada. Ou melhor, merecia que ela desligasse na minha cara.

— Sou eu — falei, baixinho, dando outra tragada no cigarro. — Você pode conversar?

Pela confusão que se ouvia no fundo, percebi que ela estava no trabalho. Então o barulho diminuiu. Ela devia ter ido para algum lugar mais silencioso.

— Posso — enfim disse do outro lado da linha. — Estou te ouvindo.

— Você está no trabalho?

— *Não* — respondeu, com um sarcasmo venenoso. — Estou na cidade com o meu novo namorado.

Não me abalei com a provocação e entrei na onda, dando outra tragada antes de perguntar:

— E como é que ele está te tratando?

— Bem melhor que o último cuzão por quem cometi o erro de me apaixonar — ela respondeu, sem hesitar. — O que você quer, Joe?

— Eu só... — Balancei a cabeça e soltei um suspiro frustrado. — Queria ver como você está.

— Por quê?

— Você sabe por que, Molloy. — Dei de ombros, impotente, e me concentrei em uma mancha no chão. — Eu não virei uma chavinha e de repente parei de sentir...

— Não começa — ela falou, deixando a emoção se sobrepor ao sarcasmo. — Porque eu ainda tenho mais três horas de trabalho.

Pensei melhor, contive um grunhido e conduzi a conversa para outra direção.

— Tony disse que você anda chorando.

— E daí?

— *E daí?* — Sacudi a cabeça. — Fico arrasado de ouvir isso. Não quero que você chore, Molloy.

— Bem, geralmente é o que acontece com uma garota quando o namorado manda ela pastar.

— Para com isso — me crispei, detestando as palavras e a dor na voz dela. — Eu não te mandei pastar.

— Você terminou comigo, Joey — ela disse com a voz embargada. — Pode dourar a pílula o quanto quiser, mas no fim foi exatamente o que você fez.

— Eu ainda te amo.

Ela respirou fundo e não disse nada por um longo tempo.

— Não faz isso.

— Eu te amo pra caralho, Aoife Molloy — repeti, me concentrando em uma mancha de óleo na parede da oficina. — Sempre vou te amar.

— Então volta atrás.

— Não posso. — Balancei a cabeça, sentindo meu coração se rasgando por dentro. — Não sou bom pra você.

Tudo o que eu queria fazer era correr até o Dinniman e puxá-la para os meus braços, mas não podia errar de novo com ela. Porque já tinha acabado com aquela garota.

— Você está limpo?

Fechei os olhos e acenei a cabeça de leve.

— Estou.

— Desde quando?

— Desde aquela noite.

— Porque está virando a página?

— Porque estou morrendo de vergonha de mim mesmo — falei com sinceridade. — E do que fiz você passar. De como te tratei.

Ficou um silêncio enorme, e juro que pude ouvir meu próprio coração pulsando nos meus ouvidos antes de ela falar de novo.

— Então são duas semanas limpo, né?

Assenti de novo.

— Isso.

— Sim, só mais cinco minutinhos — ela disse. — Você me deve uma folga... Sim, Julie, eu sei que não fumo, mas eu te cubro pelo menos sete vezes por dia quando você sai pra fumar, então agora é a minha vez. — Ela abafou o telefone por um tempinho e disse: — Voltei. Aff, a Julie está sendo uma chata egoísta.

— Arrumando confusão com as suas colegas, Molloy?

— Não mais que o normal. — Ela não tentou disfarçar a irritação. — E o Shane Holland? Há quantas semanas você está limpo *dessa* droga?

— Duas semanas também.

— Como eu vou acreditar em você?

— Não sei. — Soltei um suspiro pesado. — Você só tem a minha palavra.

— Quero acreditar em você, Joe — ela sussurrou. — Quero muito.

Mas você não consegue.

— Entendo — respondi, limpando a garganta. — Nós dois sabemos que não tenho sido o tipo de cara em quem você apostaria suas fichas.

— Você não me ligou. — Seu tom era de acusação. — Nenhuma vez.

— Não consegui. — Fiz careta, sentindo algo parecido com dor física, e me obriguei a falar a verdade. — Só peguei o celular de volta hoje de manhã.

— Com quem?

— Com o Tadhg.

Houve uma pausa.

— Por que o Tadhg estava com o seu celular?

— Porque eu *não* podia ficar com ele.

— Por quê?

Fiz careta de novo.

— Você sabe por quê.

— Joe. — Ela deu um suspiro pesado e eu não precisava estar lá para saber que ela estava tremendo. Eu sabia porque também estava tremendo. — Você está mesmo limpo?

— Sim, Molloy. — *Por você.* — Estou.

— Então o que estamos fazendo? Por que estou aqui e você *não* está?

— Preciso de mais tempo.

— Pra quê? Pra pegar outras garotas?

— Pra resolver minhas paradas — falei depressa, estreitando os olhos. — Nem começa, você *sabe* que não estou interessado em mais ninguém.

— Bem, se você está limpo, por que a gente só não... — Ela soltou um suspiro trêmulo e disse: — Quer saber? Deixa pra lá. Não vou ficar implorando. Se você não ligou pra gente voltar, pode desligar.

— Molloy.

— É sério, Joe. Não me liga mais. Não até mudar de ideia.

Ela desligou e eu apoiei a cabeça na parede.

— Porra.

Respirando rápido e com força, segurei a vontade de ligar de novo e dar exatamente o que ela queria. Só me segurei porque sabia que ela poderia até me querer mas com certeza não precisava de mim.

Agora não.

Ainda não.

Se eu não conseguisse me controlar, não.

2

Servindo babacas

AOIFE

Desliguei, enfiei o celular no bolso do avental e sacudi as mãos, tentando desesperadamente controlar as emoções antes que elas me ganhassem.

Uma semana inteira tinha se passado desde que bati na porta do Joey no ano-novo e ainda estava em frangalhos porque *nada* tinha mudado.

A gente não estava junto.

Ele estava longe.

E eu estava arrasada.

Se controla, Aoife.

Você está no trabalho.

Deixa pra chorar quando chegar em casa.

Não ouse passar essa vergonha!

Me recusei a ceder à irresistível vontade de me jogar no canto da área de fumantes e ficar me balançando. Estufei o peito, levantei o queixo e voltei para o bar. Eu até podia estar desmoronando por dentro, mas desmoronaria com dignidade, caramba.

É só um garoto.

Só um garoto.

Você vai sobreviver.

— Fica no bar — Julie murmurou, passando por mim quando voltei. — Vou fumar.

Desde que fiz dezoito anos em setembro, eu já tinha ficado atrás do bar várias vezes e servido chopes suficientes para saber mexer na chopeira. Quando os pedidos chegavam, eu atendia a todos com facilidade, flertando, sorrindo e de cabeça erguida como uma profissional.

Infelizmente, um desses pedidos veio de um homem que me dava arrepios.

— Uísque sem gelo — o pai de Joey falou do banco no balcão.

Me obriguei a manter o sorriso no rosto e comecei a preparar a bebida depressa. Tive que conter um tremor quando senti seus olhos em mim.

— Qual foi? — Teddy perguntou quando coloquei o copo à sua frente. — Nada de conversinha comigo?

— Três euros, por favor — respondi, com a mandíbula doendo pelo esforço que estava fazendo para manter o sorriso.

Ele enfiou a mão no bolso do jeans, pegou umas moedas e jogou no balcão com força, fazendo-as voarem.

— Você sabe contar, né, garota?

— Certamente — falei. Sem cair na provocação, deslizei as moedas pela bancada e as peguei. — Aproveite a bebida.

— Eu aproveitaria bem mais se você abrisse uns botões da blusa.

Eu me crispei.

— Você não tem uma esposa pra cuidar em casa, Teddy? — Fui até o caixa, registrei a bebida e coloquei as moedas na gaveta antes de fechá-la com força. — Uma esposa *grávida*.

Não era incomum eu ser abordada pelos clientes. Eram ossos do ofício, mas aquele homem era o pai do Joey. E, até onde ele sabia, eu era a namorada do filho dele.

Aquela não era a primeira tentativa dele de me chamar para uma rapidinha nos fundos do bar, o que não tornava a situação menos perturbadora. Aquele homem me deixava de cabelo em pé da pior maneira possível, e sua presença era mais do que incômoda.

Ignorei seus comentários, recolhi os copos, limpei o bar — fiz praticamente tudo o que podia para me afastar dele.

— Me diz uma coisa. — Ele se inclinou para a frente, cruzou os braços e me olhou intensamente. — O que você está fazendo com ele?

— Suponho que você esteja falando do Joey — respondi, sabendo que ele não desistiria até que eu cedesse.

Como eu disse: não era a primeira vez que eu servia aquele canalha.

Ele assentiu rigidamente sem nunca tirar os olhos castanhos e frios de mim.

Ciente de que confessar a verdade seria um desperdício com aquele homem e sem querer perder meu emprego por causa dele, estampei um sorriso no rosto e disse:

— Já te falei. Seu filho é mais do que capaz de me satisfazer.

— Ele é só um garoto.

— E o que eu sou? — falei secamente. — Uma mulher de meia-idade?

— Se eu fosse seu pai, você não estaria trabalhando em um bar.

— Você tem mesmo idade pra ser meu pai.

Suas narinas se dilataram.

— Você não sabe o que está perdendo.

— Certo, você precisa parar. — Meu sorriso morreu e eu olhei feio para ele. — Se o Joey souber que você fala comigo desse jeito, ele...

— O quê? — ele me interrompeu em um tom ameaçador. — O que é que ele faria, garota?

— Ele quebraria a porra do seu pescoço — falei em voz baixa. — Então cai fora.

— Bem, não estou vendo meu filho aqui, e você? — Ele apoiou os cotovelos no bar e se aproximou. — Que horas você sai do trabalho?

— Bem depois do seu horário.

— O que está dizendo?

— Que nunca vai rolar. Nem nos seus sonhos mais loucos. Então por que você não termina a sua bebida e procura outro pub? Porque o que quer que você esteja procurando, não vai conseguir comigo.

— Vagabunda.

Fui até a outra ponta do bar, enojada, tentando ficar o mais longe possível dele. Aquele homem me dava calafrios, e eu estava torcendo para a Julie voltar logo.

Alguns minutos depois, ele ergueu o dedo e apontou para o copo vazio.

Contendo a vontade de gritar, me aproximei relutantemente e o encarei sem expressão.

Teddy colocou outro punhado de moedas no balcão.

— Mais um.

Contei as moedas, as guardei na caixa registradora e servi mais um copo do veneno da vez.

Uísque.

— Você sabe que ele é um caso perdido, né? — Teddy disse, segurando o copo que coloquei na sua frente. — Não consegue se segurar. Está no sangue.

Eu sabia que ele estava falando do Joey, mas me recusei a entrar no joguinho. Independentemente do nosso status de relacionamento ou do quanto ele tinha me magoado ao terminar comigo, eu estava preparada para morrer de inabalável fidelidade a ele.

— Aquele garoto é cagado da cabeça — ele continuou, dando um gole na bebida. — Sempre foi, desde que nasceu.

— Por que será?

Ele me olhou com frieza.

— Você acha que sabe de tudo, né?

— Sei o suficiente — falei com firmeza.

— Porra nenhuma. — Um sorriso cruel se espalhou pelo seu rosto. — Ele vai acabar se matando ou matando alguém.

— Tomara que seja você.

Minha resposta o surpreendeu e ele ergueu a sobrancelha.

— Você não tem medo de mim, né, garota?

— Não tenho medo de homens — retruquei, encarando-o de cabeça erguida. — Porque o homem da minha vida sabe como tratar uma mulher.

— Já te falei que meu filho é só um garoto.

— Ele é mais homem que o pai.

Percebendo que eu não tinha a menor intenção de ceder às suas provocações, Teddy me dispensou com um gesto e murmurou algo ininteligível.

Mais aliviada que brava, fui até o outro lado do bar de novo e suspirei de alívio quando vi Julie voltando do intervalo.

— Ah, que bom, ele ainda está aqui. — Ela guardou o maço debaixo do bar, ajeitou o cabelo e sorriu. — É bom ter um colírio pros olhos.

Eu sabia que ela estava se referindo a Teddy, e fiquei com vontade de vomitar o almoço.

Para olhos destreinados, o homem podia até parecer bonito. Alto, loiro e musculoso, tinha uma pele bronzeada, mas sabendo quem ele era de verdade, da crueldade por baixo daquela aparência, ninguém nunca mais o acharia bonito.

Como gerou cinco seres humanos lindos, estava além da minha compreensão, mas foi o que aconteceu, e seus quatro filhos eram incrivelmente parecidos com ele. Shannon era a exceção, mais parecida com Marie.

Minha mente se voltou para Joey, e o ressentimento que pesava sobre os meus ombros diminuiu significativamente. Estar na presença do seu pai, um homem que ele teve que suportar a vida toda, fez com que eu me arrepiasse e minha raiva enfraquecesse.

Como eu poderia continuar brava se ele estava tentando não se tornar o merda que estava ali no bar? Joey morria de medo de que nos transformássemos nos pais dele, de acabar virando aquele homem, e tomou medidas drásticas para impedir que isso acontecesse.

Para me proteger.

Não foi certo ele dizer que me amava, pois deveria guardar essa bosta para si mesmo. Mas eu estaria mentindo se dissesse que a declaração não acalmava a dor no meu peito.

Só um pouquinho.

— Você está grávida? — foi a primeira pergunta que minha mãe fez quando cheguei do trabalho na sexta-feira.

— O *quê*? — perguntei, colocando a bolsa na mesa da cozinha e me virando para ela boquiaberta.

— Grávida — ela repetiu, baixando o ferro. — Pode me contar se estiver, Aoife. — Ela limpou as mãos na calça, deu a volta na tábua de passar e se aproximou. — Não vou brigar com você, meu bem, prometo. Mas eu preferia saber logo.

— Não, não estou *grávida* — falei, tirando o casaco o colocando-o na cadeira.

— Mas você *é* sexualmente ativa.

— Ah, meu Deus — grunhi, arrancando os sapatos. — Do que está falando, mulher?

— Você está transando.

Eu a encarei como se dissesse "Como é que você ousa sugerir uma coisa dessas?" antes de acrescentar:

— E, mesmo se eu estivesse, o que definitivamente não estou, eu tomo pílula, esqueceu? Você me levou na médica quando eu tinha catorze anos.

— Pra te ajudar com as cólicas — ela disse. — Não porque eu queria te dar carta branca pra transar com o Paul.

— E eu não transei. — Dei de ombros, tímida, e esclareci: — Com o Paul.

— Mas agora está transando — ela falou, abrindo um sorriso compreensivo. — Com o Joey.

Bufei.

— *Não.*

Ela ergueu a sobrancelha.

— Você acha que eu nasci ontem? Não sou seu pai. Não tente me enganar, mocinha. Sei muito bem o que acontece quando o garoto dorme aqui.

— Ah, meu Deus.

— Se você está transando com o jovem Joey, não precisa esconder de mim. Faz um tempo que estão juntos. Não estou brava, meu bem, só preocupada.

— E daí se eu estiver transando com ele? — falei, corando. — Não tenho mais catorze anos, mãe. Tenho dezoito, lembra?

— Tudo bem — ela disse com uma vozinha. — Obrigada por contar.

— De nada?!

— E você está se protegendo?

— Estou tomando *pílula* — repeti devagar. — Preciso de mais proteção?

— Camisinha.

Franzi o nariz, desconfortável.

Ela arregalou os olhos.

— *Aoife.*

— O que foi? — Ergui as mãos. — A gente está se protegendo.

— Então você toma a pílula todos os dias na mesma hora? — ela pressionou com um tom preocupado. — Religiosamente?

Hesitei.

— Por que você está me perguntando essas coisas?

— Porque você anda de mau humor, passa o tempo todo enfiada no quarto, está comendo que nem um cavalo e parece estar prestes a cair no choro a qualquer minuto.

— E por isso estou grávida? — perguntei com as mãos na cintura. — O que mais? Vai me dizer que também engordei?

— Aoife.

— Não, mãe. Meu Deus, não estou grávida. — Balancei a cabeça e fui até a geladeira. — Menstruei antes do Natal.

— É mesmo?

— É.

— Tem certeza?

— Tenho, mãe. — Revirei os olhos. — Lembro bem, porque fui fazer compras com a Casey naquela semana e não comprei uma saia branca linda pra usar no aniversário da Katie, mesmo custando só dez contos, porque eu sabia que não podia arriscar usar aquilo.

O alívio tomou seus olhos.

— Ah, graças a Deus.

— Valeu pelo voto de confiança, aliás. Agradeço muito a fé que você tem na minha habilidade de não estragar a minha vida. — Abanei a mão. — Espero que esteja planejando fazer o mesmo discurso com o Kev, porque ele também é um babaca mal-humorado que mal sai do quarto.

— Que maluquice. — Minha mãe fez um gesto como se fosse a coisa mais ridícula que ela já tinha ouvido na vida. — Seu irmão não pode gerar um netinho na barriga dele.

— E você acha que eu e Joey somos burros a esse ponto?

— Acho que vocês estão sendo levados pelas garras do primeiro amor. — Seus olhos e sua voz suavizaram quando ela acrescentou: — E acho que muitos erros podem ser cometidos quando a emoção toma o lugar da razão.

— Bem, se você diz — falei, fechando a geladeira. — Joey e eu nem estamos mais juntos.

— Não? — Ela arregalou os olhos. — Ah, eu não sabia, filha.

— Bem, agora você sabe — falei, sem emoção, seguindo para a porta. — Estou na fossa, mãe, não grávida.

— Aoife? — ela disse atrás de mim. — Espera, querida, podemos conversar se você quiser. Pode contar comigo, meu amor.

— Não quero falar sobre isso — disse por cima do ombro, subindo a escada.

Não consigo.

3

Disputa por território

JOEY

— Que porra você tomou? — Podge perguntou, correndo atrás de mim no campo da Associação Atlética Gaélica no sábado à tarde, com o hurley na mão. — Não te via tão animado assim desde que vencemos a final do condado no terceiro ano.

— Nada — falei, ofegante, desviando dele por pouco, amparando o sliotar com o hurley e jogando-o de volta para ele. Tony tinha fechado a oficina cedo e fiquei à toa, então mandei uma mensagem chamando os caras para jogar. — Não saio de casa desde o Natal.

— Então que porra o Papai Noel botou na sua meia? — Alec perguntou, cortando com força o arremesso de Podge e roubando a bola. — Velocidade?

A realidade.

— Nada.

Podge estreitou os olhos, incrédulo.

— Então o que é que está acontecendo com você?

— Nada. — Dei de ombros, arfando. — Só cansei daquelas merdas.

— O que significa isso?

— Que cansei de fazer cagada.

— Que ele está ocupado demais metendo pra pensar em chapar — Alec brincou. — Nossa, a buceta dela deve ter gosto de ambrosia ou sei lá o que os deuses comem... Ah, meu Deus, espera, não me bate com isso. — Ele botou a mão na cabeça e grunhiu: — Porra, Joe, você tem sorte por eu estar de capacete. Podia ter danificado o meu cérebro.

— Não, *você* tem sorte por estar de capacete — retruquei, ainda segurando o hurley bem perto da sua garganta. — Da próxima vez que sequer pensar na buceta da minha garota, vou arrancar a sua cabeça, entendeu?

— Dá um tempo, Al — Podge falou, trazendo minha atenção de volta para si. — O que significa isso, Joe? — Ele estava me olhando com atenção. — Você cansou de fazer cagada, ou seja, não está mais andando com o Holland e aqueles caras?

Assenti com veemência.

— E tudo que isso inclui.

— Ah, é?

— É. — Dei de ombros, desconfortável.

Enganchei o sliotar no hurley e comecei a correr sozinho antes de habilmente lançar a bola por cima do gol mais distante.

Enquanto o suor escorria pela minha nuca, peguei o sliotar de trás do gol antes de sair correndo de novo, desesperado para aliviar a tensão do corpo. Eu não conseguia nem me lembrar da última vez que fiquei tanto tempo sem colocar nada para dentro do meu organismo. Mas eu ainda estava ali, tentando, aguentando firme.

Por ela.

— Há quanto tempo você está nessa? — Podge perguntou quando voltei com a bola.

— Nessa qual? — Alec interveio.

— Umas semanas — respondi, enxugando o suor da sobrancelha com a camiseta. — Não é nada de mais, mas é um começo.

Meu corpo estava sendo tomado por um tremor horrível de ansiedade que exercício nenhum poderia acalmar. Eu sabia o porquê, claro. Ele não estava precisando de exercícios. Não queria comida nem água, e não se satisfazia com meros cigarros. Ele queria *mais.*

Eu estava ávido para me saciar.

Mas, depois de ter passado duas semanas infernais para chegar aonde cheguei, me sentia forte o suficiente para deixá-lo passar fome só mais um pouco. Mais uma hora. E mais uma depois dessa.

Continue assim, cara.

— Nossa, caralho. — Podge ergueu as sobrancelhas, surpreso, atirando o sliotar no campo antes de dizer a Alec para ir buscar. — Estou errado de achar que a Aoife tem alguma coisa a ver com essa mudança súbita no seu estilo de vida? — ele perguntou quando Alec não podia ouvir. — Ela é uma boa influência pra você, cara.

— A gente está dando um tempo — admiti para provavelmente a única pessoa em quem eu confiava além das duas garotas da minha vida.

Eu tinha conseguido trabalhar uma semana inteira com Tony sem revelar nem uma gota de informação sobre o meu relacionamento com a filha dele. Não foi nada fácil encará-lo e lidar com o desconhecido, mas, para o crédito dele, o homem me tratou como sempre.

— Você e a Aoife? — Podge perguntou de olhos arregalados, e logo percebi que ele não ia fazer o mesmo que Tony. — Desde quando?

— Desde que me liguei no que estava fazendo com ela.

— Está falando sério?

— Porra, Podge. — Dei de ombros e decidi abrir o jogo, para variar. — Está bem claro que o caminho que estou trilhando não está muito alinhado com o da Aoife, cara.

— E isso é importante pra você?

— Ela é importante pra mim.

— E vocês terminaram de vez?

A pergunta fez meu coração parar na boca e minha mente gritar "Tomara que não!".

— Depende.

— Do quê?

— Se vou conseguir resolver minhas paradas ou não.

— Parece que você está conseguindo, cara.

— Bem, se vou *continuar* conseguindo. Vamos admitir que eu não tenho um histórico muito favorável, cara.

— Então foi ideia dela dar um tempo?

— Não. — Balancei a cabeça. — Foi minha.

— E vocês estão saindo com outras pessoas?

— Não. — Hesitei um pouco e fiquei enjoado só de cogitar a possibilidade. — Não quero nem *pensar* em outra garota, cara.

— E ela? — ele insistiu. — Não está pensando em outros caras?

— Ela deveria... — murmurei. — Mas não. Acho que não.

— E se ela estiver?

Contive a vontade de rugir.

— Eu não vou prender ela.

— Nossa, você ama mesmo essa garota, né?

Mais que minha própria vida.

— E daí? — falei, assumindo uma postura defensiva.

— Nada, cara, nada — ele disse depressa. — É só que te conheço desde que a gente tinha quatro anos e nunca vi você admitindo que gostava de alguém.

Encolhi os ombros, desconfortável com o interrogatório.

— Claro que percebi a química bizarra de vocês assim que começamos o primeiro ano, mas nunca pensei que fosse tão profundo assim. — Ele balançou a cabeça e continuou: — Sempre pensei que a paixonite que você sentia pela Aoife tinha mais a ver com a vontade de provocar o Ricey que qualquer outra coisa.

— Ah, sim. — Dei um sorrisinho lembrando das inúmeras vezes ao longo dos anos em que Ricey viu as nossas brincadeiras e surtou. — Isso foi um brinde bastante agradável.

— Nossa, você não podia ter atirado o sliotar mais longe, não? — Alec resmungou, ofegante, correndo até nós com a bola na mão. — Tive que me enfiar no mato pra pegar esse treco de volta.

— Foi mal, cara — Podge disse, dando risada. Depois, se virou para mim e deu uma piscadinha. — Continua firme, Joe.

— Esse é o plano.

— Continua firme? Plano? — Alec balançou a cabeça e grunhiu: — Por que é que eu sempre sinto que vocês estão falando em códigos?

— Porque você é sagaz — Podge respondeu com um sorrisinho.

— Não sou, não — Alec disse. — Eu sei o que vocês estão fazendo, seus putos. Não neguem.

— Ele disse que você é sagaz, Al — falei, rindo e atirando a bola para ele. — Você sabe o que significa isso?

— Claro que sei — Alec bufou, pegando o sliotar no ar. — É quando você duvida de tudo e não confia em uma palavra do que está sendo dito ao seu redor.

Podge jogou a cabeça para trás e gargalhou. Esfreguei a mão no rosto e murmurei:

— Isso aí é paranoia, Al.

— É *mesmo*?

Podge deu risada e disse:

— É, cara. É uma palavra totalmente diferente, com um significado totalmente diferente.

— Talvez eu tenha batido forte demais na sua cabeça — falei de modo seco.

— Paranoia. — Alec franziu a testa. — Então o que é sagaz?

— Algo que você nunca mais vai ouvir sendo atribuído a você — Podge respondeu, ainda rindo.

— Certo, se espalhem pelo campo pra gente jogar mais um pouquinho antes de escurecer — falei, correndo de costas. — Temos uma partida contra o St. Fintan na semana que vem, e não tô a fim de deixar aqueles filhos da puta nos tirarem das eliminatórias.

— E aí, o conselho da escola já comunicou a decisão deles? — Alec perguntou com um tom esperançoso.

— Sim, ligaram pra minha mãe anteontem — contei, pulando para pegar o sliotar. — Parece que estou na minha última chance.

— Então você não vai ser expulso?

Sorri.

— Não essa semana.

Eram quase cinco da tarde quando Podge cutucou meu braço para avisar que tínhamos companhia. Estreitei os olhos na semiescuridão, tentando sem sucesso identificar os rostos que nos observavam do outro lado do campo. Meus pelos se arrepiaram e meu corpo ficou tenso diante da ameaça desconhecida.

— Definitivamente estão nos observando — Podge murmurou.

— Acho que são do Tommen — Alec observou, esfregando o queixo. — Já vi uma foto daquele grandão no jornal jogando rúgbi.

— Ah, eles frequentam o Biddies.

— Que porra eles estão fazendo aqui? — perguntei.

— Pois é. Campo errado.

— Está mais pra lado errado da cidade.

Continuamos jogando por mais cinco minutos, até que ficou claro que eles não iriam embora.

— Me dá um segundo — falei, tirando o capacete. — Vou resolver isso.

Puto e irritado, fui até o grupo de playboys se amontoando na lateral do nosso maldito campo.

— Não vai perder a cabeça, Joe — Podge avisou, correndo atrás de mim.

— É, cara — Alec murmurou. — Eles estão em seis.

— Algum problema aí, babacas?

— Ah, meu Deus — Alec grunhiu, segurando minha camiseta por trás. — A gente vai morrer.

— Estão surdos? — perguntei, me desvencilhando de Alec, superconcentrado nos caras me encarando. — Fiz uma pergunta, porra!

— É esse mesmo — um deles disse antes de se colocar atrás de um cara maior do que ele. — Você fala, Gibs.

Ele tinha uma aparência familiar, com seu cabelo loiro e um sorriso pateta.

— E aí, mano?

— Não sou seu mano — falei, me aproximando com o hurley na mão. — E, da última vez que verifiquei, o clube de rúgbi ficava do outro lado da cidade. Vocês não têm por que estar aqui.

— Ah, meu Deus. — Os olhos cinza-prateados do garoto loiro se iluminaram com o que eu só poderia descrever como travessura quando ele riu. — Estamos prestes a começar uma disputa por território?

Ergui a sobrancelha.

— Disputa por território?

— É. — Ele assentiu avidamente. — Que nem os T-birds e os Scorpions em *Grease*.

— *Grease*? — encarei, boquiaberto. — Que porra você está falando?

— Não liga pro Gibsie — um deles disse, um garoto bastante familiar. — Ele é meio disfuncional.

— De onde eu te conheço? — perguntei, desconfiado.

— Sou Hughie Biggs — ele respondeu depressa, erguendo as mãos, num gesto universal de paz. — Nossas irmãs são amigas.

— É — o grandão disse, dando risada e agitando um lenço. — A gente veio em missão de paz.

— Cala a boca, Gibs — Hughie murmurou, balançando a cabeça. — Meu Deus, cara.

Surpreso, relaxei os punhos e me obriguei a me acalmar. Não havia ameaça ali. Eu precisava que meu corpo entendesse isso.

— O que está fazendo aqui, Biggs? — perguntei para Hughie, ignorando o gorila musculoso ao seu lado. — O que você quer?

— Na verdade, estava te procurando.

Fiquei alerta de novo.

— Por quê?

— Eu meio que preciso de um favor.

— Não faço favores pra estranhos.

— Nossas irmãs são amigas — ele repetiu com um tom esperançoso. — O que significa que a gente é meio que amigo também, ou pelo menos conhecido... não? Beleza, então.

— Não tenho amigos — falei friamente, medindo cada um dos babacas grandalhões com roupas de grife e cortes de cabelo caros. — E não faço favores.

— *Ei* — Alec bufou, cruzando os braços, indignado. — Valeu, hein, amigo. O que eu sou então? Cocô de cachorro?

— Cala a boca, imbecil — Podge grunhiu. — Deixa o Lynchy dar um jeito nisso.

— Tá bem — Hughie comentou, sacudindo a cabeça. — Vir aqui claramente foi uma péssima ideia.

— Claramente — concordei, olhando-o com tanta intensidade que ele teve que desviar o olhar. — Tchau.

— O quê? — o grandão disse. — Não, não, foi uma ótima ideia, e não vou embora até conseguir o que quero.

— E o que seria isso?

— Estamos querendo tomar um chá, se é que você me entende.

Fiquei encarando-o sem expressão.

— Precisamos de drogas.

— Aff, Gibs — Hughie resmungou, colocando as mãos na cabeça. — Tato, cara. *Tato.*

— Drogas? — Arqueei a sobrancelha. — E vocês vieram me procurar porque...?

— Porque ouvimos os boatos — outro garoto disse.

Ergui a sobrancelha de novo.

— Boatos?

— Do Hughie — o grandão esclareceu.

Hughie grunhiu alto.

— Nossa, Gibs.

— Ele disse que você é doidão, e eu realmente estou precisando de um pouco disso aí.

— Valeu, hein, Gibs — Hughie soltou, dando um passo para trás.

Fixei o olhar no grandão.

— E você achou que eu poderia ajudar?

Ele fez que sim alegremente.

— Olha bem pra mim, otário. — Gesticulei para as minhas roupas. — Estou parecendo traficante, por acaso?

Ele não negou imediatamente, então estreitei os olhos.

— Não sou traficante, porra.

— Mas você *tem* contatos, né? — ele insistiu com um tom persuasivo. — Sabe, amigos meio suspeitos e tal? Você mora no Elk's Terrace, não?

— Primeiro: não sou seu amigo. Segundo: você merece um soco na cara por me ofender na cara dura insinuando que sou de um lugar inferior ao seu. Terceiro: não vou fazer porra nenhuma por você. Agora vaza daqui.

— Reconheço todos esses três argumentos como justos e verdadeiros — o grandalhão disse. — E queria poder fazer o que você me pediu, mas preciso mesmo dessa parada pro meu capitão.

— Pro seu capitão.

— Isso, o meu capitão. — Ele assentiu com vigor. — Ele está mal... bem mal. Sabe, ele fez um procedimento antes do Natal e o coitado está duro que nem uma pedra. Só estou procurando algo pra ajudar ele a relaxar um pouco.

— Gus, né? — perguntei com calma. — Seu nome?

— Gibsie — ele me corrigiu, abrindo um sorriso tímido. — Sou Gibsie, mas minha mãe me chama de Gerard...

— Estou pouco me fodendo pra como a sua mãe te chama — eu o interrompi, olhando-o feio. — E quanto ao seu capitão e ao *procedimento*... fala pra ele ir no médico e pegar uma receita, como todo mundo faz. — Me virei para Hughie e acrescentei: — Não volta aqui, Biggs. — Apontei para o gorila ao seu lado e disse: — Muito menos com ele.

— Mas o médico não vai me receitar maconha! — o grandão exclamou. — Por favor? Vamos, cara, é só erva!

— Que parte de *não sou traficante* você não entendeu?

— Eu sei, eu sei, você não é traficante e blá-blá-blá, já entendi — ele disse. — Mas, se você pudesse abrir uma exceção só hoje, eu ficaria te devendo uma.

— Você já está me devendo uma — murmurei. — Cinco minutos da minha vida que não vou conseguir recuperar.

— Você pode ir na nossa festa hoje — ele insistiu. — Vai ser na casa do Hughie. O tema é anos noventa...

— É nada, Gibs.

— É, sim — o grandão falou, depois se virou para mim. — Os pais dele estão em Portugal. Bebida grátis a noite toda... ah, e salsichão também.

— Salsichão grátis? — perguntei, fingindo empolgação. — Nossa, por que você não falou antes? Estou dentro.

Os olhos dele se arregalaram de encantamento.

— Sério?

Revirei os olhos.

— Não, seu imbecil.

— A gente pode pagar — um garoto de cabelo escuro falou. — Temos grana — ele acrescentou, parado um pouco mais para trás. — Quanto você quiser. Dinheiro não é problema.

— Que merda, Feely, não fala isso — Hughie grunhiu. — Só temos duzentos contos.

Agora eu estava ouvindo.

— Duzentos?

— É — ele respondeu, pegando um maço de notas de vinte no bolso do jeans. — É o suficiente?

Olhei para Alec, que estava se esforçando para não gargalhar. Ele podia ser meio otário, mas era esperto o suficiente para saber que esses caras tinham dinheiro para abastecer o time de rúgbi deles *e* o nosso time de hurling.

— Quanto vocês querem? — perguntei.

— Lynchy, posso falar com você rapidinho? — Podge me interrompeu antes de me arrastar para longe.

— O que você está fazendo? — resmunguei, me desvencilhando dele.

— O que *eu* estou fazendo? O que *você* está fazendo? — questionou quando não podíamos ser ouvidos. — Pensei que você tinha dito que não estava mais andando com o Shane Holland e tal.

— *Não* estou — declarei, olhando feio para ele. — Não preciso nem chegar perto do Holland pra isso.

— Como?

Dei de ombros.

— Eu tenho erva lá em casa.

— Você disse que tinha largado tudo.

— Eu *larguei* — repeti, irritado. — Não estou usando.

Ele arregalou os olhos.

— Maconha *conta*.

Estreitei os olhos em resposta.

— Claro que *não* conta.

— Conta, sim.

— Conta, não.

— Cannabis é droga.

— Cannabis é *planta*.

— É ilegal neste país.

— Assim como mijar na rua. Regras são idiotas. Qual é a sua?

— Meu Deus, Joey — Podge grunhiu, esfregando o rosto. — Com você é tipo dois passos pra frente e dez pra trás.

— Cala a boca. Médicos de metade do mundo prescrevem cannabis pra dor.

— Assim como oxicodona e vários outros remédios prescritos que eu te vi enfiar goela abaixo desde a escola primária. Elas também são usadas pra tratar dor, Joe, mas você sabe muito bem o que acontece quando caem nas mãos erradas.

— Já te falei que não uso nada há semanas.

— A não ser *maconha* — observou, exasperado.

— Não vem bancar o moralista pra cima de mim — falei, na defensiva. — Sendo que você passou o dia todo fumando.

— Tem uma grande diferença entre fumar um e se aproveitar de um bando de riquinhos idiotas.

— Ei, não me julgue — avisei, estreitando os olhos. — São duzentos contos, Podge. *Duzentos*. Estão ostentando a grana como se fosse dinheirinho de mentira. Isso pode ser uma ninharia pra eles, mas pra gente como eu, é muita coisa. — Ergui as mãos, frustrado, e disse: — Você pode ter o privilégio de torcer o nariz pra isso, mas eu com certeza não. Tem noção do que essa grana poderia fazer por mim?

Pela minha mãe.

Pelos meus irmãos.

Essa quantia nos permitiria trocar uma semana de feijão enlatado e sanduíche de manteiga, no frio congelante do inverno, por refeições decentes e uma lareira quentinha antes de dormir, até eu ou minha mãe recebermos.

Naquele caso, eu não tinha nem escolha.

— E a Aoife? — perguntou, cutucando a ferida. — Você acha que ela vai ficar feliz quando descobrir...

— Não bota ela no meio — avisei, interrompendo-o. — Não ouse jogar ela na minha cara. — Balancei a cabeça, ergui a mão e dei um passo para trás, arrependido de ter aberto o jogo com ele. Eu não podia confiar em uma alma sequer. — Você *sabe* que eu não posso recusar essa chance, você *sabe*, Podge, então não vem com essa.

Seus olhos cintilaram de culpa e ele sacudiu a cabeça.

— Se você está precisando de dinheiro, eu posso...

— Não quero a sua caridade — falei, me sentindo terrivelmente vulnerável. — Eu me viro.

Ele ficou me encarando por um longo tempo antes de ceder.

— Tá certo. — Então ergueu as mãos em derrota. — Não vou falar mais uma palavra, a não ser que acho uma péssima ideia.

— Entendido — respondi, assentindo de modo firme. — Agora você pode ficar aí no alto do seu pedestal me julgando ou pode ir comigo pra festa chique deles encher o rabo de salsichão.

Me virei e saí marchando na direção dos caras do Tommen.

— Boa ideia ou não, está feito.

4

A coisa mais próxima da loucura

AOIFE

— Vamos fazer uma intervenção — Casey anunciou aquela noite, abrindo a porta do meu quarto e entrando como se estivesse desfilando em uma passarela. Vestida com capricho de shortinho jeans, salto alto e a batinha branca fofíssima que dei de presente no Natal, ela colocou as mãos na cintura e olhou para mim. — Aquele idiota te abandona no Natal e você não *conta* pra gente?

— Calma, Casey — Katie falou, entrando atrás dela. — A sua mãe ligou pra gente, Aoif — ela explicou depressa em um tom solidário. — Ela está muito preocupada com você, amiga.

— Todas nós estamos.

— Aff — grunhi, virei de costas e fiquei esparramada na cama, derrubando várias embalagens vazias de doces com meu movimento.

— Certo, você precisa desligar essa música — Casey ordenou, indo até o meu rádio. — E sair dessa fossa.

— Não, essa é a melhor parte — falei, cantarolando "The Closest Thing to Crazy", da Katie Melua. — Estou bem, sério.

— *Claro* que está — Casey disse, arqueando a sobrancelha. — É por isso que tem chocolate no seu queixo, né?

— Estou tentando superar — murmurei pateticamente, mastigando um monte de M&Ms. — Meu Deus, é tão terrível assim?

— Supere ficando brava — ela disse, se aproximando para arrancar o pacote pela metade das minhas mãos. — Porra, você pode se *vingar*. Mas não ficar *gorda*.

— Casey — Katie a repreendeu. — Não fala assim.

— Bem, me processa então — Case retrucou, sem remorso algum. — Não vou ficar sentada vendo minha melhor amiga se destruir porque o babaca do ex deu um pé na bunda dela no Natal. Tipo, no *Natal*! — exclamou, incrédula. — Depois de um ano juntos? Quem é que faz isso?

— Joey não me deu um pé na bunda — bufei. — A gente está dando um tempo.

— E quem decidiu isso?

— Ele — confessei, sentindo meu coração se rasgar.

— Quanto tempo?

O tempo que ele levar para resolver as paradas dele.

— Não sei.

— Eu odeio com todas as forças quando os caras fazem esse tipo de coisa — ela rosnou. — Não têm coragem de mandar a real e por isso deixam as garotas no limbo, enrolando por semanas até elas enfim caírem em si e perceberem que o *espaço* que eles tanto precisavam não era bem espaço, mas uma nova garota pra enfiar o pau.

— Casey, por favor — Katie disse. — Calma.

— Você vale muito mais que aquele idiota — Casey continuou, colocando a mala na minha cama e a abrindo. — E pretendo sempre te lembrar disso.

Olhei a mala desconfiada.

— O que você está fazendo?

— A pergunta devia ser: o que *a gente* está fazendo? — ela respondeu, pegando uma montanha de roupas, maquiagens, CDs e uma garrafa de prosecco barato que nós duas adorávamos. — *A gente*, minha amiga mais querida, mais antiga e mais linda do mundo todinho, vai pra uma festa.

— Não, não, não. — Balancei a cabeça. — *Você* vai pra uma festa. Eu não vou a lugar algum.

— Vai, sim — ela retrucou, ignorando meus protestos. — O namorado da Katie está com a casa livre e vai dar uma festona antes das aulas voltarem na segunda. Eles chamaram um DJ de verdade e vai ter uma tonelada de bebida no grau. A festa vai estar bombando de carinhas do rúgbi e você *vai* com a gente.

— Não — falei vigorosamente. — *Nem a pau.*

— Você não me ouviu? — Ela ficou olhando para mim como se eu tivesse perdido a cabeça. — Eu disse que a festa vai estar bombando de jogadores de rúgbi, Aoif. Ou seja, caras grandões, gostosos, suados e sexys.

— Não ligo.

— E o melhor de tudo é que a festa é do Tommen, então você não vai ter que se preocupar em trombar com ninguém da ECB — continuou depressa, fingindo que não tinha me ouvido. — E, por ninguém, estou me referindo àquele idiota inútil.

— Casey, eu não iria mesmo se você me dissesse que todo o time de rúgbi da Irlanda estaria lá. — Peguei um travesseiro para abraçar e soltei um suspiro pesado. — Lembra daquela propaganda da Cadbury que passava na televisão quando éramos pequenas? Que a mulher devorava uma barra de chocolate enquanto “Show Me Heaven” tocava ao fundo?

— Lembro, e daí?

— Bem, eu sou a mulher da propaganda, e o Joey é o chocolate.

— Então você está me dizendo que ele é o único sabor que você quer experimentar? — Ela sacudiu a cabeça. — Que burrice, ele é o único sabor que você já experimentou. Ele te deu um pé na bunda, Aoif. Ele cortou seu suprimento de chocolate. Então levanta essa bunda daí e vem provar algo do menu chique comigo.

— Não estou interessada.

— Levanta daí.

— Estou triste demais.

— É exatamente por isso que não vou sair desse quarto sem você. Agora, Katie, vai lá ligar o chuveiro pra nossa amiga aqui — ela ordenou. — E bota isso pra tocar — ela acrescentou, atirando o álbum *Stripped*, da Christina Aguilera, para Katie. — Faixa dois.

— A intervenção chegou nesse nível mesmo? — Katie perguntou, indo até o rádio. — Vamos usar as armas poderosas?

— Acho que preciso de um novo corte de cabelo — murmurei, mexendo na minha trança comprida. — Preciso de uma mudança.

— Ah, meu Deus, é isso — Katie gritou, trocando rapidamente de disco.

— Pode apostar que sim — Casey disse, quando "Can't Hold Us Down", da Christina, explodiu nos alto-falantes, e Casey assentiu antes de voltar a atenção para mim. — Se você cortar esse cabelo, vou usar ele pra te estrangular. Agora, levanta.

Balancei a cabeça.

— Não.

Ela estreitou os olhos.

— Levanta logo, Molloy.

— Não.

— Não me obrigue a te carregar.

— Você não ousaria.

— Experimenta.

Depois de dez segundos nos encarando intensamente, mergulhamos no meu edredom ao mesmo tempo, agitando os braços e chutando as pernas.

— Se você ainda não está pronta pra superar seu ex dormindo com um daqueles gostosos do rúgbi, posso me sacrificar por você — ela rosnou, arrancando o cobertor das minhas mãos e montando em mim. — Mas mesmo assim você vai comigo pra bancar o cupido.

— Jamais — falei, tentando sem sucesso derrubá-la com os meus quadris. — Como é que suas coxas ficaram tão fortes?

— É por causa do aparelho da minha mãe — ela disse, imobilizando meus braços no colchão. — Agora, você vai ou preciso te dar mais uma coça?

— Case...

— Vamos, *por favor*?

— Está bem, está bem. — Soltei um grunhido de derrota e parei de lutar. — Eu vou.

5

Como a outra metade vive

JOEY

Passar a noite de sábado em uma casa que dava três da minha, cercado por um bando de gente do Colégio Tommen, não era algo que eu esperava que fosse acontecer um dia.

O mais perto que cheguei daquela escola de elite foi quando atravessei os grandes portões de ferro a caminho de uma partida. E agora eu estava bem no meio da maldita panelinha deles, vendo um monte de garotos privilegiados de escola particular ficar chapadaço com um skunk de alta qualidade.

O capitão que esses caras queriam tanto ajudar a relaxar nem se dignou a aparecer, mas ficou bem claro pelas suas expressões patéticas e seus olhos vermelhos que todos os pensamentos sobre o fulano desapareceram rapidinho.

Claramente, não havia limite para o tanto que eu estava disposto a me rebaixar por algumas centenas de euros.

Meu Deus.

Não me agradava muito saber que minha irmã ia começar a estudar com aquele povo segunda-feira. Especialmente por conta daquele grandalhão loiro que tinha uma queda por drogas, libertinagem e a irmã do amigo.

— Solta ela agora, Gerard Gibson — a amiga de cabelo encaracolado de Shannon, Claire Biggs, ordenou, parada no último degrau da impressionante escadaria. Ela estava vestida como a loirinha das Spice Girls e apontava para o idiota, que tentava dançar “Boom, Boom, Boom, Boom!”, dos Vengaboys, segurando uma gatinha arisca no colo. — Nem pense em machucar a minha...

— Xaninha? — ele sugeriu, ronronando pateticamente e movendo a língua. — Você sabe que eu jamais machucaria a sua xaninha, ursinha.

Sim, era mesmo um otário.

— Já te falei pra você não me chamar assim em público — ela reclamou, bufando.

— E eu já falei pra você não usar esse vestidinho rosa — retrucou com um sorriso safado, colocando a gata no sofá e se aproximando dela. — Mas estou contente pra caralho por você não ter me ouvido.

— Tira os olhos da minha irmã, babaca — Hughie avisou, brotando do nada para interceptar o amigo antes que ele chegasse na escada. — O que foi que eu te falei sobre manter o seu pau do outro lado da rua?

— Ao contrário dos boatos que estão rolando sobre o meu pau mágico, ele ainda não tem a capacidade de se desanexar do resto do corpo, cara — respondeu, agitando as sobrancelhas e saltitando com seu short rosa e uma camisa havaiana. — Ou seja, se estou aqui, meu pau também está.

— Então pode vazar.

— Sem chance — ele disse, rindo. — Essa festa anos noventa é minha filha bastarda.

— Não tem nada de anos noventa, Gibs. É só uma festa, então pode falar pra aquele imbecil do DJ pra tocar algo decente.

— Não. A festa é minha e ele vai tocar o que eu quiser.

— A casa é minha.

— A playlist é minha.

— Então pelo menos vai trocar de roupa. Você está parecendo um idiota.

— Ficou maluco? Olha só pra mim. Sou um lindo Ken.

— Está mais pra lindo lunático. Ninguém está fantasiado, cara.

— Minha amante está.

— Sua *amante*? Você está bem? Ela é minha irmã, não sua *amante*, canalha.

— Retiro o que disse — Podge falou, me distraindo da discussão. Ele se apoiou com tudo no meu ombro, virou mais uma dose de uísque e sorriu. — Foi uma ótima ideia.

— Onde está o Alec? — perguntei, me desvencilhando dele. Eu odiava ser tocado, e aquele babaca bêbado sabia. Eu também detestava cheiro de uísque, pois zoava minha cabeça. Eu ficava nervoso.

— Ele subiu com uma patricinha peituda — Podge respondeu, abrindo um enorme sorriso e ainda se apoiando em mim. — Cara, esses cabeções do rúgbi sabem dar uma festa. — Ele abanou a mão, gesticulando para a multidão de corpos nos cercando. — Isso é surreal, Joe. — Ele apontou para um cara mais velho atrás de caixas de som e aparelhos de discotecagem instalados no canto mais distante da sala, que tinha colocado "Changes", do 2Pac, para tocar. — Nunca vi tanta bebida e comida na vida.

— Pra eles é fácil — falei amargamente, ainda segurando a mesma garrafa de cerveja que eu tinha ganhado quando cruzei a porta. — O papai paga tudo.

— Ah, pega leve, Joe. Eles não têm culpa de terem nascido com uns trocados no banco — Podge disse, dando risada, parecendo o Christopher Lee no *Drácula* com aqueles olhos grandes e vermelhos. — Você mandou bem hoje.

Não, eu só fiz o que eu tinha que fazer para cuidar da minha família.

— Fuma um e relaxa — ele me encorajou, me oferecendo uma cerveja que pegou em uma mesa. — Umas cervejinhas e uma ervinha não vão fazer mal.

Arqueei a sobrancelha e abaixei a garrafa.

— Disse o cara que quase teve um treco quando eu disse que ainda estava fumando.

— Ah, você sabe. — Ele sorriu e deu de ombros. — Acabei me lembrando das vantagens de ser seu melhor amigo.

— Sei. — Dei um sorrisinho. — Pode crer, babaca.

— Mas fica longe do armário de remédios, hein? — ele disse com o dedo em riste. — Não vai perder a linha. — Ele deu um tapinha no meu peito. — E, se ficar com vontade de pegar alguém, pensa no nome que você tatuou no coração...

— Melhor amigo ou não, se você encostar em mim de novo, vou arrancar o seu braço fora — avisei, afastando-o. — E, se eu quisesse chapar, faria exatamente isso, mas não estou a fim. Então não preciso de sermão nem conselho seu, e também não preciso que fique me lembrando do que está em jogo aqui. Sou bem grandinho, Podge. Posso lidar com as minhas próprias merdas. Passei a vida toda fazendo isso, então nem vem querendo bancar a minha mãe, entendeu?

— Entendi, Joe — ele disse, rindo. Sem perder o bom humor, ergueu as mãos e se afastou. — Entendi, cara.

Estalei a língua e fiquei vendo-o se misturar à multidão, irritado e à flor da pele.

Aquilo não era fácil para mim, e eu não precisava que ele ficasse me lembrando de nada.

Puta merda.

Deprimido e nervoso, terminei a cerveja e me recusei a pegar outra. Eu não queria as complicações que sabia que viriam se enchesse a cara.

— Porque ele só está te usando — ouvi alguém dizer e me virei.

Hughie estava tendo uma discussão acalorada com uma loira que eu conhecia vagamente.

Não era a sua irmã, Claire.

Não, aquela era a outra amiga da Shannon.

Eu não me lembrava do nome, mas tinha a impressão de que era Lilly.

Ou talvez fosse Izzy.

De qualquer forma, ela estava parada perto da porta, com os braços cruzados, encarando Hughie Biggs, que a encarava de volta, agitando os braços, exasperado.

— Você não pode estar considerando subir com ele.

— Como se você ligasse — ela disse. — Pelo menos Pierce não age como se eu fosse invisível quando está com os amigos.

— Você sabe que eu ligo pra você — retrucou depressa. — Se eu não ligasse, não...

— Não o quê, Hugh? — ela o interrompeu. — Não me trataria como se eu fosse o resto? Porque deixa eu te contar, babaca: é *exatamente* o que você está fazendo.

Absorvendo a cena com olhos sóbrios, pensei por um instante em lhes dizer que, se eles estavam tentando esconder que tinham ficado, estavam fazendo um péssimo trabalho, mas depois me lembrei que aquilo *não* era da minha conta.

Balancei a cabeça, passei por eles e fui direto para a cozinha gigante, até que vi a porta de trás.

Saí da casa, ignorei os imbecis no jardim e fui até os fundos, acendendo um cigarro. A tentação estava por toda parte e eu precisava me controlar. Tinha enfrentado duas semanas de tortura e certamente não estava planejando botar tudo a perder por uma farra com um bando de pessoas que, em quaisquer outras circunstâncias, atravessariam a rua só para fugir de mim.

— Pode me arranjar um desses? — uma garota perguntou. Me virei e me deparei com a amiga da Shannon que estava discutindo com Biggs momentos antes. — Lembra de mim?

— Mais ou menos — respondi, esfregando o queixo. — Lilly Young, né?

— Lizzie — ela me corrigiu, sem piscar. — E aí, pode me dar um?

— Um o quê?

— Cigarro.

— Não.

Ela estreitou os olhos azuis.

— Por que não?

— Porque você não fuma — respondi de modo seco. — E eu não divido cigarro.

Ela me olhou feio, e eu estava prestes a devolver na mesma moeda quando ela soltou um suspiro pesado e disse:

— Odeio festas.

— Então por que veio?

— É complicado.

— Entendi.

Ela me olhou com curiosidade.

— Não vai me perguntar por quê?

— Não.

— Por quê?

Dei de ombros.

— Porque não ligo pra sua resposta.

— Hum. — Ela inclinou a cabeça para o lado, me estudando com aqueles olhos azuis. — Você também está deslocado.

— Não me diga, Sherlock.

— Então por que veio?

Abri um sorrisinho.

— É complicado.

Ela sorriu a contragosto.

— Sabe, eu tinha o maior crush em você quando era novinha — ela disse, sem corar nem vacilar. A garota era atrevida. — A maioria das meninas da nossa sala tinha. Você chegou a ser mais popular que o Leo DiCaprio por um tempo, e isso quando o *Titanic* estava bombando. — Ela balançou a cabeça e soltou outro suspiro antes de acrescentar: — O que só prova que sempre escolhi as coisas erradas pra mim.

Franzi a testa, dei uma longa tragada e fiquei segurando a fumaça só o suficiente para disfarçar a dor no peito. Depois, soltei devagar, tentando pensar no que dizer para aquela garota que claramente tinha língua afiada mas não parecia capaz de lidar com mais provocações aquela noite.

— Pra uma criança, você é terrivelmente cínica.

— *Não* sou criança.

— Talvez não. — Encolhi ombros e dei outra tragada. — Mas você *é* amiga da minha irmã mais nova, o que significa que poderia ter quarenta anos e eu ainda te veria como criança.

— Se está tentando me dar um fora gentilmente, pode poupar seu fôlego — ela retrucou depressa. — Eu disse que *tinha* um crush em você, no *passado*, não no presente.

— Que bom — falei, rindo do seu jeito direto. — É melhor ficar com o Leo.

— Engraçadinho — disse, sem emoção, revirando os olhos. — Além disso, sei que você joga hurling por Cork, e não gosto mais de atletas.

— Mas você veio na festa do time de rúgbi da sua escola. Faz total sentido.

— Eu vim por causa da Claire.

— Até parece — corrigi, bufando. — Você veio pelo irmão dela.

Ela arregalou os olhos.

— O que você está...

— Deixa eu adivinhar — interrompi, brincando. — Você está transando com o Biggs e ele não quer te assumir, então você decidiu pegar um dos caras do time pra se vingar?

— Eu não... Não é... — Ela ficou de boca aberta, olhando para mim horrorizada.

— Você precisa aprender a disfarçar melhor.

— Você entendeu tudo errado.

— Acho que não.

— Joey, por favor...

— Relaxa — cortei, dando uma piscadela. — Não vou falar nada.

— Não tem nada pra falar. — Ela estava mesmo aterrorizada. — Porque, como eu disse, você entendeu tudo errado.

— *Claro.*

— Ah, meu Deus. Por favor, não fala nada, Joey. — Ela engoliu em seco, pressionou a mão na testa e grunhiu. — Ele tem namorada e eu tenho...

— Quer saber de uma coisa, Lilly?

— É Lizzie.

— Lizzie. — Sentindo pena dela, peguei um cigarro no maço, coloquei na boca e o acendi antes de lhe oferecer um. — Fica de olho na Shannon quando ela começar a escola na semana que vem, cuida dela e mantém as vadias que quiserem encher o saco na linha e vou esquecer tudo o que você acha que *entendi errado.*

— Eu já estava planejando ficar de olho na Shannon de qualquer jeito — ela disse, pegando o cigarro e o levando aos lábios.

— E eu já estava planejando ficar de boca fechada de qualquer jeito. Então todo mundo sai ganhando.

— Não sou uma pessoa ruim — Lizzie acrescentou depressa, na defensiva. — Nem uma puta.

— Eu nunca disse isso.

— É, mas eu sei o que você está pensando.

Levantei a sobrancelha.

— Duvido muito.

— Você está pensando que sou uma traíra só de cogitar pegar o namorado de outra, mas não faz a menor ideia do que está rolando — ela murmurou com o rosto vermelho. — É muito, *muito* complicado. Um caos. — Soltou um suspiro trêmulo e murmurou: — E um milhão de outras coisas.

Dei de ombros.

— Não é da minha conta.

— Então é isso? — Ela ficou me olhando com desconfiança. — É só o que você vai dizer?

— O que mais eu poderia dizer? — perguntei, encolhendo os ombros. — Acho que você não é a primeira pessoa a se envolver em uma situação assim, e também não vai ser a última. De qualquer forma, não sou nenhum padre, então não precisa se confessar comigo. Já cometi pecados bem piores que você.

Lizzie arqueou a sobrancelha, relutantemente intrigada.

— *Piores?*

Dei um sorrisinho.

— Vamos precisar de um bispo pra ouvir minha confissão.

6

Loira brincando com o perigo

AOIFE

Toda arrumada e com três quartos de uma garrafa de prosecco no organismo, me recostei no sofá da sala de estar do namorado da Katie e foi como se eu tivesse feito uma viagem no tempo.

Quem quer que estivesse tocando claramente tinha uma queda pelos anos noventa, porque "The Bad Touch", do Bloodhound Gang, era a mais recente de uma longa lista de músicas da década anterior.

Meio tonta, fiquei observando Casey roçar a bunda em um cara do Tommen e depois fingir que tinha se desequilibrado.

Revirei os olhos quando ele agarrou sua cintura para firmá-la, pois isso era exatamente o que ela queria.

Tão previsível.

— Obrigada — disse, sorrindo para ele.

— Tranquilo.

— Qual o seu nome? — ela perguntou, se aproximando.

— Patrick — ele falou, sorrindo timidamente. — E o seu?

Corre, Patrick, corre, pensei em gritar. *Ela vai te comer vivo, pobre inocente.*

— Casey. — Ela colocou a mão na nuca dele e segurou a camisa com a outra, puxando seu enorme corpo para perto. — Então, Patrick... — Foi passando os dedos da nuca até a sua bochecha, puxando o rosto dele para o seu sem parar de sorrir. — Em que ano você está?

— No quinto, e você?

— No sexto.

— Na ECB?

— Uhum. Você joga rúgbi, Patrick?

Ele fez que sim.

— Sou centro.

— Excelente.

Sim, minha melhor amiga era pequena mas poderosa. Ela precisava de uma cupido tanto quanto um peixe precisava de patins.

— É o Patrick Feely — Katie falou na minha orelha. — Ele é amigão do Hugh.

— E aquela é a irmã do Hugh, né? — perguntei, apontando para a loira maravilhosa e de cabelos lindos sentada no sofá à nossa frente, vestida de Baby Spice.

Fiquei observando com bastante interesse a conversa animada que ela estava tendo com o gatinho loiro vestido que nem o Ken Malibu que eu tinha quando era mais nova. Eles eram só sorrisos e mãos bobas enquanto conversavam e se tocavam.

— Isso, é a Claire — Katie disse. — Ela é uma das garotas mais fofas que você vai conhecer.

Estreitei os olhos quando a ficha caiu.

— Espera um minuto. Acho que sei quem é esse cara.

— Todo mundo conhece o Gerard Gibson — Katie falou, dando risada.

— Ele ofereceu uma camisinha pro Joey no Biddies uma vez.

— É a cara do Gibsie fazer isso. — Ela conteve uma gargalhada. — Ele é, bem... vamos só dizer que ele é peculiar. Meio que vive no próprio mundinho.

Então "C'est la Vie", do B*Witched, começou a tocar, e juro que esse tal de Gibsie quase que levitou do sofá de tanta empolgação, arrastando Claire junto.

— Ela claramente vive nesse mundinho com ele — comentei, sorrindo pela primeira vez em semanas enquanto os observava.

Saltitando e dançando como se ninguém estivesse vendo, Gibsie e Claire ficaram dando voltas pela sala de estar ao som da música. Ele a girou e a puxou de volta para o peito conforme balançavam no ritmo das batidas.

— Aposto que estão juntos há um século.

— Na verdade, não estão juntos.

— Até parece. — Apontei para eles no meio da pista de dança improvisada. — Olha só pra esse garoto. Está caidinho por ela, e ela olha pra ele com cara de boba, como se ele fosse o máximo. — Balancei a cabeça. — K, eles estão claramente se pegando.

— Te juro que não — Katie disse, rindo.

Ergui a sobrancelha, incrédula, quando começaram uma impressionante dança irlandesa. Completamente em sincronia e focados um no outro, riam e se mexiam sem se importar que uma grande parte de seus colegas os estivesse observando.

— Nossa — falei, abafando a risada. — O garoto desliza que nem um rei da dança.

— Tenho quase certeza que a mãe botou o Gibsie em um curso de dança irlandesa na escola primária — Katie comentou, ainda rindo. — Tem um monte de medalhas no armário da sala do Hugh das competições de Feis.

— Quem participava dessas competições? Gibsie e Claire?

Ela fez que sim.

— Oun, *dançavam* juntos?

— Uhum. — Katie deu risada. — Até que ele trocou os sapatos de dança por chuteiras de rúgbi.

— Você está mesmo me dizendo que esses dois não estão apaixonados?

— Eu nunca disse isso. — Ela riu e acrescentou: — Só falei que não estão juntos.

— Hum. — Fiquei olhando sem acreditar que eles não formavam um casal. — Bem, ficam lindos juntos. Adoro a cor do cabelo dela — acrescentei, sentindo uma invejinha. — Aqueles cachos são incríveis.

— A cor e os cachos são naturais — Katie disse, parecendo tão invejosa quanto eu. — O cabelo do Hugh também é assim.

— Joey também tem cachos, mas ele gosta de deixar o cabelo curtinho. Sempre raspa a lateral e a parte de trás, deixando só o topo maior mas, quando fica sem cortar o cabelo, cresce todo selvagem e encaracolado que nem o do Seanzinho. É tão fofo! — falei. Depois franzi o nariz de desespero. — Desculpa.

— Não precisa pedir desculpas, Aoif — ela falou com calma. — Fiquei surpresa de verdade por você ter vindo hoje. Vi que a Casey praticamente te arrastou pra cá, mas não tiraria sua razão se você não viesse. — Ela soltou um suspiro pesado, enlaçou o braço no meu e disse: — Sei que você é apaixonada por ele desde sempre e sentimentos não passam assim da noite pro dia, então, se isso for pesado pra você ou se quiser ir embora, é só falar que peço pra um dos amigos do Hugh te levar.

— Obrigada, Katie — falei, apoiando o rosto no seu ombro. — Então eles não estão mesmo juntos? — perguntei, inclinando o queixo para Gibsie e Claire, que agora pareciam estar fazendo um tributo a Gene Simmons, dançando ao som de "Kids", do Robbie Williams e da Kylie Minogue.

Ele estava esparramado de costas, cantando a plenos pulmões em seu microfone imaginário, enquanto ela montava em seus quadris e se juntava na cantoria.

— Putz — Katie falou, vendo o namorado se aproximar pisando duro. — O Hughie vai surtar.

Claire ergueu as mãos para o irmão e continuou sacudindo a cabeça e tocando bateria invisível com uma só mão no ritmo da música. Gibsie ficou de braços cruzados atrás da cabeça, sorrindo timidamente para o amigo.

— Ah, merda — Katie grunhiu, trazendo minha atenção de volta para ela.

— O que foi? Ele vai surtar porque a irmã está dançando com o Gibsie?

— Não é ele — Katie disse, apontando para a porta da cozinha. — *É ele.*

Virei a cabeça, seguindo seu olhar, e todos os músculos do meu corpo se tensionaram quando meus olhos pousaram em *Joey*.

— Ah, meu Deus. — O ar escapou dos meus pulmões de uma vez e desviei o olhar logo. — O que ele está fazendo aqui? — Tomada pelo pânico, olhei para a minha amiga, buscando ajuda. — Katie, o que *ele* está fazendo aqui?

— Sei lá. Não faço ideia.

— Ah, Jesus. — Levei as mãos à cabeça e grunhi alto enquanto meu estômago se contorcia e meus joelhos tremiam de nervoso. — Você falou que ele não estaria aqui.

— Ele não devia estar. Sei que a Claire é amiga da irmã dele, mas não sabia que ele e o Hugh eram amigos.

— Ah, meu Deus. — De repente, me senti enjoada e fraca. — Preciso sair daqui.

— Não precisa, não — ela disse, abraçando meus ombros. — Está tudo bem. Se acalma e respira.

Bem nessa hora, Casey saiu abrindo caminho e gritando:

— Ele está aqui! Meu Deus, ele está aqui!

— Ele parece bem? — me ouvi perguntando, olhando para as minhas amigas entre os dedos que cobriam meu rosto. — Ele está arrumando briga? — Meu coração se apertou e obriguei a dizer as palavras: — Ele está chapado?

— Não sei — Casey respondeu com a voz arrastada. — Ele definitivamente não está arrumando briga, mas está longe demais pra eu saber se está chapado. — Ela esticou o pescoço para enxergar melhor e, depois de alguns segundos, soltou um rosnado furioso. — Então, parece que a Dolly errou quando escreveu aquela música dizendo que a tal da Jolene era ruiva. — Ela inclinou a cabeça em direção à cozinha e sussurrou: — No fim das contas, é uma loira brincando com o perigo.

— Ah, meu Deus — Katie grunhiu, ansiosa. — Por favor, me diz que ele não está pegando outra?

Com o coração martelando violentamente dentro do peito, me forcei a respirar fundo algumas vezes antes de ousar olhar para ele de novo.

Joey estava de jeans escuros e camisa justa azul-marinho, com as mangas arregaçadas, apoiado na ilha da cozinha. Com os braços cruzados, ele olhava para o chão, parecendo de bom humor, enquanto a loira sentada na ilha ao lado dele balançava os pés e falava.

Doeu.

Doeu tanto que eu sinceramente pensei que fosse quebrar ao meio.

— Ah, não, gente, é só a Lizzie — Katie falou depressa. — Ela está no terceiro ano no Tommen. É melhor amiga da Claire.

— Talvez por enquanto — Casey a corrigiu, irritada. — Logo ela só vai ser conhecida como a garota que me fez perder meu réu primário.

— Você está bêbada, Casey. Sossega! — Katie disse, depois se virou para mim. — Ela deve ser amiga da irmã dele também, por isso estão se falando — explicou calmamente. — Estão só estão conversando, Aoife. Parece bem inocente.

— Ah, por favor — Casey disse, gesticulando como se estivesse ofendida. — Não seja tão ingênua, Katie. Não tem nada de inocente naquele projeto de Mischa Barton.

— Sei que você só tem boas intenções, amiga, mas nesse momento está causando mais sofrimento que outra coisa — Katie resmungou. — Aoife não precisa disso. Ela não precisa dos seus comentários maldosos.

— Talvez não — Casey concordou, seguindo para a cozinha. — Mas ele vai ter que me ouvir.

— Ah, não, Katie! — Me levantei de uma vez, cambaleando. Apertei as têmporas e fiquei observando horrorizada Casey avançar para o Joey na cozinha. — Você sabe como ela fica quando bebe.

— Então você vai ter que ir lá.

— Não *posso* — falei, sem fôlego só de pensar em ter que ficar cara a cara com ele de novo. — Não estou bêbada o suficiente pra lidar com ele.

— Mas você tem que ir lá — ela insistiu, me empurrando para a porta. — Eles estão brigando por sua causa. Você precisa ir lá acalmar os ânimos.

— Não.

— Vai lá pegar a Casey e eu vou procurar o Patrick Feely. Ele não está bebendo hoje e pode dar uma carona pra vocês.

— Não posso ir lá.

— Você não tem escolha.

— Não.

— *Sim*, Aoife.

— Está bem, está bem!

Soltei um suspiro trêmulo, sacudi as mãos e respirei fundo para me acalmar. Depois me obriguei a seguir para a cozinha.

7

De boas intenções o inferno está cheio

JOEY

— Tem o Ronan McGarry. Ele é meio bosta, mas relativamente inofensivo — Lizzie disse, chegando ao último nome da lista de potenciais encrenqueiros que Shannon poderia encontrar na nova escola. — Mas, sinceramente, além das fofoquinhas e briguinhas por poder, é bem tranquilo lá no Tommen. Só a Bella Wilkinson me preocupa.

— Quem é essa? — perguntei, parado ao seu lado na cozinha, tomando notas mentais. — Eu conheço ela?

— Duvido. Você é gato, mas não tem pedigree pra entrar no radar dela.

Ergui a sobrancelha.

— Nossa, valeu.

— Foi mal, mas é verdade. — Ela deu de ombros de um jeito um pouco indiferente. — Você é só um garoto da ECB que mora em um conjunto habitacional, e ela é uma vadia que só quer saber de dinheiro e fama — Lizzie explicou, franzindo o nariz de desdém. — Você pode até ser a próxima estrela da AAG, mas a não ser que venha com acompanhamentos, e por acompanhamentos quero dizer grana, carro caro e um futuro no rúgbi profissional, ela não vai nem se dignar a te olhar.

— Puxa, estou desolado.

— Está parecendo mesmo — Lizzie comentou, rindo e batendo no meu braço. — Explicando melhor, ela se jogaria na frente de uma bala se essa bala fosse um dos garotos da Academia. Mas está no sexto ano e realmente não se importa com ninguém do terceiro ano, então a Shan não deve ter problemas com ela. Além disso, nenhum dos garotos do nosso ano é fodão o suficiente pra entrar no radar dela. Está mais interessada nos caras mais velhos, os doidos do rúgbi com status de deuses.

— Tipo o Johnny Kavanagh?

— Exatamente. — Ela assentiu. — Ou o Cormac Ryan. Os dois estão na Academia.

— Já vi eles jogando — comentei, esfregando o queixo. — Aquele Kavanagh é mesmo impressionante, mas esse Ryan não vai muito além da Academia.

— Quer ouvir uma informação quentinha e muito boa que está circulando entre a galera do rúgbi?

— Não muito.

— Bem, eu fui obrigada a ouvir, então você também pode saber.

— Por favor, não quero saber.

— Parece que a Bella está transando com o Cormac desde antes do Natal, sendo que ela deveria estar com o Johnny Kavanagh. Só que ele está machucado.

— Nossa, que escândalo, hein — falei, sem emoção. — Vai mudar a minha vida saber dessas três pessoas pra quem não dou a mínima. Como é que vou conter minha empolgação agora?

— Você é tão sarcástico e direto que chega a ser cruel. — Ela jogou a cabeça para trás e gargalhou. — Adorei.

— Bem, parece que não demorou muito pra você voltar aos velhos hábitos, né? — uma voz conhecida falou, e quando virei Casey Lordan estava me encarando. — Se divertindo com a nova peguete, babaca?

Estreitei os olhos.

— Do que você está falando?

— De você — Casey sibilou, apontando para nós. — E dessa putinha.

— Você acabou de me chamar de putinha mesmo? — Lizzie perguntou. — Ficou maluca?

— Se a carapuça serviu, querida — Casey disse, lançando à amiga de Shannon um daqueles olhares fulminantes e derramando o vinho que estava segurando. — E parece que serviu mesmo.

— Não me chame de "querida", sua piranha — Lizzie retrucou, descendo da bancada. — Porque você não sabe com quem está falando.

— Parem com isso — falei, me colocando entre as duas. — O que quer que você esteja pensando, não é verdade — eu disse para Casey. — Ela é amiga da minha irmã.

— *Claro* que é.

— Eu sou mesmo — Lizzie argumentou atrás de mim.

— Você — falei para Lizzie. — Sai daqui.

— Mas...

— *Vai* — lati. Fiquei esperando Lizzie sair e depois me virei para Casey. — E você... — falei com repulsa. — Não sei o que te deu, Case, mas você precisa parar de pensar merda.

— Eu te vi com ela!

— Ela é uma *criança*. Se liga, né? Meu Deus! E tira seu nariz de onde não foi chamada.

Ela fez o completo oposto: esticou o braço e me deu um tapa na cara que, puta merda, como doeu.

— Senão o quê, hein? — Ela empurrou meu peito com uma força surpreendente, considerando que mal o alcançava de tão baixinha. — O que você vai fazer, babaca?

— Casey — falei, recuando alguns passos só para vê-la avançando para mim de novo. — Para com isso.

— Por que você fez isso, Joey? — ela perguntou, me empurrando sem parar, até eu não ter mais para onde correr. — Você podia ter deixado ela em paz — a garota continuou, cambaleando, e por algum motivo desconhecido, estiquei a mão para estabilizá-la.

Isso mesmo: eu era idiota o suficiente para impedir que a menina que me atacava caísse. E, como agradecimento, ela me deu outro tapa.

Que ótimo.

— Escuta aqui, seu filho da puta metido a gostoso — ela disse, cutucando meu peito. — Não ligo se você é habilidoso no campo ou na cama. Nós dois sabemos que você está se *passando.*

— Do que diabos você está falando? — perguntei, irritado. — Ficou doida?

— Estou falando do coração da minha amiga que você partiu — ela sibilou, me cutucando de novo. — Aoife vale muito mais que qualquer outra garota dessa festa, e você é um burro se não enxerga isso.

— Você acha que estou traindo ela? — Encarei-a boquiaberto. — Ficou maluca?

— Ah, *sei.* Acabei de te pegar no flagra.

— Conversando. Você me pegou conversando com a amiga de infância da minha irmã.

— Pode negar o quanto quiser. Eu sei o que vi.

— Você está vendo coisas.

— E você é um canalha. Aoife estava *bem* com o Paul. Estava *tranquila.* A vida dela era estável. Consistente. Ele era *bom* pra ela. Mas você não podia deixar ela em paz, né? Não, você tinha que destruir o coração dela, sendo que ela jogou tudo fora por você. E olha só aonde ela foi parar.

— Agora você vai me ouvir — falei, furioso. — Se pensar em cravar essas suas garras venenosas na Aoife e transformar isso em algo que não é, juro por Deus, Case, eu vou perder a cabeça.

— Você perdeu a cabeça no instante em que decidiu partir o coração da minha melhor amiga. Aoife Molloy é a *única* coisa boa da sua vida, Joey Lynch, e todo mundo sabe disso. Ela te *ama*, seu babaca, apesar da sua reputação e de todas as coisas horríveis que você já fez, e em vez de tratá-la com o amor e o respeito que ela merece, você sacaneia ela.

— Você não sabe de nada. Não faz ideia do que está rolando entre a gente, então não vem me encher o saco com coisas que não te dizem respeito.

— Eu sei que você falou alguma merda sobre precisar de espaço e depois deu as costas sem nem olhar pra trás — ela disse, tão furiosa quanto eu.

— Casey, para com isso! — A voz dolorosamente familiar de Molloy ecoou na minha cabeça, fazendo com que todos os pelos do meu corpo se arrepiassem. — Para já com isso! — ordenou, arrastando a amiga para longe de mim. — Chega.

— Ele merece.

— Você não sabe de nada, então fica quieta.

— Eu sei que ele te magoou.

— Casey, sério! Vamos embora.

Fiquei completamente pasmo ao dar de cara com Molloy naquele vestidinho vermelho justo de costas nuas, e não pude fazer nada além de vê-la me ignorar, concentrando toda a atenção na amiga.

— Mas ele te magoou — Casey disse, apontando para mim. — Você está triste, se matando de comer chocolate, e é tudo culpa dele.

— Não importa — Molloy falou, envolvendo a cintura de Casey e a conduzindo para a porta, sem olhar para mim nem uma vez. — Vamos — ela acrescentou, levando a amiga embora. — Vou arrumar uma carona.

— Molloy?

— Agora não, Joe.

Meu coração disparou em protesto.

— Molloy.

— Não — ela disse, saindo da cozinha às pressas abraçada com Casey. — Agora não consigo, está bem?

Não, não estava nada bem.

Eu não estava nada bem.

Dei a volta atrás dela antes que meu cérebro tivesse chance de raciocinar.

— Patrick Feely está esperando — a vizinha dela falou, passando o braço em torno da Casey e ajudando a carregá-la. — Ele vai deixar vocês em casa. Ele é bonzinho, Aoife. Pode confiar.

— Obrigada, Katie — Molloy disse, abrindo a porta de trás e colocando Casey lá dentro. — Desculpa.

— Tudo bem, amiga — Katie respondeu, abraçando-a de lado. — Você não fez nada errado.

— Não quero ir pra casa — Casey protestou, esparramada no banco. — Estou me divertindo.

— Sim — Molloy grunhiu. — Estragando a minha vida.

— Não fica brava comigo — ela choramingou. — Estou tentando cuidar de você.

— Posso cuidar de mim mesma, Case.

— Mas ele te deixou tão triste.

— Vai mais pra lá pra eu entrar. Depois a gente conversa.

— Molloy — insisti, segurando a porta quando ela foi se sentar ao lado da amiga. — Não vai embora.

— Preciso ir.

— Por quê?

— Estou fazendo o seu jogo, Joe — ela disse, sem fazer contato visual. — Você resolve as suas paradas, e eu, as minhas, esqueceu?

— Isso aí — Casey falou, toda mole. — Deixa ela em paz, babaca.

— Casey, está tudo bem, para com isso — Molloy murmurou com as bochechas vermelhas. — Desencana.

— Não vai embora — repeti, ignorando os olhares que a amiga dela estava lançando para mim. — Não vai, Aoife.

— Preciso ir — ela respondeu baixinho. — Casey está bêbada e eu tenho que levar ela pra casa.

— Eu levo ela, Aoife — Katie sugeriu, e eu soube nessa hora qual das amigas era a minha favorita. — Se você quiser ficar e, bem... resolver as coisas e tal, posso deixar ela em casa com o Patrick.

— Valeu, Katie, mas é muito abuso.

— Tudo bem — Katie falou depressa. — Acho que você devia conversar com ele. — Ela deu um sorrisinho para mim, que era também uma advertência. — *Tranquilamente.*

— Ei. — Ergui as mãos para que ela soubesse que eu estava totalmente disposto a seguir seus conselhos.

— Não... — Casey choramingou. — Não faz isso, Aoife, ele só vai falar merda.

— Fica quieta! — Katie disse, entrando no carro com Casey e fechando a porta depressa.

Logo depois, o carro se afastou, nos deixando ali parados em um silêncio tenso.

— Então você ia embora sem falar comigo?

— Não quero brigar com você, Joe — sussurrou, colocando as mãos na cintura, na defensiva. — Estou cansada.

— Eu também não quero brigar.

Ela assentiu com firmeza e ficou olhando para os saltos.

— Você não vai olhar pra mim?

— Agora não.

— Por que não?

— Porque dói demais.

Meu coração se apertou.

— Baby...

Ela mudou de assunto e perguntou:

— E aí? O que está fazendo em uma festa do Tommen, Joey Lynch?

— Acredite ou não, fui convidado.

— Por quem?

— Hugh Biggs — respondi, e logo devolvi a pergunta: — O que *você* está fazendo em uma festa do Tommen, Aoife Molloy?

— Fui convidada.

— Por quem?

— Katie Wilmot.

Fiquei pensando um tempinho antes da ficha cair.

— Espera, a sua vizinha Katie está com o Hugh Biggs?

— Isso — ela murmurou. — Você já sabia disso.

Eu tinha uma vaga lembrança de Molloy comentando que a amiga namorava alguém do time de rúgbi do Tommen, mas na época estava chapado demais para prestar atenção na conversa.

— Não, não, não. Você me disse que o nome dela era Katie Horgan.

Disso eu me lembrava.

— É Katie Horgan-Wilmot — ela falou. — Os pais dela não são casados, lembra? A mãe dela é Horgan e o pai é Wilmot. Ela tem os dois sobrenomes, mas geralmente usa o do pai.

— Então a *Katie* está com o Hugh.

— Sim, já faz um tempo.

— Nossa. — Lembrei da conversa que tive com a Lizzie e senti uma pontada de empatia no peito antes de afastar a lembrança de repente.

Não é da minha conta.

— Por que ela está no Tommen mesmo? Ela é de Rosewood. Os pais dela não nadam em dinheiro. — Depois acrescentei para não parecer um babaca: — Ela não devia estudar na ECB com a gente?

— Você sabe por que ela está no Tommen, Joe — murmurou, chutando uma pedrinha no chão. — Eu já te contei tudo, esqueceu?

Esqueci, porque eu estava em outro planeta.

— Ah, é — menti, repugnado pelas mil formas como decepcionei aquela garota. — Lembrei.

— Você está bebendo?

— Bebi uma cerveja a noite toda.

— Nossa — ela falou, baixinho. — Deve ser um recorde pessoal.

Ui.

— Eu mereci essa.

— Não falei pra te atingir — ela disse, balançando a cabeça.

— Eu não tiraria sua razão.

— Pois é.

Outro silêncio tenso se instalou entre nós, e fiquei desconfortável.

— Você está ligada que a Casey exagerou, né? A garota com quem eu estava conversando é amiga da Shannon — expliquei depressa, com o coração disparado. — Você entende, né?

— Sim. — Sua voz era pouco mais que um sussurro quando ela disse: — Katie comentou.

— Então está tudo bem? — insisti com gentileza. — Você sabe que não estava rolando nada, né?

— Não, eu não estou *bem* — ela disse, agora com a voz embargada. — Faz semanas que não estou *bem*. — Dessa vez ela me olhou, e foi como um golpe, pois vi lágrimas nos seus olhos. — Já você parece estar ótimo, então pelo visto esse término está funcionando pra um de nós dois.

— Está falando sério? — Dei um passo para trás como se ela tivesse me dado uma facada. — Você acha que não estou sofrendo?

— Não sei mais como você se sente.

— Sou apaixonado por você.

— Não...

— Nada mudou pra mim, Molloy — interrompi, pois eu precisava que ela soubesse. — *Nada*.

— Não consigo fazer isso — ela admitiu com a voz falhando. — Não consigo.

— Isso o quê? — perguntei, desesperado. — Não consegue falar comigo?

— Ficar aqui com você sem *estar* com você — ela disse, colocando a mão na testa. — É demais. É difícil demais. — Ela balançou a cabeça e se virou para ir embora. — Não consigo.

— Aoife. — Senti uma mistura bizarra de culpa e medo quando ela se afastou. — Eu só estou tentando te proteger.

— Não... — Deu meia-volta e se aproximou, furiosa. — Não — ela repetiu com os dentes cerrados, apontando para mim. — Isso não é me proteger, Joey. Fugir *não* é me proteger. Me abandonar *não* é me proteger, caramba! — Puta da vida, ela piscou as lágrimas acumuladas e me olhou feio. — *Não* é assim que se trata a pessoa que você ama, o que me mostra que você nunca me amou como eu te amei.

— Eu nunca te amei? — Olhei para ela perplexo. — Ficou *maluca*? Você é a *única* pessoa neste planeta que eu amo!

— Não — insistiu, balançando a cabeça. — Você não tem o direito de fazer isso. Não pode acabar comigo desse jeito. — Aoife colocou as mãos no meu peito e me empurrou quando estiquei o braço para ela. — Não pode dizer que me ama e depois partir o meu coração! — Ela soltou um soluço de choro no instante em que coloquei as mãos na sua bochecha. — Você não me ama, Joey. — Ela piscou, se entregou ao meu toque e fungou. — Você não sabe amar ninguém.

— Talvez eu não saiba muito bem — falei, sentindo meu coração se despedaçar. — Mas eu te amo de verdade.

— Você é um idiota.

— Eu sei.

— Não aguento mais isso.

— Eu sei.

— É sério, Joey — disse, recuando e tremendo. — Não aguento mais um segundo. — Assim, ela se virou e saiu pisando duro com seus saltos altíssimos, falando por cima do ombro: — Dói demais.

Eu devia seguir na direção oposta e me afastar dela, mas não foi o que fiz.

Não, porque eu era um idiota doente e masoquista, e saí atrás dela, sabendo que Molloy não aceitaria ser feita de trouxa.

Eu não tinha dúvidas de que ela pretendia me fazer pagar por não lhe dar o que queria — que, por acaso, era exatamente a mesma coisa que eu.

Puta que me pariu.

8

Não fique brava, se vingue

AOIFE

Vários shots depois, eu logo passei da embriaguez e estava chegando perto da intoxicação.

Fiquei rebolando com Katie, que voltou depois de deixar Casey em casa, e dançamos na pista improvisada com o Ken e a Baby Spice. Ignorei deliberadamente o cuzão passando um baseado na cozinha.

Isso porque ele estava limpo.

Babaca.

— Você sabe que o Hughie vai te matar, né, Gibs? — Katie perguntou, trazendo minha atenção de volta para o presente, ou seja, para Gibsie Gibberson, ou qualquer coisa assim, que estava só de cueca dançando "Barbie Girl", do Aqua.

Sem o menor pudor na sua libertinagem, ele colocou a parceira por cima do ombro e batia na bunda dela no ritmo da música.

Gritando de alegria enquanto ele se sacudia na pista com ela pendurada no ar, Claire se agarrou nos seus braços como se sua vida dependesse disso.

O grandão só deu um sorriso safado para Katie e continuou dançando com a amiguinha, sem perceber ou apenas sem se importar com os *vários* olhares invejosos que estava recebendo.

Para ser justa, não era preciso ser uma gênia para descobrir por que as garotas da escola deles estavam olhando. O cara era enorme, tinha dois mamilos furados e mais músculos no corpo do que juízo na cabeça.

Com juízo ou não, ele certamente parecia conhecer bem suas prioridades, colocando sua rainha cacheada em primeiro lugar. Enquanto seus amigos abandonavam as namoradas e paqueras, Gibsie não deu mais que três passos para longe de Claire a noite toda.

— Sinceramente, acho que eles não estão transando — Katie comentou revirando os olhos, parecendo ler meus pensamentos. — Eles sempre foram assim. Tipo dois pequenos e estranhos ímãs atraídos um pelo outro.

Dei risada e a cutuquei, dizendo:

— Bem, quando eles transarem, certeza que vai ser uma explosão.

— Se algum dia rolar, vai ser na cama nupcial — Katie falou. — Porque Claire Biggs não vai abrir as pernas por nada menos que um grande diamante e promessas de eternidade.

— Que bom pra ela — respondi, abrindo um sorriso provocativo. — Parece que ela está seguindo as dicas da futura cunhada.

— Ei. — Katie ficou corada de vergonha. — Não tem nada de errado em querer ser certinha.

— Verdade — concordei, passando o braço pelo seu ombro. — Mas ser má é muito mais divertido.

— Falando em malvadeza... — Ela me segurou, se aproximou e perguntou: — Você não vai falar com o Joey?

— Não.

— Ah, para com isso — ela grunhiu. — Você está sofrendo e eu entendo, mas é besteira fingir que não quer ir lá falar com ele.

— Na verdade, estou perfeitamente contente de estar aqui com você — menti.

— Aff, vocês são dois teimosos.

— *Ele* que é teimoso — retruquei. — *Eu* só estou me protegendo.

— Vamos, Aoife, você só vai acabar dando um tiro no pé desse jeito. — Ela deu um suspiro pesado. — Está na cara por que ele ainda não foi embora.

— Ah, é? Se está tão na cara, por que ele não está aqui?

— Porque já tentou falar com você — ela me lembrou. — E você saiu fora.

— Porque ele terminou comigo, Katie. — Senti um nó na garganta e o engoli rapidamente antes de sibilar: — *Ele* me deu um fora. O que é que eu posso fazer? Encher o saco dele pra ouvir aquela merda de "Não é você, sou eu"?

— Bem, de qualquer forma, está bem óbvio que ele não está tentando te substituir — ela disse, apontando para a cozinha. — Gretta Burchill é a sexta garota que leva um fora dele.

Com relutância, me virei para espiar além do arco da cozinha e vi Joey encostado na bancada de mármore com um baseado na mão, conversando com um grupo que incluía Alec, Podge, o namorado da Katie, Hugh, o motorista da vez, Patrick, a amiga da Shannon, Lizzie, e alguns outros que não reconheci.

Senti uma fúria ardente me queimando quando a morena de pernas longas que estava sentada na ilha ao lado dele se aproximou e sussurrou algo em seu ouvido.

Toda sorrisos e carícias nada inocentes, ela abraçou o pescoço do *meu* cuzão e o posicionou entre as suas pernas. Mantendo a mão no peito dele, descansou o queixo em seu ombro e sussurrou mais alguma coisa no seu ouvido.

Ah, o caralho que eu ia deixar aquilo rolar.

— Aguenta aí, Harley Quinn — Katie disse, segurando meu pulso quando eu ia acabar com aquela vadia. — Só fica olhando.

Sem hesitar, Joey pegou a mão dela e habilmente se desvencilhou do seu abraço. Balançou a cabeça quando ela tentou puxá-lo de volta.

— Está vendo? — Katie falou por cima da música. — Ele não está interessado em mais ninguém, Aoife.

Eu estava longe deles para ouvir o que estava sendo dito, mas a mão que ele levantou para afastar a morena, sem mencionar a expressão estupefata estampada no seu rosto, me acalmou por um momento e saciou minha sede de sangue.

A garota ergueu as mãos e falou algo para o Joey, e o que quer que ele tenha respondido fez ambos olharem na minha direção.

Ela teve a decência de corar quando fizemos contato visual.

Enquanto isso, Joey fez uma cara presunçosa de quem dizia "Está vendo? Eu te falei!".

Estreitei os olhos e fiquei encarando-a até ela se afastar do meu homem, se retirando da cozinha com o rabo entre as pernas.

Nossos olhos se encontraram, verde com verde, e ele piscou para mim.

Assim, com esse simples gesto, Joey me destruiu.

— Vai lá — Katie me incentivou, me dando um empurrãozinho. — Você é a Aoife Molloy, caramba. Quando foi que começou a deixar um garoto mandar na sua vida?

— Eu não deixo — murmurei, voltando a atenção para a minha amiga. — Eu *não* deixo.

— Exatamente. — Ela sorriu. — Então vai lá tomar conta desse seu namorado incrivelmente sexy e *assustador* antes que outras garotas tentem pegar ele.

— Pode crer. — Estreitei os olhos e me virei para marchar diretamente para aquele lindo maconheiro. Mas, no último minuto, agarrei a mão de Katie. — Mas é melhor você seguir seu próprio conselho e vir comigo, porque aquela amiga ranzinza da Shannon está com cara de quem quer comer o seu garoto.

— Quem, a Lizzie? — Katie perguntou, rindo e me seguindo. — Sem chance. Ela faz parte do grupinho de elite deles na escola. É só uma amiga.

— Uhum. — Revirei os olhos. — Regra número um, querida vizinha inocente: nunca confie em uma garota com *essa* aparência com um garoto com *essa* aparência.

— Ei, pernoca sexy — Alec me cumprimentou quando Kate e eu nos juntamos à rodinha deles na cozinha. — Como vai a minha garota favorita?

— Não abuse da sorte, cara — Podge riu, cutucando Al com o cotovelo. — Você está bonita, Aoife.

— Valeu, Podge — eu disse, me sentindo um pouco estranha quando Katie foi direto para o Hugh, me deixando sozinha com um grupo de garotos com quem eu normalmente não ficaria desconfortável.

Mas aquilo era diferente.

— Molloy.

Senti um calor na barriga quando ele falou meu nome e me obriguei a encará-lo.

— Joe.

Ergui a sobrancelha e fiquei vendo-o exalar uma nuvem de fumaça.

— Cuidando das suas paradas, né? — Revirei os olhos. — Estou sentindo o *cheiro*, cuzão.

Ele franziu a testa, confuso, enquanto Podge soltava um sonoro "Rá".

— Maconha não conta, Molloy.

— Claro que conta.

— Desde quando?

— Desde sempre. — Frustrada e cansada, revirei os olhos de novo e dei as costas para ele, sem energia para brigar. — Oi — falei para a loira carrancuda. — Sou a Aoife.

— Lizzie — ela respondeu, abrindo um sorrisinho amarelo e balançando a cabeça quando Alec lhe ofereceu o baseado. — Sua amiga se enganou, só pra você saber. Eu não estava tentando pegar o seu namorado.

— Não é da minha conta quem o Joey pega — eu disse, dolorosamente ciente que ele estava logo atrás de mim. — Ele é um ser livre, e eu também.

— Até parece. — Ele colocou a mão na minha cintura, pressionando os dedos na minha pele, e me puxou. — Para com isso.

— Eita — Alec falou em meio à fumaça. — Estou pressentindo algum problema no paraíso?

— Qual foi, Joe? — perguntei, resistindo à vontade de me entregar ao seu abraço. — Você quis terminar, então lide com as consequências.

— Molloy.

— Quieto. — Mantive a bunda encostada na sua calça, joguei o cabelo por cima do ombro e sorri para o estranho fumando o baseado. — Está planejando compartilhar isso, olhos azuis?

Ele deu uma piscadela sedutora e me ofereceu o baseado.

— O que você está fazendo? — Joey perguntou com um tom severo. Ele soltou um grunhido frustrado com a mão enorme ainda na minha barriga. — Abaixa isso, Molloy. Agora.

Sem ter a menor ideia do que eu estava fazendo, segurei o baseado, levei aos lábios e dei uma longa tragada, me esforçando para não deixar meus pulmões explodirem, enquanto minha cabeça rodopiava e meus olhos ardiam.

— Molloy. — Joey me virou em seus braços e me encarou. — Não estou de brincadeira.

Soltei o ar devagar e sorri para ele.

— Como é aquele ditado mesmo, Joey? Se não pode vencê-los...

— Junte-se a eles — Alec completou, tamborilando os dedos no balcão às suas costas antes de calar a boca ao notar o olhar mortal de Joey. — Ou não.

— Não — Joey disse, voltando a atenção para mim. — Não.

— Qual o problema, Joey? Você pode se divertir mas eu não? — provoquei, levando o baseado aos lábios mais uma vez e dando outra tragada que fez meus olhos lacrimejarem.

— Molloy!

— Lynchy, relaxa.

— Deixa ela se divertir, cara.

— Eu falei que não — ele disse, arrancando o baseado da minha mão e o entregando para o estranho atrás dele. — Eu falei que *não*, Aoife.

— Você não pode me dizer o que fazer — grunhi, me sentindo meio bêbada e meio zonza. — Você não manda em mim.

— Bem, que pena pra mim, porque você com certeza manda em mim!

Bêbada ou não, suas palavras me atingiram com força no peito.

Senti o ar se esvair dos meus pulmões e olhei para ele conforme uma torrente de emoções me dominava.

— Por que você está me falando isso?

— Porque é verdade.

— Desde quando?

— Desde que eu tinha doze anos.

9

Corações expostos

JOEY

Ninguém esfregava o carma na minha cara como Molloy.

Vê-la fazer algo tão mundano quanto dar uma tragada em um baseado fez algo dentro do meu coração colapsar. Porque aquela não era ela. Ela não fumava maconha.

Que inferno, a única vez que a vi colocando um baseado na boca nos seis anos de convivência foi em uma festa no primeiro ano, quando ela deu uma tragada em um beque nos fundos do pavilhão só para vomitar, sem cerimônia, todo o conteúdo do seu estômago logo depois. Eu que era o fodido daquele relacionamento, não ela.

Molloy tinha dado a sua cartada final hoje à noite, me obrigando a desistir, pois eu não tinha mais nada além do meu coração exposto para que todos ao nosso redor vissem.

— Boa, gata. — Soltei um suspiro frustrado, coloquei a mão na sua cintura e a puxei. — Você ganhou essa rodada.

Minha vida era imprevisível e meu futuro era sombrio, mas eu não tinha dúvidas de que, aonde quer que eu fosse, aquela garota sempre teria poder sobre mim.

— Essa rodada? — Desafiadora como sempre, ela me olhou com aqueles olhos verdes ridiculamente sensuais e arqueou a sobrancelha perfeita. — Eu *sempre* ganho, Joe.

Era verdade, apesar de não ser bom para ela.

Seu corpo estava pressionado contra o meu, de forma que os seus seios roçavam no meu peito toda vez que ela respirava. Aquilo era demais e eu estava tendo dificuldade para manter a cabeça no lugar.

Eu ouvia os murmúrios e as conversas ao nosso redor, mas não conseguia distinguir uma palavra sequer, porque todo o meu foco estava na garota que me atormentava incessantemente desde o dia que nos conhecemos.

Porque eu a amava.

Porque cada parte minha amava cada parte dela.

As boas, as ruins e as feias.

Eu era caidinho por ela.

Ela deixava meu coração apertado e minha cabeça rodopiando.

Sem tirar os olhos dos meus, Molloy foi passando as unhas compridas e vermelhas pela minha barriga até parar no meu cinto e me puxar.

Puta merda.

Ela sabia exatamente o que estava fazendo quando tirou a minha mão da sua cintura e a colocou na sua bunda maravilhosa.

Depois, ficou na ponta dos pés, segurou meu pescoço e puxou meu rosto.

— Você é um cuzão.

— Eu sei.

— Você acabou comigo.

Senti uma pontada de dor no peito.

— Eu sei.

— Garoto mau. — Senti seu hálito quente exalando álcool no meu rosto quando ela sussurrou: — Pede desculpas.

Furioso e agitado, cedi sem nem lutar, pois estava cansado e apaixonado demais para negar o que sentia.

— Me desculpa.

— De verdade?

— De verdade.

— Bom garoto. — Então sua língua estava na minha orelha, e seu corpo, pressionado contra o meu. — Agora diz que me ama.

— Te amo. — As palavras voaram da minha língua em tempo recorde.

— De novo.

— Te amo.

— Quanto?

— Muito.

— Hum. — Ela pegou minha mão e me conduziu para a pista. Fui atrás dela como se tivesse retomado o hábito de uma vida inteira. Aquela garota era de longe meu maior vício. — O que você está fazendo?

— Você partiu o meu coração — ela disse, colocando as minhas mãos na sua cintura, envolvendo os braços no meu pescoço e se aproximando. — O mínimo que pode fazer é dançar comigo.

Sem forças para discutir nem para resistir, puxei-a para mim, grato pela vodca no meu estômago, porque eu ficava bastante desconfortável dançando. Mas aquela garota... bem, eu fazia praticamente tudo o que ela me pedia.

Embriagado de vodca e arrependimento, mantive as mãos firmes na sua cintura. Seu corpo curvilíneo se pressionava contra o meu e ela esfregava os quadris em mim ao melancólico som de "Lightning Crashes", do LIVE, flutuando ao nosso redor.

Conforme meu cérebro absorvia a letra da música, uma energia pesada e horrível se instalou nos meus ombros.

— Qual o problema? — Molloy perguntou, notando meu desconforto quase instantaneamente.

— Nada.

— Joe?

— Eu só... — Balancei a cabeça e soltei um suspiro sofrido. — É essa música.

— O que tem?

— Me lembra dela.

— De quem? — Seus olhos verdes suavizaram. — Da sua mãe?

Com a mandíbula cerrada, fiz que sim.

— Eu sei que é errado.

— Não é. — Ela segurou meu rosto e o trouxe para si. — Olha pra mim.

Olhar para ela doía.

Eu a amava profundamente, mas sabia que isso não era bom para ela.

— Olha pra mim — ela repetiu, com os olhos verdes fixos em mim enquanto ouvíamos a música. — Não desvia o olhar. — Ela estremeceu e me manteve pertinho. — Faz essa música ser sobre a gente.

Sentindo uma dor bastante incômoda no peito, me obriguei a obedecer. Eu daria o que ela quisesse.

— Te amo — falei.

— Eu sei.

— Não quero te machucar.

Ela fez carinho na minha bochecha.

— Eu sei.

Soltei um suspiro e encostei a testa na dela.

— Você é tudo o que eu quero, Molloy.

— Então prova — ela sussurrou, correndo os dedos pela minha pele. — Porque você não pode me deixar no limbo desse jeito.

— Não é o que estou tentando fazer.

— Pode não ser, mas é o que está fazendo.

Meu peito se apertou de um jeito dolorido.

— Estou tentando te proteger.

— Para de tentar me proteger e começa a me fazer feliz — ela retrucou, sem tirar os olhos dos meus. — Está na hora de escolher entre a cruz e a espada, Joey Lynch.

10

Não diga se não for para valer

AOIFE

— Está na hora de escolher entre a cruz e a espada, Joey Lynch.

Fiquei parada diante do único garoto que amei na vida, tremendo, com um ultimato pairando pesado entre nós.

Era verdade.

Eu não podia viver mais um dia sequer me sentindo daquele jeito.

Precisava saber o que ele estava pensando.

Não conseguia lidar com o desconhecido.

O desconhecido me *aterrorizava*.

— Não preciso tomar nenhuma decisão — ele falou, me surpreendendo, com os olhos verdes cintilando de calor. — Você já sabe que escolho você.

Sua resposta fez um arrepio de prazer percorrer meu corpo, mas meu coração ainda estava desconfiado.

— Não, eu *não* sei — eu disse, nervosa. *Porque, se soubesse, não estaria ali, arriscando meu coração e meu orgulho.* — Eu *não* sei, Joey.

— Então vou deixar bem claro — ele respondeu, colocando a mão na minha bochecha. — Eu escolho você, Molloy. — Ele ergueu meu queixo, me obrigando a fazer contato visual. — Você.

— Não diga se não for para valer.

— É você — ele repetiu depressa, apertando a minha cintura. — Eu escolho você. Sempre.

— É sério — avisei, balançando a cabeça. — Sou bem grandinha e sabia onde estava me enfiando quando te beijei aquele dia na frente da sua casa. Você tem essa ideia bizarra de que precisa me proteger da sua vida, sendo que *nada* na sua vida é uma surpresa pra mim. Entrei nessa relação de olhos bem abertos, e adivinha? Meus olhos ainda estão abertos e, mesmo assim, continuo querendo ficar com você.

— Eu também quero. Só... — Ele soltou um suspiro trêmulo. — Você significa o mundo pra mim — confessou com a voz embargada. — Sei que sou meio ruim pra me expressar e não demonstro meus sentimentos tanto quanto deveria. Mas é verdade. *Não* quero te machucar, mas é exatamente o que acabo fazendo na maior parte do tempo.

Suas palavras, seu toque, seu cheiro... tudo era intenso demais.

— Joe.

— Vou te amar do jeito certo dessa vez — ele sussurrou, e senti seu hálito na minha bochecha. — Se você me ensinar como.

Minha mão se mexeu por vontade própria, agarrando a sua camiseta e puxando ele para perto, quando eu precisava empurrá-lo para longe.

— Joe.

— O que eu fiz no Natal... O fundo do poço que cheguei... Fiquei assustado pra *caralho* e só fiquei pensando que, se não te afastasse, acabaria destruindo o meu mundo, porque é isso que você é pra mim, Aoif. Você é meu mundo inteiro condensado em uma garota. Então, sim, talvez eu tenha errado feio, mas tudo o que sempre quis foi te proteger.

— Sabe, esse é grande parte do nosso problema, Joe, porque eu nunca precisei da sua proteção. Não sou sua mãe nem sua irmã. Não sou mais alguém precisando de você. Eu sou a garota que te *quer* de todo o coração. Que te *ama* de todo o coração. Você, o jogador de hurling. O mecânico. O garoto. O protetor. O cuzão. O amante. O viciado. — Funguei e acrescentei: — Todas as suas versões. Todas as suas formas e cores. Aceito todas. Então não ligo que você seja ferrado da cabeça ou que decida que é uma péssima ideia pra mim. Se você não pode ficar comigo sem esconder as partes feias, pode ir embora agora, porque não vou passar por isso de novo.

— Entendi, Molloy — ele disse com a voz tensa.

— Entendeu? — Com os olhos, implorei que fosse sincero. — Entendeu mesmo, Joe?

Ele fez que sim.

— Entendi, gata.

— Que bom. — Tremendo, fechei os olhos, perdendo a batalha contra as minhas emoções e o meu orgulho, e descansei a testa no seu peito. — Porque você não pode voltar atrás dessa vez, Joe. Está me ouvindo? Você não pode ir embora de novo por nenhum outro motivo além de não querer mais ficar comigo, e confie que eu também vou fazer o mesmo.

— Está bem. — Suas mãos deslizaram da minha cintura para os meus ombros e depois para o meu rosto e o meu cabelo, provocando um arrepio de prazer que só ele era capaz de provocar. — Posso fazer isso.

Sensações e sentimentos proibidos ganharam vida quando ele roçou o nariz contra o meu, me fazendo carinho com um afeto que eu sabia que ele só sentia por mim. Era empoderador e aterrorizante ao mesmo tempo.

— Te amo.

Ele falava com tanta facilidade agora que a declaração até me soava estranha.

Um suspiro trêmulo escapou dos meus lábios entreabertos.

— Te amo — ele repetiu devagar, se inclinando para me dar um beijo inocente e doce que destruiu a minha alma.

— Chega de muros, Joe. — Meus braços envolveram a sua cintura e enterrei os dedos na sua camiseta, me agarrando nele como se ele fosse sagrado. — Chega de segredos e mentiras, está bem? Já passamos disso. Porque eu nunca fui sua inimiga — eu disse. — Sempre estive no mesmo time que você.

Ele ficou imóvel por um instante antes de soltar um suspiro pesado.

— Então, em nome da transparência total, eu provavelmente deveria te contar que não vim aqui só porque fui convidado.

— Certo... — Estreitei os olhos, desconfiada. — O que você fez?

Ele balançou a cabeça, pegou a minha mão e me levou para uma parte silenciosa do jardim.

— Não surta.

Cruzei os braços e o encarei.

— Não me dá motivo pra surtar e eu não vou surtar.

Ele franziu o nariz e murmurou:

— Eu vendi uns gramas pro Biggs.

— De *pó*?

Ele se contorceu de desconforto.

— De maconha.

— Meu Deus, Joey!

— Não procurei o Shane — falou depressa. — Não chego nem perto dele desde aquela noite.

— Então onde você arranjou? Do seu estoque pessoal?

Ele deu de ombros timidamente.

— Aff. — Sacudi a cabeça. — O que é que estou dizendo? *Claro* que você tem um estoque pessoal.

— Era tudo o que eu tinha, juro.

— Não mente pra mim...

— Não estou mentindo — ele me interrompeu. — Era tudo o que eu tinha mesmo, Molloy. Eu juro.

— Por quê?

— Por que o quê?

— Por que você faria algo tão estúpido quanto vender maconha pra um bando de garotos de escola particular?

Ele me olhou com cautela, mas não respondeu.

— *Por quê?* — repeti, sem querer ceder.

— Porque eles me pediram?

Fiz uma expressão que dizia: *resposta errada*.

Ele soltou um grunhido de frustração e tentou de novo:

— Porque eu precisava da grana.

Agora, sim, estávamos chegando a algum lugar.

— Pra quê?

— Pra minha família.

— Por quê?

Ele olhou para o céu, balançou a cabeça e disse:

— Porque o velho torrou toda a grana da minha mãe, e, quando o dinheiro acabou, ela entregou a minha grana pra ele.

— Está falando sério?

— É culpa minha — ele respondeu com um tom resignado. — Eu sempre dou pra ela metade do meu salário no final da semana pra ajudar com as contas, e dei um extra pro Natal, pra ela comprar o que precisava pras crianças. — Ele franziu a testa e acrescentou: — Seu pai me pagou um bônus de Natal este ano, e eu sou burro demais ou estava chapado demais pra pensar nas consequências de entregar a grana pra ela.

— Você deu todo o seu dinheiro pra ela?

— Cada centavo — ele admitiu e depois fez uma careta. — Comprei aquelas botas que você queria primeiro. Estão debaixo da minha cama.

Meu coração se apertou.

— Joe...

— Estou tentando me manter longe de confusão, Molloy, de verdade. Hughie Biggs que foi atrás de *mim*. Ele e os amigos estavam procurando erva, ostentando mais grana que juízo por aí. — Ele deu de ombros e depois acrescentou: — Resolvi aproveitar a oportunidade e não vou pedir desculpas por isso. Eu precisava do dinheiro pros meus irmãos. Pro Seanzinho... — Ele sacudiu a cabeça e achei que seus olhos estavam cheios de arrependimento para um cara que se recusava a pedir desculpas. — Não sou traficante, Molloy, você sabe que não sou. Mas eu não podia torcer o nariz pra uma oportunidade dessas. Não poderia me dar a esse luxo.

— Por quê? — A curiosidade levou a melhor sobre mim e perguntei: — Quanto eles te ofereceram?

— Duzentos euros por uma quantia que me custou sessenta.

— Sério? — Fiquei perplexa. — Sabe quantas horas tenho que trabalhar no pub pra ganhar isso?

— Eu sei. — Ele assentiu, de olhos arregalados. — É a mesma coisa comigo na oficina. Foi exatamente o que eu pensei. Está vendo? É por isso que eu te amo. Você me entende.

— Entendo, mas esse não é o ponto — falei depressa, lançando para ele um olhar severo. — Essa merda vai parar por aqui. — Estreitei os olhos e completei: — Você nunca mais vai fazer isso, está me ouvindo? Se você sequer pensar...

— Não se preocupe — ele disse rapidamente. — Já cometi o erro de entregar meu salário a um vagabundo e foi a última vez.

Era mentira. No instante em que colocasse as mãos no salário, Joey entregaria o dinheiro para ela. Era um dos motivos de eu amá-lo tanto. E um dos grandes motivos de eu desprezar a mãe dele.

— Então, eu meio que estou congelando aqui fora — falei, gesticulando em volta.

— Nossa, é mesmo — ele murmurou. Ele fez que ia segurar a barra do moletom e depois percebeu que aquela era uma das raras ocasiões em que não estava de moletom. — Você não tem casaco? — ele perguntou, me puxando para si e espalhando a mãozona nas minhas costas nuas.

— Não, mas não preciso — respondi, cansada daquele papo pesado. — Porque tenho um suprimento ilimitado de álcool grátis pra me esquentar a barriga, e esse cuzão aqui por quem estou meio que apaixonada pra esquentar todo o resto.

Ele deu um sorrisinho.

— Ah, é?

— Uhum. Vem, Tony Soprano. — Abracei sua cintura, enfiei a mão no bolso traseiro da sua calça e me recostei nele. — É a sua vez de cuidar de mim.

11

Chega de muros

JOEY

Molloy colocou as cartas na mesa, me dando um ultimato, e eu nunca me senti tão grato. Jamais fui o tipo de pessoa que aceitava ser encurralado ou que abaixava a cabeça para os outros, mas não senti necessidade de brigar com ela por isso.

Levei anos para chegar nesse ponto, mas meu corpo e minha mente não entravam mais automaticamente no modo de ataque quando ela me dava um sermão. Eu também não entrei no modo de defesa porque algo bem no fundo de mim a reconheceu como uma *aliada*.

Minha parceira.

Isso nunca tinha acontecido.

Com nenhum outro ser humano desse planeta.

Nem com a minha irmã.

Mas algo naquela garota mexia profundamente comigo.

Eu não entendia nem sabia explicar, mas quando estava com ela, era como se estivesse me afogando e respirando ao mesmo tempo. Como se estivesse surfando uma onda emocionante sem me importar se ia cair ou não, porque pousaria no macio.

Eu não ia me *machucar* dessa vez.

Porque Aoife Molloy não ia me fazer mal — e demorei seis longos anos para entender isso.

Quando ela disse que me amava, era *para valer*, o que era tão perturbador quanto viciante. Porque, se ela sentisse por mim um quinto do que eu sentia por ela, eu era um filho da puta sortudo pra caralho.

— Você sabe que dia foi ontem? — Molloy perguntou várias horas e bebidas depois.

Ainda estávamos na festa, na mesma posição fazia uma hora, com as minhas costas apoiadas na parede da sala e ela recostada em mim.

— Que dia foi ontem, Molloy? — falei para incentivá-la, mantendo a mão no seu quadril e dando um gole da minha garrafa.

Ela estava bêbada, enquanto eu, de alguma forma, consegui manter o controle sobre a minha natureza impulsiva. Depois de nove garrafas, estava levemente tonto, mas tinha construído um nível de tolerância que poderia rivalizar com um cavalo. Ao contrário da minha companheira iniciante, eu precisaria de muito mais que algumas cervejas para ficar louco.

— Dia sete.

— Dia sete?

— Isso, nosso aniversário — ela anunciou, com as bochechas naquele adorável tom de rosa que sempre surgia quando estava bêbada. — Um ano atrás foi nosso primeiro beijo.

Puta merda.

— Eu não sabia.

— Pois é — ela disse, soltando todo o peso em mim. — Exatamente um ano atrás, você enfiou a língua na minha boca.

— Isso é uma pequena distorção da verdade — provoquei, sorrindo. — Se minha memória não me engana, foi a sua língua que entrou na minha boca primeiro.

— Só porque você não teve coragem de dar o primeiro passo.

Dei risada.

— Eu estava esperando o momento certo.

Ela levantou a sobrancelha.

— Por cinco anos?

— O que posso fazer? — Eu a puxei para perto. — Eu tinha que ter certeza.

— Do quê?

— De que você não sairia correndo.

— E agora você tem certeza? — Ela me olhou com atenção. — Agora você confia em mim?

— Sim, Molloy. — Assenti devagar, me inclinei e rocei os lábios contra os dela. — Eu confio em você.

— Nossa. — Ela soltou um suspiro trêmulo. — Acho que isso significa mais do que você dizer que me ama.

— Como você sabe?

— Ah, por favor. Você me ama desde sempre. É *tão* óbvio — ela disse sem nem um pingo de incerteza ou timidez, e eu adorava isso nela. — Mas eu nunca soube direito se você poderia se abrir desse jeito com alguém.

— Com alguém não, Molloy. Só com você.

— Você sabe que estou do seu lado, né? — ela falou, passando as mãos embaixo da minha camisa e pressionando os dedos contra a minha barriga. Suas unhas me arranharam de leve, provocando uma resposta imediata no meu pau, enquanto ela se inclinava para trás na ponta dos pés e pousava um beijo na curva do meu queixo. — Sou caidinha por você, Joey Lynch.

Ela passou a mão na tatuagem do meu peito, tirou a minha mão do seu quadril e a colocou na sua bunda tatuada. Então recuou um pouco para me olhar bem nos olhos e sussurrou:

— Estamos juntos pro que der e vier, Joe.

Puta merda...

Um arrepio percorreu meu corpo e não consegui me impedir de agarrar sua bunda e puxar seu corpo contra o meu.

— Pro que der e vier, Molloy.

Seus lábios cobriram os meus, e foi nesse exato momento que eu soube que nunca mais seria capaz de me desvencilhar daquela garota.

Pelo menos não naquela vida.

12

Bambi

AOIFE

— A gente... já falou... sobre... isso.

— Eu sei, eu sei... — Gemendo, tentei sem sucesso manter as pernas abertas, me equilibrando precariamente na lateral de uma banheira oval de ferro fundido, com as costas arqueadas, segurando o outro lado da banheira. — Me desculpa, eu só... hum, não consigo!

— Você tem que conseguir. — Eu estava com uma perna dobrada sobre o ombro dele, e Joey estava ajoelhado no chão, com o rosto enterrado entre as minhas coxas. — Você vai acabar... me estrangulando.

— Pare de falar, Joe, estou quase lá — eu disse com a voz rouca, arqueando mais ainda as costas quando senti sua língua no meu clitóris. — Ah, meu Deus!

— Molloy — ele rosnou, estendendo a mão e empurrando minha coxa para longe da sua cabeça. — Abre essas pernas compridas.

— Não! — choraminguei, desesperada, enquanto a sensação que eu perseguia se dissipava. — Por que você está fazendo isso comigo? Por que você *parou*?

Ele olhou feio para mim.

— Talvez porque eu precise de oxigênio pra respirar e você esteja me sufocando completamente com as suas *pernas*.

Toc. Toc. Toc.

— Ignora isso — pedi, respirando com dificuldade enquanto alguém batia na porta. — Esta casa tem mais de um banheiro. — Franzi a testa e acrescentei: — Pensei que você gostasse das minhas pernas.

— Adoro suas pernas — Joey disse, me encarando com o cabelo todo sexy e bagunçado. — Mas, se você não se lembrar de manter elas abertas quando a minha *cabeça* estiver aqui no meio, vão acabar sendo responsáveis pela minha morte.

— É culpa sua — bufei, na defensiva e morrendo de tesão. — Sua e da sua maldita língua.

— Fica de pernas abertas, entendeu? — ele avisou com o dedo em riste. — Último aviso.

— Senão... ah, meu Deus! — Meus olhos reviraram, levei a mão para o meio das minhas coxas e enfiei os dedos no seu cabelo. — Você é tão bom nisso que...

— Molloy!

— Foi mal — falei, obrigando minhas pernas a se abrirem. — Não para.

Toc. Toc. Toc.

— Vaza! — gritei para o filho da puta sem consideração batendo na porta sem parar.

Toc. Toc. Toc.

— Ela mandou vazar! — Joey rugiu muito mais alto que eu.

Toc. Toc. Toc.

— Chega — ele disse, furioso, se levantando e indo até a porta. — Se for aquele loiro esquisito de novo, vou acabar com ele!

— Mas você está se comportando tão bem... — comentei, abafando uma risada e correndo atrás dele. — Não acabe com ele — ronronei, bloqueando a porta. — Sendo que você pode acabar comigo.

Seus olhos cintilaram de intensidade.

— Molloy.

— Prometo que vou melhorar. — Ergui a mão e deslizei as mangas do meu vestido pelos braços, deixando o tecido se amontoar na minha cintura antes de puxar a saia para cima. — E aí, o que você quer fazer, Joe?

— Porra. — Seus olhos cheios de tesão se moveram direto para os meus seios e ele soltou um rosnado baixo.

Me senti poderosa e o conduzi até a pia.

— Bom garoto.

Ele ergueu a sobrancelha.

— Não tira com a minha cara.

Dei um sorrisinho e abri o botão da sua calça antes de abaixar o zíper e arrastar com força o jeans e a cueca pelos seus quadris para liberar sua ereção.

— Grande garoto.

— Molloy!

— Cala a boca — sussurrei, estendendo a mão entre nós para tocá-lo.

— Faz um tempão que a gente não fica junto — ele falou, se aproximando e segurando a minha cintura. — Acho que vou gozar rápido.

— Tudo bem. — Fiquei de costas, me inclinei para a frente e agarrei a pia, com os olhos fixos nos dele no espelho. — Só mantenha os olhos em mim.

— Meu Deus.

Ele balançou a cabeça e chegou mais perto, me encorajando a abrir as pernas enquanto fazia carinho nas minhas costas e segurava o meu quadril. Com a outra mão, levou seu grande pau para dentro de mim, centímetro por centímetro, e foi delicioso.

Toc. Toc. Toc.

Dessa vez, quando o empata-foda socou a porta, Joey estava ocupado demais me socando para se importar.

— Não para — falei com a voz rouca, agarrando a pia de porcelana com todas as forças e obrigando minhas pernas a se manterem firmes contra as suas estocadas viciantes. — Mete com força.

— Meu Deus, Aoife — ele disse, ofegante. Seus olhos estavam cravados nos meus no espelho e ele continuou metendo em um ritmo feroz. — Você é tão apertadinha.

Toc. Toc. Toc.

— Então me come — gemi, me esforçando para manter o contato visual, pois meu corpo todo tremia e se sacudia. — Me faça sua.

— Você já é minha — ele falou, colocando a mão entre as minhas pernas para esfregar meu clitóris. — Todinha minha.

Toc. Toc. Toc.

Eu estava bem molhada e o senti deslizando cada vez mais fundo dentro de mim. Ele era tão enorme e estava metendo com tanta vontade que chegava quase a ser doloroso. Então aquela conhecida pulsação de calor e prazer foi ficando cada vez mais forte a cada estocada e me vi implorando por mais.

Toc. Toc. Toc.

Foi só quando Joey se inclinou e cobriu minha boca com a mão que percebi que eu estava gritando.

— Shhh, Molloy — ele disse, ainda com os olhos em mim no espelho. — Calma, gata.

Ah, meu Deus...

Eu não estava aguentando.

Meu corpo não suportou a pressão.

Meus gritos foram abafados por sua mão enquanto meu orgasmo me rasgava por dentro, e eu gozei tão forte que meu corpo todo se contraiu e minhas pernas ameaçaram ceder abaixo de mim.

— Caralho! — Respirando forte e rápido, Joey relaxou contra mim, enquanto sua ereção pulsava e me inundava de calor. — Você está bem?

— Uhum — falei, rindo e arfando, me apoiando com tudo na pia. — E você?

— Sim, Molloy. — Ele também deu risada, apertando meu quadril e saindo de dentro de mim devagar. — Estou ótimo.

— Acho que você me quebrou um pouco no final. — Cambaleando, me limpei desajeitadamente e arrumei o vestido antes de avaliar minha aparência toda desgrenhada. — Olha só como estou tremendo — falei, apontando para as pernas. — Acho que virei o Bambi.

— Olha só pra isso. — Achando graça, Joey se aproximou e se ajoelhou aos meus pés. — Venha, Bambi — ele disse, rindo e me ajudando a vestir a calcinha, deslizando-a pelas minhas coxas. — Vamos te deixar decente de novo.

Alguns instantes depois, quando Joey abriu a porta para sair, fomos recebidos com uma grande ovação.

— Você é um cavalo, hein — um cara declarou, erguendo a mão para cumprimentá-lo com um high-five. — Meu Deus, por um minuto pensei que íamos ter que chamar uma ambulância pra acudir a sua amiga!

Joey lançou um olhar tão fulminante para ele que o garoto se encolheu e se afastou rapidamente, levando consigo seu high-five.

— Qual o problema dessas pessoas? — ele murmurou, passando o braço no meu ombro. — Só tem gente estranha aqui.

— Quem se importa? — falei alegremente. — Vamos encher a cara de comida e bebida, já que eles são tão generosos.

Joey assentiu em aprovação.

— Vi uma garrafa de champanhe caro na geladeira.

— Eu também vi.

— Nunca provei champanhe.

— Eu também não. E tenho uma bolsa bem grande na sala pra gente levar a garrafa pra provar em casa.

Ele parou no meio do corredor e se virou para mim.

— Será?

— Alguém vai acabar bebendo mesmo. — Dei de ombros. — Por que não a gente?

Ele ficou me olhando por um longo momento antes de tomar uma decisão.

— Pega a bolsa. Eu pego a garrafa.

— Pode deixar — respondi, dando um soquinho no seu punho estendido.

Então seguimos para direções opostas.

13

Era a minha vez de cuidar de você

AOIFE

Quando abri os olhos na manhã seguinte, fui recebida com uma ressaca dos infernos e alguém com a mão no meu rosto.

Pisquei para afastar a intrusão pegajosa e dei uma olhada nos meus arredores. Eu estava enrolada nos lençóis de uma cama familiar, enquanto um bebê igualmente familiar me cutucava com seus dedinhos babados.

Meu corpo ficou tenso por um breve momento conforme meus olhos embaçados avaliavam a criança de olhos arregalados me encarando e o colo em que ela estava empoleirada.

Sem camiseta e apoiado na parede encostada na cama, Joey estava dormindo com a cabeça tombada para o lado.

Ele tinha o punho cerrado ao lado do corpo e a outra mão pendia frouxamente ao redor da cintura do irmão.

Protegendo-o até mesmo durante o sono.

— Oi, Sean — sussurrei, tentando oferecer um sorriso para ele, o que não era uma tarefa nada fácil, já que até meus lábios estavam doloridos.

— E-fa — ele respondeu, timidamente voltando para a segurança dos braços do irmão mais velho. — O-ee. — Ele envolveu o bracinho na nuca de Joey, se aninhou e enterrou o rosto no pescoço dele. — O-ee.

— Você está bem, prometo — Joey murmurou com os olhos ainda fechados, abraçando o pequeno com mais força, e meu coração se apertou ao ver a cena. — Só feche os olhos, Seanzinho.

— O-ee cocô.

Essas duas palavras fizeram Joey praticamente pular da cama com o irmão debaixo do braço.

— Puta que pariu — ele murmurou, correndo para a porta e afastando com um braço só a cômoda que a bloqueava antes de destravá-la e abri-la com tudo. — Pode limpar a sua própria bunda dessa vez — ele disse, desaparecendo no corredor. — Mas que bom que você me avisou, garoto.

Fiquei congelada no lugar, sentindo minha cabeça martelar, me garantindo que eu não poderia me mexer nem se quisesse.

Alguns minutos depois, Joey voltou para o quarto com uma latinha de coca em vez do bebê.

— Bom dia. — Ele lançou um olhar divertido quando fechou a porta. — Como vai a cabeça?

— Bom dia — respondi com a voz rouca, tentando me sentar. — A cabeça está terrível. — Soltei um suspiro dolorido e pressionei minhas têmporas. — Acho que estou morrendo.

Ele se aproximou e se sentou na ponta da cama.

— Nah, você vai sobreviver — ele disse, dando risada e enfiando a latinha gelada nas minhas mãos. — Beba.

— Não consigo — grunhi, sentindo ânsia só de pensar em enfiar qualquer coisa para dentro do meu pobre estômago. — Sério, acho que estou morrendo.

— Você não está morrendo, mas *está* encrencada.

— Putz — gemi. — Por quê? O que foi que eu fiz?

— Fumou. — Ele me olhou feio. — Não foi legal, Molloy.

— Ah, beleza — bufei. — Olha quem está falando.

— Sério. — Seus olhos verdes estavam tomados por sinceridade e preocupação. — Eu sei por que você fez aquilo e funcionou, mas não faça de novo, está bem?

— Não se preocupe, não pretendo fazer.

— Que bom. — Ele balançou a cabeça e esticou o braço para abrir a latinha para mim, empurrando-a com delicadeza para o meu rosto. — Agora beba, senão você vai se sentir pior.

Dei um golinho relutante e, ao ver que a coisa não tinha me matado, dei um gole maior. De repente, percebi que estava sedenta e bebi metade da latinha de uma vez sem tirar os olhos dele.

Ele assentiu em aprovação, enfiou a mão no bolso da calça cinza e sacou um paracetamol e, do outro bolso, um pacote de batatinhas.

— Confie em mim — ele falou depressa quando o olhei desconfiada. — Vai funcionar.

— Está bem. — Soltei um suspiro resignado e enfiei dois comprimidos na boca. Depois bebi o resto do refrigerante antes de encostar nas batatinhas. — Pensei que a gente fosse pra minha casa — comentei, sem conseguir organizar os acontecimentos da noite passada em meio à névoa na minha mente, mastigando as batatinhas.

— Eu também, mas você insistiu pra eu te trazer pra cá.

— Ah, é?

— É.

— Hum. — Engoli um punhado de batatinhas e inclinei a cabeça para o lado, avaliando seu remédio e sentindo meu estômago se acalmar aos poucos. — Batatinha e paracetamol? Tenho que dizer que é uma cura pra ressaca bem estranha, Joe, mas é eficiente.

— Receita de família — foi sua resposta irônica. — Das vantagens de crescer com um pai alcoólatra e uma mãe viciada em benzodiazepínicos.

— E uma namorada bêbada — acrescentei, me encolhendo ao notar um balde perto do *meu* lado da cama. — Acho que isso aí é meu, né?

Joey sorriu e eu escondi o rosto com as mãos.

— Ah, meu Deus — grunhi. — Você teve que limpar o meu vômito.

— Foi o champanhe — ele falou, dando risada. — Ou foi o que você disse enquanto golfava na gente no carro daquele tal de Feely no caminho de casa.

— Eu fiz isso?

— Fez. — Ele inclinou a cabeça para a camiseta que eu estava usando. — Tive que te botar no chuveiro quando chegamos.

— Ah, meu Jesus Cristinho — gemi, mortificada. — Para de rir, Joe. Não é engraçado. É horrível.

— Não é nada de mais — ele disse, afastando minhas mãos do rosto. — Não posso dizer que você nunca fez o mesmo por mim. — Ele deu de ombros e acrescentou: — Era a minha vez de cuidar de você.

— É diferente.

— Como?

— Você é meu namorado.

— E daí? Você é minha namorada.

— Namoradas devem ser sexy.

— Molloy, eu te garanto que você é insanamente sexy.

— Sou?

— Com certeza — ele respondeu, abafando outra risada. — Especialmente com bolhas de champanhe saindo pelo seu nariz.

— Ah, puta merda — falei, pegando um travesseiro atrás das minhas costas e atirando-o na cabeça dele.

— Fiz o melhor que pude com o seu cabelo — ele disse. — Mas nunca tinha lavado um cabelo tão comprido assim, então, se fiz merda, não é culpa minha.

Meu coração se apertou.

— Você *lavou* o meu cabelo?

— Eu meio que tive que lavar. Você vomitou no seu cabelo também.

— Ah, meu Deus... — Coloquei o cabelo por cima do ombro e dei uma fungada, reconhecendo o cheiro do seu xampu na mesma hora. — Essa provavelmente é a coisa mais romântica e nojenta que alguém já fez por mim.

— Vamos — ele disse, balançando a cabeça. — Vou te fazer um chá.

— Isso não é contra as suas regras? — perguntei, afastando as cobertas e descendo da cama. — Tipo, você não prefere ficar no quarto quando estamos aqui?

— Bem, isso era antes.

— Antes do quê?

— Antes de ontem. Antes de te escutar de verdade, pela primeira vez na vida.

— Ah, então quer dizer que garotos *sabem* escutar? — brinquei, ajeitando a cueca que ele tinha colocado em mim. — Pensei que fosse um mito.

— Eu te escutei, Aoife. — Ele pegou a minha mão e me puxou para si. — E falei sério quando disse que confiava em você.

— Ah, é?

— É. — Ele assentiu devagar. — Esse é o meu mundo. Ele é horrível pra caralho, mas estou disposto a te mostrar, se você estiver disposta a ficar.

— Sempre, Joe — sussurrei, abraçando a sua cintura. — Sempre.

Sem sutiã por baixo da camiseta branca dele e com apenas uma boxer preta cobrindo a bunda, prendi o cabelo em um coque malfeito no topo da cabeça e desci as escadas com Joey, de ressaca demais para me importar com a minha aparência toda desgrenhada.

Totalmente ciente de que grande parte da maquiagem da noite anterior ainda estava borrada na minha cara, dei uma olhada na porta da cozinha e deixei que ele me conduzisse para dentro.

— Joey — sua mãe falou, sentada no lugar de sempre na mesa. Então seu olhar se desviou para mim e senti uma mudança repentina no seu humor. — Aoife.

— Bom dia — Joey cumprimentou a mãe e foi até a cafeteira, me mantendo grudada nele enquanto preparava o café.

Sem dúvida, a necessidade de disfarçar a ereção que senti nas minhas costas era o motivo de ele me querer tão perto.

— Vocês dois acordaram a casa toda ontem à noite, fizeram um estardalhaço quando chegaram.

— Oi, Marie — falei, abrindo um sorrisinho, apesar de ela não parecer nada feliz de me ver. — Me desculpa por isso.

— Sim — Joey disse por cima do ombro, me cutucando na costela. — Ela vai vomitar mais silenciosamente da próxima vez.

— Cuzão — grunhi baixinho, tentando sem sucesso pisar no seu pé, mas aquele babaca tinha reflexos de gato.

— Ah — sua mãe falou, nos observando com cautela. — Você não trouxe a Aoife no Natal, pensei que vocês tinham terminado.

Vai sonhando, piranha.

— Eu vim pra ficar. — Abri um sorrisão, colocando açúcar na caneca. — Café?

— Não, obrigada. — Ela voltou a atenção para o filho. — Vou cobrir a Betty Murphy na limpeza do hospital hoje à tarde. Você vai estar aqui pra cuidar do Sean, né?

— Não.

— Não? — A confusão tomou seus olhos azuis. — Como assim não?

— Eu disse que não. — Joey deu a volta em mim agora que sua ereção matinal estava sob controle, foi até a geladeira e pegou o leite. — Tenho planos.

— Que planos?

— Planos, mãe — respondeu, despejando um pouco de leite nas nossas canecas.

— Com quem?

— Com a Aoife — ele disse, dando uma piscadela ao me entregar o café.

Meu coração acelerou, vitorioso.

— E você não pode mudar os planos? — ela insistiu. — Eu já falei pra Betty que ia.

— Não, não posso — ele falou suavemente. — Domingo é meu único dia de folga e pretendo passar com a minha namorada.

Rá, toma essa! Abrindo um sorriso doce e presunçoso de "foda-se", fiquei na ponta dos pés e dei um beijo na bochecha dele.

— Precisamos do dinheiro.

— Não sei o que te dizer, mãe.

— Bem, o que é que eu vou fazer com o Sean?

Joey deu de ombros, mas não respondeu.

— Shannon está na vovó fazendo ajustes no uniforme, e seu pai levou Ollie e Tadhg pro treino de hurling no pavilhão.

— Ele é seu filho — meu namorado disse baixinho.

— Eu sei, Joey, mas preciso de você.

— Mãe.

— Você tem responsabilidades.

As narinas dele se dilataram.

— Estou ciente.

— A gente pode ficar aqui cuidando do Sean pra sua mãe, Joe — falei. Apesar de ter ficado contente por ele ter me colocado em primeiro lugar, eu sabia que a culpa só o deixaria de mau humor. — A gente nem tem coisa melhor pra fazer.

— Tem certeza? — Seus olhos verdes e incertos se fixaram em mim. — Você não esperava passar o seu domingo cuidando do meu irmão mais novo, Molloy.

Não, mas eu esperava passar o dia com você.

— Tenho. — Assenti entusiasmadamente antes de me virar para a sua mãe. — A gente cuida dele.

A mãe do Joey não gostava de mim, não me queria perto de *nenhum* dos seus filhos, mas estava na minha mão e não podia fazer nada a não ser acenar com firmeza e agradecer.

— Obrigada.

— De nada. — Ainda sorrindo, peguei a mão de Joey e praticamente o arrastei para fora da cozinha. — Vamos.

— Você viu a cara dela? — ele perguntou, dando risada, me seguindo pelas escadas, equilibrando as duas canecas de café. — Ela está puta da vida.

— Porque ela não me quer aqui. — Fechei a porta do quarto, virei a chave na fechadura e me aproximei dele. — Distraindo sua abelhinha operária perfeitamente treinada.

Joey colocou as canecas no parapeito da janela, se virou para mim e me lançou um olhar intenso.

— Me chame de abelhinha de novo e eu vou ter que te picar.

— Hum, tentador.

Segurei a barra da camiseta dele e a arranquei. Dei risada quando ele grunhiu.

— Caralho.

— Vamos, Joe. — Enfiei os dedos na boxer e deslizei a cueca pelas minhas pernas. — Tenho o lugar perfeito pra você enfiar o seu ferrão.

— A sua mente é suja — ele comentou, rindo, abaixando a calça pelos seus quadris estreitos. — Você consegue transformar qualquer coisa em safadeza, né?

— Você adora a minha mente suja.

— Com certeza — ele concordou, chegando mais perto e esticando o braço para mim. — E adoro a sua bunda também. — Ele me ergueu, apoiou as minhas costas na porta e se inclinou para a frente. — E esses lábios também.

Ele me beijou profundamente, gemendo na minha boca e rebolando contra mim, esfregando a enorme cabeça do pau no meu clitóris.

— Vai Joe — encorajei, envolvendo sua cintura com as pernas e deslizando a mão entre nós para segurá-lo. — Me come.

— Pode deixar — ele sussurrou nos meus lábios, se movimentando lentamente ao meu toque. — Me coloca dentro de você.

Ah, meu Deus.

Tremendo na sua boca, inclinei o quadril, alinhando meu corpo com o dele, e o enfiei em mim devagar, respirando com dificuldade enquanto ele me preenchia.

— Gostoso.

— Continua falando e vou gozar antes mesmo de começar — ele avisou, estocando em mim, pegando um ritmo delicioso ao fazer o mínimo de barulho com a porta, mas causando o máximo de impacto no meu corpo.

— Você gosta da minha buceta, Joe?

— Adoro a sua buceta.

— Quanto?

— Molloy.

— Vamos, Joe. Fala comigo.

— Não consigo. — Soltando um suspiro sofrido, ele apoiou a cabeça no meu ombro. — Ela está lá embaixo.

— E daí? — perguntei, puxando seu rosto para beijá-lo com força. — Desde quando a gente liga pro que ela pensa?

— A gente não liga — ele concordou, retribuindo com um beijo glorioso sem parar de meter. — Mas a casa é dela...

— E o quarto é seu — eu o interrompi, me pressionando contra ele. — E, no seu quarto, você me *fode*, Joey.

Vi uma centelha de calor nos seus olhos.

— Sou sua — sussurrei, me entregando totalmente. — Você pode me ter a qualquer hora, em qualquer lugar, porque você é meu *dono*.

— Caralho.

— Cada pedacinho de mim é seu — falei, com o peito arfando contra o dele enquanto nossos corpos colidiam. — Então tome o que é seu.

Soltando um rosnado selvagem, Joey cobriu meus lábios com os seus e fez exatamente isso.

PARTE 2

14

De volta à merda — quero dizer, à ECB

JOEY

Eu estava uma pilha de nervos.

Não conseguia nem respirar direito de tanta preocupação com a garota no banheiro. Era o primeiro dia de aula da Shannon no Tommen, e ela estava trancada lá dentro havia tanto tempo que comecei a considerar que tivesse se esvaído pelo ralo.

Afinal, com toda a sinceridade, ela estava tão miúda que não seria difícil.

Minha irmã estava um fiapo de gente.

Sem aguentar nem mais um segundo daquilo, abri a porta do meu quarto, atravessei o corredor e bati na porta do banheiro.

— Shan? — Bati mais uma vez e menti com os dentes cerrados: — Anda logo, eu estou estourando de vontade de mijar.

— Dois minutinhos, Joey — ela respondeu.

Encostei o ouvido na porta e fiquei escutando-a entoar afirmações positivas para si mesma.

Pobrezinha.

— Você vai conseguir — ela ficou repetindo sem parar.

Meu Deus, eu torcia muito para que fosse verdade, porque, agora que eu tinha dezoito anos, ou seja, agora que eu era oficialmente adulto, da próxima vez que tivesse que intervir em seu nome, iria direto para a prisão de Cork.

Então a porta finalmente se abriu e me deparei com a minha irmã mais nova com uniforme de *escola particular* e levei um instante para organizar as ideias.

— Você está... — Parei de falar, balançando a cabeça quando vi o blazer. Blazer? Quem é que usava blazer para qualquer coisa que não casamentos e funerais? Eu não entendia nada daquilo. Jamais pertenceria ao mundo que ela estava prestes a adentrar. — Uma graça — me obriguei a dizer, e não estava mentindo. Apesar de parecer assustada e aterrorizada, ela estava mesmo uma graça. — O uniforme combina com você, Shan.

— Você acha que vai dar certo? — ela perguntou baixinho, com os olhos arregalados de medo maldisfarçado. — Você acha que eu vou me dar bem lá, Joey?

Não sei, mas espero que sim.

Eu torço mesmo para que sim, Shan.

— Estou orgulhoso pra caralho de você, Shan — resolvi dizer, me esforçando para conter a emoção. — Você nem imagina o quanto é corajosa.

Era verdade.

Onde ela via fraqueza, eu via força.

Onde ela via medo, eu via resiliência.

Onde ela via timidez, eu via coragem.

Ao contrário de mim, Shannon não precisava se entorpecer para sobreviver no nosso mundo. Ela se achava o elo mais fraco da família, sendo que isso não poderia estar mais longe da verdade. Minha irmã era feita de titânio.

— Espera aí — falei, voltando para o meu quarto. — Tenho uma coisa pra você. — Peguei a carteira no jeans jogado no chão, saquei duas notas de cinco e fui até o corredor para entregar o dinheiro. — Toma aqui.

— Joey, não — ela protestou depressa, olhando horrorizada para a grana. — Não posso...

— Pode pegar, Shannon. São só dez pilas. Sei que a vovó te deu a grana do ônibus, mas é bom ter um trocado no bolso. — Dei de ombros e acrescentei: — Não sei como são as coisas por lá, mas não quero que você vá sem um puto no bolso.

Ela me encarou, hesitante.

— Tem certeza?

— Vem aqui. — Passei o braço pelo seu ombro ossudo e a puxei para um abraço. — Você vai ficar ótima — eu disse, sem saber qual de nós dois estava tentando convencer, ela ou eu.

Tremendo, ela me abraçou com força.

— Se alguém vier com *qualquer* gracinha pra cima de você, me manda uma mensagem que eu vou até lá e ponho fogo naquela porra de escola e todo o timinho de merda de rúgbi deles.

— Vai dar tudo certo — ela falou, se segurando em mim com todas as forças. — Mas vou me atrasar se não for logo, e é a última coisa que eu quero no meu primeiro dia de aula.

Eu a soltei, mas ela não se mexeu.

Em vez disso, continuou agarrada em mim feito uma macaquinha.

Ela tem que ir, falei mentalmente para mim mesmo. *E você tem que deixá-la ir.*

Fiquei desesperado quando ela finalmente reuniu coragem para me soltar e vestir o casaco e cocei o peito para me impedir de jogá-la no meu ombro e trancá-la no quarto, onde eu poderia mantê-la segura.

Shannon pegou a mochila, a colocou sobre o ombro e abriu um sorrisinho esperançoso antes de descer as escadas.

Deixe-a ir, eu disse silenciosamente para mim mesmo. *Fique calmo e deixe-a ir.*

— Pode me mandar mensagem — não me aguentei e pedi, saindo atrás dela. Parei no meio da escada e fiquei observando-a abrir a porta de casa, impotente. — É sério, qualquer problema que tiver, eu vou lá e resolvo.

— Sei me virar sozinha, Joey — ela disse, se virando para mim. — *Eu consigo.*

— Eu sei que você consegue. — Me obriguei a sorrir para ela. — Eu só... — Soltei um suspiro ansioso e disse: — Estou aqui pra ajudar, viu? *Sempre* que precisar.

A garota que eu tinha passado a maior parte da vida protegendo olhou para mim com olhos tão arregalados e inocentes que senti meu coração se partir. Ela deu um pequeno aceno com a cabeça e se virou para sair, fechando a porta.

No instante em que foi embora, o ar se esvaiu dos meus pulmões.

— Caralho.

Levei a mão ao peito, me recostei no corrimão e fiquei um instante com a minha ansiedade, pirando com os potenciais problemas que ela poderia ter e um milhão de noias, até que pensei que fosse explodir.

Só então dei meia-volta e subi.

— Tadhg? Ols? Bora, gente. Está na hora de ir pra escola — falei, assumindo o modo parental e cuidando do resto do bando.

15

Preciso dele tanto quanto de água

AOIFE

Meu relacionamento estava de volta aos eixos, meu cabelo estava ajeitado, não estava chovendo e eu não tinha que trabalhar naquela noite. No geral, era um primeiro dia de aula bem-sucedido.

Estava tudo certo no mundo da Aoife de novo e eu estava aproveitando a tarde fria de janeiro, observando cerca de trinta garotos vestidos com as cores da ECB e da escola da cidade vizinha, St. Colum's, se espancando com seus hurleys.

Suspirei de contentamento e me recostei na parede da escola, sentada no chão em cima da mochila, e fiquei olhando Joey no campo com os outros caras. Talento era a única palavra que poderia descrever o nível de destreza que ele demonstrava.

Ele exalava habilidade e aptidão.

Jogava como zagueiro central no time e vestia a camisa número seis, mas, para ser justa, se destacaria em qualquer posição. O garoto era mais do que incrível.

Na melhor das hipóteses, deve ter colocado uns sessenta por cento de esforço naquela partida, e ainda assim conseguiu superar todos os jogadores em campo e marcar três gols, totalizando seis pontos para a nossa escola. A agilidade com que ele conseguia se livrar do adversário e correr pelo campo sozinho, desviando da defesa do St. Colum, era inigualável.

Havia várias fotos do time de Teddy Lynch, de 1976 a 1981, orgulhosamente penduradas nas paredes da escola, coisa que eu detestava, mas detestava mais ainda as comparações que o Joey tinha que aguentar. Durante seis anos, seu pai atuou como líder do time de hurling da ECB, lhe rendendo uma vida inteira de adoração por parte de membros antigos e atuais do corpo docente da escola.

Ao longo dos anos, sempre testemunhei aquela merda. As conquistas do Joey nunca importavam, os campeonatos, os títulos e as medalhas que ele ganhou para a nossa escola, porque seu pai tinha sido o primeiro, e, cara, todo mundo, incluindo a mãe dele, sempre fazia questão de lembrá-lo disso.

Essas comparações eram feitas com frequência e em voz alta e, cada vez que isso acontecia, sua saúde mental sofria golpes irreparáveis, porque a voz da paranoia com a qual ele convivia diariamente, aquela que jurava que ele era igual ao pai, vivia empurrando-o de volta para o lugar onde ele tinha passado a maior parte da juventude.

O vício era consequência de ele ter crescido com marginais e traficantes, e o único substituto disponível para o amor materno vinha na forma de uma carreira de cocaína ou, pior, uma agulha no braço.

Joey tinha conseguido, de alguma forma, sobreviver à infância e ao início da adolescência suprindo a falta de afeto da mãe pelo abraço caloroso e envolvente do ecstasy, e o fluxo constante de gaslighting e a violência do pai pela destreza entorpecente dos opioides.

Não era certo, pelo contrário, mas eu entendia. Eu *o* entendia.

Desde a tenra idade de nove ou dez anos, Joey Lynch procurava Shane Holland e o tratava como seu médico pessoal, buscando sua ajuda e encontrando-a na pior forma possível. E, como farmacêutico do mercado ilegal que era, Shane estava mais do que disposto a tirar vantagem de uma criança vulnerável que vinha de um lar disfuncional.

O fato de Joey estar tentando se libertar do domínio que as drogas exerciam sobre ele, do manto de segurança que elas lhe forneciam, só me provava que ele valia cada noite insone e cada lágrima que derramei.

— Olha só a velocidade dele — Casey disse, se juntando a mim.

— Pois é — concordei, sem tirar os olhos de Joey. — Ele é uma bala, né?

— Com certeza. — Casey colocou a mochila no chão ao meu lado, se sentou e esticou as pernas. — Aposto que ele mete tão rápido quanto corre — ela brincou, me dando um empurrãozinho com o ombro. — Ou melhor, com tanta vontade quanto joga.

— Menos, Case — suspirei, balançando a cabeça. — Menos.

— Sério? — Ela deu risada. — Que pena, porque eu estava planejando te perguntar se ele aguenta sessenta minutos debaixo dos lençóis que nem aguenta no campo, mas acho que é melhor ficar quieta então.

— Você é muito safada pra alguém tão pequenininha.

— Verdade — ela concordou, rindo. — E aí? Em uma escala de dez a zero, quão brava está comigo pelo erro épico que cometi na sexta à noite?

— Eu? Acho que fico com um e meio só, mas não fui eu que levei um tapa na cara.

— Pois é. — Ela deu um sorrisinho tímido. — Você acha que ele ainda está puto comigo?

— Ah, depois que você atacou ele do nada e o acusou de dormir com uma garota que tem a mesma idade da irmã mais nova dele?

Ela fez que sim.

— Já se passaram três dias, então acho que ele deve estar em um sete.

Ela franziu o nariz.

— Peguei pesado, né?

— Um pouco — respondi com um sorriso. — Você passou da conta sim, mas te amo por querer me defender.

— Que bom, porque não estou arrependida.

— Case.

— O que foi? Não estou. Posso ter mandado mal e não devia ter dado um tapa nele, mas ele mereceu a bronca.

— Bem, merecendo ou não, não faça de novo.

Ela deu risada.

— Está bem, *mãe.*

— É sério. — Ela me encarou intensamente. — Não encoste nele de novo, Case.

— Beleza, Aoife — ela respondeu, percebendo a súplica na minha voz. E o aviso, pois ela ergueu as mãos e acrescentou: — Não vai acontecer de novo.

— Nunca mais, combinado?

Ela assentiu devagar.

— Combinado.

Soltei um suspiro e voltei a atenção para o jogo.

— Vocês parecem ter se entendido — ela comentou. — Ele está caidinho.

— Pois é — confirmei, aliviada com o peso que se ergueu dos meus ombros. — Está tudo bem.

— E ele parece bem mais estável que antes do Natal — continuou, cautelosa. — Ele está melhor?

— Está. — Acenei a cabeça e dei um suspiro pesado. — Graças a Deus.

— É sério que você só vai me falar isso? — ela reclamou. — Vamos, Aoife. Quero detalhes. Você sempre me contou tudo que acontece na sua vida, mas sobre ele você é um livro fechado. Tipo, nem me contou que vocês tinham terminado. Tive que ficar sabendo pela sua mãe duas semanas *depois* do ocorrido.

— Bem, a gente está junto agora. Então não tenho muito o que dizer.

— Aoife.

— Casey.

— Eu sei que você ama ele. E estou feliz por você, Aoife. Juro que estou. Mas não faça dele a coisa mais importante do seu mundo, porque, como você já viu, se as coisas não derem certo, o seu mundo vai cair.

— Não é o que estou fazendo.

— Não?

— Não é que eu não queira te contar as coisas — tentei explicar. — É só que... eu... e ele é tão... nosso relacionamento é muito...

— Intenso? — ela ajudou.

— Ah, é bem intenso — concordei, suspirando. — Mas é também bem complicado e pessoal e...

— Não está aberto pra discussão? — Ela deu uma piscadela. — Saquei.

— Você sabe que eu te amo — tentei apaziguá-la, enlaçando o braço no dela. — Você é minha melhor amiga.

— E ele é seu melhor amigo.

Dei de ombros, impotente.

— Isso é tão ruim assim?

— É *maravilhoso* — ela disse com uma voz triste. — Quando ele não está surtado.

— Casey.

— Só tome cuidado, está bem? — ela falou depressa. — Sei que você ama ele, Aoife, e sei que o que vocês têm é verdadeiro, mas os *problemas* dele também são.

— Ele está bem melhor — eu o defendi.

— Por enquanto.

— Ele está *melhor*, Casey — reforcei grosseiramente. — Não tenho uma bola de cristal pra me mostrar o futuro, então "por enquanto" vai ter que ser o suficiente.

— É... — Ela soltou um suspiro pesado e acrescentou: — Só não se deixe ser engolida por ele de novo.

O árbitro apitou antes que eu pudesse responder, sinalizando o fim do jogo, e voltei a atenção para o campo bem quando Joey estava tirando o capacete. Ofegante, ele limpou o rosto com a camisa, me oferecendo uma visão gloriosa do seu tanquinho, enquanto seus colegas comemoravam a vitória.

No instante em que me viu secando ele, um sorrisinho se espalhou no seu rosto.

Coloquei as mãos em volta da boca e gritei:

— Belo tanquinho.

— Belas pernas — ele respondeu, dando uma piscadela e acabando comigo.

— O que é que estou dizendo? — Casey comentou, dando uma gargalhada resignada. — *Claro* que você vai acabar sendo engolida por ele de novo.

16

Mesma merda, escola diferente

JOEY

Meu dia tinha se resumido a sete horas na escola, depois um jogo, depois quatro horas na oficina. Quando cheguei em casa pouco depois das onze da noite, estava exausto e precisando urgentemente de um colchão para desabar. Só que a expressão da minha mãe me garantiu que aquele sono merecido era a última coisa que eu ia conseguir.

— Qual o problema? — perguntei, deixando a mochila, a mala esportiva, o hurley e o capacete no corredor antes de seguir direto para a cozinha. — Mãe?

— Aconteceu de novo — ela disse, com lágrimas escorrendo pelo rosto e o cobrindo com as mãos. — Shannon está no hospital.

Meu coração parou.

— Não.

Ela assentiu para confirmar e pensei que ia explodir com o fluxo súbito de sangue que subiu para a minha cabeça.

— Por quê? — perguntei, sem ar. — O que *aconteceu*?

— Ela teve uma concussão — minha mãe explicou, esparramada na cadeira de sempre. — Está em observação e vai ter que dormir no hospital.

— Concussão? — perguntei, perplexo. — Como? Onde? Como assim?

— Um garoto de outra turma acertou ela com uma bola de rúgbi e ela acabou caindo. — Minha mãe fungou, pegou a roupa rasgada à sua frente e a ergueu. — Parece que ela rasgou a saia. Não lembro do nome dele. Mas era mais velho, mais ou menos da sua idade.

— Foi de propósito? — A fúria se agitou dentro de mim. — Mãe, ele fez de propósito?

— Ele jurou pro diretor que não queria machucar a pobrezinha — ela respondeu com um tom desdenhoso. — Levou a Shannon lá pra dentro e estava sentado do lado de fora da sala do diretor quando eu cheguei, mas você sabe como eles são. Pensei que dessa vez seria diferente. Seria melhor. Ela precisava disso, Joey. Precisava de um novo começo, e tudo foi pelos ares.

— O que a Shannon disse?

— Também jura que foi um acidente — falou, baixinho. — Mas você sabe que ela mente.

— Bem, então talvez tenha sido mesmo — sugeri, me permitindo sentir esperança pela primeira vez na vida. — Se o garoto levou ela pra sala do diretor depois do acidente e ficou lá até você chegar...

— Eu esperava esse tipo de ingenuidade dos seus irmãos, mas não de você. Você sabe como as coisas são.

Eu sabia, mas não queria pensar assim.

Pela primeira vez, queria que minha mãe demonstrasse para mim a mesma consideração que demonstrava pros meus irmãos. Mas claro que isso não aconteceria. Porque meus sentimentos nunca eram poupados.

Eles eram à prova de bala.

Ou inexistentes.

— O que meu pai disse?

Seus ombros se curvaram e ela não respondeu.

— O que ele disse, mãe? — insisti.

— Que ela mereceu, por pensar que era melhor que vocês.

— Escroto — murmurei, esfregando o queixo. — Ele não tem o direito...

— Por favor, não comece — ela me interrompeu, chorando. — Já ouvi mais do que podia aguentar do seu pai hoje.

— Mãe...

Ela balançou a cabeça, me silenciando.

Fungou e se levantou da mesa com a mão na barriga grávida e passou direto por mim, emanando desprezo e decepção.

Então a porta da cozinha se fechou e senti aquela velha onda de desespero e frustração crescendo dentro de mim — aquela sensação que só se dissipava quando eu a expulsava com o que quer que conseguisse mandar pra dentro do meu organismo.

Fiquei parado, impotente, com as mãos moles, absorvendo as emoções terríveis que me dominavam. Sem querer mexer um músculo por medo do que eu pudesse fazer e sem querer detonar o botão de autodestruição da vida que eu mal tinha conseguido botar de volta nos trilhos, abaixei a cabeça e respirei fundo devagar.

Não importa, falei para mim mesmo mentalmente, tentando me acalmar. *Nada disso importa porque você não liga, lembra?*

Você não liga.

Você não liga.

Você não liga, porra!

17

Visita noturna

AOIFE

Era pouco mais de meia-noite quando fui acordada com o som da janela do meu quarto sendo aberta e depois fechada. Meu coração disparou assim que ouvi passos abafados e senti o colchão se afundar ao meu lado. Fiquei em silêncio, virei de barriga para cima e girei a cabeça para olhar para o meu namorado.

Porque eu *sabia* que era Joey.

Totalmente vestido e rígido, ele se deitou em cima das cobertas com o capuz cobrindo a cabeça e as mãos na barriga e ficou olhando para o teto. Estava respirando fundo e devagar de um jeito que me dizia que estava lidando com algum problema, e em vez de correr para o Shane, ele me procurou.

Ele correu para mim.

No escuro, com apenas o reflexo da lua brilhando pela janela, ficamos ali deitados lado a lado. Meu corpo estava envolto em calor, e o dele, em frio.

Assim como as nossas vidas.

Sem dizer uma palavra, estiquei o braço, peguei sua mão e a levei até a minha boca. Ele precisava processar alguma coisa. Ele precisava dar o próximo passo. Eu não podia fazer isso por ele.

Dei um beijo em cada dedo, coloquei sua mão no meu peito e esperei. Depois de uma eternidade, ele soltou um suspiro sofrido e entrelaçou os dedos nos meus.

Quando ele virou para mim, fiz o mesmo.

— Pensei que o Tommen fosse ser melhor pra ela.

— Shannon?

Ele fez que sim.

Meu coração murchou e cobri nossas mãos unidas com a outra.

— Ela olhou pra mim como se fosse culpa minha.

— Sua mãe?

Ele fez que sim de novo.

Meu coração se apertou.

Eu sabia que não podia bombardeá-lo com perguntas nem lhe oferecer minha pena, então apenas o encarei enquanto seus olhos verdes e límpidos focavam em mim.

— Ela me odeia — ele finalmente confessou. — Você devia ver como ela me olha.

A dor me dominou e me virei de lado.

— O que você vê quando eu olho pra você?

Ele se crispou.

— Não é...

— O que você vê, Joe?

— Você — ele sussurrou tristemente. — Eu vejo você, Molloy.

— Você vê amor — eu o corrigi baixinho, soltando sua mão para tocar seu rosto. — Você vê aceitação.

Ele engoliu em seco, mas não falou nada.

— Nós somos espelhos, Joe — eu disse, colocando sua mão no meu rosto. — Tudo o que você sente por mim é recíproco. Sou um espelho de você.

— Molloy.

— Sua mãe pode ser uma tonta por te menosprezar, mas eu nunca vou fazer isso — sussurrei, me aproximando até roçar o nariz no dele. — Eu *nunca* vou rejeitar o seu amor.

Ele suspirou e sussurrou:

— Estou me afogando de verdade, Aoife.

— Não se preocupe, Joe. Não vou deixar isso acontecer. Não vou deixar você se afogar.

— Promete?

Dei um beijo na sua boca.

— Prometo.

— Te amo.

— Também te amo.

— Vou consertar as coisas, Molloy.

— Eu sei que você vai, Joe.

— Você vai mesmo ficar do meu lado, né?

— Parece que vou. — Sorri na escuridão. — Pelo anel. Pelo vestido branco. Pela cerca branca. Pelo jardim.

— Nossa Senhora — ele disse, dando risada. — Não força a barra.

— Eu sempre forço a barra, Joe.

— Eufemismo do século, Molloy.

— Quando a gente noivar...

— A gente não vai noivar.

— Quero um anel do tamanho do meu punho.

Ele deu risada.

— Boa sorte com isso.

— E quando a gente se casar...

— A gente não vai se casar.

— Quero uma casa grande no subúrbio, com uma cama de dossel enorme e uma televisão de tela plana gigante na parede.

— E onde é que eu vou arranjar dinheiro pra isso?

Sorri para ele.

— Você disse que a gente não ia se casar.

— A gente não vai. — Ele se virou para mim. — Não vamos conseguir, porque eu vou estar na cadeia por ter roubado um banco pra pagar o anel do tamanho de um punho que você queria.

— E quando a gente tiver filhos...

— A gente não vai ter filhos.

— Eles vão ser loirinhos e ter olhos verdes que nem o papai.

— Você é maluca.

— Estou apaixonada.

— Não vou ter filhos, Molloy — ele sussurrou, me olhando com tristeza. — Não posso ser pai.

— Joe.

— É o meu limite.

— Está bem. — Abri um sorriso tranquilizador e disse: — Nada de filhos. Vamos ser pais de pet então.

— Hum. — Ele voltou a olhar para o teto e respirou fundo. — Talvez seja melhor você desencanar da mansão no subúrbio também.

— Por quê? — perguntei, rindo. — O que você tem em mente?

— Sei lá. Eu nunca penso nesse tipo de coisa.

— No futuro?

Ele assentiu.

— É.

— Bem, então é melhor começar a pensar, porque você está no meu futuro e eu sempre consigo o que quero.

— É. — Ele apertou a minha mão. — Eu sei.

— E aí, quer continuar falando? — Eu me sentei, segurei a barra da minha camiseta e a arranquei. — Ou quer ficar pelado e transar?

— Meu Deus. — Ele deu risada baixinho, me imitou e tirou o moletom e a camiseta. — Onde foi que eu te encontrei?

— Nos seus sonhos. — Tirei a calcinha e subi no seu colo. — Ei, garanhão.

— Ei, rainha.

— Rainha? — Meus olhos brilharam de deleite enquanto eu tirava a sua calça. — Agora você está falando a minha língua.

Ele ergueu os quadris e se desvencilhou da calça e da cueca de uma vez, se libertando e me oferecendo uma visão privilegiada do seu pau enorme.

— Eu nunca tive isso.

— O quê?

— Isso — ele sussurrou, chutando as roupas para longe e colocando o braço nas minhas costas para me puxar para si. — Nós. — Ele pressionou os lábios nos meus, colocou a mão entre os nossos corpos e alinhou a cabeça do pau grosso contra mim. — Você.

— Que bom. — Tremendo, sentei nele, adorando a forma deliciosa como ele me penetrava fundo. — Porque eu sou completamente sua.

Revirei os olhos quando ele mexeu os quadris, se enterrando dentro de mim do jeito mais gostoso possível.

— Eu também sou completamente seu. — Suas palavras eram uma confissão silenciosa e velada, mas significavam tudo para mim porque eu sabia que era difícil para ele se expor desse jeito. — Sempre fui.

— Eu sei, Joe. — Com as bochechas coradas e o corpo ardendo, abracei seu pescoço e encostei a testa na dele, sem parar de rebolar. — Meu Deus, eu poderia ficar assim pra sempre e não seria suficiente.

— Entendo — ele disse, com as bochechas tão coradas quanto as minhas, segurando meus quadris e metendo em um ritmo delicioso. — Eu sempre te quero.

— Você já sentiu isso antes? — perguntei, ofegante, enquanto nossos corpos se moviam juntos. — Hum...

Ele balançou a cabeça e me beijou.

— Só com você.

— Não me deixe de novo, Joe.

Ele hesitou.

— Molloy.

— Não me deixe.

Ele me segurou com mais força e meteu mais fundo.

— Não vou te deixar.

— Hum... que bom. — Soltei um suspiro, segurei um gemido e enterrei o rosto no seu pescoço. — Porque quero mesmo ser sua esposinha.

— Meu Deus, gata. — Ele me virou de costas em um movimento ágil e se colocou entre as minhas pernas sem tirar o pau. — Não brinca comigo.

Sem fôlego, eu me abri para ele.

— Não estou brincando, Joe. — Peguei sua mão, a levei ao meu peito e olhei para o seu rosto vermelho. — Eu sinto *tudo* por você.

— Você pode ter o que quiser de mim — ele sussurrou, metendo fundo. — É tudo seu. — Ele se apoiou em um cotovelo, se inclinou para a frente e me beijou com força. — Porque só vivo por você.

18

Aula de engenharia

JOEY

— Ah, meu Deus! — Alec arrancou o capacete de proteção e o jogou em cima do meu projeto do leaving cert, me fazendo furar um buraco no capacete. — Estou morto? Fui pro céu?

— Não sei se você está morto, mas definitivamente é burro — falei, desligando a válvula do soldador nas minhas mãos e apagando a chama, enquanto o fedor de plástico queimado enchia o ar. — Eu podia ter arrancado a sua mão. Bota esse capacete de volta antes que você fique cego, seu idiota.

— Já estou vendo estrelas — ele respondeu, apontando para a frente da sala quando tirei a capa de soldagem.

Com um jaleco branco por cima da sainha escolar e uns óculos de proteção no topo da cabeça, Molloy parecia ter saído de um filme pornô. Os dois primeiros botões da sua blusa estavam abertos e sua gravata estava aninhada bem entre os seios.

— É nojento como você é sortudo.

— Pois é — concordei plenamente. — Eu sei.

Ela estava toda sorridente e brincalhona com o nosso professor, Ballsy Goggin, que por sua vez estava adorando receber atenção.

Mesmo que o babaca tivesse idade para ser pai dela.

Ele a olhava como todos os outros canalhas da sala.

— Meu Deus — Alec grunhiu ao meu lado. — Eu sei que você vai me matar por falar isso, mas eu faria praticamente qualquer coisa pra poder me enfiar entre...

— Você tem razão. Termine essa frase e eu vou te matar *mesmo*.

Deixei a tocha de lado, tirei as luvas e me aproximei da minha namorada, tomando notas mentais de cada imbecil sem-vergonha que estava assobiando. Eu resolveria essas contas mais tarde.

— Oi, Joe — ela falou quando me viu. — Eu estava perguntando pro sr. Goggin se ele podia me ceder algum aluno por vinte minutos pra me ajudar na aula prática de biologia.

Que porra é essa?

Franzi a testa para ela.

Ela devolveu meu olhar questionador com um sorriso que dizia "Entra na onda".

— Vamos dissecar corações de vaca hoje. Todos da sala já têm dupla, senhor, e fiquei sozinha na estação, sem ninguém pra me ajudar. Fico tão nervosa só de pensar em dissecar qualquer coisa que minha professora disse que eu podia chamar um aluno de outra turma pra me acompanhar, caso eu desmaie — ela disse, piscando seus grandes olhos verdes para o velho Ballsy, que estava engolindo aquela baboseira.

— Claro, Aoife, claro — ele respondeu, colocando a mão no meu ombro. — Leva o jovem Joey aqui.

— Tem certeza, professor? — Molloy abriu um sorriso radiante para ele. — Não estou atrapalhando a sua aula?

— Nem um pouco — ele lhe garantiu, dando outro tapa no meu ombro. — Ele serve?

— Serve, sim, senhor — ela falou, jogando o cabelo por cima do ombro. Pegou minha mão e praticamente me arrastou para fora da sala. — Devolvo ele assim que terminarmos.

— O que é que você está aprontando? — perguntei, dando risada, quando estávamos no corredor. — Biologia? Desmaio? — Fiquei olhando para ela. — Não tem outra garota nessa escola que goste mais de sangue do que você, Molloy.

— Bem, você vai trabalhar de tarde e eu vou trabalhar de noite.

— E daí? Posso ir pra sua casa depois.

— E daí que eu quero passar um tempo com você *agora*.

Ela agarrou minha mão de novo e me puxou pelo corredor antes de me empurrar por uma das muitas portas com entrada proibida espalhadas pela escola, destinadas apenas para emergências. Aquela porta em particular levava a uma escada mal iluminada que, por sua vez, dava no campo.

— Aqui ou no meu carro?

— O quê? — eu disse, rindo, deixando que ela me puxasse para si. — Você sabe que eu estava no meio de um projeto, né?

— Você não prefere ficar no meio das minhas pernas?

Meu Deus.

Ela tomou minha boca na sua e me empurrou contra a parede enquanto suas mãos se moviam para a fivela do meu cinto.

— Você é maluca — grunhi, me esfregando nela sem nem protestar conforme ela abria o zíper, abaixava minha cueca e se ajoelhava.

— Espera, espera, espera. No seu carro. A gente devia ir pro seu carro... — Fechei os olhos quando a língua dela deu voltas na cabeça do meu pau. — Hum... esquece.

— Hum... — Ronronando feito uma gatinha, ela enfiou tudo na boca e ficou me estimulando com a mão.

— Você é perigosa pra caralho — falei, sussurrando quando ela apertou minhas bolas. — Você é perfeita pra caralho.

— Hum — ela continuou ronronando em aprovação, me levando até o fundo da garganta, se engasgando e me chupando sem parar.

Enfiei os dedos no seu cabelo e enxuguei uma lágrima que escorria pelo seu rosto.

— Não se engasga, gata.

— Hum — ela disse, fazendo uma pressão surreal no meu pau. — Hum... — Acelerou e me chupou com mais força, ainda se engasgando.

— Vou gozar.

— Hum.

— Para.

— Hum-hum.

— Vou gozar na sua boca, Molloy.

Ela agarrou minha bunda e me chupou mais fundo.

— *Hum...*

— Ahhhh... — Senti tudo dentro de mim se contraindo, joguei a cabeça para trás e meti na boca de Aoife até a pressão nas minhas bolas aliviar de repente. — Cuidado com os dentes.

— Hum.

Mexi os quadris com selvageria e gozei com força na boca de Aoife enquanto minhas coxas tremiam.

— Meu Deus...

— Nossa — ela disse, se agachando e respirando fundo. — Foi meu recorde pessoal. — Ela limpou o canto dos lábios, ficou de pé e arrumou o rabo de cavalo, me dando uma piscadela diabólica. — Está se sentindo melhor, garanhão?

— Com certeza. — Tudo o que eu pude fazer foi me recostar na parede e assentir para aquela garota poderosa, que me chupava como ninguém. — Hum, valeu?

— Meh. — Ela deu de ombros e abanou a mão. — Achei que estava te devendo uma.

— Eu, hum... — Balancei a cabeça para afastar a névoa de tesão na minha mente e guardei o pau dentro da cueca, sentindo uma onda de calor só de lembrar daquela boca em mim. Na mesma hora, já estava com uma semiereção. — Desculpa pela, hum... lambança.

— Ah, por favor. — Ela revirou os olhos. — Se eu não quisesse que você gozasse na minha boca, teria parado, e se eu não quisesse engolir, não teria engolido, oras.

Puta merda.

O que é que eu poderia responder?

— Obrigado? — Foi o que me pareceu o mais apropriado, já que ela tinha explodido meu mundo com a sua língua. — Sério, obrigado mesmo.

— Tão educado — ela brincou, dando tapinhas na minha bochecha antes de seguir para a porta. — Não se preocupe, gato. Pretendo usar meus créditos do amor mais tarde.

— Créditos do amor? — Dei risada, acompanhando-a pelo corredor. — Será que quero saber o que significa isso?

— Significa que você devia tomar uns energéticos antes de ir lá pra casa — ela respondeu, me cumprimentando com um soquinho antes de se virar na direção dos laboratórios. — Porque não vou te deixar dormir, garanhão.

19

Balanças e tabuleiros ouija

JOEY

— Que porra você está fazendo? — perguntei, parado na porta do quarto de Molloy, vendo-a de pé na balança da mãe com um minúsculo sutiã vermelho e uma calcinha de vó cinza.

— Ah, que bom, você chegou. — Ela suspirou, foi até a porta e me puxou para o quarto, trancando-o em seguida. — Estou tendo uma crise.

— Você está tendo uma crise? — Não consegui impedir meus olhos de percorrerem seu corpo glorioso. — *Eu* estou tendo uma crise só de olhar pra você.

— Bem, então se acalme aí, garanhão, porque estou com sérios problemas aqui.

— Qual o problema?

— Ganhei uns quilinhos.

— Claro que não.

— Ganhei, sim — ela insistiu, assoprando uma mecha loira para longe do rosto. — Minha calça jeans rasgou na bunda.

Coloquei a mão na boca para conter a gargalhada.

— Não é engraçado. — Ela estreitou os olhos e bateu na minha boca. — Não diga nada sobre o tamanho da minha bunda.

— Eu adoro a sua bunda — falei, erguendo as mãos. — Sua mãe deve ter deixado a calça encolher na secadora.

— *Não*, porque, quando perguntei, ela disse que secou a calça no *varal* — minha namorada choramingou dramaticamente. — Daí o Kev disse que a minha bunda é do tamanho de um baiacu.

Não me aguentei.

Explodi de rir.

— Ah, meu Deus. Seu traíra! — ela gritou, se virando e indo até a balança no meio do quarto.

— Ah, fala sério, Molloy. — Soltei um grunhido, deixei a mala esportiva no chão e fui até a sua cama. — Você não vai virar uma daquelas garotas inseguras, né?

— Eu ganhei uns quilinhos, cuzão. Nunca disse que não era bonita.

— Essa é a minha garota.

— Três quilos, Joe — ela declarou, agitando os braços, olhando do meu rosto para a balança em que estava pisando. — Ganhei três quilos desde o Natal! Não está vendo?

Eu estava vendo.

Estava com ela tempo suficiente para conhecer cada centímetro do seu corpo, cada sarda, cicatriz e curva, então o fato de ela ter ganhado uns quilinhos não tinha me passado despercebido.

As roupas dela — quando ela as vestia — estavam justas nos quadris e nas coxas de um jeito que não ficavam alguns meses atrás, mas eu com certeza não ia reclamar. Principalmente porque aqueles quilos pareciam ter se acumulado diretamente nos peitos e na bunda.

Para ser sincero, eu achava que ela estava mais gostosa do que nunca, mas não era maluco de mencionar seu peso em uma conversa.

Ainda mais porque eu já estava por um fio.

Fosse para elogiá-la ou não, sabia qual era o meu papel naquele relacionamento e tinha decorado todas as minhas falas.

Ei, Joe, estou gorda?
Onde? Só na sua cabeça, né?
Ei, Joe, minha barriga balança?
Você teria que ter barriga pra ela balançar, e você claramente não tem.
Ei, Joe, você acha que ela é mais magra que eu?
Ninguém tem um corpo mais bonito que o seu.

Garotas eram criaturas perigosas que carregavam significados ocultos por trás de cada palavra que diziam, e Molloy não era exceção. Ela podia ser a minha melhor amiga, e àquela altura eu escondia poucas coisas dela, mas ainda tinha noção de que havia dois assuntos cruciais proibidos.

O primeiro era o peso — ou melhor, o peso *dela*, porque pelo visto ela podia comentar sobre a minha aparência ao seu bel-prazer e não sofrer consequências.

O segundo e mais importante assunto que *jamais* deveria ser mencionado eram relacionamentos prévios. Ou, no meu caso, garotas com quem eu já tinha transado. Esse tema era totalmente proibido.

E não importava que eu tivesse que aturar o ex-namorado dela na sala de aula, mesmo sabendo que ele já tinha colocado os dedos e a língua dentro dela um dia.

Não, encanar com o relacionamento de quatro anos que ela teve com outro cara era algo completamente absurdo, mas falar sobre uma garota com quem eu tinha ficado, independentemente de ter sido casual, era um pecado mortal.

Você enfiou seu pau nela, era a justificativa que eu recebia sempre que apontava a hipocrisia.

E você enfiou o pau dele na sua boca, era o que eu tinha vontade de responder, mas tinha a decência de ficar de boca fechada e não abrir essa caixa de Pandora.

— Deixa disso, Molloy. — Me apoiei sobre os cotovelos, curtindo o show enquanto minha namorada desfilava de calcinha. — Você é maravilhosa.

— Sim, eu sei — ela bufou, pegando minha mão e me puxando para a balança. — Mas agora estou carregando três quilos a mais de maravilhosidade.

— A balança deve estar desregulada.

— Três vezes?

— Você já percebeu que esse piso é torto? — tentei argumentar. — Esse treco nunca vai mostrar um número muito preciso, Molloy.

— Não?

— Claro que não. — Falei o que ela precisava ouvir. — Eu sei bem. Foi horrível tirar as medidas aqui pra fazer os armários. Essa casa está toda torta.

Ela olhou para mim esperançosa.

— Sério?

— Sério. — Assentindo, abracei a sua cintura e a tirei da balança. — Agora chega dessa baboseira.

— Vou me pesar mais uma vez...

— Não vai, não — eu disse, pegando a balança e levando-a para a porta. — Não quero mais te ver com essa coisa de novo. — Abri a maçaneta, saí para o corredor e botei a balança na prateleira de cima do armário antes de voltar. — Juro que essa bosta faz mais mal pras garotas que tabuleiros ouija.

Ela deu risada.

— Como é que você pode comparar uma balança com um tabuleiro ouija?

— Fácil. — Dei de ombros. — Os dois são capazes de invocar demônios.

— Mas eu continuo gostosa, né, Joe? — ela perguntou com as mãos na cintura. — Você ainda me acha gostosa, né? Mesmo com uns quilinhos a mais?

— Ah, você é mais que gostosa — falei, me aproximando. — Eu só quero saber da sua gostosura.

— Boa. — Ela sorriu, abraçou meu pescoço e puxou meu rosto para o seu. — Me beija.

— Falando em gostosura... — Passei a mão nas suas enormes calcinhas de vó e puxei o elástico. — Por favor, me diga que não é o que estou pensando.

— Acho que pode ser. — Ela riu contra os meus lábios. — Se estou usando isso, significa...

— Que você está menstruada — grunhi, afastando a cabeça. — Puta que pariu.

— Vem, garanhão. — Ela pegou minha mão, me conduziu até a cama e deu uma piscadinha safada. — Tenho certeza que posso ser criativa.

— Sabe, às vezes eu amo muito a minha vida — eu disse, indo atrás dela.

20

Desabrochando

AOIFE

Visitas noturnas e encontros secretos se tornaram a nossa rotina, e à medida que os dias se transformavam em semanas e o inverno dava lugar à primavera, o muro de um quilômetro de altura que Joey passou a vida erguendo ao redor do coração baixava cada vez mais.

Não é que sua vida doméstica estivesse se tornando mais fácil; pelo contrário. As brigas com o pai tinham piorado significativamente, resultando em mudanças de humor mais severas e hematomas mais escuros, mas seus olhos permaneciam nítidos, e sua cabeça, focada.

Na maioria das vezes, esse foco parecia estar todo concentrado em mim, e eu não estava achando ruim. Ele passava cada segundo do seu tempo livre comigo, e tê-lo por perto acalmava minha ansiedade. Porque, quando Joey estava comigo, eu conseguia mantê-lo seguro. Quando estava comigo, estava sóbrio e se mantinha ileso.

— Que porra você está fazendo? — meu irmão perguntou quando entrou na sala de estar no domingo à noite.

Meus pais tinham saído para beber, e Joey e eu estávamos no sofá assistindo *You're A Star*, discutindo quem deveria ganhar a competição de música.

Eu estava torcendo pelos irmãos de Westmeath, enquanto Joey estava torcendo para que um aneurisma o livrasse daquela situação, ou pelo menos era o que ele dizia. No fundo, acho que ele também gostava dos irmãos.

— O que foi? — perguntei, encarando Kev, confusa, e depois olhei para meu corpo. Eu estava de moletom e camiseta larga, com as pernas sobre o colo do meu namorado, e ele não tinha como falar que eu não estava vestida o suficiente. — O que foi que eu fiz agora?

— Não é o que você fez — Kev grunhiu, apontando para o prato de comida no meu colo. — É o que você está comendo. — Ele balançou a cabeça com nojo. — Nachos e pasta de chocolate? — Ficou olhando para mim horrorizado do outro lado da sala. — Ah, meu Deus, você está misturando chocolate com *maionese*?

— Ei, não fala assim se nunca experimentou — eu disse, enfiando na boca aquela delícia. — É... bom.

— Você é doente. — Ele olhou para o Joey. — Você é o responsável por isso?

— Nada na sua irmã me surpreende mais, cara — Joey comentou, esticando as pernas na mesinha de centro.

— Então você não acha doentio o que ela está fazendo?

— Ei. — Joey deu de ombros, sem querer se comprometer. — Por mim ela pode botar o que quiser na boca.

— *Claro* que você diria isso — Kev respondeu, contendo um tremor.

Bufei.

— Me poupe do seu cinismo, Kev. Só estou comendo nachos, não chupando o pau dele.

— Eu não tenho problema nenhum com isso — Joey interveio com uma piscadinha.

— Vocês são dois doentes — Kev murmurou, dando meia-volta e saindo da sala. — Doentes, sério.

— Bate aí. — Ergui o pé.

Joey ficou me olhando com uma careta antes de ceder e fazer um high-five com a sola do meu pé.

— Então, você não vai acreditar no que aconteceu enquanto eu estava com as crianças ontem.

— *Ahhh*, fofoca. — Abri um sorriso malicioso. — Me conta.

— Shannon passou o dia com as amigas.

— Sério?

— Sério. Parece que ela saiu ontem à tarde e só voltou de noite. Passou o dia todinho com a Claire e a Lizzie.

— E isso nunca acontece?

— Nunquinha — ele respondeu, pegando o controle remoto e zapeando os canais. — O velho surtou quando ela chegou em casa. Parece que ela só voltou na hora que eu também voltei do trabalho.

— O que explica isso — sussurrei com tristeza, passando o dedo no machucado recente no seu pescoço.

— Não se preocupe — ele falou depressa. — Dei um jeito. Shannon está ótima.

— Não fiquei preocupada. — *Pelo menos, não com ela.*

— Ela tem *amigas*, Molloy — ele disse, parecendo contente de um jeito quase inédito. — Uma vida social de verdade. Não está se escondendo no quarto, ouvindo música e enterrando a cara nos livros. Ela está saindo.

— Então quer dizer que o Tommen *está* sendo bom pra ela. — Sorri. — E toda aquela preocupação foi por nada.

— Vamos ver — comentou, me olhando rápido e voltando a atenção para a partida que tinha colocado na televisão sem eu perceber. — Ainda é cedo pra dizer.

— Ou será que a sua irmãzinha está crescendo?

— Nossa, tomara.

— Pois é. — *Tomara*. — Não se esqueça que ela tem quase dezesseis anos agora, Joe. Ela tem hormônios, sentimentos e uma mente própria. — Baguncei seu cabelo e sorri. — Isso ia acontecer alguma hora.

— Tive medo de que não acontecesse — ele admitiu.

— Todos os botões uma hora florescem, Joe, mesmo os mais lentos. E, às vezes, a flor que desabrocha mais tarde é a que causa o maior impacto.

21

Rolando no feno

JOEY

Era quase meia-noite de sexta-feira e, em vez de estar fazendo algo produtivo como dormir em uma cama de verdade, me peguei deitado em uma pilha de feno, com minha namorada aninhada entre as minhas pernas e um cobertor rosa e fofo jogado sobre nós.

A maioria dos nossos colegas do sexto ano estava amontoada no galpão de feno do Podge, depois de ter entrado às escondidas na fazenda dos pais dele na traseira de um trator-reboque. Para ser justo, não tínhamos que estar ali, mas quando a ideia surgiu na aula esta manhã, um plano aleatório se formou e deu nisso.

A chuva caía forte no telhado de zinco, a bebida estava rolando solta, as músicas ressoavam da caixa de som portátil da Neasa Murphy e a festa estava bombando. A maioria de nós tinha se aguentado cinco dias por semana por quase seis anos, e havia uma clara sensação de camaradagem entre nós.

Tínhamos crescido juntos e passado por todas aquelas merdas adolescentes juntos, incluindo brigas, putarias e problemas diversos. Caramba, boa parte daquela galera se conhecia intimamente, e estar ali quase fazia parecer que tínhamos fechado o ciclo.

Saber que em alguns meses seguiríamos caminhos separados deveria me provocar algo como tristeza e ansiedade, mas não. Por mim, eles poderiam trilhar a direção que quisessem depois do leaving cert, contanto que eu pudesse manter aquela garota nos meus braços.

— Aposto que você nunca passou uma noite de sexta rolando no feno, né, peituda? — Podge disse.

— Você ficaria surpreso se soubesse como eu costumo passar minhas sextas, Al — Casey falou, rindo, ajeitando o gorro de lã e aceitando a garrafinha de vodca que ele lhe ofereceu.

— Nossa, cara, não dava pra ser mais conspícuo, não? — Podge perguntou, gesticulando para o casaco verde fluorescente que Alec estava usando. — Você não está no trabalho, Al. Podia ter deixado o uniforme em casa.

— Ah, você e suas palavras difíceis — Alec resmungou, acendendo um baseado. — Vai se foder, seu idiota. Não faço ideia do que você está falando.

— Conspícuo — Neasa falou, rindo. — Significa que você não está sendo muito discreto, Al.

— Discreto sobre o quê?

— Sobre o fato de que não era pra você estar aqui — Podge respondeu. — E você não pode fumar aqui. Os fardos estão secos, cara. Basta uma faísca pra este lugar acender feito uma árvore de Natal.

— Vai se foder, fazendeiro John, com suas palavras difíceis e sua autoridade de merda. Se eu quiser fumar, eu vou fumar.

— Vai se foder você, seu urbanoide.

— Melhor urbanoide que fazendeiro com mentalidade de culchie.

— Ei, não tem nada de errado com fazendeiros — Casey interveio, dando uma piscadela. — Eles têm um monte de dinheiro escondido debaixo do colchão.

— Um monte de ovelhas também.

— Na verdade, somos produtores de lavoura e gado.

— E daí?

— Daí que a gente trabalha com bois, e não ovelhas, idiota.

— Joe, estou enjoada — Molloy declarou, me distraindo da discussão. Ela enfiou a latinha de cerveja na minha mão e grunhiu. — Sério, meu estômago está se contorcendo.

— Bem, vai com calma — eu disse, abraçando sua cintura e a puxando para perto. — Não ligue pro que esses babacas estão fazendo. — Meus lábios roçaram sua orelha enquanto eu falava: — É uma maratona, não uma corrida.

Ela estava linda pra caralho de casaco branco, gorro, cachecol e luvas cor-de-rosa, com duas trancinhas no cabelo chegando no meio das suas costas. Sempre na moda, independentemente da ocasião, ela também usava uma blusa azul-clara que gostava de dizer que era uma falsificação da Juicy, o que quer que isso significasse, e um par de galochas pretas.

— Meu estômago não está se contorcendo por causa da bebida — ela falou, se virando para me olhar. — Mas por causa daqueles dois.

Me voltei para onde ela estava apontando e um calafrio me percorreu.

— Nossa...

De onde estávamos, tínhamos uma visão perfeita de Ricey e Danielle.

— Não sei se ele está tentando beijar ou comer os lábios dela — comentei, ignorando o celular vibrando no meu bolso.

— Ambos — Molloy disse, dando risada. — Hum, Joe, que horrível, hein?

— Horrível, Molloy.

— Ele tem uma língua bem grande — ela continuou falando, como se fosse uma informação importante que o namorado deveria saber sobre seu ex. — O que seria um grande trunfo se ele soubesse como usar. — Ela deu risada e acrescentou: — Mas ele é péssimo e não quero mais saber desse tipinho.

— Que ótima imagem mental você me deu agora — reclamei com um tom sarcástico. — A enorme língua do Ricey na buceta da minha namorada.

Ela ergueu as mãos e deu risada.

— Acredite em mim, nunca foi uma experiência prazerosa.

— Você quer me fazer vomitar? Porque vou acabar vomitando, Molloy.

— Ah, por favor — ela disse, me cutucando com o cotovelo. — Como se você não tivesse enfiado o seu pau em metade das garotas daqui.

— Quem?

— As garotas da nossa turma.

— Que garotas?

— Pode escolher. Você ficou com a maioria.

— Quando?

— Joey. — Ela me olhou feio. — Nem vem.

O que é que eu poderia dizer?

Nada que não acabaria com ela fazendo um drama, então resolvi ficar de boca fechada e tomei um gole da cerveja dela.

— Está vendo? Você não está nem negando. Você é um safado — ela disse, enfiando a mão embaixo do meu moletom para beliscar o meu mamilo. — Você chupou ela também, Joe? — Ela estreitou os olhos. — O que é que estou dizendo? Claro que chupou. Ninguém é tão bom quanto você no oral, a não ser que já tenha feito isso milhares de vezes.

Eu sabia que era melhor não falar nada. Pois me lembrava muito bem de como Molloy tinha reagido quando confessei que tinha transado com a Danielle no terceiro ano. Ela me deu um gelo que durou semanas, e a gente era só amigo naquela época.

Logo aprendi que seria menos doloroso morder meu próprio braço que adentrar voluntariamente naquele território perigoso de novo. Era uma armadilha, pois não havia nada que eu pudesse dizer, então fiz um voto mental de permanecer em silêncio e dei um beijo na sua bochecha.

— Hum. — Molloy suspirou, segurou minha bochecha com a mão enluvada e me lançou um olhar duro. — Ainda bem que te amo.

Ainda bem.

Então ela abriu um sorriso e se inclinou para me beijar, espalhando gloss nos meus lábios.

— Detesto essa coisa — reclamei, passando a língua nos lábios e sentindo o gosto *dela*. — Você não precisa usar nada disso. Já é linda, gata.

— Eu sei que sou. — Ela sorriu e bateu o dedo no meu nariz. — Eu passo gloss pra mim, não pra você.

Dei de ombros e falei:

— Tá certo então.

— E aí, você está bem? — Ela se virou para o lado para se sentar no meu colo, passou o braço no meu pescoço e se aninhou no meu peito. — Como vai, garanhão?

Entendi o que ela estava perguntando e fiz que sim devagar.

— Estou bem, rainha.

— Você não vai atender? — ela perguntou, falando sobre o celular que ainda vibrava no meu bolso. — Esse treco está tocando a noite toda.

Eu não precisava ser um gênio para saber que era a minha mãe e o que ela queria.

— Não — respondi. Se eu atendesse o telefone, as chances de eu ter que ir embora eram grandes.

Seus olhos cintilaram de surpresa.

— Não?

— Não — confirmei, abraçando-a com mais força. — Estou aqui com você.

— Oun. — Ela sorriu para mim. — Você está *tão* fofo hoje!

— Ah, é?

— Uhum. — Ela envolveu meu pescoço, me puxou e roçou o nariz gelado no meu. — E aí, o que acha de dar uns amassos no feno?

— Você é uma péssima influência — falei, rindo contra os seus lábios.

— Sério? — ela ronronou. — Só porque quero sentar em você?

— Se está tentando me deixar duro, missão cumprida, Molloy.

— Estou tentando fazer você me comer, Joe.

— Meu Deus, que linguinha terrível, hein?

— O que foi? — ela brincou. Seus olhos cintilaram de malícia quando ela desceu do meu colo e me ofereceu a mão para me levantar. — Você quer fazer coisas terríveis com a minha boca?

Sorri feito um bobo, fiquei de pé e fui atrás dela, ignorando os assobios dos nossos colegas enquanto ela me levava para trás de uma pilha de feno para que ficássemos fora de vista.

— Então... — De costas para o feno, ela me puxou contra si e sorriu. — Onde estávamos?

— Eu estava me comportando. — Esfreguei os quadris nela, segurei seu pescoço e a beijei. — *Você* estava tentando me levar pro mau caminho.

— Não se comporte, Joe — ela falou contra os meus lábios, tirando as luvas e levando a mão para o cós da minha calça. — Eu gosto mais quando você é malvado.

— Eu sempre sou malvado, Molloy.

— Por isso eu sou tão apaixonada por você. — Ela enfiou a mão dentro da minha cueca. — Bem, por você e pelo seu pau enorme.

22

Pegos em flagrante

AOIFE

— Aoife Christina Molloy, eu sei que você está aí, sua vadia. A sua mochila está no chão.

— Ah, merda. — Meus olhos se arregalaram de horror e me ergui, batendo no volante à minha frente. — É a Casey?

— Shhh. — Uma mão quente tapou minha boca, e fui puxada para trás, direto para o peito do meu namorado. — Fala menos, transa mais, Molloy.

— Mas ela está bem...

Minhas palavras se interromperam quando ele colou a boca na minha e continuou metendo por trás, bem fundo e rápido.

— Ah, meu Deus... — gemi, arrancando os lábios dos dele e me recostando no volante, segurando-o com força enquanto rebolava no seu colo. — Não para.

Ele colocou a mão entre as minhas coxas, localizou meu clitóris e o tocou de um jeito que fez os dedos dos meus pés se curvarem. Aquele garoto não errava uma. Sabia exatamente onde me tocar e que força usar.

— Ei, safados, os vidros desse range rover chique podem até ser escuros, mas o carro está balançando.

— Vai embora, Case — falei, ofegante. — Estou... ocupada.

— Ocupada dando pro seu namorado, vadia — minha melhor amiga grunhiu. — Mas a gente tinha combinado de fazer compras depois da aula, lembra? Fiquei esperando no ponto de ônibus por uma hora...

— *Vai embora*, Case! — Joey rosnou, apertando meu peito e aumentando o ritmo. — Meu Deus, gata. Sua amiga é uma mala.

— Ignora ela — falei.

— Como? — ele perguntou. Suas coxas estavam tremendo, fazendo meu corpo todo vibrar e deixando claro que ele estava quase gozando. — Ela está com a cara colada no vidro.

— Ah, meu Deus, Casey, vai embora! — gritei, buscando o alívio, cada vez mais desesperada de desejo. — *Por favor.*

— Está bem — ela disse. — Tony acabou de chegar, mas beleza.

— Ah, merda!

Joey tirou o pau na mesma hora e me atirou no couro macio do banco do carona para vestir as roupas depressa.

— Seu coroa foi pra Skibbereen comprar um conversor catalítico pro Subaru do Johnny Crowley — ele disse, sem fôlego. — E devia voltar só daqui uma hora.

— Você podia ter gozado — comentei, rindo enquanto colocava o sutiã e me atrapalhava com os botões da camisa do uniforme antes de pegar a saia. — Ela só está tirando com a nossa cara, Joe. Meu pai não está lá fora.

— Oi, Casey, meu bem — ouvi meu pai dizer. — Que estranho te ver aqui na oficina!

Nós dois congelamos. Cravei os olhos em Joey.

— Ah...

— Merda — ele terminou por mim, de olhos arregalados.

— Oi, Papi T. Estava procurando a Aoife.

— Ah, ela deve estar no Dinniman a essa hora. Viu o Joey por aí?

— Ah, *meu Deus* — Joey praticamente choramingou, colocando o macacão às pressas. Desceu do carro e fechou a porta depressa, me deixando escondida atrás das janelas escuras. — Estou aqui, Tony.

— O que é que você está fazendo no tesouro do John Kavanagh, rapaz?

— Hum, só estava dando uma olhadinha. — Ele fez uma breve pausa antes de acrescentar: — É o mais perto que vou chegar de um range rover.

— Conheço essa sensação, meu jovem.

— Você voltou cedo.

— Esqueci minha carteira, acredita?

— Que desgraça!

— Não totalmente. Vem tomar um chá no escritório pra eu te contar da bonequinha quebrada que encontrei na estrada.

Alguns instantes depois, a porta do carona se abriu e me deparei com Casey sorrindo feito uma doida.

— Certo, a barra está limpa. Papi T levou o papaizinho pro escritório.

— Papaizinho?

— É só uma piada, amiga. Calma.

— Não tem graça, Case.

Soltando um suspiro trêmulo, ajeitei a saia e desci do carro. Segui para a saída meio agachada e tive que me segurar para não dar uma cambalhota e sair rolando naquela fuga repentina.

— Pensei que você estivesse me sacaneando quando falou do meu pai. — Uma gargalhada de alívio me escapou quando estávamos lá fora. — Meu Deus, essa foi por pouco.

— Sabe... — Case comentou, caminhando ao meu lado. — Eu deveria estar brava pelo bolo que você me deu pra chupar as bolas dele, mas vou deixar passar só porque ele faz uma cara linda quando goza.

— Você não viu a cara dele gozando.

— Talvez não, mas vi as bochechas coradas dele e posso usar a imaginação.

— Casey, não olha pra ele assim.

— Assim como? — ela perguntou, rindo e erguendo as mãos. — Como se ele fosse um guru do sexo? Novidade, Aoife: o cara é um deus.

— Pois esse cara é meu. Então trate de encontrar outro guru pra admirar.

— Ah, relaxa. — Ela passou o braço pelos meus ombros. — Você sabe que eu nunca, *jamais* faria isso, nem em um milhão de anos.

— Hum. — Enfiei a mão no bolso da saia, saquei um pirulito e abri a embalagem. — É que às vezes é irritante, sabe? — Coloquei o pirulito na boca e apoiei a cabeça na dela, murmurando: — Ele já ficou com várias garotas da escola, Case. *Várias.*

— E daí? Ele estava só se divertindo. Diga o nome de um garoto do nosso ano que não tenha feito isso.

— Se divertir é uma coisa, pegar geral é outra, Case.

— Amiga. — Ela fez uma cara séria e me lançou um olhar solidário. — Não se deixe levar por esses pensamentos. Eles só atrapalham seu clima de alegria e amor.

— É, eu sei.

— Sabe mesmo?

Dei de ombros.

Ela revirou os olhos.

— Você é uma besta.

— Como você descobriu? — perguntei, rindo.

— Você devia estar delirando de felicidade. E não se preocupando com quem ele já ficou. Essas garotas são passado por um motivo, Aoife. — Ela agitou as sobrancelhas e acrescentou: — Além disso, eu sinceramente duvido que a Danielle Long já tenha rebolado nele no banco de um range rover.

Sorri.

— Verdade.

— A Danielle pode ter sido a primeira transa dele, mas você é o primeiro amor — ela acrescentou, me empurrando com o quadril. — Acredite em mim: isso deixa uma bela marca em um garoto.

— Bem, ele também deixou uma marca em mim, Case.

— Pois é — ela concordou, me olhando de um jeito peculiar.

— O que foi? — perguntei, incomodada. — Que cara é essa?

— Nada, só pensei que você ia falar mais alguma coisa — ela respondeu, ainda me olhando intensamente. — Porque você pode me contar tudo, Aoife.

— Eu sei. — Sorri. — Digo o mesmo, Case.

23

Ho, ho, ho, Joe

JOEY

— Quem está a fim de comida chinesa? — meu pai perguntou em um tom alegre, entrando na cozinha no sábado à noite com duas sacolas de papel nos braços. — Ganhei na loteria e tem comida pra todo mundo.

Com uma lasanha congelada semiaberta nas mãos, observei minha mãe e meus irmãos indo para a cozinha atrás dele.

— Vem cá, garoto — ele disse, colocando as sacolas na mesa enquanto minha mãe se aproximava com os pratos. — Pode jogar essa merda fora — comentou, apontando para mim. — Tem chicken curry pra você também.

Fiz o completo oposto e fui até o lixo, joguei a embalagem fora e coloquei a lasanha no forno, ignorando a amargura que senti ao ver toda a minha família, incluindo Shannon, formando uma fila com os pratos na mão como se fosse uma cena da Irlanda de 1840.

Não sejam tão fracos, eu queria gritar. *Essa comida vai ter consequências.*

— Não me ouviu, garoto? — meu pai rosnou, conforme todos se sentavam em volta da mesa como uma grande família feliz.

— Ouvi.

— Então o que está esperando? — Ele chutou uma cadeira para que eu me juntasse a eles. — Pega um prato e senta aí.

— Não quero.

— Ah, deixa disso. Você precisa engordar um pouco, garoto.

— Eu disse que não quero a sua comida.

— Por que não?

— Porque ela vem com condições e eu prefiro morrer de fome.

— Joey. — Minha mãe abaixou o garfo e suspirou. — Por favor, não comece. Seu pai está tentando.

Bem, é disso que eu tenho medo.

Cruzei os braços e olhei feio para ele.

— Não sei o que você está querendo, velho, mas não vai me enganar com essa baboseira.

— Se não quer comer com a sua família e não consegue ser civilizado com o seu pai, pode sair — minha mãe disse, esticando o braço para colocar a mão no punho cerrado dele.

Os outros quatro ficaram rígidos na cadeira, com as cabeças baixas e a atenção voltada para qualquer outra coisa que não nosso pai.

— Eu vou sair quando minha comida ficar pronta — falei com a mandíbula tensa.

— Deixa, Marie. Esse garoto nunca está satisfeito. Come a sua comida — meu pai ordenou, e minha mãe o obedeceu feito um soldado bem treinado, desviando o olhar de mim e enfiando um punhado de arroz na boca.

Com os ombros duros de tensão, dei as costas para eles e me concentrei na lasanha no forno.

Vinte minutos depois, alguém bateu na porta e senti meu corpo todo ser tomado por ansiedade e alívio ao mesmo tempo.

Molloy tinha falado que viria à noite. Eu não queria, pelo menos não a queria *ali*, mas estava trabalhando duro para manter as linhas de comunicação abertas, me esforçando para *não* a excluir.

Era tudo o que ela queria de mim. O que parecia estar funcionando a meu favor. Quanto mais eu me abria para ela, mais ela me recompensava.

Às vezes, eu me sentia como um maldito cachorro levando a vareta para ela só para ganhar um carinho na barriga, mas eu estava viciado demais no afeto dela para pisar no freio.

Sabendo que havia noventa por cento de chance de encontrá-la do outro lado da porta, me mexi antes que qualquer um e disparei pelo corredor para atender à porta.

— Shhh. — Ela cobriu a boca com o dedo quando abri os lábios para cumprimentá-la.

Ela deu um sorriso safado, soltou o cinto do sobretudo preto, abriu as lapelas e piscou. Meus olhos percorreram seu corpo rapidamente, observando o que ela estava vestindo — ou melhor, o que não estava.

Fui recebido por meias-arrastão, uma cinta-liga com babados, uma minúscula calcinha rendada e um sutiã combinando, tudo num vermelho puxado pro vinho. Aquela era, de longe, a maior criação do cara lá de cima.

Ela era o sonho de qualquer um, com aquela cintura fina que se alongava em quadris largos e uma bunda redonda e maravilhosa. As meias vermelhas realçavam ainda mais suas pernas gigantescas. Seu cabelo liso estava solto e chegava até a cinta-liga com babados que a abraçava nos lugares certos.

E os peitos dela? Meu Deus, a Aoife tinha seios enormes que mal cabiam naquele sutiã.

Vestida para matar daquele jeito e toda maquiada e de batom vermelho, ela parecia pertencer à capa de uma maldita revista, não a Ballylaggin.

O minigorro de Mamãe Noel na cabeça foi a cereja do bolo.

Sacudi a cabeça, completamente perplexo.

— Caralho.

Ela abriu um sorriso radiante, agitou as sobrancelhas e ronronou:

— Ho, ho, ho, Joe.

— O Natal foi há dois meses, Molloy.

— Eu sei. Mas achei isso em promoção na cidade hoje e não me aguentei! — ela falou, claramente encantada consigo mesma, fazendo uma dancinha com seus saltos pretos. Ergueu o sobretudo e deu uma voltinha para me oferecer uma visão de 360 graus, não dando a mínima para os olhares curiosos dos vizinhos. — Quinze euros, Joe. Era oitenta e cinco! Dá pra acreditar?

Soltei um suspiro, impressionado não com o preço, mas com ela, sentindo meu pau ficar tão duro que poderia cortar até diamante.

— Meu Deus.

— E aí? — ela falou, dando mais uma voltinha para mim e para metade da rua. — O que achou?

— Só tem uma cabeça pensando agora, Molloy, e não é a que está grudada no meu pescoço.

Ela se inclinou para trás e gargalhou.

— Exatamente a reação que eu estava esperando.

— Meu Deus do céu.

Dei um passo para a frente e fechei o sobretudo depressa, antes de olhar por cima do ombro dela para verificar se tinha algum imbecil tentando espiar da rua.

Se tivesse alguém, minha namorada tinha acabado de lhe oferecer uma visão gloriosa.

— Estou querendo, estou depilada, estou prontinha — ela declarou, abraçando o meu pescoço e me puxando para um beijo. — Sério, estava ouvindo "Fade Into You", da Mazzy Star, no caminho pra cá, que, só pra você saber, é a nossa segunda música, e agora estou a fim de ficar *pelada* com você.

— Você está chapada?

Ela revirou os olhos e fez uma expressão que dizia "Até parece".

— Só estou feliz. Tive um dia ótimo com as meninas hoje e agora estou aqui com você. Além disso, a gente nem teve chance de ter aquela transa desvirginal no seu aniversário.

— É verdade...

Ela me beijou de novo, dessa vez mais profundamente, entrelaçando os dedos no meu cabelo.

— Mas, primeiro, preciso que você me alimente.

— Com o meu pau?

— Mais tarde. — Ela riu contra os meus lábios. — Pode me abastecer primeiro, porque estou *morrendo* de fome.

— Tem uma coisa no forno.

— O quê?

— Lasanha.

— Eu *amo* lasanha.

— Eu sei.

— De onde é?

— Do mercado.

— De que marca?

— Da única que consegui comprar.

— É a minha favorita!

— Sim, Molloy, eu *sei*.

— Então quer dizer que você cozinha, lava a louça, troca fraldas, conserta meu carro e me oferece orgasmos ilimitados — ela brincou. Depois, deu um passo para trás, pegou o chapeuzinho e o enfiou no bolso do sobretudo. — Continue assim que eu não vou querer te largar, Joey Lynch.

— Como quiser, Molloy — falei, dando risada e balançando a cabeça. — Vem... — Peguei sua bolsa no chão, coloquei sobre o ombro e deixei que ela entrasse. — Só um aviso: ele está de bom humor.

24

Você sempre vai me ter

AOIFE

No início do nosso relacionamento, a única pessoa da família Lynch que eu odiava era o pai do Joey. Só que, conforme os meses e os anos foram passando e Joey foi se abrindo, me dando acesso exclusivo à sua vida doméstica, não descobri apenas que meu desdém por Teddy alcançava níveis estratosféricos, mas a animosidade que eu sentia por Marie também disparou.

A mãe de Joey fazia eu sentir raiva, o que me deixava absurdamente frustrada, porque fui criada para demonstrar compaixão com os menos afortunados. E, na verdade, Marie Lynch era uma figura digna de pena.

O problema era que a forma como ela tratava o segundo filho, o jeito repugnante como ela colocava Shannon e os meninos mais novos acima dele, fez com que qualquer resquício de compaixão que eu sentisse pela mulher aos poucos se desintegrasse.

Eu estava apaixonada pelo filho dela.

Joey era, na minha opinião tendenciosa, a melhor coisa do casamento cagado de Teddy e Marie Lynch, e o fato de sua própria *mãe* não conseguir enxergar nada além dos defeitos dele me deixava furiosa. Porque, se ela tirasse um tempo para observar melhor, veria o ser humano incrível que havia trazido ao mundo.

Claro, ele era imprudente e impetuoso, cabeça-dura e estourado, mas também era atencioso e generoso, determinado e dedicado. Ele era extremamente leal e, apesar de tentar fazer de tudo para esconder isso do mundo, meu Deus, ele tinha o coração do tamanho da lua.

O maior erro do meu namorado, e eu incluía o vício em drogas aí, pois acreditava firmemente que ambos estavam conectados, era que ele oferecia seu amor incondicional e sua fidelidade a uma mulher que jamais os mereceria.

Eu não tinha dúvidas de que, se tivesse chance, Joey não teria escrúpulos em jogar o pai debaixo de um ônibus — literal ou metaforicamente —, e depois ainda teria o maior prazer em mijar no seu túmulo.

Teddy Lynch era um canalha, um escroto, não tinha nada que se salvasse nele, mas não era ele que Joey não conseguia abandonar.

Marie era a única que ele colocava no pedestal, e, em vez de fazer a coisa certa para Joey — e todos os outros filhos —, ela o mantinha acorrentado àquela casa.

Teddy era a casa a que eles estavam presos, e Marie era a chave que se recusava a *libertá-los.*

Porque, apesar dos seus defeitos, Joey Lynch era um *bom* rapaz. Sua moral nunca permitiria que ele largasse os irmãos, e sua lealdade nunca permitiria que *a* deixasse. Assim, em se tratando de sentir compaixão por Marie Lynch, eu era o próprio deserto do Saara. Totalmente seco.

Sacudi a cabeça para afastar os pensamentos, estampei meu melhor sorriso no rosto e segui Joey para a cozinha, admirando-o pelo esforço gigantesco que eu sabia que ele tinha feito para me deixar passar pela porta. A atmosfera da casa era sempre maligna e desprovida de felicidade. O desconforto se instalava pesado nos meus ombros toda vez que eu pisava ali, mas era importante que Joey soubesse que eu aceitava todas as suas partes. Ele não tinha nada do que se envergonhar e nunca precisaria esconder nada de mim.

Quando entrei na sala, vi a família em volta da mesa da cozinha, e a frieza que seus pais costumavam emanar estava particularmente ártica aquela noite.

— Oi, Aoife — Tadhg e Ollie disseram ao mesmo tempo, enquanto Shannon acenava de forma tímida e abaixava a cabeça às pressas, com os olhos fixos na mesa. O pobre Sean não disse uma palavra, mas seus olhos arregalados me garantiram que ele estava bastante confuso. *E assustado.*

— Oi, meninos — respondi, abrindo um sorriso forçado e controlando as emoções, mantendo as costas para a geladeira e os olhos na mesa. — Oi, Shan.

— O-oi — ela sussurrou, escondendo o rosto atrás de uma montanha de cabelos castanhos.

— Aoife — Marie falou, dando um pequeno aceno e desviando os olhos ansiosos de mim para Joey antes de pousá-los no marido, que comandava a mesa e não fez a menor questão de disfarçar a secada que deu no meu corpo. Eu estava de sobretudo, mas poderia muito bem estar nua pela forma como ele me olhava. — Eu não sabia que você vinha hoje.

— Eu convidei ela — Joey interveio depressa, fazendo carinho nos meus dedos antes de soltar a minha mão e ir até o forno. — Ela vai dormir aqui.

— Seria bom saber que a gente teria visita — Marie disse baixinho.

— Eu pago a minha parte das contas da casa — foi a resposta dele.

— Seu pai e eu queríamos que fosse uma noite em família.

Se estava tentando me deixar desconfortável para eu ir embora, não ia funcionar. Eu não tinha intenção alguma de sair sem o filho dela.

— Que legal — comentei, abrindo um sorriso falso. — E a gente vai ter um encontro.

— Encontro — seu pai desdenhou. — E você fez o jantar pra ela. — Ele balançou a cabeça para mostrar o desgosto. — Você faz tudo o que ela quer, né, garoto?

— E eu estou adorando. — Ele pegou a lasanha no forno com um pano de prato e a serviu logo. — Não sabia que precisava pedir permissão pra Aoife dormir aqui.

— Não precisa ficar nervosinho — o pai disse, sem tirar os olhos das minhas pernas. — É que aqui não é um puteiro.

— Ah, não? — Joey disse com um tom que transbordava cinismo, me entregando um prato e um garfo. Pegou umas latinhas de coca na geladeira e as colocou no bolso da calça. — Bem, que merda, quase que me enganei, já que essa casa rendeu um monte de barrigas indesejadas.

— Joey! — sua mãe o repreendeu, mortificada, enquanto eu mordia o lábio para conter o sorrisinho, e meu coração dizia "Vai, gato, atira a verdade na cara desses malditos".

Tadhg cometeu o erro de dar risada e ganhou um rosnado do pai lhe dizendo: "Não comece, garoto". O velho bateu o punho na mesa da cozinha para mostrar seu poder.

Feito pecinhas de dominó, vi cinco cabeças se abaixarem em submissão.

Ou medo.

Só uma não se abaixou.

A do *meu* Lynch.

Como um lobo solitário fora da matilha, Joey se recusou a se curvar ou se acovardar diante do macho alfa.

— Não venha bancar o espertinho pra cima de mim, rapaz — Teddy avisou, fulminando meu namorado com o olhar. — Não tenho problema nenhum em te mostrar qual é o seu lugar.

— Quer me mostrar, velho? — Joey abaixou o prato e gesticulou para que o pai se aproximasse. — Vem, estou bem aqui.

— Joey — Marie interveio de novo em um tom de advertência. — Para de arrumar confusão.

— Economize o fôlego, Marie — Teddy disse com os olhos ainda no filho, mas sem mexer um músculo para se levantar da mesa. — Esse merdinha não vale a pena.

— Pensei que não mesmo — Joey respondeu. Ele balançou a cabeça e voltou a atenção para mim. — Vem, Aoife. — Apontou para a porta. — Vamos deixar eles curtindo a noite em *família*.

Eu sabia que Joey explodiria assim que estivéssemos sozinhos, então não me surpreendi quando ele chutou a porta duas vezes, soltando um rugido de dor e depois chutando-a mais quatro vezes antes de atirar o prato e os refrigerantes na cômoda e passar as mãos pelo cabelo.

Depois de descontar a raiva na porta — a mesma porta contra a qual ele me comia com regularidade —, ele a abriu e saiu do quarto, voltando alguns minutos depois com a minha bolsa, um pote de maionese e mais vontade de bater na porta.

Sorri quando ele me entregou a maionese, fui até a sua cama e me sentei, deixando-o processar as coisas à sua maneira enquanto eu devorava cada pedaço de comida no meu prato.

Só quando seus dedos estavam vermelhos, sua respiração ofegante e sua fúria controlada, ele se sentou ao meu lado com o prato no colo e uma expressão abatida.

Como ele não comeu nada, espetei um pedaço de lasanha com o meu garfo e a levei até a sua boca. Ele ficou encarando-a por um longo tempo antes de finalmente aceitar a minha oferta. Repeti o movimento umas sete ou oito vezes, alimentando-o quando ele não podia, até que ele balançou a cabeça e curvou os ombros em derrota.

Deixei os pratos no parapeito da janela ao lado da cama e me aproximei até que nossos ombros estivessem se tocando, então apoiei o rosto nele.

Após um momento, ele soltou um suspiro de resignação e recostou a cabeça na minha.

— Essa é a parte que eu saio e perco a cabeça.

Peguei sua mão, entrelacei nossos dedos e os apertei para tranquilizá-lo.

— Eu sei.

— Não sei se aguento mais — confessou, com a cabeça baixa e os olhos nas nossas mãos unidas. — Não sei o quanto vou aguentar até enlouquecer e jogar tudo pro alto.

— Mais uma noite — falei, beijando seu ombro. — Você pode aguentar mais uma noite.

— Será?

— Você consegue, Joey Lynch.

Ergui a mão e segurei seu queixo, forçando-o a olhar para mim.

A tristeza em seus olhos quase me desmontou, mas me obriguei a permanecer forte, permitindo que ele absorvesse o conforto, a energia e o que quer que precisasse de mim. Porque Deus sabia que aqueles malditos lá embaixo não lhe dariam nada.

— Você *consegue* — repeti, suplicando com os olhos para que ele me *ouvisse* e *acreditasse* em si mesmo. — Estou com você.

— É mesmo?

Fiz que sim.

— Claro.

Então seus lábios estavam em mim e suas mãos arrancavam o meu sobretudo, afastando o tecido do meu corpo enquanto ele buscava a conexão física que precisava para se aterrar naquele momento.

Respirando forte, ele atirou o sobretudo no chão do quarto e tirou a camiseta com um movimento ágil. Tremendo de emoção e expectativa, me deitei na cama, oferecendo-lhe acesso ilimitado ao meu corpo.

Quando seu corpo grande desabou sobre mim, me afundando no colchão, mergulhei mais ainda em seu mundo, me afogando no amor que eu sentia por ele, enquanto ele se afogava no afeto físico do qual passou a vida toda sendo privado.

— Deita.

— Hã?

— Não me arrumei toda pra ficar escondida nos lençóis. — Empurrei seu peito. — Eu quero que você me veja.

Ele me obedeceu sem protestar e nos virou até ficar por baixo. E sentei nele. Sorri e passei as unhas recém-pintadas de vermelho pela sua barriga.

— Oi, garanhão.

Seus dedos pressionaram a minha cintura.

— Oi, rainha.

— Quer saber um segredo?

Ele deu risada.

— Não sei, Molloy, será?

— Acho que você quer.

— Tá bom. Me conta.

Dobrei o dedo.

— Você precisa chegar mais perto.

Ele se ergueu sobre os cotovelos.

— Hum?

— Mais perto.

— Perto quanto?

— Assim está perfeito — falei em tom de aprovação, abraçando seu pescoço quando ele sentou, encostando o peito no meu. — Primeiro, me beija.

— Meu Deus, Molloy, só me diz...

— Nananinanão. Quero um beijo.

— Pé no saco — ele resmungou, apalpando a minha bunda e se inclinando para me dar um beijo viciante.

— Hum. — Ele se afastou antes que eu me perdesse naquela boca. Limpei uma mancha de batom nos seus lábios e sorri. — Tenho um olho mágico.

— Um olho mágico.

— Uhum.

— Esse é o seu grande segredo?

Sorri e acenei.

— Quer ver?

Joey ficou me encarando por um longo tempo antes de soltar um suspiro e dar de ombros.

— Foda-se, claro que quero.

— Está aqui embaixo. — Peguei sua mão, a coloquei entre as minhas coxas e dei risada quando seus dedos me roçaram ali. — Está sentindo?

— Não é um olho mágico, Molloy — Joey murmurou, se afastando para me ver melhor. — Não tem nada ali.

— *Pois é.* — Bati palmas de alegria e fiquei de joelhos para que ele me visse. — A calcinha é furada, Joe. Que invenção útil, não acha?

— Sabe, às vezes não sei se você me usa como uma caixa de ressonância pras maluquices da sua cabeça ou como um cúmplice — ele admitiu, investigando minuciosamente minhas roupas íntimas. — Aceito qualquer um dos dois, a propósito.

Encantada por ter conseguido amenizar seu mau humor, aproveitei a chance.

— Quer saber de mais uma coisa?

— Hum?

— Você é um diamante, Joey Lynch. — Segurei seu rosto entre as mãos, me inclinei e o beijei carinhosamente. — Você é um em um milhão.

— Ah, meu Deus — ele disse, rindo contra os meus lábios, levantando o braço e segurando meu cabelo. — Será que devo me preocupar com o rumo dessa conversa?

— Claro que não. — Balancei a cabeça, soltei um suspiro de contentamento e empurrei seus ombros para trás para que ele se deitasse. — Só queria que soubesse que você é a pessoa favorita de alguém nesse mundo.

— Não tente me amolecer, Molloy — brincou, mas notei a emoção que ele estava tentando esconder na voz.

Sorrindo, me inclinei e o beijei de novo. Dessa vez, me deixei ser totalmente levada pelo momento, sentindo seus lábios nos meus, suas mãos no meu corpo, pele contra pele.

— Você também é a pessoa favorita de alguém — Joey sussurrou pouco depois, me virando de costas e se encaixando entre as minhas pernas.

— É mesmo?

Ele fez que sim.

— Não quero seguir essa vida sem você, Molloy.

— Você não vai ter que fazer isso — respondi, colocando a mão entre nós para liberar sua ereção. — Você sempre vai me ter, Joe.

— Olha que eu vou te cobrar, hein — ele sussurrou, metendo fundo em mim.

25

Mercado e conversas sobre o futuro

JOEY

Era sábado à noite, Molloy estava pelada na minha cama dormindo profundamente com a cabeça no meu peito e uma das pernas em cima das minhas, e tudo o que eu pensava era: *estou doido para comer essa garota de novo.*

Era uma sensação estranha, considerando que a gente tinha passado a noite inteira trepando, mas era o que eu estava sentindo. Ela tinha colocado um dos seus CDs de músicas aleatórias para tocar, e enquanto ouvia "Iris", do Goo Goo Dolls, me peguei pensando em algo a que eu nunca tinha dado muita atenção antes.

O futuro.

Com o braço atrás da cabeça e o outro na bochecha dela, fiquei encarando o teto do quarto, perdido em pensamentos. Tínhamos pouco mais de três meses para fazer o leaving cert. Depois, teríamos que colocar as cartas na mesa e decidir se nossos planos se alinhavam.

Será que os planos dela combinariam com os meus?

Se não combinassem, será que conseguiríamos continuar juntos?

Será que ela ia querer isso?

E eu?

Eu a desejava desde os doze anos de idade, e agora que finalmente a tinha, logo percebi que jamais ia deixar de *querê-la*. Costumava me sentir como um inseto preso em uma rígida teia de mentiras que meus pais teceram ao redor da minha vida, mas agora percebia que essa teia não era nada em comparação à que Molloy tecera em torno do meu coração. Eu também estava dolorosamente ciente de que tinha um bebê chegando no começo do verão.

Mais uma Shannon.

Mais um Tadhg.

Mais um Ollie.

Mais um Sean.

Por mais que eu me detestasse por isso, no fundo sabia que não aguentava mais. Não *poderia* criar mais um filho deles. Queria ter a minha vida. Mais que isso, *queria* ter uma vida com a garota que estava na minha cama.

Ela brincava falando de alianças, casamentos e bebês, mas eu não sabia se estava falando sério — ou se eu seria capaz de lhe dar essas coisas. Não queria casamento nem bebês, mas pensar nela tendo tudo isso com outra pessoa me deixava com vontade de morrer. Imaginar Molloy no futuro usando uma aliança de outro homem, ou pior, carregando o filho de outro na barriga, me fazia querer explodir.

No fundo, eu sabia que tudo se resumia ao que eu bancaria ou não. Será que eu bancaria um casamento e filhos, se esse fosse o futuro dela? Será que eu toparia?

Só sabia que não podia viver sem ela.

Isso não era uma opção.

Meu Deus, eu estava completamente de quatro por aquela garota.

Quando a música terminou e "Fade Into You", da Mazzy Star, começou a tocar, ela se mexeu sobre meu peito.

— Hum, adoro essa música. — Ela se aconchegou, pousou o braço na minha barriga e beijou minha pele. — Te amo.

Inclinei a cabeça para observá-la, me perguntando como foi que consegui ficar com essa garota e ainda por cima mantê-la ali comigo. Pelada como veio ao mundo e emanando uma aura de contentamento, ela nem se mexeu para se cobrir. Confiante na própria pele e nos meus sentimentos por ela, arqueou as costas como se fosse uma gatinha se espreguiçando e soltou um bocejo sexy.

Seu cabelo loiro estava todo espalhado sobre nós, e fiquei enrolando uma mecha no dedo, pensando no meu próximo movimento. Mas ela se adiantou e disse:

— Minha barriga está roncando loucamente.

— Esse é o seu jeito de me dizer pra levantar a bunda da cama e ir no mercado?

— Sim — ela falou, roçando a bochecha no meu peito. — Sabe o que eu adoraria, Joe?

— O quê, Molloy?

— Um picolé e um pacote de batatinhas.

Peguei o celular e destravei a tela.

— São dez e meia.

— O mercado da avenida principal fica aberto até as onze.

— E não tem nada que você queira da cozinha?

— Tem picolé e batatinhas na sua cozinha?

Soltei um suspiro resignado.

— Beleza, estou indo.

— Você é o melhor. — Ela abriu um sorriso vitorioso, se virou de barriga para cima e suspirou de satisfação. — Pode ir no meu carro.

— Pode apostar que vou com o seu carro — respondi, me vestindo e pegando a chave. — Tem mais alguma coisa que a rainha queira?

— Não, acho que é isso, meu nobre garanhão — ela disse, sem hesitar.

— Não sou um cavalo, Molloy.

— Talvez não na vida real, mas metaforicamente, você é sem dúvida um garanhão na cama.

— Vai se foder.

— É verdade, *garanhão*. — Ela agitou as sobrancelhas. — Olha só o que eu fiz.

— Que engraçada. — Balancei a cabeça e coloquei a carteira no bolso. — Tranca a porta. Volto em meia hora.

— Pode deixar. Ah, pergunte pra Shan se ela quer alguma coisa — ela falou enquanto eu fechava a porta.

Bati na porta ao lado.

— Pode entrar — minha irmã disse. Ela estava sentada de pernas cruzadas na cama, com os livros espalhados à sua frente. — E aí, Joe?

— Vou no mercado. Quer alguma coisa?

— Você vai? — Ela abriu um sorrisinho. — Onde está a Aoife?

— No meu quarto.

Ela colocou o lápis atrás da orelha e folheou as páginas de um livro.

— Ela vai dormir aqui?

— Vai — respondi, impaciente. — Quer alguma coisa do mercado ou não? Vai fechar daqui a pouco.

— Por que você está indo no mercado a essa hora? — Ela me observou com curiosidade. — Do que você precisa que é tão importante assim?

Pensei que seria mais divertido tirar com a cara dela que admitir que a minha namorada tinha me mandado comprar laricas para ela, então sorri e falei:

— Você quer mesmo que eu te responda?

— Não — ela grunhiu, horrorizada comigo. — Some daqui.

Dei risada e fechei a porta.

— Boa noite, Shan.

— Se cuida! — ela falou. — Sou nova demais pra ser tia.

— Não se preocupe — grunhi, reprimindo um tremor.

— Absorvente! — A porta do meu quarto se abriu e a cabeça de Molloy brotou. — Você pode comprar absorvente pra mim, Joe? Estou bem inchada e vai descer a qualquer momento. Não trouxe nada na bolsa e sua mãe não tem nada no banheiro.

— Será que a Shannon não tem...

— Não, já perguntei pra ela. Ela ainda não menstruou.

— Entendi. — Adeusinho, planos para a próxima semana. — Você quer os bastões ou os absorventes?

— Bastões?

Dei de ombros.

— Você entendeu. Aquela caixa azul de bastões. Você quer desses ou prefere os que têm a colinha atrás?

— Tanto faz, Joe — ela respondeu, rindo. — Você é o melhor.

Eu era louco por ela, isso sim.

Meu Deus, o velho estava certo: eu fazia *mesmo* tudo o que ela queria.

26

Eu sempre tomo cuidado

AOIFE

— Precisamos conversar — Casey anunciou na segunda-feira de manhã, parada no meio do vestiário feminino da escola e me encarando fixamente.

Tínhamos dois tempos de educação física e eu estava sentada no último banco de madeira, como sempre, tentando amarrar os cadarços da minha chuteira para alcançar o resto da turma.

Enquanto isso, Casey já estava completamente equipada com sua camisa, seus shorts brancos da AAG, meias e botas. Ela estava com o hurley em uma das mãos e o capacete rosa — eu nem sabia que existiam capacetes nessa cor — na outra.

— Eu realmente tentei não me intrometer — ela disse, colocando as mãos nos quadris. — Sério. Achei que você ia me contar quando estivesse pronta, mas está começando a ficar bem óbvio agora.

— Estou um pouco perdida, Case — falei, ajeitando a meia antes de pegar o capacete de hurling, um item básico no armário de todos os estudantes irlandeses.

— Escuta. — Ela deslizou no banco ao meu lado e abaixou o hurley e o capacete antes de pegar a minha mão e apertá-la. — Você sabe que eu te amo, né? — Ela abriu um daqueles seus sorrisos compreensivos. — E não há nada nesse planeta que você não possa me contar.

— Claro.

— Que bom. — Ela deu mais um apertão na minha mão. — Então, se quisesse tirar alguma coisa do peito, você me contaria, né?

— Do que você está falando, Case? — perguntei com as sobrancelhas franzidas de confusão.

— Me diz você.

Fiquei encarando-a.

— Não faço ideia.

— Vamos lá, Aoife — ela insistiu, me olhando de um jeito tão intenso que ficou parecendo meio psicopata. — Está *tudo bem*. Sou sua melhor amiga. Não vou dar as costas pra você num momento de necessidade.

— Dar as costas pra mim *por quê*? — perguntei, rindo.

— Sua mãe sabe? — ela falou, bufando. — Suponho que o Joe saiba. Isso é fato... Ah, meu Deus, a Katie sabe? Porque entendo sua mãe e Joey saberem, mas juro que, se você contou pra Katie Wilmot antes de mim, vou ficar puta de verdade. Não importa se ela é sua vizinha, sou eu quem sempre esteve do seu lado, sua vadia.

— Case, você vai ter que *me* contar do que é que você está falando, porque estou totalmente perdida, amiga.

Casey ficou me observando por um longo tempo antes de arregalar os olhos azuis e erguer as sobrancelhas.

— *Claro* que eles não sabem — ela murmurou, colocando a mão na testa como se tivesse sido acometida por uma enxaqueca súbita. — Porque *você* não sabe ainda.

— Não sei o quê?

— Aoife. — Minha melhor amiga deu de ombros, impotente, e disse: — Acho que você pode estar formando uma família.

Olhei para a expressão cômica dela e explodi de rir.

— Aoife, estou falando sério.

— Eu sei — eu disse, sem conseguir parar de gargalhar. — É por isso que é tão engraçado.

— Aoife.

— Ah, meu Deus, eu não estou grávida, Case — falei, tentando me acalmar. — Por que você achou isso?

— Quando foi a sua última menstruação?

Olhei para ela perplexa.

— O quê?

— A sua última menstruação — ela insistiu em um tom severo. — Quando foi?

— Vai ser agora — falei.

— Não. — Ela balançou a cabeça. — Mentira.

— Acho que eu sei quando vou menstruar ou não — eu disse, na defensiva, pois a graça da conversa se dissipou rapidamente.

— Você acha...? — ela murmurou, pressionando os dedos nas têmporas. — Olha... Desde o primeiro ano, a gente sempre sincronizou na terceira semana do mês. Tipo um reloginho.

— E daí?

— Daí que ou você está duas semanas atrasada ou duas semanas adiantada.

— Eu... não, não está certo. — Balancei a cabeça e peguei o celular na bolsa. — Estou menstruada agora. — Cliquei furiosamente nos botões do meu Nokia 3510i novinho, presente de amigo secreto que tinha ganhado da Nana Healy, e abri as anotações do calendário, sentindo o pânico crescendo no meu peito. — Não estou atrasada... ah, graças a Deus! — Soltei um suspiro trêmulo quando encontrei o que estava procurando. Entreguei o celular para ela e relaxei de alívio. — Está vendo?

— O que estou vendo?

— Eu sabia que não estava atrasada — falei, apontando para a anotação. — Uns meses atrás o ciclo adiantou, mas está tudo certo, olha. O último ciclo começou no dia catorze.

— Sim, de dezembro, Aoife.

— O quê? — Sacudi a cabeça. — Não, não, de janeiro.

— Não, amiga — ela me corrigiu, batendo a unha comprida na tela do celular. — De dezembro.

— Não pode ser.

— Me diz que você menstruou no mês passado — ela implorou, com uma voz que carregava uma ansiedade que eu também sentia. — Aoife, por favor, me diz...

— Eu menstruei — falei, pegando o celular para verificar todas as anotações e mensagens que consegui encontrar, mas continuando de mãos vazias. — *Claro* que menstruei. No final de janeiro... só que...

— Só que o quê?

— Bem, foi meio estranha — eu disse, enquanto a ansiedade me dominava. — Foi superleve e só durou um dia ou dois. Foi só uma manchinha que foi diminuindo aos poucos.

— Meu Deus do céu — Casey choramingou, batendo a mão na testa. — Pode ter sido sangramento de implantação.

— O que diabos é sangramento de implantação? — perguntei, de olhos arregalados e apavorados. — Implantação do quê?

— Do melhor espermatozoide do Joey! Sério, eu sei do que estou falando. É tipo um sangramentozinho que pode te enganar e fazer você pensar que está menstruada. Aconteceu com a minha prima Lisa. Você conhece a Lisa, que tem gêmeas?

— Sim, meu Deus, conheço a Lisa — choraminguei. — Mas não foi o que aconteceu comigo.

— Tinha bastante coisa rolando com você no Natal. — Minha melhor amiga me lançou um olhar preocupado. — Sabe, com aquelas paradas do Joey e tal. Talvez você tenha esquecido de tomar a pílula algum dia.

— Não estou grávida, Casey! — falei com ênfase, sentindo o sangue subir para a cabeça em uma velocidade recorde. O calor dominou meu corpo, deixando minhas bochechas vermelhas e me fazendo ter vontade de sair correndo com tudo para ficar o mais longe possível daquela conversa. — Não estou grávida, entendeu? Não posso estar. E eu *nunca* esqueço de tomar a pílula. *Nunca.*

— Eu sei que não — ela falou depressa, colocando a mão sobre a minha. — Acredito em você. — Soltou um suspiro pesado antes de continuar: — É só que você e o Joey estavam passando por todas aquelas merdas no começo do ano e sua cabeça estava meio cagada. Talvez você tenha esquecido.

— Não — eu disse, rejeitando sua sugestão. — Não esqueci de nada. Eu tomo cuidado, Case.

— Você tomou algum antibiótico? Porque alguns tipos de antibióticos podem anular a pílula. Foi assim que a minha mãe engravidou de mim.

— Não — respondi sem força.

— Você ficou doente? Teve algum problema de saúde?

— Casey!

— Sua menstruação não veio, você tem comido feito um cavalo nos últimos dois meses e seus peitos definitivamente aumentaram... — Ela parou de falar e segurou a bainha da minha camisa. — E tipo, sem querer ofender, amiga, mas você parece ter acumulado uns quilinhos na barriga.

— Para com isso! — berrei, erguendo a mão. — Para, entendeu?

— Só estou tentando te apoiar, Aoife — ela se defendeu.

— Bem, pode parar. Eu fiz tudo certo, Casey. Segui todas as regras. Esperei um cara bom. Esperei o meu tempo. Tomei a maldita *pílula*. Isso não pode acontecer comigo. Sério, deve ter alguma explicação.

— Talvez — ela disse com um sorrisinho. — Ou talvez você precise marcar uma consulta com o seu médico, porque quer você acredite ou não, Aoife, está parecendo que...

— Shhh. Não diz nada. Só começa a rezar.

— Pra quem?

— Santo Antônio — falei, me ajoelhando e juntando as mãos em oração. — Ele não é o santo pra quem devemos rezar quando perdemos as coisas?

— Não acho que Santo Antônio pode te ajudar a encontrar a sua menstruação perdida, Aoife.

— Nunca se sabe.

— O sr. Ryan falou pra eu vir aqui mandar vocês levantarem a bunda do banco e irem pro campo — Danielle nos interrompeu, entrando no vestiário. — Senão ele vai guardar um lugar pra vocês duas na detenção na hora do almoço.

— Já vamos — Casey murmurou, sem nem se mexer, com os olhos ainda cravados nos meus.

— Ele disse pra ir já.

— Estamos indo — falei, me levantando e seguindo para a porta, querendo fugir daquela conversa.

— Aoife — Casey me chamou. — Espera.

Não esperei.

Também não respondi.

Eu não conseguia.

Porque meu medo me paralisou.

27

Não preciso de nenhum favor, babaca

JOEY

Estávamos escolhendo os times na aula de educação física quando Molloy enfim decidiu agraciar a nossa turma com a sua presença.

Ela estava linda de capacete, balançando o rabo de cavalo enquanto corria pelo campo com o hurley na mão e Casey atrás.

— Aoife — Ricey, o babaca, falou, escolhendo-a para o seu time.

Ela o ignorou completamente e foi direto para o meu time, o que lhe rendeu várias gargalhadas e aplausos às custas do ex-namorado, sem mencionar o olhar furioso de Danielle, que se juntou ao time dele.

— Beleza — ele falou, bufando. — Casey, você é nossa.

— Não sou, não — Casey retrucou, caminhando na direção de Molloy. — Estou com eles.

— Mas daí não vai ser justo — Ricey reclamou, nervoso. — Que merda.

— Aoife, você está no time de Joey — o sr. Ryan interveio. — Casey, você está no time de Paul.

— Mas...

— Sem mas — nosso professor berrou. — Se mexe aí, pô, Lordan. Agora.

— Cuidado — Casey avisou Molloy antes de obedecer com relutância.

Quando todos estavam nas suas posições, o professor apitou e nos dispersamos pelo campo.

— Você está bem, Molloy? — perguntei, cutucando-a com o ombro enquanto ela caminhava comigo até o meio do campo, não se parecendo em nada com a garota sorridente com a qual acordei de manhã.

— Estou bem, Joe — ela respondeu, soando o completo oposto, distraída.

— Mesmo?

— Mesmo. — Ela balançou a cabeça e se posicionou ao meu lado, enquanto eu assumia a frente para o início da partida. — Está tudo certo.

— Não se preocupe, Lynchy — Ricey falou, se colocando ao lado de Molloy. — Prometo ser gentil com a sua garota aqui.

Seu comentário lhe rendeu uma pancada na canela, cortesia da *nossa garota*.

— Não preciso de nenhum favor, babaca.

Pois é, ela não precisava que eu a protegesse.

Porque a *minha* garota sabia cuidar de si mesma em campo.

Molloy tinha todas as habilidades e o temperamento para ser uma excelente jogadora. Com um hurley na mão e uma expressão pétrea no rosto, ela deixou claro que Ricey estava ferrado.

— Para de me empurrar, Aoife.

— Pare de mimimi, Paul.

— Continue assim e vou te derrubar.

— Experimente e eu vou enfiar esse hurley no seu orifício.

Contive uma gargalhada e voltei a atenção para Alec, que eu estava marcando, e esperei o sr. Ryan apitar.

— Pega leve comigo — meu amigo grunhiu, me dando um empurrãozinho. — Estou com uma puta ressaca, Lynchy.

— Nem vem, Al.

No instante em que o apito ressoou e o sliotar subiu, o jogo começou.

— Eu te falei pra pegar leve — Alec reclamou, perdendo o hurley enquanto eu disparava com o sliotar. — Exibido!

Meia hora depois, nosso time estava ganhando de lavada, abrindo larga vantagem no placar e obrigando o sr. Ryan a nos trocar de time.

— Joey, troque com Alec.

— Nada a ver — Podge argumentou, atirando o hurley no chão. — Ele é nosso melhor jogador, e aquele lerdo mal se mexe.

— Ei! Me dá um desconto, enchi a cara ontem — Al bufou.

— Exatamente — Ryan disse. — Vamos deixar esse jogo mais justo.

— Fiquei chateado, hein — Alec falou, sem fôlego. — Meu toba está parecendo um anel de cebola vulcânico. Você tem sorte porque eu, pelo menos, estou equipado.

— Paul, fica com Alec — nosso professor instruiu. — Joey, fica com Aoife.

— Você vai botar ele com uma *garota*? — Podge perguntou, indignado. — Como é que isso vai ser justo?

— Não seja machista.

— Não estou sendo machista.

— Está, sim.

— É só porque é a garota *dele*.

— Ah! — Os olhos de Paul se iluminaram. — Retiro o que eu disse, professor. Você é um gênio.

— Nem pense em pegar leve com ela — Ricey avisou, passando por mim para assumir a posição ao lado de Alec.

— Vai se foder — retruquei, correndo até a minha namorada. — Molloy.

— Joey. Belos movimentos.

— Belas pernas.

— Se quiser sentir essas pernocas aqui enroladas na sua cintura de novo, desista.

— Ei, isso é chantagem — brinquei, evitando por pouco um golpe do seu hurley nas minhas canelas.

— Hum — ela murmurou, me empurrando com o ombro. — Prefiro quando você joga com a sua outra vara.

— Lynchy, presta atenção!

Paul lançou o sliotar na minha direção e eu ergui a mão para pegar a bola no ar, mas errei completamente o alvo quando Molloy me agarrou de repente.

— Essa bola era minha, Joey Lynch — ela avisou, apertando as minhas bolas apenas o suficiente para que eu ficasse ciente do estrago que ela podia fazer. — Assim como essas.

— Meu Deus — falei, erguendo as mãos em sinal de rendição, enquanto minha adversária pegava a bola e passava zunindo por mim, gargalhando cheia de maldade.

Molloy avançou cerca de treze metros antes de ser arremessada para longe com uma ombrada.

Esmagando-a feito uma panqueca na grama, Ricey pegou o sliotar e o passou de volta para mim. Dessa vez perdi a bola não porque estava distraído, mas porque estava ocupado me livrando do capacete, atravessando o campo na direção deles.

— Estou bem — Molloy falou para Casey, toda preocupada em cima dela. — Eu disse que estou bem, Case. — Ela aceitou a mão da amiga, ficou de pé e ajeitou o capacete que tinha virado de lado. — Quer relaxar? Estou bem.

— Qual a porra do seu problema? — rugi, me aproximando e sentindo a fúria crescendo dentro de mim. — Você atropelou ela!

— Foi um ataque justo — Ricey respondeu, recuando vários passos. — Além disso, do que você está reclamando? — Ele sorriu. — Estamos no mesmo time, esqueceu?

— Está tudo bem, Joe — Molloy insistiu.

— Não, não, não — o sr. Ryan interveio, me bloqueando. — Você ouviu o sr. Nyhan, Joey. Você está na sua última chance, filho. Chega de brigar. Ele *vai* te expulsar.

— Como se eu me importasse — retruquei, afastando as mãos que estavam me segurando. — Você viu aquilo. Você *viu* o que ele fez com ela.

— Três meses — o sr. Ryan, que eu, com relutância, admitia que era meu professor favorito, suplicou com os olhos para que eu o ouvisse. — É só o que você tem que aguentar, Joe.

Presumi que seus motivos para querer me manter na escola tinham muito mais a ver com o campeonato de hurling que estava rolando do que com qualquer outra coisa. Só que, além da sra. Adams, ele era o único professor que tinha demonstrado interesse em mim nos seis anos de ECB. Ele me defendeu em muitas ocasiões ao longo dos anos e, por isso, eu o respeitava.

— Você chegou tão longe — ele continuou falando, me levando para os fundos do campo, para longe da encrenca. — Você está tão bem desde o Natal. Está tão *perto* de se formar. Não jogue tudo isso fora pra brigar em nome de uma garota.

— Ela *não* é só uma garota — eu disse, sentindo meu corpo arder de frustração, passando a mão pelo cabelo e olhando por cima do seu ombro, para onde Molloy estava se esfregando. — É como você disse antes: ela é a *minha* garota.

— Eu sei.

— Você não sabe de nada.

— Escute. Sou professor, Joey, não sou imune nem surdo pras fofocas que se espalham pelos corredores — ele falou com um tom persuasivo. — Estou sabendo dos problemas que você tem com o Rice. Então, pense que bom seria pra narrativa dele se você fizesse merda e fosse expulso da escola. Seria perfeito pra ele você fora do time e fora do caminho.

Olhei feio para ele.

— O que está me dizendo?

— Não dá àquele merdinha o que ele quer. Ele está jogando com você. Não pode competir com você, então resolveu apertar o único botão que *vai* fazer você cair.

— Aoife.

— Aoife — confirmou com um suspiro cúmplice. — Não dá razão pra ele, garoto. *Não* dá pra ele essa satisfação.

28

Fazendo as contas

AOIFE

— Sabe a festa que a gente foi no ano-novo? — sussurrei no ouvido da minha melhor amiga no almoço. Estávamos de cabeça baixa na mesa do refeitório, a comida intocada. — Aquela que um dos garotos do Tommen deu antes do final das férias? — Senti o pânico atacar minhas entranhas e acrescentei: — *Enchi a cara* naquela festa e passei a noite toda e o dia seguinte botando as tripas pra fora. É a única coisa em que consegui pensar.

— E o Joey? — ela perguntou, se inclinando para perto. — Você ficou com ele essa noite?

— Fiquei. — Corei e suspirei. — A gente teve uma transa sensacional de reconciliação e trepamos *muito* aquele fim de semana.

— Ele usou camisinha?

Fiz que não com a cabeça.

— Merda. — Casey bufou. — Isso não é nada bom, Aoife.

— Mas eu não esqueci de tomar a pílula — tentei me defender. — Tomei na mesma hora de sempre nesses dois dias.

— Não importa.

— Não fala assim, Case — eu disse, segurando sua mão. — Por favor, não fala assim.

— Sinto muito — ela sussurrou, apertando meus dedos de leve. — Não quero te deixar chateada, mas também não posso mentir pra você. — Ela me lançou um olhar preocupado. — Isso não está me parecendo nada bom, amiga.

— Ah, meu Deus. — Meus pulmões arfaram e mordi o lábio antes de perguntar: — E aquele enjoo? Você acha que pode ser isso?

A forma como ela estremeceu foi o suficiente para me dizer o que achava.

— Não posso estar grávida. — Meus olhos se encheram de lágrimas e balancei a cabeça, completamente perdida. — Não pode ser.

— Vai ficar tudo bem.

— Como? — perguntei com a garganta apertada. — Como é que vai ficar tudo *bem*?

— Só vai ficar — respondeu, parecendo tão insegura quanto eu. — A gente vai na farmácia depois da escola comprar um teste, daí pelo menos você vai ter certeza.

— Não quero saber.

— Você meio que tem que saber, Aoife.

— Não. — Abaixei a cabeça entre as mãos e fechei os olhos, sentindo as lágrimas encharcarem meus cílios. — Não.

— Não entre em pânico — ela falou, colocando a mão nas minhas costas. — A gente vai dar um jeito.

— Case — eu disse, ofegante. — Amanhã é o primeiro dia de março. Se eu não menstruei no mês passado, significa que...

— Vai fazer onze semanas amanhã? — Ela deu um suspiro pesado e ficou fazendo círculos nas minhas costas. — Pois é, Aoife, já fiz as contas.

— Isso não pode estar acontecendo — grunhi, enjoada, pressionando as mãos nos olhos. — Isso *não* está acontecendo.

— Qual o problema, Molloy? — uma voz dolorosamente conhecida perguntou, e fiquei tensa quando Joey se sentou na minha frente. — Não tinha mais chocolate na lojinha?

Me obrigando a me acalmar e olhar para ele, me recostei no assento e abri um sorrisinho.

— Como você adivinhou?

Joey atirou um chocolate no meu colo e deu uma piscadela. Meu coração disparou no peito enquanto eu encarava o pacote.

— Joe... — Minha garganta estava apertada. — Que fofo.

Ele revirou os olhos para a minha reação exagerada diante da sua gentileza e voltou a atenção para os amigos, que estavam se reunindo na mesa.

— Puta merda, ele não fez isso — Alec disse, dando risada de algo que Podge falou. — Até parece que ele tem chance de chegar ao sub-20.

— Estou te falando, cara, ele está praticamente escalado pra turnê de verão — Podge insistiu, devorando seu sanduíche e falando sobre algum jogador de rúgbi. — Talvez até pro time sênior.

— Mentira — Alec falou, atirando o pacote de batatinhas na mesa. — Ele é mais novo que a gente. — Ele se virou para o Joey e perguntou: — O que você acha?

— Vocês sabem o que eu acho do Kavanagh — meu namorado disse, dando de ombros. — Ele vai fazer uma fortuna.

— *Valeu* — Podge soltou antes de se voltar para Alec com uma expressão presunçosa no rosto. — Caso encerrado.

Casey esticou o braço e apertou minha mão, balbuciando:

— Vai ficar tudo bem.

Não consegui lhe devolver o sorriso. Não conseguia nem respirar. Olhei para a minha melhor amiga, depois para o meu namorado, e senti as paredes do refeitório se fechando à minha volta.

Isso não está acontecendo.

Isso não pode estar acontecendo.

No entanto, ali estava eu, à beira do indizível e prestes a ter um colapso mental.

— Ei. — A voz de Joey interrompeu meus pensamentos frenéticos e senti seus dedos no meu queixo, erguendo meu rosto para que eu olhasse para ele. — Você está bem, rainha?

— Estou. — Soltei um suspiro trêmulo e encostei o rosto na sua mão, absorvendo o pânico e o calor do seu toque na minha pele. — Tudo certo, garanhão.

Seus olhos verdes estavam límpidos, focados e carinhosos. A forma como ele me olhava agora estava a mundos de distância de como me olhava antes. Dava para ver que confiava em mim. Não tentava mais esconder os sentimentos, e ver tudo isso nos seus olhos só fez meu estômago se contorcer ainda mais.

Ele se virou para os amigos, conversando e rindo, mas manteve a mão no meu rosto, fazendo carinho no meu queixo com o dedão, e fiquei grata pelo gesto.

Me aproximei, apoiei a outra parte do rosto nele e fechei os olhos, sentindo seu perfume e me confortando na força do seu corpo.

Naquele momento.

Porque eu sabia que, quando contasse para ele, no instante em que eu lhe dissesse que seu maior medo talvez fosse se tornar realidade, tudo pelo que trabalhamos tanto para construir iria pelos ares.

A sua confiança.

A sua comunicação.

A sua sobriedade.

Não.

Fechei os olhos e segurei a vontade de chorar.

Eu não podia deixar que isso acontecesse.

PARTE 3

29

Mudanças de humor e sr. Rúgbi

JOEY

Eu estava tendo uma semana bem estranha, pois as mulheres da minha vida estavam esquisitas pra caralho. Molloy, que nunca passava um dia sem tagarelar, mal havia pronunciado mais que algumas frases para mim desde ontem, e sua amiga, que também fora abençoada com o dom da palavra, havia falado ainda menos.

Quando as aulas acabaram, ela mal esperou para se livrar de mim, resmungando alguma baboseira sobre ter horário marcado no cabeleireiro antes de ir embora de carro com a amiga a tiracolo.

Eu não era burro.

Claramente eu tinha feito alguma merda entre a manhã de ontem, quando a deixei na porta do vestiário para a aula de educação física, e hoje, mas eu estava tendo dificuldade para descobrir *o que* eu tinha feito.

Decidi ficar na minha durante a educação física e consegui *não* ser expulso. Até escapuli da aula de marcenaria mais cedo para pegar um chocolate para ela na lojinha. Claro, fumei um cigarro atrás do galpão com os caras no almoço, como sempre, mas foi só um cigarro, e *não* um beque bem bolado, por mais tentador que fosse. No geral, achei que os dois primeiros dias da semana tinham sido produtivos.

Eu nem tinha pegado detenção.

Só que a forma como Molloy se afastou de mim no instante em que o último sinal tocou ontem e hoje, e as duas mensagens que eu mandei e que ela não respondeu me garantiam que eu tinha pisado na bola para valer.

— Não sei o que te falar, Trish — Tony disse, entrando na oficina com o celular na orelha. — Vou ver quando chegar em casa. Sim, certo. Tchau, tchau.

Ele desligou e soltou um rosnado.

— Está tudo bem, Tony?

— Sei lá, Joey, sei lá — grunhiu, guardando o celular no bolso. — Tem alguma coisa rolando no ar e deixando todo mundo estranho.

— Ah, é? — perguntei por cima do ombro, colocando açúcar em duas canecas de café.

— Essa minha mulher... — disse com as sobrancelhas franzidas, pegando a caneca que lhe entreguei. — É a quarta vez que ela me liga pra me encher o saco. Se não é o cachorro cagando no lençol de florzinha, é a torneira vazando ou as meias que eu larguei no chão do quarto ou aquela sua garota batendo portas e sendo mal-educada.

— Aoife?

Fez que sim e deu um gole no café.

— Parece que está surtada desde ontem.

Eu sabia. *Sabia* que ela estava de mau humor.

— Ela não vai pro pub de terça à noite?

Ele assentiu.

— Segundo a Trish, ela quase arrancou a porta da casa quando saiu pro trabalho.

— Sério?

— Faz um favor a si mesmo, Joey, e fica longe daquela casa hoje. Parece que as mulheres que moram lá estão em pé de guerra.

— Meu Deus — murmurei, esfregando o queixo.

— Bom, rapaz... — ele disse, apertando meu ombro. — É melhor manter distância quando uma das minhas garotas está desse jeito.

Fiquei inquieto e fui tomado pela preocupação. Molloy não escondia coisas de mim. Não era do seu feitio.

Quando ela estava com um problema, eu era o primeiro a saber — principalmente porque, no geral, eu costumava ser o problema.

— Vou sair pra fumar — falei para o pai dela, pegando o celular no balcão antes de seguir para a porta.

— Não faça isso, filho.

— Isso o quê?

— Se enfiar no olho do furacão ligando pra garota — disse, dando risada. — Pelo que está parecendo, ela não vai pensar duas vezes antes de te engolir inteirinho.

Nossa...

Mesmo assim, saí da oficina feito um masoquista, acendi um cigarro e liguei para ela, ignorando as dúzias de mensagens que eu tinha recebido de Shannon.

Minha irmã podia esperar.

Minha namorada vinha em primeiro lugar.

Quando a chamada caiu na caixa postal, a inquietação se espalhou pelo meu corpo todo. Liguei de novo, fiquei segurando o celular na orelha e dei uma longa tragada no cigarro.

Depois de cinco toques, ela finalmente atendeu.

— Alô?

— Sou eu.

— Eu sei. — Seu tom era seco. — Eu vi.

— O que está acontecendo? — perguntei sem rodeios. — Você está puta. — Não tinha por que ficar enrolando. — Me diz o motivo.

— Não é nada. — Ela deu um suspiro. — Está tudo bem.

— Não me venha com essa. — Dei outra tragada, soltei uma nuvem de fumaça e disse: — Eu sei que tem alguma coisa pegando, Molloy.

— Joe.

— Me conta.

— Não é nada.

— Mentirosa.

Houve uma longa pausa e então ouvi um barulho de louça tilintando. Ela falou do outro lado da linha:

— Eu preciso desligar, estou no trabalho.

— Que horas você sai?

— Dez e meia — ela falou baixinho.

— Eu te acompanho até em casa.

— Estou de carro.

— Entendi. Dirijo até a sua casa então.

— Mas você sai às nove.

— Eu espero.

— Joe, preciso de uma noite pra mim, está bem? — ela falou com uma voz tensa. — Eu, hum... estou precisando, entendeu?

— Você está brava comigo? — perguntei, detestando aquela sensação de impotência me comendo vivo. — Eu fiz alguma coisa que te deixou chateada? — Engoli um grunhido antes de perguntar: — Você ficou puta por eu não ter feito nada quando o Ricey te derrubou na aula de educação física ontem? Porque eu queria, Molloy. Eu estava preparado pra dar uma bela surra nele pelo que ele fez com você.

— Tá falando sério? Claro que não, fiquei orgulhosa por você não ter reagido. Só foi um empurrãozinho, nada de mais, e juro que você não fez nada, está bem? — ela falou depressa. — Eu te amo, Joe. Não estou brava com você, te garanto. Só estou lidando com uma coisa e preciso de uma noite pra mim mesma.

— Te amo — eu disse meio ríspido. — Entendeu? Eu te amo, Molloy.

— Eu sei, Joe — respondeu, emocionada. — Te vejo na escola amanhã, beleza?

— Tudo bem. — Abaixei a cabeça. — Beleza.

— Tchau, garanhão.

— Tchau, rainha.

— É o começo — Tony disse, dando risada e se juntando a mim. — Continue bajulando a minha garota desse jeito e você vai se encrencar, garoto.

Eu já estou encrencado.

— Bem, estou buscando uma vida tranquila, Tony — falei, encolhendo os ombros, dando outra tragada no cigarro e mexendo no celular, contando pelo menos vinte e cinco mensagens da Shannon pedindo para eu ligar. — Que porra aconteceu agora?

— Hã?

— Minha irmã — expliquei, ligando para ela e sentindo uma onda diferente de pânico crescendo dentro de mim. — Ela quase explodiu meu telefone de tanta mensagem.

— Ela está bem?

— Shannon — falei quando ela enfim atendeu. — O que houve? Você está bem? Aconteceu alguma coisa na escola?

A sensação terrível na boca do meu estômago me garantiu que tinha acontecido algo. Minha pressão sanguínea disparou e tive que fazer uma pausa antes de conseguir falar.

— Se algum daqueles playboys fez algo com você, juro que vou...

— Estou bem. Calma. Perdi o ônibus e o próximo só passa às quinze pras dez — falou, estranhamente calma para alguém que tinha lotado a minha caixa de mensagens.

Será que estava machucada?

Não parecia.

Será que estava mentindo?

Era quase impossível saber.

— Já escureceu e não quero ir andando, porque... — Ela parou e ouvi um barulho do outro lado da linha. — Você está com a Aoife? Vocês podem vir me buscar? Estou presa, Joe. Eu não te pediria isso se não estivesse desesperada.

— Vou trabalhar até nove horas — respondi, levando a mão na testa. — E a Aoife trabalha até as dez às terças. — Não que eu fosse pedir para a garota que disse que precisava de *espaço* para buscar a minha irmã. — Tentou falar com a mãe?

— Ela está no turno da noite e eu é que não vou ligar pro pai.

— Não, meu Deus, não faz isso — concordei, balançando a cabeça. — Olha só, me dá uns minutinhos. Vou ligar pros caras e ver se alguém pode te pegar. — Com certeza Podge ou Alec me fariam esse favor. — Já te ligo.

— Não, não faz isso — ela falou depressa. — O colégio fica aberto até tarde. Posso ficar esperando o próximo ônibus aqui... ah, não, não, não, não precisa.

Franzi a testa.

— Hã?

— Não precisa fazer isso — ela disse, obviamente não para mim.

— Fazer o quê? — Curioso, olhei para Tony, que nem disfarçou que estava ouvindo a conversa. Na verdade, ele tinha até chegado mais perto. — Shan, o que está acontecendo? Com quem você está falando?

— Ah, com um cara aqui do colégio.

— Um cara? — As sobrancelhas de Tony se ergueram ao mesmo tempo que as minhas. — Que cara?

— Só um cara que eu conheço — respondeu, toda tímida. — Sério, está tudo bem. Não precisa me levar pra casa.

— *Levar ela pra casa?* — Tony balbuciou, apontando para o telefone. — *Ela é uma criança.*

— *Eu sei* — falei, voltando a atenção para a minha irmã. — Peraí, quem é que vai te levar pra casa, Shannon? Por que você está falando com caras com idade o suficiente pra dirigir?

— *Diz que ela só tem quinze anos* — Tony insistiu, fazendo um joinha.

— Você só tem quinze anos — falei, me sentindo um hipócrita. Se ele soubesse de metade das coisas que eu queria fazer com a filha dele quando ela estava com quinze anos, ele surtaria.

— Eu sei a minha idade, Joey — Shannon retrucou e eu arqueei a sobrancelha, ouvindo a rara irritação na sua voz. — Calma. Vou esperar o próximo ônibus.

Até parece que ela ia esperar.

Eu não tinha nascido ontem.

Se for parecida com você, não vai ser no banco da frente que ela vai se sentar.

Meu Deus.

— Põe ele na linha — perdi, estremecendo.

— O quê? — Shannon perguntou. — Quem?

— Esse cara que você conhece e tem carro.

— Por quê?

— Porque eu quero falar com ele.

— Por que você quer falar com ele?

Lancei um olhar cúmplice para Tony e disse:

— Porque quero falar com o filho da puta que está oferecendo carona pra minha irmã. Só isso.

Ele assentiu em aprovação.

— Oi, aqui é o Johnny — uma voz masculina com um forte sotaque de Dublin falou um momento depois.

— *Isso não é voz de garoto* — Tony balbuciou em um tom acusador, olhando para o telefone, perplexo. — *É voz de homem.*

— *Eu sei* — respondi. — *Cala a boca e me deixe pensar.*

Tony ergueu as mãos.

— Johnny — falei friamente, me esforçando para parecer ameaçador. — Ouvi dizer que você conhece a Shannon.

— Isso, conheço a sua irmã — ele respondeu de um jeito impecavelmente educado.

— Então você é só Johnny do Tommen ou tem sobrenome?

— Kavanagh.

— O jogador de rúgbi? — Tony e eu perguntamos em uníssono.

— Eu mesmo.

— *Puta merda* — meu chefe disse, com os olhos arregalados de empolgação. — *O cara da Academia?*

Se aquele filho da puta exibido estava disposto a arranjar um dia na agenda apertada para levá-la para casa, era porque minha irmã tinha produzido muito mais que apenas ondas no Tommen. Ela tinha invocado um maldito tsunami.

— Te vi no último jogo do sub-18 — falei. — Você mandou bem.

— Valeu, foi uma boa performance em todos os aspectos — ele respondeu ainda naquele tom educado de merda.

— Você vai pra temporada do sub-20 com o time irlandês em maio, né?

— Provavelmente.

— *Peça uns ingressos pra ele* — Tony disse, cutucando meu braço.

— *Não posso fazer isso* — falei, olhando feio para ele.

— *Peça.*

— *Não.*

— *Vai.*

— *Não.*

— *Pelo seu chefe.*

— *Não.*

— *Certo. Então pelo seu futuro sogro.*

Olhei para ele chocado.

Ele sorriu.

— Ah... tem alguma chance de você descolar uns ingressos pra mim? — Quando as palavras saíram da minha boca até fechei os olhos, me sentindo um idiota por perguntar aquilo. — O pai da minha namorada é um grande fã.

— Claro, vou ver o que posso fazer — ele respondeu, como se ouvisse isso todos os dias. — Esse jogo vai ser em casa e os ingressos só vão começar a ser vendidos em maio. Acho que não vai ser problema.

— *E aí?*

Fiz que sim.

— *Boa, caralho!* — Tony abriu um sorriso radiante e fez dois joinhas. — *Sempre soube que você valia a pena.*

Revirei os olhos e me concentrei na ligação.

— Você sabe que ela só tem quinze anos, né? — perguntei, sério. — Minha irmã Shannon? É, ela só tem *quinze anos.* Então espero que você não esteja tendo ideias, porque ela é uma garota de família.

— Eu sei, e não, não estou tendo ideias — respondeu, seco. Mas, pela primeira vez, notei uma hesitação naquela fachada de polidez. Eu claramente tinha acertado na mosca. — Nós somos, hum...

— Amigos? — sugeri, brincando.

— Isso — respondeu, nervoso. — Amigos.

Dei um sorrisinho.

— *Só* amigos?

— Claro.

— E você tem carteira?

— Definitiva.

— Seu carro é seguro?

— É.

— Quantos anos você tem mesmo?

— Dezessete.

— Então você é bem mais velho que ela.

— Eu sei — ele respondeu, e depois acrescentou: — Entendo a preocupação.

— Espero que entenda, porque tem uma grande diferença entre uma garota de quinze anos que nem ela e um cara de dezessete anos em uma posição como a sua.

— Eu sei — ele repetiu, sem querer ceder nem retirar a oferta. — Eu sei que tem diferença.

— Certo, sr. Rúgbi, ela é toda sua — falei, dando de ombros. — Não vai matar ela, hein? — *E, pelo amor de Deus, não machuca ela.*

— Não vou — ele disse antes de desligar.

— Bem, muito obrigado por isso, Tony — comentei, guardando o celular no bolso. — O cara oferece uma carona pra minha irmã e eu acabo implorando pra ele descolar uns ingressos pra um jogo.

Meu chefe deu risada.

— Ah, você sabe que, se ele arranjar esses ingressos, eu vou te levar comigo.

30

Duas linhas cor-de-rosa

AOIFE

Quando cheguei em casa do trabalho na terça-feira à noite, minha mãe estava sentada na cama juntando meias, e tudo o que eu queria era me deitar em posição fetal no colo dela e chorar.

Fiquei parada na porta do banheiro, me sentindo enjoada e tentando sem sucesso verbalizar as palavras necessárias para expressar como eu estava aterrorizada naquele momento.

— Voltou pra mais uma rodada? — ela perguntou, me encarando e se referindo à discussão acalorada que tivemos de tarde, quando entrou no meu quarto sem bater. — Ou finalmente decidiu me contar o que está acontecendo com você?

Mãe, estou com medo.

Mãe, estou encrencada.

Mãe, preciso de um abraço.

— Qual o problema, Aoife? — ela insistiu, preocupada. — Faz dez minutos que você está parada aí na porta tentando reunir coragem pra me contar alguma coisa. Desembucha.

— Eu... — As palavras não saíram. Balancei a cabeça e tentei de novo. — Eu...

Nada.

— Me desculpa — enfim consegui dizer com uma voz estrangulada. Minhas bochechas estavam vermelhas, minha pele estava pegando fogo e o bastão de plástico que eu tinha enfiado no bolso do casaco fazia meu coração se apertar de pavor. — Por ter brigado com você mais cedo.

— Eu sei que tem um motivo, meu bem.

— Pois é.

— É o Joey? — ela perguntou, abaixando um par de meias e me oferecendo sua atenção total. — Vocês estão com problemas de novo? Pensei que vocês tivessem se entendido.

— A gente está bem — falei, dando uma suspirada.

Ela franziu a testa.

— Então por que essa carinha triste?

— Eu só... eu... — Sacudi a cabeça, limpei a garganta e murmurei: — Estou cansada. Estou muito cansada, mãe.

— Tem certeza que é só isso? — Ela não pareceu convencida. — Porque você sabe que pode me contar tudo.

— Tenho. — Abri um sorriso forçado, assenti e fui embora, seguindo direto para o meu quarto.

Fechei a porta, fui para a cama e me enfiei debaixo das cobertas totalmente vestida, de sapato e tudo.

Coloquei o edredom por cima da cabeça e tirei devagar o teste de gravidez do casaco. Eu tinha levado vinte e quatro horas para reunir a coragem de fazer isso.

As duas linhas cor-de-rosa no visor não tinham desbotado nem um pouco desde que apareceram no banheiro do trabalho.

Ali estavam elas.

Me encarando.

Minha vida tinha acabado.

31

Sua irmã é uma vadia

JOEY

Eu sabia que teria problemas assim que chegasse em casa depois do trabalho. Dava para sentir no ar à minha volta. Tudo estava errado e fora dos eixos.

Eu também estava dolorosamente ciente de que era dia de pagamento do salário-família. A primeira terça-feira de cada mês era o dia de sorte do nosso pai, pois ele recebia uma grana do governo por conta dos filhos e depois bebia cada centavo antes de espancar esses filhos brutalmente.

Às vezes, eu pensava que era por causa dessa grana que ele continuava procriando.

— E aí, *família*? — falei em um tom sarcástico entrando na cozinha.

No instante em que pisei ali, senti o cheiro de uísque emanando do coroa, que cambaleava no meio do cômodo.

— Joey — respondeu com cautela.

— Os meninos estão na cama?

Ele assentiu, mantendo os olhos fixos em mim, me observando como se eu fosse um predador perigoso prestes a atacar a qualquer minuto. E estava absolutamente certo.

Senti o medo vazando pelos poros da minha irmã encolhida na pia, com a mãozinha no pescoço. O rosto dela estava todo marcado e seus olhos estavam vermelhos.

Eu não era burro.

Estava claro que eu tinha chegado bem na hora.

Tentei manter a calma e peguei uma latinha de coca na geladeira, sabendo que eu tinha que tomar muito cuidado.

— Onde está a mãe? — perguntei, dando um gole no refrigerante. — Ainda no trabalho?

— Sua mãe está no trabalho e essa garota aí chegou em casa tarde de novo — meu pai falou arrastado, olhando feio para a Shannon. — Parece que ela perdeu o ônibus.

— Eu sei — falei sem emoção, dando uma piscadinha para a Shannon. — Como você está, Shan?

— Oi, Joe. — Ela engoliu em seco e tentou sorrir para mim. — Só estou com fome, eu ia comer alguma coisa.

Pelo visto, você estava prestes a tomar uma surra, isso sim.

Me aproximei e cutuquei seu rosto de brincadeira, mas foi só para poder dar uma olhada nas marcas no seu pescoço. As mãos daquele escroto estavam incrustadas na pele dela.

Puta merda.

— Aoife ficou depois de te trazer em casa? — perguntei, dando uma deixa para ajudar minha irmã.

— Hum, não. — Seus olhos se arregalaram de gratidão quando a ficha caiu e ela acrescentou depressa: — Só me deixou aqui e foi embora.

Dei um sorrisinho de aprovação, peguei um pacote de biscoitos no armário e o atirei para ela.

— Aqui. Aposto que era isso que você estava procurando.

Não era. Shannon jamais encostaria um dedo na prateleira de cima, onde eu guardava as minhas coisas, mas *ele* não sabia disso.

— Isso aqui não é uma clínica de reabilitação — meu pai rosnou.

— Esse biscoito é meu, coroa. — Me virei para ele. — Comprado com o *meu* dinheiro, que recebi no *meu* trabalho.

— Esta casa é minha.

— Que você ganhou do governo — desdenhei, sem querer dar o braço a torcer para aquele merda. — Por causa da *gente.*

— Não venha bancar o esperto comigo, garoto.

— Shannon, por que você não vai pra cama? — falei, sabendo que a coisa ia ficar feia e precisando que ela se afastasse da linha de fogo.

Minha irmã foi até a porta, mas ele a bloqueou.

— Eu ainda não terminei de falar com ela.

— Bem, ela já terminou de falar com você — falei sério, empurrando-o para longe com o ombro e oferecendo à minha irmã uma rota de fuga. — Então saia daí, velho. Agora.

Por sorte, Shannon aproveitou a oportunidade para disparar antes que ele agarrasse seu rabo de cavalo.

— Nem pense nisso — avisei, me colocando na sua frente quando ele tentou correr atrás dela. — Ela não é seu saco de pancada.

— Você viu isso? — Ele pegou um jornal e o atirou para mim. — Você viu essa imoralidade, garoto?

Olhei para o jornal e vi uma foto da minha irmã com ninguém mais, ninguém menos que o próprio sr. Rúgbi.

— Eita — falei, abrindo um sorriso relutante ao ver a *minha* irmã debaixo do braço da mais nova estrela em ascensão do rúgbi irlandês. — Talvez ele esteja tendo ideias...

— Está achando engraçado? — meu pai perguntou, arrancando o jornal das minhas mãos e rasgando a página. — Sua irmã é uma vadia, e tudo o que você faz é sorrir?

— Está claro que nossas definições pra palavra vadia são bem diferentes.

— Aquela bonequinha que você está comendo é outra — ele disse. — Aquela putinha loira que vive saltitando pela minha casa de peitinhos, pernas e buceta totalmente à mostra. Ela está querendo, aquelazinha. Estou te dizendo, garoto, ela está querendo um bom...

Ele parou de falar quando acertei um soco na sua cara.

— Tira os olhos dela!

— Os olhos? — Ele jogou a cabeça para trás e gargalhou. — Vou botar mais que os meus olhos nela da próxima vez.

Foi tudo o que bastou para desfazer meses de trabalho duro e autopreservação. Perdi a cabeça completamente e avancei no meu pai, dando e recebendo socos. Trombamos na mesa da cozinha, derrubando cadeiras e fazendo um estardalhaço.

— Ela era virgem antes de você comer ela, garoto? — ele continuou me atormentando. — Ela sangrou em você? O que é que estou dizendo? — Meu pai deu uma risada cruel. — Não tem nada aí no meio das suas pernas pra você comer ela.

— Eu vou te matar — rugi, tentando afastar a mão enorme que ele tinha colocado em volta da minha garganta enquanto socava meu rosto. — Se você sequer pensar em encostar nela... — Consegui me soltar e pulei nele com tudo, nos impulsionando para frente até que suas pernas cederam e caímos no chão. — Se você olhar pra minha namorada de novo... — esbravejei, distribuindo socos com um floreio. — Se você sequer respirar perto dela, vão ter que te tirar desta casa direto pra um caixão!

— Joey! — minha mãe disse de repente. Ergui o rosto e me deparei com ela na porta da cozinha, segurando a barriga e olhando para mim como se eu fosse o monstro daquela história. — *Sai* de cima do seu pai.

O escroto foi esperto e deixou as mãos moles, fingindo inocência e grunhindo de dor.

— Ele está me matando, Marie.

— Sai de cima do seu pai — ela repetiu em um tom mais duro, entrando na cozinha. — E sai da minha frente antes que eu diga algo e me arrependa depois.

Indignado, soltei a camisa dele e me levantei. Com os dedos sujos de sangue, apontei o dedo para ela e cuspi:

— Você é burra se ainda não percebeu que vai ser a próxima. — E saí da cozinha pisando duro.

Subi dois degraus por vez, peguei um rolo de papel higiênico no banheiro, entrei no quarto e fechei a porta. Tirei toda a roupa e fiquei só de cueca, porque as mãos daquele homem tinham me tocado, e me sentei na ponta da cama. Apoiei os cotovelos nas coxas e me inclinei para a frente, pressionando o papel higiênico na boca.

Se eu pudesse arrancar a minha pele naquele momento, teria arrancado.

Eu não queria sentir as mãos dele no meu corpo.

Eu não aguentava mais aquilo.

— Joe? — A porta do meu quarto se abriu e vi minha irmã parada ali. — Você está bem?

— Está tudo certo, Shan — falei, secando o sangue da boca. — É melhor você ir pra cama.

— Você está sangrando.

Não brinca.

— É só um corte no lábio. — Impaciente e de saco cheio de todos eles, grunhi: — Volta pro seu quarto.

Ela não se mexeu.

Em vez disso, continuou parada na porta até eu ceder e dar tapinhas no colchão ao meu lado, oferecendo o que ela precisava.

— Desculpa — ela disse, se aproximando depressa. — Me desculpa, Joe — ela ficou repetindo com as mãozinhas nos meus ombros, colocando mais peso em mim do que eu podia suportar.

Era como se a minha vida estivesse se repetindo num ciclo infinito: a mesma cena, a mesma dor, dia após dia, ano após ano. Até eu desmoronar. Ainda assim, tentei confortar minha irmã e lhe garanti que não era culpa dela. O que era verdade.

Não era culpa dela.

Nunca foi culpa dela.

Era culpa *deles*.

Era tudo culpa deles.

Depois de falar isso algumas centenas de vezes, desisti de ficar sozinho. Os tremores que dominavam seu corpo me informaram que ela não ia sair do meu quarto.

Puta que pariu.

Cedi minha própria cama e me acomodei no chão, enquanto o tema da conversa — e do foco de Shannon — mudava do nosso pai para o garoto por quem ela fingia indiferença.

Johnny Kavanagh.

Quando Shannon me contou que ele foi o responsável pela concussão que ela teve no primeiro dia de aula, algo se acalmou dentro de mim. Porque eu finalmente tive a confirmação de que o que havia acontecido aquele dia tinha *mesmo* sido um acidente. O cara era quase um robô de tanta rigidez, seu comportamento era impecável. A Academia o preparou para ser o cavalheiro perfeito.

De jeito nenhum ele arriscaria um futuro tão brilhante com uma travessura infantil.

Eu podia sentir o cheiro da mentira a quilômetros de distância toda vez que ela negava seus óbvios sentimentos e sorria sozinho enquanto a ouvia divagar sobre quem eu achava que poderia ser seu primeiro *crush*.

Acabei me transformando em um daqueles irmãos mais velhos idiotas que eu *nunca* quis ser e me peguei falando para ela tomar cuidado. Não porque eu não queria que ela encontrasse alguém.

Eu queria.

Eu só não queria que ela alimentasse esperanças de ficar com um cara com um futuro tão brilhante quanto o de Johnny Kavanagh. Eu não tinha dúvidas de que ela o veria na televisão dali a alguns meses e me chamaria de babaca protetor, mas eu não queria ver minha irmã *sofrer*.

32

Você tem que contar pra ele

AOIFE

— Já passou mais de uma semana — Casey comentou, se sentando no banco ao meu lado na estação de trabalho da aula de Biologia na sexta-feira. Tínhamos chegado mais cedo e, tirando alguns perdidos do outro lado do laboratório, felizmente estávamos sozinhas. — Você *tem* que contar pra ele, Aoife.

Mantive os olhos fixos no estojo e nem me dei ao trabalho de esconder que minhas mãos estavam tremendo. Elas não paravam de tremer desde que meu mundo caiu.

— Eu sei.

— E você tem que ir ao médico.

— Eu sei.

— Posso marcar uma consulta e ir com você.

Balancei a cabeça.

— Não.

Ela soltou um suspiro pesado.

— Aoife.

— Não estou pronta, ok? — O tremor na minha mão aumentou tanto que eu não consegui nem abrir o estojo. — Não estou.

— Você ainda tem opções, sabia? — ela falou baixinho, abrindo o estojo para mim. — Esse país é uma merda, mas tem a Inglaterra. Você pode pegar um barco pra Liverpool de manhã, se quiser acabar com essa história. Pode ser uma boa.

— Eu sei — sussurrei, mordendo o lábio.

— Então você *pensou* nisso?

— *Claro* que pensei nisso. — Pisquei lágrimas e assenti devagar. — É o melhor pra gente. Não sou burra, Case, sei que é o melhor a fazer, pensando no longo prazo, mas é tarde demais pra isso.

— Não é, não — ela retrucou depressa. — Se você for amanhã...

— Não, não, pra mim é tarde demais. — Soltei um suspiro trêmulo, abaixei a cabeça nas mãos e contive um soluço de choro. — Pensei bastante nisso e não consigo, Case. Não *consigo*, entendeu?

— Entendi — ela disse em um com tranquilizador. — Tudo bem, Aoife.

Soltei o ar devagar, me concentrando em manter a respiração uniforme, profunda e lenta e não ceder ao pânico que fechava minha garganta.

— Então você vai até o fim? — ela perguntou suavemente. — Você vai mesmo ter o filho de Joey Lynch?

Fiquei sem palavras e fechei os olhos, mal conseguindo mexer a cabeça.

— Você vai ficar com ele? — ela perguntou com cuidado. — Com o bebê?

— Vou — falei, colocando a mão na barriga para logo em seguida mudar de ideia e agarrar a carteira. — Acho que vou.

— Então estou do seu lado — Casey respondeu, enlaçando o braço no meu enquanto o laboratório começava a se encher de alunos. — Sempre vou estar com você, amiga.

— A gente tinha combinado de ir ao cinema hoje — falei com um tom trêmulo e os olhos fixos na frente da sala. — Joey me mandou uma mensagem mais cedo.

— Então talvez vocês possam conversar depois — ela sugeriu com uma voz esperançosa.

— A gente não vai conseguir lidar com isso, Case — sussurrei, batendo os dentes de nervoso. — Ele vai surtar de novo.

— Você não tem como saber.

— Eu sei. — Agitando os joelhos ansiosamente, chorei de novo. — Ele vai ficar arrasado. Estava indo tão bem. Melhor do que eu tinha imaginado. Agora isso? Isso vai *acabar* com ele.

— De qualquer forma, tem que saber — ela respondeu com gentileza. — Você sabe disso, Aoife.

— Sim, eu sei. — Assenti sem forças. — Mas o mundo já está desmoronando à minha volta. Você não pode me culpar por querer adiar isso.

— Bem, não demore muito — ela murmurou. — Porque você está começando a ficar com uma barriguinha.

Essas palavras foram suficientes para fazer meu estômago se revirar.

Me levantei do banco de uma vez e corri para fora da sala e só parei quando estava de joelhos no banheiro feminino, com a cabeça enfiada no vaso e minha vida se despedaçando à minha volta.

33

Estou morrendo de medo

JOEY

— Tem certeza que não está com fome? — perguntei para Molloy na sexta à noite, enquanto nos sentávamos na fileira do meio do cinema.

Ela negou com a cabeça.

— Sede?

Negou de novo.

Fazia semanas que ela estava me enchendo o saco para ver *O pesadelo*. Daí, quando eu finalmente consegui uma noite de folga no trabalho, não poderia parecer mais arrasada nem se tentasse.

Molloy não estava falando.

Não estava comendo.

Não estava sorrindo.

A garota sentada ao meu lado não era a mesma que saiu da minha cama na semana passada, e eu estava começando a ficar preocupado de verdade.

— Então, fiquei sabendo de uma coisa hoje — decidi falar, pois sabia que Molloy jamais resistiria a uma fofoca das boas. — Segundo o Mack, aquele tal de Johnny Kavanagh do Tommen deu uns sete chutes no namorado da Ciara Maloney no Biddies esta noite.

Como ela não respondeu, continuei tagarelando, torcendo para arrancar alguma reação.

— Parece que a Ciara e a Hannah estavam enchendo o saco da Shan, como sempre, e o nosso Kavanagh surtou. Derrubou uma mesa cheia de bebida e tudo. Deu um chutão naquele Murphy — acrescentei, enfiando um punhado de pipoca na boca. — Acho que tem alguma coisa rolando entre a Shannon e o Kavanagh. Ela nunca admitiria, claro, mas não sou burro. Quer dizer, primeiro ele dá uma carona pra ela voltar pra casa, depois ele leva ela pro bar, e agora defende ela publicamente e ainda por cima acerta as contas com um bando de vadias que fazem bullying com ela há anos? Parece um pouco além do que um amigo faria, se quer saber minha opinião.

Um "Oh?" chocho foi tudo o que consegui arrancar dela.

Completamente perdido sobre o que dizer ou fazer em seguida, tamborilei os dedos no apoio de braço e decidi me concentrar na tela à minha frente. O que não era nada fácil. Não quando eu podia sentir a ansiedade emanando da minha namorada.

— Joe? — Molloy finalmente sussurrou mais ou menos uma hora depois que o filme começou. — Preciso te contar uma coisa.

— Hum? — Me virei para ela, aliviado por ela enfim decidir abrir o jogo. — O que foi?

— Eu... — Seus olhos verdes se arregalaram de pânico. — Eu estou...

— O que, Molloy?

— Com medo. — Ela soltou um suspiro trêmulo, balançou a cabeça e pegou meu braço, passando-o por cima do ombro e se recostando em mim. — Estou morrendo de medo.

— É só um filme — sussurrei, abraçando-a. — Não é a vida real. Não precisa ter medo.

— Eu sei. — Tremendo, ela enterrou o rosto no meu peito e agarrou meu moletom. — Eu só... estou com medo.

Confuso, observei a forma como ela se segurava em mim e fiquei mais preocupado que antes. Estava muito estranha. Aquilo não cheirava nada bem, porque Molloy adorava filmes sanguinolentos e de terror.

— Quer ir embora?

Fez que não.

— Posso te levar pra casa.

Ela fez que não de novo.

— Você está claramente odiando o filme.

— Não quero ir pra casa.

— Então o que você quer de mim, Molloy? — perguntei, impotente. — O que posso fazer por você?

— Você pode ficar — ela disse, tremendo. — Quero que você fique comigo, Joe.

— Eu vou ficar — respondi, soltando um suspiro frustrado. — Não vou a lugar algum.

Mais tarde, voltando do cinema em Mahon Point, fiquei observando Molloy de soslaio. Ela olhava para a janela do carro perdida em pensamentos enquanto "Eve, The Apple of My Eye", do Bell X1, tocava na rádio local.

— Vou te deixar em casa e depois volto caminhando — falei, quebrando o silêncio.

Ela se virou para mim.

— Você não vai dormir comigo?

— Hoje não.

— Por quê?

— Porque, se você vai me dar um gelo, é melhor eu ficar em casa — respondi, segurando o volante com força.

— Não é nada disso, Joe — ela falou.

— Então o que é, Molloy? — perguntei com uma voz rouca. — Hein? O que está rolando?

— Nada — ela sussurrou, voltando a olhar para a janela e me ignorar. — Eu te amo, Joe.

— Sim, eu também te amo — falei, nervoso, puto e ansioso, tudo ao mesmo tempo. — Mas não sei o que está acontecendo. Com você. Com a gente. Não estou gostando nada disso.

— Não vai pra casa — ela pediu depois de um longo silêncio. — Por favor.

— Não vou ficar na sua casa.

Ela me encarou.

— Por quê?

Balancei a cabeça.

— Já te falei.

— Então posso ficar na sua casa?

— Molloy. — Soltei um suspiro sofrido. — Não faz isso.

— Por favor. — Ela esticou o braço sobre o câmbio e colocou a mão na minha coxa. — Eu sei que estou estranha, eu sei. Eu só... — Ela respirou fundo, sacudiu a cabeça e limpou uma lágrima do rosto. — Aff, por que eu sou assim?

— Você está chorando?

— Não.

— Molloy?

— Estou sendo idiota.

Liguei a seta, esperei uma deixa antes de parar no acostamento e acendi o pisca-alerta. Então desliguei o motor e a encarei.

— Olha, você precisa falar comigo.

— Sério, estou bem — choramingou, enxugando as lágrimas que caíam copiosamente pelo rosto. — Não sei por que estou chorando — ela disse, meio rindo, meio chorando, piscando lágrimas sem parar. — Está vendo? — Enxugou os olhos com o dorso da mão, sorriu e continuou: — Estou bem.

— Meu Deus, claro que não está. — Empurrei o banco todo para trás, soltei meu cinto e o dela e então a puxei para os meus braços. — Vem aqui.

— Estou bem — ela disse, aos prantos, soluçando descontroladamente, enterrando o rosto no meu pescoço. — Isso é ridículo.

— Você não está grávida, né? — brinquei, abraçando-a.

— Já pensou? — ela falou, ainda chorando.

— Puta merda. — Dei risada. — Acho que eu preferiria abrir essa porta e me jogar do carro andando na estrada.

— Então ainda bem que não estou — ela respondeu, soltando uma risada quase maníaca antes de ser acometida por mais uma leva de soluços. — Devem ser os hormônios da menstruação ou algo assim.

34

Sou um viciado e você é uma chata

AOIFE

Minha patética tentativa de contar a Joey sobre o nosso probleminha resultou nele indiretamente admitindo que preferia se jogar do carro na rodovia M8 do que ter um filho comigo. Brincando ou não, não era um risco que eu estava disposta a correr, principalmente em uma sexta-feira à noite de tráfego intenso.

Quando chegamos na casa dele, eu já tinha secado todas as minhas lágrimas — e ele, toda a paciência.

— Não sei, Molloy — ele disse, parando o carro depois que concluí um relato detalhado dos problemas da condição feminina e da tensão pré-menstrual, falando qualquer coisa só para ganhar tempo e não ter que lhe contar a verdade. — Não entendo muito, mas com certeza deve ter algum remédio pra isso.

— Você acha que preciso tomar remédio pras minhas oscilações de humor?

— Não exatamente pras oscilações de humor — ele se esquivou, descendo do carro. — Mas algo como um calmante leve.

— Bem, você que é o especialista em drogas — bufei, descendo e batendo a porta. — Não é?

— Esquece o calmante leve. Talvez tenha que ser um tranquilizante de cavalo — ele murmurou, passando o braço pelo meu ombro. — Vem, sua ranzinza.

Suspirando, enfiei a mão no bolso traseiro da sua calça e me recostei nele.

— Me desculpa por estar tão chata.

— Meh. Eu sou um viciado e você é uma chata — ele brincou, me puxando para perto. — Nenhum relacionamento é perfeito.

Dei risada.

— Mas funciona, né?

— É. — Ele sorriu, se inclinou e me beijou enquanto contornávamos o muro do jardim e seguíamos pela entrada da garagem. — Somos dois ferrados.

— Oi, gente — Shannon nos cumprimentou na porta, segurando um Sean choroso no colo, e senti meu namorado enrijecer quando seus olhos pousaram no rosto dela.

Ela estava com a cara toda roxa.

— O que aconteceu? — Joey perguntou, indo direto para os irmãos. Pegou Sean nos braços e conduziu a irmã para dentro enquanto eu os seguia.

— Ele surtou — Shannon explicou, estalando os dedos de nervoso. — Por causa daquela foto minha com o Johnny Kavanagh que saiu no jornal. Ele não parava, Joe. Não importava o quanto eu implorasse. — Com as mãos tremendo, ela foi até o fogão e pegou um pratinho coberto com papel-alumínio. — A nossa mãe teve que tirar ele de cima de mim — ela sussurrou, fungando, tirando o alumínio para colocar o prato no micro-ondas. — Mas daí ele bateu nela também.

— Ele bateu na nossa mãe? — Joey perguntou com uma voz mortalmente fria. — Ela está grávida de cinco meses.

— Eu sei — Shannon disse, chorando e esfregando a bochecha inchada. — Ele saiu levando tudo. Encheu o carro com tudo em que conseguiu botar as mãos... levou até a televisão da sala.

— Eu que comprei aquela televisão — Joey falou com o corpo vibrando de tensão.

Dava para ver que estava tentando se controlar, com o irmão nos braços agarrado ao seu pescoço. Fazendo movimentos circulares nas costas de Sean, ele olhou para a irmã e perguntou:

— Onde minha mãe está?

— Os meninos estão na cama — disse depressa. — Uma hora eles pegaram no sono, mas não consigo fazer esse carinha aí parar de chorar pra eu poder dormir.

— Vou cuidar dele — Joey respondeu e perguntou de novo: — Onde minha mãe está?

Shannon se crispou.

— Joe...

— Onde minha *mãe* está, Shannon?

— Foi embora — enfim falou. — Ela largou a gente.

— Largou você? — Ele balançou a cabeça. — Como assim?

— Ela fez uma mala e entrou num táxi — Shannon confessou, dando um pulo de susto quando o micro-ondas fez barulho atrás dela. — Mais ou menos uma hora depois que meu pai foi. — Abriu o micro-ondas tremendo e pegou o prato de macarrão. — Eram umas seis e meia, e ela não ligou nem atendeu ao telefone depois disso.

— E aí? Ela só te largou aqui com os meninos? Sem dar nenhuma explicação nem nada? Só pegou e foi embora?

Shannon deu um sorrisinho triste para o irmão e colocou o prato que tinha esquentado para ele na mesa.

— Aqui, guardei comida pra você.

— Shannon.

— Come antes de esfriar.

— Não estou com fome. Me responde.

— Tem certeza?

— Shannon!

— Sim — ela falou baixinho. — Ela foi embora.

— Por que você não me ligou?

— Porque você estava no cinema.

— Shannon!

— Eu não queria te incomodar de novo. — Ela se encolheu com o rosto vermelho. — Parece que é só o que a gente sabe fazer ultimamente.

— Porque eu sou seu *irmão* — ele disse, se aproximando e acolhendo a garota em seu braço. — É pra *isso* que eu sirvo.

Fiquei vendo Shannon e Sean agarrados em Joey, assim como eu fiz no carro mais cedo.

— Pode me ligar que eu venho correndo — ele falou com uma voz rouca e os olhos cravados em mim. — Sempre.

35

Fazendo papel de pai e mãe

JOEY

Mais uma vez, eu estava afundado na lama — e, pra variar, sem poder contar com a ajuda dos meus pais. Meu pai tinha se mandado, minha mãe estava desaparecida, minha irmã tinha levado uma surra, meus irmãos tinham sido abandonados e minha namorada tinha sido possuída por um maldito demônio chamado tensão pré-menstrual.

E ali estava eu, no meio daquela carnificina, tentando ficar sóbrio e manter a cabeça no lugar.

Impossível.

Shannon estava em casa com Sean, e eu devia estar treinando na cidade, mas estava em Ballylaggin, no pavilhão da AAG, dividindo a atenção entre as partidas dos meus irmãos.

Voltar para o velho padrão do qual Molloy me arrancou no Natal não era uma opção, então, em vez de abafar o barulho me "automedicando", me contentei com um baseado.

Sentado no morro, longe de todos os pais e torcedores que se aglomeravam no campo da AAG, bolei um baseado enquanto esperava os meninos terminarem a competição de hurling para menores de idade.

Com os braços em volta dos joelhos e o capuz escondendo o rosto, dei uma longa tragada e segurei a fumaça até sentir meus pulmões queimarem e minha mente nublar, e então soltei o ar lentamente.

Hurling não era bem a praia de Ollie. Ele não levava jeito para o esporte, assim como Shannon, que acabou desistindo do camogie, o hurling feminino.

Tadhg, por outro lado, parecia ter o gene atlético do nosso pai. O hurling era natural para ele. Era só vê-lo jogar para saber que havia algo especial ali. Para saber que *ele* era especial.

Eu tinha a sensação de que, se tivesse tempo e espaço para aprimorar sua arte — e se nosso pai não sugasse toda a graça do jogo para ele, como aconteceu comigo —, Tadhg se tornaria o melhor de todos nós.

Ols era esforçado, mas não tinha a coordenação motora, a destreza ou a agressividade necessárias para a prática do esporte, e por mim tudo bem. Eu não dava a mínima se meus irmãos jogavam ou não.

Para mim, aquilo era só um esporte, mas, para o nosso pai, nossa habilidade no hurling era uma espécie de rito de passagem que não podia ser evitado nem ignorado.

Desde os quatro anos de idade, enfiaram um hurley nas nossas mãos e fomos arrastados para aquele campo, entregues a treinadores e preparadores de menores com a permissão total para que nos dobrassem, quebrassem, moldassem e nos transformassem no melhor que pudéssemos ser.

Esse foi o nosso batismo de fogo.

Inteligente, mas não insolente, confiante, mas não arrogante, corajoso, mas não audacioso: Darren sempre se encaixou perfeitamente no perfil de garoto de ouro. Todas essas características, junto a seu temperamento brando e sua natureza sagaz, foram as principais razões pelas quais ele sempre foi o filho favorito da nossa mãe e do nosso pai também — até descobrir sua orientação sexual.

O fato mais importante era que Darren era um jogador habilidoso e proficiente, mas nunca foi *fenomenal*. Nunca tirou o brilho do nosso pai e, por isso, o velho não se sentia ameaçado. Porque, aos olhos do nosso pai, quanto melhor você fosse no hurling, melhor seria como filho, a menos que fosse melhor do que *ele*. Daí você se tornaria uma ameaça ao seu legado, e ele odiava isso mais do que alguém que não conseguia acertar uma bola em linha reta. Ele queria que lembrássemos que ele tinha sido um dos grandes, e *não* o contrário.

Apesar de nunca ter sido o filho que mais dava orgulho para a nossa mãe por não ter a eloquência que meu irmão mais velho possuía, acabei me encaixando no estereótipo necessário para ser aceito e elogiado pelo nosso *pai*. Até que, com apenas onze anos de idade, cometi o imperdoável erro de entrar no radar dos olheiros do condado, algo que meu pai só conseguiu aos treze anos, e Darren, aos catorze. Depois disso, nosso relacionamento degringolou logo, indo de tempestuoso a insuportável.

Quanto mais eu jogava, mais ele me odiava, e quanto mais ele me odiava, mais eu me dedicava só para deixá-lo ainda mais puto. Era um ciclo perverso e infinito de toxicidade que só fazia eu me ressentir do esporte tanto quanto me ressentia dele.

Meu pai *me* odiava porque eu jogava melhor que ele, e eu o odiava porque ele tinha me transformado em seu clone.

Ele me ensinou tudo o que sabia e depois ficou rancoroso por eu colocar seus ensinamentos em prática, e eu o detestava por incutir em mim um dom que nunca seria *meu*. Fosse eu melhor que meu pai ou não, ele sempre receberia o crédito das minhas conquistas. No entanto, eu continuava jogando porque, com toda a honestidade, eu não tinha muitas outras habilidades.

— Fazia um tempo que eu não te via — uma voz familiar disse enquanto uma figura se sentava na grama ao meu lado. — Como você está, garoto?

Fiquei tenso na mesma hora e me virei para ele, segurando o baseado nos lábios.

— O que está fazendo aqui?

— Fazendo papel de pai e mãe. — Shane inclinou a cabeça para a partida. — Está vendo aquele carinha alto ali com a bola?

— Sim?

— A mãe dele é uma gatinha dos velhos tempos — ele explicou, estendendo a mão. — Reapareceu recentemente do nada, falando que o menino é meu, ou pelo menos é o que ela diz.

Dei mais um trago, passei o baseado para ele e soltei uma nuvem de fumaça.

— É o que ela diz?

— Em se tratando de mulheres como ela... — Ele fez uma pausa para fumar antes de continuar. — Dizer que essa criança é minha é que nem falar que ela caiu em um monte de formigas e sabe qual foi a que a picou.

Estremeci.

— Um tiro no escuro.

— Um baita tiro no escuro — ele concordou, dando risada e dando baforadas.

— Bem, que merda, hein — murmurei, sem saber o que mais dizer.

— E aí, como você está, cara? — ele perguntou, dando outra tragada. — Faz tempo que não te vejo.

— Ando ocupado — respondi, frustrado com a forma como a sua presença acabou com a vibe gostosa que eu estava curtindo.

Fiquei nervoso.

Nervoso e paranoico.

Aquele velho ditado que dizia "O que os olhos não veem, o coração não sente" claramente tinha algum mérito, porque, com o tempo, quanto mais espaço eu colocava entre mim e minha antiga vida, mais fácil era ficar longe daquilo tudo. Só que, agora que a antiga vida estava bem ao meu lado, me dei conta do quão rápido velhos desejos podiam ressurgir.

— Você ainda está pegando aquela bartender?

— Ela é garçonete.

— Garçonete — ele se corrigiu, soltando mais fumaça. — Vi seu velho na cidade outro dia.

— Não dou a mínima pra ele.

— Ele estava comendo uma bartender no muro ao lado do Dinniman.

Fiquei rígido.

— Ela se parecia bastante com a sua garçonete.

Me virei para encará-lo.

— O que está querendo dizer, Shane?

— Nada — ele respondeu, erguendo as mãos. — Só estou fazendo um favor pra um amigo.

— Não era ela.

Ele deu de ombros.

— Eu posso estar errado.

— Pois está.

— Mesmo assim. Você sabe como são essas bartenders...

— Garçonete. Ela é *garçonete*, e não vou ficar aqui escutando isso. — Me levantei e me virei para ele. — Já te falei que não é pra falar dela.

Ele encolheu os ombros de novo.

— Só estou cuidando de um amigo.

— Só que eu *não* sou seu amigo, Shane — falei. — Sou só o idiota que dividia o salário com você desde que começou a trabalhar.

— Senta aí, Lynchy.

— Não tô a fim.

— Senta, porra — Shane disse em um tom baixo e ameaçador. — *Agora*. Ainda não terminei.

Desejei mais do que tudo não saber do que ele era capaz e relutantemente me sentei, sabendo que ele faria de tudo para provar seu ponto.

Meus irmãos estavam a um passo de distância. Eu não podia me dar ao luxo de ser imprudente. Porque, por mais perigoso que ele fosse como *amigo*, fazer dele um inimigo seria infinitamente pior.

— Não é pra falar da sua gata — disse com calma, me empurrando com o ombro. — Eu não tinha te ouvido antes, mas agora saquei.

Com o corpo duro de desconforto, assenti de maneira firme.

— Ela está fora de debate. Que tal?

— Como assim?

— Vou tirar ela da cabeça — ele disse alegremente. — Vou esquecer que ela existe. Onde ela mora. Qual é a sua aparência. Onde ela trabalha. Onde é a oficina do velho dela. Tudo. Apagado.

Mentira.

Só de ele estar falando aquelas coisas significava que a usava contra mim.

Shane estava me comunicando de uma forma bem evidente que poderia e *iria* atrás da minha namorada se eu não fizesse o jogo dele.

O único problema era que eu não sabia qual era o jogo.

— O que você quer?

— Nada.

Mais mentiras.

Arqueei a sobrancelha, incrédulo.

— Está bem — ele cedeu, dando risada. — Quero que você vá me ver de novo.

Em outras palavras, ele queria retomar de onde tínhamos parado.

— Não. — Balancei a cabeça, me esforçando para controlar as emoções. — Cansei daquela merda.

— É mesmo? — perguntou em um tom persuasivo. — Ou é a sua gata que está decidindo as coisas por você?

Abaixei a cabeça e curvei os ombros, tentando desesperadamente manter a calma e não fazer besteira. O labirinto em que eu tinha me perdido antes era quase impossível de sair. Toda vez que eu tentava escapar, era arrastado de volta para outro caminho sem saída.

— Aquele probleminha de fornecimento que eu tive já foi resolvido. — Ele enfiou a mão no bolso e pegou um saquinho, que colocou nas minhas mãos. — O de sempre.

— Shane. — Com o peito pesado, fiquei encarando o pacote de comprimidos. — Não *posso*.

— Vamos fazer o seguinte — falou, se levantando. — Esse fica por minha conta. Se eu não tiver mais notícias suas, não vou ficar chateado.

Ele se afastou antes que eu pudesse dizer uma palavra, me deixando ali sozinho, na corda bamba com o meu autocontrole.

36

Revelações e garotos do rúgbi

AOIFE

Os pais do Joey não voltaram para casa na noite seguinte.

Sozinho com o enorme peso da responsabilidade que jogaram sem cerimônia sobre os seus ombros, tentei ajudar. Ele, mais uma vez, cuidava dos irmãos com uma competência de causar inveja a qualquer adulto.

Joey os levou para as atividades extracurriculares, cozinhou e limpou tudo depois, deu banho e botou para dormir. Era exaustivo vê-lo fazendo tudo aquilo.

Não era à toa que ele preferiria se jogar na estrada do que ter um filho, pensei. *Ele já tem quatro meninos.*

Quando Joey finalmente se sentou, pouco depois das onze, exausto e prestes a ter um troço, a última coisa que eu queria era apertar o gatilho e fazê-lo surtar. Ele se jogou na mesa da cozinha, apoiou a cabeça nas mãos e soltou um suspiro pesado.

— Que *date* de merda, né, Molloy?

— Ah, não sei, não. — Me aproximei, coloquei duas canecas de café na mesa e o abracei por trás. — Não acho que foi tão terrível assim — falei, beijando seu pescoço. — Tipo, a companhia foi perfeita.

Ele grunhiu em resposta, pousou a mão sobre a minha e a apertou de leve.

— E aí? — Me sentei ao seu lado, peguei a caneca e assoprei um pouco antes de dar um gole. — Qual o plano?

— Não tenho planos — admitiu com sinceridade, pegando a caneca. — Não tenho a menor ideia do que estou fazendo ou por quanto tempo ainda vou ter que fazer isso.

Fiquei pensando no que ele falou por um longo tempo antes de dizer:

— Acho que você provavelmente é o ser humano mais incrível que já conheci.

Joey balançou a cabeça e deu risada.

— Vai se foder.

— Nunca falei tão sério na vida. Quem é você? O que você faz? Quantas surras você levou? E continua levando? O quanto você ama essas crianças? Quanto você se sacrifica pra que elas não precisem se sacrificar? É incrível, Joe. Sua abnegação é impressionante.

— Não fala assim, Molloy — ele murmurou, dando um gole no café.

— Por que não? — insisti. — Está com medo de alguém me ouvir e perceber que você é maravilhoso?

— Estou longe de ser maravilhoso — ele disse baixinho, com a testa franzida. — Sério. Não me coloca nesse pedestal. Não nasci pra isso. Só vou acabar te decepcionando.

— Eu diria que você está fazendo exatamente o oposto. Estou tão orgulhosa de você, Joe...

— Pois não fique, Molloy. Não fique. Porque não estou melhor. Não estou curado. — Ele soltou um suspiro nervoso. — Eu só estou...

— Tentando?

— É. — Ele deixou os ombros caírem e assentiu devagar. — Tentando.

— É o suficiente pra mim — falei com a voz embargada. — *Você* é o suficiente pra mim.

— Preciso te contar uma coisa — ele disse, soltando um suspiro frustrado. — Aconteceu uma coisa importante hoje no campo da AAG.

— Sim — concordei, tremendo. — Também tenho uma coisa importante pra te contar.

— Oi, gente.

Shannon entrou na cozinha bem nessa hora, nos fazendo desviar os olhos um do outro, aliviados.

— Como está o seu rosto, Shan? — Joey perguntou, observando os hematomas dela. — Meu Deus.

Me virei para ela, e ao ver os seus olhos roxos, estremeci de indignação.

— Está tudo bem, Joe — ela disse, abrindo um sorrisinho. — Parece pior do que está.

— Sinto muito, Shan. — Abaixou a cabeça de vergonha. — Eu devia estar aqui.

— Não é culpa sua — Shannon falou antes que eu pudesse dizer algo. — Nada do que aconteceu ontem é culpa sua. Você tem direito de ter uma vida, Joey.

Joey tinha, mas isso não tornava as coisas mais fáceis para ele.

— Você conseguiu fazer Sean voltar a dormir? — perguntei baixinho.

— Finalmente — Shannon respondeu. — Tadhg e Ollie apagaram, mas o Sean... meu Deus, ele está péssimo por causa da mãe. Se acabou de chorar por horas. Acabou cansando e pegando no sono.

— Escrotos do caralho — Joey soltou, vibrando de tensão.

— Joe — sussurrei. — Não fala assim.

— Assim como? Como se fosse verdade? Porque é o que eles são: uns escrotos do caralho.

— É a sua mãe — falei, não porque não achasse que ele tinha razão. Eu apenas sabia que aquelas palavras, mesmo sendo verdadeiras, o assombrariam depois, já que aquela mulher exercia um poder sobre ele de um jeito que eu jamais entenderia.

— Ela é pior que ele — Joey disse, passando a mão pelo cabelo. — Por abandonar as crianças aqui sozinhas. Ela podia pelo menos ligar pra falar com eles, mas não, ela sempre foge e fecha os olhos pra desgraça que causou.

Sim, era *mesmo* pior que ele, mas Joey não achava isso de verdade.

Estava ansioso e assustado, se sentindo encurralado.

Estava reagindo ao trauma, usando as palavras como arma.

Como sempre.

Só que aquelas balas eram feitas de chumbo grosso, que estilhaçavam e ricocheteavam nele.

— Vamos ver o que temos aqui — ele falou, esvaziando os bolsos na mesa da cozinha. — Só recebo na semana que vem. O que nos deixa com exatamente... — Ele interrompeu para contar o dinheiro e as parcas moedas. — Oitenta e sete euros e trinta centavos pros próximos seis dias.

— É o suficiente, né?

— Acho que vai dar.

— Você sabe que eu ajudaria se pudesse — Shannon disse, culpada. — Mas ele não me deixa trabalhar.

— Pare com isso. Nem pense em pegar essa responsabilidade pra você, Shan — Joey avisou, erguendo a mão. Depois acrescentou, estremecendo: — Dá uma olhadinha na geladeira? — Ela nos mostrou que a geladeira estava totalmente desabastecida, e vi meu namorado cerrando os punhos e grunhindo. — Escrotos do caralho.

— A despensa também está vazia — Shannon falou baixinho. — Nossa mãe costuma fazer compras no sábado.

— Costuma... — Joey desdenhou com as mãos no ar, se jogando na cadeira e encarando as moedas empilhadas.

— Ela não iria embora desse jeito — Shannon disse, contraindo os lábios. — Nunca nos abandonaria assim sem nada.

— Bem, pois foi o que ela fez — Joey retrucou, nervoso e cheio de ressentimento. — Foda-se, está tudo bem. Vamos dar um jeito.

— É?

— É.

— Tá bom — a irmã respondeu, parecendo chateada e nada convencida.

— Vou dar uma ligada pro Mark de manhã — Joey falou. — Ele tem uns trampos agendados na cidade na semana que vem. Vou perguntar se ele precisa de alguém pra ajudar.

— Sem chance — eu disse. — Você não pode perder aula. O leaving cert está chegando.

Mark era cliente do meu pai na oficina. Toda vez que ele aparecia, tentava convencer Joey a trabalhar para ele na construção civil. Meu pai ficava louco.

— Não — ele respondeu com um tom duro e firme. — Não posso deixar as crianças passando fome. E só Deus sabe quando aquela vadia vai voltar.

— Joe, eu posso ajudar com...

— Não vou aceitar o seu dinheiro, Aoife — esbravejou, mortalmente ofendido só de pensar na possibilidade. — Então não insista, por favor.

— Joey. — Balancei a cabeça, perdida. — Eu *quero* te ajudar.

— E eu te amo por isso, mas não vou aceitar esmola da minha namorada.

A cara que ele fez me garantiu que aquele assunto estava encerrado.

— Você sabe onde ela está? — perguntei. — Sua mãe?

— Acho que ela deve ter ido procurar ele — Shannon respondeu, toda indefesa e confusa.

— Ok, não me matem por sugerir isso — falei, escolhendo as palavras com cuidado, ciente de que estava cutucando a onça com vara curta. — Mas vocês não deviam considerar ligar pras autoridades?

Joey olhou feio para mim.

Shannon ficou horrorizada.

— Não podem continuar fazendo isso com vocês — tentei argumentar, me sentindo enjoada e detestando o olhar traído que eles me lançaram. — Vocês estão tendo que cuidar de três crianças pequenas sozinhos. — Balancei a cabeça. — Não é certo nem justo com vocês.

— Não, não é, mas a gente já passou por isso antes e de jeito nenhum vamos voltar pra aquilo de novo — Joey falou, me deixando perplexa.

Aquilo o quê?

Voltar para onde?

— Joey! — Shannon sibilou, chocada por ele falar tão abertamente comigo.

— Olha só pra gente, Shan — ele falou baixinho. — Ela já está vendo que estamos ferrados!

— Como assim? — perguntei, oferecendo ao meu namorado minha atenção total. — Voltar pra onde? O que está me dizendo, Joe?

— Quando a gente era pequeno, antes dos meninos nascerem, éramos só Darren, Shannon e eu... e nós três fomos parar no sistema de adoção durante seis meses — confessou, me deixando perplexa.

— Ah, meu Deus. — Meu coração se apertou. — Você nunca me contou isso.

— É, bem, não é algo que saio por aí falando. Além disso, eu só tinha seis anos — Joey murmurou, passando a mão pelo cabelo. — Shan tinha três. Minha mãe nos entregou pra um abrigo dizendo que estava *cansada* demais pra cuidar da gente. — Seu tom escorria desdém. — Ela nos abandonou lá e se mandou. Shannon e eu tivemos sorte e fomos mandados pra uma família legal. Darren tinha onze anos na época e não teve tanta sorte.

— Joe, por favor, pare — sua irmã disse, implorando para que ele me mantivesse fora daquele mundo.

— Ele foi mandado pra uma casa onde coisas ruins aconteceram — Joey continuou, me oferecendo a verdade. — Coisas que não devem acontecer com crianças.

— Está me dizendo que ele foi...

Joey fez que sim.

Cobri a boca com a mão instintivamente ao ouvir algo tão incompreensível.

— Ah...

— Não diz nada — pediu, erguendo a mão trêmula. — Não aconteceu comigo.

— Eu sei — falei, pegando a sua mão. — Eu só... que coisa mais horrível.

— Enfim, quando a saúde da nossa mãe melhorou, ela procurou as autoridades e conseguiu nos pegar de volta — explicou, dispensando a minha empatia. — Tudo o que aconteceu com meu irmão naquela casa veio à tona no tribunal, e como minha mãe tinha nos entregado de maneira voluntária, alegando problemas de saúde, conseguiu a nossa guarda de volta.

— Ah, meu Deus.

Joey deu de ombros.

— Darren nunca mais foi o mesmo, nem o nosso pai. — Com a testa franzida, coçou o queixo e acrescentou: — Na verdade, ele não era tão ruim antes disso. Mas, depois de saber o que aconteceu com o Darren, o velho perdeu a cabeça. Não conseguiu superar e começou a beber muito mais que antes. Ficou com essa ideia ridícula de que aquilo transformou o Darren de alguma forma. — Joey sacudiu a cabeça. — Se tivesse prestado um pingo de atenção na gente, ele saberia que isso não tinha nada a ver.

Chocada.

Fiquei completamente chocada.

Tudo fazia sentido agora.

Meu Deus.

— Não sei o que dizer — admiti.

— O que acontece nessa casa não está certo — ele disse, limpando a garganta e tamborilando os dedos na mesa. — Mas é melhor do que alguns desses lares temporários. De jeito nenhum vou deixar meus irmãos irem pra uma casa dessas. Sem chance. Pelo menos estão juntos aqui e eu posso manter todos seguros.

Então aquele medo irracional de que as autoridades descobrissem a verdade não era nem um pouco infundado.

Na cabeça dele, era totalmente justificado.

Na cabeça de todos eles.

Porque aquelas crianças tinham sido abandonadas tanto pelo Estado quanto pelos pais das piores formas possíveis.

— Vocês não têm pra quem ligar? — perguntei. — Nenhum parente?

— A vovó tem oitenta e um anos — Shannon disse. — Está velhinha e frágil demais pra...

— Eu e a Shannon temos um ao outro — Joey a interrompeu. — É isso.

— Não mais — falei, apertando a mão dele. — Você tem a mim. — Olhei para a sua irmã e sorri com tristeza. — Todos vocês.

Ficaram em silêncio por um longo tempo antes de Joey pegar minha mão.

— Meu Deus — ele murmurou, beijando os meus dedos. — Te amo.

Aquela era a primeira vez que ele se declarava na frente de outra pessoa, e senti a seriedade das suas palavras no fundo do meu coração.

— Certo. — Me levantei antes que eu acabasse me jogando no chão e chorando de tristeza por eles. Juntei as mãos e sorri alegremente. — Estou *morrendo* de fome, e sei que vocês também devem estar. Então vou buscar comida na lanchonete e vai ser tudo por minha conta.

— Aoife — Joey começou a protestar. — Eu já te falei...

— É por *minha* conta — avisei, interrompendo-o e olhando-o severamente. Ele poderia discutir comigo por qualquer outra coisa, mas não por aquilo. — E aí, você vem comigo?

— Eu vou — murmurou, se colocando de pé. — Você não vai sair dirigindo por aí no meio da noite sozinha.

— Bem, pelo menos você voltou a comer — Joey observou meia hora mais tarde, sentado comigo em uma cabine na lanchonete, engolindo um pacote tamanho monstro de batatinhas. — Você me deixou um pouco preocupado.

— Joe, levando em consideração as merdas que estão acontecendo na sua vida nesse momento, o meu apetite é a menor das suas preocupações, acredite em mim — falei, molhando uma batatinha na maionese antes de enfiá-la na boca.

— Kev tem razão — ele disse, me observando curiosamente. — Esse seu amor recém-descoberto por maionese é bem bizarro, gata.

Com as bochechas coradas, desviei os olhos dele, sem querer e sem conseguir me aprofundar sobre as origens das minhas novas laricas.

Aquilo era uma conversa para outro dia.

Um dia que a vida do seu namorado não estivesse se desintegrando.

— Vamos voltar? — perguntei, mudando de assunto. — Pras crianças?

Joey deu de ombros.

— Acho que sim.

— O que foi? — perguntei, encarando-o com cautela quando ficou me olhando, sem fazer menção de se levantar. — Tem alguma coisa na minha cara?

Ele balançou a cabeça devagar.

— Só estou pensando.

Ah, merda.

— No quê?

— Em como você está diferente.

Ah, merda ao quadrado.

— Diferente como?

— Não sei direito — disse, inclinando a cabeça para o lado e me estudando com olhos afiados. — Mas você está diferente.

— É algo ruim? — Dei uma risada nervosa.

— Nada na sua aparência é ruim, Molloy — ele respondeu em um tom pensativo. — Você só está meio que brilhando.

Engoli em seco.

— Brilhando?

— É. Você está reluzindo.

Deve ser por causa do seu bebê.

— Deve ser a minha auréola — brinquei, me levantando às pressas e pegando o lixo na mesa. Fui até a lixeira, despejei tudo lá dentro e esfreguei as mãos. — Ela brilha mais que a sua, lembra?

— Você está linda — ele me garantiu, me puxando para apertar a minha bunda antes de nos conduzir para a porta. — Muito sexy.

— Joe. — Eu não conseguiria reprimir aquele arrepio fora de hora que me percorreu nem se tentasse. — Não faz isso.

— Isso o quê? — ele ronronou, me empurrando contra a parede quando estávamos na rua. — Não devo falar pra minha namorada que eu acho ela gostosa pra caralho? — Joey me prensou os quadris, segurou meu rosto entre as mãos e me beijou com vontade. — Você me deixa louco — ele grunhiu nos meus lábios. — Estou caidinho por você, rainha.

— E eu por você, garanhão — falei, abrindo mão de todo o meu poder enquanto envolvia os braços no seu pescoço e o puxava para perto.

— O que acha de ficar pelada essa noite? — ele perguntou contra os meus lábios.

— Joe, eu... — Soltei um suspiro trêmulo. — Eu...

— Seja o que for, não me importo — ele me interrompeu. — Eu preciso muito de você, Molloy.

— Eu não sei quem você é! — Uma voz falou. Viramos a cabeça ao mesmo tempo e nos deparamos com um garoto absurdamente gigante jogado contra a fachada de vidro da lanchonete falando *no* telefone enquanto engolia uma quantidade bizarra de hambúrgueres. — Não conheço nenhum Rei Clitóris!

— Puta merda, é ele — Joey disse, dando um passo para trás.

— Quem?

— Aquele cara que a Shannon está de olho.

— Aquele que deu uma surra no namorado da Ciara Maloney?

— Esse mesmo.

— Bem, mandou bem, Shannon — falei, observando aquele garoto ridiculamente atraente fazendo uma tentativa ridiculamente *nada atraente* de engolir um hambúrguer em duas mordidas. — Ele é meio que gatinho, não?

Joey bufou de desdém.

— Não se preocupe — brinquei, dando um tapinha no seu peito. — Esses bombadões não fazem o meu tipo.

— Não?

— Não. — Sorri para ele e acrescentei: — Prefiro um tipo mais magro, cuzão e drogado.

Ele deu um sorriso malicioso.

— Engraçadinha.

— Vamos lá dar oi.

— O quê? — Joey ficou me olhando como se eu tivesse três cabeças. *— Por quê?*

— Porque ele pode ser seu futuro cunhado.

Ele franziu as sobrancelhas.

— Até parece.

— Vem cá — falei, dando risada e pegando a sua mão. — Mas seja legal, hein? Nem pense em dar uma de machão.

— Ela pode arranjar alguém melhor.

— Ela pode arranjar alguém bem pior. Vai lá, Joe. Vai lá falar oi.

Ele ficou me encarando boquiaberto.

— Por que eu?

Dei de ombros.

— Porque ela é sua irmã, não minha.

— E daí?

— Cala a boca e vai logo!

— Por que é que estou sempre recebendo ordens das mulheres da minha vida? — Joey murmurou, andando atrás de mim. — Johnny Kavanagh?

— Sem fotos hoje, pessoal — ele respondeu com os ombros caídos. — Johnny está de folga.

Joey me olhou com uma cara de quem dizia "Que babaca".

Acenei a cabeça encorajadoramente.

— Falei com você no telefone na outra semana — Joey disse, me lançando um olhar afiado. — Você conhece a minha irmã, Shannon. Você levou ela pra casa depois do colégio.

A atenção do garoto foi capturada quando ele ouviu o nome de Shannon, e fiquei vendo a névoa se dissipar dos seus olhos azuis.

— Ah, você é o hurler. — Johnny endireitou os ombros largos. — Joey! — Ele abriu um sorrisinho orgulhoso e acrescentou: — Joey, o hurler, e Shannon como o rio.

Joey me olhou com uma cara de "Que porra é essa?".

Segurei a risada.

— Como o rio? Nossa, quanto você bebeu?

— Um rio inteiro, ao que parece — Joey disse secamente, cutucando meu ombro com o dele. — Você sabe que devia ir pra casa, né? Já está bem calibrado.

— Se eu pudesse já tinha ido — Johnny grunhiu, perdido. — Não tem táxi.

Abri a boca para falar quando Joey balançou a cabeça, me comunicando "Não faça isso".

— A gente pode te dar uma carona, né, *lindo*? — falei mesmo assim, achando graça da cara de "Vai se foder" que ele fez. — Nosso carro está logo ali.

— Seria ótimo — Johnny respondeu com a voz arrastada, e vi alívio em seus olhos. — Obrigado.

— Ah, sim, claro — Joey falou sem emoção. — *Sem problemas.*

Dei risada.

Joey olhou feio para mim.

Sorri para ele.

Isso vai ser divertido.

— Sou Aoife Molloy, aliás — falei, rindo daquele garoto gigante tentando caminhar em linha reta e falhando miseravelmente. Dei a volta no carro, abri a porta e acrescentei antes de entrar: — A namorada do Joey, o hurler.

— Prazer te conhecer — Johnny disse, demonstrando uma polidez impecável apesar de não conseguir nem se manter de pé direito.

— Só tem duas portas — Joey falou, gesticulando para que nosso passageiro passasse por cima do assento do carona para entrar no banco de trás. — Você vai ter que se espremer pra entrar.

— Beleza, cara — Johnny respondeu educadamente.

Então fiquei observando o maior garoto que eu já tinha visto na vida tentando se enfiar no banco de trás do meu pobre opel corsa. Joey revirou os olhos e o empurrou de uma vez com um grunhido impaciente, murmurando:

— Pelo amor de Deus.

— Minha nossa — Johnny soltou ao se acomodar, ocupando todo o espaço só com seus ombros.

Joey se sentou no banco do motorista e colocou o banco todo para trás, fazendo o grandão soltar um suspiro.

— Tudo certo aí, Kavanagh?

— Tudo tranquilo — Johnny disse, claramente esmagado. — Obrigado de novo pela carona.

— Sem problemas. — Joey se inclinou e sussurrou "Você está morta" para mim antes de me dar um selinho. — Pra onde a gente vai?

— Uns seis quilômetros pra frente do Tommen — Johnny falou arrastado. — Numa saída da estrada principal pra Cork City. Eu aviso qual é quando a gente chegar lá.

Joey tinha acabado de entrar na rua quando teve que frear bruscamente, pois um loiro grandalhão se jogou no capô do meu carro.

— Que porra é essa? — rugimos em uníssono, olhando perplexos para o maluco abraçando meu carro como se fosse um super-herói.

— Desencosta do meu carro, seu babaca! — Joey berrou, abaixando a janela.

— Você está roubando o meu centro! Devolve ele aí! — o garoto gritou, se aproximando do carro para enfiar a cabeça na janela do motorista. — E aí, cap? — ele disse, sorrindo para Johnny. — Como estão as coisas? Eu procurei você em tudo quanto é lugar.

Joey e eu nos olhamos e reconhecemos instantaneamente aquele lunático como ninguém mais, ninguém menos que Gibsie Gibberson da festa do Tommen, ou qualquer que fosse seu nome.

— Esse palhaço, quem é? — meu namorado perguntou, sabendo muito bem quem era. Ele me olhou como quem dizia "Entra na minha".

— É o meu asa — Johnny respondeu com um grunhido, recostado no assento. Depois, sibilou: — Gibs, que porra é essa, cara? Você devia ter ido embora com o Hughie.

Joey e eu nos entreolhamos de novo, e eu soube que ele pensou a mesma coisa que eu quando sussurramos "Champanhe" na mesma hora.

Ah, merda.

— Ele foi parado na blitz da Gardaí, e pediram os documentos do carro — Gibsie disse, claramente bêbado, oscilando sobre os pés.

— E daí? — Johnny perguntou. — Hughie está com tudo em dia.

— O cara olhou pra mim, Johnny! Enfiou aquela lanterna bem na minha cara — Gibsie falou com a voz arrastada e os olhos arregalados. — Entrei em pânico e caí fora do carro. Fiquei andando pela cidade depois disso. Tentei te ligar mas você não atendia.

— Você é o *Rei Clitóris*?

— Ah, é. Eu tinha esquecido disso.

— Quem é o Hughie?

— Pentelhos Ruivos.

— Ele é loiro.

— A namorada dele não.

— Meu Deus, Gibs.

— O que você quer que eu faça com ele? — Joey perguntou, parecendo entediado, enquanto eu me divertia com a discussão.

— Acho melhor ele ir comigo lá pra casa — Johnny murmurou, esfregando o maxilar. — Ou pra um hospício.

— Está vendo no que você enfiou a gente? — Joey falou baixinho para mim antes de abrir a porta e se levantar para puxar o banco para frente.

Sem nem um pingo da consideração que seu amigo demonstrou pelos amortecedores do meu carro, Gibsie se jogou no banco de trás, esparramando-se no colo do amigo.

— Caralho!

— Puta merda, cara, eu acertei seu pau? Eu pego uma bolsa de gelo pro seu saco quando a gente chegar.

— Sai. De. Cima.

— Minha nossa, fazia meses que eu não me enfiava num lugar tão apertado.

— Espero não encontrar mais nenhum de vocês pelo caminho — Joey murmurou, se acomodando no assento e dando partida. — O carro está pesado aí atrás.

— Desculpa aí — Johnny respondeu, claramente constrangido.

— A culpa é dele, esse gordo — Gibsie falou. Depois voltou a atenção para o amigo e disse: — Ei, está tudo certo aí com o seu pau, cara? Foi mal. Tomara que eu não tenha esmagado as suas bolas.

— Vai se foder, Gerard.

— Eu estava preocupado de verdade, Jonathan. Só por causa disso, você vai ter que fazer sua própria bolsa de gelo hoje... espera aí! Seu traidor! Você foi na lanchonete!

— É, fui mesmo. Estava bom pra caralho, então não estou nada arrependido.

— O que você comeu?

— Uns cheeseburgers e fritas com curry.

— E como estava?

— Melhor que sexo.

Joey bufou e murmurou:

— Ele claramente não entende nada de sexo se trocaria uma buceta por um hambúrguer.

— Seja legal — eu o repreendi, batendo no seu ombro.

— Eu não te trocaria nem por todos os hambúrgueres da Irlanda.

Sorri.

— Continue me bajulando assim e você vai chegar longe.

Joey deu uma piscadinha e se concentrou na direção.

— A gente devia estar de dieta — Gibsie reclamou, trazendo minha atenção de volta para a discussão deles. — Comprou alguma coisa pra mim?

— Ah, sim, um lanche.

— Valeu, Johnny.

— Só que aí fiquei com fome e comi.

— Você é um monstro.

— Vocês dois são muito esquisitos — falei, dando risada e balançando a cabeça, me virando para o meu namorado. — Eles não são engraçados, Joey?

— Ah, sim, são uma coisa de louco — ele murmurou, sacudindo a cabeça e deixando bem claro que não estava nada impressionado com o futuro cunhado.

— Ei. — Gibsie se inclinou para frente e ficou olhando para nós, chocado. — Quem são vocês, caralho? — ele perguntou, apesar da sua expressão me garantir que ele sabia *exatamente* quem a gente era. — *Não digam uma palavra sobre a maconha* — ele sussurrou, me implorando com os olhos para que eu ficasse quieto. — *Ele é o capitão que eu estava tentando chapar. Ele vai me matar!*

— Johnny é amigo da irmã do meu namorado — eu disse, lhe oferecendo um salva-vidas.

— Irmã? — Gibsie franziu a testa, confuso. — Que irmã?

— Shannon — Johnny interveio.

Os olhos de Gibsie se arregalaram.

— Shannon? — Ele ficou encarando a nuca de Joey boquiaberto e sussurrou: — *Ah, meu Deus, ela é irmã* dele*? O cap é obcecado por ela!*

Dei risada e assenti.

— É, *Shannon* — Johnny disse.

— *Puta merda* — Gibsie cochichou antes de se voltar para o amigo.

Então eles começaram uma conversa de duplo sentido flagrantemente óbvia, em que as únicas pessoas que estavam enganando eram eles mesmos.

— Ah, sim. — Me inclinei e sussurrei no ouvido de Joey: — Esse gorila definitivamente está querendo comer a sua irmãzinha.

— Meu Deus, você quer que eu bata o carro? — Joey falou, estremecendo. — Que coisa mais horrível de se dizer, gata!

— Mas é verdade. Talvez eles até já tenham consumado o ato.

— Molloy.

— Ela é tão pequenininha e ele é tão grandão...

— Aoife!

37

Minha irmã precisa de uma amiga

JOEY

Fui manipulado e acabei tendo que desviar quilômetros do meu caminho acreditando que eu poderia me dar bem depois. Passei por um impressionante portão de ferro fundido de três metros de altura e segui por uma rua privativa de um quilômetro e meio que dava numa casa digna de filme.

Sério, em qualquer outra circunstância, eu seria fuzilado por invadir uma propriedade como aquela. Na verdade, eu meio que estava esperando que um guarda saltasse dos arbustos com uma espingarda em riste. Tive que disfarçar o assombro quando estacionei na frente do que eu só poderia descrever como uma mansão imponente.

Era ali que o Kavanagh *morava*?

Olhei para a Molloy, que olhava para a casa boquiaberta, assim como eu.

— E eu pensando que a casa do amigo dele era um palácio — ela murmurou com o rosto colado na janela. — Puta merda, Joe.

— Pois é.

Aquelas pessoas possuíam hectares de terra.

Espalhados por todo lugar.

Meu Deus.

Depois de ajudar Kav a deixar seu acompanhante no sofá de uma sala de estar que mais parecia um salão de baile antes de ser reformado, fiquei parado na porta. Eu não conseguia ir embora sem falar do elefante branco entre nós.

— Escuta só. — Esfreguei a nuca e me virei para ele. — Sobre a Shannon...

Kav ficou rígido, de pé na entrada daquela casa impressionante, e inclinou o queixo para que eu continuasse.

— O que tem a Shannon?

Ele não recuou nem se intimidou.

Em vez disso, só se preparou para o que eu tinha a dizer.

— Ela é frágil — falei de uma vez. — Vulnerável.

— É. Eu, hã, percebi isso.

— O que estou tentando dizer é que agradeço por você estar cuidando da minha irmã. Ela passou por momentos difíceis, e o Tommen parece um bom lugar pra ela.

Ele assentiu de leve.

— É, sim.

Impressionado a contragosto, lancei um olhar severo para ele e fiquei encarando-o para ver se ele vacilaria. Seus olhos azuis me encararam de volta com firmeza, sem ceder um centímetro.

Bem, que merda.

Aquele filho da puta estava determinado.

Sem querer me intrometer no que quer que minha irmã tivesse com o cara, mas precisando que ele soubesse que eu não ia deixar que ele brincasse com ela, eu disse:

— Quero dizer, espero que você continue de olho nela na escola, sabe, pra não deixar ninguém encher o saco ou coisa do tipo.

Ele acenou a cabeça uma vez.

— Ah, sim, claro. Sem problemas.

— Ela parece estar se encontrando lá no Tommen, e me diz que é bem tratada por lá, mas eu estou na ECB, então não sei se está tudo bem mesmo. — Balancei a cabeça e suspirei. — E ela só costuma falar o que está acontecendo quando é tarde demais.

— Tarde demais?

— Coisas de garotas folgadas. — Eu detestava a sensação de estar me expondo para o cara, mas eu não tinha outras cartas para jogar. Era ele que frequentava a escola com a minha irmã. Era ele que podia fazer o que eu não conseguia. Era ele que estava lidando com o bullying que faziam com ela. Ele que estava com a vantagem. — Minha irmã tem um alvo colado nas costas desde quando ainda estava nas fraldas.

— Que merda.

Uma emoção pura e desenfreada brilhou em seus olhos e em sua voz, me mostrando que ele não era bem o robô que havia sido programado para ser.

— As crianças são cruéis — comentei, dando-lhe a oportunidade perfeita de me contar sobre a briga do Biddies.

— Isso é verdade — foi tudo o que ele disse.

Ele não ficou se gabando.

Não entrou numa competição para ver quem tinha o pau maior.

Não deu nenhuma explicação.

Só me ofereceu seu silêncio.

Puta merda.

— Você vai me contar ou não?

Silêncio.

— O namorado da Ciara Maloney — falei, contorcendo os lábios quando ele nem se mexeu. — Um cara do Tommen deu uma surra nele ontem na cidade.

— Ah, é? — Ele deu de ombros casualmente. — Sério mesmo?

Dei um sorrisinho.

— Sério mesmo.

— Bom, espero que tenham feito um puta estrago, então — ele finalmente disse, cruzando os braços. — Ouvi dizer que namorada dele é uma escrota.

— Disseram que ele ficou mal — falei em um tom ameno. — Nariz quebrado. Precisou levar pontos.

— Que pena — Kav comentou com desdém. Não havia um pingo de empatia ou arrependimento em seus olhos.

— Enfim, eu só queria que você soubesse que agradeço por ter alguém olhando a minha irmã. Já que eu não posso.

— Sem problemas.

— Uma amizade — acrescentei devagar, observando sua reação. — Minha irmã precisa de um *amigo*, Kavanagh. O que ela não precisa é criar expectativas por causa de um cara que no verão não vai nem estar mais aqui.

Ela também não precisava de um coração partido.

— Não vou machucar ela, Joey.

A sinceridade na sua voz e a vulnerabilidade no seu olhar me garantiram que não era apenas o coração da minha irmã que estava em jogo ali, mas o dele também.

Pelo visto, o pobre coitado tinha se apegado.

Pela minha irmã, entre todas as pessoas.

Vai entender.

— Acho que você está certa sobre eles — falei ao me acomodar de volta no banco do motorista.

— Eu geralmente estou — Molloy comentou, vasculhando a pilha de CDS nas suas mãos. — Mas é bom ouvir você admitindo isso.

— Então, o filho da puta grandão... — Coloquei o cinto, dei a partida e me virei para ela. — Pois é, tenho quase certeza que ele está comendo a minha irmã.

— Jura? — Ela jogou a cabeça para trás e deu risada. — Arrasou, Shannon.

— Ela tem quinze anos.

— Ah, por favor. — Ela revirou os olhos para mim. — Como se você pudesse falar alguma coisa.

— Exatamente — eu disse, descendo a ruazinha arborizada em direção à estrada. — Todo mundo sabe que os meus quinze anos foram caóticos. Shannon deveria aprender com os meus erros, não seguir os meus passos.

— Ela vai fazer dezesseis amanhã — ela me lembrou.

— Pior ainda — grunhi. — Meus dezesseis foram uma catástrofe.

— Ei! — Molloy cruzou os braços e bufou. — Fiquei ofendida.

— Por quê?

— Porque eu já estava na sua vida nesses dois anos.

— Ah, mas eu só fiquei pelado com *você* quando tinha dezessete — falei, dando uma piscadinha. — Meus dezessete anos foram muito mais produtivos.

— Pois é, você só ficou pelado comigo quando tinha dezessete — ela disse com um tom ácido — porque, se me lembro corretamente, você estava ocupado demais enfiando seu pau na maioria das garotas de Ballylaggin e pelo menos cinquenta por cento do nosso círculo de amizade na escola.

— Engraçadinha. Porque, se *eu* me lembro corretamente, *você* estava em um relacionamento que durou quatro anos com um dos meus colegas de time.

— Três anos e meio — ela me corrigiu com um grunhido. — E aquilo foi totalmente diferente.

— Diferente como?

— Eu *nunca* dormi com Paul. *Só* com *você*.

— É, e eu nunca *amei* nenhuma das garotas com quem dormi, porque *só* amei *você*.

— Então quer dizer que eu fico com o seu coração, sendo que você fica com o meu coração *e* a minha virgindade?

— Parece que é.

— Não é justo.

— Que dureza, hein?

— Joey!

— O que você quer que eu diga? — perguntei, exasperado. — Não posso voltar no tempo e *desenfiar* meu pau na primeira garota com quem eu dormi, Molloy.

— Que tal as primeiras cinquenta?

— Agora você está sendo ridícula — murmurei, passando a mão pelo cabelo. — Eu não fiquei com *cinquenta* garotas. Eu nem *conheço* cinquenta garotas, pra começo de conversa.

— Bem, posso nomear pelo menos dez garotas da escola que te *conhecem* de um jeito bem íntimo — ela falou sem hesitar. — E essas são só garotas da ECB, Joe.

Ela finalmente escolheu um disco, um de seus CDs antigos, rotulado como "JL 4 AM 1999" em tinta preta, e o colocou no aparelho de som.

Alguns segundos depois, "Joey", do Concrete Blonde, ressoou dos alto-falantes.

— Desligue — pedi. — Sério.

— Não, eu gosto dessa, e não mude de assunto. Estávamos falando que você comeu metade das garotas da escola.

— Como foi que transformamos a conversa sobre a vida sexual do Johnny Kavanagh em uma briga sobre a nossa vida sexual passada?

— A *sua* vida sexual passada, Joe — ela me corrigiu, nervosa. — A minha vida sexual todinha, ou seja, passada, presente e futura começa e termina com você.

— E a minha vida sexual presente e futura começa e termina com você.

— Mas não a sua vida passada.

— Não sei o que te dizer, Molloy.

— Que tal a verdade?

— A verdade é que as suas oscilações de humor estão fora de controle — retruquei com a mandíbula cerrada. — Meu Deus do céu, qual o seu *problema*?

— Foi a Danielle Long, né? — ela insistiu, ignorando minha conclusão bastante precisa. — Eu sei que você dormiu com ela. *Várias* vezes. Foi ela que tirou sua virgindade, né?

— Por que é que a gente está falando disso?

— Porque eu quero saber.

— Por que isso importa? — esbravejei, sabendo muito bem que o que quer que eu dissesse poderia e seria usado contra mim no tribunal da Aoife Molloy. Aquela era uma conversa perigosa pra caralho, uma conversa que eu tinha habilmente conseguido evitar até então, e que nem em um milhão de anos eu sairia vencedor. — O passado é passado por um motivo.

— Pois é, estou sabendo.

— Então *esquece* isso.

— Certo. Está bem.

— Então beleza.

— Beleza.

— Que bom — falei, assentindo. — Que bom que concordamos.

Ela deu de ombros.

— Você continua sendo um grande canalha, mas que seja.

— Sério, Aoife? — Totalmente sem paciência, tirei os olhos do para-brisa e me concentrei nela. — Você quer brigar comigo por uma coisa que eu não posso mudar?

— Não — ela respondeu irritada, com o nariz empinado. — Só estou afirmando fatos.

— Você está absolutamente certa, eu tenho um passado — concordei, puto. — Um passado que não te inclui. Um passado em que sim, transei com outras garotas. Em que tomei decisões bastante questionáveis. Não sou um anjo, porra. Nunca fingi ser.

— Mas foi ela? — ela perguntou mordendo o lábio enquanto nos aproximávamos do Elk's Terrace. — A Danielle? A sua primeira vez?

Eu não queria responder essa pergunta.

— Me conta, Joe.

— Nada de bom vai sair dessa conversa.

— Por favor.

— Sim, ela foi a minha primeira vez — admiti relutantemente, entrando na minha rua e parando na frente de casa. — Eu era jovem e burro e estava desesperado por um pouco de afeto. — Desliguei o motor e me virei para ela. — Não significou nada e eu mal me lembro como foi.

— Então ela ficou com você primeiro.

— Aoife. — Soltei um suspiro cansado. — Não posso mudar meu passado.

— Quem mais? — ela perguntou. — Quantas garotas?

— Não. — Balancei a cabeça. — Não vou fazer isso.

— Por quê?

— Porque não quero — falei, perdendo a calma. — Porque não me lembro. Caso você tenha se esquecido, passei a maior parte da escola secundária fora de mim. Então não posso te dar um número, Molloy, e não posso te dar nomes, porque não me lembro, porra. — Soltei o ar com força antes de acrescentar: — Me desculpa, está bem? Sei que deve ser horrível ouvir isso, porque, se fosse o contrário e você estivesse me dizendo essas coisas, eu ficaria *arrasado*. — Balancei a cabeça, perdido. — Mas é a verdade.

— Você tem razão, Joe. — Ela se encolheu, soltou um suspiro trêmulo e segurou a barriga, parecendo enjoada. — Nada de bom pode sair dessa conversa.

— Sempre foi só você — falei, mesmo sabendo que nada poderia consertar aquela noite. — Desde que ficamos juntos, desde o dia que você colou os lábios nos meus... foi *só* você, Aoife.

— É, mas você também estava fora de si na maior parte do nosso relacionamento. — Vi uma lágrima escorrendo pelo seu rosto. — E, se você não se lembra das garotas com quem esteve antes de mim, como pode ter tanta certeza...

— Porque eu tenho. Eu sei. — Estiquei o braço e peguei sua mão. Me encolhi quando senti o tremor que a dominava. — Porque eu tenho certeza sobre você.

— E eu tenho certeza sobre você — ela disse. — Mas passei a maior parte da vida vendo minha mãe perdoar os inúmeros casos do meu pai. — Ela balançou a cabeça e acrescentou: — *Não* vou ser esse tipo de pessoa. Não vou me transformar nela. É o meu limite.

— E você acha que eu faria isso com você? — perguntei. — Você acha que eu colocaria em risco o nosso futuro por uma transa qualquer?

— Não — ela admitiu de um jeito triste. — É só que...

— Me ouça. — Me inclinei para perto, coloquei uma mecha de cabelo atrás da sua orelha e disse: — Não sou o Tony, e você não é a Trish, entendeu? Eu nunca faria isso com você — prometi, pousando a mão no seu rosto e resistindo à vontade de arrancar para fora dela aquela repentina onda de medo e carência. — Entendeu? Eu *nunca* vou te trair.

Ela ergueu o braço e cobriu minha mão com a sua, enquanto seus olhos verdes se cravavam nos meus, buscando a segurança que nunca tinha precisado de mim antes.

— Porque... está vendo esse rosto? — Me aproximei e recostei a sobrancelha na dela, roçando o nariz no seu. — Esse rostinho aqui é o único que eu vejo desde que eu tinha doze anos. Porque não importa o quanto eu tenha me perdido ao longo dos anos, não importa quão distante eu tenha estado da realidade, nunca perdi esse rosto de vista.

Ela estremeceu, suspirou e segurou meu rosto entre as mãos.

— Sério?

— Sério — confirmei, assentindo de leve. — Você é a única garota pra mim.

— Futuro — ela sussurrou hesitantemente, e então seus lábios estavam nos meus. — Você disse futuro, Joe.

— Não — murmurei na sua boca. — Eu disse o *nosso* futuro.

Ela recuou para me olhar.

— Você quer isso?

Encarei-a com atenção.

— Você não?

— Comigo?

— Com quem mais, Molloy?

Ela pareceu genuinamente chocada.

— Mas você *nunca* fala do futuro.

Dei de ombros.

— Eu não achava que tinha um futuro.

— E agora você acha?

— Você parece surpresa.

— Porque estou. — Seus olhos vasculharam os meus e ela continuou segurando meu rosto entre as mãos. — Você quer um futuro comigo, Joe?

— Eu só sei que não quero um futuro sem você, Molloy — respondi, esfregando os lábios nos dela. — Isso dá uma reduzida nas minhas opções, né?

— Meio que sim — ela falou, fazendo carinho na minha bochecha. — E aí, tem alguma ideia de como esse futuro vai ser?

— Bem, não vai ter nenhuma mansão no subúrbio.

— Não ligo pra isso — ela sussurrou, com ansiedade no olhar. — Me conta, Joe.

— Acho que começa com a gente terminando a escola — eu disse, dando de ombros. — Você entrando no curso de cabelereiro no St. Johns e eu trabalhando com o seu pai na oficina.

— Uhum. — Seus olhos cintilaram de empolgação. — Continue.

Talvez aquela noite tivesse salvação, no fim das contas.

— A gente economizando pra pagar um apartamento — falei, achando graça da sua alegria repentina e entrando na onda para deixá-la feliz. — Que no fim vou acabar pagando sozinho, porque você vai torrar cada centavo que ganhar em roupas e maquiagem... ou seja, nenhuma novidade.

— Sério? — ela perguntou com a voz esganiçada, esquecendo completamente o mau humor e se remexendo no banco do carona. — Você vê a gente morando juntos?

— Mas não espere muita coisa — avisei. — Com o meu salário de aprendiz, vai ter que ser um apartamentozinho de um quarto só no final do Elk's Terrace, cheio de vazamentos e infestações de ratos.

— Shhh. — Ela abanou a mão como se esses detalhes não importassem. — É pra isso que servem encanadores e ratoeiras. — Ela sorriu para mim. — O que mais você vê no nosso futuro?

— Além de muito sexo selvagem no nosso apartamentozinho de merda?

— Além do sexo selvagem *regular* — ela concordou. — Em todas as superfícies que encontrarmos.

— Que não vão ser muitas, porque o lugar vai ser minúsculo.

— E cheio de ratos.

— E vazamentos.

— Que insuportável. — Ela sorriu de novo. — Continue.

— Depois de um tempo, a gente vai conseguir se mudar pra um apartamento de dois quartos.

— Dois quartos?

— É. — Dei risada. — Pros meus irmãos poderem se esconder lá de vez em quando. Senão eles vão acabar emocionalmente traumatizados com todo o sexo selvagem que a gente vai fazer.

— Certo. — Ela também riu. — Então a gente vai acabar adotando seus irmãos, né?

— O que é que eu posso dizer? — Sorri. — O negócio aqui é compre um, leve quatro.

— Talvez seja mais fácil a gente despejar seus pais pra sempre e ficar com a casa — ela brincou. — A gente economizaria uma fortuna no aluguel.

— Não me tente — grunhi, abrindo um sorriso relutante. — Bem, agora que concluímos que um futuro comigo consiste em morar em um apartamentozinho em Ballylaggin e nos transformarmos em pais aos dezoito anos...

Ela arregalou os olhos.

— Pais?

— É. — Assenti. — Compre um, leve quatro, lembra?

— Seus irmãos.

— Quem mais?

— Certo. — Ela deu risada. — Boa.

— E aí, você tem medo de alguma coisa? — perguntei, colocando uma mecha de cabelo atrás da sua orelha. — Quer fazer algum ajuste no nosso plano de futuro ou estamos decididos?

— Nenhum medo — ela respondeu, enterrando o rosto no meu pescoço e me abraçando com força. — Só quero um futuro com você.

38

Fique aqui comigo

AOIFE

Joey disse todas as coisas certas e fez todos os movimentos certos e de repente me vi, mais uma vez, presa ao seu colchão, com seu grande corpo em cima do meu.

Com nossas roupas jogadas no chão do quarto dele e nossos lábios colados em um frenesi enlouquecido, ele se mexeu entre as minhas coxas, se enterrando dentro de mim, me preenchendo até eu sentir dor e destruindo qualquer esperança que eu tinha de sobreviver a uma vida sem ele.

Sua família estava se desintegrando e, em vez de apoiá-lo, era ele que estava *me* apoiando.

Sentindo que eu estava mesmo perdendo a cabeça nos desequilíbrios hormonais, me agarrei aos seus ombros, cravando as pontas dos dedos em sua pele, enquanto ele estabelecia um ritmo que se alinhava diretamente com aquele calor glorioso se acumulando dentro de mim.

Ele ficou de joelhos, segurou meus quadris e se movimentou mais rápido, metendo com cada vez mais intensidade e vontade.

Mesmo agora, quando meu corpo se deleitava com as sensações maravilhosas que ele conseguia provocar em mim, tudo o que eu queria era explodir em lágrimas. Consumida pelas emoções, pelo medo do futuro.

Eu só queria que ele me segurasse e nunca mais me soltasse, porque a instabilidade da minha vida me aterrorizava, e eu estava à beira do precipício da maternidade.

— Você está bem, rainha? — ele perguntou, ofegante, pousando o peito pesado sobre mim e encaixando as minhas coxas em torno de si, aprofundando o ângulo. — Ainda está comigo?

— Estou. — Assenti vigorosamente, puxei seu rosto para o meu e o beijei com força. — Estou com você, garanhão.

— Te amo.

Então seus lábios estavam sobre os meus, sua língua dentro da minha boca, e ele fundia o corpo comigo.

— Te amo — falei entre os beijos, sentindo meu corpo arder de prazer e meu coração se encolher de pavor.

Ele me amava agora, mas será que me amaria amanhã ou no dia seguinte, ou no dia depois desse, quando eu lhe contasse a verdade? Quando ele percebesse que roubei o seu futuro? O futuro que ele tinha desenhado tão bem...

Nada daquilo se tornaria realidade para a gente.

Quer ele tentasse disfarçar ou não, seu ressentimento seria evidente. Sua vida inteira sempre foi uma longa sequência de obrigações pesadas, e me proteger era uma das poucas coisas que eu podia fazer por ele.

Era uma responsabilidade que carreguei nos ombros com alegria, fortalecida pelo nível de confiança que Joey depositava em mim, acreditando que ele podia abrir mão desse controle. Fui eu quem vetou o preservativo na nossa primeira vez, de tão envolvida que eu estava para pensar nas consequências.

E foi ele quem sugeriu que usássemos camisinha na segunda vez — e na terceira, e na quarta, na quinta e na sexta. E todas as vezes eu inocentemente lhe garanti que estávamos protegidos. O padrão que estabelecemos a partir daí foi construído com base na capacidade *dele* de confiar na *minha* capacidade de nos proteger daquilo que estávamos enfrentando agora.

— Pare de pensar — Joey grunhiu baixinho, roçando o nariz no meu e beijando meus lábios, me trazendo de volta para o presente. *Para ele.* — Fica comigo — ele pediu, com os olhos verdes fixos nos meus. — Fica aqui comigo.

— Eu estou com você — sussurrei. — Eu estou com você, Joe.

Com os olhos arregalados e focados totalmente nele, afastei os meus medos para o fundo da minha mente, deixando meu corpo assumir o comando enquanto eu me afogava nos meus sentimentos por ele.

Várias horas depois, bem depois de ele ter pegado no sono ao meu lado, escorreguei para fora do seu abraço e discretamente peguei seu moletom e sua calça cinza no canto do quarto, os vesti e desci as escadas com o celular na mão.

Eram 3h30 da madrugada e a casa estava em um raro silêncio. Caminhei na ponta dos pés até a cozinha e liguei para o número que eu sabia de cor. Eu sabia que, não importava o horário, minha ligação não seria rejeitada.

— Alô? — minha mãe falou com uma voz sonolenta do outro lado da linha. — Aoife, meu amor, você está bem?

— Oi, mãe. — Fechei a porta da cozinha, soltei um suspiro trêmulo e me recostei nela. — Não, não estou.

Então ela perguntou, preocupada:

— Onde você está?

— No Joey.

— O que houve? Vocês brigaram?

— Não. — Balancei a cabeça. — Não foi nada disso.

— Certo. — Percebi o alívio na sua voz. — São três e meia da madrugada, meu bem.

— Eu sei, mãe. — Roí a unha de ansiedade. — Eu só... — Respirei fundo de um jeito sofrido. — Precisava ouvir a sua voz.

Ela ficou quieta por um longo tempo, e então ouvi a roupa de cama sendo afastada, seguida por passos abafados.

— Ok, estou sozinha na cozinha — ela disse alguns momentos depois. — Seu pai está lá em cima na cama. Podemos conversar.

Tremendo da cabeça aos pés, soltei outro suspiro vacilante.

— Não sei nem por onde começar.

— Pelo começo.

— Estou com um problema, mãe. — Deixei escapar um lamento e abaixei a cabeça. — Estou morrendo de medo.

— Certo...

Balancei a cabeça, incapaz de verbalizar as palavras.

— Aoife. — Ela suspirou pesado e ouvi a chaleira borbulhando ao fundo. — Que tipo de problema?

— Atraso — respondi, me agachando no chão, tonta de ansiedade e medo. — Estou *atrasada*, mãe.

— Atrasada?

Fiz que sim sem forças.

— Atrasada.

— Quão atrasada? — ela perguntou com uma voz controlada. — Alguns dias? Uma semana?

Tremendo, abracei os joelhos e falei:

— Quase treze.

— Treze dias?

— Semanas.

— Meu Deus. — Ela respirou fundo de repente, e uma onda de pânico me dominou. — Aoife.

— Eu não sabia, está bem? — Fechei os olhos e chorei. — Eu não percebi. Minha última menstruação foi no dia catorze de dezembro, e daí aconteceram umas coisas entre Joey e eu, e eu... acabei perdendo a conta, mãe. Eu menstruei no final de janeiro, só que não foi um ciclo normal. Foi um sangramento bem levinho, mas achei que eram os hormônios, daí a Casey disse que vomitar pode afetar o efeito da pílula e que aquilo não era menstruação de verdade, mas algo chamado sangramento de implantação. Eu passei mal no ano-novo, mãe. Quando Joey e eu ficamos juntos. Fiquei enjoada alguns dias... me desculpa, mãe. Me desculpa! Por favor, não me odeie.

— Eu não te odeio, meu bem, eu nunca conseguiria te odiar — ela falou depressa, e ouvi uma cadeira sendo arrastada. — Só preciso me sentar e pensar um pouco.

— Tudo bem — disse, fungando e assentindo, enquanto as lágrimas escorriam pelo meu rosto. — Pense o tempo que quiser.

— Você já fez o teste de gravidez?

— Já fiz quatro.

— E?

Contive um soluço.

— Todos deram positivo.

— Ah, Aoife, meu amor...

— Pois é.

Dei de ombros, impotente.

— Você já contou pro Joey?

Balancei a cabeça.

— Aoife, o Joey está sabendo?

— Ainda não — confessei, com o peito subindo e descendo rapidamente. — E não conte pro papai ainda. Nem pro Kev. Nem pra vovó. Ainda não. Não até eu falar com o Joey.

— E quando você está pensando em falar pra ele?

— Não sei. — Meus ombros se curvaram. — Tentei contar, mas estou assustada demais.

— Aoife, esse fardo é do Joey também. Sei que você está assustada, mas o garoto tem o direito de saber.

— Eu sei, mãe. Eu sei, está bem? — falei, com a respiração pesada. — Eu sei. Meu Deus! Estou tentando resolver.

— Ele é um bom garoto — ela disse. — Ele é, Aoife, é um dos poucos garotos bons, se é por isso que você está evitando contar pra ele.

— Como é que você tem tanta certeza?

— Porque seu pai e eu conhecemos esse garoto desde que ele tinha doze anos — ela respondeu. — Joey pode ser meio temperamental, mas nunca foi de fugir do trabalho duro ou das responsabilidades. Não é da natureza dele.

— Sim, mãe, mas isso é diferente — falei, chorando. — É um bebê.

— Ele não vai virar as costas pra você — garantiu. — Confie em mim. Sou sua mãe. Estou nesse mundo pra cuidar de você, e quando você me disse que estava atrasada, milhares de medos e preocupações diferentes inundaram minha mente. Mas nunca duvidei da disposição daquele garoto de ficar do seu lado.

— Talvez você esteja certa — eu disse, apoiando a cabeça nos joelhos. — É só que... preciso de mais tempo antes de contar pra ele.

Ela ficou em silêncio por um longo tempo, claramente refletindo sobre a minha revelação, até que enfim falou:

— Olha, hoje é domingo. Não podemos fazer muita coisa hoje. Vou ligar pro médico amanhã cedinho. Vamos marcar uma consulta o quanto antes, e depois a gente vê.

— Não, não, não. Não posso ir, mãe — falei, desesperada. — Não estou pronta.

— Você vai ter que estar — ela afirmou naquele tom maternal e prático que não deixava espaço algum para discussão. — Você precisa fazer exames de sangue e um ultrassom. Tem que se consultar com um médico e agendar tudo no hospital. — Ela deu um suspiro triste. — Porque, quer você esteja pronta ou não, tem um bebê crescendo na sua barriga que não vai esperar ninguém.

— Mãe.

— *Converse* com o Joey — ela insistiu. — Converse com ele, Aoife. Te prometo que você vai se sentir bem melhor depois.

— Você está decepcionada comigo? — ousei perguntar, e prendi o fôlego, temendo a resposta.

— Claro que não, meu bem, estou decepcionada *por* você — ela falou com delicadeza. — Você só tem dezoito anos e tem um futuro brilhante à sua frente, e agora... tudo vai mudar. Você vai ter que amadurecer rápido, e detesto que isso esteja acontecendo com você, mas seu pai e eu vamos estar ao seu lado a cada passo do caminho.

— Sério? — Estremeci. — O papai vai surtar, mãe.

— Deixe que eu lido com ele — ela me tranquilizou. — Não se preocupe com ele nem com o Kev. Você é nossa filha e pode contar com a gente sempre. — Ela fez uma pausa antes de acrescentar: — E você tem o nosso apoio incondicional.

— Sinto muito, mãe.

— Eu também, Aoife — ela falou tristemente. — Sinto muito, meu amor.

Desliguei o telefone e o guardei no bolso da calça do Joey que eu estava usando, mas congelei quando meus dedos tocaram em um saquinho plástico.

Tensa, tirei o saquinho do bolso e fiquei encarando os comprimidos na minha mão.

Levei um instante para entender o que estava vendo, e minha mente demorou mais ainda para compreender a magnitude da coisa.

Tremendo, abri a embalagem e despejei o conteúdo na palma da minha mão. Contei cerca de trinta comprimidos de vários tamanhos e formas.

A maioria tinha pequenos números gravados: *512*, *D5*, *325*, *M30*, *K9*.

Horrorizada, enfiei tudo de volta no saco e o fechei antes de guardá-lo no bolso.

Arregacei as mangas do moletom e me recostei na porta da cozinha, sentindo a respiração ficar cada vez mais difícil, e logo eu estava à beira de um ataque de pânico.

Não.

Não.

Não, Deus, por favor, não!

Fiquei de pé, abri a porta e subi para o quarto às pressas com o coração disparado, lutando para impedir que o medo me dominasse.

Quando meus olhos pousaram em Joey dormindo todo esparramado na cama com o braço em cima do rosto, soltei um suspiro trêmulo e fechei a porta em silêncio.

Com os dedos tremendo, segurei a barra do moletom e o arranquei por cima da cabeça antes de tirar a calça. Desesperada para me afastar daquilo, deixei as roupas no canto do quarto onde elas estavam e me sentei na ponta do colchão.

Com as mãos nos cabelos e os cotovelos apoiados nas coxas, me inclinei para frente, respirando fundo e devagar, me obrigando a controlar as emoções.

Não significa nada.

O pacote estava claramente intocado.

Ele está limpo.

Ainda está tentando.

Não surte.

Ele está sempre com você.

Você saberia se ele estivesse se drogando.

Tem uma explicação razoável para isso.

Tem que ter...

Joey soltou um grunhido, se virou de lado e esticou o braço para mim.

— Molloy.

Tremendo, deixei que ele me puxasse para os seus braços e desse um beijo na minha têmpora.

— Hã?

— Não foge — murmurou, sonolento, me abraçando por trás. — Fica aqui, gata.

— Vou ficar, Joe — sussurrei, segurando seu braço como se minha vida dependesse disso. — Se você quiser.

39

Dezesseis aninhos

JOEY

Na manhã seguinte, acordei depois das dez e me deparei com a cama vazia e uma casa sem crianças. O bilhete na mesinha de cabeceira, na familiar caligrafia de Molloy, me disse tudo o que eu precisava saber.

Ei, garanhão,

Se estiver se perguntando por que estou escrevendo isso em vez de te mandar uma mensagem, é porque estou sem crédito. Ah, e se estiver se perguntando por que a casa está cheirando a alvejante e seu dinheiro está todo separado para a semana em envelopes fofos, é porque estou acordada desde as quatro da manhã. Espero que não se importe.

Enfim, Sean acordou e foi pro seu quarto por volta das seis, mas você parecia tão cansado e é a primeira vez que te vejo dormir de verdade, então decidi levar os meninos pra dar uma volta e deixar você descansar.

Fomos ao mercado comprar umas coisas. Guardei tudo nos armários.

Agora estamos indo pro campo da AAG. *Tadhg quer me mostrar seu "talento supremo" e Ollie quer brincar no parquinho depois.*

Levo eles de volta lá pra uma da tarde, antes de ir pro trabalho.

Não esquece de dar pra Shan os presentes de aniversário dela. E dá um abraço bem apertado nela pelos dezesseis aninhos.

Sei que você está ocupado, mas será que pode passar em casa depois que as crianças forem pra cama? Preciso muito conversar com você sobre uma coisa.

Te amo,
Aoife.

OBS: não para de tentar, Joe.

A casa estava impecável, a geladeira estava abastecida, os armários estavam cheios, e fiquei mal de ver tudo aquilo. Por mais que ela tivesse boas intenções, não era função da minha namorada cuidar da minha família e botar comida na mesa, era a minha função, e eu não precisava que ela assumisse as minhas merdas. Principalmente porque eu estava tendo dificuldade para entender por que ela queria fazer aquilo.

Qualquer outra garota teria fugido no instante em que sentisse o peso do meu excesso de bagagem.

Mas não a Molloy.

Não. Em vez disso, ela se enfiava no meio do caos com sacolas de compras e envelopes de dinheiro. E depois botava casacos e chapéus em três quartos da tal bagagem e levava os meninos para o maldito parquinho.

Ela deixou o carro *e* vinte euros para que eu levasse a Shannon para tomar um café da manhã de aniversário. Eu não entendia suas atitudes e entendia menos ainda os motivos que a levavam a agir assim.

Shannon, por outro lado, não ficou nem um pouco surpresa com o comportamento fora do normal da Aoife. Pelo contrário, ela se deleitou com o meu desconforto, achando absolutamente hilário que eu estivesse de alguma forma nas mãos de uma garota com mais colhões que eu. Minha irmã se aproveitou da situação e ficou me enchendo o saco falando de alianças de casamento e que seríamos felizes para sempre, deixando bem claro que era fã da minha namorada.

Seu sorrisinho presunçoso não demorou muito para evaporar quando um telefonema de Gibsie nos fez dirigir até a casa do seu namoradinho para devolver o telefone que ele tinha esquecido no banco de trás do carro na noite passada.

Sim, o humor da Shannon mudou drasticamente quando estacionei na frente da mansão, e foi a minha vez de me deleitar com o desconforto *dela*. Ela se recusou terminantemente a descer do carro, e desisti de tentar convencê-la e a deixei lá.

Entrei no saguão da mansão e segui o som de vozes, atravessando um corredor impressionante até finalmente ver os dois garotos na cozinha, parecendo um pouco acabados e com muita ressaca.

— Você devia pôr um guia turístico na porta da frente — falei, entrando na cozinha com o celular dele na mão. — Essa casa parece um museu.

— Pois é — Gibsie concordou, acenando amigavelmente para mim de frente para um fogão chique. — É uma mansão.

Aquilo era mesmo uma mansão.

Ele poderia vender ingressos para exibir o lugar, e as pessoas de onde eu vim viriam aos bandos.

— Obrigado — Kav disse, se levantando e se aproximando de mim na porta. — Te agradeço por vir até aqui trazer — ele acrescentou, educado como sempre, guardando o celular no bolso.

Dei de ombros.

— Bem, me prometeram comida.

Avaliando-o sob a luz do dia, admiti relutantemente que eu era muito menos atraente do que ele. Com pouco menos de 1,85m de altura, eu não era baixinho, mas aquele filho da puta era simplesmente enorme. Estava claro que o que quer que sua mãe tivesse lhe dado para comer quando pequeno foi bem diferente do menu a que eu tive acesso.

— E o *Rei Clitóris* foi bem persuasivo — brinquei, achando graça do nome que Gibsie salvou nos contatos do amigo. — Como está minha comida, chef?

— Mais quente que uma puta de bordel, caro senhor — Gibsie respondeu por cima do ombro. — Ovos?

— Cara. — Balancei a cabeça, observando o estado dele e a gordura espalhada nos azulejos ao seu redor, enquanto ele tentava fritar umas fatias de bacon na frigideira. — Tem certeza que você sabe fazer isso sem a ajuda da sua mãe?

— Duvido muito — Gibsie respondeu com sinceridade. — É a minha primeira vez.

O óleo espirrou no seu rosto, fazendo-o gritar feito um cachorrinho ferido.

— Me dá essa coisa aqui antes que você acabe se machucando — falei, pegando a espátula da mão dele. — Puta que pariu, esses meninos de escola particular. — Limpei o óleo com um pano de prato, coloquei-o no ombro e tentei salvar a bacon se desintegrando na frigideira. — Estão acostumados com os outros fazendo tudo pra eles.

— Porra, Kav — Gibsie falou com uma risadinha, olhando por cima do meu ombro feito criança esperando um pedaço do bolo de aniversário. — Eu me enganei. Esse aí é o pai.

— Me dá os pratos — pedi, irritado com a sua proximidade, já que eles estava literalmente respirando em cima de mim. — E um pouco de espaço pessoal.

— Pode deixar — ele disse, dando risada.

Que garoto esquisito.

— Me faz um favor, Kav? — falei, olhando para Kavanagh. — Você pode dar uma olhada na minha irmã?

Ele ficou instantaneamente alerta, como se a ressaca tivesse passado.

— Shannon?

— É. — Assenti, peguei o prato que Gibsie estava me oferecendo e comecei a empilhar os pedaços de bacon. — Ela está lá no carro.

— Por que você deixou ela no carro? — ele perguntou. — Está um *puta* frio lá fora.

— Porque ela não quis entrar comigo — respondi calmamente. — Você pode tentar convencer a Shannon a entrar, se quiser, mas a garota está irredutível.

Ele não me respondeu.

Porque estava ocupado demais disparando para a porta.

Sorri.

— Cara — Gibsie disse, me empurrando com o ombro. — Acho que o meu melhor amigo está um pouquinho obcecado pela sua irmã.

— O que eu te falei de me dar um pouco de espaço? — falei e fiquei esperando que ele desse um passo para trás antes de quebrar um ovo na frigideira. — Mas, sim, acho que minha irmã também está um pouquinho obcecada pelo seu melhor amigo.

— Oun — ele disse, com os olhos brilhando de malícia. — O amor juvenil não é divertido?

— Hum — foi tudo o que comentei.

— Bem, um pequeno aviso, Joey, o hurler — ele falou, dando risada. — Se as coisas ficarem sérias entre eles, o que tenho a impressão de que já está acontecendo, o mundo da sua irmãzinha tímida está prestes a capotar.

Não gostei nem um pouco disso.

Nem um pouco mesmo.

— Explica.

— Kav não surfa a menos que tenha certeza de como está a maré.

— Beleza, explica na minha língua.

— Certo. — Gibsie sorriu. — Kav claramente está a fim da sua irmã. Sua irmã claramente está a fim do Kav. Talvez seja um pouco mais que estar a fim um ao outro. Quem vai saber? De qualquer forma, as intenções dele devem ser levadas a sério.

— A sério?

— Isso. Tudo no mundo de Kav é sério, estável e selecionado desde o nascimento. O futuro dele está gravado em pedra, e seus planos estão cimentados na frente dele, sem um centímetro de folga. Então se ele está movendo as coisas pra abrir espaço pra ela, se ele está considerando botar ela no meio desses planos, não é por acaso. Ele é tão espontâneo quanto uma vassoura e uma pazinha, cara. Ou seja, se decidir ficar com a sua irmã, pode apostar que ele já vai ter feito uma tese inteira dos prós e contras de tomar essa decisão. Johnny é cuidadoso, cara, e muito estável, e quando ele toma uma decisão, é com intenção e pra valer.

Ouvi o que ele estava me dizendo e tive a impressão de que Gibsie estava tentando me comunicar, do seu jeito meio esquisito, que eu podia confiar que o seu amigo não ia magoar a minha irmã e que nada de ruim aconteceria com a Shannon se ela estivesse com o Johnny.

— E esse é o cara que você queria que fumasse um baseado? — brinquei com um tom divertido. — Esse gigante sério, previsível e nada espontâneo é o mesmo cara que você e o Biggs pensaram que poderia se soltar?

— Eu falei que o Kav era sério — Gibsie disse, dando risada e erguendo as mãos. — Já eu... eu sou espontâneo pra caralho.

— Você é bem estranho, isso sim — comentei, tendo que afastá-lo mais uma vez com a espátula. — Quer me dar licença?

— Por quê?

— Não gosto de gente respirando no meu pescoço.

— Eu não estava respirando no seu pescoço. Eu estava admirando suas habilidades culinárias.

— Bem, admire de longe. De preferência a um metro de distância.

— Beleza — ele grunhiu. — Você vai voltar pra Ballylaggin depois de comer?

— Eu moro lá, então esse é o plano.

— Posso pedir uma carona?

— Pra onde?

— Pro Biddies. Deixei meu carro lá ontem.

— Está bem.

— Boa, cara — ele respondeu, se aproximando de novo. — Esse bacon está com um cheiro delicioso. — Ele se inclinou sobre o meu ombro para dar uma farejada no ar. — Meu Deus, estou morrendo de fome.

— Você está fazendo de novo — eu disse, empurrando-o bruscamente. — Não encosta em mim, cara. Não vou falar outra vez.

— O que foi? — ele disse na defensiva. — Não posso evitar, sou muito amigável.

— Bem, eu não sou.

— O quê?

— Amigável.

— Ah, não sei, não — ele disse, rindo. — Com um pouco de tempo pra gente se conhecer melhor, acho que poderíamos ser melhores amigos.

— Isso *nunca* vai acontecer — declarei, olhando feio para ele. — Você é um playboy maluco e tem uma personalidade que, fala sério, me deixa completamente perturbado. — Desliguei o fogão, peguei dois pratos cheios de comida, fui até a ilha e os coloquei no balcão. — Já eu sou um babaca de pavio curto, sem paciência nem temperamento pra lidar com uma pessoa como você na minha vida.

— Bem, pois eu acho que você está errado — Gibsie respondeu, me oferecendo um garfo e se sentando no banco ao meu lado. — Acho que a gente poderia se amar.

Olhei para ele boquiaberto.

— Você é *insano*.

— Ah, relaxa. Estou falando de amor de irmãos.

— Já tenho quatro, obrigado — falei sem emoção. — Não preciso de mais um.

— Está vendo? — Ele gargalhou, cortando um bacon e o enfiando na boca. — Você já está se abrindo comigo sobre a sua família. Estamos criando um laço.

— Não estamos, não — retruquei, espetando o ovo com o garfo. — A gente *nunca* vai ter laço nenhum.

Por sorte, Kav voltou para a cozinha nessa hora junto com a minha irmã.

— Ei... é a Shannonzinha. Johnny te convenceu a entrar ou foi o cheiro da minha comida incrível pra caralho que te atraiu até aqui? — Gibsie brincou.

— Está chovendo... — Shannon murmurou, perto demais de um cara que ela considerava apenas *amigo*.

Enquanto eu discutia com aquele pentelho, fiquei observando Kavanagh cuidando da minha irmã, e tive que admitir que ele era a primeira pessoa que vi botando um sorriso genuíno no rosto dela.

Eles ficavam ridículos juntos, pois ela mal batia no peito dele. Eles estavam a mundos de distância, em polos totalmente opostos, mas pela forma como eles se olhavam, percebi que nenhum deles dava a mínima para esses detalhes.

Sim, dava para sentir o cheiro da tensão sexual dali. Era quase tão forte quando o cheiro horrível de cachorro molhado que ela estava emanando. Pelo visto, ela tinha levado uma coça dos cachorros dele.

Decidi tirar onda com eles e perguntei ao garotão se ele tinha uma muda de roupa para emprestar para ela. E ver um garoto que poderia derrubar qualquer adulto ficar vermelho daquele jeito foi hilário.

— Johnny, ela pode tomar um banho aqui, né? — Gibsie, que também estava achando graça daquela situação, perguntou.

— Quê? — Shannon perguntou com a voz esganiçada, de olhos arregalados e bochechas coradas.

— Hã, é, acho que sim — Kav respondeu, limpando a garganta várias vezes antes de acrescentar: — Quer dizer, se ela quiser.

— Boa ideia, Gibs — falei. — Tira esse cheiro de cachorro molhado do corpo antes da gente ir pra casa num carro fechado.

— Eu não estou fedendo — ela retrucou.

— Está, sim — Gibsie e eu dissemos em uníssono.

— Vão se foder. Deixem ela em paz — o garotão disse, vindo ao resgate dela. — Ela não está cheirando mal coisa nenhuma.

— Você não sente porque é imune — Gibsie rebateu. — Ele deixa a vira-lata dele dormir na cama toda noite.

Johnny estreitou os olhos, indignado.

— Chama minha cachorra de vira-lata de novo e vai engolir essa frigideira.

Gibsie ergueu as mãos e gargalhou.

— Minhas sinceras desculpas, cara. Eu jamais ofenderia sua preciosa cadela.

— Me desculpa por isso — Shannon disse, olhando para Kav como se ele fosse a própria lua. — Não preciso tomar banho na sua casa...

— Porra, se precisa — intervi. — É sério, você não vai entrar no carro da Aoife desse jeito. Um cão de caça ia conseguir farejar você a quilômetros fedendo desse jeito.

— Puta que pariu — Kav murmurou, pegando a mão da minha irmã e desaparecendo com ela no corredor.

— Brilhante — Gibsie falou, suspirando de contentamento. — Agora ele deve estar lá em cima surtando porque isso não era parte do plano.

Um sorriso relutante se espalhou pelos meus lábios e balancei a cabeça, me concentrando no meu prato.

— E aí, qual é a história entre você e a irmã do seu amigo?

— Quem? A Claire?

Fiz que sim.

— Ela é minha prometida — ele falou, sem rodeios e sem um pingo de constrangimento.

— Que porra é essa?

— É verdade — ele insistiu, com os olhos arregalados e cheios de sinceridade. — Estamos noivos.

— Desde quando?

— Desde que ela tinha quatro e eu seis anos, e eu prometi que me casaria com ela.

— Então em outras palavras, você decidiu sua vida baseado em uma promessa de criança?

— O que é que eu posso dizer? — Ele deu de ombros e acrescentou: — Sou um homem de palavra.

Olhei pra ele com curiosidade.

— Explica.

— Hugh e eu estudamos no St. Paul, uma escola só de garotos, então a Claire foi mandada pra escola mista da cidade.

— A Escola Primária Sagrado Coração — comentei, assentindo. — A mesma em que a Shannon e eu estudamos.

— Lembro como se fosse ontem — ele disse, sorrindo ternamente. — Era o primeiro dia de aula da Claire e ela voltou pra casa aos prantos. Eu estava lá fora brincando de bola com o Hughie quando ela desceu do ônibus escolar no final da nossa rua, e tudo o que vi foi uma montanha de cachos loiros enquanto ela corria na nossa direção.

— Por que ela estava chorando?

— Parece que algum merdinha da sala dela falou que ela tinha que ser a namorada dele. — Gibsie jogou a cabeça para trás e gargalhou. — E quando ela falou pra ele que não queria, ele puxou o cabelo dela e contou pra turma que ela comia meleca.

— Que babaca — falei, dando risada.

— Ela ficou tão chateada, cara — Gibsie disse, também rindo. — Juro por Deus que nunca tinha visto alguém tão triste.

— O que o irmão dela fez?

— Hughie falou pra ela mandar ele se foder.

— Deixa eu adivinhar: e você não fez isso?

Com os olhos cintilando de malícia, Gibsie abriu a boca para me responder quando Kav entrou feito um trator na cozinha com uma expressão tempestuosa no rosto.

— Eu tenho uma pergunta, Joey, o hurler.

A pura condescendência escorrendo do seu tom me fez endireitar a postura na mesma hora.

— Fica à vontade, sr. Rúgbi.

— Só um minutinho, Gibs — Kav disse, e sem dizer uma palavra, seu amigo idiota saiu da cozinha, fechando a porta. — Certo. — Kav cruzou os braços e me encarou seriamente. — Quem é o filho da puta que anda batendo na sua irmã?

Puta merda.

Ninguém havia tido coragem de me fazer uma pergunta tão direta assim antes.

Ninguém perguntava isso porque ninguém queria se envolver, e mesmo se perguntassem, não iam querer saber a resposta. Era assim desde que eu me lembrava por gente. Professores, treinadores, vizinhos, que inferno, nem a Gardaí queria saber.

A única pessoa na nossa vida que tirou algum tempo para investigar foi Molloy.

Até agora.

— É isso mesmo que você ouviu — Kav insistiu, sem querer ceder como eu estava acostumado a ver os outros fazendo. — Eu encontrei ela caída no chão no colégio na sexta, botando os bofes pra fora — ele continuou. — Alguma coisa aconteceu com ela, e eu quero saber o que é.

— Por quê?

— Porque eu quero resolver o problema.

— Por quê?

— Porque ninguém deveria encostar a mão nela! — ele rosnou, perdendo a fachada perfeitamente polida. — Porra!

— O que ela te falou?

— Que tropeçou nuns legos. — Ele ergueu as mãos de frustração. — Na porra de uns legos.

— Se foi isso que a Shannon disse que aconteceu, então foi isso mesmo.

— Não... *não*! — ele rugiu, perdendo totalmente a compostura, agitando as mãos e lutando para se controlar, algo com o qual eu estava bastante familiarizado. — Nem vem com essa conversa pra cima de mim. Não é a primeira vez que eu vejo hematomas nela. O que anda *acontecendo* com ela?

Recuei um pouco, sentado no banco, observando o cara que tinha se inserido na vida da minha irmã — e potencialmente nas nossas vidas. Ele estava parado na minha frente me perguntando coisas que eu não podia responder.

A impotência na sua voz mexeu comigo.

Porque eu conhecia aquele tom.

Aquele desespero.

Eu o sentia diariamente.

— Quem está machucando a sua irmã? — ele repetiu, nervoso e frustrado.

Aquele filho da puta se importava com ela.

Se importava muito.

— É aquele pessoal babaca da sua escola? — ele insistiu. — Foram elas? Aquelas garotas? — Sua voz falhou e ele respirou fundo antes de perguntar: — Ela está machucando a si mesma? — Seus olhos endureceram como aço quando ele sibilou: — Você está machucando ela?

Tudo o que pude fazer nessa hora foi erguer a sobrancelha.

Ele tinha bastante coragem para falar isso na minha cara, e o único motivo de eu não querer arrancar sangue pela acusação horrível que ele estava fazendo era porque seus sentimentos pela minha irmã estavam estampados no seu rosto.

— Cara, é melhor você começar a falar porque eu vou te meter porrada, não importa se você é irmão dela.

Ele podia tentar.

Johnny Kavanagh podia ter vantagem em relação ao físico, mas eu tinha a impressão de que um sujeito tão estável e em perfeito juízo como ele, tendo crescido em um lar como esse, nunca teve que lutar pela sobrevivência como eu.

Ele tinha sido criado como um príncipe, com inúmeros retratos e fotos dele adornando as paredes da casa da família, enquanto eu tinha nascido no inferno e sido arrastado para as ruas.

Era necessário ter um instinto assassino para chegar tão longe quanto eu tinha chegado, e isso significava que não importava se eu era um azarão. A única maneira de eu recuar ou desistir era se meu coração parasse de bater. Então, se ele estava pensando em lutar comigo, precisava estar preparado para me matar, porque eu não deixaria de me levantar.

Contra o meu pai.

Contra ele.

Contra qualquer outro desgraçado desse mundo.

Percebi que era a preocupação genuína com a minha irmã que evocava esse comportamento e mantive a cabeça fria de um jeito inédito. Então algo bem no fundo de mim me orientou.

Ele não era o inimigo.

Pelo menos não aquele dia.

— Você precisa conversar com a Shannon — finalmente falei. — Eu não posso te dar essas respostas.

— *Claro* que *pode* — Kav retrucou, suplicando com os olhos para que eu lhe contasse. — É só abrir a boca e *falar*!

— Não. — Balancei a cabeça. — Não posso e não vou. Se ela confiar em você, vai te contar. Caso contrário, não vai. Seja como for, a escolha não é minha.

— Como assim, *caralho*? — ele perguntou, fervendo de raiva. — O que você quer dizer com isso?

— Exatamente o que eu falei. Essa escolha não é minha. Mas eu posso te garantir que nunca levantei a mão pra minha irmã. Nem pra mulher nenhuma, aliás.

— Quero saber o que está acontecendo, Lynch. Se ela está sofrendo bullying ou alguma merda do tipo, eu posso *ajudar*. Posso resolver o problema se você me *contar* qual é.

— Você pode resolver o problema?

— Por ela? — Ele assentiu vigorosamente. — Com certeza.

— Você gosta dela. — Inclinei a cabeça para o lado, estudando-o. — Talvez até mais que isso.

Ele não negou.

Que bom.

Mais um ponto para ele.

— Quero saber o que está acontecendo — ele tentou me persuadir. — Eu preciso saber.

Talvez o amigo dele tivesse razão quando disse que esse cara era confiável. Suas palavras certamente demonstravam interesse.

— Escuta só, eu até gostaria de contar — falei. — Não vejo nenhum problema em expor o problema pra você. Não tenho nada pra esconder.

Enquanto eu falava, percebi que aquela era a minha verdade. Porque algo tinha acontecido dentro de mim, algo estranho pra caralho, e eu estava ficando cansado de mentir.

De fingir.

De viver me protegendo e protegendo os meus irmãos.

Aquilo não era vida e eu não queria mais viver assim.

Nunca quis.

— Mas ela não ia querer que eu fizesse isso — tentei explicar. — Morreria se achasse que alguém sabe das suas coisas pessoais. Depois de todas as merdas que aconteceram na ECB, ela *quer* um recomeço no Tommen. E sei que você também quer isso para ela.

— Então ela está sofrendo bullying? — Kav perguntou, errando completamente o alvo e parecendo fisicamente doente só de pensar. — De alguém no Tommen? — Ele sacudiu a cabeça, perdido. — Ou da escola antiga?

Soltei um suspiro pesado.

— Escuta só, Kavanagh. Se você quiser saber o que se passa na cabecinha dela, vai ter que fazer por merecer.

— Fazer por merecer? — Ele ficou me encarando. — *Como*?

Ele sabia exatamente o que eu estava dizendo. Se ele quisesse que ela se abrisse, como parecia querer desesperadamente, ele precisava conquistar a confiança da Shannon.

Eu não podia fazer nada.

Mesmo assim, uma parte de mim queria muito poder fazer algo.

Porque, embora eu tivesse desistido de me proteger havia muito tempo e tivesse passado anos falhando em proteger meus irmãos, eu estava começando a aceitar a possibilidade de não estar fazendo a coisa certa para eles.

Talvez manter o bico fechado não fosse a coisa certa.

Talvez eu tivesse levado surras demais na cabeça pelas mãos do meu pai, ou talvez fosse Molloy entrando na minha mente, mas eu estava começando a pensar que manter a boca fechada não era proteger meus irmãos, mas passar um pano para os meus pais.

Ainda assim, o abuso que Darren sofreu continuava me aprisionando, mantendo o medo vivo o bastante para que minha língua ficasse sob controle.

— Você é um cara esperto — foi tudo o que eu disse. — Vai descobrir.

Kav sacudiu a cabeça de novo.

— Eu não...

Meu celular tocou alto no meu bolso, assustando-o, e eu o peguei depressa só para sentir meu coração na boca quando vi o nome na tela.

Meu pai.

A fúria me dominou e ergui a mão para avisar Kavanagh para ficar de bico fechado, enquanto aceitava a ligação e colocava o telefone na orelha.

— Joey, sou eu.

— O que você quer, *porra*? — esbravejei, revoltado por ele sequer pensar que podia me ligar.

O som da sua voz fez todos os pelos do meu corpo se arrepiarem.

Não importava se ele parecia sóbrio.

Tudo naquele homem, bêbado ou não, me enojava.

Quase caí do banco quando o ouvi dizer:

— Estou te ligando pra avisar que estou indo pra casa com...

— Não, você foi avisado — eu o interrompi, andando de um lado para o outro na cozinha, tentando me controlar, sendo que eu estava surtando por dentro. *Você foi avisado que não era para voltar.* — Não tem volta.

— O que aconteceu aquela noite foi um erro — ele disse em uma voz calma. — Eu não queria machucar a sua mãe. Foi algo que aconteceu no calor do momento. Você entende.

Ele não queria machucar a minha mãe? Eu *entendia*? E a Shannon? Ele queria machucá-la quando acertou um soco na cara dela? *Claro* que queria. Acreditar que ele não teve a intenção de fazer algo que fez repetidamente ao longo das nossas vidas era a própria definição de insanidade.

— Foda-se se você está arrependido.

— Quer calar a boca e me ouvir por um segundo?

— Não!

A última vez que me sentei para ouvi-lo tentando explicar seus erros tinha sido há mais de oito anos, logo depois de vê-lo estuprar brutalmente minha mãe na mesma mesa em que éramos forçados a comer todos os dias a partir daí. Acertei o hurley nele em uma tentativa patética de protegê-la, e a briga que se seguiu foi tão feia e violenta que os vizinhos chamaram a Gardaí.

Como consequência, os assistentes sociais foram chamados e fui obrigado, pela mesma mulher que eu estava tentando proteger, a me sentar naquela mesa que ainda permanecia na nossa casa e ouvir o seu agressor contar uma história bastante convincente de como a aliança que ela carregava no dedo lhe dava domínio sobre o corpo e a mente dela.

Na mesma hora, falei que aquilo tudo era uma besteira e acabei sendo presenteado com uma narrativa bem aprofundada e gráfica do que acontecia quando um garotinho caía nas mãos erradas.

Darren, sendo o filho diligente e sério que já tinha passado por sofrimento demais, foi poupado. Assim como Shannon e os meninos.

Mas eu não.

Não a ovelha desgarrada da família.

O erro.

O maldito.

Perdi minha infância naquele dia.

Eu nunca tive uma infância propriamente dita, mas qualquer inocência que houvesse ali, todas as esperanças e sonhos de menino foram dizimados em um piscar de olhos. Fiquei tão abalado, mental e fisicamente, que não consegui me imaginar confiando em outro ser humano de novo. Fiquei aterrorizado com os graves detalhes do que seria feito comigo se eu não ficasse de boca fechada, ou pior, o que aconteceria com a Shannon e o

Tadhg, então cedi à pressão e menti descaradamente feito o bom soldado que fui treinado para ser.

Desde o primeiro dia, minha relutância em me comprometer com a Molloy nunca teve nada a ver com a minha capacidade de amá-la, e *tudo* a ver com o medo de amá-la do jeito *errado*.

O que eu não conseguia enxergar antes e que estava começando a enxergar agora era que eu estava tentando proteger aquelas crianças de estupradores, forçando-as a *viverem* com um estuprador.

Porque era isso o que ele era.

Ele *era* a porra de um estuprador.

As coisas que ele fazia.

A dor que ele causava.

As vidas que ele arruinara.

Não, eu *nunca* mais daria ouvidos a nenhuma desculpa daquele homem.

— Sua mãe está no hospital — ele disse, trazendo meus pensamentos de volta para o presente junto com uma onda de pânico. — Ela teve um sangramento outra noite. Bem feio.

Segurei o celular com tanta força que pensei que a pele dos meus dedos fosse rasgar.

— Ela está *onde*?

— Ficou surdo, Joey? Falei que ela está no hospital, porra — ele berrou. — Parece que teve um descolamento prematuro da placenta.

Meu Deus do céu. Fiquei zonzo e pressionei a mão na sobrancelha.

— Quando foi que aconteceu?

— Sexta à noite — ele respondeu, confirmando meus piores medos. — O pessoal do hospital me chamou pra ficar com ela.

Meu coração murchou.

Enquanto eu a chamava de vadia, ela estava sangrando no hospital.

— Ela deu entrada com sangramento, mas quando foram examiná-la, a bolsa estourou — acrescentou, parecendo genuinamente humano pela primeira vez. — Ela, ah, ela estava mal, então a levaram pra sala de cirurgia pra resolver. De acordo com o médico, isso pode acontecer em mulheres mais velhas que tiveram muitos filhos, e o Tadhg nasceu de cesárea.

— E o bebê? — me ouvi perguntando.

— O que você acha, idiota? Ele está morto, porra, não é óbvio? A coisa era menor que a minha mão.

Puta que pariu.

— *Coisa*? — falei, sentindo as pernas cederem abaixo de mim. — *Coisa*?

— Como você quer que eu chame ele? Seu irmão?

Então era um menino.

Um bebezinho.

Meu Deus.

— Ele se foi e é isso — meu pai disse. — Não adianta chorar pelo leite derramado.

Eu não sabia o que queria ouvir dele, mas chamar o bebê de "coisa" me causou enjoo.

— Sua mãe está bem mal — ele continuou. — Vão dar alta pra ela, mas ela não quer sair do hospital. — Ele soltou um suspiro frustrado e acrescentou: — Não quer sair.

Ele não é uma coisa, era o que eu queria gritar, mas me contive, pois tinha companhia.

— Que porra eu posso dizer?

— Bem, pra começar, você podia deixar essa tristeza pra lá — ele falou. — Por que você ficaria triste? Não é como se você estivesse feliz antes.

— Por que eu estaria *triste*? — Balancei a cabeça, indignado. Será que ele estava falando *sério*?

— Você não queria que ela tivesse outro bebê, e agora ele está morto — disse em um tom acusatório. — O que veio bem a calhar, não é, garoto? Pode abrir o jogo.

Não, eu não queria que eles tivessem outro filho, o que não significava que eu queria que minha mãe *perdesse* o bebê.

Eu não queria que meu irmão mais novo *morresse.*

Eu *jamais* ia querer uma coisa dessas.

Mas não consegui evitar as palavras:

— É um puta de um alívio, isso sim. — E fui sincero, mas não pelo motivo que ele pensava.

O bebê seria poupado do sofrimento de viver no inferno que era o nosso lar. Ele nunca sentiria a dor das surras do nosso pai ou a dor da apatia da nossa mãe. Eu teria um irmão a menos para proteger, me preocupar, alimentar, nutrir, e estaria mentindo se fingisse que não era um alívio.

Por mais ressentido que eu estivesse com aquela gravidez, isso não queria dizer que eu não amaria aquele bebê assim como eu amava os outros. Meu coração se expandiria e meus braços se abririam mais para acolhê-lo.

— Preciso que você venha aqui pra botar juízo na cabeça da sua mãe — meu pai disse. — Você sabe como ela é. A mente dela desliga quando está sob pressão. Você sempre consegue trazer ela de volta quando ela fica assim.

— Tudo bem — falei.

— Estamos no St. Finbarr na cidade. Você sabe onde é, né?

— Sim, estou indo pra lá.

— Ótimo — ele disse com um suspiro de alívio. — Porque não sei o que fazer com ela. Ela não para de chorar e se balançar e eu não consigo lidar com ela desse jeito.

— Acabei de falar que vou pra lá, não foi? — falei, reprimindo a vontade de rugir quando vi Kavanagh me observando feito um falcão. — Eu *vou* estar lá.

— Quando? — meu pai perguntou. — Você chega logo? Porque não estou brincando, garoto, estou quase perdendo a paciência com ela. Quero ir pra casa pra tomar um banho e me barbear. Não aguento mais ficar sentado aqui vendo ela se acabar de chorar.

— Estou indo.

— Boa — disse em aprovação. — Vem logo...

Entorpecido, desliguei o celular e o enfiei no bolso, então olhei para Kavanagh.

— Preciso cair fora.

— Cair fora? — ele perguntou. — Pra onde?

— Tenho que estar num lugar daqui a pouco — murmurei, completamente atordoado.

— Espera aí, porra — ele pediu, bloqueando a porta. — Sua irmã está no chuveiro.

— É verdade. — Balancei a cabeça e soltei um suspiro sofrido. — Então, vou precisar que você segure ela aqui.

— Segurar ela? — Ele ficou me olhando como se eu tivesse ficado maluco. — Você quer que eu segure sua irmã aqui?

— Foi isso o que eu falei, não?

— Você não está me falando nada — Kav sibilou, furioso. — É essa a questão. Você não quer me contar porra nenhuma!

— Eu já falei — retruquei, perdendo a paciência. Eu não tinha tempo para aquela merda. — Falei pra você *perguntar* pra Shannon.

— E agora você vai simplesmente deixar ela aqui? — Ele arregalou os olhos. — Por quanto tempo?

— Não sei.

— Não sabe?

— É, eu não sei, caralho — eu disse, cansado daquela merda. — Qual é o problema?

— O problema não é ela ficar aqui — ele falou depressa. — O problema é você deixar ela aqui e eu não ter a menor ideia do que falar pra garota.

— Beleza. — Irritado, cuspi: — Fala pra minha irmã que o nosso pai ligou. Nossa *mãe* perdeu o bebê na sexta à noite, e ele está levando ela do hospital pra casa.

Ele teve a decência de se encolher.

— Que merda.

— Você não faz ideia — eu disse, passando por ele e pisando duro pelo corredor em direção à porta. *Você não tem a menor ideia.*

— Quer que eu leve ela direto pra casa? — ele perguntou, indo atrás de mim. Sua raiva tinha sido substituída por uma empatia bizarra. Ele que se fodesse. Eu não queria a sua empatia. Não precisava dela. — Ou pro hospital...

— Eu quero que você segure ela aqui, caralho! — rugi, me virando para ele. — Você pode fazer isso, Johnny Kavanagh? — Segurei a porta com força e o encarei de cabeça erguida. — Pode cuidar da minha irmã por mim?

Ou eu te julguei mal?

— Sim. — Ele assentiu rigidamente. — Eu posso.

— Ótimo. — Também assenti. — Eu ligo quando puder passar aqui pra buscar ela. É só vocês ficarem *aqui* até eu ligar, certo?

Sem dizer mais uma palavra, ele pegou meu celular e adicionou seu número nos meus contatos.

Acenei a cabeça e guardei o telefone no bolso antes de dizer:

— Gussie, estou indo pra cidade agora, se você quiser uma carona.

— Está tudo bem? — ele perguntou, aparecendo na sala.

Nervoso demais para pensar direito, me virei e me afastei, e foi como se meus pés não me pertencessem. De alguma forma, consegui caminhar pelo cascalho e me joguei no banco do motorista do carro de Molloy.

— É Gibsie.

Me virei e o vi entrando no banco do carona ao meu lado.

— O quê?

— Meu nome — ele explicou, colocando o cinto e sacando um maço de cigarros do bolso. — É Gibsie, não Gussie.

— Ah, beleza. Gibsie. — Dei a partida e saí, aceitando com gratidão o cigarro que ele acendeu para mim. — Valeu.

— De nada, cara — ele disse, acendendo outro cigarro. — Você parecia estar precisando. — Ele deu de ombros e acrescentou: — Mas é só nicotina.

— Ajuda.

— Por enquanto — ele brincou em um tom bem-humorado.

— Pois é — falei, enquanto aquele desejo desesperado mostrava sua cara feia só de eu pensar em me automedicar. — Por enquanto.

40

Pequeno alfa

AOIFE

Surpreendentemente, passar um tempo com os meninos Lynch fez maravilhas pela minha cabeça, limpando as teias de aranha tecidas pela ansiedade.

O mais velho dos três era o clone ambulante do meu namorado. O do meio era tão bom quanto eu no papo-furado. E o caçula da família... Meu Deus, Sean era tão fofo que chegava a ser ridículo.

Fiquei ocupada demais respondendo ao fluxo interminável de perguntas do cérebro extremamente imaginativo de Ollie e fornecendo infinitos abraços ao adorável menino de três anos que não parava de chupar os dedos e o polegar, e não tive tempo para ficar ruminando meus problemas.

Tadhg emanava a mais pura e impressionante vibe pré-adolescente de macho alfa, e se eu não fosse pós-graduada em lidar com um babaca sarcástico daqueles, poderia ter ficado perturbada.

No entanto, o pequeno alfa provou que era, de fato, o sósia do irmão quando eventualmente — e, claro, relutantemente — sucumbiu à minha irresistível sagacidade e meu charme. E saber acertar o sliotar também não me prejudicou nem um pouco.

Quando voltamos para casa pouco antes da uma da tarde, eu estava confiante de que, caso uma guerra estourasse, teria três pequenos aliados.

A única coisa que estragou o dia foi que Joey e Shannon não estavam lá.

Eu não tinha crédito para ligar para Joey e, apesar de Tadhg e Ollie se virarem bem sozinhos, eu jamais, em sã consciência, os deixaria entregues à própria sorte cuidando de uma criança de três aninhos.

Acabei esperando até uma e meia e depois bati na porta da vizinha para pedir o telefone dela emprestado, porque o telefone fixo do Joey só recebia chamadas. Liguei no trabalho e falei que estava doente e não conseguiria chegar para o meu turno, que deveria começar às 14h. Também usei o telefone da Fran para ligar para o celular do Joey, mas a chamada caiu direto na caixa postal.

Primeiro, não fiquei muito preocupada, mas depois de vasculhar o quarto dele procurando alguma música para entreter os meninos — já que o canalha do pai tinha levado a televisão —, percebi que a calça com aqueles comprimidos no bolso não estava lá e fiquei apreensiva.

Joe claramente tinha vestido aquela calça de manhã antes de sair, o que significava que, onde quer que estivesse agora, estava andando por aí com sua própria bomba-relógio no bolso.

— Sou um ótimo dançarino, né? — Ollie perguntou, me arrancando dos meus pensamentos, saltitando pela cozinha ao som de "The Ballad of Chasey Lain", do The Bloodhound Gang, cortesia da coleção de músicas bizarramente explícitas do irmão mais velho.

Pois é, eu era uma babá incrível.

— É mesmo, Ols — falei, dando risada, observando o menino se movimentar como se ninguém estivesse olhando.

Por sorte, ele e Sean pareciam abençoadamente alheios ao significado daquela música, ocupados demais rodopiando pela cozinha para prestar atenção na letra.

Enquanto isso, o pequeno alfa gargalhava em cima da mesa da cozinha. Tadhg virou uma coca-cola do irmão e quase morreu engasgado em vários momentos ao longo da música.

— Peraí, eu "tem" uma música, eu "tem"! — Ollie declarou quando aquela terminou, correndo para a sala e voltando logo depois com um CD. — É da mamãe — ele explicou com orgulho, trocando os discos no radinho da cozinha. — Eu adoro.

Então "The Pill", da Loretta Lynn, começou a tocar.

— Ah, pelo amor de Deus! — Tadhg bateu a mão na testa. — Sério, Ols?

— Uhum. — Ollie sabia palavra por palavra e ficou se balançando pela cozinha de mãos dadas com Sean. — A mamãe costuma cantar essa música pra gente.

— Ah, é?

— É — Tadhg respondeu, balançando a cabeça e olhando para mim de um jeito cúmplice. — A maioria das criancinhas ouve canções de ninar. — Ele apontou para o rádio e acrescentou: — A gente ouve isso.

— Bem...

— Joe deu esse álbum pra ela de Dia das Mães uns anos atrás. — Ele abriu um sorrisinho e disse: — Acho que estava tentando falar alguma coisa pra ela com essa música.

Ri alto, apesar de ser inapropriado — e um pouco hipócrita também.

Tadhg deu um sorriso malicioso, desceu da mesa e foi até o aparelho de som para trocar o CD. Ele passou alguns minutos escolhendo o álbum e se decidiu por "Girl All the Bad Guys Want", do Bowling for Soup.

Ele deu uma piscadinha para mim e disse:

— Essa é pra você, loirinha.

Puta merda.

Abafei uma risada.

O pequeno alfa era ligeiro.

41

Estou aqui pra te levar pra casa

JOEY

— Graças a Deus você chegou — meu pai disse ao me ver no corredor do hospital.

Segurando uma pasta cheia de documentos e um saco plástico com o que presumi serem as roupas da minha mãe, ele se aproximou, falando:

— Não aguento mais ela, Joey, filho. Não aguento. — Ele colocou a mão no meu ombro em um gesto que demonstrava alívio pela minha presença, mas que só me fez ter vontade de arrancar a minha pele. — Sei que ela está chateada, mas todo aquele choro e mi-mi-mi não dá.

— Bem, pois aguente — falei, afastando sua mão com rispidez. — Porque foi você que engravidou ela. Ela é sua responsabilidade, pai. Ela está aí por sua causa, então seja homem e cuide dela.

— Não precisa ficar nervosinho comigo — ele disse com um tom ameaçador. Ele me lançou um olhar que dizia "Você vai pagar por falar comigo desse jeito", mas eu sinceramente não ligava. — É fácil pra você julgar sem saber o que estou passando aqui.

— Não me importo — cuspi, seguindo-o pelo corredor a contragosto até que ele parou diante de uma porta fechada. — Ela está aí?

Ele fez que sim.

— Vou deixar você com ela. Preciso resolver umas coisas.

Ou seja, havia um banco de bar esperando-o no lugar de sempre.

— Certo. — Ergui o queixo, sem disposição para implorar para o escroto não me largar ali limpando a sua bagunça. *De novo.* — Faça o que quiser.

Então ele foi embora e fiquei sozinho, encarando a porta.

Um milhão de emoções diferentes brotaram dentro de mim enquanto eu tentava domar os nervos e manter a calma.

Eu não queria estar ali. Não queria ver o que sabia que estaria me esperando no instante em que abrisse aquela porta e entrasse no quarto. No turbilhão dela.

Controle-se, idiota.

Com o capuz erguido e as mãos tremendo, me obriguei a esticar o braço e bater na porta antes de abri-la e entrar.

A primeira coisa que vi foi uma cortina azul-clara em volta da cama, enquanto meus ouvidos eram imediatamente atacados pelo som de um lamento baixo, quase selvagem. Um som que eu nunca tinha ouvido antes e jamais gostaria de ouvir de novo.

Era o som do coração de uma mulher se partindo.

— Mãe?

O choro parou por um breve momento e ela respirou fundo algumas vezes antes de falar:

— Joey?

— Sim — assenti, tremendo. — Sou eu, mãe.

— Joey... — ela falou, chorando. — O meu Joey?

— Sim, mãe — respondi, limpando a garganta. — Posso abrir a cortina pra te ver?

Alguns instantes depois, a cortina se abriu e fui recebido pelo rosto coberto de lágrimas da minha mãe. Ela desceu cambaleando da cama e entrou em choque nos meus braços.

— *Joey*!

— Shhh, está tudo bem — falei, abraçando-a antes que ela caísse no chão. — Estou aqui.

— Ele morreu — ela choramingou, segurando o meu moletom e se agarrando a mim, com o corpo mole e atormentado pela dor. — O bebê morreu e levaram ele embora. Levaram ele, Joey. Tiraram ele de mim.

— Eu sei, mãe — eu disse, ajudando-a a voltar para a cama.

— Era tão pequenininho — ela continuou, se recusando a me soltar. Fiquei parado na sua frente, impotente, com os braços pendendo aos meus lados, enquanto ela tomava de mim o que precisava. — Vinte e uma semanas. Era tão miudinho...

Eu não podia dizer que sabia como era ou que entendia a sua dor, então só fiquei ali, me sentindo inútil e à flor da pele.

— Ele se foi — ela falou em meio às lágrimas. — Seu pai deixou que o levassem.

— Pra onde? — perguntei.

— Embora — ela disse, chorando no meu peito. — Vão enterrar ele no jardim dos anjos do hospital.

— É o que você queria?

— Não sei... — Ela soluçou. — Seu pai disse que é melhor assim.

Eu não tinha nada para dizer.

Ela deu um suspiro trêmulo e sussurrou:

— Shannon... os meninos... estão bem?

— Estão — falei, tentando acalmá-la. — Estão todos bem, mãe.

— E você está aqui — ela disse baixinho, ainda se agarrando em mim. — Como é que você está aqui?

— Meu pai ligou — expliquei, afastando suas mãos devagar e me sentando ao seu lado na cama. — Ele me pediu pra vir te ver.

— É mesmo?

Fiz que sim.

— Foi.

— E onde ele está agora?

Provavelmente no bar.

— Ele teve que sair. — Respirei fundo antes de acrescentar: — Disse que os médicos te deram alta, mãe. Estou aqui pra te levar pra casa.

— Não, não, não. — Seus olhos se arregalaram de medo. — Não posso deixar ele aqui. Ele nem tem nome! Era só um bebezinho Lynch. Era assim que o chamaram.

— Mãe... — Suspirei, tentando sem sucesso pensar em alguma coisa para dizer. Eu não conseguia, mas acabei falando: — Você não pode ficar aqui. Os meninos precisam de você em casa.

— Eu não quero — choramingou, abaixando a cabeça nas mãos como se fosse uma criancinha presa no corpo de uma mulher. — Por favor, não me obrigue.

— Não vou te obrigar a nada — falei, notando um potinho cheio de comprimidos em cima da bandeja, contendo o que sabia ser uma fabulosa combinação de Valium e diamorfina. — Isso é pra você? — perguntei, pegando o potinho com as mãos trêmulas. — Tudo isso é pra você, mãe?

Ela assentiu, sem forças.

— Mas eu fico tão sonolenta...

— É assim mesmo. — Coloquei os comprimidos na mão dela e um copo d'água na outra. — Tome isso e você vai se sentir melhor.

— Joey, eu não...

— Tome logo, senão eu vou tomar — falei. — Daí vamos ficar ferrados juntos.

Ela fungou, me olhou com tristeza e enfiou as pílulas na boca, engolindo-as junto com a água. Uma mistura de desolação e alívio me invadiu e relaxei.

— Boa, garota.

— Quero ver ele mais uma vez — ela sussurrou, se jogando todo contra o meu corpo. — Antes da gente ir.

— Certo — respondi, colocando o braço relutante em torno dos seus ombros frágeis. — Tenho certeza que uma das enfermeiras pode providenciar isso.

— Você vai ficar comigo quando ela trouxer ele?

Fiquei paralisado.

— Por favor, Joey — ela fungou. — Não me deixa sozinha.

— Está bem — concordei, soltando um suspiro resignado. — Vou ficar com você, mãe.

42

Me tira dessa casa

AOIFE

Eram pouco mais de oito horas quando Ollie de algum jeito convenceu Sean a subir só para acabar dormindo ao lado dele na cama do Joey. Fiquei na cozinha lavando a louça do jantar enquanto Tadhg jogava o jogo da cobrinha no meu celular em seu quarto.

Apesar de tudo, eu estava até que orgulhosa pela forma como lidei com aquela situação, só que isso não foi o suficiente para amenizar a ansiedade crescendo sem parar dentro do meu peito pelo sumiço do Joey.

Ele não tinha voltado para casa, nem ligado nem mandado nenhuma mensagem.

Havia alguma coisa errada, eu tinha certeza, mas além de enviar um grupo de busca para procurá-lo, o que claramente estava fora do meu alcance, não havia nada que eu pudesse fazer a não ser me sentar e esperar.

De costas para a porta da cozinha e com bolhas de sabão até os cotovelos, rebolei ao ritmo de "Linger", do Cranberries, tocando no rádio, batendo os pés e cantarolando junto com a música.

Pouco depois, ouvi a porta da frente se abrindo e fechando, e relaxei de alívio.

— Já era hora, gente — falei por cima do ombro, colocando um prato no escorredor e sacudindo as mãos. — Pensei que vocês tivessem morrido ou algo assim. — Fui me virar, mas então seu enorme corpo estava sobre mim, me pressionando grosseiramente contra a pia. — Nossa, Joe — eu disse, rindo, ainda de costas. — Está com tanta saudade assim?

Logo sua boca estava no meu pescoço, mas foi estranho.

Sua língua molhada desceu pelo meu pescoço, só que estava tudo errado.

Errado, errado, errado, meu corpo me disse.

Naquele momento, vi meu reflexo na janela sobre a pia e meu sangue gelou.

— Ah, meu Deus! — gritei. — Sai de cima de mim, porra!

Tentei girar, mas ele envolveu seus braços fortes em mim, me imobilizando.

O medo foi crescendo dentro de mim com rapidez.

— Me solta! — falei com o tom mais duro e enérgico que consegui, quando tudo o que eu queria era gritar e chorar. — Agora, seu escroto.

— Queria sentir seu gosto desde a primeira vez que te vi — o pai de Joey falou, e o cheiro de uísque emanando do seu hálito era sufocante. — Olha só esse corpo... — Ele ficou duro atrás de mim e tive vontade de vomitar. — Desperdiçado com aquele garoto.

Ele passou as mãos pelos meus seios, e foi aí que surtei.

— Eu mandei sair de cima de mim — vociferei, tentando me soltar. — Juro por Deus, se você estiver pensando em...

Minhas palavras se perderam quando ele agarrou meu pescoço. Paralisada de medo, meus pés se arrastaram contra os ladrilhos conforme ele nos conduzia para a mesa da cozinha.

— É aqui que vai ser, sua putinha — ele disse, apertando meu rosto de lado na mesa. — Você vai ficar de bico fechado e aceitar o que eu tenho pra te dar. — Ele segurou minha calça e a empurrou com grosseria para baixo. — Chega de desfilar pela minha casa como se você fosse um presente de Deus.

— Vai... se... foder — falei com a voz estrangulada e a bochecha na mesa, arranhando sua mão, tentando infligir o máximo de dor possível enquanto mantinha as pernas juntas, desesperada para me proteger naquela posição indefesa. — Não encosta em mim!

— Sempre quis tocar esse cabelo — ele continuou, soltando meu pescoço só para envolver meu cabelo no punho até me causar dor. — Macio como seda. Hum... Que delícia...

— Por favor. — Meu estômago se contorceu e senti ânsia de tanto nojo. — Me solta!

Sua mão foi até a minha calcinha, e ele a empurrou para baixo, me segurando com força pelo cabelo.

— Abre as pernas.

— Nem morta!

Ele abraçou a minha cintura e me forçou a erguer os quadris.

— Abre a porra das suas pernas, vagabunda!

— Não... não! — berrei, odiando a sensação das mãos dele no meu corpo. Ele colocou os joelhos entre as minhas pernas, forçando-as a se abrirem, me deixando vulnerável e exposta. — N-não faça isso!

Senti o tecido áspero da sua calça jeans na minha pele e depois ouvi o zíper sendo aberto.

— Não... — implorei, me contorcendo. — Não encosta em mim...

Então a porta da frente bateu e uma voz familiar rugiu:

— Sai de cima dela, *porra*!

Eu caí na mesa.

Suas mãos se afastaram no mesmo instante e eu desmoronei no chão, tremendo violentamente, colocando a calcinha e a calça de volta às pressas.

Em meio às lágrimas, vi Joey e o pai brigando, se esmurrando, arrancando o couro um do outro. Eles estavam gritando, mas eu não conseguia ouvir uma palavra sequer. Havia um zumbido nos meus ouvidos me ensurdecendo, e eu tremia sem parar, me sentindo violada.

— Aoife — a sra. Lynch disse, fungando, com os olhos arregalados de pavor, disparando para mim. — Você está bem?

Não, eu não estava nada bem.

Como é que eu poderia estar bem?

O marido dela estava prestes a me *estuprar*.

— Não encosta em mim! — gritei quando ela colocou a mão no meu ombro. Fiquei de pé e me afastei o máximo que pude daquelas pessoas. — Fiquem longe de mim, todos vocês!

Infelizmente, a saída daquele inferno estava do outro lado da cozinha e, apesar de estar desesperada para dar o fora dali, não consegui fazer minhas pernas se mexerem porque precisava passar por *ele*.

— Molloy — Joey falou. Ele estava parado na minha frente com as mãos no meu rosto, os olhos verdes selvagens e frenéticos, mas eu não suportei. — Aoife, gata...

— Não encosta em mim — eu disse, recuando. — Só me tira daqui.

— Aoife. — Ele tentou me tocar de novo, e além do seu ombro, vi seu pai jogado no chão, se contorcendo e gemendo. — Por favor, só... não... me desculpa...

— Eu mandei você me tirar daqui, Joey! — berrei, passando as mãos pelo cabelo, desviando dos olhos *dele* e me obrigando a olhar para o filho. — Quero ir embora *agora*!

Encarei mais uma vez aquele monstro que estava se sentando enquanto a esposa segurava uma toalha molhada no seu rosto.

Sério? Será que ela não tinha visto o que ele estava tentando fazer comigo?

— Me leva pra longe dessas pessoas, Joey — ordenei, olhando fixamente para o meu namorado. — Agora.

Joey soltou um suspiro trêmulo, assentiu e colocou o braço sobre o meu ombro, bloqueando o pai e me conduzindo para fora.

No instante em que saímos, me soltei e corri para o carro, respirando o ar frio da noite e tentando entender que merda tinha acabado de acontecer.

— Aoife.

— Não! — falei, me afastando. — Não diga nada. Só... só me leve pra casa.

Eu estava atordoada.

Minha mente estava vazia.

Meu corpo estava todo tenso.

Joey abriu a porta do carona e entrei em choque no banco, respirando com força e depressa, enquanto me chacoalhava e tremia.

Ele deu a volta no carro, se sentou no banco do motorista e olhou para mim, angustiado.

— Molloy, eu...

— Não. — Tentei colocar o cinto, mas logo desisti, segurando a vontade de gritar. Pressionei os dedos nas têmporas. — Só dirija.

Sem dizer nada, ele prendeu o cinto para mim e deu a partida. Com as mãos rígidas no volante, ele abaixou a cabeça e respirou fundo algumas vezes antes de voltar a atenção para a frente e sair.

Mordi o punho para não berrar. Enfiei uma mecha atrás da orelha e estremeci quando lembrei da sensação da mão dele puxando meu cabelo. Me esforcei para recuperar a calma e não a encontrei. Meu corpo inteiro vibrava com uma energia estranha e ansiosa, e eu não sabia se era medo, raiva ou pura adrenalina.

De qualquer forma, eu não parecia capaz de controlar os meus braços e as minhas pernas.

Eles agiam por vontade própria.

Quando Joey virou à esquerda no final da rua, em vez da direita, na direção do meu bairro, comecei a entrar em pânico. E quando ele parou na frente da delegacia de Ballylaggin alguns minutos depois, o pânico rapidamente se transformou em uma crise de ansiedade.

— O que você está fazendo?

Ele desligou o motor e ficou olhando para o para-brisa com as mãos ainda firmes no volante.

— O que você está fazendo? — repeti, pois ele não respondia. Meu coração disparou no meu peito. — Joey? — Meus olhos estavam selvagens de desespero. — Me leva pra casa.

— Não posso te levar pra casa, Molloy — finalmente disse, e mal ouvi sua voz. Ele manteve os olhos fixos no prédio à frente e balançou a cabeça devagar. — Preciso fazer a coisa certa.

— Como assim? Não vou entrar aí, Joey. Não vou! Só quero ir pra casa tomar um banho.

— A gente tem que entrar — falou, soltando o cinto e abrindo a porta. — Ele não vai se safar depois de ter botado as mãos em você.

— Não! — Estiquei o braço e fechei a porta. — Não. Não quero. Só quero ir pra casa, entendeu? Pra casa. É isso.

— Molloy. — Joey soltou um suspiro sofrido e se virou para mim. A dor que vi em seus olhos, a mais absoluta devastação, parecia refletir exatamente o que eu sentia. — Ele tentou te estu... — Sua voz falhou e ele sacudiu a cabeça antes de desviar o olhar. Respirou fundo de novo e bateu a mão no volante. — Ele tentou fazer aquilo com você.

— Eu *não* vou entrar — avisei com os olhos cheios de lágrimas. — *Não* vou.

— Você tem que contar o que ele...

— Não, eu só quero ir pra casa — eu o interrompi, com a pele toda arrepiada de desconforto e vergonha. — É só o que eu quero. Só isso. Só me leva pra casa, caralho.

— Aoife, por favor.

— Essa decisão *não* é sua! — berrei, puxando o cabelo de frustração. — Você não pode tomar essa decisão, Joey. Eu que posso. Essa escolha é minha, e eu escolho não entrar aí, entendeu? Escolho esquecer isso. A decisão é minha, porra. Só quero ir pra casa. Não quero que ninguém saiba disso, está bem? Só quero ir embora, apagar isso da mente e esquecer que eu estive naquela casa!

Joey ficou me olhando por um longo tempo antes de soltar a maçaneta da porta.

— Porra! — ele finalmente rugiu, esmurrando a mão na direção e se inclinando para a frente, envolvendo os braços no volante e enterrando o rosto neles. — Porra!

— Onde você *estava*? — perguntei, delirando de sofrimento e rancor. — Eu tinha que trabalhar! Eu não devia estar lá, mas *você*... — Parei de falar de repente, percebendo que estava sendo dominada pelo ressentimento e me distanciando da realidade, e soltei um lamento. — Eu tinha que trabalhar. — As lágrimas nublaram minha visão e eu puxei o cabelo para trás, pois não queria senti-lo no meu pescoço. — Eu não devia estar *lá*.

— Eu *sei* — ele disse. Parecia que ele estava morrendo por dentro, e ele ficou batendo a testa sem parar no volante. — Eu sei, porra! Eu só... aconteceu uma coisa e eu esqueci de ligar...

— Aconteceu uma *coisa*? — Ergui a voz, sem acreditar no que ele estava dizendo. — Ah, então tudo bem, né? Se aconteceu uma *coisa*!

— Me desculpa. — Um soluço aflito, seguido por um rugido angustiado escapou do seu peito e ele recuou para olhar para mim. — Me deixa entrar lá. — As lágrimas corriam livremente pelas suas bochechas e ele implorava com os olhos para que eu cedesse. — Me deixa fazer isso por você.

— Não. — Balancei a cabeça, recusando sua súplica, afastando as lágrimas e a mão dele. — Só me leva pra casa, Joe. *Por favor.*

— Não sei o que fazer, Aoife — ele confessou, arfando. — Estou te ouvindo, de verdade, mas não é o certo.

— Se você se importa pelo menos um pouquinho comigo, vai me levar pra casa — falei, erguendo o dedo trêmulo. — Sério. Se não me levar agora, eu desço e vou andando.

Como ele não se mexeu para fazer o que eu pedi, abri a porta e soltei o cinto.

— Está bem, está bem! — Joey deu a partida no carro e o motor rugiu. — Eu te levo pra casa.

Fechei a porta fungando e mantendo os olhos marejados na rua à nossa frente.

Ele soltou um suspiro pesado e foi embora da delegacia, me levando direto para casa, sem fazer nenhum desvio.

— Shannon — enfim disse quando paramos na frente de casa. Depois, apertou o nariz e disse: — Deixei ela com o Johnny Kavanagh. Preciso voltar pra buscar ela. Eu, ah... não posso largar ela lá. Se descobrirem que ela está com ele...

— Tudo bem. — Soltei o cinto, abri a porta e desci. — Pode levar o carro.

Fechei a porta, saí andando e abri o portão do jardim, desesperada para voltar para a segurança da *minha* casa.

— Você pode ir comigo? — ele perguntou, descendo do carro e indo atrás de mim. — Não vai demorar...

— Não, eu vou pra casa — falei, entrando e fechando o portão para mantê-lo ali fora.

— Já devolvo o carro.

— Tudo bem, não vou precisar.

— Beleza. Volto pra cá *logo* depois — ele disse, abrindo o portão e me seguindo para dentro.

— Não. — Balancei a cabeça. — Não precisa.

— Aoife. — Ele segurou a minha mão e falou com uma voz sofrida: — Por favor, não faça isso.

— Preciso ficar sozinha agora, Joe — falei com dificuldade, tentando sem sucesso soltar a sua mão. — Não consigo ficar com...

— Eu sei o que você quer dizer, mas eu não... *por favor*, guarde as palavras pra você — ele implorou, suplicando com os olhos para que eu o ouvisse. — Não diga em voz alta. Não hoje, pode ser? Só... não hoje. Porque, se você disser em voz alta, vai se tornar realidade, e eu não posso deixar isso se tornar realidade, entendeu, Molloy? Não posso te perder.

Desviei o olhar e o encarei de novo.

Ele estava rígido, me observando com medo nos olhos.

Tentei falar alguma coisa para fazê-lo se sentir melhor, mas não fui capaz.

Eu não podia confortá-lo naquele momento.

Estava arrasada demais.

— Preciso de tempo — sussurrei. — Preciso de espaço pra clarear as ideias.

— Sinto muito...

— Eu sei, Joe — falei, completamente devastada. — Eu sei, está bem? Eu só... — Funguei e dei de ombros, impotente. — *Não* posso ficar perto de você agora, pode ser?

— Aoife.

— Toda vez que eu olho pra você, vejo...

— Ele — ele completou, soltando a minha mão na mesma hora. — Entendi. — Ele assentiu rigidamente e foi até o portão, parecendo mais arrasado do que nunca. — Entendi, Molloy.

Então ele se virou e foi embora.

Não consegui vê-lo partir e entrei em casa.

Fechei a porta com força, soltei um enorme lamento de agonia e desabei no chão.

— Aoife? — A cabeça da minha mãe surgiu na porta da sala e então ela estava ali, de joelhos, me abraçando. — Você contou pra ele?

Minha respiração ficou presa na garganta, dei um suspiro sofrido e balancei a cabeça.

— N-não consegui.

— Tudo bem, meu amor — ela disse, me envolvendo nos seus braços como fazia quando eu era criança. — Vai ficar tudo bem. A gente vai dar um jeito.

43

Amarga decepção

JOEY

Pensei que a pior imagem que eu veria hoje era da minha mãe ninando seu bebê prematuro e subdesenvolvido, seguida por ela gritando e se esganiçando quando chegou a hora de deixá-lo para trás. Levei horas para convencê-la a ir embora comigo. Pensei que aquilo seria a pior cena do dia. O pior que poderia acontecer.

Eu estava errado.

Porque entrar na cozinha e ver meu pai de calça aberta com as mãos na minha namorada curvada sobre a mesa feito um maldito cachorro e a calcinha nos tornozelos foi muito pior.

Muito, mas muito pior.

Molloy ficou tremendo no banco do carona, se recusando terminantemente a me olhar, se abraçando e agitando os joelhos sem parar.

Me leva pra longe dessas pessoas, Joey.

Eu não precisava ser um gênio para entender que ela estava me incluindo naquilo.

Ela não suportava nem olhar para mim, e eu não a culpava nem um pouco por isso.

Meu Deus do céu.

Finalmente tinha acontecido.

As merdas da minha vida enfim tinham respingado nela.

O jeito que me olhou...

Porra, ela me olhou como se eu também fosse o inimigo.

Eu tinha que trabalhar...

Eu não devia estar lá...

Onde você estava?

Ela me culpava pelo que tinha acontecido.

Não tinha falado explicitamente, mas eu sabia.

Era *minha* culpa.

Até Molloy chegar, eu era sozinho. Mas daí ela entrou na minha vida e, de repente, eu tinha uma parceira, uma amiga, uma igual que estava disposta a se enfiar no fogo comigo. Alguém que me deixava seguro. Alguém que estava do meu lado, independentemente de eu estar certo ou não.

E meu pai tirou isso de mim.

Tirou *ela* de mim.

Eu ainda sentia o cheiro dela no meu moletom, no carro, por todo lugar, e era demais.

O que diabos eu estava fazendo quando pensei que poderia ter um relacionamento normal e saudável, sendo que a minha vida era o exato oposto disso?

Me sentindo absolutamente morto por dentro, liguei para o Kavanagh, e para o seu desgosto, disse que estava a caminho para buscar a minha irmã.

Ele abriu a porta perecendo pronto para sair distribuindo tapas. Shannon logo apareceu para demovê-lo dessa ideia.

— Joe?

— Está na hora de ir, Shan.

— Ah, é?

— É. A mãe precisa de ajuda com os meninos.

Vi uma tristeza resignada se instalar nos seus olhos.

— Está bem.

— Ela pode ficar — Kavanagh disse, e depois se virou para a minha irmã. — Você pode ficar.

— Não, a gente precisa ir — falei, cansado demais para começar uma briga, conduzindo-a até o carro. — Obrigado pela ajuda, Kavanagh.

— Obrigada, Johnny — Shannon disse, olhando para trás enquanto caminhávamos. — Por tudo.

— Shannon, você não precisa...

— Vamos lá, Shan — eu o interrompi. — A gente precisa ir pra casa.

Eu não queria fazer isso. Eu não queria levá-la de volta para o inferno comigo, mas não tinha muita escolha, e quer ele percebesse ou não, eu estava lhe fazendo um grande favor ao levar minha irmã embora.

Eu os estava protegendo. Porque, se nossos pais soubessem que ela estava ali, ele estaria seriamente encrencado. Deixá-la ali abriria uma caixa de Pandora, e eu não pretendia limpar aquela bagunça.

Eu não *podia*.

Não hoje.

Não mais.

Meu mundo inteiro estava colapsando ao meu redor, e comprar as brigas de outra pessoa era algo que eu era incapaz de bancar no meu estado. Tinham acontecido coisas demais nas últimas quarenta e oito horas para que eu entendesse tudo ou sequer pensasse direito.

Minha mãe tinha dado à luz prematuramente, e o bebê estava morto.

Meu pai tinha tentado estuprar a minha namorada.

E agora ela não conseguia nem me olhar.

Ela queria espaço, e eu não a culpava por isso. Era bastante compreensível, mas doía pra caralho. Eu era a fonte do seu sofrimento, pois eu que a coloquei em perigo, para começo de conversa. Aquilo era responsabilidade minha.

Inquieto e impulsivo, senti as ideias brotando na minha cabeça e me vi fazendo merda antes mesmo de acontecer, e eu me odiei por isso. Ainda assim, eu soube exatamente para onde iria assim que deixasse minha irmã em casa. E, apesar de aceitar e estar em paz com a decisão, eu continuava me sentindo um merda.

— Foi isso que aconteceu? — Shannon perguntou, me arrancando dos meus pensamentos enquanto eu tentava manter os olhos na rua e a mente concentrada na conversa com a minha irmã. — Ela passou a semana toda no hospital e a gente não sabia?

Assenti.

— Ah, Joey. — Ela cobriu a boca com a mão. — Ela ficou sozinha.

— Ela estava com *ele* — falei, apertando o volante. — Ele estava junto e está lá em casa agora.

— O que a gente vai fazer, Joe?

— Não sei. — Balancei a cabeça. — Não sei mais o que fazer, Shannon.

— Tudo bem — ela disse para me tranquilizar, esticando o braço para esfregar meu ombro. — Você não precisa saber. Só tem dezoito anos.

Sim, eu tinha dezoito anos, e essa era a única coisa certa que ela falou. Porque *nada* daquilo estava bem. *Nunca* esteve e nunca estaria. *Claro* que eu precisava saber o que fazer. No fundo, eu sempre *soube* o que fazer.

Era só questão de superar o medo pela lavagem cerebral que me paralisava e me silenciava. Ver o que ele fez com Molloy... Foi a gota d'água.

Eu nunca mais passaria pano para eles.

Nunca mais, porra.

— Eu não posso continuar lá, Shan — confessei, sem querer lhe contar os detalhes dos eventos da noite, respeitando a vontade de Molloy. — Não *posso* mais viver assim.

— Eu sei — ela respondeu, só que era uma resposta genérica que não significava nada.

Enrijecendo de tensão, abri a boca e proferi as palavras que eu sabia que causariam uma tempestade, mas que eu precisava falar mesmo assim:

— Acho que a gente devia pensar no que a Aoife falou.

— *Que parte* do que a Aoife falou? — ela perguntou depressa, se virando para mim.

Ela sabia exatamente a que eu estava me referindo.

— Denunciar — admiti baixinho, e me preparei para a bomba que ia explodir.

— Só *pode* ser brincadeira.

Eu não respondi. Mal conseguia olhar nos seus olhos. Seu olhar traído direcionado a mim era insuportável.

— Eu *não vou* pras mãos do conselho tutelar — Shannon gritou. — Você vai ficar bem. Vai seguir sua vida e sair de lá! Eu vou pra um lar temporário!

— Shannon — tentei argumentar, precisando que ela me ouvisse.

Eu sabia que ela estava com medo, pois eu também estava. Mas aquilo tinha que parar. A gente não podia mais viver daquele jeito.

Se eu não fizesse alguma coisa, alguém ia acabar morrendo naquela casa.

E seria eu ou ele.

— Conversei sobre o meu futuro com ela ontem à noite, e fez todo o sentido...

— Pro *seu* futuro — ela me interrompeu, como se isso fosse a coisa mais horrível que eu pudesse lhe dizer.

— Não, não é só o meu futuro... não me expressei direito. — Meus ombros se curvaram de vergonha. — Não só pra mim, Shannon. Pra todos nós...

— Eu não acredito que você esteja sequer *pensando* nisso depois do que aconteceu com o Darren — ela choramingou, balançando a cabeça. — Como é que você pode pensar em fazer isso com a gente, Joey?

As lágrimas arderam nos meus olhos, e nunca me senti tão perdido e desesperançoso na vida.

Minha mãe tinha medo de mim.

Shannon se sentia traída.

Molloy não conseguia nem olhar na minha cara.

Eu tinha decepcionado as únicas três mulheres que já amei na vida.

Eu não conseguia fazer a coisa certa para ninguém.

Você é um completo ferrado, cara.

— Se você quer ir, então vai! — Shannon berrou em um tom acusatório. — Pode abandonar a gente. Pode ir ficar com a Aoife e ter uma vida maravilhosa com ela. Eu protejo os meninos...

— Você não consegue nem se proteger! — rugi, perdendo a calma enquanto a dor vazava dos meus poros na forma de palavras. — Sou *eu* que estou fazendo isso, Shannon. *Eu*. Sou *eu* que estou tentando absorver as porradas, mas é uma atrás da outra!

— Então torce pra sua sorte mudar e ele acabar comigo da próxima vez — ela disse, chorando e cobrindo o rosto com as mãos. — Assim você não precisa se preocupar, e ele pode poupar energia pra outras coisas.

— Porra, não fala isso, Shannon — falei, me encolhendo com o impacto das suas palavras e com a ideia.

Se ela tivesse me dado uma facada no coração, teria doído menos.

— Por que não? — Ela segurou o pescoço, respirando com dificuldade enquanto o pânico a tomava. — É a verdade.

— Shannon, respira. — Estiquei o braço e esfreguei suas costas. — Respira.

Ela se inclinou para frente, abraçando os joelhos magrinhos e lutando para recuperar o fôlego.

— Isso. — Parei o carro na frente de casa, mas não desliguei o motor. — Com calma, devagar.

Ela ficou no carro bem depois da respiração ter se estabilizado, e quanto mais ela se demorava, mais pesada ficava a minha consciência.

— Shannon?

Silêncio.

— Você está me ouvindo?

Ela fez que sim, mas manteve os olhos voltados para frente.

— Se ele levantar a mão pra te ameaçar, Shannon, quero que você pegue a faca mais afiada que encontrar e enfie no coração dele.

Então ela finalmente se virou para mim com os olhos tomados pelo desalento.

— Você não vai voltar, né?

— Não *posso* — falei, desejando que ela entendesse que a minha sanidade estava em jogo. — Seu eu entrar nessa casa, vou acabar matando os dois.

A cara que ela fez me garantiu que ela não entendia.

A cara que ela fez me garantiu que eu tinha partido o seu coração.

Extremamente decepcionada, minha irmã soltou o cinto e desceu do carro.

—Adeus, Joey — foi tudo o que ela disse antes de bater a porta e se afastar.

44

Estou bem!

AOIFE

— Aoife? — meu pai perguntou, parado na porta do meu quarto com os olhos tomados de preocupação. — Você está bem, meu amor?

— Estou — falei, andando pelo quarto feito uma maluca, tentando sem sucesso processar as últimas horas da minha vida. — Por que é que eu não estaria?

— Você não parece nada bem.

Porque não estou nada bem.

— O que você quer que eu diga? Quer pegar um detector de mentira? — disse, passando as mãos pelo cabelo só para estremecer com a sensação. — Já falei que estou *bem*.

— É que estou na sala te ouvindo andar pra lá e pra cá lá e não consigo ouvir o filme com todo esse barulho...

— O que você quer que eu faça? — perguntei, erguendo as mãos. — Corte minhas pernas fora e comece a rastejar?

—Meu Deus... — meu pai murmurou, esfregando o queixo. — Está certo. Vou sair pra beber com a sua mãe. Fique à vontade.

No instante em que ele fechou a porta, um calafrio percorreu todo o meu corpo e chacoalhei as mãos, desesperada para me libertar daquela ansiedade terrível. Fiquei só de calcinha e sutiã, amassei as roupas em uma bola e fui até a janela para jogá-las fora sem hesitar.

Não foi o suficiente.

Eu sentia o hálito quente dele no meu pescoço.

Estava morrendo de nojo.

Minha pele se arrepiava só de lembrar.

Lágrimas escorreram dos meus olhos quando estiquei os braços para trás e tirei o sutiã, deixando-o cair pelos meus ombros antes de empurrar a calcinha pelas pernas.

Peguei o roupão na porta do armário, coloquei-o e fui para o banheiro, determinada a eliminar a sensação daquele homem da minha pele.

45

A décima primeira hora

JOEY

De volta à casa de Molloy, travei uma guerra dentro do meu corpo, pois duas partes diferentes da minha mente batalhavam para me dominar. De um lado, estava o demônio que vivia logo abaixo da superfície; aquela voz horrível que controlava cada impulso, vontade e reação que eu tinha.

Ela me garantia que a minha vida era mesmo uma merda e não havia qualquer esperança, e se o único alívio que eu encontrasse viesse na forma de narcóticos, então que assim fosse. Porque eu tinha feito o suficiente, lutado o suficiente, tentado o suficiente por todos.

Eu tinha cumprido minhas malditas obrigações e aguentado o bastante para merecer meu rito de passagem. Eu não estava fazendo mal a ninguém, não mesmo, e se eu fosse cuidadoso dessa vez, poderia controlar meus desejos, em vez de deixar que eles me controlassem.

Do outro lado, sozinha e parecendo menos atraente a cada segundo, estava a minha consciência. Ela me paralisava com lembranças e imagens do passado, me incitando a dar um passo para trás e pensar no que eu estava fazendo.

Nada de bom vai vir disso, ela me dizia. *Você vai partir o coração dela de novo. Lembra da última vez? Lembra da cara dela?*

Seu pai já acabou com ela e foi você que permitiu isso, o demônio sibilava. *Você quer ficar aí com a imagem dele abrindo as pernas dela feito uma maldita égua reprodutora ou quer esquecer tudo de ruim que já viu, sentiu e vivenciou? Porque sua consciência não vai fazer isso por você. Mas você sabe o que funciona. Você pode fazer tudo isso ir embora. Você não precisa sofrer assim.*

— Quero esquecer — falei com o peito pesado, parando na frente da casa de Molloy e desligando o motor. — *Preciso* esquecer.

Tranquei o carro, entrei no jardim e fui até a porta para enfiar a chave na caixa do correio. Me virei para ir embora, mas parei no lugar, incapaz de fazer meus pés cooperarem.

Não faça isso, minha indesejada consciência falou. *Você só precisa continuar tentando uma hora de cada vez, lembra? Você consegue.*

Soltando um suspiro frustrado, dei dois passos em direção ao portão antes murmurar uma série de palavrões e desviei para o galpão do jardim.

Péssima ideia.

Péssima ideia.

Péssima ideia.

Me ergui para o telhado do galpão, pulei para a lateral da casa e me agarrei à borda com uma familiaridade que deveria me preocupar. Usando toda a força da parte superior do meu corpo e ignorando nos meus dedos feridos, me puxei rápido para o peitoril da janela de Molloy e entrei.

O quarto dela estava vazio, então fui até a cama e me sentei, pois eu precisava ficar ali dentro daquele cômodo e longe de problemas. Pois aquele quarto e aquela garota tinham se tornado a minha rede de proteção. Meu porto seguro.

Vários minutos se passaram antes da porta se abrir e ela aparecer, enrolada em uma toalha branca felpuda.

No instante em que seus olhos pousaram nos meus, vi um lampejo momentâneo de medo e horror, porque era como ela disse: eu a lembrava *dele.*

— Sei que você quer espaço. — Me levantei devagar, erguendo as mãos e recuando para a janela, dando-lhe o máximo de espaço possível para tranquilizá-la. — Eu te ouvi.

Suas bochechas estavam coradas, seus olhos, vermelhos e inchados de tanto chorar, e seu narizinho fofo também estava rosado. Ela segurou a toalha com mais força, foi até a cama e sentou, mantendo os olhos fixos em mim.

O medo foi substituído pelo afeto que ela geralmente demonstrava ao olhar para mim, mas o fato de o medo ter sido sua primeira reação me perturbou muito mais do que eu poderia explicar.

— Mas? — Aoife sussurrou, cruzando a perna.

Dei de ombros, impotente.

— Como eu poderia não voltar?

— Joe. — Sua voz falhou e ela abaixou a cabeça enquanto seus ombros tremiam violentamente e ela explodia em lágrimas. — Fiquei com tanto medo.

— Sinto muito — falei, me aproximando. — Sinto muito. Sinto muito. Sinto muito, gata...

Fiquei de joelhos ao lado dela e coloquei as mãos nos seus quadris, mas ela se encolheu com o meu toque, horrorizada.

O meu toque.

— Meu Deus, me desculpa — falei, mais que arrasado. — Me diz o que fazer. Me diz como consertar as coisas pra você.

Me afastei um pouco para dar espaço, mas ela chegou mais perto e segurou o meu braço.

Entendi como um sinal verde e coloquei as mãos no seu quadril de novo.

Dessa vez, ela não se encolheu.

— Eu não devia ter te deixado lá — falei com a voz rouca. — Eu não te protegi e sinto muito por isso.

— Você não deveria *ter* que me proteger desse jeito — ela choramingou. — Você não deveria ter que se preocupar com uma coisa dessas. Pais não deveriam fazer as coisas que o seu pai faz, Joe.

Eu sabia.

Claro que eu sabia disso.

— Eu não sou ele — falei, precisando que ela me escutasse, acreditasse em mim. — Não sou, Aoife, eu juro. — Estiquei o braço para segurar seu rosto entre as mãos, e puxando-o para mim, sussurrei: — Não sou *nada* parecido com aquele homem.

— Eu sei que você não é — ela disse, se inclinando e ficando cara a cara comigo. — Mas *eu* não sou nada parecida com você, Joe.

— Como assim?

— Não posso empurrar isso pra debaixo do tapete como você faz.

— Não estou te pedindo pra fazer isso — falei depressa. — Não estou. Eu mesmo faço questão de te levar pra delegacia, Aoife. Não vou mais passar pano pra ele, te juro, e *jamais* vou te pedir pra fazer isso.

— Eu não estava falando disso — ela sussurrou. — Eu falei sério quando disse que não queria denunciar. — Ela fungou e acrescentou: — Ele não chegou a fazer nada de fato. Tipo, além de empurrar minha calça pra baixo e puxar meu cabelo...

— Só porque eu cheguei na hora! Não minimiza o problema. Não deixa aquele escroto se livrar do que fez com você — esbravejei, tremendo de raiva enquanto minha mente me atormentava com imagens da cena que eu tinha flagrado. — Ele fez o suficiente, Aoife. Só olhar pra você já foi demais.

— Mas eu não estava falando disso.

— Então do que você estava falando? — perguntei, dando de ombros, perdido.

— Como você vive? Como você vive com isso? Pensei que eu soubesse. Pensei que entendia, mas não entendo, Joe. Nunca tive a menor ideia — ela admitiu com a voz rouca. — Minha casa não é como a sua. Eu nunca senti medo desse jeito. — Ela fungou, segurou meu rosto e soltou um soluço trêmulo. — Hoje, senti um tipo de medo que *nunca* mais quero sentir de novo.

— Não sei o que te dizer. — Eu não podia mudar as minhas origens nem a forma como isso me moldou. — O que você quer que eu diga?

— Eu só... — Ela balançou a cabeça, soltou outro suspiro trêmulo e falou: — Estou vendo um monte de bandeiras vermelhas à nossa volta. Bandeiras que eu nunca tinha visto antes, mas que não consigo tirar mais da cabeça.

Olhei para ela completamente perplexo, incapaz de ler os sinais ou compreender o significado do que estava tentando me falar.

— O que está me dizendo?

— Que a sua vida me assusta e talvez você estivesse certo quando me avisou que era uma péssima ideia pra mim.

Suas palavras me atingiram feito um tapa na cara, e me encolhi, como se ela tivesse me rasgado e me deixado sangrando aos seus pés.

— Sério?

— Não? Talvez? — Ela fungou e deu de ombros. — Não sei de mais nada.

— Beleza. — Congelado, fiquei encarando-a por um longo tempo antes de balançar a cabeça. — Beleza, é melhor eu ir.

— O quê? Não, não, não vai! — Ela se afundou no meu colo, jogou os braços em mim e enterrou o rosto no meu pescoço. — Não me deixa!

— Não sei o que você quer de mim — confessei com a voz rouca, enquanto uma onda de desolação me arrastava e me afogava. — Não sei o que fazer, Aoife, porque com as suas palavras você está me mandando ir, e com as suas ações, me pedindo pra ficar.

— Pois é — ela disse, chorando e sacudindo a cabeça, abraçando o meu pescoço e envolvendo a minha cintura com as pernas. — Eu sei, eu sei, me desculpa, está bem?

— Você está terminando comigo? — me obriguei a perguntar. — É isso o que está tentando me dizer?

— Não sei o que estou fazendo nem como estou me sentindo. — Ela agarrou meu moletom e soltou o lamento mais angustiante que eu já tinha ouvido na vida. — Só sei que está doendo e não quero sentir isso. — Seus lábios estavam no meu pescoço quando ela disse: — Isso está me matando. Sinto que estou morrendo, e não quero isso.

Bem, aquelas palavras não foram nem um pouco reconfortantes e fizeram o aperto em volta da minha garganta piorar de maneira significativa.

— O que eu posso fazer por você? — perguntei, quase implorando para que ela me dissesse como consertar as coisas. — O que você quiser que eu faça, o que você precisar, é só falar que eu faço.

Ela ficou me encarando por um longo tempo com os olhos cheios de lágrimas, então soltou um suspiro vacilante e colou os lábios nos meus.

Congelei, com as mãos ainda nas suas bochechas, inseguro e morrendo de medo de fazer algo errado.

— Me beija — Aoife pediu perto da minha boca. — Me mostra como esquecer isso tudo.

Meu Deus.

Tremendo, fiz exatamente o que ela me pediu. Beijei-a com todas as forças que eu tinha, e nossas línguas e dentes e lábios colidiram em um beijo frenético, que não lembrava em nada como costumávamos nos beijar.

Aquele beijo era de puro desespero, percebi. Ele vinha da necessidade de ter aquela boca na minha tanto quanto ela precisava da minha boca na sua.

Técnica ou suavidade não importavam nem um pouco, porque a urgência de confortar o outro era forte demais para que pensássemos em qualquer coisa além de tocar, sentir, beijar, ser...

Quando ela colocou a mão entre os nossos corpos e soltou a toalha, senti meus ombros se contraírem de tensão.

— Eu não quero se você não quiser — avisei, precisando que ela tivesse certeza do que estava fazendo.

Ela podia estar toda cagada da cabeça, e, meu Deus, eu não tirava a razão dela, mas eu *não* era o homem que as pessoas pensavam. Eu *não* era o meu pai. Eu jamais aceitaria algo que não me fosse oferecido de coração.

— É sério — insisti. — Não transe comigo se você for se arrepender depois.

— Você não me quer? — ela perguntou, segurando a barra do meu moletom e o tirando bruscamente junto com a minha camiseta.

— Você sabe que eu te quero — respondi, conforme meu pau crescia. — Mas não quero que você faça *isso* se não estiver com a cabeça no lugar certo.

Ela passou a ponta da língua nos meus lábios, se aproximou mais e brincou com a minha língua.

— O que eu quero... — Ela empurrou meus ombros com força, me derrubando no colchão. Depois se livrou da toalha às pressas e montou em mim. — É que você me faça esquecer. — Seus dedos traçaram a tatuagem no meu peito e ela se inclinou para passar a língua na tinta preta. — Você pode fazer isso por mim, Joe? — Ela esticou um joelho e ergueu a minha calça. Levantei os quadris e deixei que ela a tirasse junto com a cueca. — Hein? No momento que fiquei à vontade, meu pau ficou em posição de sentido, visivelmente se esforçando para chegar até ela. — Será que você consegue me fazer esquecer, como sempre faz?

Ela estava dizendo todas as coisas certas, fazendo os movimentos certos, mas seus olhos estavam errados, sua voz estava estrangulada, e o hematoma no seu pescoço me dizia que aquilo não estava legal.

— Não acho que seja uma boa ideia... — Minhas palavras se interromperam com um som de prazer e dor que soltei quando sua mão segurou meu pau com vontade. — Porra.

— Gostou, né? — Aoife perguntou, colocando a mão livre entre as minhas pernas para segurar minhas bolas enquanto ela batia uma em um ritmo furioso. — Você adora quando eu te toco assim.

— Adoro — concordei, levando as mãos à cabeça e lutando contra a vontade de gozar bem ali.

— E você curte meus peitos, Joe? — Ela me soltou, se inclinou para perto e pressionou meu pau nos seus seios. — Quer gozar aqui?

Meu Deus.

— Aoife, calma — tentei falar, mas meus quadris traidores se moviam por vontade própria. — Você passou por muita coisa hoje, não precisa fazer isso...

Então seus lábios estavam no meu pau. Sua língua contornou a cabeça antes de me engolir inteiro, tão fundo que, quando atingi a sua garganta, ela quase vomitou.

— Nossa — grunhi, fechando os olhos conforme ela me chupava todo, se engasgava e me apertava com força, me fazendo sentir milhares de coisas.

— Hum — ela ronronou, segurando a base do meu pau, subindo e descendo a mão. — Hum...

— Aoife. — Com os quadris se mexendo sozinhos, tentei segurar sua bochecha, mas ela pegou minha mão e a colocou na própria garganta. — Não. — Balancei a cabeça e tentei me soltar, só que ela ficou segurando minha mão ali, querendo que eu a enforcasse. — Aoife, pare com isso.

— Hum.

— Aoife, eu falei pra parar — ordenei, arrancando a mão, em pânico, repugnado e com tesão, tudo de uma vez. — Que porra você está fazendo?

— Já te falei — ela ronronou quando finalmente ergueu a cabeça para respirar, deixando meu pau brilhante com a sua saliva. — Quero que você me deixe igual a você.

— Acho que a gente devia parar um pouquinho — eu disse, desconfortável, enquanto ela montava em mim e posicionava a cabeça do meu pau contra os lábios molhados da sua buceta. — Aoife, por favor, gata, só...

— Isso é o que eu quero — ela falou, sentando com força no meu pau. — Você dentro de mim. — Um lamento escapou. — Só você. — Uma lágrima escorreu pelo seu rosto. — Só você.

Puta merda.

— Vem aqui — eu disse, me levantando e puxando-a para o meu peito, com o pau ainda totalmente dentro dela. — Estou aqui.

— Quero que isso passe — ela choramingou, encostada no meu peito, me envolvendo com os braços e as pernas. — Faça tudo passar.

Eu não sabia como.

Se pudesse voltar no tempo para poder mudar a minha vida, eu jamais a teria deixado em casa. Eu daria qualquer coisa com prazer e abriria mão de tudo para que ela não tivesse que passar por aquilo. Para apagar aquele escroto da sua mente.

— Não tira — ela implorou quando eu ia fazer justamente isso.

— Aoife...

— Não, não, não. — Tremendo violentamente, ela insistiu: — Fica aí *dentro*.

— Beleza, mas você está congelando. Então deixa eu te tirar do chão...

— Não. — Ela balançou a cabeça. — Fica aí.

Meu Deus.

De alguma forma, eu não sabia ao certo como, consegui me levantar levando-a comigo e nos conduzi até a cama.

— Está tudo bem — tentei confortá-la, me sentando na ponta do colchão com o seu corpo ainda envolvendo o meu, ainda *unido* ao meu. — Estou aqui, Molloy.

Devagar, fui nos levando para o meio da cama, comigo por baixo dela.

— Te amo, Joe.

— Eu sei. — Soltei um suspiro trêmulo, peguei o edredom e cobri seus ombros, que não paravam de sacudir. — Também te amo.

— *Odeio* ele.

— Eu sei. — Meu peito estava tão apertado que eu mal conseguia respirar. — Eu também.

— Joe — ela disse, roçando meu pescoço com o rosto molhado. — Você ainda está duro. Estou sentindo você pulsar dentro de mim.

— Pois é — murmurei, conseguindo manter os quadris controlados e *não* me mexer. — Meu coração está partido, mas meu pau está satisfeito.

Ela ficou pensando por um momento e depois começou a rebolar com cuidado em um doce movimento circular. Deixei escapar um gemido e ela prendeu o fôlego.

Logo depois, repetiu o movimento.

E de novo.

E de novo.

Então seus quadris estavam girando contra os meus de um jeito que fez todos os músculos do meu corpo se contraírem.

— O que está fazendo?

— Não sei — disse, se esfregando contra mim.

Estava tão molhada que, a cada rebolada, eu ia mais fundo.

— Aoife.

— Hum.

— Aoife.

— Hum?

— Eu vou gozar — falei, apertando os seus quadris para avisá-la enquanto minhas bolas se tensionavam de expectativa. — Aoife, você precisa parar senão vou gozar em você, e não acho que você quer isso agora...

Ela cobriu minha boca com a mão, se afastou, arqueou as costas, rebolou e gemeu em cima de mim, movendo os quadris selvagemente, perseguindo aquela velha onda de calor — a mesma que eu estava tentando conter.

— Vou gozar — Aoife disse, e sua buceta apertou meu pau com força enquanto ela pegava minhas mãos e as colocava nos seios. — Joe, vou gozar, vou...

— Porra! — sussurrei, perdendo todo o controle conforme o calor que ameaçava me consumir transbordava.

Minhas panturrilhas queimaram, os músculos da minha coxa se contraíram, eu agarrei seus quadris e a arrastei para baixo, sacudindo os quadris inquietos.

Senti Aoife gozando no meu pau, se apertando e me sugando ainda mais fundo, e a sensação foi demais.

Soltei um gemido gutural e meus quadris chacoalharam e se contorceram quando encontrei o alívio, gozando profundamente dentro dela.

— Meu Deus — ela falou, e então sua expressão murchou. — Ah, meu Deus.

Com o rosto contorcido de dor, ela colocou o cabelo por cima do ombro e saiu de cima de mim. Eu soube que tinha cometido um erro quando ela se afastou o máximo possível na cama e soltou um lamento sofrido.

— Qual é a porra do meu problema?

— Nada. — Respirando com dificuldade, me virei para ela, mas ela estava de costas para mim. — Não tem nada de errado com você, Molloy, está tudo bem.

— Seu pai tentou me comer! — ela gritou, abraçando um travesseiro. — E depois eu deixei você me comer.

Perturbado com as suas oscilações de humor e lutando com emoções que eu não sabia lidar, me sentei e estiquei a mão para fazer carinho no seu ombro.

— Não — ela disse, me dispensando. — Preciso de espaço.

Lá vamos nós de novo.

Balancei a cabeça, abracei os joelhos e fiquei olhando para as suas costas.

— Está falando sério?

Ela assentiu devagar.

— Preciso ficar sozinha.

— Dois minutos atrás, você disse que precisava do meu pau dentro de você — falei, passando a mão pelo cabelo e frustrado. — Você me manda embora, depois pede pra eu ficar. Você diz que me quer e depois que não quer mais. Tento ir e você me impede. Você quer transar e então não quer mais, daí você quer de novo e a gente transa, e depois que transamos você decide que não queria. Meu Deus. Se decida, Molloy, porque não estou entendendo nada.

— Me desculpa, está bem? Pelo visto, não lido tão bem com o trauma quanto você. Sinto muito se não sou um robô sem coração e tenho um sistema emocional funcional. Nem todo mundo é tão bom em desligar as emoções como você.

— Pois está te parecendo que as minhas emoções estão desligadas? — perguntei, com a voz embargada, apesar de ela estar me acusando de não sentir nada. — Porque, na minha visão, estou sendo bastante transparente com as minhas emoções, Molloy. É você que está vazando feito uma torneira desregulada.

— E agora você está gritando comigo.

— Não estou *gritando* com você — berrei. — Estou tentando *ficar* do seu lado!

— Bem, eu te falei que precisava de espaço.

— Meu Deus, Aoife, não sei o que está acontecendo. — Passei as mãos pelo cabelo. — Se você tem alguma coisa pra me dizer, é melhor acabar logo com isso.

Silêncio.

— Você está brava comigo.

Mais silêncio.

— Você está me culpando.

Ela não respondeu e decidiu cobrir as orelhas com as mãos.

— Confesse — exigi, me sentindo impotente e frustrado, com o peito pesado. — O que quer que você precise me dizer, só desembucha logo, Molloy.

— Está bem, Joey, está bem! Quer saber o que estou sentindo? Estou magoada! — ela berrou, ficando de joelhos e atirando o travesseiro em mim. — Porque quase fui estuprada hoje por um homem igualzinho a você! E eu estava naquela situação por *sua* causa! Porque você nem se deu ao trabalho de pegar o telefone e me ligar pra dizer o que estava acontecendo. Porque você nem pensou em mim quando saiu e não voltou mais!

Ali estava.

Finalmente.

Ela me culpava tanto quanto *eu* mesmo me culpava.

— Eu estava de costas quando ele me agarrou — ela continuou com a voz rouca. — Pensei que fosse você... pensei que fosse *você*, Joey! Mas não era. Não eram as suas mãos no meu corpo, a sua língua na minha pele, os seus dedos no meu cabelo, e agora não sei como me sinto.

Estremeci.

— Meu Deus do céu.

Quando eu pensava que não poderia me odiar mais do que já me odiava, ela abriu a boca e me jogou a verdade na cara.

Ela engoliu um soluço e falou, chorando:

— Então, sim, estou brava com você, e talvez seja meio irracional e minhas emoções estejam bagunçadas, mas estou brava e chateada e tão *puta* com você... — Sua voz falhou e ela conteve outro soluço antes de admitir: — Porque eu estava lá pra *você*. Cuidando dos seus irmãos pra *você*. E porque cada situação horrível que passei este último ano e meio foi por *você*. E continuo me machucando porque amo *você*!

Senti o cheiro do seu perfume na minha pele e o seu sofrimento à minha volta enquanto ela me olhava nos olhos e arrancava o coração do meu peito.

Era exatamente isso que eu tinha tentado impedir.

Eu não queria me apaixonar por ela e me apaixonei. Eu não queria me abrir para ela e me abri. Tudo o que eu nunca quis fazer, acabei fazendo com ela, *por* ela, porque eu a amava. Porque ela se recusava a aceitar migalhas.

Eu não sabia o que dizer para consertar as coisas.

Não tinha as palavras necessárias para confortá-la naquele momento.

Não podia negar ou rejeitar o que ela estava dizendo.

Por mais difícil que fosse ouvir aquilo, era verdade.

Eu a magoei e ela me magoou, e era o que vivíamos fazendo um com o outro, só que ela não conseguia olhar para mim sem ver o meu pai, e tudo o que eu via ao olhar para ela era a minha mãe.

Meu corpo se crispou de dor.

Eu não conseguia respirar.

Decidi que era melhor manter a boca fechada. Me levantei depressa e peguei minhas roupas.

— O que está fazendo?

Não respondi.

— Joey?

Eu não conseguia. Ignorando a dor que atravessava meu peito, apertando minha garganta, me concentrei no que o meu cérebro estava me dizendo.

Desligue tudo.

É só parar de sentir.

Se eu tivesse dado ouvidos à minha cabeça desde o começo, eu não estaria ali.

Meu coração era o responsável por eu ter me ferrado e me exposto a todo aquele sofrimento desnecessário.

Com o cérebro assumindo a direção e o coração mutilado esparramado pelas paredes do quarto dela, me concentrei em me vestir. Meus movimentos estavam rígidos, automáticos e, ao terminar, fui até a janela do quarto dela, me afogando no som dos seus gritos de dor.

— Não, não, não, não vai — ela implorou, descendo da cama e se aproximando. — Me desculpa, Joe, me desculpa! Eu não quis... eu só... preciso que você fique.

— Eu estava falando sério — eu disse, afastando o rosto dos seus lábios quando ela tentou me beijar. — Se mudar de ideia e quiser denunciar, vou estar do seu lado durante todo o processo.

— *Não* vai.

— Me desculpa. — Arranquei suas mãos de mim com gentileza e segui para a janela, precisando ficar o mais longe possível daquela garota antes que eu causasse mais estragos. — Te amo.

— Joey!

— Te vejo depois, Molloy.

E então saí pela janela e saí noite adentro.

Um pouco mais tarde, eu estava parado na frente de uma casa familiar, com as mãos no bolso da frente do moletom, o coração em pedaços e a cabeça baixa em resignação.

Soltei um suspiro frustrado, estendi a mão e bati na tábua pichada que cobria o vidro quebrado da porta. Quando ela se abriu, o único julgamento que senti veio diretamente da minha consciência rugindo "imbecil" na minha cabeça.

— Lynchy — Shane disse, e ficou ali com um cigarro pendurado nos lábios, esperando uma explicação para aquela aparição repentina.

— Preciso de um lugar pra passar uns dias — acabei dizendo, e me obriguei a encará-lo.

— Seu coroa está aprontando de novo?

Eu sabia que ele estava procurando no meu rosto os hematomas de sempre — os hematomas que me levaram a buscar abrigo em seu sofá incontáveis vezes ao longo dos anos.

Fiquei em silêncio e assenti com firmeza.

— Por que não vai ficar com a sua gata?

— Porque já era.

— Está brincando? — Ele ergueu as sobrancelhas e pegou o cigarro na boca. — Como assim?

Dei de ombros, contendo a vontade de gritar.

— Ela cansou das minhas merdas. Posso ficar aqui ou não?

Soltando uma nuvem de fumaça, Shane deu um passo para o lado e gesticulou para que eu entrasse.

É só dar meia-volta e ir embora.

Só vai embora.

E pra onde eu vou?

Pra casa?
Pra casa da Molloy?
Você não tem pra onde ir.
Você não tem nada, cuzão.
Você não é nada.
Então entrei de cabeça baixa.

PARTE 4

46

Mães sempre sabem

AOIFE

Matei os dias seguintes de aula e falei para o pessoal o trabalho que estava doente, pois estava infeliz e cansada demais para conseguir me concentrar em qualquer outra coisa que não a tempestade que tinha se tornado a minha vida.

Era como se tudo estivesse escorregando das minhas mãos e, no meio daquela loucura toda, a única decisão acertada que eu parecia ter tomado foi me abrir com a minha mãe. Desde que lhe contei da gravidez, ela estava sendo *maravilhosa*.

Quando me senti mais vulnerável que nunca, quando eu estava no fundo do poço, ela veio e segurou minha mão. Ela me deu seu apoio e me mostrou o caminho. Eu sabia que ela estava decepcionada — *por* mim, como ela havia dito tão delicadamente —, mas tê-la ao meu lado fazia o meu futuro desconhecido me parecer quase tolerável.

Ela me ajudou no meu afastamento temporário da vida interceptando as ligações do diretor da escola e do meu chefe, sem mencionar as visitas não solicitadas de Katie e Casey. Ela arriscou o próprio pescoço por mim e parou o mundo enquanto eu tentava aceitar o rumo que a minha vida havia tomado. Ela me acompanhou na temida consulta com o médico da família, onde tive que me sentar na frente de um homem que me conhecia desde pequena e lhe contar que eu tinha cometido o velho erro de engravidar na adolescência.

O médico confirmou o que eu já sabia, fez meus exames de sangue e disse que o parto estava previsto para o dia 20 de setembro. Então me mandou embora com um punhado de panfletos sobre gravidez na adolescência e mães jovens, dizendo que eu logo faria um ultrassom de datação na maternidade pública.

Fiquei tão abalada depois que minha mãe pegou o cartão de crédito de emergência que meu pai achava que ela não conhecia e me levou para fazer compras. Ela torrou uma quantia absurda de dinheiro no salão de beleza, para não falar de todas as roupas novas que ganhei e que eu não conseguiria usar durante um bom tempo, e de alguma forma tornou leve e normal uma situação que parecia tudo menos isso.

Depois de me empanturrar de chocolate quente e docinhos recém-saídos do forno, passeamos pela cidade até que eu não conseguisse nem olhar para mais nenhuma vitrine em liquidação ou vasculhar outra gôndola de pechinchas. Me deixar exausta de tanto fazer o que eu mais amava era um feito impressionante, e logo aprendi que esse era o jeito dela de me ensinar a ser flexível.

Sentada à minha frente em uma poltrona de couro de uma cafeteria na Patrick's Street, com uma mesinha redonda e uma dúzia de sacolas de compras nos separando, minha mãe levou o café com leite aos lábios e deu um gole na bebida. Ela estava elegante com as pernas cruzadas nos tornozelos e o belo cabelo loiro preso em um coque frouxo, e senti aquela velha onda de aborrecimento me tomar. Era linda, por dentro e por fora. Inteligente, espirituosa e leal. Ela se cuidava, estava em forma e trabalhava duro pela família. Mas nada disso parecia importar para o meu pai, que continuava a repetir os mesmos erros. A situação não era nada daquela baboseira de ela ter ficado desleixada e meu pai ter desviado a atenção para alguém melhor — não havia ninguém melhor que ela.

— Então, sobre o Joey... — ela finalmente trouxe à tona o assunto que eu estava evitando o dia todo. — O que está acontecendo entre vocês?

— Nada — respondi, pegando a caneca de chocolate quente.

Eu não tinha visto nem falado com Joey desde a noite em que ele saíra pela janela do meu quarto. Ele não voltou e eu não sabia se tinha tentado me ligar ou me escrever, porque eu tinha deixado o celular na casa dele. Eu estava tão desesperada para ir embora daquela casa, para me afastar do seu pai, que tinha largado ele lá junto com o carregador, a maquiagem e a bolsa, e o mais importante de tudo: o colar que ele tinha me dado no meu aniversário de dezoito anos.

Tirei o colar para tomar banho e depois esqueci de colocá-lo de volta. Ele ficou na mesinha de cabeceira do Joey, assim como o meu anel de Claddagh e meus brincos. Eu poderia sobreviver sem aquelas coisas, mas ficar sem meu celular era péssimo, e eu me sentia nua sem o colar. Eu vivia erguendo a mão para tocar o pingente, um gesto que se tornou reconfortante, mas que agora me deixava inquieta, pois me lembrava de que ele não estava mais lá.

Eu estava louca para ver Joey, falar com ele, fazer as pazes, mas ele não me procurou mais.

— Nada? — Minha mãe arqueou a sobrancelha. — Tem uns dias que não vejo ele.

Eu também.

— Ele está passando por um monte de coisa.

De acordo com Kev, que ouviu de Mack, que ouviu de Alec, Joey estava desaparecido.

Ninguém tinha notícias dele desde o fim de semana.

Nem na escola, nem no treino, nem na AAG, nem no pub.

Eu sabia que isso não era totalmente verdade, porque, apesar de ninguém da escola ter falado com ele, Joey *tinha* entrado em contato com o meu pai.

Papai comentou com a minha mãe que Joey ligou pedindo uma folga, e depois ela mesma me contou isso. Parece que a mãe dele tinha sofrido um aborto espontâneo no final do segundo trimestre da gravidez e ele precisava ficar em casa para ajudar com as crianças por uma ou duas semanas, até que ela se recuperasse.

Vomitei ao saber do ocorrido enquanto a ficha caía depressa e eu percebia que, quando ele me falou que algo tinha acontecido, não era mentira.

Algo tinha mesmo acontecido.

E eu o magoei.

Muito.

Minhas palavras o deixaram arrasado, e me arrependi das coisas que disse no instante em que saíram da minha boca. Eu não estava falando sério, mas naquela hora eu estava tão atordoada que não conseguia pensar direito. Eu nunca tinha me sentido tão apavorada e humilhada quanto naquela cozinha.

O ataque, ou seja, as mãos do pai do Joey em mim, durou no máximo um minuto e meio, mas foi o minuto e meio mais aterrorizante da minha vida. Teddy Lynch era o homem mais assustador que eu já tinha conhecido, e a necessidade desesperada que senti de me proteger dele fez com que eu afastasse a *única* pessoa que sabia como era temer aquele homem. Foi um vislumbre do medo que Joey e os irmãos passaram a vida toda sentindo, e isso partiu meu coração.

— Você precisa conversar com ele logo — minha mãe disse. — E seu pai e eu precisamos nos sentar com os pais dele pra conversar também.

— Não precisam, não — falei, com o coração acelerado só de pensar na minha mãe chegando perto daquela casa. Ela não sabia o que tinha acontecido comigo. Se soubesse, a conversa seria bem diferente: seria entre ela e o delegado que a prenderia por assassinato. — Sei que eu e Joey temos que conversar, e a gente vai fazer isso. Mas você e o pai não precisavam falar nada com os pais dele, mãe. A mãe dele está um caco e o pai dele é um completo...

— Babaca?

Fiz que sim e soltei um suspiro trêmulo.

— Um grande babaca.

— Não precisa me falar do Teddy Lynch, filha. Passei seis anos da escola secundária tolerando aquele canalha insuportável.

— Canalha? — Ergui as sobrancelhas, surpresa. — Você nunca fala assim de ninguém.

— Pois é, às vezes é o único jeito de descrever alguém — ela comentou com um sorrisinho. — Em se tratando daquele homem, canalha é até leve.

— Ele não vai aceitar — falei, mordendo os lábios e sendo tomada pela ansiedade.

— Teddy? — Ela bufou. — Não se preocupe com ele, filha. Seu pai e eu somos mais que capazes de lidar com ele.

Balancei a cabeça.

Os olhos dela suavizaram.

— E o Joey?

Assenti, nervosa.

— Ele odeia o pai, mãe. Tipo, ele odeia *mesmo* aquele homem. É sério. Tem tanto medo de se transformar no pai que isso ferrou a cabeça dele.

— Que tristeza — ela disse. — Joey não é nada parecido com o pai.

— Eu sei. Mas quando eu contar que estou grávida... que *a gente* vai ter um bebê, sendo que ainda nem terminamos a escola... sei que ele vai comparar essa situação com a dos pais. — Dei de ombros, impotente, e acrescentei: — Tenho medo de que isso o coloque no limite.

Apesar de nunca termos falado abertamente sobre os problemas de Joey, minha mãe não era burra. Antes de ficarmos juntos, Joey já trabalhava com o meu pai fazia anos e frequentava a nossa casa. Se eu percebia quando ele estava chapado, com certeza meus pais também percebiam. Mesmo assim, meu pai não o demitiu e minha mãe nunca o botou para fora de casa. Em vez disso, continuaram mantendo a porta aberta para aquele garoto que nunca havia tido nenhuma oportunidade na vida.

— Eu amo ele, mãe — admiti com a voz embargada, olhando minha mãe. — De verdade. Eu amo tanto ele que fico até cega.

— É o que costuma acontecer no primeiro amor — disse com delicadeza. — Acontece com todo mundo, filha.

— Tipo, claro que sei que o nosso relacionamento não é perfeito. Está longe disso. — Curvei os ombros e abanei a mão. — As coisas com ele são caóticas e intensas e complicadas pra caramba, mas também são empolgantes e viciantes... e me parecem *certas*. — Respirei fundo e encolhi os ombros. — Não tem mais ninguém pra mim, mãe. Eu sei. No fundo do meu ser.

— Acredito em você — falou, segurando a caneca entre as mãos. — Você sempre foi dramática...

— Ei!

— Deixe eu *terminar*.

— Está bem — concordei, bufando.

Ela deu risada e tentou de novo.

— O que estou tentando dizer é que, apesar de você sempre ter sido meio dramática e impulsiva com as suas ações, você nunca foi impulsiva com o seu *coração*.

— Nossa. Isso foi um elogio?

— Ah, pare com isso. — Ela riu. — Não é?

Pior que era.

— Beleza, eu sou *dramática* então — cedi. — Mas Kev é o desesperado por atenção.

— Aoife — ela me censurou.

— Mas é verdade — falei em um tom brincalhão. — Ele está morrendo de ciúmes do tempo em que a gente tem passado juntas. Não percebeu que ele anda todo irritadinho? Eu não ficaria surpresa se encontrasse uma bonequinha minha no quarto dele com um monte de agulhas enfiadas.

— Pobre Kev — ela disse, dando uma risadinha.

— Uma ova — falei, revirando os olhos. — Você mimou ele, mãe, e agora ele não aguenta te ver dando atenção pra mais ninguém.

— Se mimei ele, era porque ele precisava.

— Aff. — Fingi vomitar. — Até parece.

— É verdade. Você nunca precisou de mim como ele. Você sempre foi independente. Mais difícil que o seu irmão, mais rebelde também. Enquanto o Kev sempre se escondeu nas sombras, incerto e inseguro, você, minha querida menina, sempre brilhou. Você se recusa a se esconder do mundo e abraça tudo o que a vida tem a oferecer.

— Não sei isso é uma coisa boa ou não — confessei, observando-a com desconfiança.

— É uma coisa boa — ela disse, dando risada. — Claro, você me deu uns cabelos brancos ao longo dos anos, e às vezes precisei dar uma segurada nessa sua veia imprudente, mas você fez um trabalho maravilhoso e conseguiu encontrar o equilíbrio pra poder aproveitar sua adolescência sem se perder no processo. E estou muito orgulhosa de você, minha querida.

— Hum, oi? Estou carregando um *bebê*, mãe — retruquei dramaticamente, gesticulando para a barriguinha que mais parecia uma pança de comida que outra coisa. — Estou prestes a te transformar em *avó* antes dos quarenta e cinco anos. Acho que dá pra dizer que não encontrei equilíbrio nenhum em nada, a não ser que você esteja falando da minha habilidade de me equilibrar no *pau* do Joey... nesse caso, as evidências de que sou ótima nisso estão todas aqui.

— Por que está falando isso? — ela reclamou, cobrindo o rosto com a mão. — Sou sua mãe, Aoife. Meu Deus.

Dei de ombros.

— Acho que é a minha veia imprudente mostrando sua cara feia de novo, não é, mãe?

— Sim, bem, estou aberta a ter uma conversa honesta com a minha filha — ela disse, fazendo careta. — Mas, por favor, considere o fato de eu ter te *parido e* conhecido Joey aos doze anos de idade. Não preciso da imagem mental de você se equilibrando no bilau dele, nem preciso que você se aprofunde em qualquer tipo de detalhe íntimo. Guarde esse papo pra Casey.

— Bilau — zombei. — Pode falar pau, mãe.

— Não — ela retrucou, corada. — É uma palavra horrível.

— É uma parte do corpo maravilhosa.

— Aoife!

— Está bem, está bem. — Ergui as mãos. — Vou calar a boca. — Dei risada baixinho, olhei para ela e acrescentei: — Lembra alguns anos atrás quando te falei que nunca me permitiria me envolver demais com um garoto?

— Ah, sim. — Ela abriu um sorriso cúmplice. — Lembro que você insistiu que nunca se apaixonaria pelo Paul nem deixaria nenhum garoto fazer a sua cabeça.

Fiz uma careta.

— Meu Deus, eu era uma tonta hipócrita.

— Você realmente acreditava nisso naquela época.

— Pois é.

— Ah, mas Paul Rice nunca foi um Joey Lynch, né?

Com certeza.

— Não. — Soltei um suspiro trêmulo e balancei a cabeça. — Não mesmo.

— Eu ficava triste, sabe... — Ela deu outro gole no café e disse: — De ver você com o Paul, se obrigando a sentir coisas que não sentia quando tinha sentimentos tão fortes por outra pessoa.

Me crispei.

— Era tão óbvio assim?

— Ah, sim. Você passou quatro anos da sua juventude *acomodada* com um cara com quem você não tinha nada em comum, sendo que o seu coração nunca se desviou de um garoto que fazia o seu rosto se iluminar assim que ele entrava na sala. — Ela deixou escapar um suspiro melancólico. — Nunca te vi reagindo assim quando você estava com o Paul. Seus olhos não reluziam quando ele te olhava e suas bochechas nunca ficavam vermelhas quando ele piscava. Você parecia até desanimada quando ele ligava querendo te ver.

— Três anos e meio — comentei, estremecendo. — Sei que Paul era confiável, mãe... a família dele tem dinheiro e ele tem um futuro brilhante, mas nunca fui feliz com ele.

— Se você quer dinheiro, pode buscar isso por si mesma. Você não precisa de um homem pra isso.

— Eu sei e concordo totalmente — falei depressa. — Mas Casey achou que eu estava maluca de largar ele. Tipo, agora ela é do time Joey, mas ela questionou minha escolha por um tempo.

— Você sabe tanto quanto eu de onde ela vem, querida — ela comentou com delicadeza. — Você sabe como é a mãe dela, Aoife. Você viu ao que aquela mulher expôs a filha ao longo dos anos. O tipo de homem que ela levou pra casa.

— Pois é — murmurei, estremecendo com as lembranças.

— E você também sabe o quanto são apertados de grana naquele apartamentozinho do Elk's Terrace — continuou. — Acho que, quando a Casey viu você trocar um garoto com um futuro brilhante por um com um futuro incerto, ela se desesperou por você.

— Paul não era tudo isso, não — murmurei. — E a gente não está exatamente nadando em dinheiro, não.

— A gente pode não ter muita grana, Aoife, mas sempre teremos uns aos outros. A gente sempre teve a nossa unidade familiar, e essa é uma espécie de estabilidade e conforto que a gente sabe que a Casey nunca teve.

Nem o Joey.

— Tenho sorte de ter você, mãe.

Ela arqueou a sobrancelha.

— O que foi? Estou sendo sincera.

— Bem, tenho certeza que você vai ser mais sincera ainda daqui a seis meses — ela disse, rindo. — Quando você estiver com um bebê botando a casa abaixo de tanto chorar, afundada no vômito e no cocô dele, gritando pra sua mãe vir buscar o netinho. — Ela acrescentou, achando graça da situação: — Pelo menos sua cara-metade tem experiência com bebês, porque você nunca segurou um recém-nascido na vida.

— Eu segurei Sean.

— Ele tem três anos.

— Só tinha dois quando eu peguei ele pela primeira vez.

— Tem uma grande diferença entre uma criança de dois anos que você pode devolver pra alguém e um recém-nascido indefeso, totalmente dependente de você.

— Mãe.

— Ele ou ela vai precisar que você o alimente, troque, vista, conforte, ame, acalme... tudo isso e muito mais. Ele vai depender de você até pra limpar suas vias aéreas com um aspiradorzinho nasal quando estiver resfriado, porque não vai conseguir fazer isso sozinho. Esse bebezinho vai ter que contar com a mãe pra sobreviver. E isso só enquanto for recém-nascido, que acredite ou não, filhinha querida, é a parte mais fácil da maternidade.

— Por favor, pare — implorei, zonza só de pensar. — Estou com tanto medo do que está por vir que nem sei como estou funcionando.

— Você *vai* conseguir — ela me garantiu. — Você vai ser uma ótima mãe.

— Eu vou ser um desastre — murmurei, carrancuda. — Eu mal consigo preparar uma rabanada.

— Porque você é uma princesinha mimada que tem tudo nas mãos — disse, dando risada. — Mas você vai pegar o jeito rapidinho, filha. Quando meu neto chegar, você vai estar cozinhando muito, prontinha pra enfrentar o mundo.

— Nunca me deixa, está bem? — falei. — Posso estar prestes a me tornar mãe, mas isso não significa que eu não vá precisar da minha.

— Você não vai se livrar de mim — ela disse, rindo e dando uma piscadela. — Quer você goste ou não.

— Não vou me mudar — avisei, erguendo um dedo trêmulo. — Nunca vou sair de casa, mãe. Vou ficar com a veterana da maternidade e a veterana da tábua de passar roupa também.

Ela deu risada de novo.

— Outra coisa que vou ter que te ensinar.

— Eu *nunca* vou passar roupa.

— Você não vai ter escolha.

— Claro que vou — retruquei. — Vou comprar só roupas que não precisem ser passadas pro bebê.

— E posso saber quem é que vai passar as suas roupas?

Revirei os olhos.

— Minha mãe, claro.

— Ah, Aoife, você me faz rir. Você vai ficar bem, filha. Vai, sim.

— Tomara que você esteja certa, mãe. De verdade.

— Joey também vai ficar bem — ela acrescentou. — Vocês dois vão. — Ela abriu mais um daqueles seus sorrisos perspicazes. — Quer saber como eu sei disso?

— Por favor, me diga, *sensei*.

— Porque o pai do seu bebê pode ser tão teimoso e cabeça-dura quanto você em se tratando de sentimentos, mas o coração dele nunca se desviou de você.

— Não. — Balancei a cabeça. — Você não tem como saber disso, mãe.

— Eu *sei*, sim — ela me corrigiu com um tom suave. — Além de eu ter visto vocês dois crescendo e testemunhado em primeira mão as qualidades que vocês desenvolveram, por acaso eu também tenho olhos e ouvidos funcionando perfeitamente.

— Ou seja?

— Ou seja, quando você descascar todas as camadas do seu relacionamento com o Joey, tirando o flerte, os hormônios furiosos e o aspecto físico da equação, vai encontrar uma base bastante sólida por baixo — ela disse. — Uma base construída na *amizade*, no *respeito* e na *confiança*. — Sorrindo com carinho, ela cruzou os tornozelos de novo e depois se inclinou para frente em seu assento. — Ele é seu *amigo*, Aoife, e você é amiga dele. Amar é a parte fácil, mas você e Joey *gostam* um do outro. Vocês *apreciam* a companhia um do outro, e eu juro que todos esses aspectos maravilhosos do seu relacionamento, todas essas conversas naturais que você tem com ele, ou todos os momentos agradáveis de silêncio que vocês compartilham na companhia um do outro, só vão fortalecer sua habilidade de resistir ao teste do tempo. E mais importante: o teste da paternidade e da maternidade.

— Você acha isso mesmo?

— Acho — ela respondeu, abrindo um sorriso tranquilizador. — E lembre-se que as mães sempre sabem das coisas.

47

Pense no seu futuro

JOEY

— Joey.

Tum. Tum. Tum.

— Joey.

Tum. Tum. Tum.

— Joey.

Tum. Tum. Tum.

— Joey!

Soltando um grunhido de dor, pisquei devagar, sentindo um peso anormal no meio das minhas costas, deitado de bruços no colchão.

O peso ficou pulando em mim e eu lentamente o reconheci meu irmão.

— O-ee, O-ee,

— Porra, Seanzinho — resmunguei, tirando a mão de baixo da cabeça e pegando um travesseiro. — Pare de pular nas minhas costas, menino. Estou morrendo.

Coloquei o travesseiro na nuca e tentei sem sucesso abafar o barulho que me atacava de todos os lados.

— Sean, vai lá embaixo brincar com o Ollie — a conhecida voz da minha mãe penetrou em minha mente e eu enrijeci. Meu corpo se contraiu de tensão. — Preciso conversar com o seu irmão.

Sean deu mais três pulinhos nas minhas costas antes de obedecê-la e se afastar.

— Não começa — grunhi, me deitando de barriga para cima. — O que quer que você queira me dizer, deixa pra lá.

— Eu não ia dizer nada. — Ela fechou a porta do meu quarto, foi até a minha cama e sentou ao meu lado. — Só queria ver se você está bem.

Minha mãe soltou um suspiro pesado e esticou a mão para tirar o cabelo da minha cara, e esse pequeno gesto de afeto me fez disparar para o outro lado da cama para ficar o mais longe possível dela.

— Você queria ver se eu estava bem — repeti sem emoção, apoiando as costas na parede e encarando-a. — Desde quando você se importa comigo?

— Desde o dia em que você nasceu.

— Hã? — Franzi a testa, confuso. — Tem algum assistente social lá embaixo e eu não estou sabendo?

— Não, Joey. — Minha mãe suspirou de novo com os olhos azuis cheios de tristeza e ficou me olhando observá-la com uma desconfiança cautelosa. — Eu queria saber de verdade.

— E eu estou confuso de verdade — falei. — O que você quer?

— O que te faz pensar que quero alguma coisa?

— Você está no meu quarto me perguntando como estou — eu disse com os ombros tensos. — Vai, desembucha.

— Não quero nada de você, Joey.

Fiquei em silêncio, esperando que ela fosse direto ao assunto. Porque aquilo não era só uma verificação espontânea do meu bem-estar emocional.

— Você não foi pra escola essa semana — ela finalmente disse. — O sr. Nyhan ligou duas vezes.

— E daí? A Shannon também não foi.

— Sim, mas a Shannon ficou em casa pra me ajudar.

— Ao contrário de mim, o babaca que nunca tirou um dia da vida pra te ajudar?

— Não, não é isso que estou dizendo.

— Então o que está dizendo? O que você quer?

— Estou preocupada com você.

Até parece.

Cruzei os braços.

— Desde quando?

— Desde o que aconteceu na outra semana — ela respondeu com cautela.

— Ah, você está falando do dia que meu pai tentou estuprar a minha namorada? — falei, tremendo de raiva. — Não, não, estou ótimo, mãe. Aquilo não me afetou nem um pouco.

— Ah, Joey... — Ela conteve um suspiro trêmulo. — Sinto muito.

— Por quê? Eu não estava sabendo que você também tentou comer a minha namorada.

— Joey.

— Ah, peraí, é isso, você não tentou comer a Aoife. Não, você só levou o potencial estuprador dela pra cama.

Ela estremeceu.

— Como está a Aoife? Ela está bem?

— Não faço ideia — respondi, irritado. — Não vi mais ela.

— Por que não?

— Porque ela não consegue nem olhar na minha cara. Eu lembro o meu pai, o canalha estuprador.

— Ele não estuprou ela.

— Ele *te* estuprou.

Minha mãe estremeceu de novo.

— É diferente.

— Porque ele botou um anel no seu dedo quando você ainda brincava de boneca e isso deu a ele domínio sobre o seu corpo?

— Joey. — Ela soltou um suspiro sofrido. — Queria que entendesse.

— Se está falando da obsessão bizarra que você tem por aquele homem, esquece. Porque eu nunca vou entender isso.

— Não quero brigar com você.

— Quem é que está brigando?

— *Você*, Joey — ela disse, respirando fundo. — Toda vez que eu tento falar com você, toda vez que tento te dar atenção, você imediatamente parte pro ataque.

— Talvez eu não fizesse isso se essa experiência não fosse tão incomum.

Ela balançou a cabeça com tristeza.

— Lá vai você de novo.

— Meu Deus, eu não faço nada certo, né?

— Quer saber de uma coisa que não entendo?

— Não muito. — Dei de ombros. — Essa lista deve ser tão comprida que a gente ficaria aqui por semanas.

— Não entendo como um garoto que odeia o pai tanto quanto você pode ser capaz de seguir os mesmos passos dele no caminho do vício.

— Eu *não* sou alcóolatra.

— Você é pior, é um drogado! — ela gritou com a voz rouca.

— Não — retruquei, balançando a cabeça. — Não sou.

— É *sim* — insistiu, pegando minha mão. — Você tem um *problema*, meu filho. — Ela soltou um suspiro trêmulo e acrescentou: — Sim, eu sei que você voltou pros velhos hábitos. Encontrei os saquinhos vazios no seu jeans.

Estreitei os olhos.

— Você passou do limite.

— Pare com isso, Joey. Eu sinto o cheiro de maconha nas suas roupas.

— E daí? Grande coisa.

— E daí?

— Não enche o saco, mãe.

— Então o que é isso? — perguntou, pegando um tubo de caneta no bolso.

Meu estômago se contorceu, mas controlei as feições, envergonhado demais para admitir qualquer coisa, *ainda mais* para aquela mulher.

— Está me parecendo uma caneta quebrada.

— Sério? Porque pra mim está me parecendo um canudo improvisado! — Minha mãe atirou a caneta na cama. — Posso não ser a pessoa mais esperta do mundo, mas sei muito bem que não se usa isso pra fumar maconha.

Dei de ombros casualmente.

— Não sei o que te dizer, mãe.

— Que tal começar me explicando onde foram parar os meus remédios? — ela pressionou com os olhos cheios de lágrimas. — Você se comportou por tanto tempo. Por meses, Joey, *meses*! O que aconteceu? Voltou à estaca zero? Por que você está fazendo isso, Joey? *Por quê*?

— Quando foi que *eu* encostei um dedo em você? — perguntei com o coração disparado no peito, afastando a mão. — Ou na Shannon? Ou nos meninos?

— Não estou falando que você faria mal pra outras pessoas, Joey. Estou falando do mal que você está fazendo pra você mesmo. Não entendo como você pode jogar a sua vida fora assim por causa de uma coisa que você sabe que pode te destruir.

— O que você quer de mim, hein? — perguntei, irritado. — Você deixa aquele escroto ficar aqui, mesmo *sabendo* do que ele tentou fazer com a minha namorada, então eu vou embora. Daí você me escreve três dias depois me implorando pra voltar e te salvar dele, então eu volto e faço exatamente isso. Agora você vem no meu quarto me dando sermão por faltar à escola, me acusando de ser frio com você e me chamando de viciado? — Balancei a cabeça. — Estou aqui sem nem querer estar, porque eu preferia estar em qualquer outro lugar desse planeta, incluindo um caixão, mas estou *aqui* porque *você* me ligou. Porque *você* precisa de mim. Porque *eles* precisam de mim. Mesmo quando esta casa me faz querer arrancar a minha pele. Estou *aqui*, porra. Se isso não te diz tudo o que você precisa saber, então não sei o que te dizer, não sei mesmo.

— Eu quero que você se ame o suficiente pra parar de se destruir.

— E como você espera que isso aconteça quando a própria pessoa que me pariu não consegue me amar?

Ela recuou como se eu a tivesse golpeado. E talvez eu tivesse feito isso, mas era a verdade.

— Não é verdade — ela choramingou, colocando o cabelo para trás. — Você não pode acreditar nisso.

— Que seja. — Balancei a cabeça, desci da cama e peguei as roupas. — Não vou fazer isso com você agora. Tenho um compromisso.

— Com o Shane Holland?

Fiquei de costas para ela em silêncio. Vesti as calças e o moletom.

— Não vai — implorou atrás de mim enquanto eu guardava o celular e a carteira no bolso e seguia para a porta. — Pense no seu futuro.

— Não tenho futuro.

— Tem, sim.

— Não. — Balancei a cabeça, em negativa, e abri a porta. — Ele tirou de mim.

Com um cigarro nos lábios, passei um tempo enorme jogado nos degraus da delegacia, tentando reunir forças para me levantar e entrar. Tentando colocar meus pés lá dentro e dar o meu depoimento.

Contar a verdade.

Meu pai devia estar atrás das grades por ter posto as mãos em Molloy, e o ressentimento que eu sentia por ter as mãos, mais uma vez, amarradas por uma mulher que eu amava e estava desesperado para proteger ferrava minha cabeça como nenhuma outra coisa. Eu tinha chegado ao meu limite aquela noite, mas meu maior arrependimento não era por ter feito merda, mas por ter ficado calado.

Por deixá-lo escapar impune.

Ele era abusivo e tinha estuprado a minha mãe.

Fui coagido a ficar de boca fechada.

Ele espancou minha irmã.

Mais uma vez, fui emocionalmente chantageado para ficar quieto.

Mas Molloy?

Logo percebi que Molloy era meu calcanhar de Aquiles.

Ao botar as mãos nela aquela noite, ele mirou a flecha no meu ponto fraco, e quando ela me rejeitou, quando ela me comparou a *ele*, aquela flecha saiu voando e me acertou bem no calcanhar.

Sangrando e ferido, desisti das pretensões idiotas de virar a página e recomeçar e fui direto para a única coisa que me ajudaria a abafar o barulho.

A abafar aquela porra de agonia.

Porque a verdade era que eu não queria mais mentir.

Eu não queria mais passar pano para ninguém.

Estava completamente exausto e, se isso me fazia ser um filho de merda e um irmão terrível, que fosse. Porque o velho expôs algo dentro de mim aquela noite. Uma verdade que eu não tinha percebido até que ele me obrigou a encará-la.

Reconhecer isso abalou os alicerces do meu ser, mas algo havia mudado em mim durante o ano — minhas prioridades haviam *mudado*. Cheguei à conclusão de que Aoife Molloy tinha se tornado a pessoa mais importante da minha vida.

Por mais enervante que fosse admitir, não havia nada que eu não faria para protegê-la. Mesmo que isso significasse ficar contra toda a minha família só para fazer o que era certo para ela. Porque, independentemente das consequências que o resto da minha família fosse sofrer, eu estava disposto a ir contra tudo o que fui programado para proteger apenas para *protegê-la*. Mesmo que isso significasse lutar com todas as células do meu ser e permanecer de bico fechado sobre o meu pai, porque era disso que ela precisava.

Confuso e furioso, fiquei ali nas escadas da delegacia até escurecer e minha raiva se dissipar, abrindo caminho para a depressão. E, puta que pariu, a depressão era bem pior.

Morrendo por dentro e ardendo por fora, fiquei encarando as cicatrizes nas minhas mãos e me obriguei a fingir que eu estava bem. Que nada daquilo doía. Que eu não me importava.

E, quando enfim me controlei, eu me levantei, me sacudi e fui embora, sentindo o peso do mundo nos ombros a cada passo que dava para longe da coisa certa.

48

O que você tomou?

AOIFE

Quando finalmente voltei para a escola na segunda-feira de manhã e me sentei no meu lugar na sala de orientação, a cadeira ao meu lado estava vazia na mesa que eu dividia com Joey desde o início do ano letivo.

— Arrrggghhh! — Casey gritou, parada na porta, me encarando horrorizada. — Onde é que você estava? E o que foi que você fez com o cabelo? — perguntou, apontando o dedo para mim. — Ah, meu Deus. — Seus olhos se arregalaram de horror quando ela tirou a mochila do ombro e correu até mim para ver melhor. — *Sumiu.*

— Que bom te ver, Case — falei, dando risada e passando a mão pelo cabelo, agora na altura do ombro. — Respondendo à sua primeira pergunta: eu estava em casa. Precisava de uns dias pra botar a cabeça no lugar. Quanto à segunda, eu precisava mudar um pouco.

Não, na verdade o que eu *precisava* era apagar a lembrança das mãos daquele homem no meu cabelo, o que me custou oitenta euros, mas ela não tinha que saber desse detalhe.

Ele ainda estava longo o suficiente para que eu conseguisse prendê-lo em um pequeno rabo de cavalo, mas não o suficiente para me deixar vulnerável com um homem me segurando por ele.

— Você gostou?

— Não! — disse, horrorizada, pegando a mochila do chão.

— Nossa. — Revirei os olhos. — Valeu.

— Ah, cala a boca, você continua gata — falou, observando meu cabelo e tocando uma mecha solta. — Eu só nunca te vi com o cabelo tão curto assim, Aoife. Você é a própria Rapunzel desde que a gente era criança. — Ela me olhou de lado e acrescentou: — Tentei te ligar centenas de vezes, aliás.

— Meu celular está na casa do Joey — falei. — E as pessoas mudam.

— Sim, acho que a maternidade iminente pode mudar uma garota.

— Quer falar mais alto? — sussurrei, me virando para olhá-la quando ela se sentou na carteira de trás. — Aff.

— Foi mal. — Ela estremeceu e ergueu as mãos. — Alguma novidade no front?

— Contei pra minha mãe.

Ela arregalou os olhos azuis.

— E como ela reagiu?

— Melhor que eu, acho — admiti, soltando um suspiro sofrido. — Ela me levou no médico na semana passada.

Ela arregalou os olhos de novo.

— E aí?

Assenti.

— Vinte de setembro.

— É a data do parto? É dois dias depois do seu aniversário de dezenove anos.

— Shhh — falei, e ela acenou a cabeça relutantemente. — Mas, sim, é a data prevista. Consegui agendar uma consulta no hospital pro meu primeiro exame.

— Pra quando?

— Essa sexta.

— Que horas? Porque as aulas acabam meio-dia por causa do recesso de Páscoa, e posso ir com você se...

— Agradeço, mas não precisa — respondi, balançando a cabeça. — Minha mãe se ofereceu, mas também não quero que ela vá.

— Por quê?

Porque só quero a companhia do Joey.

— Porque sim. — Soltei um suspiro frustrado. — Só não quero.

— E aí, como ele reagiu? — perguntou, cheia de empatia. — Imagino que nada bem, considerando que ele também não apareceu na escola na semana passada.

— Não contei pra ele.

— Ainda não? — Ela arregalou os olhos de novo. — *Aoife.*

— Eu sei, eu sei — grunhi, sentindo minha garganta se apertar tanto ao pensar que ele não sabia quanto que eu tinha que contar.

— Como vocês não vieram pra aula, me convenci de que era porque você tinha contado — Casey disse, franzindo a testa. — Achei que você só voltaria depois da Páscoa.

O sinal tocou, interrompendo a nossa conversa, e fiquei vendo a sala se encher aos poucos. Revirei os olhos quando Danielle e Paul entraram de braços dados.

— Credo — Casey comentou, fingindo enfiar o dedo na garganta. — O que ela acha que vai acontecer se não ficar grudada nele a aula inteira?

— Pelo visto, acha que alguém vai roubar ele — falei, me virando e me apoiando na carteira dela. — Enfim, que ela fique com ele.

— Pois é, você com certeza deu um *upgrade* considerável — Casey comentou, sorrindo e olhando para além de mim. — Falando nisso...

Ela apontou para a porta da sala e me virei bem na hora que Joey entrou. No instante em que meus olhos pousaram nele, meu coração disparou selvagemente no peito, reconhecendo seu companheiro na mesma hora. O cabelo dele estava como sempre, raspado nas laterais e na nuca e mais comprido no topo.

Tirando o suéter do uniforme, a camisa cinza que ele estava usando estava para fora da calça, pendendo de qualquer jeito sobre a fivela do cinto, e sua gravata estava toda bagunçada. Suas mangas estavam arregaçadas, revelando os desenhos pretos que ele vinha adicionando constantemente desde o quarto ano e que agora cobriam ambos os braços.

Com aquela expressão de "foda-se o mundo" no rosto, ele se aproximou da mesa da professora e lhe entregou um caderno cheio de anotações sobre o seu comportamento — o temido *livro vermelho.*

Era um caderno atribuído aos alunos mais problemáticos, que precisava ser assinado por cada professor no começo e no final da aula. Ao fim de cada dia, o diretor pedia para os alunos com o livro vermelho irem à sala dele e verificava pessoalmente todos os comentários anotados no caderno. Como você pode imaginar, Joey tinha recebido mais do que a cota justa de livros vermelhos ao longo dos anos.

Geralmente, os alunos só precisavam carregar o caderno por, no máximo, uma semana, não importava quão malcomportados fossem. Mas lembro de Joey andar com o livro durante o segundo e o terceiro anos *inteiros*, sem pausa.

Ele não ficou nada impressionado com o que a srta. Lane estava lhe dizendo enquanto apontava para o livro vermelho em sua mesa, e apenas lhe entregou a caneta e cruzou os braços, esperando sua assinatura. E, bem nessa hora, Joey decidiu olhar para a sala.

Senti o peso dos seus olhos assim que pousaram em mim. O ar se comprimiu à minha volta, tornando difícil respirar. Tremi com a intensidade daquele momento, mas me obriguei a abrir um sorrisinho e acenar com a mão mole.

De que outro jeito eu podia cumprimentar o garoto que eu amava havia anos? O garoto cujo pai tentou me *estuprar.* O garoto cujo coração eu tinha arrancado fora da última vez que o vira.

Meu Deus.

Vi Joey enrijecer, com os olhos acesos e focados totalmente em mim.

Ele não sorriu.

Não acenou.

Só ficou me encarando.

Aquilo era demais. Era coisa demais. Havia muitas palavras não ditas, muitas perguntas não respondidas pairando no ar entre nós. Eu sabia que ele também sentia. Sua expressão não escondia nada de mim. Joey me mostrou tudo, cada grama de confusão, dor e irritação.

Então a professora devolveu o caderno para ele e fiquei observando-o se aproximar da nossa carteira, sem tirar os olhos de mim e sem sorrir.

Ele largou a mochila no chão, puxou a cadeira para trás e sentou no lugar de sempre ao meu lado. No instante em que se acomodou, o familiar cheiro de desodorante e sabonete inundou meus sentidos, me fazendo estremecer.

— Joey — falei, olhando-o com cautela, sem saber como agir por conta de como as coisas ficaram na última vez que nos vimos.

— Molloy — ele disse, roçando o ombro no meu e se ajeitando na cadeira, empurrando-a para ter mais espaço para as pernas.

— Bela camisa — sussurrei, empurrando seu ombro, prendendo o fôlego e esperando a sua velha resposta.

Fala.

Por favor, fala.

Duas palavras.

É só o que eu preciso.

Ele respirou tão fundo que seus ombros subiram e desceram visivelmente e, em seguida, ele balançou a cabeça em uma rendição relutante.

— Belas pernas.

Obrigada, meu Deus.

— Estava torcendo pra te ver aqui hoje.

— Onde mais eu estaria?

— Você não veio pra escola na semana passada.

— Tinha muita coisa rolando.

Estou sabendo.

— Como vai a sua mãe?

Ele deu de ombros casualmente e enfiou a mão no bolso da calça para pegar o meu celular, que deixou na minha carteira.

— Você esqueceu isso.

— Pois é. — Engoli em seco e o guardei depressa. — Obrigada por me devolver.

Joey assentiu de leve.

— Sem problemas.

— Também esqueci o colar — sussurrei. — No seu quarto. O que você me deu de aniversário no ano passado.

— Vou te devolver.

— Valeu — respondi, detestando aquele mal-estar entre nós. — E aí, você está bem?

Ele fez que sim rigidamente, mantendo os olhos fixos na porta à nossa frente.

— E você?

— Sim. — Dei de ombros. — Quer dizer, acho que sim.

— Que bom. — Ele estalou a mandíbula e engoliu em seco. — Fico feliz. Estava preocupado com você.

— E eu estava preocupada com você. — Estremeci, enfiei a mão embaixo da carteira e a pousei na sua coxa dura e musculosa. — Meu Deus, Joe, eu estava com tanta saudade.

Um profundo arrepio percorreu seu corpo, mas ele não fez nenhum movimento para responder ou retribuir qualquer contato físico. Em vez disso, se inclinou para frente, apoiou os cotovelos na mesa e colocou as mãos na cabeça, murmurando algo ininteligível.

— Você não voltou — falei, olhando para as suas costas.

— Você queria espaço — ele disse sem emoção.

— Eu *queria* que você voltasse.

— E como é que eu ia saber?

— Não dava pra saber. — Dei um suspiro. — Eu só... deixa pra lá.

Um silêncio horrível se instalou entre nós e fiquei desesperada para me livrar dele.

— Joe?

— Hum?

— Podemos conversar?

— Estamos conversando — foi sua resposta automática, quase robótica. Ele continuava jogado na carteira com as mãos na cabeça.

— Conversar direito — insisti, estalando os dedos nervosamente. — Em particular.

Ele deu de ombros e soltou um suspiro sofrido, mas não falou nada.

— Podemos nos ver de noite?

— Tenho que trabalhar. Já perdi uma semana. Não posso mais faltar.

— E amanhã?

Joey continuou sem falar nada.

— Você já tem planos na hora do almoço na sexta? — perguntei, com as mãos suando e o pânico me dominando. — Porque tenho um compromisso e, bem... eu estava torcendo pra você ir comigo.

Mais silêncio.

— Joe?

Ele se ergueu e ficou olhando em volta, parecendo assustado, antes de se apoiar de novo nos cotovelos.

— Hã?

— Você tem planos na sexta?

— Eu, hum, não sei — murmurou, cansado. — Não tenho certeza.

— Bem, está ocupado hoje no almoço? — pressionei. — Você tem treino ou alguma outra coisa? Porque preciso mesmo conversar em particular com você sobre uma coisa.

— Não quero conversar em particular — falou baixinho. — Não hoje, Molloy.

— Mas você nem sabe do que eu quero falar. É importante.

— O que quer que seja, não quero conversar hoje.

— Por quê?

— Porque estou cansado pra caralho, Molloy.

— Você sabe que não foi pra valer — eu disse, mencionando o elefante na sala. — Toda aquela merda que eu deixei escapar da última vez que a gente se viu... não era eu falando, Joe.

Ele ficou rígido.

— Eu não estava falando sério, está bem? — Estiquei o braço para colocar a mão nas suas costas e franzi a testa quando senti o calor emanando do seu corpo. *Meu Deus, ele está ardendo.* — Eu juro, Joe.

— Você falou sério, sim. — Os músculos das suas costas tensionaram com o meu toque. — E tudo bem. Não te culpo.

— Não estou te culpando pelo que aconteceu, Joe — falei, me sentindo supervulnerável. — E não quero espaço. *Nunca* quero espaço de você.

— Eu também não — ele disse baixinho. — Mas só porque não queremos algo não significa que não precisamos dele.

A ansiedade se agitou dentro de mim.

— O que está querendo dizer?

— O que eu disse, Molloy.

— Olha pra mim.

Ele não olhou.

— Joe.

— Desencana, Molloy.

— Joey Lynch, é melhor você olhar pra mim agora.

Ele soltou um suspiro dolorido, se recostou na cadeira, descansou as mãos no colo e me olhou com relutância.

De repente, tudo fez sentido.

A sonolência.

A letargia.

A pele escaldante.

Os olhos negros como carvão.

— Ah, meu Deus. — Soltei um suspiro de susto. — O que você tomou?

— Nada.

Ele tentou desviar o rosto, mas segurei seu queixo e o obriguei a me olhar.

— O que você *tomou*?

— Nada — respondeu. Depois, respirou fundo. — Hoje.

— Ontem?

Joey assentiu devagar.

— E anteontem?

Assentiu de novo.

Meu coração se partiu.

— Quando você recomeçou?

Silêncio.

— *Quando?*

— Depois que saí da sua casa.

Ah, meu Deus, não...

— Então já faz uma semana?

— Mais ou menos.

— O que foi que você tomou? — insisti.

— Não o que você está pensando.

— O *que* você *tomou*, Joey?

— Não aquilo.

— Eu não estou te perguntando o que você não tomou — sussurrei, magoada e furiosa. — Me diga logo o que você tomou, caramba.

Seus olhos se cravaram nos meus e permaneceram ali, concentrados em mim do melhor jeito que ele podia, já que claramente estava sob influência de drogas.

— Só uns comprimidos e tal.

— *E tal?* — Encarei-o severamente. — E no que consiste "e tal"? Porque estou com você tempo suficiente pra saber que, quando você diz "uns comprimidos e tal", o significado disso pode variar muito.

— Molloy.

— E aí, do que estamos falando aqui? Um baseado, pó ou a porra de um injetável? — Senti como se tivesse sido transportada de volta para um lugar que eu jamais gostaria de revisitar. — Ah, meu Deus. — Minha respiração ficou presa. — Por que, Joe? *Por quê?*

— Por que você acha? — sussurrou com a voz embargada, ainda mantendo contato visual comigo enquanto eu segurava seu queixo. — Eu te devastei.

— Não, Joe, você não me devastou. — Balancei a cabeça e pisquei para conter as lágrimas ardendo nos meus olhos. — Você *se* devastou.

— É culpa minha. — Ele desviou o olhar e afastou o rosto. — O que aconteceu com você é culpa minha.

— Você não fez nada de errado.

— Eu te levei pra aquela casa — sussurrou, voltando a me olhar. — Eu te coloquei em *perigo*.

— Estou bem — falei, esticando o braço para tocar a sua bochecha só para sentir a pontada de rejeição quando ele recuou. — Não faça isso. Não jogue fora tudo o que você trabalhou duro pra conquistar.

— Não conquistei nada, Molloy — respondeu desanimado. — Nunca conquistei nada.

— Você me conquistou — eu disse, com o peito subindo e descendo rápido, lutando para manter a compostura na sala cheia de colegas. — Você ainda tem a mim, Joe. E eu não estou te culpando, viu?

— Eu sou ele.

— Não é.

— Sou, sim. — Ele deu de ombros. — Você mesma disse.

— Era a minha mágoa falando. Não estava falando sério.

— Era a sua razão falando — ele me corrigiu. — Era a sua verdade.

— Joey...

— Não consigo. — Vi outro arrepio percorrer seu corpo. — Não consigo fazer isso agora, Aoife.

— Fazer o quê? — perguntei, sentindo as bochechas esquentarem e a pulsação acelerar. — Falar comigo? Olhar pra mim? Ficar comigo? *O quê*?

— *Isso*. — Ele passou as mãos pelo cabelo, frustrado. — Não consigo fazer isso — murmurou, puxando o cabelo para trás, pegando a mochila no chão e se levantando. — Estou fora.

— Sente-se, Joseph — a srta. Lane ordenou da sua mesa. — A aula já vai começar.

— Sem mim — ele retrucou, seguindo para a porta.

— Nem pense em sair dessa sala — ela falou, erguendo a mão. — Você já está no livro vermelho. Não piore as coisas.

— Mandar você se foder é piorar as coisas? — Joey zombou, batendo a mão contra a porta e fazendo-a se abrir. — Bem, parece que eu acabei de fazer isso, né?

— Joseph!

— Vai se foder, *senhorita* — ele falou por cima do ombro, e saiu pisando duro.

— Ah, meu Deus. — Abaixei a cabeça nas mãos e contive a vontade de sair atrás dele. Consegui aguentar três minutos inteiros até que cedi, saltei da cadeira e disparei para a porta como se minha vida dependesse disso.

— Onde você pensa que está indo, Aoife?

— Acho que ela está indo *se foder*, senhorita — Alec respondeu, gargalhando. — Dessa vez, no sentido literal.

— Olha a boca — a srta. Lane avisou antes de voltar a atenção para mim. — Isso aqui não é aula de teatro, Aoife. Não precisamos fazer uma reencenação de Bonnie e Clyde. Volte pro seu lugar.

— Mas...

— Agora, Aoife.

— Ah, professora, não seja empata-foda — Alec disse, encorajado pelos urros dos colegas. — Você viu aquele cabeça-dura do Lynchy? Você só tem uma aula com ele, mas a gente vai ficar na linha de fogo o dia todo. Deixe ela dar um jeito nele. Ele vai ficar muito melhor.

— Pode sair da minha sala — a srta. Lane comandou, olhando feio para Alec. — Vá direto pra coordenação pegar um livro vermelho pra você.

Decidi que essa era a oportunidade perfeita para escapar e avancei para a porta.

Ignorando as risadas atrás de mim, sem mencionar os gritos da coordenadora do nosso ano ou o Alec berrando "De nada", saí correndo, deixando a mochila para trás e confiando que Casey a pegaria para mim no final da aula.

Meu plano original era ir para o fundo do ginásio, sabendo que era um dos lugares mais frequentados por Joey e, se eu não o encontrasse lá, tentaria os galpões da escola, mas meu plano rapidamente se desintegrou quando cheguei à entrada principal da escola e me deparei com ninguém mais, ninguém menos que Marie Lynch saindo da sala do diretor.

— Aoife. — Assim que me viu, tentou se aproximar, indo direto para a saída que eu estava tentando, desesperado, alcançar. — Posso falar com você, por favor?

Meus pés vacilaram relutantemente antes de pararem, enquanto minha cabeça me dizia para *continuar.*

— O que está fazendo aqui?

— Eu tinha uma reunião com o diretor — ela disse, me encontrando na porta. — Sei que sou a última pessoa que você quer ver agora.

— A penúltima.

— Hã?

— Você é a penúltima pessoa que eu quero ver.

Ela teve a decência de se encolher.

— Sim, bem... se importa de me acompanhar um instante pra eu falar com você? — perguntou, gesticulando para as portas duplas da entrada. — Por favor, é importante.

Entendi que eu não poderia evitar a mãe de Joey para sempre, então fiz que sim e a segui para fora, pisando duro ao seu lado.

— Como você está?

— Bem — respondi com um tom ríspido.

— Tem certeza?

— Do que você quer falar, Marie?

Ao perceber que não ia chegar a lugar algum com aquela abordagem, ela soltou um suspiro pesado e esfregou a testa com a mão.

— Estou preocupada com o Joey.

Pois é, eu também.

— Por quê?

— Acho que ele voltou pros velhos hábitos.

— Sim. — Respirei fundo e envolvi os braços em volta de mim enquanto caminhávamos, ignorando a chuva torrencial de março. — Percebi.

— Então ele está *aqui*? — O alívio invadiu seus olhos. — Ele veio pra escola?

— Ele *estava* aqui — falei sem emoção. — Saiu da sala logo depois que chegou.

— Ah, meu Deus, era disso que eu tinha medo. Não sei o que fazer com ele, Aoife. Não sei mesmo. — Ela balançou a cabeça. — Não sei como ajudar.

— Sem ofensa, mas é meio que impossível ajudar se você é a fonte do sofrimento dele.

Ela se encolheu com as minhas palavras, mas não retrucou. Porque ela sabia tanto quanto eu que tinha um papel considerável na derrocada do filho.

Mais uma vez.

— Eu mereço isso.

— Não é sobre o que você merece, Marie. É a verdade.

— Ele me disse que você lhe pediu espaço — comentou, nervosa. — Que você não queria mais vê-lo.

Fiquei arrasada.

— Falei um monte de coisa que não queria.

— Então a gente tem algo em comum — falou com tristeza. — Somos culpadas por direcionar nossa raiva e nosso sofrimento pra pessoa errada.

— Por que está me falando isso? — perguntei, parando de caminhar quando chegamos ao estacionamento e meus olhos pousaram no carro do marido dela. Com o marido sentado no banco do motorista.

Meu Deus.

Só de ver aquele homem, tremi toda e comecei a recuar.

— O que você quer de mim?

— Lembra o que te falei quando te conheci? — ela disse, se colocando à minha frente em uma patética tentativa de bloqueá-lo da minha vista. — Quando falei que você precisava ficar longe do meu filho? Bem, eu estava errada.

Franzi a testa.

— Você estava errada?

— Joey precisa de você — ela continuou, transbordando uma sinceridade melancólica nos olhos azuis enquanto a urgência em seu tom aumentava. — Mais que de mim ou de qualquer outra pessoa, por sinal. Durante a maior parte da vida, meu filho esteve tão determinado a fugir da própria mente que nunca pensou duas vezes e se jogou na autodestruição. Mas, desde que meu filho está com *você*, ele mudou. Ele não só está presente, mas *quer* estar. Você acalma algo nele, algo que o pai e eu quebramos, e não quero ver isso arrancado dele de novo.

— Por que está me dizendo isso? — perguntei, olhando do seu rosto para o carro atrás dela. A ansiedade roía minhas entranhas, e precisei me esforçar muito para permanecer firme e não sair correndo.

— Porque errei, Aoife — ela falou com a voz trêmula. — Cometi muitos erros com o meu filho, mas pelo menos este eu queria consertar. — Ela me olhou nos olhos, implorando para que eu a ouvisse, e acrescentou: — Não desista dele, Aoife. Por favor, não desista do meu garoto.

A sinceridade na sua voz me surpreendeu, e levei um tempo para organizar os pensamentos e falar alguma coisa.

— Nada do que você falou sobre o Joey me afetou — eu finalmente disse. — Sei que vale a pena amar seu filho, *salvar* seu filho, mesmo que o resto do mundo não consiga enxergar isso. — *Mesmo que ele mesmo não consiga enxergar.* — Eu sei quem é ele, Marie, o tipo de homem que ele é, e ele é precioso, então fica tranquila que nada do que você — fiz uma pausa para lançar um olhar de desdém para o carro antes de continuar — ou o seu marido ou qualquer um disse ou fez chegou perto de abalar o que eu sinto por ele.

Embora eu estivesse sendo um pouco perversa e meu tom fosse maldoso, vi ela ficar visivelmente aliviada.

— Obrigada — sussurrou. — Por amar meu filho. Sei que às vezes não é fácil.

— É fácil amar seu filho — eu a corrigi, afastando o cabelo molhado dos olhos. — O difícil é fazê-lo amar a si mesmo.

Claro que o marido dela decidiu que essa era a hora perfeita para abaixar a janela e gritar:

— Marie, termine logo essa porra. Tenho mais o que fazer.

A mulher foi tomada pelo medo, e a vi se encolher antes de dar de ombros, resignada.

— Sinto muito pelo que ele tentou fazer com você — Marie sussurrou. — Sinto muito mesmo.

— Está me ouvindo, mulher? — ele berrou. — Mandei você sair daí, porra, senão vai ter que voltar pra casa andando.

Teddy voltou a atenção para mim, e então seus olhos cintilaram de reconhecimento.

Um calafrio me percorreu só de sentir seu olhar, mas me recusei a recuar. Estreitei os olhos e retribuí seu olhar furioso, mostrando o dedo do meio para ele.

E foi bem nessa hora que Joey decidiu aparecer, vindo do ginásio, ostentando o que supus ser a ponta de um baseado entre os lábios. Ele deu uma última tragada, atirou a bituca no chão e soltou uma impressionante nuvem de fumaça dos pulmões enquanto seus olhos vermelhos pousavam em nós.

Ele piscou, confuso, e olhou primeiro para a mãe, depois para mim e então para o pai dentro do carro. E a confusão em seus olhos logo se transformou em ira.

— Que *porra* é essa?

— Ah, meu Deus, não — sua mãe choramingou, percebendo o potencial perigo da situação. — Não, Joey!

— O que eu te falei sobre olhar pra ela?

— Joey, espera, está tudo bem.

— O que eu te falei sobre não chegar perto dela?

— Joey, por favor.

— Saia desse carro, velho!

Andando totalmente por instinto, dei a volta em Marie e corri direto para o filho dela, que avançava para o carro.

— Não. — Interceptei Joey antes que ele alcançasse o pai, colocando as mãos no seu peito. — *Não.*

— Sai. — Todo o seu corpo vibrava de tensão, fazendo pressão nas minhas mãos, e sua atenção estava voltada para o pai. — Sai da frente.

— Não — falei, e antes que ele tivesse chance de responder, deslizei as mãos e segurei seu pescoço com firmeza. — Eu disse que *não* — repeti, puxando seu rosto para o meu. — Coloque os seus olhos nos meus e a boca na minha.

— *O quê?* — Ele sacudiu a cabeça de frustração enquanto a chuva caía sobre nós. — Não, Molloy, ele não pode só...

O que ele queria dizer foi engolido pelos meus lábios. Sem desgrudar a boca dele, agarrei sua camisa e coloquei as mãos dele no meu quadril e na minha bunda. A tensão que emanava dele era um pouco assustadora, mas eu sabia que não corria perigo com aquele garoto.

Depois de alguns momentos enervantes de rigidez, senti a mudança conforme Joey relutantemente abandonava a raiva e retribuía o meu afeto. O som de um motor rugindo e pneus cantando encheu meus ouvidos, e fui tomada pelo alívio.

Ele tinha ido embora.

Entregando-se ao nosso beijo, sua boca colou na minha e nossas línguas duelaram com violência. Joey estava magoado e deixou isso bem claro com um beijo doloroso e punitivo, que catapultou meus hormônios e os deixou em uma desordem completa. Ele pressionou a mão na minha bunda, segurando meu quadril com firmeza, puxando meu corpo rudemente contra o seu e tirando de mim tudo o que precisava naquele momento para se estabilizar.

Precisando dele com igual desespero, fiquei na ponta dos pés, envolvi os braços no seu pescoço e devolvi com os lábios tudo o que ele estava me oferecendo.

Em um instante, Joey estava ali e, no instante seguinte, não estava mais. Ele se afastou como se meu beijo tivesse lhe causado dor.

— Não faça isso comigo — ele pediu, respirando com dificuldade e limpando a boca suja de gloss, olhando feio para mim. — Não brinque comigo desse jeito.

— Do que você está *falando*? — perguntei, ofegante, chocada com a sua reação. — Eu não estou brincando com você.

— Esse beijo... — ele disse, dando alguns passos para trás. — Você está manipulando os meus sentimentos, Molloy. Estou cansado disso.

— Está falando sério? — Estreitei os olhos. — Como é que um beijo virou uma forma de manipulação?

— É manipulação se você usa os meus sentimentos por você contra mim — ele retrucou, implacável. — Você fez isso aquela noite e está fazendo de novo.

— Você está *me* culpando pelo que aconteceu?

— Não, estou me culpando! — esbravejou, lívido, passando a mão pelo cabelo. — Estou me culpando por me importar demais com o que você quer e deixar o que eu sinto por você me cegar a ponto de eu *não* fazer a coisa certa!

— Te *falei* que queria esquecer.

— E te *falei* que faria o que você quisesse. — Uma veia saltou no seu pescoço enquanto ele me encarava. — Mas o meu silêncio está me comendo vivo.

— Joey, não deixe ele fazer isso com a gente. — Me aproximei e peguei sua mão. — Não deixe ele ganhar.

— Você não entende, Molloy? — Joey soltou a mão e recuou. — Ele sempre ganha.

Enquanto eu o observava recuar e se afastar de mim, percebi que uma parte essencial dele havia sido aniquilada naquela noite e, se eu o deixasse ir, talvez não conseguisse me aproximar de novo.

— Te amo — falei. Os ombros dele tensionariam e seus pés vacilaram.

Andando por instinto, fechei o espaço entre nós e peguei sua mão mais uma vez, sem querer deixar que ele me abandonasse de novo.

— Eu te amo, e ele nunca vai conseguir tirar isso de você.

Um tremor o percorreu.

— Molloy.

— Ele não ganhou, Joe. — Só parei quando estava encostada no seu peito, segurando a sua camisa com força, e fiquei maravilhada quando ele enfim cedeu e abaixou o rosto para mim. — Você ganhou.

Ele soltou um grunhido sofrido no instante em que meus lábios se colaram aos seus, e dessa vez ele não me afastou, mas me abraçou e me puxou para perto. Com os nossos lábios unidos, cambaleamos para a lateral do ginásio antes de nos escondermos atrás do prédio.

Minhas costas acertaram a parede um momento depois, e seu grande corpo colidiu contra mim.

— Não sei mais o que está rolando entre a gente — confessou nos meus lábios, pressionando os quadris em mim e soltando os braços. — Suas oscilações de humor estão me deixando maluco.

— Eu sei, garanhão — falei, esticando o braço para soltar seu cinto e abrir o botão da calça cinza do uniforme. — Estou um caos.

— Eu também — confessou com uma voz carregada de desejo, me olhando libertar seu pau do confinamento da cueca preta. — Fiz merda, rainha. Te decepcionei de novo.

— Tudo bem — eu disse, enfiando a mão debaixo da saia para tirar a calcinha. — A gente vai dar um jeito.

— Seu cabelo — ele falou, me observando com olhos tão dilatados que estavam quase pretos. — Você cortou.

Uma onda de tristeza me atingiu e colei os lábios nos dele rapidamente, desesperada para esquecer o que tinha me levado a fazer aquilo.

— Porra. — Ele soltou um grunhido, agarrou as minhas coxas por trás e me ergueu em um movimento ágil.

Envolvi as pernas na sua cintura e guiei a cabeça do seu pau para dentro do meu corpo.

— Você vai me mandar embora de novo? — ele perguntou em um tom dolorosamente vulnerável, me penetrando fundo. — Me diga agora pra eu me preparar.

Meu coração deu um solavanco.

— Não, Joe. — Coloquei a mão na sua bochecha áspera de barba, me inclinei para perto e rocei os lábios contra os dele. — Eu nunca mais vou te mandar embora.

49

Todo ferrado de novo

JOEY

— Que porra você está falando? — Alec perguntou no intervalo, olhando para Casey do outro lado da mesa. — "It's Been Awhile", do Staind, é uma ótima música.

— Eu não disse que não era boa — retrucou, entregando para ele o MP3 player que passavam de mão em mão no almoço. — Eu disse que não era uma música romântica. É deprimente demais.

— E daí? A vida é deprimente. Esse é o ponto.

— Bem, o amor não é deprimente.

— O amor é extremamente deprimente.

— A gente nunca vai concordar sobre isso, Al.

— Então, por favor, me mostre o que é uma música romântica pra você.

Casey inclinou a cabeça para o lado, refletindo, pegou o aparelho e apertou alguns botões.

— "World of Our Own" — disse, sorrindo com doçura. — Westlife.

Desconfiado, ele colocou os fones no ouvido e hesitou.

— Você é tão menininha.

— Não finja que não sabe toda a letra dessa música.

Alec abriu um sorriso malicioso e soltou a voz no refrão.

— Sabia — ela disse, dando risada.

— Você vai comer isso, Lynchy? — Mack perguntou, gesticulando para o sanduíche de presunto intocado na minha frente na mesa.

Fiz que não.

— Pode comer, cara.

— Valeu.

Me recostei na cadeira, observando distraidamente as pessoas à minha volta, com a cabeça a mil e o estômago se contorcendo.

— Você está bem? — Molloy perguntou, aproximando a cadeira da minha. — Não comeu nada o dia todo. — Colocou a mão no meu joelho agitado para acalmar o tremor percorrendo meu corpo. — Você está bem pálido, Joe.

— Estou ótimo — respondi, me virando de lado e me esforçando para lhe dar a minha atenção e *parar* de tremer. — Está tudo bem, Molloy.

Ela me olhou com uma expressão de quem não tinha acreditado em uma palavra, mas não insistiu. Provavelmente porque sabia como a vida estava *péssima* para mim naquele momento.

Parecia que tudo estava saindo dos trilhos de novo e, em vez de mantê-la seguramente à distância, eu a arrastei de volta para as minhas merdas.

Ter transado com ela no ginásio, entre todos os lugares possíveis, só serviu para provar que eu era tão imprudente com meus sentimentos quanto com o meu corpo em se tratando daquela garota. Eu era louco por ela, e nós dois sabíamos disso.

O poder que ela exercia sobre mim era preocupante. Saber que uma garota podia me dobrar era perturbador pra caralho.

Quando vi meu pai no estacionamento com aqueles olhos pervertidos fixos nela, fiz as pazes com o homem lá de cima.

Eu pretendia matá-lo. De verdade.

Até que *ela* se colocou no meio do meu surto e me controlou. Molloy usou o próprio corpo para me manipular, o que era um movimento bastante dissimulado, típico das garotas, e que ela dominava com perfeição.

Mesmo agora, sentados no refeitório da escola, almoçando com os amigos, eu sentia a ansiedade me comendo por dentro.

Molloy tinha aliviado a dor, mas não podia fazê-la desaparecer. Ontem à noite, por exemplo, eu sabia que meu velho tinha surrado a Shannon. Eu sabia, porra. A maneira como minha irmã correu para o quarto e bloqueou a porta me disse tudo o que eu precisava saber sobre o que aconteceu.

Meu pai tinha espancado ela. E eu não estava lá para protegê-la. Eu estava chapando no meu quarto.

Bati na porta para ver como ela estava, mas a Shannon deu uma desculpa qualquer e mandou ir embora.

Eu precisava tirá-la daquela casa. Eu precisava tirar todos eles dali. Eu só... estava *cansado* demais.

Me sentia vazio. Como se não restasse mais nada dentro de mim.

Toda vez que eu fechava os olhos à noite, era assombrado pelos gritos da minha mãe e da minha irmã. E, se não eram os gritos, era a imagem dele prensando minha namorada na mesa.

Eu queria destruir aquela mesa. Queria pegar uma marreta e quebrá-la em um milhão de pedaços.

— Será que a gente pode dar uma volta depois da escola? — Molloy perguntou, trazendo minha atenção de volta para si. — Ou você pode ir lá pra casa. — Ela esticou o braço e passou o dedão no machucado do meu rosto, me dando um sorrisinho. — Não estou querendo brigar, eu só... a gente precisa conversar.

Meu celular vibrou no meu bolso e eu enrijeci, sem ousar pegá-lo com ela me observando tão de perto.

— Na verdade, estou bem ocupado essa noite no trabalho — falei, me sentindo péssimo ao ver sua expressão de decepção.

— É meio que importante, Joe.

Eu sabia que era. Sabia que a Molloy tinha coisas para me dizer, para tirar do peito. Nada tinha sido esclarecido entre nós, a gente só tinha voltado ao mesmo padrão de afeto físico, só que eu não tinha energia para discutir nada com ela.

Com ninguém.

Eu estava exausto demais para fazer qualquer coisa. Sair da cama de manhã foi equivalente a subir o Everest. Eu estava cansado só de ir para a escola. O esforço monumental que tive que fazer para ir de sala em sala o dia todo era quase sufocante.

Eu não aguentaria conversar. Não tinha forças.

— Preciso te falar uma coisa — ela insistiu com os olhos cheios de incerteza. — Por favor, Joe. Isso não pode esperar.

— Posso ir amanhã depois do trabalho — falei baixinho, sabendo que era a última coisa que eu precisava, mas mesmo assim lhe oferecendo o que ela queria. — Se você estiver livre.

— Vou estar livre.

Assenti, me inclinei e dei um beijo em seu rosto antes de me levantar.

— Te vejo depois, está bem?

— O q-quê? Por quê? — Seus olhos transbordavam ansiedade. — Aonde você vai?

— Nyhan quer me ver.

Mentiroso.

Mentiroso.

Mentiroso do caralho.

— Você não comentou nada.

— Esqueci.

— Ah. — Não pareceu nada convencida.

— Te vejo depois — murmurei, fazendo carinho no seu queixo e me virando para sair.

Eu precisava me afastar da pessoa que mais incendiava minha consciência.

Precisava de um maldito respiro daquela vida.

Quando estava fora de vista, tirei o telefone do bolso para dar uma olhada na mensagem.

Holland: Estou aqui fora. Vamos.

Dei um suspiro desanimado, digitei uma resposta e guardei o celular.

Lynchy: A caminho.

50

Deus ama quem tenta, mas Aoife ama Joey

AOIFE

— Beleza, já são três semanas — Casey declarou na terça-feira de manhã durante a aula de francês, quando o professor, sr. Brady, saiu da sala. Ela fechou o livro e se virou no assento para me olhar. — Me diga que é hoje.

— É — sussurrei, agitando os joelhos sem parar debaixo da mesa com os olhos cravados nas costas do meu namorado. — É hoje.

Ele estava sentado duas fileiras à frente, com Neasa Murphy, jogado na cadeira e parecendo achar graça do que ela estava lhe dizendo.

— Quer parar de olhar pra garota como se ela tivesse pisado no seu calo? — Casey sussurrou, trazendo minha atenção de volta para si e me fazendo relaxar os dedos do lápis que eu estava apertando. — Ele tem que se sentar com ela porque nossos lugares são predeterminados, amiga.

— Ele já ficou com ela antes.

— E daí? Foi há um milhão de anos.

— Odeio ela.

— Não odeia, não. São só seus hormônios.

— Não, eu odeio mesmo. — Encarei minha melhor amiga. — Odeio todo mundo que já ficou com ele.

— Então você odeia várias garotas dessa sala — Casey disse, dando risada.

— Engraçadinha.

— E aí, você vai mesmo contar pra ele?

Fiz que sim, ignorando a ansiedade que começava a apertar minha garganta.

— Hoje à noite, quando ele for lá pra casa depois do trabalho.

— Ah, meu Deus, que momento — ela disse. — Você preparou algum discurso?

— Acho que vai ser mais um "A pílula falhou, vamos ser pais, por favor, não me abandone" do que um discurso.

— Aoife. — Ela colocou a mão no meu braço. — Ele não vai te abandonar.

— Será? — Soltei um suspiro nervoso. — Tomara que você esteja certa, Case.

Fomos interrompidas por Charlie, que se inclinou sobre a carteira atrás de nós e cutucou o ombro de Casey.

— O Mack quer saber o que está acontecendo com o Alec.

— Hã?

— Alec — repetiu. — Você está ficando com ele ou algo assim?

Casey e eu nos entreolhamos, confusas, antes de nos virarmos para o Charlie.

— Eu não estou...

— E por que Mack quer saber? — perguntei, tapando a boca da minha amiga. — O que ele tem a ver com isso?

— Por que você acha? — Charlie deu uma piscadinha. — Ele claramente ainda é maluco por ela.

— Ah, é? — Revirei os olhos. — Ouviu isso, Case? Charlie está dizendo que o velho Mackie ainda é doido por você.

— Ah, bem, pode falar pro Mack que estou ficando com outra pessoa — Casey respondeu, afastando minha mão do seu rosto. — Então ele pode tirar o cavalinho da chuva.

— Alec?

— Não.

— Então com quem você está ficando? — Charlie perguntou, chegando mais perto.

— Não é da sua conta — ela disse, dando batidinhas no nariz.

— Não, sério. — Franzi a testa. — Com quem você está saindo?

Ela me olhou como quem dizia "Entra na onda" antes de revirar os olhos.

— Agora vaza. — Dispensou Charlie e se virou para frente, me puxando consigo. — Não estou saindo com ninguém, mas ele não precisa saber.

— Mas você gosta do Mack.

— Meh.

— E o Alec?

Deu de ombros.

— São tantos garotos e tão pouco tempo.

— Você é terrível — comentei, dando risada.

Então foi a minha vez de receber um cutucão no ombro.

— Você chamou? — falei, imitando a voz do Tropeço da Família Addams, me virando para trás e me deparando com Charlie com uma expressão cheia de expectativa. — E aí, Charlie?

— Um amigo ficou sabendo que você e o Lynchy estavam brigados. — Sorriu e acrescentou: — E ele quer saber se é verdade.

— Ah, é? — Sorri. — E por que seu amigo quer saber?

— Porque ele acha que você é a garota mais bonita da escola.

— Será que seu amigo tem um último desejo pra fazer? — Casey perguntou, dando risada. — Porque o namorado da minha amiga vai te matar, Charlie. Estou te avisando.

— Então ele ainda é seu...

— Pode falar pro seu amigo que fico lisonjeada, mas ainda estou comprometida.

— E pode falar pro seu amigo que o amigo *dele* tem bastante colhão pra tentar roubar a namorada do Joey Lynch — Casey disse, rindo. — Tipo, fala sério.

Charlie deu de ombros sem jeito.

— Valeu a tentativa.

— Deus ama quem tenta — Casey concordou, com os olhos brilhando de malícia. — Mas Aoife ama Joey.

Voltei sem pressa para a última aula do dia depois de sair para usar o banheiro, me demorando do lado de fora, admirando a mais recente exposição de arte no salão principal, cortesia da aula de arte para o leaving cert. Estava relutante para retornar à aula de administração porque eu tinha tanto talento para aquilo quanto tinha controle sobre a minha vida. Caminhei arrastando os pés, parando a toda hora para inspecionar alguma foto pendurada nas paredes ou fingindo ler o último boletim informativo.

Quando passei pelo banheiro dos meninos e ouvi alguém tossindo, parei outra vez, mas, desta vez, não me demorei à toa.

Porque reconheci aquela tosse.

Entrei na ponta dos pés, pensando em safadeza, e passei pela fileira de cabines vazias. Ignorei o fedor de urina vindo dos mictórios amarelados e nojentos e fui até a última cabine com acesso à janela. A porta estava ligeiramente entreaberta, e a empurrei devagar até conseguir ver Joey. No entanto, qualquer travessura que eu tinha em mente morreu logo assim que me dei conta do que estava vendo.

Ele estava com o joelho apoiado na tampa fechada do vaso, inclinado sobre o parapeito, cheirando uma carreira de pó branco com uma nota de cinco euros na mão.

Congelei de horror, incapaz de produzir nenhum som, e fiquei vendo-o apoiar os cotovelos na janela e abaixar a cabeça nas mãos, fungando e contorcendo o nariz, soltando um suspiro que parecia de alívio.

Vários minutos se passaram e só fiquei parada ali, observando a tensão nos seus ombros lentamente se esvair e seu corpo começar a balançar. Então um pequeno gemido escapou dos seus lábios e ele se aproximou mais da janela, soltando o peso contra ela.

Enquanto a euforia o dominava e seu corpo ficava mole, senti meu coração murchar e morrer no meu peito. Eu não podia passar por aquilo com ele de novo. Não agora que havia um bebê na história.

Passei a mão na leve protuberância na minha barriga e, pela primeira vez desde que percebi a confusão em que tinha me metido, senti algo peculiar surgir dentro de mim.

Algo que parecia com cuidado direcionado ao bebê crescendo dentro de mim.

Algo que parecia muito com *amor*.

Algo que ficava mais quente e feroz a cada respiração.

A sensação era tão forte, tão dominante e potente, que era quase carnal por natureza, pois eclipsava o medo que me manteve em negação nas últimas semanas.

Estou *grávida*, percebi de repente, como se só tivesse registrado no meu cérebro naquele exato momento em que eu *estava*, de fato, carregando um bebê.

O bebê dele, pensei, enquanto olhava horrorizada para o garoto chapado naquela cabine. *Você vai ter um bebê* dele.

Olha só para ele.

Olha só ao que você se apegou.

Levei um minuto para recuperar a compostura, para absorver a multidão de sentimentos correndo por mim, limpei a garganta e empurrei a porta o suficiente para que ele soubesse que eu estava lá.

Balançando-se contra o parapeito da janela, Joey virou a cabeça para mim.

— Molloy — falou com a voz arrastada, comprimindo os lábios e apertando os olhos, se esforçando para olhar para o meu rosto.

— Não vou entrar nessa com você de novo.

Ele franziu as sobrancelhas devagar e inclinou a cabeça para o lado, claramente tentando absorver minhas palavras em meio à névoa da sua mente. Ele demorou bastante para processar o que eu tinha falado antes de balançar a cabeça devagar.

— Não é o que parece.

— Ah, sim, porque sou eu que estou entendendo tudo errado — falei, gesticulando selvagemente para ele, jogado no canto. — Não *consigo*. — Sacudi a cabeça, enquanto minhas emoções ameaçavam transbordar, desesperadas para explodir. — Não *consigo* passar por isso de novo com você.

— Então pode ir — murmurou, oscilando e tentando se erguer, mas falhando miseravelmente e caindo no vaso fechado. — Porque sou o que sou.

Suas palavras me atingiram feito um tapa na cara e me encolhi.

— Você é o que é?

— É. — Ele sacudiu a cabeça, se esforçando para se levantar e, dessa vez, conseguindo. — Então pode ir, Molloy.

Ai.

— Você está mesmo me mandando embora sendo que não consegue nem ficar de pé? — Estreitei os olhos. — Olha só o seu estado.

— Você disse que não consegue passar por isso de novo comigo — disse, cambaleando para fora da cabine e se apoiando na parede. — Mas sinto o mesmo. — Ele franziu a testa e sacudiu a cabeça de novo, parecendo completamente chapado, tentando sem sucesso se concentrar no meu rosto. — Também não consigo mais passar por isso com você.

Não era um tapa na cara, era uma *facada*.

— O que está querendo me dizer?

— Que eu devia ter ficado longe quando a gente terminou no Natal — falou, mirando as palavras no meu coração como se fossem balas. — Em vez de arrastar essa merda por mais três meses.

— E por merda você está se referindo ao nosso relacionamento? — Engoli o nó na garganta e sussurrei: — Bem, vai se foder, Joey Lynch.

Me virei para sair, mas parei quando seus braços envolveram minha cintura, me puxando para o seu peito.

— Me desculpa. — Soltou um suspiro pesado e me abraçou com força. — Fiz merda.

— Pois é — eu disse, tremendo e resistindo à vontade de me abandonar no seu abraço, porque, convenhamos, ele mal estava conseguindo se manter ereto. — Você é um puta cuzão.

— Eu sei. — Soltou um grunhido sofrido e apoiou a cabeça no meu ombro. — Eu sei, gata.

— Você está me machucando.

Grunhiu de novo.

— Shhh, para de dizer isso.

— Isso me *machuca*, Joey.

Outro grunhido escapou dos seus lábios.

— Não, não, não, eu nunca *te* machucaria.

— Você se machuca e dá no mesmo. Porque, quando você sofre, eu sofro. Quando você se queima, pego fogo com você. Estamos juntos, Joe. Somos espelhos. Você não entendeu isso ainda?

— Ah, merda. — Ele me puxou para perto, tremendo com violência. — Me desculpa por te machucar, Molloy.

— Me ouça, Joe. Eu preciso mesmo que você resolva as suas paradas, está bem? — Senti um arrepio quando seus lábios tocaram a minha orelha e fechei os olhos, tentando me acalmar. — Porque lembra quando eu disse que não precisava de você antes? — Fechei os olhos de novo. — Bem, eu definitivamente preciso de você agora, entendeu?

— Não, não precisa — murmurou, colocando a mão na minha barriga e fazendo tudo dentro de mim se contorcer. — Sou péssimo, Molloy. Sou o merda desse relacionamento. Você só me traz coisas boas e só te trago coisas ruins.

— Não é verdade.

— É, sim.

— Mesmo assim — falei. — Preciso que você saia desse inferno e volte pra mim, entendeu? Porque eu estou... — Soltei um suspiro trêmulo, joguei a cabeça para trás e fiquei encarando o teto enquanto procurava as palavras. — Estou... quero dizer, *a gente* vai ter... — *Aff.* Tremendo muito, quase cuspi as palavras. — Um bebê — falei de uma vez.

— Um bebê — ele repetiu devagar com a voz arrastada. — Onde está o bebê?

— Aqui — eu disse, colocando a mão em cima da sua na minha barriga.

— Em você?

Com o corpo todo rígido de tensão, assenti de leve.

— O que ele está fazendo aí?

— Você botou ele aí dentro, Joe.

— Eu?

— É. — Soltei outro suspiro. — Você.

— Puta merda — disse, esfregando o nariz no meu pescoço. — Me desculpa, Molloy. Não era a minha intenção.

— Você está bravo?

— Hã?

— Bravo, Joe — repeti, engolindo uma onda de histeria. — Você está bravo?

— Não, não estou bravo — murmurou, sonolento.

— Está me ouvindo?

— Hum?

— Joe?

— Hum?

— Você vai se lembrar disso, né? — Me virei para encará-lo, segurei seu rosto entre as mãos e o obriguei a me olhar. — Vai se lembrar dessa conversa? — Como não respondeu, insisti. Seus olhos negros olharam através de mim. — Vai se lembrar de mim?

— Claro. — Ele abraçou minha cintura e enterrou o rosto no meu pescoço de novo, soltando um suspiro de contentamento. — Você tem cheiro de casa.

Não adiantava.

Ele não estava ali.

Pelo menos, sua mente não estava presente.

— Venha. — Limpei a garganta e disse: — Vou te levar pra descansar.

— Achei que você estava de saco cheio — ele disse, dando um beijo suave no meu pescoço. — Achei que ele tinha te tirado de mim. — Ele soltou um grunhido sofrido e enterrou o rosto no meu pescoço novamente. — Fiz merda de novo, Molloy.

— Não estou de saco cheio de você, Joe — falei, tremendo. — Está tudo bem. Você vai ficar bem.

— Você também, Molloy. — Ele me abraçou com mais força e, mesmo naquele estado alterado, conseguiu dizer a coisa certa. — Porque vou cuidar de vocês dois.

Minha respiração ficou presa.

— Promete?

Ele fez que sim.

— Prometo.

Pouco depois, as pernas dele cederam e ele caiu no chão.

51

Não posso entrar aí

JOEY

Apagando e voltando à consciência, ouvi duas vozes familiares à minha volta.

— Esse carro é uma porcaria.

— Eu sei.

— Sério, seu pai é mecânico e isso é o melhor que ele conseguiu te arranjar?

— Cala a boca e dirige, Podge.

— Beleza.

— Molloy. — Crispei os lábios, virei a cabeça para o lado e soltei um grunhido de aprovação quando meu nariz se enterrou entre as suas coxas quentinhas. — Hum.

— Shhh, Joe, está tudo bem — ela disse, fazendo carinho e cafuné em mim, apoiando minha cabeça no seu colo. — Só descansa, tá bem?

Obedeci àquela voz maravilhosa que pertencia à garota mais linda que eu já tinha visto na vida e fechei os olhos, me aconchegando no seu colo quente e me sentindo seguro como não me sentia há anos.

Talvez seguro como nunca havia me sentido.

— Você faz eu me sentir seguro.

— Ah, Joe.

— Te amo tanto que até dói.

— Eu sei, gata. Também te amo.

— Não me manda embora de novo, Molloy.

— Não vou fazer isso, Joe. — Sua mão estava no meu cabelo de novo. — Shhh. Descansa, gato.

— O que ele tomou?

— Algum pó.

— Oxi amassado?

— Acho que não. Algo mais forte.

— Cocaína?

— Ele estaria quicando pelas paredes.

— Verdade.

— Acho que pode ser heroína.

— Sem chance. Ele não é tão maluco.

— Dá pra cheirar heroína?

— Que merda, Aoife, sei lá.

— Eu também não sei.

— Caralho.

— Olha, preciso que você faça uma coisa por mim. Você tem que dar uma olhada no quarto dele. Vasculhar os bolsos de todas as calças que encontrar. O armário. A cômoda. A mesinha de cabeceira. Todas as gavetas. Cada centímetro daquele quarto. A mochila. A mala de treino. Tem um buraco na lateral do colchão dele. Dá uma olhada lá também. Ele está se drogando de novo, o que significa que guardou o negócio em algum lugar. Jogue na privada tudo o que encontrar. Você pode fazer isso por mim?

— Você não vai entrar?

— Não *posso* entrar naquela casa e não posso levar ele pra minha casa nesse estado. Não com a minha mãe lá.

— Beleza, Aoife, vou cuidar dele. Você sabe o que fazer. Ele precisa descansar. Vai ficar ótimo daqui a umas horas.

— Não abandone ele, está bem? Por favor, Podge. Não com ele desse jeito.

— Pode deixar.

— É sério. Porque ele pode passar mal dormindo e se engasgar com...

— Não vou largar ele, prometo.

52

De mal a pior

AOIFE

Minha mãe estava me esperando na porta de casa quando cheguei da escola na terça-feira à noite.

— E aí? — perguntou em um tom esperançoso, dando um passo para o lado para me deixar entrar. — Contou pra ele? Ele vem?

Contei, mas Joey estava em outro planeta e não ouviu uma palavra do que eu disse.

Balancei a cabeça, deixei a mochila no corredor e pendurei o casaco no corrimão, sem energia.

— Aoife. — Sua expressão murchou. — Você precisa contar pra ele.

— Eu sei — falei depressa, seguindo para a cozinha enquanto meu corpo vibrava de ansiedade. — Eu tentei, mas ele estava ocupado.

Ocupado chapando o coco.

— Estamos todos ocupados, Aoife — disse, fechando a porta e saindo atrás de mim. — Nunca vai haver hora certa pra ter essa conversa, mas ela tem que acontecer.

— Eu sei — repeti com os ombros tensos, indo até a geladeira. — Eu tentei.

— Você quer que eu fale com ele?

— O quê? — Bati a porta da geladeira e me virei para ela boquiaberta. — Não, mãe, meu Deus!

— Se não contar logo pra ele, só vai ser pior.

Estreitei os olhos.

— Estou *tentando*, mãe, mas não é algo tão simples de se dizer, está bem? O que é que eu posso fazer? Desembuchar a verdade no meio da aula?

— Você podia ligar pra ele — sugeriu, colocando a mão no meu ombro. — Se não consegue falar pessoalmente, fala pelo telefone.

— Mãe, eu já *tentei*. — Engoli o nó na garganta e supliquei com os olhos para que ela entendesse. Eu já estava arrasada o suficiente por conta das merdas daquela tarde sem ela me pressionando daquele jeito. — Desencana, está bem?

— Você *precisa* contar pra ele, Aoife — ela insistiu. — O exame é na sexta e Joey tem que estar lá. Ele precisa saber que está prestes a se tornar pai. Ele tem o direito de saber.

— Pai? — Kev disse e, quando me virei, estava parado na porta da cozinha.

— Kev, você não devia ficar ouvindo a conversa dos outros — ela o repreendeu, colocando a mão no peito e dando sermão no meu irmão. — Isso não é legal.

— Joey Lynch vai ser pai — falou com os olhos fixos nos meus. — O que significa que você vai ser mãe.

— Não vou, não — menti, nervosa e vermelha, dando a volta na nossa mãe para pegar a cafeteira. — Não seja burro.

— Não sou burro — retrucou depressa, entrando na cozinha. — Por acaso, sou seu irmão gêmeo, esqueceu? Percebi que tinha alguma coisa estranha com você. — Ele balançou a cabeça. — Agora tudo faz sentido. — Depois se virou para a nossa mãe. — Vocês duas estão grudadas há dias, cochichando por aí e passeando juntas porque ela está grávida.

— Pare de falar isso — pedi, me sentindo fraca. — Não é verdade.

— Até parece — ele disse com uma voz firme. — Você tem sido um pesadelo há semanas. Esse lugar virou tipo a central das oscilações de humor, sem contar que a mamãe deixou você matar um monte de aula. — Kev me olhou de cima a baixo, estreitando os olhos de desgosto. — Tudo porque você deixou aquele vagabundo te engravidar?

— Chega, Kev — nossa mãe falou, me defendendo. — Você precisa parar já com isso, rapazinho. Isso não tem nada a ver com você, então fica quieto.

— Nada a ver comigo? — esbravejou, furioso. — Está de brincadeira? Também moro aqui, sabe? Se ela vai trazer um bebê pra cá, tenho direito de saber, assim como o papai.

— Pare com isso — implorei, sentindo o sangue se esvair do meu rosto. — Pare de falar, Kev.

— Primeiro, pensei que você só estava engordando, mas agora faz sentido. Todas aquelas esquisitices que você andava comendo eram por conta da gravidez.

— Kevin!

— Você não consegue nem negar, né? — falou, ignorando os protestos da nossa mãe e mantendo os olhos furiosos em mim. — Porque não tem como negar essa barriga que você andou tentando esconder.

— Kevin! — minha mãe berrou. — Falei que já chega!

— Pois é, estou vendo. Não sou cego nem burro — meu irmão disse, me lançando um olhar duro. — Ao contrário de você. A idiota que se deitou e deixou um doidão feito o Lynchy te engravidar.

— Vai se foder — soltei, enquanto as lágrimas se derramavam dos meus olhos e meu irmão me golpeava com uma dose fria de realidade. — Você não sabe de nada, Kev. Não faz a menor ideia.

— Parabéns, maninha — ele continuou com desdém. — Por ter deixado aquele babaca te inserir nas estatísticas sobre gravidez na adolescência. Muito bem. Pode dar um beijinho de despedida no seu futuro agora que você se juntou à longa lista de garotas perdidas da nossa escola que foram burras o suficiente pra abrir as pernas pra caras como ele.

— Eu falei que já chega, Kevin — minha mãe berrou, se colocando entre nós. — Não ligo se você está surpreso ou chateado, não fale com a sua irmã nem com qualquer mulher, aliás, desse jeito. Eu te dei *educação.*

— Assim como pra ela — retrucou, na defensiva. — Mas parece que só um de nós recebeu o certificado.

— Não é justo — falou com a voz embargada. — Você não entende o que sua irmã está passando.

— Não, porque por acaso eu tenho um cérebro no meio das orelhas — disse, furioso. — Ao contrário dessa idiota.

— Kevin!

— Meu Deus, eu sempre soube que você não era muito esperta, mas *isso* já é demais — meu irmão continuou, estreitando os olhos desafiadoramente. — Engravidar sendo que ainda nem terminou a escola? De um bosta que nem o Joey Lynch? Nossa, não tinha ninguém melhor pra você querer misturar os seus genes, não? Essa pobre criança vai nascer viciada em cocaína e com o QI de uma ameba!

— Falei que já chega! — nossa mãe gritou, abrindo e fechando a porta do armário. Fez isso três vezes até chamar a atenção do meu irmão. — Você — sussurrou, apontando o dedo na cara dele. — Não diga nem mais uma palavra.

— Mas...

Ela bateu a porta do armário de novo.

— Nem uma palavra, Kevin, senão vou dar um tapa na sua cara.

— Então quer dizer que ela fica grávida e eu é que mereço um tapa na cara? — meu irmão falou bufando, cruzando os braços. — E quem é a favorita aqui, hein?

— Isso não tem nada a ver com favoritos, e tudo a ver com decência e humanidade — ela grunhiu, cutucando seu peito com o dedo. — E estou te falando agora que é melhor você não soltar um pio sobre isso com ninguém. Entendeu, Kevin? Nem uma alma sequer.

— Claro que vou contar pro papai.

— Se você sabe o que é bom pra si, vai ficar de bico calado — ela falou em um raro tom ameaçador. — Essa notícia *não* é sua, Kevin. Isso *não* é sobre você. Isso é sobre a sua irmã, e a Aoife tem o direito de contar pro pai e pra todo mundo quando estiver pronta.

— Ficou maluca? Estamos falando da Aoife. Ela nunca vai estar *pronta* pra ter um bebê — meu irmão disse, verbalizando um dos meus maiores medos. — Não consegue nem limpar a merda do Batata, sendo que foi ela que pediu um cachorro pra vocês. Como é que você espera que ela cuide de um ser humano de verdade? — Ele olhou para mim e disse: — Você devia se fazer um favor e abortar. Conserta essa bagunça enquanto ainda é tempo.

— Vai se foder! — Com lágrimas escorrendo, empurrei meu irmão para fora do caminho e disparei para a escada.

— Você sabe que eu tenho razão — ele falou atrás de mim. — Não vai aguentar um dia como mãe e depois vai entregar o filho pra *nossa* mãe cuidar.

Uma batida suave na porta do meu quarto desviou minha atenção do travesseiro com o qual eu estava tentando abafar o meu choro desmedido.

— Aoife, meu bem, sou eu. Posso entrar pra falar com você?

Por que não? Eu era uma adolescente grávida que ainda estava na escola secundária. Meu irmão gêmeo, ao saber da notícia, me chamou de vagabunda sem cérebro, me repreendeu pela minha escolha de parceiro e ameaçou me dedurar para o nosso pai. Durante todo esse tempo, o tal do parceiro que escolhi estava apagado em algum lugar, dormindo alegremente para esquecer qualquer lembrança das notícias bombásticas que eu lhe dei.

Com sinceridade, nada do que minha mãe dissesse poderia piorar a situação.

— A porta está destrancada —falei, me sentando na cama com o travesseiro na barriga.

Ela abriu a porta e entrou, com os olhos tomados de preocupação.

— Você está bem?

Dei de ombros.

— Não muito.

— Bem, conversei com o seu irmão e ele me jurou que ia ficar quieto até você estar pronta pra contar pras pessoas.

— E você acreditou nele?

— Você não?

— Sei lá. — Soltei um suspiro cansado. — Kev foi brutal lá embaixo.

— Seu irmão está sendo um idiota. — Ela se aproximou da cama, sentou na beirada do colchão e pegou minha mão. — Não ouça uma palavra do que ele disse, Aoife. Não leve a sério nada do que ele falou.

— Eu não sabia que ele me odiava tanto, mãe — desabafei, chorando novamente, enquanto eu repassava cada palavra horrível que meu irmão proferiu. — Entendo que esteja chateado com essa história de bebê, mas aquelas coisas que disse... tinha ódio na voz dele.

— Não foi ódio que você ouviu, Aoife, foi ciúme — me corrigiu com um suspiro triste. — Acredite em mim, isso tem muito mais a ver com o seu pai do que com você.

Franzi a testa, confusa.

— Com o papai?

— Seu pai e seu irmão não têm conexão alguma. Nunca tiveram. Eles se amam, claro, mas não têm nada em comum.

— E o que é que isso tem a ver com a minha gravidez?

— Porque, na cabeça do seu irmão, o garoto com quem você vai ter esse bebê é o mesmo garoto que traz a maior ameaça pra relação dele com o pai.

— *Joey?*

— Joey. — Ela deu um sorrisinho triste antes de continuar: — Consegue imaginar como foram esses últimos seis anos pro Kev? Ver seu pai desenvolver e nutrir uma ligação com um garoto da turma dele, sendo que ele mal reconhece as conquistas do próprio filho?

— Tá, mas como isso tudo é culpa do Joey?

— Não é culpa do Joey — minha mãe falou com gentileza. — E também não é culpa sua. É culpa do seu pai por não fazer nenhum esforço com o seu irmão ao longo dos anos.

— Mãe, sei que o Kev é o seu filhinho querido, mas você não pode botar a culpa do surto dele nas *questões com o pai* — argumentei. *Eu já tinha visto alguém com questões com o pai bem de perto, e não era isso que estava acontecendo com o meu irmão.* — Confie em mim, a gente tem um bom pai.

— Você tem razão, ele *é* um bom pai — concordou. — Mas você sabe que não existe harmonia na relação dos dois.

— E daí que o papai gosta de carros e o Kev gosta de computadores? O pai de vocês é um cara extrovertido e Kev é um *millennial* introvertido — falei. — Não são compatíveis. Grande coisa. A gente também não é, mas você não me vê agindo desse jeito porque eu sei que você me ama, assim como seu pai ama o Kev.

Ela arregalou os olhos de surpresa.

— Você não acha que a gente é compatível?

— Sinceramente?

Assenti.

— Não, mãe, acho que não somos. — Fiquei brincando com um fiapo da calça do pijama e dei de ombros. — Kev sempre foi seu menino de ouro, e eu sempre fui... *eu*, ou seja, demais pra você.

— Isso não é verdade.

— É, sim. — Abri um sorriso melancólico. — Pra ser honesta, acho que conversamos mais na semana passada que nos últimos três anos, e deve ser porque enfim temos algo em comum.

A dor tomou as feições da minha mãe e me senti péssima.

— Não é que eu não me sinta amada — acrescentei depressa, pegando a mão dela e a apertando. — É só que eu sei como é me sentir desconectada da mãe ou do pai, mas ainda me sentir apoiada e cuidada. Quer dizer, não guardo ressentimento de você nem nada do tipo. Não tenho rancor nem questões mal resolvidas.

— Sinto muito — sussurrou, genuinamente horrorizada. — Não sabia que você se sentia assim.

— Mãe. — Revirei os olhos. — Se controle, está bem? Não é nada de mais.

— Não prefiro seu irmão — ela falou. — Eu juro. Amo vocês dois da mesma forma.

— Sei disso — eu disse, e era verdade. — Também sei que está tudo bem você se dar melhor com o Kev. Isso não tem nada a ver com amor, mãe. Só que a personalidade do Kev combina mais com a sua do que a minha, e tudo bem. Não tenho problema com isso, mãe. Mesmo.

— Você está falando sério, né?

Assenti.

— Sim.

Ela ficou me encarando por um longo tempo antes de soltar um suspiro.

— Você vai ser uma mamãezinha maravilhosa. Sabia, filha?

— *Claro* — murmurei.

— É verdade — insistiu. — Agora estou vendo. Estou vendo tudo com mais clareza agora.

— Vendo o quê?

— Você. A mulher que você está se tornando. Essa espinha dorsal de aço que te sustenta. A razão pela qual ele é tão caidinho por você.

— Quem?

— Joey.

Meu rosto ardeu.

— Ah?

— Claro que você é linda.

Bufei e abanei a mão.

— Óbvio.

— E modesta — brincou antes de continuar. — Mas você é muito mais que um rostinho lindo. Você é *amorosa*, Aoife. Aquele pobre garoto nunca teve a menor chance com você, né? Até porque tudo o que ele nunca recebeu flui de você feito uma cachoeira.

— Nada a ver, eu sou puro drama, esqueceu? — falei, envergonhada.

— Você também é isso — concordou com um sorriso. — Mas, meu Deus, você emana amor por baixo desse seu exterior travesso. É contagiante.

— Ah, é só o brilho da gravidez, mãe.

— Quer parar com isso e aceitar o elogio?

— Ah, não consigo evitar. — Fiz uma careta. — É desconfortável.

— Você não tem problemas em aceitar elogios sobre a sua beleza.

— Bem, eu posso me olhar no espelho sempre que quiser validação pra parte física — falei sem remorso algum. — Mas não posso exatamente me abrir ao meio pra ver todo esse amor difuso e contagiante dentro de mim, né?

— Bem, confie em mim, ele está aí — ela disse, sorrindo. — E não ouse perder isso.

53

Como foi que cheguei aqui?

JOEY

Com a maior ressaca de todas, pisquei para acordar. Fiquei horrorizado ao perceber que estava deitado de bruços nos lençóis floridos de um estranho, sem fazer ideia de como tinha ido parar ali.

Em pânico, rapidamente me apoiei sobre os cotovelos e olhei para baixo e fiquei aliviado por ver que eu estava completamente vestido com o uniforme escolar. Estava até de sapatos.

Bati a cabeça no beliche acima de mim e, aos poucos, me dei conta de que eu estava na minha própria cama, mas os lençóis tinham sido trocados — sem dúvida, pela Shannon.

— Então quer dizer que você sobreviveu a mais essa? — Podge falou sem emoção, sentado na ponta da cama com uma garrafa de água vazia na mão. — Que porra foi essa, Joey? Pensei que você tinha largado essa vida.

— Por que você está aqui? — murmurei, me sentando com cuidado enquanto o quarto flutuava ao meu redor. Afastei o cabelo molhado dos olhos e perguntei: — Por que estou aqui?

— Eu te trouxe — respondeu. — Você apagou no banheiro da escola hoje de tarde, seu imbecil. Aoife te encontrou e foi me procurar. Você tem sorte do Nyhan não ter te pegado, senão você estaria fodido.

— Hoje de tarde? — Minha mente estava uma bagunça e meu coração disparou no peito. — Que horas são? — Balancei a cabeça. — Cadê a Aoife?

— Mais de duas.

— Da tarde?

— Não, cara, da madrugada. — Podge deu um suspiro pesado. — Você ficou apagado por dez horas, Joey. Então te pergunto de novo: que *porra* foi essa?

Meu Deus do céu.

— Não sei. — Fiquei de pé com dificuldade e afastei o cabelo molhado do rosto de novo. — Por que meu cabelo está molhado?

— Tive que dar um jeito de te acordar — ele disse, atirando a garrafa vazia na minha cara. Nem me dei ao trabalho de desviar e deixei a garrafa de plástico me acertar. — Você ficou apagado por tanto tempo que comecei a pensar que você tinha morrido.

— Bem, claramente não morri.

— Ainda — retrucou, passando a mão pelo cabelo. — Meu Deus, há quanto tempo você está nessa?

— Foi só uma vez.

— Mentira.

— Não enche o meu saco, Podge — murmurei. — Fiz merda. Já saquei. Não preciso ouvir um sermão.

— A julgar pela cara da Aoife e pelo volume de lágrimas que ela derramou, você fez mais que uma cagada dessa vez.

Fiquei tenso.

— Como assim?

— Como se você se importasse com qualquer coisa além do que você cheira com a porra desse seu nariz.

— Como *assim*, Podge?

— Você estragou tudo com a sua namorada, cara — sussurrou, se levantando. — Não sei o que você fez com ela ou que porra você disse, mas nunca vi alguém tão arrasada quanto ela.

— Como assim? — Desesperado, peguei o celular, mas não havia nenhuma notificação de Molloy. Liguei para ela às pressas, mas a ligação caiu direto na caixa postal. — Meu Deus, o que foi que eu fiz?

Ele cruzou os braços e me olhou feio.

— Me diga você.

— Eu não estaria te perguntando se *soubesse* — rosnei, perdendo a calma e andando de um lado para o outro. — Você disse que ela estava chorando? — Olhei para ele em pânico. — *Machuquei* ela?

Ele ficou me encarando por um longo tempo antes de balançar a cabeça em resignação.

— Não, Joe, você não machucou ela desse jeito. Você nunca encostou o dedo nela, cara, e nunca faria isso, então relaxa.

Soltei um suspiro trêmulo, me encostei na parede do quarto e levei um minuto para recuperar a compostura.

— Puta merda.

— Você se importa com ela — declarou, me observando com atenção. — Mais do que com qualquer coisa ou qualquer pessoa com quem você já se importou. Eu vi você mudar e o Alec também. Ela traz *esperança* pra você. Porra, todo mundo vê que essa garota é boa pra você, cara. Mas você está tão determinado a se destruir que não percebe o que está fazendo com ela. — Ele balançou a cabeça e acrescentou: — Se você não se importa consigo mesmo, e está na cara que não, você precisa pensar no que o seu comportamento está fazendo com *ela*. Porque, adivinha só, seu filho da puta? Aoife Molloy te ama. Está me entendendo, seu babaca sortudo? A garota mais gata da nossa escola, possivelmente de toda a cidade, que tem as melhores tiradas, te *ama*.

— Nossa, não precisa ficar tão surpreso.

— Não estou surpreso — ele retrucou, sem hesitar. — Já vi as gatinhas que você pegou ao longo dos anos. Não sou tão inseguro pra negar que você é um filho da puta bonitão. — Ele deu de ombros. — Vocês são lindos. Faz sentido ela estar com você.

— Sabe, não sei se estou gostando do rumo dessa conversa — falei. — Porque, se você vai me dizer que sente atração pela minha namorada, vou ficar puto de verdade, e se me disser que sente atração por mim, vou ficar traumatizado pra caralho.

— *Claro* que sinto atração pela sua namorada. Como qualquer outro cara da nossa escola.

— Sim. — Assenti. — Estou puto.

— Bonitão ou não, você é um desastre, cara — continuou. — Sei bem. Passei os últimos catorze anos vendo você se sabotar, mas fiquei do seu lado pelo mesmo motivo que ela. Porque ela vê a mesma coisa que eu: uma boa pessoa por baixo de todas essas merdas. Mas você está passando dos limites, Joe. Você cruzou uma fronteira hoje e precisa consertar isso — ele disse com o dedo em riste. — Eu te amo como se você fosse meu irmão, sempre te amei, mas qualquer dia desses você vai se desviar tanto dos trilhos que nenhum de nós vai conseguir te puxar de volta pro eixo.

Suas palavras me atingiram em cheio, e reagi por instinto.

— Não preciso que ninguém me salve. — Nervoso, sussurrei: — Não preciso de você nem dela nem de ninguém.

Ele estreitou os olhos.

— Continue assim e ninguém mais vai querer te ajudar.

Estreitei os olhos de volta.

— Por mim, tudo bem.

— Boa, Joe, afasta as pessoas que te amam — ele disse com um tom acalorado e um olhar de decepção. — Chuta a gente da sua vida e fica com o Shane Holland e os sanguessugas dele, que só sabem sugar a sua vida.

— Já terminou o sermão? — Fui até a porta do quarto, a abri e olhei feio para ele. — Pode ir.

— Cara, você está bem louco se acha que essa bundona caipira aqui vai sair andando pelo seu bairro cheio de bandidos às duas da manhã. — Ele se jogou na minha cama, ajeitou o travesseiro atrás da cabeça e ficou todo confortável. — Pois é, você vai ter que me aguentar essa noite, então pode ir se familiarizando com o chão do seu quarto — ele disse, bocejando. — Porque tenho a sensação de que é aí que você vai acabar passando a maior parte do tempo no futuro próximo.

— Eu devia ir atrás dela...

— Não, você devia se deitar logo antes de arranjar mais problemas — meu amigo falou, atirando o travesseiro em mim. — Deixe a coitada descansar. Você pode ir lá de manhã.

Cedendo, me abaixei no chão e cobri o rosto com o braço.

— Puta merda.

— Quer saber de uma coisa?

— Se for sobre a pessoa péssima que eu sou, esquece, cara — murmurei. — Já estou ciente.

— Charlie Monaghan deu em cima da Aoife na escola hoje.

— Como assim? — Tirei o braço do rosto para olhar para ele perplexo. — E como você sabe disso?

— Ouvi do Rambo, que ouviu da Becca.

— O que ele disse?

— Estou com cara de quem sabe ler a mente dos outros? Te falei que ouvi do Rambo, que ouviu da Becca. Não sou telepata, cara.

— Aquele imbecil.

— Parece que ela botou ele no lugar — Podge disse, dando risada. — Mas pelo visto você precisa sair logo desse buraco e dar a volta por cima se quiser continuar com aquela garota.

— Pois estou achando é que preciso quebrar a porra do nariz do Charlie Monaghan.

— Sim, isso também — meu melhor amigo disse, ainda rindo.

54

Deixa comigo

AOIFE

Com a blusa do uniforme aberta, de calcinha e sutiã, fiquei parada na frente do espelho comprido do meu quarto na quarta-feira de manhã estudando cada centímetro da minha pele, prestando bastante atenção às partes do meu corpo que estavam mudando.

Meus peitos estavam enormes, o que era uma coisa e tanto, já que nunca deixaram a desejar nesse quesito. Sério, estavam tão cheios e pesados que parecia que eu estava carregando bolas de boliche dentro do sutiã.

Meus mamilos tinham ficado uns dez tons mais escuros, e *veias* bastante visíveis e azuis apareceram nos meus seios.

Era nojento.

E a leve protuberância no meu abdômen inferior, que disfarcei alegando ser apenas um inchaço, não era mais tão leve assim. A área abaixo do meu umbigo tinha ganhado uma pequena, mas firme, barriga.

Só de olhar para ela meu coração disparou. Eu não estava nem um pouco preparada para aquilo. Eu não ia conseguir esconder a situação por muito tempo mais. As mudanças no meu corpo eram drásticas, e eu tinha no máximo um mês antes que o mundo inteiro soubesse.

Sairíamos para o recesso de Páscoa na sexta-feira. Teríamos duas semanas de folga, e eu estava bastante preocupada, achando que explodiria nesse intervalo de tempo e acabaria voltando para a escola parecendo uma baleia encalhada.

O que era uma ideia horrível.

Virei de um lado para o outro, observando minha aparência, cutucando delicadamente a estranha entidade que pegava carona dentro do meu útero.

Aff.

Útero era outra palavra que eu odiava, assim como *placenta*, *dutos de leite*, *trabalho de parto*, *varreduras de membrana* e, a pior de todas, *coroamento.*

Lutando contra a ideia de ter um bebê crescendo dentro do meu corpo, principalmente empurrando a cabeça grande e careca e os ombros largos dignos de Joey Lynch para fora da minha vagina, estremeci e me sacudi inteira em uma dancinha bizarra, e me senti enjoada.

Esvazie a mente.

Respire fundo.

Esqueça essas besteiras.

Você continua linda.

Nada arrombou sua vagina.

Seu corpo ainda está livre de estrias.

Fui controlando a ansiedade até que ela estivesse minimamente estabilizada e comecei a trabalhar na maquiagem e no cabelo, passando o babyliss para fazer ondas soltas e ir para a escola hoje.

Eu estava vasculhando o nécessaire de maquiagens esquecidas e cagadas, aquele onde guardava todos os itens rejeitados e indesejados que ganhei em aniversários e no Natal, procurando uma paleta de cores douradas e me amaldiçoando mentalmente por não ter comprado dois produtos de cada, quando alguém de braços tatuados enlaçou a minha cintura, me puxando para um peito familiar.

— Em uma escala de um a dez, quão puta você está comigo?

— Puta merda, Joe — falei, quase morrendo de susto. — Você não podia ter usado a porta, não?

— Por que quebrar o hábito de uma vida inteira? — Seus lábios roçaram minha orelha e seus olhos estavam fixos nos meus no espelho à nossa frente. — Eu elogiaria as suas pernas, mas seria desmerecer o resto do seu corpo.

Todo sedutor, passou as mãos da cintura para os meus quadris e seus dedos se enfiaram debaixo da minha calcinha por um instante e logo a soltaram, retornando à minha cintura.

— Você é toda linda, Molloy.

Todos os músculos ao sul do meu umbigo se contraíram de tesão.

— Obrigada.

— E aí? Em uma escala de um a dez?

Meus olhos se fecharam sozinhos em uma reação inevitável ao seu toque, e soltei um suspiro trêmulo.

— Onze.

— Putz. — Seus lábios roçaram o meu pescoço e ele respirou fundo antes de suspirar também. — Imaginei.

Como um cordeiro indo para o matadouro, me inclinei pesadamente contra ele e meu corpo se deleitou com a sensação das suas mãos na minha pele.

— É só isso que você vai dizer?

— Sou um cuzão — ele disse, beijando a minha bochecha. — Sou um merda. — Ele trocou de lado e beijou a outra bochecha. — Me desculpa. — Mais um beijo. — Te amo.

— Você não se lembra de nada, né? — perguntei, me virando a tempo de receber o beijo suave que ele deu no canto da minha boca. — Do que conversamos ontem?

— Lembro que fiz merda.

Revirei os olhos.

— Você sempre faz merda.

— Ei. — Ele segurou meu rosto entre as mãos e se aproximou, com os olhos verdes cravados nos meus. — É sério. — Ele esfregou o nariz no meu, o beijou e suspirou. — Me desculpa mesmo por ontem.

— Por que parte?

— Pela parte que o babaca do seu namorado te fez chorar.

— Ah, é? — Detestando o fato de adorar sua atenção e me sentindo zonza pelo desespero do meu corpo pelo seu toque, me recostei na sua mão, irremediavelmente cativada. — Bem, se você encontrar esse babaca por aí, diga pra ele que eu não perdoo.

— E nem devia. — Ele esfregou o nariz no meu de novo. — Ouvi dizer que ele é um cuzão.

— *Muito* cuzão — concordei, devolvendo o leve beijo que ele deu nos meus lábios. — Se não fosse por aquele pau, eu daria um chute na bunda dele.

— Ah, é?

— É. — Fiz que sim. — Só estou interessada naquele pau.

— Então que sorte ele saber usar o pau, né? — ele brincou com a boca perto da minha, puxando meu corpo contra o seu. — E os dedos. — Soltei um suspiro quando sua mão se enfiou na minha calcinha. — E a língua.

E, assim, derreti feito uma tonta, beijando-o de um jeito que fez meus hormônios já alterados ficarem malucos.

Totalmente ciente de que ele era tão perigoso para a minha mente quanto as drogas eram para ele, interrompi o beijo para não ser levada pelos meus sentimentos.

Para não ser levada por ele.

Recuei antes de me perder de vez, coloquei as mãos no seu peito para me equilibrar e disse:

— Você não vai se safar assim tão fácil.

— Não pensei que eu ia.

— Por que você está aqui? Achei que a gente fosse se encontrar na escola como sempre.

— Porque eu precisava te pedir desculpas — falou, limpando meu gloss vagabundo da sua boca antes de ir até a janela e sair por ela.

Alguns segundos se passaram e então sua mochila veio voando, seguida pelo hurley, pelo capacete e pela mala que eu tinha deixado na casa dele.

— Você trouxe o meu colar? — perguntei, observando-o entrar pela janela com movimentos ágeis. — Parece que estou pelada sem ele.

— Trouxe — respondeu, pegando o colar no bolso e se aproximando. — Vire-se.

Fiz o que ele pediu e afastei o cabelo do pescoço para que ele o colocasse em mim.

— Valeu, garanhão.

— De nada, rainha.

— Mas você continua encrencado.

— Como sempre — murmurou, dando um beijinho no meu pescoço e indo até a cama para se sentar. — Certo, sou todo ouvidos.

— Hã?

— Você queria conversar. — Ele se apoiou sobre os cotovelos, parecendo superconfortável na minha cama. E supergostoso. — Então vamos conversar.

— Verdade — falei, sentindo a ansiedade se agitar dentro de mim e fechando os botões da blusa. — Mas você devia ter vindo ontem à noite. — Fiz uma pausa para franzir a testa. — E você, com certeza, se esqueceu.

— Bem, estou aqui agora, então vamos ao que interessa.

— Vamos ao que interessa? — perguntei, sem fôlego, incapaz de disfarçar a histeria que ameaçava me dominar.

— Pode falar, Molloy. Vamos.

Eu não estava pronta. Ao contrário de ontem, quando ele estava fora de si por ter tomado sabe Deus o que, meu namorado estava sentado na minha cama, de cabeça limpa, olhando para mim cheio de expectativa.

Puta merda.

— Pode ficar pra depois — eu disse, tentando ganhar mais tempo. — Pra hora do almoço ou depois da aula, talvez... — falei, nervosa, batendo as mãos sem jeito. — Ou depois do trabalho. Ou amanhã. Hum, amanhã é uma boa também. Não precisa ser agora.

— Olha, já sei como vai ser essa conversa — ele me interrompeu. — Você tem umas merdas pra me falar e que mereço ouvir, então manda ver.

— Mandar ver? — Fui tomada pela confusão. — Joe, acho que não estamos falando a mesma língua.

— Ontem... — ele disse, soltando um suspiro pesado e esfregando o queixo. — Eu estava... você viu... eu sei que te decepcionei, está bem? Fiz merda e sei disso, mas não precisa se preocupar. Não foi nada como antes, Molloy. *Não* sou a mesma pessoa que eu era antes do Natal e não tenho intenção nenhuma de voltar pra aquele lugar. Desta vez, consegui me controlar.

Drogas.

Ele estava falando de drogas.

E, apesar de precisarmos discutir seu comportamento, esse assunto não estava na maldita pauta do dia.

Porque, por mais ridículo que parecesse, a gente tinha um problema ainda maior.

— Quando você diz que conseguiu se controlar... — falei com cautela. — Você está querendo dizer que cometeu um deslize momentâneo que durou algumas semanas, mas voltou a si e nunca mais vai fazer isso, certo?

Responda.

Por favor, responda.

Me diga que vai tentar de novo.

Eu só preciso que você continue tentando.

— Estou bem, Molloy — ele insistiu com um tom leve. — Está tudo bem. Não precisa se preocupar. Estou no controle.

Estou no controle.

Fiquei arrasada.

Meu coração se rasgou no peito.

— Não foi isso que eu te perguntei, Joey.

— Está tudo bem.

Dor.

Eu estava sendo engolida pela dor.

— Por favor — falei com a voz rouca. — Me diga que você está tentando de novo.

Ele não respondeu.

— Me diga que vai parar, Joe. Melhor ainda, me diga que você já parou.

— Acabei de te falar que estou bem — respondeu com um tom irritado. Ele se levantou, foi até o outro lado do quarto e fingiu avaliar uma das portas que tinha instalado no meu guarda-roupa. — Quer parar de se preocupar? Está tudo bem.

— Tudo bem? — sussurrei, pegando a saia do uniforme e a vestindo. — Eu já passei por isso com você, esqueceu? Já trilhei esse caminho com você um milhão de vezes e, se você voltou a se drogar, não está *nada* bem, e a julgar por ontem, você definitivamente não está no controle de nada.

— Você está errada — ele disse, ainda inspecionando a porta. — Você está exagerando.

— Você está delirando — falei, colocando o suéter. — Mentiroso do caralho.

— Molloy.

— Não. — Balancei a cabeça. — Não me venha com essa, seu cuzão. Você não vai conseguir se livrar. Eu *não* vou cair nessa conversinha, eu *nunca* aceitei isso e *nunca* vou aceitar.

Ele deu de ombros, fechou a porta do armário e se virou para mim.

— Então não sei o que te dizer.

— Que tal começar me explicando o que te deu na cabeça pra você querer voltar pra isso? — falei de uma vez, amargamente magoada pelas suas ações. — Nem tente botar a culpa no que o seu pai tentou fazer comigo, porque encontrei seus comprimidos um dia antes disso, Joey.

Ele ficou tenso.

— Do que você está falando?

— Achei um saquinho cheio de comprimidos no bolso da sua calça.

Joey estreitou os olhos.

— E por que você estava mexendo nas minhas coisas, Aoife?

Estreitei os olhos de volta para ele.

— Eu não estava mexendo nas suas coisas. Só estava procurando uma roupa pra vestir. Mas o que é que aquilo estava fazendo lá, pra começo de conversa, *Joseph*?

— Aquilo não era meu.

— Ah, não? Então por que estava no *seu* bolso?

— Estou te falando que não comprei aquilo.

— Não acredito em você.

— Está bem. — Ele balançou a cabeça e soltou um grunhido de frustração. — Acredite no que quiser.

— Não seria a primeira vez que você mentiu pra mim.

— Bem, não estou mentindo sobre isso — ele disse, erguendo as mãos. — Eu fiz merda, está bem? Já sei. Fiz merda. Achei que você estava de saco cheio e joguei a toalha. Desencanei porque, caso você não tenha percebido, Molloy, além de você, não tenho mais porra nenhuma. Na minha cabeça, você tinha terminado comigo e eu não tinha mais motivo pra manter essa fachada do caralho.

— Fachada do caralho? — perguntei.

— Estou fingindo ser alguém que eu não sou. Tudo o que fiz, todas as mudanças, foram por *você*. Daí você se foi e eu só... — Ele ergueu as mãos em derrota. — Parei de lutar contra a minha natureza.

— A sua natureza? — Olhei feio para ele. — Essa não é a sua natureza.

Ele deu de ombros, mas não respondeu.

— Então quer dizer que, só porque estamos passando por um momento difícil, você entendeu isso como um sinal verde pra jogar os últimos três meses fora?

— Meu pai tentou te estuprar, Molloy — ele grunhiu com a voz rouca. — E você acha que eu te faço lembrar dele, esqueceu? Eu diria que é mais que um momento difícil.

Ali estava.

A razão de todas as decisões ruins que meu namorado tomava na vida sempre tinham a ver com o pai.

— Eu estava magoada — falei, tentando argumentar com a parte dele que estava determinada a se autoaniquilar. — Estava com *medo*. Em choque. Eu estava surtando, Joey. Nada do que eu te disse aquela noite foi pra valer, e você sabe, então pare de fazer eu me sentir mal por isso.

Ele se encolheu como se eu o tivesse golpeado.

— Se você me conhece bem, e você provavelmente é a única que me conhece, você sabe que eu *jamais* faria isso com você — ele disse, parecendo ferido. — Mereci ouvir aquelas coisas. Mereci tudo aquilo e muito mais.

— Eu sei que você não faria isso — eu disse, suspirando e pressionando a mão na sobrancelha, enquanto minhas emoções me esmagavam. — Eu sei, Joe.

— Não estou querendo fazer você se sentir mal — ele continuou. — Mas você me pediu uma explicação e estou tentando te dar.

— Bem, não terminei com você — falei, precisando que ele me *escutasse*. — Seu pai fez uma coisa terrível, verdade, mas não é culpa sua. Nada mudou pra gente, entendeu?

— Eu não sabia... — Mal escutei suas palavras conforme ele engolia em seco. — Eu não sabia.

— Bem, agora você sabe. Então você precisa parar com isso. Entendeu? Você tem que continuar *tentando*.

— Eu já te falei que dessa vez está sob controle.

— Sabe, isso não é o suficiente pra mim, Joe — falei. — Não quero suas garantias. Quero sua sobriedade.

— E você vai ter.

— Agora.

— Não sei se posso te dar isso.

O pânico me dominou.

— Por que não?

— Porque não quero mentir pra você. Prometo que não vai ser como antes.

— Não. — Balancei a cabeça, sentindo meu coração se partir. — Não, Joe.

— Molloy. — Ele curvou os ombros em derrota e soltou um suspiro resignado. — Eu sou o que sou.

Ali estava.

Aquela frase horrorosa de novo.

Eu sou o que sou.

Eu odiava essas palavras saindo da sua boca.

— Sim, e você é alguém bem melhor do que a pessoa parada na minha frente, dando desculpas por fazer algo que sabe que quase te destruiu antes — falei, colocando as mãos na cintura e olhando severamente para ele. — Você é melhor que isso, Joey Lynch.

— Eu pensava que era.

— Você *ainda* é — insisti, lutando contra o pânico e a dor. — Você é *melhor* que a vida que escolheu pra si, e você definitivamente é melhor que o Shane Holland, e você sabe disso.

— Isso não tem nada a ver com o Holland.

— Isso tem *tudo* a ver com ele.

— Isso não é problema seu! — Sua voz falhou e ele respirou fundo, tentando domar as emoções. Passou a mão pelo cabelo antes de continuar em um tom mais calmo: — Olha, não quero brigar com você. — Ele se aproximou, colocou as mãos nos meus ombros e ficou me encarando. — Não quero te machucar, Molloy.

— Bem, tarde demais — retorqui. — Você *está* me machucando, Joe.

Suas feições foram tomadas pela dor.

— Me desculpa.

— Mas? — falei.

— Eu só... — Ele balançou a cabeça, esfregou o queixo e deu um suspiro. — Estou com a cabeça toda cagada e preciso que você me deixe lidar com isso do meu jeito.

— Se drogando? Se destruindo?

— Não. — Ele sacudiu a cabeça de novo. — Não é isso que estou fazendo.

— É, *sim*, Joey. — Meus olhos se encheram de lágrimas. — E você está me pedindo pra passar pano *de novo*. — Minha voz falhou e soltei um suspiro trêmulo. — Já fiz isso antes e você quase *morreu* e fiquei *arrasada*. Agora você está me pedindo pra fazer isso de novo e eu não *consigo*. Não consigo ver você se perder de novo. *Eu* não posso te perder de novo, Joe.

— Não, Molloy, não é isso que estou te pedindo. Você não vai me perder, está bem? Eu te amo, porra. Sou seu pra sempre, enquanto você me quiser. — Ele fez carinho nos meus ombros e partiu meu coração com a gentileza do seu toque, um contraste gritante com a crueldade das suas palavras. — Eu só... preciso que você *não* me odeie por lidar com os meus problemas do único jeito que eu sei.

— Você sabe lidar com as coisas de outros jeitos — eu disse com um tom amargo. — Jeitos melhores.

Jeitos que não coloquem a sua vida em risco nem destrocem o meu coração.

— Certo. — Ele soltou um suspiro sofrido, sem me encarar. — Do único jeito que funciona pra mim.

— Então você não vai nem tentar? — perguntei, devastada pela mudança no seu comportamento. Pela sua falta de vontade de ao menos *tentar*. — Você não vai nem mentir pra mim e *fingir* tentar?

— Eu estou tentando — ele falou com a voz tensa. — Eu *vou* tentar. Vou resolver isso, está bem? Eu vou, Molloy. Eu só... preciso de um tempo.

— Um tempo pra *chapar* com os seus amigos drogados?

— Não. — Ele disse em um tom duro. — Não vou voltar pra lá, eu juro.

— *Voltar* pra lá? — Fungando, enxuguei uma lágrima do rosto. — Se você voltou a se drogar, você já está lá, Joe.

— Molloy.

— Você me ama?

— Você sabe que sim.

— Então *pare* — implorei, colocando a mão no seu pescoço. — Pare, Joe. Por favor.

— Eu vou parar.

— Não. — Balancei a cabeça e me afastei. — Não diga que vai. Diga que já parou.

— Molloy...

— Você está me colocando numa posição impossível. Está me pressionando pra aceitar algo inaceitável.

— Não é o que estou tentando fazer.

— Bem, tentando ou não, é o que está acontecendo — argumentei, detestando meu tom patético. — Ontem você disse que eu estava te manipulando ao usar seus sentimentos por mim contra você, e agora você está fazendo exatamente a mesma coisa.

Ele franziu a testa.

— Não estou, não.

— Está, *sim* — insisti. — Porque o que é que eu vou fazer, Joe? Ir embora? — Ergui as mãos em resignação. — Não tenho nenhuma moeda de troca. Sou só a idiota que vai ficar sentada vendo você se destruir de novo, o que *definitivamente* vai acabar acontecendo, porque nós dois sabemos que eu te amo demais pra sequer cogitar dar o fora.

— Te prometo que vai ser diferente dessa vez — Joey falou, ignorando cada palavra que eu disse para me convencer das mesmas mentiras que ele usou para encobrir seu bom senso. — Só preciso de umas semanas. Só isso, Aoife. Só preciso aguentar mais umas semanas e chega.

— Que seja, Joe. Cansei de falar disso. — Completamente exausta, dei a volta nele e peguei a mochila no chão, incapaz e sem energia para continuar, não depois da surra que meu coração levou. — Vamos pra escola.

55

Cegonhas e garotos de Dublin

JOEY

— O que está fazendo no meu quarto? — Shannon perguntou ao entrar no quarto na hora do almoço na quarta-feira à tarde, quebrando o raro silêncio em que eu estava mergulhado com todos fora de casa.

— Sean mijou na minha cama — respondi, soltando uma nuvem de fumaça e encarando o teto, saindo da chapação. — Meus lençóis estão na máquina.

— Ah. — Ela largou a mochila no chão, tirou os sapatos e se aproximou. — Vai pra lá.

Fiz o que ela pediu e fui para perto da parede, colocando o braço atrás da cabeça enquanto ela se ajeitava na cama de solteiro ao meu lado.

— Está na hora do almoço, Shan. Por que está em casa e não na escola?

— Como se você pudesse falar alguma coisa. — Ela me deu uma cotovelada e me imitou: — Está na hora do almoço, Joey. Por que está em casa e não na escola?

— Estou de castigo.

— Com a Aoife?

— É.

— Isso é maconha?

— Não.

— Está mentindo?

Dei outra tragada caprichada, segurei por um bom tempo e soltei o ar devagar.

— Estou.

— Maconheiro.

— Preguiçosa.

— E aí, o que foi que você fez? — ela perguntou, abanando a fumaça. — Com a Aoife? — Ela respirou fundo antes que eu dissesse qualquer coisa e sussurrou: — Por favor, me diga que você não traiu ela. Porque aquela garota é maravilhosa e você tem que se casar com ela.

— Eita, porra. — Estreitei os olhos e soltei uma nuvem de fumaça. — Não, meu Deus, não traí ela. Eu não traio, Shan.

— Foi mal. — Ela deu de ombros, sem jeito. — Eu só... bem, quando estava na ECB, eu sempre ouvia as meninas no banheiro falando de você e das suas, hum... habilidades na cama.

— Minhas habilidades na cama — zombei. — Meu Deus, garotas são fofoqueiras, hein?

— São *mesmo* — minha irmã concordou. — Não entendo elas.

— Sabe, dizem que os caras vivem falando das minas, mas é bem o contrário — resmunguei. — São elas que falam. — Virei a cabeça e me deparei com minha irmã me encarando de olhos arregalados. — Garotas falam mais do que deviam, Shan.

— Pois é, eu sei — ela disse, suspirando.

— E a maior parte do que elas falam é mentira — acrescentei, irritado. — Só estive no quarto de uma garota.

Shannon arregalou mais ainda os olhos.

— Então você só ficou com uma garota?

— Só estive no quarto de uma garota — repeti.

— *Joey.* — Minha irmã estreitou os olhos. — Não é a mesma coisa.

— Como se você pudesse falar alguma coisa — retorqui, devolvendo suas próprias palavras. — Como você se saiu no quarto do sr. Rúgbi aquele dia? Desconfio que essa sua escapada pra casa tenha algo a ver com ele.

— O q-quê?

— Não banque a tímida — falei, dando risada. — Posso te ler feito um livro.

Ela se acomodou debaixo do meu braço e soltou um suspiro pesado.

— Eu não voltei mais cedo por causa do Johnny.

Enrijeci.

— Então por quê?

— Por causa da Bella Wilkinson.

— O que ela fez?

— Não importa — ela respondeu, balançando a cabeça. — Deixa pra lá.

Franzi a testa e me virei para ela.

— Ela te machucou?

— Não.

— Te xingou ou alguma coisa assim?

Shannon ficou dura.

— Então ela te xingou?

Shannon fez que sim.

— Do que te chamou?

— O de sempre — falou baixinho. — Ela tirou com a minha cara porque eu moro no Elk's Terrace.

— Vadia do caralho — grunhi, dando outra tragada antes de me sentar, nervoso. — Você sabe por que essas meninas ficam no seu pé, né?

— Porque me odeiam.

— Porque se sentem ameaçadas por você — eu a corrigi. — Porque você irradia bondade, e elas querem tirar o seu brilho. Não deixe elas ganharem, Shan.

— E como estão as coisas na ECB? — perguntou, tentando tirar os holofotes de si e direcionando a conversa para mim.

— Como sempre, Shan — respondi, olhando para a janela. — A mesma merda de sempre.

— Agora você sabe o motivo de eu estar em casa no meio do dia — comentou. — Qual é o seu motivo, Joe?

— Eu já te falei. — Dei de ombros e puxei outra tragada. — Estou de castigo.

— Por que é que isso não me parece verdade?

Dei de ombros.

— Eu não queria ninguém me enchendo o saco.

— Por que você não conversa comigo, Joe? — ela perguntou em um tom triste. — Estou sempre desabafando com você, mas você nunca me fala nada.

Porque eu não posso. Porque você desmoronaria. Porque preciso te proteger.

— Você me conhece, mana — respondi, descendo da cama e seguindo para a janela. Me virei e sorri. — Sou à prova de balas.

Ela ficou me encarando por um longo tempo, vacilante, e depois sussurrou:

— Se eu te contar uma coisa, promete que não vai ficar bravo?

Abri a janela, dei outra tragada e atirei a ponta fora.

— Depende.

— Prometa, Joe.

— Está bem, prometo.

Ela mordeu os lábios, se contorceu de desconforto e ergueu as mãos antes de dizer:

— Eu beijei o Johnny Kavanagh.

Puta merda.

Eu não estava esperando isso.

Ergui as sobrancelhas de surpresa.

— Você beijou...

— O Johnny Kavanagh — ela completou, assentindo a cabeça com as bochechas coradas.

— Entendi — falei devagar, tentando navegar o novo território em que a minha irmã tinha me atirado sem a menor cerimônia.

Aquela não era uma conversa para se ter com o irmão mais velho. Era uma conversa para se ter com uma irmã mais velha. Ou com a mãe. Mas a Shan tinha que se contentar comigo. *Puta merda.* Senti a chapação indo embora rápido.

— Foi só isso?

Por favor, diga que sim.

Por favor, não me conte mais nada.

— Sim — ela disse, assentindo com convicção.

— Quando?

— Na segunda à noite. Na casa dele.

— Na casa dele? — Ergui a sobrancelha. — Onde exatamente na casa dele?

— No quarto dele.

Minhas sobrancelhas foram nas alturas assim como a minha pressão sanguínea.

— No quarto dele?

— Mas ele não me beijou de volta — confessou, contorcendo as mãos. — E fiquei morrendo de vergonha, Joe.

— Por que ele não te beijou de volta?

— Ele disse que não seria justo começar nada comigo sendo que vai embora logo. — Shan mordeu os lábios, toda inocente e insegura. — Mas daí o Johnny veio aqui depois da escola ontem.

— Ele veio aqui. — Arregalei os olhos. — Aqui. Nesta casa.

Ela fez que sim.

— Me ajudou com a lição de casa.

— E aconteceu alguma coisa?

— A gente se abraçou.

Contive a gargalhada que ameaçava escapar.

— Vocês se abraçaram.

— Uhum.

Tentando desesperadamente manter uma expressão séria, perguntei:

— Foi um bom abraço?

Ela deu um suspiro saudoso e colocou as mãozinhas no peito.

— Foi o *melhor* abraço da minha vida.

Então explodi de rir.

— Joey!

— Desculpa, desculpa. — Limpei a garganta, esfreguei o rosto e tentei de novo. — Então quer dizer que o dub sabe abraçar, hein?

— Sim. — Ela assentiu, hesitante, e deu de ombros. — Mas queria que tivesse sido mais que um abraço, porque eu... gosto muito dele, Joe. Daí, hoje no almoço, ele deu um soco na cara do namorado da Bella porque ela disse aquelas coisas maldosas sobre mim. Mas fico assustada, porque você sabe como me sinto com violência. Só que não tenho medo dele, sabe? Ele é uma boa pessoa. Tipo, ele é *mesmo* uma boa pessoa. Excelente, na verdade. Dá pra saber. E eu *gosto* dele, Joe. Gosto tanto que é até difícil respirar quando ele está perto. Mas eu só... E ele não... E eu não... Ah, meu Deus, me *ajuda*!

Meu Deus, eu precisava de mais um baseado.

— Você não podia escolher um cara daqui, não? — Balancei a cabeça, me sentei na cama dela e suspirei. — Tinha que escolher um jogador internacional?

Ela se contorceu de desconforto.

— Me desculpa?

— Não peça desculpas, Shan — falei, dando risada e esfregando o queixo. — Não dá pra escolher de quem a gente gosta. E acho que ele também gosta de você, garota.

— O que eu faço, Joe?

— Você está perguntando pra *mim*?

— Pra quem mais posso perguntar?

— Porra. — Pressionei as têmporas, tentando pensar na resposta mais apropriada. — Me dá um segundo.

— O que você faria se fosse eu?

Bem, não ia dizer o que eu faria.

— E a Aoife? O que ela faria se estivesse nessa situação?

Eu *definitivamente* não ia dizer o que a Molloy faria.

— Leva seu tempo. Seja amiga dele e deixa as coisas acontecerem naturalmente — enfim falei, sabendo que era clichê, mas não queria dar dicas para a minha irmã mais nova de como seduzir um cara. — Se rolar, rolou, e se não rolar nada, tudo bem também. E, por favor, pelo amor de Deus, não pede conselhos pra Aoife — acrescentei, estremecendo só de pensar nas coisas que Molloy lhe diria alegremente. — Você só tem dezesseis anos, Shan. É tudo novidade pra você. Precisa viver essa coisa com o Kavanagh no seu ritmo, e não no dos outros.

— Acho que consigo — ela sussurrou, olhando para mim como se eu tivesse dado um conselho sagrado. — Obrigada, Joe.

— De nada.

— Posso te perguntar mais uma coisa?

— O quê?

— Quantos anos você tinha? — Ela fez uma careta e completou: — Quando você... sabe... pela primeira vez?

Eu a encarei com desconfiança.

— A gente precisa ter aquela conversa?

Ela arregalou os olhos.

— Aquela conversa?

— Aquela conversa — confirmei, sério. — Você já teve aquela conversa, né?

— Eu, ah...

— A mamãe já teve aquela conversa com você, né? — falei com as mãos suando.

— Não, ela conversou com você?

— Não, porra, eu aprendi fazendo.

— Ah. — Suas bochechas coraram. — Certo.

— Mas não faça isso — acrescentei depois de um tempo. — Não aprenda fazendo.

— Fazendo?

— Você sabe do que estou falando.

— Hum. — Seu rosto ficou vermelho. — Não sei muito, não.

Meu Deus.

— Bem, você sabe como funciona, né? — perguntei, sem conseguir parar quieto de tão desconfortável. — Sexo e intimidade e métodos contraceptivos e tal?

— Hum, sim? — Ela soltou um suspiro trêmulo e assentiu, vacilante. — Sei o suficiente.

— Sabe?

— Acho que sim.

O que significava que ela não sabia.

Puta merda.

— Você, ah... — Parei de falar e cocei o queixo, ganhando alguns segundos antes de dizer com esforço: — Você quer me perguntar alguma coisa?

— Tipo o quê?

— Sei lá, Shan. Quer algum conselho? Você tem três minutos pra perguntar o que quiser, depois vou dar o fora daqui e essa conversa nunca mais vai acontecer de novo.

— É como nos filmes? — ela perguntou, agitada. — Sexo? Dói?

— Sim, a primeira vez pode doer pras garotas — respondi, contendo a vontade de me encolher no canto do quarto e ficar me balançando. — Mas depois não dói mais, e se doer, é porque ele está fazendo errado.

— E a gente sangra?

— Hum, sim, garotas podem sangrar um pouco na primeira vez, mas isso não acontece com todas.

— Por que não?

Como se eu soubesse.

— Porque as pessoas são diferentes.

— E os garotos? Pra eles não dói na primeira vez?

— Não, o problema é mais manter a cabeça fria.

— A *cabeça* fria?

— A calma — falei, fazendo careta. — O negócio é manter a calma e o controle.

— O que acontece se você não mantém a calma?

— Aí acaba antes mesmo de começar.

— Acaba?

— Acaba — confirmei, sério. — O show acaba.

— Ah. — Suas bochechas coraram. — E se ele, sabe, for grande demais? E se não couber, hum... sabe?

— Cabe. — Cobri o rosto com as mãos e grunhi. — Sempre cabe.

— Como?

— Mágica.

— *Joey.*

— Só cabe, Shan. Quando a garota está relaxada e não ansiosa nem nervosa... — Fiz uma pausa para olhar seriamente para ela. — Ninguém está te pressionando, né?

— Ah, não — ela falou depressa. — Eu só estou... curiosa.

— Então beleza. Que bom. Bom saber. — Contive um tremor e acrescentei: — Cara, não acredito que essas palavras estão saindo da minha boca, mas preliminares ajudam muito.

— Preliminares?

— É, Shan.

— Que tipo de preliminares?

— Bem, com certeza não ficar só no abraço.

— Ah. — Ela ficou vermelha. — Tipo, beijos e tal?

— E tal — respondi, prestes a me jogar pela janela.

— Tipo tocar?

— É, tocar e experimentar e... hum, quer saber de uma coisa? — Bati as mãos nos joelhos, me levantei e fiquei andando de um lado para o outro. — Fica só no abraço. Abraço está ótimo. Abraço é o suficiente até você ter vinte anos.

— Quantos anos você tinha, Joe? Na sua primeira vez...

— Eu era novo demais.

— Quão novo?

— Mais novo que você.

Ela arregalou os olhos e abafou uma tosse, surpresa.

— *Joe.*

Fiz uma careta.

— Pois é, eu sei.

— E aí? Como foi a sua primeira vez?

— Horrível — confessei baixinho. — Eu não estava pronto.

Minha irmã arregalou os olhos de novo.

— Então por que você fez?

— Eu... — Abri a boca para responder, mas as palavras não me vieram. — Eu... — Balancei a cabeça, quebrando a cabeça para encontrar as palavras que eu precisava, mas não encontrei nada.

Seus olhos azuis se encheram de preocupação.

— Joe?

— Não sei, Shan. — Curvei os ombros, me sentei na cama ao lado dela e apoiei os cotovelos nas coxas. — Acho que eu...

— O quê, Joe?

— Acho que eu estava... — Soltei um suspiro nervoso e lutei contra as lembranças enevoadas, tentando entender uma noite que nunca tinha feito sentido para mim. — Acho que eu não estava no meu próprio corpo, sabe?

— Como assim?

— Eu estava chapado demais e não lembro direito — confessei, estalando os dedos. — Não sei como ou por que aconteceu.

— Não entendo — ela sussurrou, virando o corpo para mim. — Está me dizendo que você... — Ela engoliu em seco, pegou minha mão e a apertou. — Você não queria que acontecesse, Joe?

— Sei lá, Shan — admiti em voz alta pela primeira vez. — Tipo, sei que eu gostava da garota e sei que não fiquei chateado depois, mas eu *não* me lembro *como* aconteceu.

— Joe. — Ela apertou mais a mão na minha. — Está meio que parecendo que você não consentiu.

— Talvez — murmurei, coçando a cabeça. — Mas eu devo ter curtido, porque repeti a dose várias vezes ao longo dos anos. Na verdade, ela era meio que uma *amiga* na época.

— Não importa se você já fez mil vezes com mil garotas diferentes. Vocês dois precisam consentir todas as vezes, Joe.

— Meu Deus — murmurei, balançando a cabeça. — Como foi que essa conversa ficou tão profunda?

— Aoife sabe?

— Do quê?

— Do que aconteceu com você na sua primeira vez...

— Não, porque não aconteceu nada comigo, Shannon — falei depressa, encerrando a conversa antes que ela fosse para um lugar que minha mente não tinha a menor intenção de revisitar. — Fiquei chapado, transei, passou, e quando fiquei chapado de novo, transei mais um pouco. E de novo. Esse era o meu mantra. Então, sim, eu era novo demais e imprudente demais com meu corpo — admiti, lançando um olhar duro para ela. — Não cometa os meus erros, Shan. Não se entregue pra primeira pessoa que te mostrar um pingo de afeto. Leva o seu tempo. Prometo que vale a pena esperar a pessoa certa, ok?

— Joe, eu realmente acho que você não...

— Não. — Irritado, fiquei de pé e fui até a porta. — Não me transforme em vítima, Shan. Essa não é a minha narrativa.

— Você queria que a Aoife tivesse sido a sua primeira? — ela perguntou, felizmente mudando de assunto.

— Todos os dias — confessei, encolhendo os ombros. — É uma merda saber que joguei fora algo que significa tanto pra pessoa certa. É pior ainda saber que ela sabe disso.

— Então ela te esperou?

— Não estou falando da Aoife, Shan. Tudo tem limite. Pergunta o que quiser sobre a minha vida sexual, mas não sobre a da minha namorada, está bem?

— Você ama mesmo ela, né?

— Não é só sobre amor. É sobre respeito.

— E compatibilidade.

— E amizade.

— E lealdade.

— Exatamente.

— Nossa — Shannon soltou. — Você é bem fofo por baixo dessa fachada cheia de espinhos, né?

— Eu sou é faminto, isso sim — murmurei, desesperado para me livrar daquela conversa. — Quer preparar algo pro seu irmão favorito comer antes de ir pro trabalho?

— Está bem. — Ela deu um suspiro pesado, desceu da cama e se aproximou, envolvendo os braços magrelos na minha cintura. — Mas só porque você é *mesmo* meu irmão favorito.

56

Você não pode me deixar

AOIFE

Joey: Não vai falar comigo?
Aoife: Não.
Joey: Vamos, Molloy. Não seja ranzinza.
Aoife: Cala a boca e assiste o filme.
Joey: Não estou falando, estou escrevendo.
Aoife: Pois é, mas consigo ouvir a sua voz estúpida na minha cabeça.
Joey: Bruxa.
Aoife: Cuzão.
Joey: Não vou dormir com você se você não falar comigo.
Aoife: Rá! Experimenta. Quero ver.
Joey: Blz, mas não vai rolar conchinha.
Aoife: Que bom. Não quero conchinha. Você está fedendo a maconha.
Joey: Pena que ela não faça efeito em você pra você relaxar.
Aoife: Shhh. Estou tentando assistir o filme!!!
Joey: Blz.
Aoife: Para de jogar cobrinha no seu celular.
Joey: Para de ser chata.
Aoife: Vou parar assim que você parar de ser cuzão!

— Puta merda. — Joey atirou o celular no colchão entre nós, cruzou os braços e ficou olhando para o teto do meu quarto. — Cansei desse gelo.

Eu não concordava.

O gelo era consequência direta das merdas *dele*.

Com a tela da televisão portátil iluminando o ambiente, fiquei observando com o canto do olho Joey bufando e resmungando feito um touro frustrado. Meu namorado estava sendo um babaca, e eu pretendia deixar isso muito claro. Surpreendentemente, meu silêncio o irritava muito mais que minhas palavras.

— Molloy. — Sem camisa, ele se sentou na minha cama e passou a mão pelo cabelo. — Vamos. Não fiz nada de errado hoje.

— Só o fato de você ter que acrescentar a palavra "hoje" a essa frase já fala por si só, Joe.

— Eu já te pedi desculpas.

— Eu sei.

— Então o que você quer de mim?

— Quero que você fique saudável.

— *Estou* saudável — ele grunhiu, se jogando no colchão. — Porra.

Eu sabia que ele estava à beira do abismo de novo e me recusava a deixá-lo cair daquele penhasco pela segunda vez. Era horrível que ele não se lembrasse de uma palavra sequer da conversa de ontem, quando eu lhe expus minhas malditas entranhas.

Eu não conseguia explicar quão difícil para mim foi dizer aquelas palavras, e ele não *ouviu* nada. Saber que eu estava carregando seu filho enquanto ele jogava a saúde no lixo era ainda mais assustador.

— Não vou fazer isso de novo, Joe — avisei. — Não vou *te* deixar fazer isso de novo.

— Deixar... — ele cuspiu a palavra como se fosse uma coisa ofensiva. — Você não tem nada que *me deixar*, Aoife. Eu faço o que quiser.

— Uhum, claro, cuzão — provoquei, aumentando o volume da televisão. — Aliás, joguei suas paradas na privada.

Ele estreitou os olhos para mim.

— Eu não tenho parada nenhuma.

— Ah, não? — Estreitei os olhos de volta para ele. — Então de quem eram aqueles comprimidos no bolso da sua mochila?

— Você mexeu na minha mochila?

— Claro que sim — falei, sorrindo docemente.

— Puta que pariu — ele murmurou, esfregando o rosto. — Onde está o saquinho, Molloy?

— Na lata de lixo. Já os *conteúdos* do saquinho estão a caminho do mar.

— Você não jogou de verdade no vaso.

— Joguei, sim, garanhão.

— Meu Deus. Sabe quanto aquilo me custou? — Ele se sentou, abaixou a cabeça nas mãos e conteve um rosnado. — Porra, Aoife, eu te falei que as coisas estavam sob controle.

— E eu te falei que não vou deixar você fazer isso de novo.

— Estou *bem*.

— E estou garantindo que você *continue* bem.

— Isso é ridículo — ele grunhiu, se virando para mim. — Você sabe que nenhum cara toleraria essa atitude da namorada, né?

— Que atitude exatamente? — Atirei o controle remoto para longe e me sentei de frente para ele. — A parte que eu tento te manter *vivo*?

— Não estou morrendo.

— Você pode morrer... — Minha voz falhou e respirei fundo, tentando desesperadamente me acalmar, e o encarei de cabeça erguida. — Eu te amo.

— Eu sei. — Uma emoção cintilou em seus olhos e ele abaixou a cabeça. — Eu também te amo.

— Não. Você não entende. Você é o amor da minha vida — falei, segurando seu queixo e o obrigando a olhar para mim. — O que eu sinto por você... a profundidade do amor que sinto por você... é loucura, Joe. Então, sim, vou fazer a coisa certa pra você todas as vezes, você gostando ou não, porque te quero *aqui* comigo. No planeta Terra. Por um bom tempo.

— Não vou a lugar algum — Joey sussurrou, pegando minha mão. — Nunca vou te deixar, Molloy.

— Sabe, eu sei que você *acredita* nisso — falei com a voz embargada. — Mas, toda vez que você cheira pó ou engole um comprimido, é como se você estivesse jogando roleta-russa com a sua vida e com o *meu* coração.

57

Furacão Molloy

JOEY

A raiva que a garota sentada no banco do motorista emanava me garantia que ela continuaria me dando um gelo e que eu tinha recebido o título de rei das *cagadas*.

Quando chegamos na escola na terça-feira de manhã, a tensão silenciosa que crescia entre nós era insuportável.

Sem querer ceder um centímetro que fosse, deixei que ela ficasse com raiva, e ela me deixou com a minha culpa.

Depois da quarta tentativa de fazer baliza em uma vaga apertada no estacionamento e quase arrancando o para-choque do carro vizinho, Molloy soltou um rosnado furioso. Ela puxou o freio de mão, colocou o câmbio em ponto morto e saiu, largando o carro no meio do caminho.

Sem falar nada, desci e dei a volta no carro enquanto ela ficava de braços cruzados, batendo os pés nervosamente e me olhando feio. Estacionei na vaga que minha namorada queria, desliguei o motor, saí de novo e contornei o porta-malas. Depois de abri-lo, coloquei nossas mochilas sobre os meus ombros, então peguei meu hurley e o capacete.

Fechei o porta-malas, tranquei o carro e joguei as chaves para ela.

Ela as pegou no ar, as guardou no bolso e, com o nariz empinado, se aproximou e arrancou a mochila de mim.

Está bem.

Fique à vontade.

Arqueei a sobrancelha e fiquei observando-a ajeitar a mochila no ombro e seguir para a entrada principal, mantendo pelo menos três metros de distância entre nós e aproveitando uma visão gloriosa da sua bunda enquanto seus quadris se balançavam.

— Lynchy? — Rambo falou, desviando minha atenção do traseiro maravilhoso da minha namorada.

Me virei e o vi acenando da lateral do ginásio com um baseado escapando debaixo da manga do suéter do uniforme.

— Você vem, cara?

Assenti de leve e desviei da rota, andando na direção do meu amigo, até que alguém pegou na minha mão e me fez parar.

Girei e me deparei com Molloy me segurando, me olhando feio e balançando a cabeça.

Sem falar comigo nem se afastar, ela só ficou parada ali, me encarando e me dando um ultimato com os olhos.

Vá em frente para ver o que acontece, ela me desafiou em silêncio.

Puto da vida, eu a encarei de volta, também sem querer ser o primeiro a ceder.

Ela soltou minha mão, me lançou um último olhar e deu alguns passos para trás, e com aquele nariz sexy empinado, deu meia-volta e foi embora.

Beleza.

Soltei um grunhido frustrado, me virei e segui para o ginásio, mas só consegui dar uns cinco passos antes de hesitar.

Puta que pariu!

Ouvi Rambo e os caras morrendo de rir e fazendo sons de chicote enquanto eu seguia minha namorada feito um cachorrinho.

Meu Deus do céu.

Eu a alcancei na porta, mas ela nem olhou para trás ao tirar a mochila do ombro e a estender para mim.

Estalei a língua, peguei a mochila a contragosto e a coloquei no ombro.

Ela limpou a garganta, cruzou os braços e inclinou o queixo para a porta.

Contive um grunhido, dei a volta nela e abri a porta.

— Hum — ela bufou de um jeito afetado antes de entrar.

Resisti à vontade de fechar a porta na cara dela, cerrei os dentes e segui a garota que controlava o meu coração — e minhas bolas.

— Qual o problema, cara? — Alec perguntou, atirando um cigarro para mim quando me juntei a ele nos fundos do ginásio para fumar. — A pernoca sexy ainda está te dando um gelo?

— Vamos só dizer que as mulheres da minha vida estão cagando a minha cabeça — murmurei, subindo no muro ao seu lado. — E aí, Al? — falei com o cigarro entre os lábios, pegando o isqueiro que ele me ofereceu. — Fora isso, estou tranquilo.

— Garotas são assim mesmo, Lynchy.

— Ah, acredite em mim, eu sei bem.

— Como a sua irmã está indo com os playboys do Tommen?

— Bem — falei, soltando uma nuvem de fumaça. — Muito bem, Al.

— Que bom — ele comentou, me dando um empurrãozinho com o ombro. — Ela era pura demais pra esse lugar.

Assenti, concordando, e dei outra tragada.

— Ela arranjou um cara.

— Um daqueles metidinhos do rúgbi?

— É.

— Puta merda — ele disse, rindo. — A gente precisa dar algum recado pra ele?

— Nah, ele até que parece decente.

— Deve ser, se você não ainda não amarrou as bolas dele.

— Ah, o lance parece bem inocente — comentei, dando outra tragada e ignorando o sinal avisando que o intervalo tinha acabado. — Se ele for bom pra ela, não vai ter problemas comigo.

— Bem, se ele não for bom pra ela, vai ter uma fila de caras esperando pra tomar o lugar dele. — Ele bateu a mão no meu ombro. — Porque odeio ter que te falar isso, Lynchy, mas a sua irmã é gata.

— Meu Deus — grunhi, incapaz de conter um tremor pelo meu corpo. — Por que é que você tem que estragar a minha vida dizendo uma coisa dessas?

— Qual foi? — Ele deu risada. — É verdade. Todo mundo acha isso. Ninguém nunca tentou nada por respeito a você.

— Ela é minha irmã mais nova, seu pervertido.

— Ela não é mais criança, cara — ele disse, gargalhando. — Shannon Lynch já tem dezesseis anos e parece um sonho.

— Eu vou te *matar.*

— Só estou falando.

— Bem, não fala então. — Estremeci de novo. — Nem pensa. Meu Deus.

— Os olhos azuis dela são coisa de louco.

— E o meu gancho de direita também é coisa de louco.

— Então guarda ele pro cara que está comendo sua irmã, não pro cara que só está admirando de longe — falou, dando risada.

— Ele não está *comendo* ela.

— Ainda não.

— Para.

Consegui resistir ao furacão Molloy e me manter fora do radar dela e longe de problemas nas primeiras quatro aulas. Até que chegou a dobradinha de matemática antes do almoço, quando não só tive que enfrentar a ira dela como tive que me sentar ao seu lado.

Molloy entrou na sala cinco minutos atrasada com uma expressão tempestuosa no rosto, o que era algo incomum, e enrolou a professora falando que precisava usar o banheiro. Com todos os olhos nela e as belas pernas em exibição para todos os babacas tarados que a observavam — sejamos sinceros, era a maioria da classe —, minha namorada desfilou pelo corredor até a nossa carteira, com os peitos empinados e os quadris balançando.

Veja, Molloy tinha esse dom — foi uma das primeiras coisas que aprendi sobre ela: quando ficava puta, ficava sexy. Não que não fosse muito sexy todos os dias. Acontece que ficava mais consciente da sua supremacia feminina quando tinha algo a provar. Como agora: estava me comunicando que eu estava no topo da lista de inimigos dela, e que tinha muitas outras opções se eu não entrasse na linha e melhorasse.

— Molloy — falei, decidindo quebrar o silêncio quando ela sentou. — Belas pernas.

Ela sorriu relutantemente, mas controlou as feições depressa, mantendo a cara brava firme, e colocou os livros e o estojo na carteira.

— Será que a gente pode... — Então balançou a cabeça, me dizendo de um jeito bastante claro que ainda não estava pronta para agitar a bandeira branca.

Era atrevida.

Se alguém tinha o direito de estar puto ali era eu, o desgraçado que ela havia prejudicado ao jogar as paradas no maldito vaso sanitário na noite anterior.

Dei de ombros, me recostei na cadeira com o lápis na mão e fiquei olhando para a janela, vendo a chuva de março cair contra o vidro. Perdido em pensamentos, mergulhei na bagunça que era a minha vida, me perguntando sem parar como diabos a garota sentada ao meu lado ainda estava... bem, *ao meu lado.*

Pois é, deixando de lado a minha parada despejada no vaso, eu sabia que estava forçando a barra.

E que estava errado.

Eu tinha feito merda.

De novo.

Tinha quebrado minha promessa.

De novo.

Tinha decepcionado Molloy.

De novo.

Nada no nosso relacionamento estava a meu favor e, sinceramente, além da minha habilidade com o pau, eu não lhe oferecia mais nenhuma vantagem.

Pensei que a Molloy tinha terminado comigo aquela noite.

Eu *esperava* que ela terminasse comigo.

Meu pai tinha sido abusivo com ela, pelo amor de Deus.

Nenhum relacionamento poderia suportar um golpe como esse, não importava quanto amor ou lealdade houvesse ali. Mas ali estava ela, puta da vida, vestindo as luvas de boxe para mais uma rodada comigo.

Eu não sabia como Molloy podia continuar me amando depois do que ele fez com ela, muito menos como ela podia querer ficar comigo. Eu, com certeza, não aguentaria nem olhar pra minha cara.

— Joseph, precisa de ajuda com alguma coisa? — a professora perguntou, arrancando minha atenção da janela e levando-a para a frente da sala.

Fiquei encarando-a com cara de besta.

— Hã?

— Página 457 — disse com um suspiro cansado. — Presta atenção, por favor.

Revirei os olhos e me concentrei no livro de Molloy que eu usava desde o começo do ano e franzi a testa quando meus olhos pousaram em um fone de ouvido.

Ele estava conectado no MP3 no colo dela debaixo da carteira; e o outro fone, no seu ouvido direito.

Eu o peguei, o coloquei discretamente no ouvido esquerdo e fiquei ouvindo "She Hates Me", do Puddle of Mudd.

Que ótimo.

Que maneira doce de fazer uma serenata para o namorado.

Puta merda.

Ela virou a página do livro e escreveu algo antes de empurrá-lo na minha direção.

Você é um cuzão.

Dei um suspiro pesado, peguei o lápis atrás da minha orelha e respondi rápido.

E você só descobriu isso agora?

Ela leu e logo escreveu:

Eu fiquei cega pelo seu pau gigante.

Balancei a cabeça, li o recado e respondi:

Então agora você está escrevendo bilhetinhos e tocando músicas de amor pra mim? Significa que estamos de boa?

Ela franziu a testa e escreveu com raiva:

Não, imbecil, não estamos de boa. Esses recados são só migalhas. Música de amor? Haha. Até parece.

Dei um sorrisinho e respondi:

Bem, pois esse imbecil aqui te ama.

Você não pode escrever isso.

Por que não?

Porque estou puta com você.

E daí? Você sempre está puta comigo e eu continuo te amando.

Ok, agora você está apelando.

Você acharia apelativo se eu te desse um chocolate?

Aff, eu adoraria comer um chocolate agora.

Dá uma olhadinha no bolso da frente da minha mochila.

— Aoife! Joseph! — Alguém arrancou os fones de ouvido e o MP3 de nós. A sra. Murphy ficou parada na frente da nossa carteira segurando o aparelho. — O que falei sobre vocês dois se distraindo na minha aula?

— Sejam discretos? — Molloy falou com um daqueles seus sorrisos premiados estampados no rosto, que sempre a salvavam de confusão. — Estávamos quietinhos.

— Parem com isso — a professora disse, nos olhando de cara feia. — Sinceramente, vocês já estão grandinhos o suficiente pra saber que ouvir música na minha aula não é legal. Vocês vão fazer o leaving cert este ano — acrescentou com um suspiro cansado. — São os últimos meses pra revisar tudo o que puderem antes das provas.

— Pelo visto, esses dois não precisam estudar matemática, professora — Ricey interveio da frente da sala. — Pelo que ouvi, eles são profissionais da multiplicação.

— Paul, volta pro seu exercício — ela o repreendeu.

Molloy ficou de queixo caído e minha coluna se endireitou no mesmo instante. Ela olhou para Casey na carteira à frente, que deu de ombros, confusa, e balbuciou "Juro que não fui eu" para a minha namorada.

— Do que você está falando, babaca? — perguntei, olhando para o puxa-saco idiota nos encarando.

— Seu irmão tem a língua solta — Paul disse.

— Kev? — Molloy falou com um olhar ferido. — *Kev* te contou?

— Ele está contando pra todo mundo.

— Não — choramingou, balançando a cabeça. — Não, não, não, não. — Ela colocou as mãos na cabeça. — Isso não está acontecendo.

— Eu me livrei de uma cilada com você, né? Que clichê de merda você virou — Paul desdenhou. — Você fez um ótimo trabalho estragando a sua vida, Aoife.

Clichê? Bons em multiplicação?

Senti o ar se esvair dos meus pulmões de uma vez.

— Que porra é essa?

— Eu não... eu, hum... — Molloy soltou um suspiro trêmulo e conteve um soluço de choro. — Ah, meu Deus.

Meu coração disparou com força no peito e voltei a atenção para a garota sentada ao meu lado.

— Molloy.

Eu não era burro.

— Molloy.

Dava até para ouvir a ficha caindo.

— Molloy.

Merda, eu ouvia a pulsação martelando nos meus ouvidos.

— Aoife!

— Joe... — sussurrou, focando os olhos desesperados em mim. — Eu...

— Parece que ele está tendo dificuldade pra fazer as contas — Danielle comentou, rindo. — Deixa eu te ajudar, Joe — acrescentou, contente demais ao acrescentar seus dois centavos na equação. — Seu pênis mais a vagina dela igual a bebê.

A sala ficou mortalmente silenciosa. Além de algumas respirações, daria para ouvir uma agulha caindo.

Enquanto isso, meu coração batia forte no peito e meu mundo inteiro desabava ao meu redor.

— Eu te falei que você não ia terminar o ano sem um bebê na barriga — Danielle sussurrou. — Parece que eu estava certa.

— Ah, meu Deus.

Molloy começou a chorar, empurrou a cadeira para trás e se levantou de uma vez, disparando para a porta antes de eu processar o que estava acontecendo.

— Aoife! — a srta. Murphy gritou atrás dela e voltou os olhos arregalados e horrorizados para mim. — Eu não sabia.

— Ele também não, pelo visto.

— Cala a boca, Paul! — a professora berrou com o rosto vermelho, me encarando ansiosamente. — Joseph, sinto muito. Eu não sabia.

Incapaz de compreender uma palavra, fiquei de pé, chocado pelas minhas pernas estarem funcionado, e saí da sala, ignorando os cochichos do boato que ganhava força.

Meu corpo inteiro ardia, agitado por um tremor nervoso, quando cheguei no corredor e vi Molloy. Meus pés vacilaram no instante em que a vi recostada na parede do outro lado da sala no corredor vazio, claramente me esperando.

— Joe.

— O que está acontecendo?

— Estou tão... — Molloy engoliu um soluço e se virou para mim com os olhos cheios de lágrimas. — Me desculpa.

— Pelo quê? — Não reconheci minha própria voz e fiquei olhando para ela, inquieto e ansioso. — Que porra está acontecendo? Do que eles estão falando?

— Eu tentei te contar — ela disse, colocando o cabelo atrás das orelhas. — Eu te *contei*, mas você esqueceu... — Sua voz falhou. Ela respirou fundo algumas vezes e tentou de novo: — Me desculpa, Joe. — Segurou o próprio rosto, balançou a cabeça e chorou. — Por favor, não me odeie.

— Pare de pedir desculpas, Molloy — falei, erguendo a mão trêmula e segurando a vontade de gritar. — Eu não te odeio, você só precisa... me *contar* o que está acontecendo.

Fiquei encarando-a com o coração na boca e uma sensação horrível no estômago, enquanto minha namorada pressionava a mão na testa e verbalizava as palavras que virariam meu mundo de cabeça para baixo.

— Estou grávida.

— Grávida. — Eu jamais saberia como consegui dizer aquela palavra, mas eu disse, e ainda por cima em um tom calmo. — Você está grávida.

Tremendo, ela manteve a mão na testa, como se fosse um escudo, e assentiu sem forças.

— Grávida.

Molloy deixou escapar um suspiro, lamentando.

— Isso.

— *Você* está grávida.

— Isso.

— Você está dizendo que está grávida — repeti feito um idiota, enquanto meu coração golpeava meu peito. — Esperando um bebê. Grávida.

— Sim, Joey, estou dizendo que estou esperando um bebê — ela disse, segurando o choro. — Pare de falar isso, pelo amor de Deus!

— Foi mal, eu só... — Inclinei a cabeça para o lado, sentindo uma mistura de confusão e incredulidade, esperando que ela fosse sair do personagem e gritar "Te peguei!". — Você não está de brincadeira comigo, né?

— Eu brinquei *demais* com você na cama — falou, agitada. — Brinquei muitas vezes. Esse é o problema.

— Então é sério? — perguntei, atordoado, me recostando na parede. — É sério... — Balancei a cabeça e olhei para ela boquiaberto. — Grávida?

As lágrimas nos seus olhos me garantiram que aquilo não era piada.

Meu Deus.

Minhas sobrancelhas se franziram enquanto uma onda de puro terror percorria minhas veias.

— Como?

Ela me olhou como quem dizia "Como você acha?".

— Mas você estava tomando pílula.

— Eu sei, e nunca pulei nenhum dia, juro — disse, ainda com a mão no rosto. — Mas naquela festa... aquela do cara do Tommen... — Molloy tremeu e continuou: — Passei a noite toda vomitando. E a noite seguinte também, lembra? Depois que a gente pediu aquele chinês quando estávamos cuidando do Sean? Lembra que eu passei mal durante horas? Aquilo deve ter afetado o efeito da pílula.

— Na festa do Tommen? — Meu coração batia descontrolado. — Meu Deus, Aoife. Aquilo foi meses atrás.

Ela se crispou.

— Eu sei, Joe.

Soltei um suspiro trêmulo e passei a mão pelo cabelo, completamente zonzo.

— Quão grávida você está?

— Joe.

— Me diz.

— Três meses e meio.

— Três meses e meio! — Arregalei os olhos e o pânico que eu sentia aumentou três vezes e meia. — Três meses e meio e só fico sabendo agora?

— Eu estava com medo — ela falou, na defensiva. — E só descobri umas semanas atrás. Tentei te contar um milhão de vezes, eu juro, mas estava com muito medo, Joe. Estava *morrendo* de medo de você surtar. Você estava indo tão bem e eu só... eu não queria arriscar. Mas daí aconteceu aquilo com o seu pai e você surtou mesmo assim...

— Ah, meu Deus. — Meu estômago embrulhou e tive que pressionar a mão no peito para me controlar. — Ele fez aquilo com você grávida do *meu* filho?

— Joe...

— Ele fez aquilo com você... — Com o coração disparado, falei: — Ele te machucou quando você estava... está... meu Deus, você *está*...

— Quando enfim reuni coragem pra te contar, você não estava nem presente.

— O quê? — perguntei com a voz rouca. — Quando?

— Naquele dia... — ela confessou. — Que você estava chapado.

Com o coração acelerado, tentei controlar o pânico enquanto palavras de uma conversa da qual eu não conseguia me lembrar lampejavam na minha mente.

— *A gente vai ter um bebê.*

— *Onde está o bebê?*

— *Aqui.*

— *Em você? O que ele está fazendo aí?*

— *Você botou ele aí dentro, Joe.*

— Tem certeza que não é um erro? — perguntei, desesperado. — Você está mesmo grávida?

— Fiz uma tonelada de testes e todos deram positivo — ela respondeu com os olhos arregalados e hesitantes. — E minha mãe me levou no médico na semana passada pra confirmar.

— Sua mãe? — ele falou como se tivesse tomado um tapa na cara. — Espera aí. — Balancei a cabeça em uma tentativa de compreender toda aquela loucura, ergui a mão e disse: — Você contou pra sua mãe antes de contar pra mim?

Ela fez uma careta e assentiu de leve.

— Me desculpa.

— Pra quem mais você contou?

— Joe.

— Pra quem mais você contou, Aoife?

— Casey sabe — confessou baixinho. — Mas só porque adivinhou. Juro, eu não teria contado se ela mesma não tivesse descoberto.

— Ei, ei, ei, então deixa eu ver se entendi. — Pressionei os dedos nas têmporas, lutando para manter a calma, sendo que meu mundo caía inteiro. — Você, Casey e Trish passaram semanas sabendo que a gente ia ter um bebê sendo que *eu* não sabia?

— Não foi assim, Joe.

— Seu pai sabe?

— Não. — Ela sacudiu a cabeça. — Juro.

— E Ricey e Danielle? — perguntei, arrasado. — Pelo visto esses dois também estão bem informados, considerando como eles falaram. Quer dizer que você contou pro seu ex antes de mim?

— Não — ela falou. — Claro que não. Não seja ridículo.

— Acabei de descobrir que você está grávida numa aula de matemática, Molloy. Como você acha que eu ia reagir?

— Não sei como Paul descobriu — choramingou, balançando a cabeça. — Kev deve ter contado.

— Kev? — Arregalei os olhos. — *Kev*. Kev, porra?

Ela também arregalou os olhos.

— Joe.

— Seu *irmão* sabe? — Sacudi a cabeça. — Não acredito.

— Pare de gritar comigo, seu cuzão.

— Não estou gritando com você — gritei, erguendo as mãos. — Estou tendo uma crise de pânico.

— Então se acalme, Joey.

— *Estou* calmo. Tão calmo quanto um sujeito pode ficar ao descobrir que é o último a saber que a namorada vai ter um *filho* dele — praticamente rugi.

— Me desculpa, está bem? Eu estava tentando te *proteger* — ela gritou de volta. — Só isso.

— Essa decisão não era sua — retruquei, tremendo. — Eu tinha direito de saber o que estava acontecendo.

— Bem, eu pensei que estava fazendo a coisa certa — ela insistiu, teimosa. — Além disso, é no meu corpo que está acontecendo.

— É o meu filho — falei com firmeza, e então cambaleei quando me dei conta do que tinha acabado de dizer. — Ah, meu Deus — soltei, sentindo meu coração se apertar tanto que achei que ia ter um infarto. — É o meu *filho*. — Levei a mão ao peito, respirei fundo e tentei me recuperar. — Puta merda.

— Me desculpa, Joe. — Molloy ergueu as mãos, se virou e se afastou. — Por favor, não me odeie.

Eu sabia que precisava ir atrás dela, mas não consegui fazer meus pés colaborarem. Dei dois passos, mas caí de bunda no chão, devastado.

Grávida.

Ela estava grávida.

De um bebê.

Do *meu* filho.

Levanta agora e vai cuidar dela.

Para de pensar só em si mesmo, seu imbecil.

Não finge que você não se importa.

Esse filho é seu e você se importa.

Ela é sua e você se importa.

Tudo isso importa.

PARTE 5

58

A ovelha desgarrada

AOIFE

— Mãe! — gritei, abrindo a porta de casa e entrando com tudo na quinta-feira à tarde. Se consegui dirigir sem bater o carro, devia ser pelo desespero de me sentir segura. *De procurar o colo da minha mãe.* — Mãe!

— Aoife? — Ela apareceu na porta da cozinha com um pano de prato nas mãos e uma expressão assustada. — O que houve?

— Mãe! — gritei, me aproximando dela. — Ele mentiu.

— Quem mentiu? — perguntou, me envolvendo em seus braços enquanto eu mergulhava no seu abraço. — O que aconteceu, Aoife? Quem mentiu pra você, filha?

— Kev. — Chorando copiosamente, agarrei o pescoço dela com todas as minhas forças. — Contou pro *Paul*, mãe. Contou pra *todo mundo* da escola.

— Ele fez o *quê*?

— Joey está sabendo... ele descobriu na aula — falei, abraçando-a com mais força conforme meu corpo se sacudia com os soluços. — Nem tive chance de contar pra ele.

— Ah, meu Deus. E como ele reagiu?

— Como você acha? Foi horrível. Está furioso por eu ter escondido a verdade dele.

— Ah, Aoife.

— Ele não merecia isso, mãe. Saber desse jeito na frente de todo mundo. — Fiquei trêmula só de lembrar. — Foi tão *errado*.

— Só posso imaginar.

Alguns instantes depois, a porta da frente se abriu e meu irmão apareceu, todo agitado e com o rosto vermelho.

— Aoife. — Kev ergueu as mãos e se aproximou com cautela. — Antes que você diga qualquer coisa, eu não sabia que o Paul ia...

— Seu escroto! — Nem lhe dei chance de terminar de falar e avencei para o meu irmão, arranhando e unhando a sua cara, sentindo um desespero que nunca tinha sentido antes na vida. — Como você pôde fazer isso comigo?

— Você fez isso sozinha — ele retrucou, segurando meus pulsos para me conter. — Se controle, Aoife.

— Te odeio — gritei, soltando as mãos e o empurrando no peito. — Está me ouvindo? Eu te odeio, Kevin.

— Bem, também não sou louco por você.

— Parem, vocês dois — minha mãe interveio, se colocando entre nós. — Chega.

— Foi ela que começou.

— Porque ele contou pra escola toda que estou grávida.

— Eu não contei pra escola toda. Só pra uns amigos mais chegados.

— Desde quando meu ex é seu amigo?

— Desde sempre — Kev respondeu.

— Mentira. Paul só era legal com você porque estava comigo.

— Você realmente acredita nisso, né?

— Sim, porque é *verdade*.

— Você não tem poder nenhum pra ditar com quem eu devo fazer amizade, Aoife — Kev falou com desdém. — E, se você olhasse mais para o seu umbigo pra ver o que está acontecendo à sua volta, saberia que sou amigo do Ricey desde o primeiro ano. Na verdade, a gente se aproximou bem mais no último ano.

— Por que será? — Revirei os olhos. — Você é tão *idiota*.

— Nem tudo é sobre você, Aoife. Ele me dá atenção, ao contrário do babaca que você escolheu, que mal consegue reunir energia pra reconhecer a minha existência.

— E por que é que o Joey deveria reconhecer a sua existência? Você nunca foi simpático com ele, pra começo de conversa. Toda vez que ele vem você age como se fosse superior, e é repugnante. Sério, você fala que eu tenho a cabeça no umbigo, sendo que é você quem anda por aí de nariz empinado achando que é melhor que todo mundo.

— Eu *sou* melhor que ele.

— Porque você é o nerd da escola e ele não? Porque você vai pra *universidade* e ele não? Porque você teve o luxo de poder se concentrar nos estudos enquanto ele teve que trabalhar desde que tinha doze anos? Você acha que isso te torna melhor que ele?

— Sabe, você está tentando me ofender, mas acabou fazendo uma lista nas minhas características positivas.

Aff.

— Kevin, Aoife — minha mãe tentou interceder. — Vamos nos acalmar um pouquinho e respirar.

— Tenho uma novidade pra você, babaca. O mundo não vai dar a mínima pra quantos pontos você tirar no leaving cert ou pra sua posição no ranking da turma — berrei, ignorando a intervenção da nossa mãe. — E, se você continuar se achando o *maioral*, te garanto que você não vai durar uma semana no mundo real. Então pode continuar pensando que é melhor que meu namorado, mas a verdade é que você não chega nem aos pés dele — esbravejei. — Você é um menininho mimado e Joey é um homem de verdade. Você pode tentar a vida inteira e nunca vai nem chegar no nível dele!

— Se não estar no nível dele significa não ter que passar o resto da minha vida enfiado no capô de um carro, com as mãos permanentemente sujas de óleo pra receber um salário de merda no fim da semana que não vai ser o suficiente nem pra pagar uma hipoteca decente, não vou reclamar.

— Ah, meu Deus, você é tão *metido* — gritei, erguendo as mãos no ar.

— Por quê? — Kev perguntou. — Só porque sou realista? Porque estou afirmando fatos? Porque estou puto que minha irmã jogou o futuro fora por causa de um babaca do Elk's Terrace sem nenhuma perspectiva de vida?

— Porque você é um ingrato — minha mãe respondeu, parecendo magoada. — Todos aqueles joguinhos caros enfileirados nas prateleiras do seu quarto foram pagos por mãos sujas de óleo. Cada peça de roupa que você usa e cada comida que bota na boca desde o dia que nasceu vieram dessas mesmas mãos. Das mãos do seu *pai*. Seu pai, o *mecânico*, que passou a maior parte da vida dando o couro pra oferecer aos filhos uma vida melhor que a que ele teve.

— É exatamente por isso que você devia *me* elogiar por valorizar os sacrifícios que você e o papai fizeram por nós e brigar com *ela* por jogar esses sacrifícios fora.

— Quando foi que eu joguei esses sacrifícios fora?

— Quando você foi burra o suficiente pra deixar aquele drogado se enfiar no meio das suas pernas — Kev rosnou. — Você sabe que o pai do seu neto é um viciado, né, mãe?

— Cala a boca, Kevin — sussurrei, avançando para ele de novo.

— Parem — minha mãe avisou, nos separando. — Se acalme, Aoife. Isso não é bom pra você.

— *Ele* não é bom pra ela.

— Você não sabe de porra nenhuma!

— Olha só pra você — meu irmão continuou. — Olha só o seu estado. Querendo brigar na sua condição. Você sabe por que, né? É porque ele está te contaminando. Você tinha tudo a seu favor e jogou tudo fora. — Kevin balançou a cabeça de desgosto. — Por *ele*.

— O que está acontecendo aqui? — meu pai perguntou, entrando na cozinha com a marmita na mão. E, sim, suas mãos estavam sujas de óleo. Ele olhou pra mim e pro Kev, e suas sobrancelhas se franziram de confusão. — Por que vocês estão gritando? — Depois olhou para a minha mãe. — Estamos na hora do almoço, Trish. Por que eles não estão na escola?

— Por nada — ela respondeu depressa, se aproximando do marido. — Não é nada, Tony.

— Espero que você curta se transformar na mãe dele, Aoife — Kev continuou, ignorando nossos pais e me encarando com raiva. — Porque a cidade inteira sabe que ela é um capacho. Você deveria pegar umas dicas com ela algum dia, porque é só isso que vai conseguir fazer da sua vida agora.

— Cala a boca, Kevin — minha mãe falou entredentes. — Não diga nem mais uma palavra.

— Mãe? — Meu pai piscou, sem entender. — Mãe de quem?

— Isso é culpa *sua* — Kev disse, lançando um olhar acusatório para o nosso pai. — Você que trouxe ele pras nossas vidas.

— Por favor, mãe — grunhi, colocando as mãos na cabeça enquanto ela tentava sem sucesso silenciar meu irmão furioso. — Faça ele *parar*.

— Quem? — meu pai perguntou, totalmente perdido. — Do que vocês estão falando?

— Aoife está grávida! — Kev rugiu, apontando o dedo para mim. E com essas palavras ele explodiu meu mundo. *De novo*. — Daquele merdinha que você tanto adora.

Meu pai recuou, como se as palavras do meu irmão tivessem golpeado seu peito.

— Kevin — minha mãe disse, colocando as mãos no peito do meu pai. — Tony, respira. Está tudo bem, amor, só respire fundo.

— Isso mesmo, o garoto de ouro não parece tão perfeito agora, né? — Kev provocou, parecendo mais raivoso que nunca. — Não depois de ter engravidado a sua filha, né, pai?

— O que você está... — Os olhos desesperados do meu pai pousaram em mim. — Aoife?

— Pai, eu não queria... desculpa — choraminguei, com as mãos pendendo moles ao meu lado. Olhei para o meu irmão e balancei a cabeça. — Te *odeio*.

— Tentei te avisar sobre ele — Kev continuou gritando, agora com o nosso pai. — Mas você não queria ouvir. Eu te *avisei* que tipo de pessoa ele era, mas você insistiu em contratar ele... em tratar ele como o filho que você sempre quis e nunca encontrou em mim!

— *Kevin*.

— Parabéns, pai — Kev disse, e sua voz falhou. — Você finalmente conseguiu o que queria. Logo você vai ter um neto, que vai fixar de vez esse cara na nossa família. E daí você finalmente vai ter o filho que sempre quis.

Sem conseguir aguentar um segundo a mais daquilo, saí correndo da cozinha, ignorando os apelos da minha mãe e os gritos do meu pai, e fui direto para a porta da frente, desesperada para escapar.

— Aoife — Kev disse, disparando atrás de mim. — Espera.

— Não encosta em mim — metralhei, arrancando o braço para longe e olhando feio pra ele. — E *nunca* mais fala comigo.

— Eu não... — começou a dizer, mas então ergueu o queixo desafiadoramente e sussurrou: — Ele tinha que saber.

— Não era decisão sua — retorqui com a voz trêmula, me sentindo traída pela pessoa que tinha compartilhado o útero comigo. — Não era decisão sua, mas minha, e você tirou isso de mim.

O arrependimento cintilou em seus olhos.

— Você tem tanto ciúme da relação do Joey com meu pai que jogou a própria irmã na fogueira só pra se sair por cima.

— Aoife.

— Você destruiu o meu mundo, Kevin. — Balancei a cabeça e nem me dei ao trabalho de enxugar as lágrimas, pois elas não paravam de cair. — *Por quê?*

— Eu não... — Ele passou a mão pelo cabelo e suspirou. — Olha, pelo menos agora todo mundo sabe. Eu te fiz um favor.

— Você contou pro meu *pai* antes que eu tivesse oportunidade — falei com o peito pesado. — Você contou pro Paul, que contou pro pai do *meu bebê* antes que eu tivesse oportunidade.

Seus olhos foram tomados de confusão.

— Joey não sabia?

Fiz que não.

— Eu não imaginei... — Kevin deu um suspiro pesado e pegou minha mão. — Merda, Aoife, eu não...

— Não. — Ergui a mão e o afastei. — Fica longe.

— Aoife.

— Sério. Tenho vergonha de te chamar de irmão.

— E você acha que eu tenho *orgulho* de te chamar de irmã? — retrucou com as bochechas vermelhas. — Orgulho de ter uma piranha na família? Você é uma vergonha, Aoife. Só nos traz constrangimento. Você que é a ferrada, não eu — falou, na defensiva. — Não é culpa minha que você não tinha contado pro cara. Ele é o primeiro que devia saber.

— Não é culpa *sua*? — Olhei para ele perplexa. — É *tudo* culpa sua. Você pode até ter um cérebro, mas é um desgraçado cruel, mimado e ciumento, sem coração, e eu nunca vou te perdoar por isso. Está me entendendo, Kevin? Eu *nunca* vou te perdoar!

— Beleza — retrucou, na defensiva, com a voz carregada de emoção. — Nem ligo.

— Ah, você liga, sim, seu merda rancoroso — esbravejei, caminhando de costas pelo jardim na direção do portão. — E vai se arrepender.

— O que você vai fazer? — Kev perguntou atrás de mim. — Mandar seu cão de guarda me atacar? *De novo?*

— Eu tirei ele de cima de você da última vez — falei, nervosa. — Não pense que vou cometer o mesmo erro duas vezes.

— E eu passei pano pra ele da última vez — lembrou. — Não pense que vou cometer o mesmo erro duas vezes.

— Não, Kev, não vou mandar meu namorado te atacar — sussurrei, abrindo o portão. — Porque, ao contrário de você, não preciso que ninguém lute as minhas batalhas.

— O que está querendo dizer com isso?

— Que você nunca lutou as suas próprias batalhas nem um dia da sua vida — quase gritei. — Está ocupado demais se escondendo debaixo da saia da mãe.

— Até parece.

— E acha que sobreviveu à escola secundária por causa da sua brilhante personalidade? Não, babaca, você passou seis anos protegido por uma bolha, porque *eu* te protegi esse tempo todo.

— Nunca te pedi pra fazer isso por mim.

— Você não precisava ter me pedido. É isso o que significa *família*. A gente se cuida. Se protege. Apoia um ao outro. — Dei de ombros. — Pelo menos, é o que eu pensava que a gente era, mas bem estava errada.

— Você está exagerando — ele murmurou, esfregando o queixo.

— Não, *você* está subestimando o dano que causou na nossa relação — eu o corrigi, apontando para ele. — Cansei de ficar cuidando de você, Kev. Estou de saco cheio de ser sua irmã. Acabou. E boa sorte pra fazer minha mãe voltar pro seu lado, agora que ela enfim viu o que você é de verdade: um pirralho mimado do caralho!

— Eu estava chateado — tentou se justificar, erguendo as mãos. — Você e minha mãe andavam de segredinho e passando um monte de tempo juntas...

— E o coitadinho do Kev resolveu dar um chilique só porque não estava recebendo a atenção exclusiva da mamãe, como ele está acostumado a receber a cada segundo do dia desde que a gente nasceu — completei com sarcasmo. — Bem, que peninha, seu idiota. Então minha mãe me deu um pouquinho de atenção pela primeira vez depois de você ter passado dezoito anos monopolizando o tempo dela. Supera, porra!

— Assim como o seu namorado fez com o *nosso* pai?

— Se você tem algum problema com a relação do nosso pai com o Joey, vai falar com ele — retruquei, furiosa. — Não venha estragar a *minha* vida só porque quer causar desentendimento entre eles.

— Não é o que eu estava tentando fazer.

— É *exatamente* o que você estava tentando fazer. E, sim, parece que você conseguiu, mas também perdeu uma irmã.

— Aoife, fala sério — ele insistiu. — Me desculpa, está bem?

— Não chega perto de mim, Kev — falei por cima do ombro, me afastando. — Você não vai querer os vizinhos te associando à *piranha* da família.

— O que foi que você disse pra ela, seu idiota? — meu pai perguntou, entrando no jardim com minha mãe logo atrás. — Aoife, volta aqui.

— Não sai correndo desse jeito — minha mãe acrescentou. — Entra, meu bem. Seu pai não vai brigar com você.

— Me deixem em paz! — gritei, disparando pelo jardim, precisando ficar o mais longe possível da minha família.

Porque não estava aguentando aquilo.

Era demais para mim.

Eu não estava conseguindo lidar com minhas emoções.

Estava muito perto do meu limite para levar outro golpe.

Só que, quando virei a esquina no fim da rua e dei de cara com alguém de peito forte, foi isso que aconteceu.

— Puta merda. — Duas mãos familiares me envolveram, segurando meus ombros para me estabilizar. — Molloy. — Joey estava ofegante, claramente tendo corrido da escola até ali. — Pra onde você está indo?

Não consegui responder, porque não fazia ideia de onde pretendia ir. Só sabia que ele estava *exatamente* onde eu precisava.

— Joe. — Incapaz de suportar sozinha aquele peso paralisante por mais um segundo, desabei nele, precisando sentir seus braços em mim mais do que precisava respirar. — Joe.

— Está tudo bem. — Ele me envolveu e me abraçou com força. — Shhh, está tudo bem.

Enterrei o rosto no suéter do uniforme dele, segurando o tecido nas suas costas, e deixei que ele sustentasse o meu peso, aproveitando cada grama do apoio que estava me oferecendo. Porque eu precisava daquilo. Eu precisava *dele*.

— Estou aqui, Molloy.

— Por favor, não me odeie.

— Eu não te odeio.

— Me desculpa por não ter te falado antes. Por você ter ficado sabendo desse jeito.

— Escuta. — Ele colocou as mãos nas minhas bochechas e os dedos no meu cabelo, me obrigando a olhar para ele. — Não peça desculpas. Eu entendo, está bem?

— Você entende?

— Entendo. — Ele fez que sim devagar. — Entendo por que você não me contou. Entendo o que estava tentando fazer. Não gosto, mas entendo. — Ele soltou um suspiro trêmulo. — Sinto muito por ser o tipo de pessoa que você pensou que tinha que proteger, quando deveria ser o contrário.

Sem conseguir desviar o olhar dele, fiquei vendo Joey absorver o impacto do machado metafórico que eu tinha acabado mirar no seu pescoço — atingindo seu mundo inteiro. Eu podia ver tudo em seus olhos. Tudo o que ele queria dizer, tudo o que *eu* queria dizer, mas nunca diria.

Todo o medo.

O arrependimento.

A mágoa.

A culpa.

Joey soltou um suspiro sofrido, abaixou o rosto e apoiou a testa na minha com delicadeza.

— Me desculpa, Molloy.

Lágrimas escorreram pelas minhas bochechas e minha respiração ficou entrecortada enquanto eu cobria as suas mãos com as minhas.

— Me desculpa também, Joe.

— Não sei o que dizer — ele admitiu com uma voz rouca. — Estou morrendo de medo, então só posso imaginar como você está se sentindo. Mas estou aqui, está bem? — Encolheu os ombros, impotente. — Estou aqui e não vou a lugar algum.

— Não mesmo?

— Não mesmo. — Ele assentiu devagar, com os olhos fixos nos meus. — Não vou fugir.

— Promete?

— Prometo — respondeu com sinceridade. — Não vou te abandonar nessa.

— Então não precisa dizer mais nada — falei, chorando, roçando o rosto na dele. — Porque isso é tudo o que eu precisava saber.

59

Eu estarei aqui

JOEY

Tendo tido um total de setenta e três minutos para entender que minha namorada estava abrigando uma bomba atômica com cinquenta por cento dos meus genes dentro da barriga, eu a abracei e tentei confortá-la enquanto o meu cérebro estava a mil.

Que porra a gente ia fazer?

Ainda nem tínhamos terminado a escola.

Molloy tinha todo um futuro diante de si.

Devia sair pelo mundo, deixando sua marca colorida nele.

Em vez disso, botei um bebê dentro dela.

Um bebê!

Meu Deus do céu.

Parecia que eu estava vendo meu pior pesadelo se tornar realidade, e eu estava paralisado demais para fazer alguma coisa. Saber que eu era o responsável por arruinar o futuro dela era *devastador.*

Bem, você finalmente conseguiu, seu babaca, uma vozinha dentro da minha cabeça disse. *Você finalmente completou o ciclo e se transformou no seu pai.*

Atordoado demais, me sentindo exposto e vulnerável demais, tentei me acalmar. Mas não consegui. Não adiantava. O pânico e a incerteza se agitando dentro de mim eram diferentes de tudo o que eu já tinha experimentado antes.

Dava para sentir a ansiedade de Molloy.

Era palpável.

Refletia a minha própria ansiedade.

— Estou com medo, Joe — ela ficou sussurrando sem parar, com o rosto enterrado no meu pescoço e se apoiando em mim. — Estou morrendo de medo.

Eu não conseguia tranquilizá-la. Pois eu não fazia ideia de que isso estava acontecendo. Tudo o que eu podia fazer naquele momento era abraçá-la. Porque eu não tinha as palavras para consertar aquilo, para fazer o que era certo para ela.

Eu só tinha meu corpo.

Minha presença.

Minha habilidade de *ficar.*

Ela olhou para mim, fungando, com os olhos inchados e vermelhos.

— Obrigada.

— Pelo quê?

— Por provar que eu tinha razão.

Franzi a testa, confuso.

— E como foi que provei que você tinha razão?

— Bem, pra começar, você está aqui — ela disse, dando um sorrisinho. — E você não perdeu as estribeiras.

— Molloy, você não engravidou sozinha — falei. — Fui o babaca responsável por isso. E não vou perder as estribeiras. Isso é mais culpa minha que sua, entendeu? — Balancei a cabeça, perdido e frustrado. — Não imaginei que a pílula pudesse não funcionar. Nem pensei nisso naquele fim de semana que você passou mal. Eu devia ter usado camisinha. Eu devia ter cuidado melhor de você.

— Eu não devia ter escondido as coisas de você.

Não, não devia, mas eu entendia.

— Tenho um exame no hospital amanhã — Molloy falou, explodindo o meu mundo. — É um ultrassom de datação, como eles chamam. — Ela estremeceu e acrescentou: — Não quero ir sozinha.

— Você não vai sozinha. Eu estarei lá.

— Mesmo?

— Claro — falei, completamente aturdido. — Eu devia ter ido na consulta médica também. Eu teria ido se soubesse. Posso ser muitas coisas, Aoife, mas não sou covarde e não sou de fugir.

— Passei dias tentando te falar — ela sussurrou. — Tentando reunir coragem pra te contar.

— Tudo bem. — Puxei-a para mais perto. — Vai ficar tudo bem.

— Vou ser o assunto da cidade, Joe — ela desabafou baixinho, dolorosamente vulnerável. — Todo mundo na escola já deve estar sabendo. Paul e Danielle vão garantir isso. Como é que vou conseguir voltar pra ECB?

— A *gente* vai voltar pra escola com as cabeças erguidas e, se alguém tiver alguma coisa pra falar, vai ter que falar na minha cara — eu disse, irritado. — Fodam-se eles, Molloy.

— Fodam-se eles?

— Fodam-se eles — confirmei.

Ela fungou.

— Kev contou pro meu pai.

Meu coração foi parar no chão.

— Kev é um linguarudo da porra.

— Não quero voltar pra casa ainda. — Ela contorceu os lábios. — Não estou pronta pra enfrentar o meu pai. E, se eu olhar pra cara do Kev, vou matar ele.

Éramos dois.

— Então não vai pra casa ainda. Fica comigo.

— O que a gente vai fazer, Joe?

Não faço a menor ideia.

— A gente vai dar um jeito.

Dividir um pacote de batatinhas no campo da AAG provavelmente não era o que Molloy tinha em mente quando disse que não queria ir para casa, mas o que é que eu podia fazer?

Eu não tinha carro. Eu não tinha casa — pelo menos, não uma casa onde ela estaria segura. Eu não tinha um futuro brilhante pela frente nem uma família para me sustentar, como o ex dela. Eu tinha um total de treze euros no bolso e as perspectivas de vida de um rato de esgoto.

Dizer que estávamos ferrados não chegava nem perto de definir o tamanho do nosso problema. A única coisa que eu tinha a meu favor, que a maioria dos caras que estavam em situações semelhantes não tinha, era que a garota que estava carregando meu filho era também minha melhor amiga.

De certa forma, o fato de ela estar grávida piorava bastante as coisas, porque a culpa que eu sentia era arrebatadora. Minha consciência pesava sobre mim de um jeito que Dricko ou qualquer um dos caras com filhos nunca experimentaram.

Porque não era pelo meu futuro que eu estava de luto.

Mas pelo dela.

Porque eu a amava.

Eu a amava tanto que fui imprudente e a destruí.

Eu não a conheci do nada e enfiei meu pau nela depois de duas ou três semanas de amassos, nos transformando numa família da noite para o dia. Eu tinha seis anos de amizade com Molloy. Eu conhecia aquela garota por dentro e por fora, e ela me conhecia.

A gente cresceu juntos. Nossas vidas estavam interligadas. Ela nunca foi alguém que eu estava usando para passar o tempo enquanto não aparecia ninguém melhor. Ela *era* todo o tempo, o melhor que poderia surgir, o objetivo final. Ela era tudo. Qualquer futuro que ousei imaginar para mim nunca deixou de ter Molloy bem no meio dele.

Nunca quis ser pai, bebês nunca fizeram parte do *meu* plano, mas se fosse algo importante para ela num futuro muito, *muito* distante, talvez eu pudesse ceder.

Só que agora a realidade tinha sido imposta sobre nós.

— Nem pense nisso, Houdini — me ouvi falando uma hora depois, quando vi minha namorada olhando para o imponente muro que cercava o pavilhão da AAG. Eu já a tinha visto escalar aquele muro sem o menor esforço várias vezes antes.

Mas não mais.

— Sério, Aoife — avisei. — Mantenha esses pés no chão.

— Você está sendo um pouco dramático.

— Só estou sendo sensato.

Ela revirou os olhos.

— Desde quando as palavras *Joey Lynch* e *sensato* andam juntas?

— Desde que as palavras *Aoife Molloy* e *grávida* se combinaram — retruquei, oferecendo o meu suéter para ela. — Pode sentar no chão.

Ela me obedeceu a contragosto, pegando o meu suéter, dobrando-o no meio e o colocando no concreto antes de se abaixar.

— Obrigada pela comida, Joe. — Ela esticou as pernas compridas, colocou o saco marrom cheio de batatinhas apimentadas no colo e suspirou. — Estou quebrada e perdi todos os dias de trabalho na semana passada, então não vou receber um tostão nas próximas semanas.

Nós dois estávamos quebrados, mas se eu não pudesse comprar umas míseras batatinhas fritas para a minha namorada, eu merecia ser levado para o campo para ser fuzilado.

— Não se preocupe com grana — falei, mais que preocupado por nós dois, me sentando ao seu lado. — Vou dar um jeito.

— Como assim?

— Se o seu pai não puder me empregar na oficina em tempo integral, vou arranjar outra coisa. — Dei de ombros. — Te falei que vou cuidar de você e é isso que vou fazer, entendeu? Grana é a última coisa com a qual você precisa se preocupar agora. Deixe que eu faço isso por nós dois.

— E a escola?

— O que tem a escola? — Dei um suspiro pesado e abracei os joelhos. — Bebês não são nada baratos, Molloy.

— Não. — Ela balançou a cabeça. — Sem chance, Joe. Você *precisa* terminar a escola.

— Não, *você* precisa terminar a escola — corrigi. — Não preciso de um papel pra conseguir dinheiro. Posso fazer isso agora.

— Você ouviu meu pai. Ele vai te contratar na oficina *depois* que você terminar a escola e fizer o leaving cert.

— Aoife, o que é que eu vou fazer com um pedaço de papel? Limpar minha bunda com ele? — Balancei a cabeça. — Esse exame não significa nada pra mim. Pra você, *sim*, mas pra mim? Não é nada, gata.

— O bebê só vai nascer em setembro — ela acrescentou depressa. — A gente pode terminar a escola antes de ter que pensar em qualquer outra coisa. Só temos mais dois meses, Joe. Dois meses e a ECB acabou.

— Setembro? — Meu Deus. — O bebê nasce em setembro.

Ela fez que sim.

— Dia vinte.

— Logo depois do seu aniversário?

Ela fez que sim de novo.

Soltei um suspiro.

— De quantas semanas você está agora?

— Hum, catorze semanas e dois dias, acho.

— Meu Deus, você já está no segundo trimestre, Aoife.

— Eu sei. Estou apavorada.

— Não fica — tentei acalmá-la, mas entrando em pânico ao quebrar a cabeça com o fluxo constante de informações chocantes que pareciam não parar de chegar. — Se o bebê vai nascer em setembro e já estamos em abril na semana que vem, temos cinco meses e meio pra dar um jeito nas coisas.

— Um jeito nas coisas?

— É. — Assenti. — Guardar uma grana, Molloy.

Ela estreitou os olhos.

— Você não vai largar a escola.

— Olha, não faz sentido desperdiçar dois meses em uma sala de aula, trabalhando por algo que nós dois sabemos que eu nunca vou precisar. Não se eu posso trabalhar *de verdade* pra ganhar uma grana que a gente com certeza *vai* precisar — tentei argumentar. — Vamos, Molloy, pense nisso. Você sabe que eu tenho razão.

— Mas eu *já* pensei. Não fiz outra coisa essas últimas semanas, e não vai rolar, Joe. A gente começou a ECB juntos e vamos terminar juntos.

— *Você* pode terminar — retruquei. — Eu quero que você termine. Eu só estou tentando começar com uma pequena vantagem, Molloy. A gente vai precisar de um monte de coisas, e tudo custa dinheiro. Dinheiro que nenhum de nós tem. O bebê vai precisar de berço, roupas, fraldas e leite em pó especial. A lista é longa, e não vou conseguir providenciar tudo isso com o salário de um trabalho de meio período na oficina.

— Mas você já trabalha tanto.

— Não é o suficiente.

— Minha mãe disse que eu posso ficar lá — ela disse, como se fosse algo que eu quisesse ouvir. — A gente não vai ter que se preocupar com isso quando o bebê nascer.

Fiquei perplexo.

— Não vou ficar longe de você e do meu bebê.

Ela arregalou os olhos.

— Não?

— Claro que não. — Balancei a cabeça. — Vou arranjar um apartamento pra gente, Aoife.

— Joe, se for às custas da sua educação, eu não quero.

— Deixe que eu me preocupe com o dinheiro. Vou cuidar de tudo.

— Não estamos juntos, Joe?

Revirei os olhos.

— Claro.

— Não vamos fazer isso juntos?

Lancei um olhar duro para ela.

— Aonde você quer chegar?

— Somos um time ou não?

— Somos, porra.

— Então nós dois vamos terminar a escola. Juntos.

— Olha, não quero brigar com você por causa disso.

— Então não brigue — me interrompeu. — Porque, por mais que eu esteja preocupada, isso não está em discussão. Você vai terminar a escola e pronto. Apartamentos e casas podem ficar pra depois.

— Você não está pensando direito.

— Você que não está.

— Molloy.

— Lynch.

Frustrado, peguei uma batatinha mole no saco marrom no seu colo e fiz uma careta quando ela tocou a minha língua.

Estava com um gosto horrível.

Com a boca cheia de batatinha, Molloy abriu um sorrisinho.

— Tem vinagre demais?

Eu a olhei como quem dizia "Como sempre" e perguntei:

— Como está se sentindo?

— Sobre o vinagre?

— Não, gênia, sobre a gravidez.

Seus olhos cintilaram de ansiedade, e fiquei vendo seu corpo tremer.

— Ah, acho que posso dizer que estou me cagando de medo. E você?

Também estou me cagando de medo.

— Estou bem.

— Bem. — Ela arqueou a sobrancelha, sem comprar a minha resposta. — Até parece.

Claro que eu estava mentindo, mas tive o bom senso de não revelar o pânico que eu sentia para a garota que, obviamente, estava em desvantagem naquela situação.

— Você está bravo? — ela perguntou de novo, só que dessa vez mordeu os lábios nervosamente antes de acrescentar: — Por eu querer ter o bebê?

— Por você querer ter o bebê? — Franzi a testa. — Geralmente é o que acontece quando se está grávida.

— Não sempre.

— Não começa.

— Você entendeu o que eu quis dizer.

Eu tinha entendido, e não gostei nem um pouco do rumo da conversa.

— Eu nunca te pediria pra fazer isso.

— Mas e se você pudesse escolher? — Ela engoliu em seco. — O que você faria?

— Não, Molloy. — Balancei a cabeça. — Eu não ia querer que você fizesse isso.

Notei um tom esperançoso quando ela disse:

— Não?

— Jamais.

O alívio reluziu em seus olhos.

— Sério?

— Sério — confirmei. — Se você não quisesse ter o meu bebê, eu entenderia... Porra, eu seguraria a sua mão o tempo todo, mas eu sei que não é isso o que você quer de verdade.

— Talvez devesse ser, Joe.

Encarei-a sério.

— Mas é?

Ela ficou me encarando de volta por um longo tempo antes de soltar um suspiro e balançar a cabeça.

— Eu quero ter o bebê.

— Exatamente — respondi, empurrando seu ombro com o meu. — Parece que a gente vai mesmo ter um bebê então.

— Pois é. — Ela deu um longo suspiro, enlaçou o braço no meu e apoiou o rosto no meu ombro. — Parece que a gente vai.

— Vai ficar tudo bem, Molloy — tentei tranquilizá-la. — A gente vai dar um jeito.

— Só... fica comigo, Joe — falou baixinho. — Que nem agora. Essa versão de você. Preciso que *esse cara* fique.

— Não vou a lugar algum.

— Não foi isso que eu quis dizer.

Pois é, eu sabia o que ela queria dizer.

— Tem muita coisa em jogo agora e não vou conseguir sem você — ela confessou, fazendo carinho no meu ombro. — Não se perca de novo, Joe.

Com os ombros pesados de vergonha, descansei a cabeça na dela.

— Pode deixar.

— Preciso que você pare — ela insistiu. — Que nem você fez depois do Natal. Preciso que você encontre aquela mesma determinação e aquela mesma força de vontade de antes. Preciso daquele cara.

— Eu sei — falei, me sentindo um merda por colocá-la na posição de precisar ter aquele tipo de conversa comigo. — Vou dar um jeito nisso também, Molloy.

— Parando de vez — ela acrescentou. — Parando agora mesmo, Joe. Não amanhã nem na semana que vem. Agora mesmo.

— Você sabe que eu te amo, né? — falei, sabendo que isso nunca seria suficiente, mas que era tudo o que eu tinha. — Não tem nada nessa vida que eu não faria por você, Molloy. Nada.

— Então você vai parar com as drogas e as mentiras — implorou. — Por *mim*.

— Eu vou.

— Não é pra falar que vai — sussurrou com tristeza. — É pra falar que você já parou.

— Vou dar um jeito — me ouvi dizendo baixinho, tentando dar àquela garota tudo o que ela precisava, mas era como se eu estivesse servindo uma xícara vazia. Senti o gosto da mentira na minha língua e, aparentemente, ela também. — Vou dar um jeito.

— Eu quero acreditar em você — Molloy disse, chegando mais perto. — Quero tanto acreditar em você.

Eu também.

Me sentindo exposto demais, eu a soltei e me levantei.

— Escuta. — Enfiei a mão no bolso da calça, peguei um maço e acendi um cigarro. — Não sei como vão ser as coisas. — Dei uns passos para trás para manter a fumaça longe dela, dei uma longa tragada e soltei. — Não tenho uma bola de cristal pra prever o futuro. Queria poder te dizer que vai ser tudo perfeito daqui pra frente, mas a gente sabe que seria só um monte de baboseira.

— Sinta-se livre pra falar toda a baboseira que você quiser — ela grunhiu, enfiando uma batatinha de volta no saco e limpando a mão na coxa. — Um pouco de baboseira viria a calhar agora.

Não é?

— A verdade é que eu meio que estou morrendo de medo, Molloy.

— Você não está ajudando...

— Não estou com medo de assumir minhas responsabilidades, Molloy. Estou com medo de não ser o suficiente — falei, me obrigando a abrir o jogo. — Estou com medo de te decepcionar.

Seus olhos cintilaram de emoção.

— Joe...

Balancei a cabeça e me virei. Fiquei olhando para o campo vazio, precisando de um minuto para organizar os pensamentos antes de continuar.

— O problema não é ficar ao seu lado. — *A parte complicada é ser bom o suficiente para você.* — Eu só... queria não ser assim. — Joguei a cabeça para trás, dei outra tragada e fiquei encarando o céu que escurecia. — Queria poder ser diferente por você. — Soltei uma nuvem de fumaça. — Alguém melhor.

— Eu não queria. — Ela se aproximou de mim e abraçou a minha cintura. — Eu não queria que você fosse diferente do que é agora — ela disse, pressionando o rosto nas minhas costas. — Só quero te ver saudável.

— *Estou* tentando, Aoife — falei, cobrindo suas mãos com as minhas. — *Estou* tentando.

— Eu sei, Joe — ela disse, roçando o rosto na minha pele. — E te amo por isso.

— Também te amo. — Com o coração disparado no peito, dei uma última tragada no cigarro e atirei a bituca no chão, e então me virei para ela. — Te amo mesmo, Aoife. — Soltei um suspiro trêmulo e passei as mãos para sua cintura. — Eu te amo pra caralho.

Ela respirou fundo, envolveu os braços no meu pescoço e abriu um sorriso triste.

— Mas?

— Às vezes não consigo me controlar — admiti. — É como se algo disparasse na minha cabeça e eu desligasse de repente. Eu paro de pensar. Paro de sentir. Paro de lembrar dos motivos que tenho pra continuar e começo a pensar nos motivos que tenho pra desistir.

— Joe.

— Eu tenho *medo* de viver na minha própria cabeça, Molloy — confessei, enquanto um tremor percorria meu corpo. — Morro de medo da minha incapacidade de controlar as minhas ações, e o pior é saber que, a qualquer momento, posso acabar indo longe demais e te afastando. Posso afastar a *única* pessoa que já se importou comigo. — Soltei um suspiro trêmulo, me sentindo dilacerado e vulnerável. — Não quero voltar pra como era antes, pra como *eu* era antes. Sei o que está em jogo. Estou te vendo parada aqui na minha frente e meu coração está gritando pra que eu tome uma atitude e dê um jeito na minha situação. E eu quero fazer isso. Eu quero muito, mas é como se... — Frustrado, ergui os braços e pressionei os dedos nas têmporas, tentando verbalizar as palavras, traduzir as coisas para ela, o que era impossível, já que nem eu entendia direito. Ainda assim, me esforcei, pois ela não merecia menos que isso. — É como se tivesse outra pessoa na minha cabeça, uma outra voz, apesar de eu *saber* que sou eu. É a minha voz, mas é uma voz destrutiva que aparece toda vez que estou estressado.

— Ou seja, constantemente — ela acrescentou.

Soltei um suspiro e assenti.

— Quanto mais merda acontece na minha vida, mais alta essa voz fica, cada vez mais alta, até que ela fica gritando dentro da minha cabeça e não consigo me concentrar em nada além da única coisa que eu *sei* que vai silenciá-la.

— Se drogar. — Ela engoliu em seco. — Se perder.

— Você me perguntou por que cedi depois de três meses... então, é porque eu não *aguentava* mais. — Dei de ombros, impotente. — E agora tem um bebê vindo e tenho tanta coisa em risco que estou morrendo de medo de fazer merda de novo. Sei que preciso resolver minhas paradas, e eu vou fazer isso. Mas esse é o problema, porque posso te dizer que vou ser bom com sinceridade, só que não confio em mim mesmo, Aoife. — Curvei os ombros e soltei um suspiro sofrido. — Não confio.

Ela não gritou nem brigou comigo.

Não deu um tapa na minha cara e não saiu correndo.

Em vez disso, só ficou ali, com os olhos fixos nos meus, absorvendo minha dolorosa verdade.

— Agora... o que você está pensando agora?

— O que estou pensando?

— O que você está pensando?

— Em você. Em você e no bebê.

Ela estremeceu, assentiu e abraçou meu pescoço com mais força.

— E onde está a sua cabeça, Joe?

— No mesmo lugar de sempre. Com você.

— Acredito em você.

Doeu ouvir essas palavras e me crispei.

— Molloy.

— Eu. Acredito. Em. Você — ela repetiu devagar. — Não estou esperando que você seja perfeito, Joe. Que droga, nem quero isso, porque eu definitivamente não sou perfeita. Então tudo o que eu preciso de você é que você seja honesto, leal e continue *tentando*.

— E se eu não valer a pena? — ousei perguntar. — E se não valer a pena acreditar em mim? E se tudo der errado e eu acabar te decepcionando de novo? O que vai acontecer?

— Sabe, você não está levando em consideração meus sentimentos por você — ela disse, fazendo carinho no meu rosto. — E eu sei que ser amado é estranho pra você, mas meu amor não vem com amarras nem condições. Ele é incondicional, Joe.

Fiquei olhando para ela totalmente perdido.

— Não entendo.

— Eu sei que não. — Molloy assentiu, ficou na ponta dos pés e beijou o canto da minha boca. — Não tem problema.

— Todo mundo tem limites, Molloy. Um dia desses, você vai chegar no seu limite.

— Você me ama, Joe?

Recuei e franzi a testa.

— Você sabe que sim.

— Você pretende mentir pra mim?

Dei de ombros.

— Não mais que o normal.

Ela ergueu a sobrancelha e perguntou:

— Você pretende me sacanear pegando outras garotas escondido?

Revirei os olhos.

— Fala sério.

— Estou falando.

— Não, Molloy — grunhi. — Não achei meu pau no lixo.

— Não. — Ela bateu no meu peito. — Resposta errada.

— Não pretendo te sacanear porque só tentar lidar com as suas várias e incríveis personalidades já toma todo o meu tempo e minha energia.

— Tente de novo, cuzão.

— Está bem. Não pretendo te sacanear porque não quero mais ninguém. Não *vejo* mais ninguém.

— E?

Fiquei encarando-a.

— E?

— E... — insistiu, me olhando cheia de expectativa.

Soltando um suspiro frustrado, cedi:

— E porque não existe outra garota no mundo tão sexy ou *convencida* quanto você.

— Perfeito. — Molloy acenou a cabeça e perguntou: — E por fim: você pretende sumir quando chegar a hora? Você pretende me abandonar?

Lancei um olhar para a minha namorada que lhe dizia tudo o que ela precisava saber.

— Então você acabou de responder à sua própria pergunta — ela disse. — Vale a pena acreditar em você, Joe. Você vale muito a pena.

60

Quebre o alarme

AOIFE

Quando o céu escureceu e o frio começou a penetrar nossos ossos, Joey e eu voltamos para o meu bairro. Com uma montanha de incertezas pairando sobre a minha cabeça e o interrogatório do meu pai se aproximando, fiquei feliz por tê-lo ao meu lado. O jeito familiar com que ele deixou o braço no meu ombro de alguma forma significou mais esta noite do que qualquer uma das mil outras vezes que ele me abraçou desse jeito no passado. Porque estávamos encrencados, e ele ainda estava ali, me apoiando como um leal companheiro de equipe.

Nós dois sabíamos que o que quer que meu pai planejasse dizer sobre a nossa situação, a culpa inevitavelmente seria despejada nos pés do meu namorado, e mesmo assim, ele não vacilou. Fiquei muito grata por ele ser o tipo de pessoa que cumpria o que dizia.

Joey disse que estaria ao meu lado, e *estava*. Eu sabia que ele tinha medo do desconhecido. Da sua capacidade de se manter limpo.

Fazia muito tempo que não se abria dessa forma comigo, e apesar dos demônios que o atormentavam me assustarem, fiquei grata por ele abrir o jogo. Por confiar em mim, mesmo quando não confiava em si mesmo.

— Que porra é essa? — falou, assim que viramos a esquina da minha casa e ele viu um familiar e velho honda accord estacionado na frente.

Meu coração bateu forte e meus olhos se arregalaram de horror.

— Esse não é...

— O carro do meu coroa? — Assentiu, furioso. — Eu vou matar ele.

— Não vai, não — eu disse, me virando para ficar de frente para ele. — Ei, ei, Joe. — Ergui os braços, segurei seu rosto e o obriguei a olhar para mim. — Shhh, se acalme um segundo, pode ser?

— Ele está na sua *casa*, Molloy! — Lívido, seguiu para o portão do jardim, me abraçando e me puxando consigo, pois eu não tinha saído do seu caminho. — Que porra ele está fazendo?

— Não importa, Joe. Está me entendendo? — Firmei os pés no chão e pressionei as mãos no seu peito. — Está tudo bem. Não tenho medo daquele escroto.

— Bem, não quero ver ele perto de você!

Eu não o queria perto de nenhum de nós dois, mas tive a impressão de que a presença dele ali tinha mais a ver com o meu pai que qualquer outra coisa.

— Só respire, está bem? Respire fundo.

Ele arregalou os olhos de indignação.

— Está maluca?

— Não fala assim comigo, seu babaca! — retruquei, batendo no seu peito para chamar sua atenção. — Para de andar e só *respira*.

Ele soltou um grunhido frustrado e parou relutantemente, fazendo uma tentativa patética de recobrar a calma.

— Está vendo? — berrou, respirando de forma exagerada. — *Estou* respirando.

Joey estava soltando *fogo* pelas ventas.

— Se seus pais estão aqui, é porque foram convidados — tentei explicar. — Então preciso que você se acalme, está bem? Sério, Joe. Não reaja assim. *Por favor*.

— Por quê? — perguntou com a voz rouca, erguendo as mãos. — *Por que*, em nome de Deus, seus pais convidariam os *meus* pais pra cá?

— Provavelmente pra conversar.

— Sobre *o quê*?

Revirei os olhos.

— Hum, sei lá, Joe, talvez sobre o fato de que os filhos deles vão ter um bebê?

Ficou me encarando como se não tivesse entendido a minha lógica, e meu coração se apertou por ele.

Não sabia mesmo como pais deveriam se comportar.

Nunca tinha experimentado nenhum gesto remotamente amoroso nem do pai, nem da mãe.

— Olha... — falei, colocando as mãos no seu pescoço. — Isto não é uma armadilha, entendeu? Você não está sob ataque. Meus pais não sabem de nada. Tudo o que sabem sobre seu pai é que ele é um merda e que estão prestes a ganhar um neto. É só isso, Joe, vieram conversar.

— Ele *é* mesmo um merda — meu namorado concordou, com a voz esganiçada. — Um *grande* merda.

— E é por isso que você precisa manter a calma, entendeu?

— Não consigo.

— Por favor, Joe — implorei. — Só fica *calmo*. — Como minhas palavras não surtiram efeito, peguei sua mão e a coloquei na minha barriga. — Está sentindo isso? — Perguntei, com os olhos cravados nos dele. — É o nosso bebê.

— Molloy.

— É o *seu* bebê — insisti, estremecendo ao sentir seus dedos pressionarem a minha pele. — Só que esse bebê *não* é você, assim como você *não* é ele. Então a gente vai entrar lá e vai lidar com tudo o que os nossos pais atirarem na nossa cara porque sabemos que nada do que eles digam ou façam vai mudar alguma coisa pra gente. Porque eu estou do seu lado e você está do meu. — Fiquei na ponta dos pés, segurei seu queixo e o beijei com força. — Somos um time, Joey Lynch, e aquele escroto não tem a menor chance contra nós.

Ele soltou um suspiro.

— Porra.

— Você está comigo?

Ele fez que sim devagar.

— Estou com você, Molloy.

Saber exatamente quem eu encontraria na mesa da cozinha tornou a caminhada até lá muito mais difícil. A ideia de encarar o meu próprio pai já estava me causando uma crise de pânico sem que os pais do Joey estivessem na jogada. Encontrei uma força imensa no garoto que segurava a minha mão com firmeza e reuni coragem suficiente para arrastar a minha bunda até a cozinha e encarar todos eles.

Os meus pais.

Os pais dele.

O meu irmão.

Até o Spud estava esparramado de barriga pra cima de tanto comer no tapete da porta dos fundos.

— Ah, graças a Deus — meu pai disse, quebrando o silêncio, colocando a caneca na mesa e soltando um suspiro de alívio. — Você voltou.

Com o coração batendo com força no peito e notando a tensão que o meu namorado emanava, ficamos parados na porta de mãos dadas, absorvendo os cinco pares de olhos sobre nós.

— Trish — Joey falou baixinho. — Tony.

— Joey — ambos disseram juntos.

— Aoife — Marie disse, olhando de mim para o filho. — Joey.

Acenei a cabeça para ela.

— Marie.

Joey enrijeceu ao meu lado, mas não cumprimentou a mãe, porque toda a sua atenção estava no homem olhando para ele.

Seu pai.

— Bem, pelo visto você é mesmo o desgraçado que falei pra sua mãe que você era — Teddy Lynch disparou, indo direto ao assunto, encarando fixamente meu namorado. — Quando pensei que não tinha como você nos decepcionar mais, você levou as coisas pra outro nível.

Joey engoliu um suspiro, mas por sorte não falou nada. Em vez disso, ficou todo duro ao meu lado, encarando com intensidade o homem que, para mim, era a própria encarnação do diabo.

— Isso não é necessário, Teddy — minha mãe falou, parecendo desconfortável. — Não precisa dar sermão no garoto.

— Você nos trouxe aqui pra falar que o nosso rapaz embuchou a sua garota e não acha que eu preciso disciplinar ele? Eu diria que é necessário, sim — o homem retrucou. Virando-se para o filho, vociferou: — Está satisfeito consigo mesmo, seu idiota? Seu burro, você deixou seu pau pensar por você! — Ele balançou a cabeça de desgosto. — Pode dar adeus ao hurling. Você não vai ter tempo pro esporte se matando de trabalhar pra pagar todas as fraldas!

— Teddy — Marie sussurrou, colocando a mãozinha na mão do marido. — Por favor.

— Nem começa, mulher — ele avisou, afastando a mão dela grosseiramente. — É culpa sua que esse garoto...

— Chega — meu pai berrou, olhando feio para o pai do Joey do outro lado da mesa. — Não sei como as coisas funcionam na sua casa, Lynch, mas você está na minha casa agora e vai manter um tom civilizado.

Eita.

Boa, pai.

Teddy fechou a cara para o meu pai, mas não respondeu, o que só provou o meu ponto: aquele homem só servia para bater em mulheres e crianças. Quando era confrontado por alguém do seu tamanho, ele colocava o rabo entre as pernas rapidinho.

— Babaca — murmurei baixinho ao mesmo tempo que Joey.

Nos entreolhamos.

Apertei a sua mão.

Ele apertou a minha.

— Tudo bem, agora, vocês dois — meu pai disse, se voltando para nós. — Sentem-se. Temos muita coisa pra conversar.

— Quero que ele saia — declarei, ignorando todos, exceto meu pai. — Bote ele pra fora. — Apontei para o meu irmão sentado ao lado da mãe do Joey como se tivesse todo o direito de participar daquela conversa. — Isso não tem nada a ver com ele.

Kev abriu a boca para protestar, mas nossa mãe o falou:

— Vá lá pra cima, Kevin.

— Isso não é justo.

— Vai lá pra cima ou vai embora — meu pai disse, se virando para ele. — De qualquer forma, você não vai ficar aqui na cozinha.

— Que besteira — ele resmungou, se voltando para mim. — Aoife, vamos, você sabe que eu não queria que nada disso tivesse acontecido.

Queria, sim.

O único remorso que ele sentia era por agora estar sendo alvo da amargura dos nossos pais. Agitado feito um tigre enjaulado, vi o olhar de Joey se direcionar para o meu irmão, e o senti ficando nervoso. Joey não disse uma palavra, mas o olhar que ele deu ao meu irmão fez Kev se levantar rápido da mesa, abandonando toda a bravura.

Joey se recusou a abrir caminho para o meu irmão e permaneceu firme na porta, obrigando Kev a se virar de lado para passar. Com o rosto vermelho e os ombros tensos, meu irmão se espremeu e manteve os olhos no chão para evitar o olhar mortal que estava recebendo.

Hahaha, vai lá pra cima trocar a cueca cagada, seu merdinha, falei mentalmente.

Só quando meu irmão se foi e a porta da cozinha foi fechada, tentei seguir para a mesa, mas parei no meio do caminho, porque o garoto que segurava minha mão com firmeza se recusou a se mexer.

Eu sabia por que, claro.

Ele não me queria perto do pai.

Eu também não, mas não ia me encolher diante de um canalha como aquele.

Eu *nunca* demonstraria fraqueza para aquele homem.

Porque não me venceu naquela noite, e *nunca* me venceria.

Jamais.

Fosse valentia ou teimosia, eu me recusei a dar àquele homem um segundo a mais da minha atenção. Teddy Lynch era *irrelevante* para mim e, ao ficar ali de frente para ele, eu o comunicava disso. Confrontá-lo apenas lhe daria o que ele queria.

Era um machão, e machões como ele se alimentavam de medo, lágrimas e sofrimento. Permanecer acima dele era uma forma diferente de desafiá-lo, e, quer Joey percebesse ou não, poderíamos ferir seu pai muito mais se agíssemos como uma frente unida.

Resolvi tentar de novo e puxei sua mão com força, e dessa vez Joey cedeu. Ele me seguiu até a mesa e nos sentamos na frente dos pais dele, com a minha mãe e o meu pai em cada ponta da mesa.

— Não estou nada feliz com isso — meu pai falou sem rodeios, quebrando o terrível silêncio. — Estou arrasado, pra ser sincero, mas não adianta chorar pelo leite derramado. Então, gritar e brigar não vai mudar nada.

Suas palavras me atingiram em cheio e me crispei.

— Pai.

— Sinto muito, Tony — Joey falou para o meu pai. — Fiz merda.

— Eufemismo do século — Teddy desdenhou. — Que brilhante.

Senti os joelhos de Joey se balançando, inquietos, enquanto ele vibrava de raiva malcontida. Debaixo da mesa, enganchei meu pé no dele e puxei sua mão grande e machucada para o meu colo, segurando-a com as duas mãos. Meu namorado cerrou a mandíbula e fez exatamente o que eu lhe pedi, ignorando o pai e se concentrando em mim.

— Fiz merda — ele repetiu com a voz embargada e os olhos fixos no meu pai, ignorando os resmungos do próprio pai. — Eu te decepcionei e decepcionei a sua esposa, mas não vou decepcionar a sua filha. — Agitando os joelhos, engoliu em seco e disse: — Não vou decepcionar seu neto.

— Joey, cara... — Os olhos do meu pai cintilaram de emoção. — Não estou...

— De boas intenções, o inferno está cheio — Teddy interveio, parecendo imune à sinceridade do filho. — Falar é fácil. Que bom que você está dizendo que está aqui agora, mas você não faz ideia do que está por vir, garoto.

— Não vou abandonar a Aoife — Joey continuou, ignorando o pai. — Estarei aqui. Pra tudo. Não vou fugir, Tony.

— Eu também não fugi — seu pai o lembrou. — Eu também fiquei, garoto, e olhe aonde eu cheguei.

— Eu não sou *ele* — Joey disse, e uma veia saltou do seu pescoço por conta da força que estava fazendo para não responder às provocações do pai. Ele se virou para a minha mãe e encolheu os ombros, claramente pedindo para que ela acreditasse nele. — Não sou ele, Trish.

— Eu sei, querido — minha mãe sussurrou.

— Essa não é uma relação qualquer — resolvi dizer, desesperada para tirar o foco de Joey e aliviar um pouco da pressão sobre ele. — Joey é meu melhor amigo. — Olhei em volta da mesa, implorando para que nossos pais me ouvissem. — A gente se conhece desde os doze anos. Então, se o Joey diz que vai estar ao meu lado, eu acredito nele, e vocês também deviam acreditar. Porque ele cumpre o que diz.

Surpreso com as minhas palavras, meu namorado se virou para mim com os olhos verdes ardendo de emoção. Era quase como se sofresse ao ouvir alguém falando bem dele. Não estava acostumado com isso, o que partiu meu coração.

— Ele é a melhor pessoa que eu conheço — acrescentei, mantendo os olhos fixos no Joey. — E confio minha vida a ele.

— Então você é ainda mais burra que a minha mulher — Teddy zombou, balançando a cabeça. — Porque meu filho é uma desgraça ambulante. — Olhou para o meu pai e disse: — Você sabe que ele passa a maior parte do tempo chapado, né, Molloy?

— Teddy — sua esposa disse, pressionando a mãozinha na sobrancelha. — Por favor.

— Cala a boca, Marie — Teddy falou. — O homem tem direito de saber que tipo de serpente engravidou a filha dele. — Ele voltou a atenção para o meu pai e continuou: — Não é segredo que passei a vida toda lutando contra o álcool, mas esse aí... — Ele se inclinou para trás e assobiou. — Esse aí é outro nível.

— O garoto não tem problema nenhum com álcool — meu pai defendeu Joey. — E, se está se referindo à maconha que ele fuma, vou conversar com ele sobre isso.

— Maconha? — Teddy jogou a cabeça para trás e gargalhou. — Não seja ingênuo, Tony. O garoto é um completo drogado.

Nossas mães soltaram um suspiro de susto. Joey curvou os ombros e abaixou a cabeça, ainda em silêncio, apesar de estar sendo comido vivo.

— Não é, não — falei para defendê-lo, *mentindo* e apertando sua mão cerrada no meu colo. — Ele cometeu alguns erros no passado, mas acabou.

— Eu já estive no seu lugar — a mãe dele disse, olhando para mim do outro lado da mesa, com muitas palavras não ditas brilhando em seus tristes olhos azuis. — Eu sei aonde isso vai parar e acho que... — Ela fez uma pausa para respirar fundo e colocar o cabelo escuro atrás das orelhas, hesitante, antes de continuar: — Acho que você devia considerar um aborto.

— Então você está dizendo que, se pudesse voltar no tempo, você escolheria isso? — perguntei, furiosa, sem querer ceder. — Você teria abortado Darren?

— Talvez não o Darren, mas ele com certeza — Teddy esbravejou.

Se outro pai falasse isso para o filho, certamente haveria alguma explosão, mas Joey nem piscou diante da sua crueldade. Ele estava acostumado. Ele já tinha ouvido aquilo um milhão de vezes.

— É o que a sua mãe devia ter feito com você, né, Teddy? — acusei.

— Aoife! — minha mãe falou, chocada. — Não se fala assim com as pessoas.

— Com as pessoas não — eu disse. — Mas ele não é gente, mãe. — Olhei para cada um na mesa e disse: — Não importa o que vocês acham. Não ligo se concordam com a minha decisão ou não. Sinto muito, pai, mas isso inclui você. Joey e eu conversamos e *vamos* ter o bebê.

— Tem certeza? — Marie perguntou, arrasada.

— Sim. — Estreitei os olhos e grunhi. — A única coisa da qual eu sempre tive certeza é sobre o seu filho.

— Você está cometendo um erro — Marie choramingou, cobrindo o rosto com as mãos. — Isto é um erro.

— Todo mundo comete erros — minha mãe disse, tentando ser a voz da razão. — Ninguém nessa mesa é perfeito, e eu, pelo menos, acho que é admirável nossos filhos...

— Ah, pelo amor de Deus, mulher, dá um tempo! — Teddy a interrompeu, batendo os punhos na mesa, irritado. — Não tem nada admirável em dois adolescentes se juntando pra brincar de casinha. Quer saber como vai ser? Dá uma olhada na gente.

— Não levante a voz pra minha esposa — meu pai falou com um tom mortalmente frio. — E o nome dela é Trish, não *mulher*.

— Bem, bote um pouco de juízo nela então — Teddy disse, olhando para o meu pai como se não entendesse por que ele estava deixando minha mãe conduzir aquela conversa. — Porque ela está viajando se acha que isso pode funcionar.

— Botar um pouco de juízo nela? — O rosto do meu pai ficou vermelho. — Que nem...

— Calma, Tony, amor — minha mãe interveio, oferecendo uma piscadela cúmplice para ele do outro lado da mesa. — Estamos aqui pela nossa filha, lembra?

Com um suspiro sofrido, meu pai acenou a cabeça amorosamente e soltou a borda da mesa.

— Então vocês vão ter o bebê.

Ele olhou para mim e para Joey para confirmar. Assentimos ao mesmo tempo.

Meu pai devia achar que parecíamos uma dupla de focas balançando a cabeça. Ou um casal de alces pegos de surpresa pelos faróis de um carro.

— Tudo bem, aceito a decisão de vocês e respeito que vocês queiram seguir adiante com o plano — ele falou após um longo silêncio. — Mas vocês precisam estar cientes de que, ao final dessa gravidez, terão uma criança pra cuidar, e essa criança vai unir vocês. — Soltando um suspiro pesado, ele acrescentou: — Uma criança não é como um relacionamento, que você pode terminar, ou um casamento, que pode ser dissolvido. É um compromisso pra vida toda. Vocês vão estar pra sempre ligados. O bebê vai precisar de vocês dois pelo resto da vida. Juntos ou separados. Ele vai precisar tanto da mãe quanto do pai.

— Agora, vocês só têm dezoito anos e estão apaixonados — minha mãe disse. — Mas vocês não vão ser jovens pra sempre e talvez também não fiquem apaixonados pra sempre.

— Se vocês se amam, que ótimo, não precisam se preocupar com nada — meu pai falou, sorrindo para a minha mãe. — Mas, se deixarem de se amar, se vocês se distanciarem, têm certeza que estão prontos pra lidar com as consequências?

— Eu amo sua filha há seis anos — Joey enfim quebrou o silêncio e disse. — Posso facilmente amar a Molloy por mais dezoito.

Puta merda...

Meu coração disparou.

Ele não estava tentando parecer doce.

Estava tentando parecer convincente.

Ainda assim, eu estava pronta para pular em cima dele.

— Amar? — Teddy desdenhou. — Você acha que só *amar* é o suficiente pra fazer isso dar certo?

— É meio caminho andado — minha mãe respondeu em um tom ríspido.

— Até parece — Teddy disse, descartando-a e deixando claro toda vez que abria a boca que ele não se importava com a opinião de uma mulher sobre nada. — Vou te falar uma coisa, Tony — ele continuou, olhando para o meu pai. — Sua esposa pode estar vendo tudo com uma lente cor-de-rosa, mas eu sei que, no fundo, você enxerga as coisas como elas são: a porra de uma tempestade. O meu garoto não tem a menor condição de criar um bebê. O Joey está totalmente sem rumo, e se você não quiser a sua filha no mesmo barco, é melhor mandar ela pra Inglaterra e cortar os laços com ele.

— Ela não vai pra Inglaterra, porra! — Joey cuspiu, explodindo com o pai. — E você tem bastante coragem pra ficar aí sentado na minha frente, oferecendo conselhos paternos e me acusando de não ser capaz de criar um filho.

— Joey, cara...

— Não, Tony, deixe eu terminar, preciso falar — Joey disse, erguendo a mão para o meu pai e se concentrando em Teddy Lynch. — Você pode ser pai de seis filhos, mas você com certeza não criou nenhum deles.

— Joey — Marie interveio, nervosa. — Por favor, não diga isso.

— E você com certeza não nos criou — ele falou para a mãe em um tom acusatório. — Darren que cuidou de mim e da Shannon. Não você, nem ele. *Darren* nos criou, até o seu marido expulsar ele do país. Daí tudo ficou nas minhas costas. Então não fica aí falando que sou incapaz de ser um bom pai pro *meu* bebê quando isso é *exatamente* o que eu tenho feito pelos *seus* filhos desde que eu tinha doze anos!

Não abri a boca para impedi-lo de falar aquelas coisas, pois aqueles babacas mereciam ouvir tudo. Eles mereciam ouvir a *verdade*.

— Eu não sou ele, e Aoife não é você — ele continuou falando com a mãe. — E você pode falar o que quiser de mim, coroa — ele acrescentou, se direcionando para o pai agora. — Mas você não faz a menor ideia de quem eu sou.

— Eu sei exatamente quem é você — o pai retrucou, sem querer ceder. — Você sou eu vinte e quatro anos atrás.

Nada do que ele pudesse dizer machucaria mais que essa comparação, e senti sua mão ficar mole enquanto ele se recostava na cadeira, ofegante.

— Não é verdade — falei depressa. — Você não tem *nada* dele.

E, dessa vez, quando disse essas palavras, estava me referindo tanto ao físico quanto ao resto. Por um longo tempo, pensei que Joey era impressionantemente parecido com o pai, e para qualquer pessoa de olhar desatento, isso certamente pareceria verdade. Mas ali, olhando para pai e filho à luz da nossa cozinha, as diferenças eram óbvias.

Apesar de não ser gordo, Teddy era corpulento e pançudo, pelos anos de abuso de álcool, e pesava muito mais que o filho.

Joey tinha uma suavidade nos olhos que o pai não tinha. Ele tinha o nariz da mãe, assim como as maçãs do rosto altas. Ele e a irmã tinham os lábios carnudos dela. E, claro, embora pai e filho fossem altos, largos, bronzeados e loiros, os olhos castanhos de Teddy Lynch eram frios, mortos e sem emoção, enquanto os olhos esmeralda do filho ardiam feito brasas.

Joey podia ter a mesma altura, a cor de cabelo e a pele dourada do pai, mas os dois eram como fogo e gelo. Ele tinha muito mais da mãe do que as pessoas percebiam.

— Gente, se acalma — minha mãe interveio, erguendo as mãos. — Não estamos aqui pra falar do passado. Isso pode ficar pra outro dia. Agora, precisamos falar dessa gravidez, porque em pouco mais de cinco meses nossos filhos vão ter um bebê, um bebê que vai transformar nós quatro em avós.

— Se alguém nessa mesa está achando que eu vou deixar esse homem chegar perto do meu filho, está completamente maluco — Joey declarou, olhando feio para os pais. — Só por cima do meu cadáver.

— Joey — a mãe dele choramingou, com a voz falhando. — Por favor.

— Isso mesmo — decidi reforçar só para que ele soubesse que eu estava ao seu lado.

— Aoife — minha mãe disse, suspirando e balançando a cabeça. — Você não está ajudando.

Eu a olhei como quem dizia "E daí?".

— E vocês acham que eu ligo? — Teddy deu uma risada cruel. — Eu nunca nem quis ver a sua cara, garoto. Ainda não quero, então por que você acha que eu ia querer ver algo que você produziu?

— Meu coração está sangrando — Joey falou sarcasticamente.

— Você vai estar sangrando logo, logo, quando eu botar as mãos em você.

— Meu Deus, Teddy — meu pai disse, passando a mão pelo cabelo. — Você está falando com o seu filho.

— Todo mundo precisa se acalmar — minha mãe pediu, olhando para todos. — Isso não precisa virar uma discussão.

— Sabe do que mais? Acho que precisa sim — Joey falou, empurrando a cadeira para trás e se levantando. — Me desculpa, Trish, de verdade, mas não vou ficar sentado aqui falando sobre um bebê que não tenho intenção alguma de deixar esses dois chegarem perto.

— Com quem você acha que está falando, porra? — Furioso, seu pai também ficou de pé. Ele deu a volta na mesa e colocou a mão enorme na nuca do filho. — Sente-se, garoto — ele ordenou, forçando Joey a se sentar.

Com a mandíbula cerrada, vi meu namorado manter as mãos firmes ao seu lado, se recusando a derramar sangue na casa da minha família e deixando o pai maltratá-lo.

Era humilhante.

Era repugnante.

— Ei! — Sem conseguir me segurar, fui tomada pela necessidade de proteger o garoto que eu amava e agarrei a mão que segurava o pescoço dele. — Tire as suas mãos imundas de cima dele.

— Aoife!

— Não olhe pra ela — Joey rosnou, se erguendo para se colocar na minha frente e bloquear a visão do pai quando ele abriu a boca para responder.

— Joey — sua mãe choramingou de novo. — Por favor...

— Chega de falar com você — Joey disse para ela com uma voz trêmula. — Estou farto *de* você. — Ele se virou para o meu pai e acrescentou: — Não estou fugindo das minhas responsabilidades. Só não quero ser acusado de assassinato. — Ele soltou um suspiro frustrado, ergueu meu queixo carinhosamente e perguntou: — Você vem comigo?

Levantei da cadeira na mesma hora e segui para a porta com a mão firmemente entrelaçada à dele.

— *Estou* com você.

— Esperem aí — minha mãe disse. — Nem pense em sair por aí à noite na sua condição. Leve o Joey pro seu quarto enquanto a gente termina a conversa.

— Pro quarto? — meu pai murmurou. — Sério, Trish?

— O que é que eles vão fazer, Tony? — Minha mãe suspirou. — Engravidar de novo? Esse bebê precisa sair primeiro antes de eles enfiarem outro lá dentro.

— Meu Deus, não bote ideias na cabeça deles.

— Ele ainda tem coragem de vir aqui — Joey falou, andando de um lado para o outro no meu quarto. — Aquele escroto hipócrita acha que tem algum direito de me dar sermão sobre ser pai. O filho da puta nunca trocou uma fralda na vida e, com certeza, nunca pagou por uma também!

Uma hora tinha se passado desde que subimos para o meu quarto, deixando nossos pais lá embaixo, e ele ainda estava surtado.

— Toda a família dele é assim — ele continuou, com o cabelo espetado em quarenta direções diferentes de tanto Joey puxá-lo de nervoso. — São uns babacas.

Vestido com seu uniforme escolar e parecendo confortável demais no meu quarto, andava feito um louco, parando a cada poucos minutos para realinhar um cartaz torto na parede ou dobrar uma das muitas peças de roupa espalhadas pelo chão.

— Se você um dia conhecer o pai dele e os canalhas dos irmãos, vai entender do que estou falando — grunhiu, dobrando outro jeans jogado. — E a mãe dele então? — Ele balançou a cabeça e estremeceu. — Não quero nem falar daquele demônio de mulher.

— A sua avó? — perguntei da cama, fazendo uma francesinha meia--boca nas unhas do meu pé. — Pensei que ela fosse legal.

— Não, não, essa é a vovó Murphy — me corrigiu, guardando uma pilha de roupas cuidadosamente dobradas no meu armário. — É minha bisavó materna. Ela *é* legal. Você já conheceu ela.

— Aquela com o permanente fofo?

— Isso, foi ela quem me deu aquele colar milagroso pra eu te dar no seu aniversário de dezoito anos.

— Ah, eu *adoro* essa avó.

— Sim, a gente devia fazer uma visita — ele murmurou, esfregando o queixo. — Contar a novidade.

— Sobre o bebê?

— É. — Joey assentiu. — Ela é uma santa. A mãe do meu pai que é uma bruxa — explicou. — É uma tirana, Aoife. Você nunca vai conhecer alguém tão fria... espere. Você pode usar esse negócio? — Parou no meio do chilique para pegar o esmalte e ficou olhando-o com desconfiança. — Será que esse treco não tem paradas químicas que vão fazer mal pro meu bebê?

— Você é que vai ficar mal se não ficar longe do meu esmalte — falei, arrancando o frasco dele. — Não precisa ficar paranoico, Joe.

— Ei. — Ele ergueu as mãos. — Só estou perguntando por que me preocupo com o bebê.

— Nossa, como você é certinho.

Ele revirou os olhos.

— Então, voltando à bruxa...

— A bruxa — falei, bufando. — Estou ansiosa pra ouvir você falando isso pra nossa filha. — Dei risada, imitei sua voz grossa e disse: — Ei, filha, essa é sua bisavó, a bruxa, e esses são seus tios-avós, os canalhas.

— E esse é seu avô, o estuprador alcoólatra. — Joey gemeu e parou de andar para bater a testa contra a porta do armário. — A coitada nem nasceu ainda e já está ferrada.

— Pode ser um menino.

— Meu Deus, espero que não.

Meu coração deu um solavanco.

— Você quer uma menina?

— Não quero nada que se pareça comigo — disse, o que me deixou de coração partido. — Se ela for todinha você, vou ficar feliz.

— Eu quero que ele, ou ela, seja parecido com você.

Joey ficou parado me encarando.

— Fala sério, Molloy.

— O que foi? Você é leal, forte, atlético, talentoso e lindo. — Dei de ombros. — Por que eu não ia querer que o nosso bebê se parecesse com você?

— Porque eu sou um merda.

Dei um sorrisinho.

— Só de vez em quando.

— Ah, então beleza — disse em um tom sarcástico. — Se é só *de vez em quando*.

— Além disso, você é *bem* mais inteligente que eu.

Ele bufou.

— Você pirou.

— Você deve ser o cara mais inteligente do nosso ano e, se tivesse nascido em outra família, estaria na turma de gênios com o Kev e os outros nerds.

— Eu mal dou conta da escola, Aoife — falou, agitado. — Eu passo raspando em tudo.

— Mas você está *passando*, o que é exatamente o meu ponto. Porque, se o Kev, o Paul ou qualquer um do nosso ano tivessem que lidar com as coisas que você enfrenta todos os dias, te garanto que iam desmoronar. Pode negar o quanto quiser, mas tem uma mente brilhante pra caralho dentro de você, cabeça-dura — falei, cobrindo a unha do meu dedinho com uma última camada de esmalte antes de fechar o frasco. — Agora... — Abri um sorriso doce, me apoiei nos cotovelos e agitei os dedos. — Assopre.

Ele ficou me olhando como se eu tivesse três cabeças.

— Você ficou doida se está achando que vou assoprar os seus dedos.

— Vamos, Joe — choraminguei, ainda mexendo os dedos. — Estou grávida.

— E daí? — falou, parecendo pessoalmente ofendido.

— Não quero borrar o esmalte.

— Então não borre.

— Assopre.

— Não.

— Assopre as minhas unhas.

— Não, porra.

— Joey Lynch.

— Aoife Molloy.

— Você disse que me apoiaria.

— Como seu namorado e pai do seu bebê — disse, erguendo as mãos. — Não como seu servo pessoal.

— Você fez promessas sem impor nenhuma condição — argumentei. — Agora venha aqui me assoprar.

— Não.

— Nunca mais vou te chupar se você não fizer isso por mim.

— Meu Deus do céu. — Joey se sentou na beirada da cama revirando os olhos e colocou meu pé no colo. — Você me transformou num panaca.

— Você é o melhor — falei, vitoriosa. — Dei sorte com o pai do meu bebê.

— Hum — grunhiu, nem um pouco impressionado, soprando cada uma das minhas unhas antes de colocar meu pé de volta na cama sem a menor cerimônia. Depois ele foi até a janela.

— Uau, bom trabalho, Joe — eu disse, admirando minhas unhas. — Da próxima vez, você pode me ajudar pintando...

— Não força a barra — resmungou, abrindo a janela e tirando um maço de cigarros do bolso. — Preciso fumar. — Ele passou uma perna para o lado de fora e manteve a outra para dentro, sentou no parapeito e acendeu o cigarro.

— E você ainda tem coragem de me encher o saco por causa de um esmalte? — Arqueei a sobrancelha. — Você devia parar com isso.

— Estou parando com um monte de coisa. Me dá um desconto, vai? — ele respondeu, se inclinando para fora. — Você acha que ainda estão lá embaixo com os seus pais?

Sim. Dei de ombros.

— Não ouvi a porta batendo.

— O que será que tanto falam? — ele murmurou, parecendo estressado e à flor da pele. — Não estou gostando nada disso, Molloy.

Eu também não.

— Vai ficar tudo bem, Joe.

— Você tem razão. — Ele deu uma longa tragada e se virou para fora para soltar a fumaça dos pulmões antes de acrescentar: — Vai ficar tudo bem. Se ele for tão persuasivo quanto a mãe e souber dar porrada que nem o pai, vamos ficar ótimos.

Ergui a sobrancelha.

— Ele?

— Ele, ela. — Joey abanou a mão. — Tanto faz.

— Você quer descobrir?

— Descobrir o quê?

— O sexo.

— Amanhã? — Ele se virou para mim de a testa franzida e lábios comprimidos no cigarro. — Porque não dá pra saber tão cedo, Molloy. — Ele se inclinou para a janela para soltar outra nuvem de fumaça. — Você vai ter que esperar o exame morfológico.

— Exame morfológico? — Olhei para ele boquiaberta. — O que *diabos* é isso e por que está parecendo que vai doer?

— Meu Deus, você é puro drama — comentou, dando risada e esfregando o queixo. — Não vai doer, é um ultrassom detalhado que fazem por volta da vigésima semana.

— Onde? — Meus olhos se arregalaram de medo. — Porque vi um documentário horrível em que um médico bota uma camisinha numa câmera que parecia um dildo gigante pra literalmente enfiar aquilo na pepeca da coitada...

— Eles examinam a sua *barriga* — ele disse, rindo e me interrompendo. — Vamos lá, Molloy. Você é uma garota. Como é que você não sabe dessas coisas?

— Bem, foi mal, encantador de bebês — falei. — Nem todo mundo vem de uma família do tamanho de um time de futebol. Nem todos estão familiarizados com as agonias da gravidez.

— Bem, é melhor você ir se familiarizando rápido então — ele respondeu, soltando outra nuvem de fumaça. — Porque o bebê está chegando.

— Meu Deus. — Um calafrio percorreu todo o meu corpo. — Ei, Joe?

— Hum?

— Você ainda vai me querer quando eu estiver do tamanho de uma baleia?

— Molloy. — Ele deu risada baixinho. — Pelo amor.

— É sério.

— Você sabe que sim. — Ele balançou a cabeça, atirou a bituca fora e voltou para dentro. — Você não vai ficar do tamanho de uma baleia.

— E se eu ficar?

— Não vai ficar.

— Eu posso ficar.

— Você vai ter um bebê, Molloy, não vai engolir uma cidade inteira.

— Mas digamos que isso aconteça.

— Meu Deus do céu. — Ele revirou os olhos. — Sim, ainda vou te querer.

— Como?

— Como? — Ele franziu a testa, confuso, e se aproximou. — Como assim *como*?

— Como é que você vai me achar sexy quando eu estiver enorme e redonda e inchada? — Gesticulei para o meu corpo e suspirei. — Olha só pra mim, Joe. Você não vai sentir falta desse corpinho?

Ele jogou a cabeça para trás e riu.

— Ei, não dá risada de mim, seu cuzão. — Estreitei os olhos. — Estou vulnerável.

— Você é a garota mais vaidosa que já conheci.

— Não é vaidade, é *verdade*. É honestidade pura.

Ainda rindo, sacudiu a cabeça, achando graça.

— Meu Deus, eu te amo. — Joey sorriu, se jogou no colchão ao meu lado e esticou o braço para mim. Assim que me aninhei nele, ele me puxou para si e soltou um suspiro contente. — Nunca perca isso, Molloy.

— Isso o quê?

— Esse brilho que te torna incrivelmente *você* — ele disse, me abraçando. — Não importa se o seu corpo mudar, porque eu sempre vou voltar pra *você*. Porque posso até gostar disso tudo — ele explicou, passando os dedos pelo meu corpo até chegar ao meu rosto e dar batidinhas delicadas nas minhas têmporas. — Mas estou gamado *nisso* aqui.

— Na minha mente? — perguntei, incrédula. — Até parece.

— É verdade — ele insistiu. — Ninguém mexe com a minha cabeça como você, e isso não tem nada a ver com o seu corpo, Molloy.

— Tudo bem — falei, abrindo um sorrisinho torto. Me virei para o lado e enfiei a mão debaixo da sua camisa para tocar a sua barriga. — Isso foi incrivelmente sagaz.

— Eu tenho meus momentos — disse, dando risada e se virando para mim. — Quando não estou fazendo merda.

— A gente vai ficar bem, né, Joe? — perguntei.

— Não é sempre assim?

— Estou falando sério. — Fiz carinho na sua bochecha. — Tudo está acontecendo tão rápido...

— Pois é. — Ele fez uma careta. — Parece que isso costuma acontecer quando estou perto.

— Sério, Joe, minha cabeça está a mil com tudo isso.

— Não faço ideia de como isso vai acabar — admitiu com honestidade. — Mas seja como for, estou com você.

— E eu com você.

— Então a gente vai ficar bem — ele falou, acenando a cabeça de leve.

— É mesmo? — falei, observando-o com atenção.

Seus olhos verdes arderam de sinceridade quando sussurrou:

— É.

Então alguém bateu na porta e vi Joey ficar todo tenso antes de afastar o braço relutantemente e se sentar na ponta da cama.

— Entre — falei, sem querer que nada nem ninguém do mundo de fora entrasse no quarto e furasse a nossa bolha.

Eu só queria ficar com ele. Sozinha. Apenas nós dois.

— Os pais do Joey foram embora — minha mãe anunciou ao entrar no quarto nos olhando com cautela, sem dúvida para ver se a gente estava se *comportando.* — Vocês estão bem?

— Você não devia ter feito isso, mãe — eu disse, me sentando ereta. — Chamar eles aqui pra nos emboscar desse jeito.

— Eu não chamei — ela falou depressa, mudando o olhar de mim para ele. — Seu pai queria falar com o pai do Joey.

— Bem, agora vocês devem ter percebido que não dá pra falar com ele — Joey falou, suspirando. — Ele só ouve o que quer, Trish.

— Pois é — ela concordou com tristeza. — Olha, Joey, se a gente complicou as coisas pra você...

— Está tudo bem — meu namorado falou rapidamente. — Entendo por que ele queria falar com os meus pais. — Ele se levantou, foi até a mochila, apoiada contra o meu guarda-roupa, e guardou o uniforme. — Eu estava falando sério — acrescentou, fechando o zíper e colocando a mala nas costas. — Eu não sou ele, Trish.

— Eu sei que não, querido — minha mãe o tranquilizou.

Joey assentiu rigidamente e lançou um olhar para mim.

— É melhor eu ir.

Meu coração murchou.

— Você não pode ficar? — Olhei para a minha mãe esperançosamente. — Ele pode passar a noite aqui, né, mãe?

Ela contorceu os lábios.

— Bem, sim...

— Não, preciso ir pra casa — Joey a interrompeu, ajeitando as alças da mochila. — Que horas é o exame amanhã?

— Uma e meia.

— A gente sai da aula meio-dia e vai direto pra lá então. — Ele voltou para a cama, se inclinou e deu um beijo na minha bochecha. — Te vejo de manhã.

— Você pode ficar — repeti, pegando a sua mão.

Ele apertou meus dedos de leve e deu uma piscadinha antes de me soltar.

— Até amanhã, está bem? — ele falou por cima do ombro, indo para a porta.

— Não sei bem como as coisas funcionam na sua casa — minha mãe disse, fazendo meu namorado congelar na porta do meu quarto. — Mas ouvi histórias suficientes e vi machucados suficientes no seu corpo pra saber que isso tem que parar.

— Mãe!

— Quero que você saiba que eu liguei pra Gardaí e denunciei seu pai.

— Mãe... — falei, cobrindo o rosto com as mãos. — Que porra é essa?

— E essa não é a primeira vez que eu denuncio ele, mas nunca tive provas suficientes.

— Ah, meu Deus, mãe.

— Só que hoje ele te ameaçou na minha frente — continuou com os olhos fixos no meu namorado. — E, apesar de não ser da minha conta, me recuso a ficar sentada sem fazer nada.

— Meu Deus, mãe — falei, com o coração batendo violentamente, esperando a explosão dele.

— Acho que vão dar uma olhada na sua casa antes da noite acabar — ela acrescentou com o rosto vermelho. — Me desculpa, querido, de verdade, mas eu não podia passar pano pra isso.

— Tudo bem, Trish — Joey respondeu, sem se virar para nenhuma de nós. — Eu entendo.

— Você pode ficar aqui — ela repetiu com a voz embargada. — Sempre vai ter um lugar pra você nessa casa.

— Obrigado. — Com um suspiro pesado, ele balançou a cabeça em resignação e disse: — Mas tenho que ir.

E saiu.

Ouvi seus passos leves na escada, seguidos pela porta da frente se abrindo e se fechando. Balancei a cabeça e olhei feio para a minha mãe.

— O que você fez, mãe?

— Eu fiz o certo, Aoife — ela respondeu. — Eu fiz o certo.

61

Só dessa vez

JOEY

Quando cheguei no final da minha rua, a viatura estava indo embora. Sabendo que não precisavam de muitos motivos pra me botar na cadeia, me escondi em um beco e esperei o carro passar.

Assim que se foram, atirei a bituca de cigarro no chão e corri até a minha casa, pois não precisava de mais uma passagem pela delegacia.

Não importava o que Trish Molloy tinha falado para a Gardaí. Meu pai não seria punido por nada. Como sempre.

A culpa cairia em mim. Como sempre.

Quando entrei em casa alguns minutos depois, fui recebido por um soco direto na cara.

— Nossa... — Despreparado e pego de surpresa pelo ataque inesperado, cambaleei para trás e caí de bunda no corredor, sentindo uma pontada de dor percorrer meu rosto. — Meu Deus.

— Seu burro idiota — ele esbravejou perto de mim. — Abrindo o bico pra aquela gente. Contando pra eles nossos assuntos pessoais. Correndo pra mamãezinha da sua namorada com historinhas tristes. O que você achou que ia acontecer?

Eu queria me levantar e revidar, eu realmente queria, mas a dor no meu rosto era tão forte que fez meu estômago se revirar. Fiquei de quatro e vomitei minhas entranhas no chão, incapaz de esconder minha agonia enquanto o fogo queimava minha cara. Então a bota do meu pai acertou a minha barriga, arrancando o ar dos meus pulmões.

— Se não quer dividir o teto comigo, garoto, você sabe onde fica a porta. Ninguém vai te impedir de vazar se você não quer ficar aqui.

— Não, Teddy — minha mãe disse, implorando para que ele parasse de me chutar. Ele não parou. Não até ter me chutado mais uma dúzia de vezes. — Por favor, pare. É só um garoto.

— Faça as malas dele, Marie — ordenou. Fiquei jogado no chão, tentando respirar em meio à dor. — Quero esse merda fora daqui!

Eu sabia que precisava me erguer, mas não tinha mais energia.

Ainda assim, aquele fogo orgulhoso de autossabotagem continuou ardendo dentro de mim, exigindo que eu me levantasse e não me deitasse para aquele homem até que meu coração parasse de bater.

— Você acha que está pronto pra ser pai? — ele rugiu, e o ouvi soltando o cinto. Eu estava bastante familiarizado com aquele som. — Aí vai, seu imbecil. Lição número um: saber quando botar seu merdinha na linha.

Um grunhido de dor me escapou assim que o cinto de couro tocou minhas costas.

— Teddy, não!

O cinto me golpeou de novo. Dessa vez, com mais força.

— Por favor, Teddy! Não!

Tremendo muito, mordi os lábios com tanta vontade que senti gosto de sangue, mas me recusei a gritar ou implorar qualquer coisa para aquele homem.

— Joey! — Tadhg disse.

Ouvi-o chorando em algum lugar próximo.

Outra cintada rasgou minha pele e vomitei mais com os dentes cerrados.

— Vá pra sua cama agora, senão você vai ser o próximo!

A fivela de metal afundou na minha carne e eu sufoquei um grito. Ainda tremendo, me virei de lado e cobri a cabeça com as mãos.

— Papai, não machuque ele! — a voz de Ollie penetrou meus ouvidos.

— Estou... bem... — tentei falar com as narinas dilatadas, me forçando a respirar, apesar da dor. — Vão p-pra c-cama.

Eu não soube dizer quantas vezes ele me bateu com aquele cinto, mas devo ter apagado de dor, porque, quando recobrei os sentidos, tudo estava em silêncio e meu pai não estava ali.

Completamente entorpecido, fiquei parado no lugar retomando os eventos da noite, destroçado demais para erguer um dedo. Quando enfim não consegui mais suportar o frio se infiltrando nos meus ossos, me obriguei a me sentar e soltei um suspiro agudo quando minhas costas arderam em protesto.

— Joey. — Minha mãe se jogou do último degrau da escada onde estava sentada e rastejou até mim. — Ah, Joey...

Cansado demais para me defender, deixei que ela segurasse meu rosto com suas mãozinhas e beijasse o meu rosto, usando a manga da camisa para limpar meu rosto.

— Sinto muito, querido. Sinto muito. Ele saiu. Foi embora.

— Posso te pedir um cigarro?

Ela franziu as sobrancelhas enquanto seus olhos vertiam lágrimas pesadas.

— Um cigarro?

Fiz que sim devagar.

— Estou sem nenhum.

Seus olhos foram tomados pela dor, e ela balançou a cabeça antes de sufocar um soluço e concordar.

— Vou pegar um cigarro pra você.

— Valeu.

Ela se levantou e correu até a cozinha, voltando logo depois com um maço e um isqueiro. Tremendo, pegou um cigarro e o colocou nos meus lábios antes de acender o fogo.

Me inclinei na direção da chama e dei uma longa tragada.

— Você está bem?

Fiz que não.

— Quebrou alguma coisa?

Provavelmente. Dei outra tragada e então perguntei:

— Onde estão os meninos?

— Na cama. — Suas mãos estavam nos meus ombros, alisando minha pele e avaliando os estragos.

— E a Shan?

— Na cama. De fone.

— Graças a Deus.

Ela ergueu a minha camisa e conteve um soluço.

— Você precisa se limpar. Consegue se levantar?

Com movimentos lentos, calculados e rígidos, me obriguei a ficar de pé e a segui para a cozinha.

— Tire a camisa — ela pediu, indo até a chaleira. — Preciso lavar essas feridas antes que infeccionem.

Meu Deus.

Eu não queria nem ver o estado das minhas costas.

Com o cigarro entre os lábios, abri os botões da camisa antes de deslizá-la cuidadosamente pelos ombros, fazendo careta quando percebi as manchas de sangue espalhadas no tecido.

— Está muito feio?

Ela conteve um suspiro.

Sim, está.

— Aqui — disse, me entregando um pacote de ervilhas congeladas embrulhadas em um pano de prato. — Bote isso no rosto. Vai ajudar com o inchaço.

— Vou precisar de um uniforme novo — murmurei, pegando o cigarro. — O escroto destruiu esse.

— Tem uma camisa extra no armário. — Então suas mãos estavam nas minhas costas, pressionando um pano molhando na minha carne ardendo. — Só fica parado e deixe eu te limpar.

— Eu ainda estou sangrando?

— Um pouco.

— Vou precisar de pontos?

— Acho que não. Dessa vez, não.

Sacudi a cabeça e dei outra tragada enquanto minha mãe me limpava.

— Se ele quer que eu vá embora, eu vou.

— Eu não quero que você vá.

— Só que não vou deixar Shan e os meninos aqui — continuei, ignorando-a. — Se eu for, eles vão comigo.

— Joey...

— É sério.

— Ninguém vai pra lugar algum.

Esse era o problema.

— Eu sei que você concorda com ele.

— Sobre o quê?

— A Aoife.

Suas mãos ficaram imóveis nas minhas costas.

— Não quero essa vida pra você.

— Pois é, e eu não quero essa vida pra *você*.

Ela deu um suspiro cansado.

— Joey...

— Vou ficar do lado dela, mãe. Ela é minha namorada, e, quer você acredite ou não, eu amo muito ela. — Contive um tremor quando seus dedos tocaram uma parte bastante sensível das minhas costas e falei: — Vou ficar do lado dela e vou fazer muito melhor do que ele fez com você.

— Você não está assustado?

Estou apavorado.

— Estou assustada por você — disse quando eu não respondi. — Queria que isso não estivesse acontecendo.

— Bem, pois está.

— Queria que vocês dois reconsiderassem fazer um...

— Pare — eu a interrompi. — Não é o que a Aoife quer.

— E o que você quer, Joey?

— Quero que ela fique bem.

— Você não respondeu a minha pergunta.

— Bem... — Dei de ombros e atirei o pacote de ervilhas congeladas no balcão. Depois me virei para ela e fiz uma careta ao ver o pano todo manchado de sangue nas suas mãos. — Essa é a minha resposta.

— Você não pode arranjar confusão nos próximos dias — ela sussurrou com os olhos cheios de culpa. — Só fica fora do caminho do Teddy até ele se acalmar. Não conta nada pros meninos nem pra Aoife. Nem pra Shannon. Só... me dá um tempo pra falar com o seu pai, pode ser?

— Está falando sério?

— Joey, é complicado.

Dessa vez, quando ela tentou me tocar, dei um passo para trás.

— Sempre ele. Você sempre vai escolher *ele*.

— Não estou escolhendo ele. Estou tentando manter minha família unida. — Ela se aproximou de novo e eu dei três passos para trás. — Joey, por favor.

— Tem algum remédio pra dor? — perguntei, sem querer continuar a conversa que terminaria comigo sendo culpado por tudo. — Meu rosto está me matando.

— Tem paracetamol no armário.

— Mãe.

— Não, Joey.

— Estou te pedindo ajuda — falei, sentindo aquele desejo desesperado subindo pela minha garganta. — Por favor, mãe.

— Joey.

— *Por favor* — implorei. — Está doendo.

— Já te falei que tenho paracetamol no armário.

— *Por favor* — insisti, contendo a vontade de gritar "Foda-se o seu paracetamol". — Só dessa vez e eu nunca mais vou te pedir nada de novo.

— Joey.

— Estou te implorando.

— Não implore.

— Por favor, mãe. *Por favor*, porra.

— Está bem. — Seus olhos se encheram de lágrimas. — Só dessa vez.

— O que você tem?

Ela fungou antes de sussurrar:

— Clonazepam.

Graças a Deus. Suspirei de alívio.

— Onde?

Seu rosto se contorceu de dor e minha mãe disse:

— Na minha bolsa. — Ela foi até a mesa e pegou a bolsa que estava pendurada na cadeira dela. — Vou te dar só um e chega.

— Preciso de mais que um, mãe — falei, indo atrás dela. — Por favor. Um só não vai adiantar nada.

— Isso é muito forte. — Ela fungou de novo, abriu o frasco de remédios e despejou dois comprimidos na minha mão. — Nunca mais me peça pra fazer isso.

— Não vou mais te pedir nada — respondi.

Mas nós dois sabíamos que era mentira.

62

Meu coração está com ela

AOIFE

— Bem, você com certeza sabe chamar a atenção — Podge disse na sexta-feira de manhã ao se juntar a mim na nossa mesa do refeitório no intervalo. — Todo mundo está falando de você, Aoife.

Sim, todo o corpo estudantil da ECB estava *mesmo* falando de mim. Os mais ousados estavam até falando *comigo*, me fazendo perguntas sobre coisas que não eram da conta de ninguém.

Que droga, até um professor substituto me perguntou se era verdade.

O pior de tudo era que Joey não estava ali.

Ele não tinha aparecido.

— Não chegou ainda? — perguntei, sem me dignar a confirmar o óbvio. — Ele não estava lá fora quando você saiu pra fumar no começo do intervalo?

Podge fez uma careta e balançou a cabeça.

— Ainda não. Mas ele vai chegar.

Olhei para o relógio na parede, sentindo a ansiedade aumentar.

— Já são onze e dez, Podge. Ele já perdeu as três primeiras aulas. Hoje as aulas acabam meio-dia. A gente só tem uma aula depois do almoço.

— Deve ter acontecido alguma coisa na casa dele. — O melhor amigo do meu namorado deu de ombro de novo, desconfortável. — Olha, sei que parece ruim, mas Lynchy não te deixaria sozinha no meio desse caos, a não ser que algo tivesse acontecido.

— Sei. — Nauseada, tamborilei os dedos na mesa, contendo a vontade de gritar. — É isso que me preocupa.

Porque eu confiava o suficiente em Joey para saber que ele não me deixaria na mão. Ele era muitas coisas, mas não era covarde. Nunca na vida ele tinha fugido das responsabilidades, o que só fazia a ansiedade dentro de mim aumentar.

Minha mãe tinha ligado para a Gardaí ontem à noite para denunciar Teddy. Não era preciso ser uma gênia para saber que a ausência de Joey tinha alguma coisa a ver com isso.

— É ela — um grupo de novinhas do primeiro ano sussurrou ao passar pela nossa mesa. — A grávida do sexto ano.

— Esse cara sentado com ela é o pai?

— Ouvi dizer que ela não sabe quem é o pai.

Maldita srta. Lane por ter deixado a Casey na detenção na hora do almoço. As coisas não eram tão ruins assim quando ela estava comigo na sala. Ela era boca-suja e tinha uma resposta para cada babaca que se aproximava de mim nos corredores. Só que aquela língua afiada lhe rendeu uma detenção, o que significava que eu estava sangrando sozinha com os tubarões.

Fiquei grata por Podge ter se sentado comigo. Todos os meus outros supostos amigos estavam me tratando como se gravidez fosse algo contagioso. Além de Casey, eram os meninos da minha sala que estavam sendo gentis.

Porque as meninas eram *horríveis*.

Eu ainda não tinha sido chamada para a temida conversa na sala do diretor, mas sabia que era só uma questão de tempo até que os boatos sobre a minha rebeldia chegassem aos ouvidos do diretor.

— E como Lynchy reagiu à notícia? — Podge perguntou, me trazendo de volta ao presente. — Tentei ligar pra ele algumas vezes, mas ele não me atendeu.

— Melhor que o esperado. — Soltei um suspiro trêmulo. — Especialmente pelo jeito como descobriu.

— Seu irmão foi um merda, hein? Contar pro Ricey antes do Lynchy saber... Aff, que golpe baixo.

— Pois é — grunhi, me sentindo enjoada só de pensar. — Estou de saco cheio do Kev.

— E aí, qual é o plano?

Pisquei.

— O plano?

— É. — Ele assentiu. — Vocês vão ter o bebê?

— Sim — falei, estranhamente na defensiva. — Claro que sim.

— Que bom. — Podge acenou a cabeça e enfiou uma colherada de iogurte na boca. — Ele vai fazer a coisa certa com você.

— É — sussurrei. — Eu sei. Eu só... é só uma loucura, sabe?

— Não quero nem pensar.

— Eu não te culpo por isso.

— Olha.... — Ele esticou o braço por cima da mesa, colocou a mão no meu ombro e o apertou. — Você não é a primeira a ter um bebê com um cara da escola, Aoife. E com certeza não vai ser a última. Ignore esse povo. Logo isso vai ser notícia velha.

— Sim, Podge, valeu — murmurei, sentindo as bochechas arderem dos olhares intensos que eu estava recebendo. — Mas duvido que isso vá passar tão cedo.

— Ei, pernoca sexy, acabei de dar uma surra no seu irmão — Alec declarou, sentando na nossa frente. — Espero que você não se importe.

Arregalei os olhos.

— Sério?

— Claro. — Ele deu uma piscadinha. — Lynchy está com a corda no pescoço e não ia poder fazer isso. E eu não podia deixar o Cérebro fazer isso com a minha garota favorita.

— Onde ele está agora?

— Quem? O Cérebro? — Alec deu de ombros. — No telefone com a mamãe, acho.

— Oun, Al... — Não consegui impedir que um sorriso se espalhasse pelo meu rosto, satisfeita porque alguém tinha colocado aquele merda no lugar. — Valeu, cara.

— Disponha — ele respondeu, sorrindo. — E só pra você saber, mesmo com essa barriguinha, você continua uma gata.

— Boa, Al — Podge disse, dando risada. — É o que toda garota quer ouvir.

— Tenho prioridade no posto de padrinho — Alec falou.

— Que prioridade o que, babaca.

— Eu tenho.

— Isso não conta — Podge bufou. — Se alguém aqui vai ser padrinho, sou eu.

— Não, olha só, a pernoca sexy vai chamar a tetas diabólicas pra ser madrinha, o que dá a Lynchy liberdade pra decidir quem vai ser o padrinho da sua prole.

— Sim, porque chamar o bebê do nosso melhor amigo de prole é algo que um padrinho faria.

— Escute aqui, pentelhos ruivos, vai acontecer, então baixa a bola e nem pense em roubar o meu título.

Podge deu de ombros.

— É, bem, prefiro ter pentelhos ruivos que um pau infestado de chato.

Alec engasgou.

— Eu não tenho chato.

— Não mais.

— *Nunca* tive. — Ele estreitou os olhos. — Eu só tinha raspado as bolas e fiquei com uma coceira horrorosa!

Dei risada.

— Você raspou suas bolas, Al?

— Ah, sim, nosso Al aqui arrasa no paisagismo masculino — Podge disse, enquanto o sinal tocava e avisava que o intervalo tinha acabado.

— O que é que eu posso falar? — Alec se levantou e abriu um sorrisinho torto. — Sou um cavalheiro.

— Você quer vir com a gente, Aoif? — Podge perguntou, também se levantando. — Já que todos temos irlandês com o Dineen.

— Eu já alcanço vocês — falei, dispensando-os. — Preciso fazer xixi.

— Mantenha a cabeça erguida, pernoca sexy — Alec disse por cima do ombro, saindo do refeitório com Podge. — E fica de pernas fechadas até terminar de produzir o meu afilhado.

— Valeu, Al. — Dei um suspiro pesado, ignorando as encaradas que eu estava recebendo.

Saindo do banheiro, a caminho da aula de irlandês, meu irmão me parou no meio do corredor e disse:

— A gente precisa conversar.

Eu o ignorei, dei um passo para o lado e continuei andando.

— Aoife, espere. — Ele segurou o meu braço e me puxou para trás. — Por favor. Precisamos conversar.

— Qual o problema, Kev? — falei, caminhando com ele a contragosto na direção da minha sala. — Vai me culpar por essa boca inchada também?

— O capanga do seu namorado me bateu.

— Bem, é o que acontece com linguarudos, babaca.

— Me desculpa, está bem? — Ele ergueu os braços na minha frente e tentou argumentar com uma parte do meu coração que não existia mais. Pelo menos, não para ele. — Sei que fiz merda, ok? Eu fui péssimo, Aoife. Agora eu entendo.

— Tarde demais.

— Por favor, Aoife. — Ele deu um suspiro pesado. — Vamos.

— Não. Você ouviu o que as pessoas estão falando de mim — eu disse sem emoção, parando na porta da minha sala. — Você viu como estão me tratando. Você é o responsável por isso. Você orquestrou toda essa situação. Então enfia as suas desculpas no cu, porque elas não me servem de nada.

— Sabe o que você disse ontem sobre o Joey? Você estava certa — ele admitiu, esfregando o queixo. — Eu *não* gosto dele. Ele me ameaça *sim*. Eu *fiz* aquilo pra atingir ele.

Ele não estava falando nenhuma novidade.

— Mas não levei em consideração o que minhas ações causariam em você — ele acrescentou, genuinamente arrependido. — Eu não *pensei*, ponto.

— O que você fez não pode ser consertado com um pedido de desculpas — falei, sem querer ceder. — Você não pode detonar uma bomba na vida de alguém e depois dizer "opa" quando tudo vai pro inferno.

— Como vai o futuro tio? — Paul disse, saindo da sala. Ele colocou o braço em volta do ombro do meu irmão, abriu um sorriso cruel para mim e falou para ele: — Tudo certo, Kev?

Meu irmão pareceu constrangido e deu de ombros sem jeito antes de murmurar:

— Beleza, Ricey?

— Ah, cai fora, Paul — grunhi, cansada daquela merda. — Estou tentando ter uma conversa particular com o meu irmão.

— Particular? — ele falou com tanto desdém que me senti uma pedra no seu sapato. — Não tem nada de particular na sua vida, né, Aoife?

Olhei feio para ele e lhe mostrei o dedo do meio.

— Vai se foder.

— Eu te falei que ele ia te destruir — continuou maldosamente. — E agora olhe só pra você. — Ele passou o olhar por mim, se demorando na minha barriga e balançando a cabeça. — Você já está ficando gorda.

— Ricey — meu irmão tentou me defender. — Deixe ela em paz. — Foi uma tentativa bastante patética, e quando Paul o encarou com firmeza, ele desmoronou e curvou os ombros.

— Qual foi, cara? — Paul perguntou, rindo. — Você mesmo disse que a sua irmã é uma vadia.

Olhei para Kev, que teve a decência de abaixar a cabeça de vergonha.

— Você acha que eu ligo pra sua opinião, Paul? — retruquei, determinada a me defender das provocações daquele babaca. — A melhor coisa que eu fiz na vida foi me afastar de você.

— Não, isso foi a melhor coisa que você fez por *mim*. Foi a pior coisa que você fez por você, porque agora tudo o que lhe restou é ser mãe do filho daquele drogado de merda.

— Repita o que disse.

O ar abandonou o meu corpo de repente quando uma voz familiar e ameaçadora encheu meus ouvidos. Relaxei os ombros e realmente senti que estava prestes a desmaiar com o alívio que disparou pelo meu corpo.

— Repita o que disse, imbecil — Joey falou de novo, se colocando ao meu lado.

Ele deixou o hurley e o capacete caírem no chão, tirou a mochila do ombro e envolveu o braço forte na minha cintura antes de me puxar para o seu peito duro.

— Te desafio.

Estremeci quando sua mão alisou a pequena protuberância da minha barriga, e senti vontade de chorar quando seu polegar se moveu suavemente para cima e para baixo.

— É melhor você correr — falei para o babaca do meu ex. — Rápido.

Meu irmão abriu a boca para dizer algo, mas Joey se adiantou:

— Você devia ouvir a sua irmã.

Foi quase cômico o jeito como os dois garotos saíram, disparando em direções opostas.

— Isso, corre *mesmo* — falei para o meu irmão, satisfeita com o seu desconforto, me recostando no peito do meu namorado. — Seu escroto.

— Me desculpa pelo atraso — Joey murmurou quando não podiam nos ouvir. — Perdi a hora.

— Que bom que você veio — respondi, me virando para ele. — Achei que você não fosse aparecer... O que *diabos* aconteceu com o seu rosto?

Fiquei de queixo caído, olhando perplexa para os ferimentos terríveis e para o inchaço na parte esquerda do seu rosto.

— Meu Deus, Joe. — Ergui a mão para tocá-lo. — O seu maxilar...

— Pois é, acho que está quebrado — ele murmurou, afastando minha mão com delicadeza e pegando a mochila e o hurley. — Não encosta em mim, está bem? Está sensível pra caralho.

— Quebrado? — Engoli o nó na garganta que se formou enquanto meu coração se rasgava.

Ele tinha tomado mais uma surra do pai.

Tinha quebrado mais um osso.

E tinha dilacerado mais uma parte do coração que nunca poderia ser consertada.

— Ele fez isso com você... — Minha voz falhou. — Por minha causa? Por causa do bebê?

— Não, não foi por causa do bebê — ele falou com suavidade. — É porque ele é um escroto. — Ele abriu a porta da sala e gesticulou para que eu entrasse. — Não foi culpa sua.

— Que horas são, mocinhos? — o sr. Dineen perguntou quando entramos na sala.

— Desculpa o atraso, professor — falei antes que ele pegasse no pé do meu namorado, como sempre. — Estamos no meio de uma crise.

— Crise?

— Enjoo matinal — algum babaca disse, disfarçando com uma tosse no fundo da sala, provocando um coro de assobios e gritaria.

— Ok, tudo bem, vou deixar essa passar — o professor respondeu com as bochechas vermelhas, gesticulando para que a gente se sentasse.

Fui direto para o fundo, me sentei na última fileira e fiquei vendo Joey esperar o sr. Dineen assinar o livro vermelho.

Ele veio andando para a nossa carteira com movimentos duros e rígidos, e eu soube que as marcas no seu rosto não eram as únicas que o pai dele tinha colocado no seu corpo.

Meu coração se partiu.

— Joe... — sussurrei quando ele se sentou com cuidado ao meu lado.

— Está tudo bem, Molloy. — Ele colocou o hurley e o capacete no chão aos seus pés antes de se virar para mim e me oferecer sua atenção total. — Estou bem. — Seus olhos verdes estavam calorosos e cheios de carinho quando ele se inclinou e sussurrou: — Como está se sentindo?

— Bem.

— É? — Ele enfiou a mão debaixo da carteira e apertou a minha coxa. — Você está linda, gata.

Estava além da minha compreensão como podia ser tão bom comigo, tão atencioso e cuidadoso com meus sentimentos sendo que estava passando por um inferno.

— Te amo — falei baixinho, cobrindo sua mão com a minha. — Te amo muito.

— Eu sei. — Ele soltou um suspiro dolorido e entrelaçou os dedos nos meus. — Eu sei, Molloy.

— Como se não bastasse vocês chegarem atrasados pra minha aula, vocês ainda têm coragem de ficar de conversinha? — o sr. Dineen esbravejou, olhando feio para nós. — Joseph, se importa em contar pra sala o que vocês dois estão cochichando? Na sua língua nativa, por favor, já que passei os últimos seis anos tentando te ensinar o idioma.

— *Ceart go leor, a mhúinteoir* — meu namorado respondeu, encolhendo os ombros com indiferença ao falar em irlandês. — *Bhí mé ag rá le mo leannán go bhfuil grá agam di.*

Meu coração bateu selvagemente no meu peito enquanto eu traduzia as palavras.

Tudo bem, professor. Eu estava dizendo à minha namorada que a amo.

— *Dúirt mé léi freisin go bhfuil cuma álainn uirthi* — Joey continuou sem perder o ritmo. *Eu também disse que ela está linda.* Dando de ombros, acrescentou: — *Agus go bhfuil mo chroí istigh inti.* — *E que meu coração está com ela.*

— *Go hiontach* — o sr. Dineen respondeu, arqueando a sobrancelha. *Impressionante.* — *Le haghaidh buachaill nach n-éisteann sa rang.* — *Para um garoto que não presta atenção na aula.*

— *Sea.* — Joey sorriu. — *Tá a fhios agam.* — *Sim, eu sei.*

63
Você tem o direito de permanecer em silêncio

JOEY

Mal tínhamos aquecido nossos assentos na aula de irlandês quando o interfone tocou. A voz da secretária da escola ressoou por todos os alto-falantes da escola dizendo:

— Joseph Lynch e Aoife Molloy, por favor, se apresentem imediatamente na sala do diretor.

— Podem expulsar o Joey por engravidar a Aoife? — Alec perguntou da mesa ao lado, e se ele não estivesse falando sério, eu o teria espancado. — Porque temos uma partida chegando e estamos ferrados sem ele.

— Acho que não, Al — Podge disse, dando risada ao seu lado. — Mas nunca se sabe.

Peguei meus livros, os enfiei na mochila e me levantei, ignorando os "Ohhhs" e os "Puta merda" dos nossos colegas. Fui até a porta da sala, abri e esperei minha fiel companheira se juntar a mim.

— Boa sorte — Alec falou, me dando dois joinhas quando Molloy me alcançou. — Lembre-se de que você tem o direito de permanecer em silêncio.

— O que você acha que o sr. Nyhan vai dizer? — ela me perguntou, pegando minha mão e caminhando comigo. — Ele pode falar sobre isso com a gente?

— Como é que eu vou saber?

— Bem, você vive na sala dele.

— Só porque você é malandra demais pra ser pega.

— Só que dessa vez fui pega.

— Engraçadinha.

— E se ele gritar comigo, Joe?

— Se gritar com você, quebro o nariz dele.

— Não quebre o nariz dele — falei depressa. — Preciso que você não seja expulso. Nem preso. Pois é, você vai ter que dar um jeito de *não* fazer nenhuma dessas coisas.

— Beleza, vou tentar.

— Ah, meu Deus, estou enjoada — ela grunhiu quando chegamos na porta de vidro da sala do diretor. — Podemos dar o fora e sair mais cedo?

— Não. — Balancei a cabeça, abri a porta e a empurrei para dentro. — Vamos, Molloy. Vamos acabar logo com isso.

— As mães de vocês estão no escritório com o sr. Nyhan. Podem entrar — Betty falou sem tirar os olhos do computador, digitando furiosamente no teclado à sua frente. — Boa sorte.

— As mães de quem?

— As mães de vocês.

— A minha mãe está aí? — Fiquei olhando para a secretária, que estava tão acostumada comigo que já me chamava pelo primeiro nome. — Por quê?

— Por que você não entra e descobre, Joseph? — a velha Betty disse sem hesitar. — Você conhece o caminho.

Eu conhecia.

Terceira porta à direita.

— Boa sorte, Joe — Molloy sussurrou, apertando minha mão. — Te amo.

— É. — Soltei um suspiro e segurei a porta para ela. — Digo o mesmo, Molloy.

Completamente desconfortável, me sentei à mesa de reunião ao lado da minha mãe, enquanto Molloy e Trish se sentavam à nossa frente.

Nas duas pontas da mesa, estavam a srta. Lane, a coordenadora do nosso ano, e o sr. Nyhan, o diretor, que estavam fazendo um trabalho fantástico falando *de* nós em vez de falar *conosco*.

Como se Molloy e eu não fôssemos as pessoas diretamente impactadas pela gravidez ou algo assim. Ah, não, era muito mais pertinente se dirigirem às nossas mães ao tomar decisões sobre os nossos futuros.

Babacas.

Sem poder colocar pressão nenhuma nas minhas costas, me inclinei para frente e apoiei o cotovelo na mesa, deixando a outra mão no meu colo.

Quando o diretor fez uma pergunta para a minha mãe e ela se virou para lhe dar sua atenção total, aproveitei a oportunidade para enfiar a mão que estava na minha perna dentro da bolsa no chão entre as nossas cadeiras. Prendi a respiração e vasculhei até que meus dedos encontraram o familiar frasco de remédio.

Fechei a mão nele e o enfiei no meu bolso depressa, sentindo o alívio dominar meu corpo diante da perspectiva de não ter que enfrentar outra noite infernal.

Ignorando as vozes deles e sentindo uma vontade perturbadora de ir ao banheiro para tomar uns comprimidos, concentrei toda a minha atenção na minha namorada, que estava roendo a unha do dedo mindinho de nervoso, enquanto seu olhar arregalado alternava entre os quatro adultos na sala.

— Em que estágio da gravidez você estará, Aoife?

Os olhos culpados de Molloy se voltaram para o sr. Nyhan.

— Hã?

Endireitei a coluna na mesma hora.

Ela não precisava se sentir culpada por nada.

Aquilo era culpa minha.

— Em que estágio da gravidez você estará quando fizer o leaving cert em junho?

— Ah. — Suas bochechas ficaram vermelhas e ela limpou a garganta antes de olhar para mim, aflita. — Que dia de junho?

— Dia sete.

— Ah. — Ela engoliu em seco de novo. — Acho que vou estar com vinte e cinco semanas até lá.

— Você acha?

— É, hum, bem... não sei direito.

— Você não sabe direito?

— Bem, ainda não fiz o ultrassom de datação — ela explicou depressa. — Vou fazer hoje.

— Por que está pressionando ela desse jeito? — perguntei, irritado com o interrogatório. — Ela já respondeu. Dá um tempo, pode ser? Meu Deus.

— Joey — minha mãe falou, me dando uma cotovelada enquanto Molloy me oferecia um sorriso de gratidão.

O sr. Nyhan decidiu ignorar a minha explosão, o que, sinceramente, me deixou um pouco decepcionado, e voltou a atenção para a minha mãe.

— Sei que você e Teddy estão bastante ocupados com esse garoto, Marie, e detesto trazer isso à tona em tempos tão difíceis, mas preciso te perguntar sobre a Shannon. Espero mesmo que ela esteja se adaptando bem no Tommen.

— Ela está indo muito bem, obrigada — ela respondeu baixinho. — E, quanto ao meu filho, ele está indo bem melhor na escola desde o Natal.

— Sim, bem... — Sem nem fazer questão de terminar a frase, ele se virou para Trish. — Por favor, saiba que aqui na Escola Comunitária de Ballylaggin desencorajamos bastante o relacionamento entre os estudantes, mas não vamos dar as costas para a sua filha em um momento de necessidade.

— Dar as costas para mim? — Molloy perguntou, franzindo a testa. — O que isso quer dizer?

— Momento de necessidade? — falei, balançando a cabeça. — Que tipo de declaração é essa?

— Joey — minha mãe me repreendeu de novo. — Chega.

— Ela não está vindo pra a escola em um burro, procurando abrigo — esbravejei. — Ela só está buscando educação, não ouro, incenso e mirra.

Minha mãe colocou as mãos no rosto e deu um suspiro cansado.

— Ah, Joey.

— Temos que levar em conta muita coisa, Joseph — a srta. Lane falou em um tom arrogante. — Primeiramente, há a questão relativa ao seguro educacional cobrir ou não a presença de uma aluna grávida na escola.

— O que está dizendo? — Aoife falou, pálida. — O seguro não me cobre? — Ela olhou para a mãe. — Eu vou ser expulsa?

— Vocês *não* vão expulsar a Aoife da escola — reclamei, sentando-me ereto. — Não estamos nos anos cinquenta. Não existe a menor chance de eu permitir que vocês a enxotem como se ela fosse algum tipo de pecadora. Se for assim, eu é que sou o pecador.

— Joey.

— Sério. Estou tão grávido quanto ela.

— Joseph, por favor.

— O que foi? — perguntei. — É verdade. Eu sou o pai. Eu botei esse bebê nela. Se querem jogar a culpa em alguém, que seja em mim, não nela. Só faltam dois meses pra ela acabar a escola, e ela vai acabar. Vocês só vão tirar isso dela passando por cima do meu cadáver.

— Joey, se acalme. Aoife, respire. Ninguém vai expulsar ninguém — Trish falou com os olhos fixos no sr. Nyhan. — É discriminação, além de ser contra a lei, impedir que uma aluna frequente a escola com base apenas no fato de ela estar grávida. Não é mesmo, Eddie?

— Bem, sim, claro que sim — o babaca tentou voltar atrás. — Ninguém está sugerindo que sua filha seja retirada da escola.

— Assim como ninguém sugeriu que a Samantha McGuiness fosse retirada da escola; ou a Amy O'Donovan; ou a Denise Scully. Todas garotas do meu bairro, aliás — falei, olhando para ele como quem dizia "Pois é, babaca, eu sei como as coisas funcionam". — Se for esse o caso, então me explique o que ela está querendo dizer quando fez questão de mencionar que o seguro da escola não vai cobrir a presença da Aoife na escola.

— Eu não disse que não vai cobrir, eu só estava...

— Você só estava tentando intimidar minha namorada pra que ela fosse embora discretamente, sem fazer estardalhaço — eu a corrigi, interrompendo-a. — É, conheço o seu jogo. Não nasci ontem. Sei que é mais fácil pro conselho escolar quando garotas grávidas simplesmente desaparecem dos registros. A diferença é que essas garotas estavam sozinhas. — Parei para apontar para Molloy e acrescentei: — Aoife tem a mim, e eu não tenho intenção nenhuma de ir embora discretamente.

Se eu não pudesse fazer mais nada por ela, pelo menos eu me colocaria na frente dela e aguentaria toda a pressão, a decepção, a dor. Eu podia receber os golpes por ela, e era o que eu faria.

Fiquei sentado de costas eretas e cara séria, com os músculos tensos, engolindo a decepção deles sem reclamar, sabendo que ela não estava em condições de suportar mais nada.

— Joey. — Minha mãe colocou a mão no meu joelho agitado e o apertou. — Por favor, se acalme, pode ser?

— Sim — o sr. Nyhan falou, me lançando um olhar severo. — Não tem ninguém brigando com você.

— Só porque eu dei um ataque preventivo — murmurei baixinho. — O que é que a gente está fazendo aqui? — Olhei para eles. — Aoife está grávida. Eu sou o pai. O bebê vai nascer *depois* que a gente terminar a escola, então não entendo a necessidade dessa reunião de merda.

64

Indo para a guerra por você

AOIFE

Se eu ainda tinha alguma dúvida sobre a disposição de Joey Lynch de permanecer ao meu lado antes daquela reunião, ela se dissolveu completamente depois. Porque, enquanto eu ficava ali ouvindo o meu namorado ir para a guerra por mim contra a coordenadora do nosso ano e o diretor da escola, eu só conseguia pensar "Ainda bem que ele é meu".

Ter meu nome na temida lista de garotas-que-engravidaram-na-escola-secundária era, de longe, um dos meus momentos mais vergonhosos, mas eu não sentia nada além de orgulho quando se tratava de *com quem* eu teria aquele bebê.

Joey estava sentado na minha frente, ao lado da mãe, todo lindo e perturbado, parecendo prestes a virar a mesa. Sim, ele era insolente e também boca-suja, mas suas palavras significaram muito mais para mim do que qualquer discurso ensaiado. Porque ele estava falando com o coração. Cada palavra que proferia carregava *verdade*, e isso acalmava algo bem no fundo do meu ser.

Talvez a gente *pudesse* ficar bem.

Talvez eu *pudesse* fazer aquilo.

Com ele.

A situação em que eu me encontrava era mais que aterrorizante, mas, ao contrário das outras garotas da escola que tinham sido vítimas da mesma aflição hormonal que durava nove meses, o *meu* companheiro estava ao meu lado.

De uma forma estranha, me senti como a Rose de *Titanic*: todas as outras garotas estavam se afogando, mas Jack a mantinha a salvo. Embora Joey não fosse um anjo, era leal e responsável, e um homem muito melhor do que qualquer um naquela sala imaginava.

Eu me sentia bem só de estar na sua presença.

Ele era esse tipo de pessoa.

Fiquei ouvindo nossas mães conversarem com o sr. Nyhan e a srta. Lane por alguns minutos, falando sobre as restrições das aulas de educação física e tal, mas, para ser honesta, Joey tinha acertado em cheio.

Aquela reunião *não* fazia o menor sentido. Ela só me deu pressão alta e enjoo.

— Quer tomar um café? — minha mãe perguntou para a mãe do Joey quando chegamos ao estacionamento da escola. — Tem uma cafeteria charmosa na esquina da rua principal. A gente pode se sentar pra bater um papo de mãe pra mãe.

Tanto Joey quanto eu, caminhando um pouco atrás de mãos dadas, nos entreolhamos de boca aberta.

— Cafeteria? — ele sussurrou. — Que porra é essa?

— Não faço ideia. — Revirei os olhos. — Talvez seja uma oferta de paz.

— Ou a gente pode ir pra minha casa. Tem um bolo delicioso e fresquinho nos esperando — minha mãe sugeriu, destravando a van do meu pai. — O que acha, Marie? Café e bolo enquanto falamos sobre a perspectiva de sermos avós?

A mãe de Joey parecia que tinha acabado de ser convidada a explicar o Último Teorema de Fermat.

— Cafeteria? — Ela abriu e fechou a boca várias vezes e sussurrou: — Eu, hum, não sei...

— Você veio de carro?

— Não. — Com olhos arregalados e vacilantes, olhou para a minha mãe e balançou a cabeça, e o gesto fez com que parecesse filha dela. — Eu, hum, vim andando do trabalho.

— Bem, então entre — minha mãe falou, se acomodando no banco do motorista. — Vamos pra casa tomar um café e eu te deixo na sua casa depois.

Ela olhou para Joey e deu de ombros, impotente, quase como se estivesse lhe pedindo permissão.

— O que você quer fazer, mãe?

— Eu, ah... — Ela parou de falar, olhou em volta nervosamente e então se aproximou da van. — Eu... — Depois ela endireitou os ombros frágeis e abriu a porta do carona. — Obrigada.

— Vocês dois — minha mãe disse, abaixando o vidro da janela. — Vão direto pra casa depois do hospital, entenderam? Vocês ainda não estão fora de perigo. Nem de longe. Nem comecei o sermão ainda.

— Não sei o que achar disso — Joey comentou, vendo nossas mães partirem na van do meu pai. — Isso me deixa desconfortável pra caralho, Molloy.

— Eu sei — falei, suspirando e passando o braço na sua cintura. — Mas quer saber de uma coisa que *me* deixa *muito* confortável?

— Hum?

— Você, Joe. — Sorri para ele. — Aquilo que você falou pro sr. Nyhan na sala dele... significou muito pra mim.

Ele me encarou com as sobrancelhas franzidas.

— Mas eu não fiz nada, Molloy.

— Fez, sim — retruquei, me inclinando para ele enquanto caminhávamos até o meu carro. — E foi muito importante.

— Não sei o que dizer — ele falou, ainda confuso. — Você vai dirigir, gata?

— Nah. — Balancei a cabeça e atirei as chaves para ele. — Pode fazer uma coisa por mim?

— Fala.

— Fica comigo hoje à noite.

Ele soltou um suspiro pesado.

— Molloy.

— Não diz que não. — Me sentei no banco do carona, joguei a mochila no banco de trás e me voltei para ele, que estava dando partida no carro. — Diz que sim.

— E os meninos?

— E você? — perguntei, ligando o rádio e acenando a cabeça em aprovação quando "Underneath It All", do No Doubt, ressoou dos alto-falantes. — Essa é pra você, Joe.

— Dá um tempo com as músicas — ele murmurou. — E estou ótimo.

— Seu rosto conta uma história bem diferente.

— Aoife.

— Joey. — Estiquei o braço sobre o câmbio e cobri a mão dele. — Por favor.

Ele não falou nada até nos afastarmos da escola e estarmos na estrada principal. Então ele soltou um suspiro e virou a mão para mim.

— Você ganhou, Molloy. — Ele entrelaçou os dedos nos meus. — De novo.

— Oba.

— E aí, está pronta? — perguntou, dividindo a atenção entre o meu rosto e a rua. — Pra ver o bebê?

— Não — confessei baixinho. — E você?

— Não. — Ele apertou a minha mão. — Mas a gente vai conseguir, Molloy.

65
Talvez a gente devesse ter trocado de roupa

JOEY

— Joe, sou eu, Shannon. Estou a caminho de Dublin com a escola. Volto tarde. Pode avisar a mãe? Ele está com o meu celular, então não ligue pra mim, beleza? Você não vai conseguir falar comigo, mas estou bem, Joe. Não se preocupe...

Ouvi a mensagem que minha irmã tinha deixado na minha caixa postal pela terceira vez e fiquei me perguntando o que diabos eu ia fazer para resolver aquilo em casa. Apaguei a mensagem, guardei o celular no bolso e passei a mão pelo cabelo, frustrado.

Minha mãe ia surtar.

O velho ia explodir se soubesse.

— Talvez a gente devesse ter trocado de roupa — Molloy sussurrou, trazendo minha atenção de volta para o presente.

Estávamos sentados em uma sala de espera lotada na maternidade do hospital, cercados por mulheres pesadamente grávidas e seus maridos — e qualquer um deles poderia ser confundido como os *nossos* pais.

— Está tudo bem — falei, colocando a mão no joelho agitado dela. — Estou com você, Molloy.

— Sim, Joe, esse é o problema — ela murmurou. — Todo mundo aqui está sabendo que você *está* comigo.

Dei risada, porque, sinceramente, o que mais eu poderia fazer naquele momento?

Ela não estava errada. Estávamos ali com nossos uniformes escolares, atraindo vários olhares das pessoas ao nosso redor.

Pena. Desgosto. Simpatia. Surpresa.

A lista seguia.

— Fodam-se essas pessoas — falei para ela, olhando feio para um futuro pai particularmente tarado secando as pernas da minha namorada. — Elas não conhecem a gente.

— Joe, somos os únicos adolescentes aqui — continuou, desesperada. — Aquela garota ali parece ter vinte e poucos anos, mas é isso. Todas essas mulheres são bem mais velhas que eu.

— Não importa, Molloy — tentei acalmá-la. — Idade é só um número.

— Você tem razão — ela concordou, alisando a bainha da saia plissada. — Você tem total razão, Joe. — Ela pegou minha mão e se aproximou, se encostando em mim. — Aff, preciso muito fazer xixi.

— Aguenta aí. Você leu o formulário. Está dizendo que você precisa estar com a bexiga cheia.

— É, mas é tão desconfortável. — Ela se mexeu. — Me distraia.

— Como?

— Me diz quem era no telefone.

— Shannon. — Suspirei. — Ela foi pra Dublin com a escola.

— Sério? Você não comentou nada.

— Porque eu não sabia. Pois é, vai ser bem divertido explicar isso pro velho quando ele ficar sabendo.

— Não. — Ela apertou a mão na minha. — Não, não, não, você não precisa explicar nada, ok? Você só precisa ficar longe daquele escroto. Deixe sua mãe lidar com isso.

— Molloy.

— Estou falando sério, Joe — ela disse, colocando a minha mão na sua perna. — Não aguento saber que ele está te machucando...

— Aoife Molloy? — uma enfermeira cansada falou, felizmente encerrando aquela conversa. — É a sua vez, querida.

— Ah, meu Deus. — Assustada, Molloy se levantou e me puxou. — Não me abandone, Joe — sussurrou, segurando minha mão com uma força mortal enquanto seguia a enfermeira. — Não sai do meu lado.

— Não vou sair — prometi, deixando que ela me conduzisse para a sala mal iluminada. — Não vou a lugar algum.

— Meu nome é Margaret, e sou a técnica de ultrassom — a mulher se apresentou, fechando a porta. — Você está aqui pra fazer a ultrassonografia de datação, é isso mesmo?

— Hum, sim — Molloy falou, hesitante, e soltou a minha mão a contragosto quando a mulher a levou para a mesa de exame. — Hum, ele é o pai, então ele pode ficar comigo?

— Claro, o papai pode se sentar na cadeira aí do seu lado.

Papai.

Puta merda.

— Joe? — Molloy disse, me encarando enquanto se deitava de costas na mesa de exame e esticava a mão para mim.

— Puta merda... — Balancei a cabeça para afastar o pânico e me aproximei, me sentando na cadeira ao lado dela e pegando a sua mão.

— Segundo a sua ficha, esta é sua primeira gravidez — a técnica de enfermagem declarou, lubrificando a barriga da minha namorada com um frasco de gel transparente. — O primeiro dia do seu último ciclo menstrual foi catorze de dezembro, correto?

— Hum, sim — Molloy disse. — Isso mesmo. Tive um sangramento no final de janeiro, mas minha amiga disse que podia ser...

— Sangramento de implantação — a técnica completou, assentindo com a cabeça de um jeito cúmplice. — Uhum. E você tem um irmão gêmeo, é isso? — Ela enfiou uns lenços de papel na cintura da saia da minha namorada e mexeu na máquina de ultrassom ao lado da mesa, apertando botões e digitando no tecladinho. — Fraterno? Dizigótico?

— Hum... — Molloy olhou para mim e dei de ombros, sem fazer ideia do que significava isso. — Sim, claro?

— Certo, bem, vamos dar uma olhadinha. — Ela pegou um bastão na máquina e o passou na barriga dela. — Você vai sentir bastante pressão na parte inferior do abdômen e na área pélvica, mas não vai doer.

Com a atenção voltada para a tela à nossa frente, primeiro eu a vi toda escura, e depois ela se transformou em uma estranha esfera pálida, com um forte movimento pulsante no meio.

— Maravilha — a técnica disse, olhando do bastão para a tela e digitando coisas no teclado para mudar o ângulo. — Sim, você definitivamente está grávida.

— Ah, merda — Molloy e eu falamos ao mesmo tempo, chegando mais perto da tela para ver melhor.

— É isso? — Molloy perguntou, apertando minha mão, enquanto olhávamos a criaturinha alienígena flutuando ali. — Esse é o bebê?

— Isso, ouve só. — A técnica parou, apertou alguns botões e então um som galopante preencheu a sala. — É o coração dele batendo lindo e forte.

— Parece um cavalo correndo — Molloy comentou. — É mesmo o coração?

— Uhum, e a julgar pelo tamanho desse feijãozinho, já temos as datas. Você está com catorze semanas e três dias de gestação, e a data provável do parto é dia vinte de setembro de 2005. Parabéns, mamãe e papai.

— Ah, meu Deus, Joe — Molloy disse, se virando para mim. — Foi *mesmo* na festa do Tommen.

— Pois é — falei. Eu tinha certeza que meu coração estava batendo dez vezes mais rápido que o do bebê alojado no ventre da minha namorada. — Maldito Gibsie e seus baseados.

— E aquele *champanhe.*

— A porra do champanhe.

— Perdão?

— Nada — respondemos ao mesmo tempo.

Balancei a cabeça e perguntei:

— Então, hum, o que vai acontecer depois?

— Bem, a mamãe aqui vai marcar uma consulta com uma obstetra para analisar o seu histórico médico, familiar e tudo mais, e partiremos daí. — Ela continuou a escanear a barriga da Molloy enquanto falava. — Como você pode ver pelos corredores lotados e pela sala de espera, estamos bastante ocupados esta tarde, então vamos enviar pelo correio a confirmação da próxima consulta na semana que vem ou algo assim.

— O que você está olhando? — Molloy perguntou, cautelosa, observando a técnica mover o bastão na sua barriga.

— Você é gêmea, então estou garantindo que não tenha nenhuma surpresinha escondida aí.

— Como assim? — perguntei, com o coração disparado. — Tem mais? — Fiquei encarando a minha namorada. — Tem *mais*?

— Não, não, não — Molloy disse, rindo de nervoso, afastando a mão da técnica. — Uma surpresa já é o suficiente, obrigada. Não fica aí procurando problemas.

— Não se preocupa. Só estou vendo uma membrana fetal.

— Graças a Deus — falei, me afundando na cadeira e pressionando a mão no peito. — Não faz isso comigo.

66

Gamada em você

AOIFE

— Você está bem? — Joey perguntou quando estacionamos na frente de casa aquela tarde.

Passamos a maior parte da viagem de volta do hospital em silêncio, mas nossas cabeças estavam a mil. Ele manteve os olhos fixos na rua o tempo todo, enquanto eu não consegui desviar o olhar das imagens do ultrassom que a técnica tinha imprimido para nós.

Era real.

Eu ouvi o coraçãozinho do bebê.

Tinha mesmo um bebezinho crescendo dentro do meu corpo.

— Molloy? — Joey desligou o carro, soltou o cinto e se virou para mim. — Você está bem?

Eu não sabia direito. Aquilo tudo era surreal. Eu não sabia o que fazer nem como estava me sentindo.

— Você está?

Joey deu de ombros de um jeito quase impotente.

— Ela me chamou de *papai*, Molloy.

— *Pois é.* — Aliviada por ver que ele também estava nervoso, assenti vigorosamente e me virei para ele, imitando-o. — Ela me chamou de *mamãe*, Joe.

— A ficha meio que caiu quando a gente estava lá, sabe? — ele comentou, esfregando o queixo. — Vamos ser pais.

— De uma *pessoa* — concordei, mordendo a unha de nervoso. — Uma pessoa de verdade.

— Nessa época, no ano que vem, vai ter uma criança ali atrás — ele acrescentou, gesticulando para o banco traseiro do carro. — Que *a gente* fez.

— Ano que vem uma ova — falei. — Vamos ter um bebê já *nesse* Halloween. — Arregalei os olhos. — No *Halloween*, Joe. Vamos ter um bebezinho fantasiado.

— E um bebezinho no Natal.

— E um bebezinho na Páscoa.

— E eu não tenho casa, nem carro, nem diploma. — Ele esfregou o rosto. — Estamos ferrados, gata.

— Você é ótimo. Você é incrível com bebês. Eu é que estou ferrada. O único bebê que eu já segurei foi o ratinho de estimação do meu primo, e adivinha o que aconteceu, Joe? Eu derrubei ele. Uhum. Isso mesmo. O pobrezinho caiu de cara na gaiola quando eu estava cuidando dele.

— Tudo bem, comparar a sua habilidade de cuidar do seu filho com a vez que você cuidou do roedor do seu primo não é a mesma coisa, Molloy.

— Talvez não, mas não faço exatamente o tipo mãe responsável, né?

— E eu?

— Ah, por favor. — Revirei os olhos. — Você passou a vida toda cumprindo papel de pai. Você transformou as broncas nos meninos em arte.

— Nossa, valeu.

— É sério, Joe. Você vai arrasar. *Eu* estou ferrada.

— Deixa eu dar mais uma olhada nisso aí — murmurou, pegando o ultrassom da minha mão e segurando-o na frente do rosto. — Ah, meu Deus, acho que estou vendo um pau.

— O quê? Não está, não. — Arranquei o exame dele e fiquei olhando para onde ele tinha apontado. — Isso não é um pau, é uma perna.

— Não, isso é uma perna — Joey me corrigiu, batendo o dedo na imagem. — Isso é outra perna. E isso é um *pau*.

— É o cordão umbilical do bebê.

— É um pau, Molloy. — Ele apoiou a cabeça no volante, murmurou algo ininteligível e grunhiu alto. — É um menino.

— Mas você disse que era cedo demais pra saber.

— Bem, não sei o que te dizer, porque isso *é* um pau.

— Como você sabe?

— Acredite em mim, já vi vários ultrassons desses ao longo dos anos. Sei reconhecer um pau.

— E se você estiver errado?

— Tomara que eu esteja.

— Joey. — Bati no braço dele. — Não diz isso.

— Não dá o meu nome pra ele, hein — ele sussurrou com a cabeça ainda no volante. — Por favor, Aoife, vamos só dar o seu sobrenome e quebrar o ciclo.

Os pais dele.

A coisa sempre voltava para os pais dele.

— Não tem nada pra quebrar aí, Joe — falei, fazendo carinho no seu cabelo. — Você *não* é ele, e eu *não* sou ela.

— Por favor, me escute. Não quero dar o meu nome pra ele — Joey disse baixinho. — Nem o primeiro nome nem o sobrenome. Não quero que essa criança tenha nada que veio de mim.

— Joey, fala sério, a gente ainda nem sabe se é menino.

— É menino — murmurou, olhando para mim. — Seja como for, você vai ter que transformar esse bebê em um Molloy. Não dá o meu nome pra ele.

— Joey. — Meu coração disparou. — Você é o pai desse bebê e eu tenho orgulho disso. — Estiquei o braço para fazer carinho no seu rosto machucado. — Tenho orgulho de *você*. Nunca tive vergonha de quem você é ou de onde você vem, e nosso bebê também não vai ter.

Seus olhos verdes cintilaram de emoção.

— E se eu me transformar nele?

— Você não vai.

— Mas e se acontecer? E se eu já for ele?

— Impossível.

— Como você tem tanta certeza?

— Porque eu conheço ele e conheço você. — Continuei fazendo carinho no rosto dele. — Ele é um machão e você é um homem. Não tem comparação. Vocês são completos opostos. Você e Teddy *não* são a mesma pessoa, Joe — sussurrei. — Você não chega nem perto dele.

— Eu nunca te machucaria.

— Eu sei.

— Sério. — Ele pegou a minha mão e a levou para a bochecha ferida. — Eu *nunca* vou encostar um dedo em você, Aoife Molloy. Nunca. Nem em você nem no nosso filho.

— Eu *sei* — repeti, me inclinando para pressionar a testa na dele.

— Vou ser bom pra você — prometeu. — Juro que vou.

— Não precisa me convencer de nada, Joe. — Cheguei mais perto e dei um beijo nos seus lábios antes de sussurrar: — Sou gamada em você desde que eu tinha doze anos.

Ele ficou me olhando por um longo tempo e então soltou um suspiro.

— Te amo, Aoife.

— Também te amo, Joe.

— Posso ficar com isso? — perguntou, erguendo o ultrassom.

— Claro — respondi, com o coração batendo forte no meu peito, observando-o dobrar a imagem cuidadosamente e guardá-la na carteira. — É o seu bebê, Joe.

— É. — Ele assentiu, fechou a carteira e sorriu. — É, sim.

67

Coloque a sua mão na minha

JOEY

— Me dá uma música, Joe.

— Hã?

— Uma música.

Eram pouco mais de dez horas e estávamos enfiados no quarto dela, escondidos de Tony, que estava andando de um lado para o outro lá embaixo feito um urso com dor de cabeça. De alguma forma, Molloy me convenceu a assistir a mais um filme de terror da sua coleção. O de hoje era *Premonição 2*.

Completamente atordoado com os eventos das últimas vinte e quatro horas, eu estava fazendo o que podia para aliviar a pressão que minha namorada estava sentindo. Para fazê-la entender que ela não estava sozinha. Porque ela podia estar abrigando um bebê na barriga, mas a responsabilidade era nossa.

Só de pensar nisso, meu coração disparava.

Que porra eu ia fazer?

Eu tinha que cuidar de um bebê e uma garota.

E ainda tinha Shannon e os meninos.

E minha mãe.

Meu Deus.

— Como assim uma música? — perguntei, colocando outro travesseiro atrás de mim para amenizar a dor nas minhas costas machucadas. — Eu não sei cantar, gata.

— Você sabe que não é isso que eu quis dizer — ela falou, se aninhando entre as minhas pernas e apoiando as costas no meu peito. — Me dá uma música pra gente.

— Pra gente — repeti, refletindo, abraçando-a e puxando seu corpo para mim.

— Isso, pra gente.

— Não conheço nenhuma música.

— Bem, trata de pensar em alguma, porque preciso de uma música.

— Beleza. — Coloquei a mão na sua barriga e falei: — Madonna.

— "Like a Virgin"?

— "Papa Don't Preach".

Molloy bufou.

— Boa.

Eu sorri.

— Valeu.

— Mas sério agora. — Ela se afastou, virou o corpo e logo estava montada em mim. — Fala sério.

— Você está me pressionando.

— E daí? — Ela se inclinou e roçou o nariz no meu. — Você é ótimo sob pressão.

Dei um suspiro pesado e segurei sua cintura de leve.

— Molloy.

— Por favor...

— Está bem. — Balancei a cabeça e vasculhei meu cérebro, procurando algo que a agradasse, e depois dizer: "Divine Inspiration's", do The Way.

— Daquela rave em Kerry? — Seus olhos verdes brilharam e ela abriu um sorriso radiante. — Você lembrou?

— Qual a surpresa?

— Eu só... — Ela sacudiu a cabeça, franziu o nariz e confessou: — É que você estava bem chapado aquela noite.

Eu estava mais que chapado aquela noite.

Estava fora de mim.

— Ainda me lembro de você dançando naquele campo com as suas galochas amarelas e aquele shortinho jeans — falei, recordando com clareza aquele momento. Minhas lembranças mais nítidas eram com ela. As únicas noites que eu queria me lembrar eram as que eu tinha passado com ela. — Você estava usando um top minúsculo e seus peitos estavam aparecendo — continuei, querendo que ela soubesse que estava para sempre gravada na minha mente. — A sua bunda também estava aparecendo, e juro por Deus que fiquei louco só de te olhar.

— Sério?

— Sério mesmo — confirmei, sorrindo.

— E você dançou — ela me provocou, passando os dedos de um jeito brincalhão na minha bochecha boa. — O garoto que se recusa a dançar estava dançando que nem um doidão.

— Eu não tinha muita escolha, né? Era mais fácil me juntar à doideira. Você estava toda pintada de tinta neon...

— Ah, meu Deus, a tinta neon! — ela falou, rindo. — Você também estava.

Sim, porque a Molloy tinha me pintado inteirinho.

— E toda vez que as luzes piscavam à nossa volta, você brilhava feito fogos de artifício.

— Ah, é?

— É, Molloy. — Soltei um suspiro contente e estiquei a mão para colocar o seu cabelo atrás da orelha. — Eu estava chapado, mas foi você que me fez voar.

— Boa.

— Só estou sendo sincero.

— Foi um verão épico, Joe. Grudada em você. — Seus olhos se demoraram nos meus por um longo tempo antes de ela soltar um suspiro nostálgico. — Acho que tudo isso ficou pra trás agora, né?

— Não, Molloy. — Meu coração disparou no peito, se contorcendo e se preenchendo de tristeza e culpa. — A gente vai repetir.

— Sim — ela murmurou sem muito entusiasmo. — Com um bebê a tiracolo.

— A gente vai repetir — falei de novo, segurando seu queixo e forçando-a a olhar para mim.

— É mesmo? — ela sussurrou em tom um esperançoso.

— É sim — confirmei. — E você vai poder ser tão livre quanto naquele dia. — Me inclinei e dei um beijo nos seus lábios. — E vou chapar um pouco menos.

68

Recesso de Páscoa

AOIFE

— Aonde você está indo? — perguntei para o meu pai no sábado de manhã, vendo-o descer as escadas com uma cara furiosa. — Pai?

— Trabalho — rosnou por cima do ombro. — Então é melhor você mandar o seu namorado levantar a bunda da sua cama!

Ah, merda.

— Joey não está aqui.

— Eu sei que ele dormiu aqui.

Verdade.

— Ele foi embora há um tempinho.

— Bem, então vamos torcer pra ele estar na oficina, porque, se ele não estiver lá, é melhor ele procurar outro lugar pra trabalhar. Estou de saco cheio disso.

— Pai, espere! — Desci as escadas atrás dele e corri até a van estacionada lá fora. — Não bata nele, está bem?

— Não vou bater nele.

— Promete?

— Se eu quisesse bater nele, já teria batido naquela noite — meu pai grunhiu, entrando na van. — Volte pra casa, está frio e só falta você ficar doente.

— Não demita ele — implorei, segurando a porta da van para que ele não fosse embora. — Por favor, pai. Ele precisa do trabalho.

— Claro que ele precisa do trabalho — ele disse. — Ele vai ter um filho, né?

A noite de sono não tinha ajudado em nada. Ele parecia mais bravo agora do que quando descobriu.

— Mas você nos apoiou quando os Lynch...

— Porque você é minha filha, caramba. Claro que vou te apoiar. Sempre vou mostrar pros outros que somos uma família unida. Mas não estou nada feliz com isso, Aoife — ele grunhiu, dando a partida. — Minha filha vai ter uma criança com outra criança, sendo que ela ainda é uma criança! Não estou nada satisfeito com isso, mas agora não tenho muito o que dizer, né? Agora já é tarde demais. Não adianta torcer o pescoço do rapaz nessa altura do campeonato, né? Não dá pra voltar no tempo e botar uma camisinha no pau do sacana agora, dá?

Eu não podia responder, então soltei a porta e ele bateu antes de partir. Voltei para casa, subi as escadas para pegar o celular e avisar meu namorado que meu pai estava furioso.

Aoife: Alerta vermelho. Alerta vermelho. Evite a oficina a todo custo. Meu pai saiu com sede de sangue.
Joey: Desculpa por sair sem me despedir. Tive que passar em casa pra dar uma olhada nos meninos antes de ir pro trabalho. Como está se sentindo?
Aoife: Eu? Estou bem. Estou é preocupada com você. Como estão os meninos?
Aoife: Joe?
Joey: Bem.
Aoife: E a Shan?
Joey: Ainda não voltou de Dublin.
Aoife: Merda.
Joey: Pois é.
Aoife: Só fica longe da sua casa, Joe. Você pode passar uns dias aqui. Não quero que você corra perigo.
Aoife: Joe?
Aoife: Joey!
Joey: Está tudo bem. Não se preocupe. Estou no trabalho agora, então falo com você depois.
Aoife: Eu falei sério sobre o meu pai, Joe. Eu vi um alicate enferrujado no banco do carona da van dele. Acho que ele pode estar pensando em te castrar.
Joey: Posso lidar com o Tony. Se cuide, está bem? Vê se não sobe em nenhum muro nem faça nenhuma loucura. Te vejo mais tarde. Bjs
Aoife: Te amo, bjs
Joey: Também te amo

— Bem, eu tenho que admitir que o pai do seu bebê é corajoso — minha mãe disse, entrando na cozinha depois de levar o almoço do meu pai na oficina.

Me levantei da cadeira.

— Joe?

— Uhum. Ele foi trabalhar.

— Estava inteiro?

Molloy fez uma careta.

— Mais ou menos.

— Ah, meu Deus, mãe. Por favor, me diz que o pai não bateu nele.

— Segundo seu pai, ele atirou uma chave-inglesa na cabeça do garoto, mas não tem nada a ver com aquele olho roxo.

— Ah, meu Deus — choraminguei, me sentando e abaixando a cabeça nas mãos. — Pode me matar.

— Uma hora, seu pai vai se acalmar — disse com firmeza. — Eles vão ficar bem, filha. Dê tempo ao tempo. Trabalham juntos há um século. São praticamente um velho casal.

— Você devia ver como ele estava hoje de manhã, mãe — falei, vendo minha mãe andar de um lado para o outro na cozinha. — Ele estava tão agressivo.

— Seu pai não está agressivo, meu bem, só está chateado.

— Bem, pior ainda. Parti o coração dele. É por isso que ele me evitou como se eu fosse uma praga quando chegou em casa do trabalho ontem à noite. Ele me odeia.

— Podemos conversar? — Kev perguntou, entrando na cozinha com as mãos erguidas. — Civilizadamente.

— Kev — minha mãe disse, dando um suspiro cansado. — Acho que agora não é hora pra isso.

— A gente precisa resolver isso, Aoife — insistiu, ignorando nossa mãe. — Vamos nos sentar pra conversar. A gente não pode continuar desse jeito.

— Pode conversar com ele à vontade — falei para a nossa mãe, me levantando e pegando a chave do carro na mesa. — Vou pra casa da Casey.

— Aoife — Kev grunhiu quando passei por ele. — Por favor.

— Vai se foder, Kevin.

69

Pais e avôs

JOEY

Sentindo dor em lugares que eu nem sabia que podiam doer, abaixei a cabeça para o mau humor de Tony no trabalho e naveguei pelas águas extremamente perigosas em que me encontrava, tentando não desmaiar de dor.

A dor nas minhas costas tinha piorado tanto que eu estava até com medo de tirar a camiseta e me olhar no espelho. Eu não queria ver o estrago que aquele cinto fez na minha pele aquela noite.

Tirar a roupa só deixaria minha namorada grávida ainda mais estressada, então dormi de camiseta e calça, e ela ficou desconfiada. O sono veio fácil, com a ajuda dos comprimidos da minha mãe que eu tomei no banheiro depois que Molloy apagou, mas de manhã tudo voltou.

Mesmo assim, me levantei da cama e cheguei na oficina na hora, sabendo que eu tinha que mostrar serviço para Tony Molloy — agora mais do que nunca. Porque, pela primeira vez na vida, as coisas com o meu chefe estavam estranhas, e essa sensação não era nada boa.

Ele não tinha direcionado uma palavra para mim desde a noite em que nos sentamos na mesa da cozinha dele com os meus pais, e a pressão só aumentava.

Quando parou na frente da oficina de manhã e me viu esperando na porta, eu não sabia direito como reagir. Não mandou eu me foder, então fiquei por ali, desviando de cada chave-inglesa e ferramenta que ele jogou na minha direção — ou seja, que ele jogou mirando a minha cabeça.

O homem estava mais que puto comigo, e eu não o culpava. Eu não tinha apenas decepcionado ele, eu tinha arrastado sua filha junto comigo.

Mantive a cabeça baixa, aguentando firme seu gelo e os mísseis voadores, e continuei trabalhando na hora do almoço, sem querer lhe dar mais motivos para me botar no olho da rua.

Eu aceitaria qualquer que fosse a maneira como ele quisesse lidar com isso. Não tinha nenhuma vantagem naquela situação. Tinha estragado a vida da filha dele. Se o bebê que Molloy carregava fosse menina e ela caísse nas garras de um merda como eu, eu perderia a cabeça que nem o Tony.

Já eram pouco mais de cinco da tarde quando ele finalmente rompeu o silêncio e botou uma caneca de café no carrinho ao meu lado. Não falei nada para não o irritar ainda mais e levei a caneca até os lábios, então parei e o encarei por cima da borda com desconfiança.

— Relaxa, não envenenei o café — grunhiu, dando um gole na própria caneca e a trocando comigo para que eu provasse. — Não posso deixar meu neto sem pai.

Apesar das suas palavras, a sua expressão me garantia que ele tinha considerado a ideia.

— Valeu — murmurei, e aceitei a bebida.

— O que aconteceu com o seu rosto?

— Dei de cara com uma porta.

Ele balançou a cabeça, mas não insistiu, e deu outro gole na caneca.

Grato pelo pequeno gesto de misericórdia, engoli o meu café.

— E aí, vamos acabar logo com isso?

— Você quer fazer isso agora?

— Nada como o momento presente.

— Está bem — ele disse, me olhando feio.

— Está bem — falei, oferecendo-lhe o respeito que merecia ao manter contato visual, apesar da minha consciência estar gritando "Hora do show, se prepare".

— Você me decepcionou, Joey.

Meu Deus, ouvi-lo dizer aquilo em voz alta machucava mais do que imaginei.

— Eu sei, Tony.

— Mas, pior que isso, você decepcionou a minha filha.

— Pois é. — Estalei a língua e assenti sério. — Eu sei.

— O que é que você vai fazer?

— Vou assumir minhas responsabilidades.

— Assumir as suas responsabilidades.

Acenei a cabeça, nervoso.

— Vou fazer a vontade da Aoife.

— E Trish e eu?

— Também. — Dei de ombros. — Contanto que a vontade de vocês esteja alinhada à da sua filha.

— Você vai ficar ao lado dela?

— Vou.

— Você vai se casar com ela?

— Se ela quiser.

— O que você quer?

— Ela.

Ele ficou me encarando por um longo tempo antes de soltar um suspiro frustrado.

— Caramba, Joey, isso seria tão mais fácil se eu não gostasse de você.

Pois é, eu sei.

— Ela pode estar carregando o seu bebê, mas ela ainda é o *meu* bebê — Tony disse. — Sempre vai ser o meu bebê. Eu morreria por ela. Mataria por ela. Sei que você é um bom garoto, mas estou te falando agora, de homem pra homem, que se você sequer considerar encostar um dedo na minha filha ou na criança...

— Você não precisaria me matar, Tony — interrompi. — Porque eu mesmo faria isso.

— Não estou falando que acho que você seria capaz, mas você sabe por que tenho que te falar isso, né? Gosto de você, rapaz, você sabe, e sei que você ama ela, mas a casa em que você cresceu e o homem que te criou... — Ele parou de falar e respirou fundo antes de me lançar um olhar de advertência. — Estamos entendidos?

Nauseado e sentindo que tinha tomado uma facada nas costas, me obriguei a engolir a amargura da traição e assenti com firmeza.

— Sim, Tony, estamos entendidos.

— Não estou dizendo que você faria isso. Mas você é...

— Filho do meu pai — completei sem emoção. — Eu sei.

— E aí? — Molloy me perguntou do outro lado da linha enquanto eu chegava em casa do trabalho. — Como foi? Ele foi horrível? Você está bem? Ele te bateu? Me diz que ele não te bateu...

— Molloy, respire. Estou ótimo — respondi antes que ela continuasse o interrogatório. — Estou chegando em casa. Vou tomar um banho e dar uma olhada nos meninos e vou pra sua casa depois.

— Então você está mesmo bem?

Eu não estava nada bem.

— Sim, Molloy, estou bem.

— O que ele disse?

— Ele me perguntou se eu planejava me casar com você.

— Ah, meu Deus — ela grunhiu dramaticamente. — E o que você disse?

— Falei que a gente já se casou em segredo e que você tatuou o meu nome na sua bunda em vez de ficar com uma aliança.

— Você *não* falou isso pro meu pai.

— Claro que não — eu disse, rindo. — Como está se sentindo?

— Igual da última vez que você perguntou. Relaxa, Joe, eu ainda sou eu.

Graças a Deus.

— Bem, estou na rua de baixo da sua. E, estou com o carro, me liga quando você estiver pronto e eu te busco.

— Você está na casa da Casey?

— Sim. Estou fazendo luzes no cabelo dela. Eu tinha que sair de casa, senão ia acabar esfaqueando meu irmão com uma colher.

— Se for esfaquear ele, é melhor usar algo mais afiado.

— Tipo uma faca?

— Talvez um garfo. Acho que não deve ser bom parir na prisão.

Ela deu risada.

— Eu ficaria gostosa com aquela roupa listrada.

— Com certeza — concordei. — Olha, te ligo mais tarde.

— Te amo.

— Também te amo.

Encerrei a ligação e guardei o celular no bolso só para pegá-lo em seguida, quando ele começou a tocar.

Sem me dar ao trabalho de ler o nome na tela, aceitei a chamada e coloquei o telefone na orelha.

— Não, Molloy, listras não te deixam gorda, e não, você não está gorda, eu ainda vou te querer tanto quanto te quero agora...

— Joey, volte pra casa. Rápido! — Ollie gritou do outro lado da linha. — Por favor, volte. O papai vai matar ela!

— Quem, Ollie? — perguntei, disparando para casa. — É a mãe? — Meu coração acelerou. — Ele está batendo na mãe?

— Na Shannon! — Ollie berrou. — Ele está matando a Shannon!

70

Ele ou a gente 2.0

JOEY

Corri mais rápido que nunca até chegar em casa com o coração disparado e a mente a mil.

Está tudo bem.

A situação não deve estar tão ruim assim.

Só respire.

Assim que entrei no quintal, vi Ollie na porta acenando vigorosamente, pedindo para que eu me apressasse. Eu sabia que ele estava gritando algo enquanto vertia lágrimas, mas não consegui entender uma palavra.

O único som que eu ouvia era o rugido estrondoso dos meus batimentos nos ouvidos, enquanto eu cambaleava pela porta da frente e seguia o rastro de sangue que dava na cozinha.

Meu cérebro levou um instante para absorver o que meus olhos estavam vendo.

Sangue nos ladrilhos da cozinha.

Shannon estirada no chão.

Tadhg cobrindo o corpo dela com o seu.

Sangue no rosto dele.

Minha mãe gritando na cozinha.

E ele.

Ele.

No meio da carnificina, estava o *nosso pai.*

Minha mala escorregou do ombro, e o barulho que ela fez quando caiu no chão me acordou do transe em que eu sufocava.

Minha garganta se fechou.

Meu coração murchou e morreu no meu peito.

Olhei para Shannon de novo, e a dor que senti ao ver seu corpo mutilado foi demais.

Tudo aquilo era demais.

— Seu escroto do caralho! — As palavras escaparam dos meus lábios feito um grito de guerra, e disparei para ele sem nem pensar, com o coração exigindo vingança. — Seu animal sujo de merda.

— Joey, espera!

Eu não esperei.

Eu não conseguia.

— Bate em mim. — Eu o derrubei com mais força do que sabia que eu tinha, bati sua cabeça contra os ladrilhos duros e então fiquei de pé, arrastando aquele inútil comigo. — Vamos, seu escroto. Bate em alguém do seu tamanho.

— Joey, por favor, não...

— Cala a boca — rugi, perdendo completamente a cabeça quando *ela* tentou falar comigo. Minha irmã estava jogada no chão e, em vez de acudir a filha, estava tentando proteger aquele *monstro.* — Você é o projeto de mãe mais patético que já existiu.

Cuspindo fogo pelas ventas, ele se inclinou para trás e me deu um soco no queixo com seu punho forte.

— Seu merdinha.

— Viu isso? — perguntei, sem nem sentir a dor, olhando feio para a nossa mãe. Eu sabia que o golpe devia ter doído, pois seu punho parecia uma maldita escavadeira, mas a adrenalina inundava meu organismo, me dando uma força que eu não tinha o direito de ter. — Viu ele me bater?

— Vou te ensinar uma lição, garoto — meu pai falou, desferindo outro soco, só que dessa vez ele errou, me dando oportunidade para revidar.

— Não está vendo o que ele está fazendo com os seus filhos? — Meu punho acertou o seu nariz, fazendo o sangue espirrar em nós dois enquanto ele caía de bunda no chão. — *Ficou cega, porra?*

— Joey, para — minha irmã falou, mas era tarde demais. — Não vale a pena ir pra prisão por causa dele.

Eu não conseguia parar.

Não até fazê-lo parar.

Para sempre.

Alguém precisava pará-lo.

Eu precisava fazer tudo aquilo *parar.*

— Joey, para — minha mãe implorou. — Você vai matar ele.

— Que bom!

Meus punhos continuaram se movendo por conta própria em um borrão frenético e vingativo enquanto meus dedos se rasgavam e sangravam em nós dois. Enquanto eu deixava meu coração assumir o comando pela primeira vez e acabava com ele.

Que eu perdesse meu réu primário.

Alguém tinha que acabar com aquilo.

E tinha que ser *eu.*

— Joey, você... prometeu... — Alguém de mãozinha segurou meu braço, quebrando minha concentração. — Você prometeu que... nunca... me... deixaria...

A voz de Shannon perfurou a névoa da minha mente e eu recuei, deixando meus braços caírem. Sua vozinha foi penetrando meu cérebro fodido.

Shannon.

Tum, tum, tum.

Shannon.

Tum, tum, tum.

Shannon.

Tum, tum, tum.

Entorpecido e atordoado, saí de cima do meu pai e me afastei.

— Teddy... ah, meu Deus, Teddy! — minha mãe choramingou, correndo até ele. — O que foi que você fez?

Ali estava.

Ali estava *ela*.

Correndo direto para *ele*.

Isso me dilacerou.

O que quer que estivesse me segurando nesses últimos dezoito anos se estilhaçou. Com os olhos arregalados, olhei em volta, tentando compreender a zona de guerra em que fomos criados. A zona de guerra em que eu me encontrava.

Sangue e lágrimas.

Dor e pressão.

Era demais.

— Ollie. — Ele estava encolhido ao lado de Shannon, e gesticulei para que se aproximasse. — Vá lá em cima pegar o Sean.

Porque eu não tinha dúvida de que o menino estava se escondendo debaixo da minha cama. Eu não o culpava. Eu mesmo queria me esconder lá com ele.

— Por quê?

— Porque a gente vai embora. — Tremendo da cabeça aos pés, eu disse: — A gente não vai passar nem mais um dia debaixo do mesmo teto que esse merda.

Felizmente, Ollie fez o que eu pedi, seguindo direto para a escada sem nem hesitar.

— Tadhg, vai com o Ollie.

— Mas eu...

— Por favor — insisti, ofegando ao ver o sangue espalhado pelo seu rosto. — Vai lá pra cima fazer as suas malas, garoto.

Ele ficou me encarando por dez segundos, então cedeu e correu para a escada.

Só quando os mais novos saíram, me concentrei na minha irmã.

Eu não queria fazer isso.

Eu queria fugir e me esconder, mas me obriguei a olhar para o seu corpo destruído.

— Está tudo bem — menti para ela, me ajoelhando ao seu lado, me sentindo mais arrasado do que jamais tinha me sentido na vida. — Estou aqui. — Peguei-a no colo. — Estou aqui, Shan.

Estava mole feito uma boneca de pano, e o pânico me dominou, porque eu sabia que dessa vez tinha sido pior. Dessa vez, ele tinha machucado como nunca antes.

— Você está sangrando — minha mãe choramingou. — Ah, meu Deus, Teddy.

Foi a gota d'água.

Essas palavras foram a gota d'água para que eu perdesse o resquício de autocontrole.

— Você está cega, porra? *Ela* está sangrando. Shannon. Sua filha!

— Shannon. — Piscando rapidamente como se estivesse saindo de um torpor, a expressão da minha mão murchou. — Ah, querida, seu rosto...

— Não venha com essa — falei, colocando minha irmã de pé cuidadosamente.

Ela cambaleou e caiu contra mim feito um potro recém-nascido, e sua falta de equilíbrio e coordenação só aumentou meu pânico.

Porque aquilo era ruim.

Era ruim pra caralho.

— Você vai ficar bem — continuei falando, carregando-a até a mesa e colocando-a em uma cadeira. — Você vai ficar bem. Estou aqui. — Peguei um pano de prato e o pressionei na lateral do seu rosto, de onde parecia vir a maior parte do sangue. — Estou aqui, Shan.

— Shannon, eu não queria...

— Não fala com ela, seu escroto! — berrei, assumindo uma postura protetora na frente da minha irmã quando aquele infeliz tentou falar com ela. — Eu vou te matar. Está me ouvindo? Eu vou rasgar a porra da sua garganta se você olhar pra minha irmã de novo!

Como ousava sequer olhar para ela?

Como *ousava* dizer que não queria machucá-la?

Tudo o que aquele homem fez foi orquestrado com maldade e crueldade intencionais. Só estava arrependido porque sabia tanto quanto eu que dessa vez ele tinha ido longe demais. Ele tinha feito algo que não poderia ser escondido nem enterrado.

Era o seu fim, e o escroto sabia disso.

Mas, em vez de ficar feliz com isso, eu estava nervoso.

Porque Teddy Lynch era bem mais perigoso e imprevisível quando estava encurralado — como agora.

Os meninos voltaram para a cozinha alguns momentos depois com as mochilas carregadas de roupas e brinquedos, e suspirei de alívio ao ver o rostinho de Sean intacto.

Ele estava bem.

O menino estava bem.

— Agora é assim que vão ser as coisas — falei quando os meus três irmãos mais novos se aproximaram e ficaram atrás de mim. — Ou você encontra algum instinto maternal no fundo dessa porra desse seu coração e bota esse canalha pra fora de vez — eu disse para a nossa mãe. — Ou vou tirar essas crianças de casa pra nunca mais voltar.

— Joey, me desculpa...

— Não quero suas desculpas — eu a interrompi. — Proteja os seus filhos e bote ele pra fora.

— Joey, eu...

— Escolhe, mãe. — Mentalmente, implorei para que ela fizesse a coisa certa pela primeira vez na vida. Eu sabia que ela estava com medo. Eu também estava. Mas aquelas crianças mereciam uma vida melhor. Ela precisava ser melhor para os filhos, porra, porque aquela versão não era boa o suficiente nem para manter uma ninhada de gatinhos segura. — Ele ou a gente!

— Joey, se acalma um pouco...

— Não se atreva a tentar se safar dessa, porra! — gritei, sentindo meu coração rachar a cada segundo que passava e ela não nos escolhia. — Só faz a coisa certa pelo menos uma vez na vida e coloque esse escroto pra fora!

— Joey, não podemos só...

— Ele ou a gente — repeti, com os dentes batendo por causa da dor que dominava o meu corpo e que eu tentava desesperadamente ignorar. — Ele ou a gente, mãe.

Silêncio.

Olhares vazios.

Nada.

Ela só ficou ali ao lado dele, olhando para mim de um jeito perdido.

— Quero que você saiba de uma coisa — consegui dizer, me esforçando para conter as lágrimas que se acumulavam nos meus olhos. — Quero que você saiba que agora te odeio *mais* do que já odiei ele. Quero que saiba que não é mais minha mãe. Não que já tenha sido, pra começo de conversa.

— Por favor...

— Não. — Contive um soluço, balancei a cabeça e continuei: — De agora em diante, você está morta pra mim. Suas merdas? Lide com elas sozinha. Da próxima vez que ele te bater, não vou estar do seu lado pra te proteger. Da próxima vez que ele beber todo o seu dinheiro e você não conseguir alimentar as crianças nem fazer a energia voltar pra casa, arranje outro imbecil pra te dar grana. Da próxima vez que ele te empurrar na escada ou quebrar a porra do seu braço em um surto de uísque, vou fingir que não vi, assim como você fez aqui nesta cozinha.

— Joey...

— De agora em diante, não vou mais te proteger dele, assim como você não protegeu *a gente*.

— Não fale com sua mãe desse jeito. — O desgraçado ficou de pé, cambaleando, e ainda tentou me ameaçar. — Seu ingrato, seu...

— Nem pense em falar comigo, seu merda nojento — rugi, sem querer desperdiçar nem mais um segundo com ele. — Posso até ter o seu sangue, mas é só isso. Não tem mais você e eu, velho. Você pode queimar no inferno, tanto faz. Na verdade, eu sinceramente torço pra que vocês dois queimem no inferno, porra.

— Acha que pode falar comigo desse jeito? — meu pai disse, limpando o sangue da cara. — Você precisa se acalmar, garoto...

— Está me chamando de garoto? — Joguei a cabeça para trás e dei risada, sem achar a menor graça. — Eu? O cara que passou a maior parte da vida criando seus filhos, porra? — Gesticulei para as quatro crianças se escondendo atrás de mim. — Dando um jeito na bagunça de vocês, cuidando das responsabilidades de vocês, compensando o fato de vocês serem dois inúteis de merda? — E pensar que aquelas pessoas decidiram que eu não seria um bom pai. Hipócritas do caralho. — Posso ter só dezoito anos, mas sou mais homem do que você jamais vai ser!

— Não abusa da sorte, Joey. Estou te avisando...

— Ou então o quê, caralho? — sibilei, olhando feio para ele. — Você vai me derrubar? Me bater? Me chutar? Pegar seu cinto? Atirar alguma coisa na minha perna? Lançar uma garrafa na minha cabeça? Me aterrorizar? Adivinha? Não sou mais um menininho assustado, velho. — Sacudi a cabeça, sentindo desprezo total por aquele homem. — Não sou mais uma criança indefesa, não sou uma adolescente apavorada, e não sou sua esposa maltratada. Então o que quer que você faça comigo, te prometo que vou devolver dez vezes pior.

Ele sabia disso.

Ele sabia que o único jeito de me controlar era me matando.

Porque, enquanto houvesse ar em meus pulmões, eu continuaria revidando.

Eu *sempre* revidaria.

— Sai da minha casa — ele falou, deixando claro que ele tinha me ouvido em alto e bom som. — Agora, seu moleque!

— Teddy, para — minha mãe tentou intervir. — Você não pode...

— Cala a porra dessa boca, mulher! Senão vou quebrar a sua cara! Está me ouvindo?

— Você não pode expulsá-lo de casa... — ela choramingou, se encolhendo diante dele. — Por favor. Ele é meu filho...

— Ah, *agora* sou seu filho? — Balancei a cabeça, indignado. Era tarde demais. — Não preciso de favor nenhum.

— É culpa sua, garota — nosso pai disse, direcionando o surto de uísque para a minha irmã de novo. — Vadiando pela cidade, causando problemas pra esta família! Você é a causa disso...

— Nem pensa — falei, me colocando na frente dela. — Fica longe dela.

— É a verdade — ele continuou, se concentrando em Shannon, já que não estava conseguindo nada de mim.

O sangue que derramei era físico, mas nosso pai queria mais que isso. Ele estava ávido por evidências da angústia mental que nos infligia. Só que isso ele nunca arrancaria de mim, então ele sugava a minha irmã.

— Você é um desperdício de espaço, e sempre foi. Falei pra sua mãe de você, mas ela não me ouviu. Só que eu sabia. Mesmo quando você era pequena, eu já sabia que tipinho você era. Uma maldita tampinha. Não sei de onde foi que você veio.

— Mentira, Teddy — minha mãe disse, em uma tentativa patética de proteger Shannon. — Shannon, querida, não é isso...

— A gente nunca quis você. Sabia? Sua mãe te largou uma semana no hospital, se perguntando se devia ou não te abandonar, até que a culpa levou a melhor. Mas eu nunca mudei de ideia. Eu não aguentava nem olhar pra você, que dirá te amar!

— Shannon, não dá ouvidos a ele — falei, sentindo-a murchar ao meu lado. Ele estava fazendo a cabeça dela, exatamente como queria, e estava me afetando. Ele não podia me atingir, mas quando a magoava, eu ficava arrasado. — Não é verdade. Esse babaca é perturbado. Só ignora. Ouviu, Shan? *Ignora ele.*

— Eu também não te queria — ele tentou se voltar contra mim.

— Meu coração está sangrando — cuspi com sarcasmo. Ele não podia me atingir com as suas palavras. Apenas a mulher ao lado dele podia fazer isso.

— Bem, pensamos o mesmo de você — Tadhg grunhiu. — Nenhum de nós quer você!

— Tadhg, fica quieto — falei. Fiquei desesperado quando meu irmão se colocou diretamente na linha de fogo. — Deixa comigo.

— Não, não vou ficar quieto, Joe — Tadhg disse. — Ele é a porra do problema desta família e precisa ouvir isso.

Eu concordava totalmente com ele, mas ele precisava ficar quieto e me deixar falar. Eu aguentava a merda que nosso pai atirava em mim. Eu aguentava os golpes. Mas Tadhg era só uma criança. Ele precisava baixar a bola e, mais do que isso, precisava se manter a salvo.

— Tira ele da minha frente! — nosso pai rugiu, gesticulando para o meu irmão. — Agora, Marie! Tira ele da minha frente antes que eu acabe com esse merdinha.

— Quero ver você tentar, porra — falei, empurrando o bocudo para trás de mim antes que ele se encrencasse. — Tenta, velho.

— Não. — Nossa mãe se colocou entre nós. — *Você* precisa ir.

— O que você disse? — ele perguntou. — O que foi que você disse, porra?

— Sai — ela sussurrou ofegante, parecendo prestes a cair de cara no chão. — Acabou, Teddy. Cansei. Cansamos. Eu não posso... preciso que você vá embora.

— Você cansou? Você acha que vai me deixar? Você é minha, Marie. Está me ouvindo? Você é minha, porra. Acha que pode me jogar fora? Virar as costas pra mim?

— Só vai embora! Quero que você vá embora, Teddy. Sai da nossa vida.

Você precisa ir.

Quero que você vá embora.

Saia das nossas vidas.

Ela estava direcionando as palavras para o meu pai, mas não senti nada. Porque aquelas palavras não significavam nada. Elas eram vazias. Era tarde demais. O estrago já estava feito. A hora de enfrentá-lo tinha passado. O que quer que ela fizesse agora era por medo por si mesma, e não pelas crianças.

— Você acha que tem uma vida sem mim? — ele continuou provocando-a. — Você não é nada sem mim, sua puta. A única maneira de você me deixar é se me prender, mulher. Vou te matar antes de permitir que você me deixe. Está me ouvindo? Vou queimar essa porra de casa com você e seus putinhos antes de deixar você ir.

— Para — Ollie choramingou, agarrado à minha perna. — Faz ele parar. Por favor.

— Você virou uma menininha agora? — meu pai rosnou, olhando para o garoto. — Seja homem, Ollie, seu idiota.

— Chega, Teddy — nossa mãe tentou de novo. — Sai daqui.

— Esta é a minha casa, porra — ele dobrou a aposta e rosnou. — Não vou a lugar algum.

— Tudo bem — falei em um tom estranhamente calmo, já que eu não estava nada calmo. — Ollie, vai lá pra fora e leva o Sean. — Enfiei a mão no bolso do jeans, peguei meu celular e o entreguei para ele. — Aqui... pega e liga pra Aoife, está bem? Liga pra ela vir buscar a gente.

Eu odiava envolver Molloy naquela confusão.

Eu me odiava pra caralho por arrastá-la de novo para esta casa.

Mas eu não tinha escolha.

Eu não tinha mais ninguém, só ela.

Ela era a minha salvação. Ela era a minha vida toda e, fosse certo ou errado, eu sabia que ela não me deixaria na mão.

— Não, não, não! Joey, por favor. Não tira eles de mim. — Desesperada, nossa mãe correu até mim. — Eu falei pra ele ir. Eu falei pra ele, Joey. — Com os olhos cheios de medo, ela agarrou meu moletom, implorando para que eu fizesse algo que nós dois sabíamos que eu não faria. — Claro, claro que escolho vocês! Por favor, não faz isso. Por favor, Joey. Não leva meus filhos.

— Pra que você serve se não consegue manter eles seguros? — Cada centímetro do meu corpo sacudiu e tremeu enquanto eu lutava contra a vontade desesperada de confortá-la. Mas eu não podia mais fazer isso. Não daquela vez. — Você é uma porra de um fantasma nesta casa. Você é um papel de parede, mãe. Um rato. Você *não* é boa pra gente!

— Joey, espera, espera! Por favor, não faz isso. — Ela segurou as minhas mãos e ficou de joelho na minha frente, e eu quis morrer. — Não tira eles de mim.

— Não posso deixar eles aqui — falei, sentindo muito por ela, com o coração disparado no peito. — E você já fez sua escolha.

Ela tinha feito a escolha dela.

Negando ou não, ela tinha escolhido ele.

Ela *sempre* escolheria ele.

Só que, dessa vez, eu estava escolhendo os meus irmãos, e não ela.

— Você não entende — ela choramingou. — Você não vê.

— Então se levanta, mãe. — Com os olhos cheios de lágrimas, eu sinceramente senti que ela tinha enfiado a mão dentro do meu peito e esmagado meu coração. — Fica de pé e sai desta casa comigo.

— Não posso. — Ela balançou a cabeça com olhos suplicantes. — Ele vai me matar.

Ele vai matar as crianças também, era o que eu queria gritar.

Como ela não entendia isso? Como é que ela podia justificar a presença dele naquela casa? Aquilo não era amor. Aquilo era doentio. Ela estava tão doente quanto ele, e eu não queria mais fazer parte daquilo.

— Então morra — foi tudo o que respondi.

— Deixa ele ir, Marie — nosso pai ordenou. — Ele vai voltar com o rabo entre as pernas. Esse puto é um inútil. Não vai sobreviver um dia sozinho...

— Cala a boca! — Ela ergueu as mãos e gritou com toda a força. — Só cala a boca! É tudo culpa sua. Você arruinou a minha vida. Você destruiu os meus filhos. Você é um maldito louco...

Ele avançou nela tão rápido que não tive nem tempo de reagir.

Seu punho atingiu o rosto dela, e minha mãe caiu no chão feito um saco de batatas. Ela ficou de quatro, como eu já tinha visto um milhão de outras vezes em um milhão de outras discussões naquela mesma cozinha maldita.

— Acha que pode falar comigo assim? — ele falou, assomando sobre ela. — Você é a pior do bando, sua puta de merda!

Não faça isso.

Não faça isso.

Não faça isso.

— Mantenha suas malditas mãos longe da minha mãe — falei, sem pensar, reagindo por instinto e empurrando-o para longe do corpo frágil da minha mãe e indo direto para ela. — Mãe.

Tudo em mim vacilava — minha voz, meu autocontrole, meu coração. Tudo estava se despedaçando.

Eu me ajoelhei ao seu lado e odiei que ela temesse o meu toque quase tanto quanto temia o dele, quando tudo o que eu queria era protegê-la.

— É só dar as costas pra ele. — Afastei o cabelo dos seus olhos, e ela me olhou que nem a Shannon. Tão assustada que parecia uma criancinha. — Vamos dar um jeito, ok? Vamos resolver isso, mas não podemos ficar aqui. Vou cuidar de você.

— Quem você acha que é, porra? — ele falou, colocando a mãozorra na minha nuca. — Acha que sabe de tudo, garoto? Acha que é melhor que eu? — Seu toque trouxe uma vida inteira de flashbacks e lembranças terríveis. — Acha que pode tirar ela de mim? — Ele me dominou com a sua força e me obrigou a ficar de joelhos. — Ela não vai a lugar algum. — Ele aumentou a pressão na parte de trás do meu pescoço e me empurrou de bruços. — Eu falei que te ensinaria boas maneiras, seu ingrato, seu merdinha. — O peso que ele colocou sobre mim era insuperável e me deixou completamente indefeso. — Acha que você é homem agora, garoto? — Ele enfiou o joelho nas minhas costas e tive que conter um grito quando a dor queimou minha carne já mutilada. — Mostre pra sua mãe que tipo de homem você é, chorando de joelhos feito uma vadia.

— Para — nossa mãe implorou. — Solta ele, Teddy.

— Sou mais homem que você — falei, tentando desesperadamente manter meu rosto longe do chão de ladrilhos no qual ele pretendia me esmagar.

— Ah, você acha, é? — Ele deu uma risada cruel, segurou meu cabelo e levantou a minha cabeça antes de bater meu rosto com força no ladrilho. — Você é um merdinha, garoto.

Tudo dentro de mim ficou estranhamente calmo por um breve momento antes que a onda repentina de calor e dor percorresse meu rosto, trazendo consigo o velho gosto metálico de sangue.

Me obrigando a resistir, cuspi sangue e me ergui, na tentativa de tirá-lo de cima de mim.

Implacável, ele puxou minha cabeça para trás e a esmagou no chão novamente.

De novo e de novo.

Sem parar.

— Solta ele. Teddy, você vai matar ele.

Fiquei tonto.

— Que bom. E você é a próxima, sua puta traidora.

A dormência me dominou. Senti o osso do meu nariz se torcendo para o lado com o impacto dos seus golpes. De certa forma, até fiquei aliviado, porque pensei que aquilo finalmente ia acabar.

Finalmente.

— Isso é tudo que você tem? — falei, ainda resistindo, porque eu nunca me entregaria àquele homem. Ele teria que fazer meu coração parar de bater. — Você está perdendo o jeito, velho.

Aquilo só poderia acabar de dois jeitos. Ou ele me mataria, ou eu o mataria. Pelo menos, se ele me matasse, eu poderia descansar. Eu poderia ter *paz.*

Não ouse desistir.

Tem uma garota e um bebê contando com você.

Trate de se levantar.

Não vai deixá-la sozinha.

Furioso, continuei lutando, provocando-o, resistindo, até que de alguma forma consegui virar o corpo de lado e arrastá-lo para o chão comigo. Só que eu estava fraco demais, exausto demais para acabar com ele.

Lutando desesperadamente pela minha vida, tentei infligir nele tanta dor quanto eu era capaz, mas minhas mãos pareciam blocos de concreto. Estava muito difícil me mexer, quanto mais desferir um soco.

Meu pai levou a melhor mais uma vez e subiu em cima de mim, apertando as mãos enormes na minha garganta, bloqueando minha respiração e comprimindo meus pulmões.

Ouvi as crianças chorando, minha mãe também. Eu sabia que Shannon precisava de ajuda, mas, naquele momento, eu só conseguia pensar na minha namorada. Em todas as merdas que eu tinha feito, em todas as situações terríveis que eu a tinha submetido ao longo dos anos. Senti as lágrimas escorrendo pelas minhas bochechas enquanto meu corpo enfraquecia.

Te amo, eu disse mentalmente para ela. *Me desculpa. Eu tentei, porra.*

Eu queria fechar meus olhos. E simplesmente desistir. Mas algo chamou minha atenção através da névoa.

Shannon. Eu *a* vi. Do outro lado da cozinha. Com o corpo mole, sangrando pela boca. O pânico contorceu minhas entranhas.

Ela está morrendo.

Ela está morrendo.

Levanta.

Levanta e ajuda ela, porra.

— Ajuda... ela — tentei gritar, mas minhas palavras eram pouco mais que um sussurro. — Ajuda... ela... porra!

— Solta meu irmão! — O grito de Tadhg se infiltrou na minha mente pouco antes da pressão na minha garganta amenizar.

Ofegando, tentei me desvencilhar da mão ainda em volta da minha garganta. Ele não estava mais me sufocando, mas não me soltou.

— Tadhg, abaixa a faca — nossa mãe disse. — Por favor, meu bem.

— Vai se foder — ele respondeu. — Solta. Meu. Irmão.

— Não seja burro, garoto.

— Não sou burro e não sou o Joey. Não vou parar só porque a Shannon diz.

Zonzo e exausto pelo esforço que eu estava fazendo para que meu coração continuasse batendo, virei os olhos embaçados para o meu irmão, que estava pressionando uma faca na garganta do nosso pai, com a ponta afiada bem perto da sua jugular.

— Tadhg... — Engasguei com os soluços quando o velho afrouxou ainda mais as mãos. — Está tudo bem. Calma...

— Não está tudo bem, Joey. — Ele balançou a cabeça enquanto lágrimas escorriam pelas suas bochechas. — Nada disso está bem.

— O que você vai fazer, garoto? — O escroto o provocou. — Me esfaquear?

— Sim.

O coroa tentou pegar a faca, mas meu irmão se adiantou e se aproximou, ainda com ela na mão.

— Tadhg! — nosso pai gritou, tirando as mãos da minha garganta e levando-as para o próprio pescoço, enquanto o sangue escorria pela sua pele. — Você me cortou.

— Isso vai acabar agora — Tadhg rosnou, segurando a faca com mais firmeza que qualquer outro garotinho de onze anos seria capaz. — Solte meu irmão e saia desta casa por bem, ou vou cortar sua garganta e você vai morrer.

71

Luzes e desilusões

AOIFE

— Você é a rainha do cabelo e da maquiagem — Casey declarou, dando um giro de trezentos e sessenta graus para dar uma boa olhada em si mesma. — Que loucura, Aoife. Suas habilidades são surreais, amiga!

Com o rádio no volume máximo, minha melhor amiga se sacudia ao som de "Give It Up", do KC & The Sunshine Band, fazendo diferentes poses no espelho comprido colado atrás da porta do quarto.

Eu me sentia um pouco melhor depois de passar a maior parte do dia no apartamento da mãe dela. Casey tinha uma habilidade inata de me fazer acreditar que minha vida não era uma merda. Não que ela fosse exageradamente otimista, ela só era tão maluca quanto eu, e a gente se completava.

Que nem bife e batata frita.

Ou vodca e coca-cola.

— Gostaria de agradecer à academia. — Fiz uma reverência dramática antes de guardar os pincéis de maquiagem na nécessaire. — E a mim mesma, porque, você sabe, sou maravilhosa e tal.

— Você poderia fazer uma boa grana com maquiagem e penteados.

— Pois é. — Me joguei na cama dela e dei um suspiro pesado. — Esse é o plano, Case.

— Tomara que seja menina — ela disse. — Assim podemos encher a cabecinha dela com conhecimentos sobre maquiagem e moda.

— Joey quer que seja menina.

— Sério?

— Sério. É esse mesmo — declarei, observando-a ajustar o vestidinho preto que estava experimentando para o encontro que teria mais tarde. — Sério, Case. Você está poderosa.

— Hum. — Ela não pareceu convencida e ficou se estudando no espelho por um longo tempo antes de balançar a cabeça e tirar o vestido. — Vou com o rosa.

— Você está cometendo um erro. O preto faz as suas pernas parecerem mais longas.

— Mas o rosa faz minhas tetas parecerem incríveis.

— E daí? — zombei. — Alec já viu os seus peitos dezenas de vezes. Ele já sabe que são incríveis.

— Não vou sair com o Alec hoje.

Meus olhos se acenderam.

— Com o Mack?

— Não.

— Com o Rambo?

— Não.

— Charlie?

— Ninguém do nosso ano, Aoife.

— Então com quem?

— Patrick.

— Patrick? — Franzi a sobrancelha, confusa. — Quem diabos é... ah, meu *Deus*. — Arregalei os olhos. — Aquele cara da festa do Tommen?

Ela sorriu, mordeu os lábios e fez que sim.

— Mandou bem pra uma garota do Elk's, não?

— Peraí. — Sufoquei uma risada de surpresa. — Ele não é, tipo, do quarto ano?

— Ele tem dezessete e está no quinto ano. Como se você pudesse falar alguma coisa — disse, também rindo. — O pai do seu bebê não é mais novo que você?

— Sim, três meses. — Revirei os olhos. — Sou mesmo uma papa-anjo.

— Bem, aproveite o sofá hoje à noite assando o seu filhote no forninho, porque eu vou sair.

— Ei, não menospreze a vida no sofá — grunhi. — Aonde ele vai te levar?

— Pro banco traseiro do carro dele, se ele tiver sorte.

— Nossa. Faça ele merecer.

— Segure os hormônios da gravidez aí, ô Maria Nada Virgem.

— Sou mais virgem que você. Pelo menos só dei pra um pau na vida.

— Pois é, um pau desprotegido e superprodutivo.

Sorri.

— Melhor o pau dele que o do Pica Doce.

— Ei, não fala assim do Pica Doce. — Ela agitou as sobrancelhas. — Aoife, não importa o tamanho do documento. O importante é o movimento!

— Piranha.

— Que calúnia! — Fingiu se ofender. — Quem é que está vivendo no pecado aqui, hein? Que vergonha, Molloy. O que a irmã Alphonsus diria se te visse agora?

— Tem alguma coisa muito errada com a gente, né?

— Provavelmente — concordou, dando risada. — Culpa sua.

— Culpa sua.

— E aí, Joey ficou mesmo ok com essa história de bebê? — perguntou, fazendo cara séria e calçando os saltos. — Ele te apoiou?

— Ele reagiu bem, Case. — Respirei fundo. — Eu estava com tanto medo de contar.

— Pois é, eu sabia que ele ia ficar do seu lado. — Ela gesticulou com a mão. — Podem falar o que quiser daquele garoto, mas ele é bom com crianças.

— É *mesmo* — falei, suspirando. — Praticamente criou os irmãos mais novos.

— Então. Pelo menos um de vocês vai saber o que fazer — comentou, se jogando na cama ao meu lado. — E você, já sabe o que vai fazer com o *seu* irmão?

— Não, Case — grunhi, sentindo uma onda de raiva se agitando dentro de mim só de pensar em Kev. — Estou de saco cheio dele.

— Você não pode ficar de saco cheio dele, Aoife — ela respondeu com um suspiro cansado. — Ele não é apenas seu irmão, mas seu irmão gêmeo. Vocês dividiram o útero da sua mãe.

— Eu sei, e isso piora tudo — falei, fazendo careta. — Ele me ferrou de verdade, Case.

Meu celular tocou e fiquei aliviada com a interrupção. Eu não queria falar de Kevin, muito menos perdoá-lo. Enfiei a mão no bolso e sorri quando vi o nome de Joey na tela.

— É o Joe. — Fiquei de pé, peguei a mochila e a joguei sobre o ombro. — Ele deve estar pronto.

— Beleza. — Casey revirou os olhos e me dispensou. — Me abandone mesmo pelo pai do seu bebê.

— Bom encontro, amiga — falei por cima do ombro, abrindo a porta do quarto e atravessando a salinha/cozinha do apartamento em direção à porta. — Me conta os detalhes amanhã.

— Pode deixar.

— Usa camisinha.

— Eu sempre uso. Não sou você.

Dei risada, fechei a porta e aceitei a ligação, então levei o celular ao ouvido.

— Ei, garanhão.

— Aoife — uma vozinha disse do outro lado da linha, fungando. — Aoife, você pode vir pegar a gente?

— Ols? É você? — Franzi a testa, ajeitei a mochila no ombro e desci às pressas a escada do prédio até o térreo. — Você está bem? Está chorando? Onde está o Joey?

— Você tem que buscar nós — ele choramingou. — Por favor, Aoife, por favor. Rápido.

— Está bem, está bem, já estou a caminho — falei, enquanto o pânico me dominava e eu disparava até o meu carro. — Estou entrando no carro agora, Ols. Chego em dois minutos.

* * *

Alguns instantes depois, parei na frente da casa do Joey e desci do carro, e senti como se meu coração estivesse pulando para fora do meu peito. Eu não queria entrar, mas o terror na voz do Ollie me obrigou a fazer justamente isso. Com as mãos suadas e o coração disparado, me aproximei da porta, sentindo o pânico aumentar a cada passo que eu dava.

— E-fa. — Cambaleando na escada da porta, Sean disparou para mim chorando. — E-fa.

Ah, meu Deus.

Aquilo era ruim.

Aquilo era péssimo.

— Oi, Seanzinho — falei, pegando-o no meu colo e seguindo para a porta. — Você está bem?

— E-fa. — Fungando, ele enterrou o rosto no meu pescoço e meu coração se encolheu de medo ao sentir seu corpinho tremendo. — O-ee.

— Chamei uma ambulância — Tadhg falou, ao me receber na porta. — Acho que ela morreu.

— Papai matou ela — Ollie gritou no corredor. — Papai matou a Shannon.

Zonza de pânico, entrei com Sean nos braços e fui recebida por uma cena saída do filme *O massacre da serra elétrica.*

Tinha sangue por *toda parte.*

— Joey — falei, aturdida, parando na porta da cozinha com os olhos fechados, com medo de ver o que havia ali.

Se algo tivesse acontecido com ele, eu não ia aguentar.

Não conseguia nem *pensar* nisso.

— Joey! — Minha voz falhou e apertei seu irmão com mais força. — Joey, por favor, me diz que você está bem!

— Molloy — ele disse, e o som da sua voz me deu a coragem que eu precisava para atravessar a porta e entrar na cozinha.

Eu sabia que aquilo era ruim, mas nada poderia ter me preparado para ver meu namorado todo ensanguentado, caído no chão da cozinha, embalando o corpo inerte da irmã nos braços.

Não vi Teddy em lugar algum e fiquei aliviada. Porque eu sabia que aquilo era obra dele. Aquela *brutalidade* tinha o nome dele.

— O que ela tem? — perguntei, quase derrubando Sean com o susto que tomei quando me deparei com aquela carnificina. — Ah, meu Deus, por que está saindo sangue da boca?

— Ela está morrendo — Tadhg gritou, sacudindo os ombros da mãe. A mulher estava sentada no chão da cozinha, segurando um pacote de ervilhas no peito da filha como se aquilo fosse a solução para tudo. — Ele matou minha irmã e você não está fazendo nada.

— Shannon, respira — Marie choramingou. — Respira, Shannon. Respira, meu amor. A ambulância está a caminho.

— Está tudo bem, está tudo bem. Shhh, estou com você. — Meu namorado ignorou a mãe e ficou sussurrando no ouvido da irmã: — Te amo. Te amo, Shan. Aguenta firme por mim, pode ser?

— Shannon!

— Meu Deus do céu, Shannon!

— Estou aqui. Estou bem aqui, Shan — Joey falava, embalando-a nos braços como uma mãe faria com uma criancinha.

Eu não sabia dizer qual dos dois sangrava mais.

Parecia que era Joey.

Mas a Shannon...

Shannon estava *mole*.

— Ela está respirando? — resolvi perguntar, abaixando Sean e me aproximando deles.

— Não sei, não sei — Joey falou, sufocando o choro, e foi o som mais horrível que eu já tinha ouvido saindo da sua boca.

Ele parecia tão indefeso.

Tão assustado.

Tão arrasado.

— Está me ouvindo? — ele perguntou, segurando o rosto ensanguentado dela entre as mãos. — Vou te tirar daqui, está bem? Shannon, está me ouvindo? Shan? Vamos, fala comigo.

— Fique longe dela — falei para Marie, afastando rudemente o saco de ervilhas do corpo da filha para procurar sua pulsação. — Você vai deixar o corpo dela em choque!

— Me desculpa, me desculpa — a mãe disse, chorando. — Estou tentando ajudar.

— Certo. — Suspirei de alívio ao sentir o leve zumbido da pulsação dela nos meus dedos. — O coração dela está batendo, mas está bem fraquinho.

— Não sei onde está a ambulância — Marie disse, cobrindo o rosto com as mãos. — Já deveria ter chegado.

— Para de chorar e faz algo útil — ordenei, lutando contra uma onda de fúria dirigida inteiramente a ela. Porque aquela mulher... Eu não queria nem falar com ela. Eu ia explodir. — Só fica fora do caminho, Marie. Vai lá segurar o Sean ou pegar um cobertor ou alguma coisa assim.

Esperei que ela saísse e me aproximei do meu namorado, que ainda estava aninhando o corpo inerte da irmã.

— Vou conseguir ajuda pra você, está bem? — Joey sussurrou no ouvido da Shannon, dando um beijo na sua testa, misturando o próprio sangue com o dela. — Não me deixe.

Ela ficou encarando-o com olhos vazios e vítreos, e o terrível barulho gorgolejante que saía da sua garganta, junto com o sangue que escapava quando ela tentava responder, era algo que assombraria meus pesadelos pelo resto da minha vida.

— Aoife. — Ele fungou, pressionou a bochecha no rosto da irmã e murmurou algo ininteligível para ela antes de soltar um suspiro trêmulo e beijar a sua bochecha. — Me dá as chaves. — Ele respirou com dificuldade, grunhiu um rosnado de dor e sibilou: — Eu mesmo vou levar ela.

— Joey, não tira ela daí — eu disse, sabendo que nenhum deles podia ser removido dali de qualquer jeito. Shannon parecia estar morrendo, e Joey não estava muito melhor. — Ela pode ter...

— Me dá a porra das chaves, amor — me interrompeu. Sua voz falhou e ele ficou de pé com dificuldade, com a irmã nos braços. Seu rosto estava tão machucado que mal o reconheci. — Me *ajuda*.

Ele foi para a porta da frente antes que eu pudesse responder. Antes que eu pudesse implorar para que ele sentasse para não desmaiar.

O pânico revirou meu estômago, fazendo meu coração disparar de medo e pavor. Corri atrás dele, sabendo que aquela era uma péssima ideia, mas que ele precisava de mim. Porque, pela primeira vez na vida, ele estava pedindo ajuda.

Duas palavras.

Me ajuda.

Eu nunca tinha escutado ele proferir aquelas palavras antes, e sabia que havia uma chance de nunca mais ouvi-las. Eu tinha que ajudá-lo.

Eu não podia fazer outra coisa.

Corri até a porta do motorista, abri e puxei o assento para frente para que ele pudesse entrar na parte de trás.

Ele não se mexeu.

— Eu dirijo.

— Não, Joe. — Balancei a cabeça. — Não é uma boa ideia. Eu...

— Eu dirijo — insistiu. — Sou mais rápido e não posso... — Ele parou de falar e soltou um suspiro trêmulo. — Por favor, só *segure* ela pra mim. Eu preciso, ah... eu tenho que... — Cambaleando, ele se encostou na lateral do carro e agarrou o corpinho de Shannon. — Molloy, estou com medo.

Meu coração se partiu.

— Tudo bem, Joe, meu amor. Pode dirigir. — Entrei no banco de trás, estiquei as mãos e gesticulei para que ele me passasse a irmã. — Eu fico com ela. Vou mantê-la segura, prometo.

PARTE 6

72

Respire, meu amor, só respire

JOEY

— Joe?

Senti as mãos dela no meu rosto.

— Joey, amor?

Seu cheiro estava por toda parte.

— Respire, meu amor.

Suas mãos estavam no meu rosto.

— Só respire.

Eu não sentia o meu corpo. Não sentia nada.

Tentei me sentar. Minhas pernas chutaram o cobertor para longe, mas minha cabeça não estava colaborando. Meu cérebro não estava funcionando.

Tudo estava quebrado.

— Molloy. — Minha voz estava estranha. Meus lábios roçaram o seu pescoço quando falei: — Onde ela está?

— Ela está bem — disse, me puxando para mais perto, me envolvendo em um casulo apertado de calor e aconchego. — Shannon está bem, Joe. Ela saiu da cirurgia e deu tudo certo. Os meninos também estão bem. Está tudo bem, amor.

Me inclinei para frente e me entreguei à minha namorada, sabendo que não podia colocar o meu peso nela, mas sem conseguir me conter.

— O bebê...

— Está bem. — Seus lábios estavam na minha testa. — Estamos bem.

Era a única coisa real naquele momento. Ela estava ali e era real. Eu podia sentir o seu cheiro, podia tocá-la.

Só ela.

— Que horas são?

— Umas seis e meia.

— Que dia é hoje?

— É domingo de manhã, Joe.

— Minha cabeça — grunhi, enterrando o rosto no seu pescoço quando a dor me invadiu. — Meus olhos.

— Shhh, está tudo bem. Não tente se levantar. — Senti seus lábios na minha têmpora e sua mão na minha nuca enquanto ela fazia cafuné. — Só fica deitadinho aí na maca. Estou aqui, Joe.

Maca? Eu não lembrava de maca nenhuma.

— Onde eu estou?

— No seu cubículo privativo do pronto-socorro. — Ela deu outro beijo na minha testa. — Faz um tempinho que você está apagando e voltando.

— Ah, é?

— Uhum. Você fez um monte de exames. Uma tomografia computadorizada, alguns raios X e uma ressonância magnética. — Sua respiração falhou e eu pude ouvir o choro que ela estava tentando abafar. — Mas você vai ficar bem, ok? Não vou deixar que mais nada aconteça com você.

— Não chore, Molloy. — Me aconcheguei no seu pescoço e tentei levar as mãos até o seu rosto para confortá-la, mas pareciam tão pesadas que só consegui colocá-las de maneira frouxa em volta da sua cintura. — Você sabe que me mata te ver chorando.

— Não estou chorando. — Ela fungou, deu outro beijo no meu cabelo antes de aninhar minha cabeça no seu peito. — Está tudo bem, Joe.

— E a Shannon?

— Ela está bem — falou depressa. — Eu já te disse, lembra?

Ah.

Eu não lembrava de nada.

— Te amo — eu disse. — Só lembro disso.

— Também te amo — ela respondeu com a voz embargada. — Mais do que você jamais vai saber.

— Porra, meus olhos — grunhi, me encolhendo quando a claridade ao meu redor ficou forte demais. — Onde está o Sean?

— Na casa da vovó Murphy. — Outro beijo. — Com o Ollie e o Tadhg. Estão todos *bem*.

— Tadhg estava, ah... — Sacudi a cabeça, segurando a sua cintura. Eu precisava me agarrar nela porque meu corpo parecia estar se desintegrando. — Ele estava com uma faca.

— Não está machucado, Joe — sussurrou. — Shhh, amor. Não fala mais, ok? Espera até você se sentir melhor. Depois a gente conversa, pode ser?

Fiz que sim, sem forças, e grunhi quando a pressão na minha cabeça assumiu proporções épicas.

— Estou de calça?

— Não, amor, não está. Você está de cueca e avental. Mandaram você tirar as roupas pra fazer a ressonância.

— Ah, merda.

— Por quê?

— Tenho um pouco de haxixe no meu jeans — murmurei, sonolento. — Eu queria muito fumar um.

— Ah, Joe. — Uma risada lhe escapou. — Só você pra pensar em chapar nesse estado.

— Posso entrar? — uma voz estranha perguntou, e de repente fomos banhados por uma quantidade anormal de luz quando a cortina se moveu. — Você é a pessoa mais próximo dele?

— Sim.

— A mãe ou tutora dele não está aqui?

— Não, só eu.

— Posso voltar quando a mãe...

— Ele tem mais de dezoito anos. No formulário dele, sou a mais próxima. Ele é o pai do meu bebê. Somos uma família. — Ela segurou meu rosto entre as mãos e o puxou para o seu. — Está me vendo, Joe?

Estremeci de dor pelas luzes fortes e me obriguei a me concentrar no único rosto que eu via desde os doze anos.

— Molloy?

— O médico está aqui, Joe. — Ela sorriu e minha visão embaçou antes de focar nos seus olhos verdes. — A gente vai falar com ele agora, tudo bem?

— Tudo bem. — Me esforcei para assentir e tudo doeu. — O que você quiser, rainha.

— Os resultados da ressonância magnética mostram três fraturas lineares separadas no crânio — a voz falou para ela. — Ele tem uma fratura nasal, uma fratura orbital e uma fratura capilar no osso zigomático esquerdo.

— Zigo... o quê? — Molloy perguntou. — Fala na nossa língua, por favor, doutor.

— Além das três fraturas no crânio, Joseph também quebrou a maçã do rosto, o nariz e a cavidade ocular e tem uma concussão de grau três — o homem disse. — A ressonância magnética também mostrou várias contusões antigas, danos extensos ao úmero e sinais de múltiplas fraturas metafisárias-epifisárias que parecem ter cicatrizado bem sem causar nenhuma deformação ou debilidade significativa em sua estrutura esquelética.

— Não entendi nada — minha namorada disse. — O que significa que cicatrizaram bem?

— Posso ser sincero?

— Por favor.

— Joseph, posso ser sincero?

— Seja quem o senhor quiser, doutor. Não sou seu dono — murmurei, gostando tanto da sensação dos dedos de Molloy no meu cabelo que me inclinei para perto e descansei o queixo no seu ombro. — Você é o Frank e eu sou o Joey.

— Não, Joe, ele quis dizer... deixa pra lá. Vai em frente, doutor.

— Em casos como o do Joseph...

— Joey — grunhi. — É Joey, Frank.

— Em casos como o do Joey, quando os pacientes se apresentam sob esse tipo de circunstância, geralmente há um longo histórico de violência doméstica e, para esclarecer, os resultados dos testes do seu parceiro revelam um padrão de abuso que, evidentemente, remonta à infância.

Minha namorada soltou um lamento sofrido.

— Infância?

— Não, não, não — tentei acalmá-la. — Não chore, Molloy.

— Estou bem, Joe — ela sussurrou, fazendo carinho em mim. — Como o senhor sabe, doutor?

— Os resultados dos exames mostram evidências de fraturas de má união que não foram tratadas e cicatrizaram de forma inadequada. Há evidências de uma fratura mal cicatrizada no meio do úmero direito. Infelizmente, isso é algo bastante visto em bebês com menos de um ano e meio que foram expostos a abuso físico. No caso do seu namorado, embora os ossos possam ter cicatrizado ao longo do tempo, muitos dos ferimentos que o corpo dele sofreu deixaram sombras residuais. Ou marcas, se preferir.

— Então o senhor está falando que isso tem acontecido desde que ele era bebê?

— Estou dizendo que há evidências que me levam a acreditar que seu namorado sofreu um tremendo abuso físico por um longo período.

— Que pode remontar a quando ele era só bebê?

— É possível.

— Ah, meu Deus. — Molloy deixou o choro escapar e me puxou para perto. — Ah, meu *Deus*!

— Sinceramente, é um milagre ele estar aqui.

73

Para melhor ou pior

AOIFE

Vinte e quatro horas tinham se passado desde que fomos para a emergência, com Joey carregando a irmã nos braços e eu berrando para que alguém nos ajudasse.

Para ser justa, recebemos ajuda rápido, mas assim que Shannon foi levada às pressas em uma maca, cercada por uma enxurrada de enfermeiros e médicos, Joey desmaiou sem a menor cerimônia no chão da sala de espera.

Eu não conseguia nem descrever o tanto que fiquei aturdida sentada ao lado da maca do meu namorado, atrás de uma cortina azul-clara, no meio de um pronto-socorro lotado, enquanto esperávamos uma cama ficar disponível na enfermaria. O que quer que tivessem lhe dado para aliviar a dor algumas horas atrás o deixou inconsciente, e fiquei aliviada.

Quanto mais ele dormisse, mais seguro ele estaria.

Mais protegido ele estaria da dor que eu sabia que o engoliria.

Porque no fundo eu sabia que, quando o efeito dos remédios passasse e seu pobre cérebro machucado recuperasse a consciência, ele ia querer sair dali. Ele não ligaria para o fato de precisar descansar ou de seu corpo ter levado uma surra impiedosa. Joey iria direto para o leito da irmã sem pensar nas consequências — ou em si mesmo.

E, depois que ele a visse, eu não queria nem pensar no que aconteceria.

Apoiei os cotovelos na cama e fiquei observando-o dormir, chorando sem parar.

Seu rosto estava quase irreconhecível com aquelas gazes, fitas e bandagens. Seu olho esquerdo estava escondido atrás de uma bandagem branca, e o nariz estava enfaixado. Os hematomas e o inchaço ao redor do olho direito eram tão grandes que era difícil dizer se ele estava acordado ou não.

Mordi os lábios, contive um soluço e estiquei o braço para afastar o cabelo da sua testa — só para me deparar com mais ferimentos. Ele estava todo machucado. Cada centímetro da sua pele contava a história cruel do abuso que sofreu nas mãos de um monstro.

Ao ajudá-lo a se despir ontem à noite, descobri que suas costas estavam em carne viva, e tudo dentro do meu estômago se revirou. Não havia como esconder o que tinha acontecido com ele. O cinto do seu pai tinha deixado marcas profundas incrustadas em sua carne.

Me obriguei a ser forte por ele e permaneci ao seu lado, sem querer deixá-lo por mais que alguns minutos. Só saí para pegar um chá na máquina. Minha mãe tinha ligado inúmeras vezes, implorando para que eu fosse para casa tomar um banho e fazer uma refeição decente, mas eu não conseguia.

Eu não podia deixá-lo ali sozinho.

Nunca faria isso.

A Gardaí estava indo e vindo, querendo depoimentos do meu namorado, só que ele não estava em condições de falar. Assistentes sociais, um oficial da polícia e outras várias figuras de autoridade que também apareceram.

A vovó Murphy tinha conseguido o meu telefone e ligou várias vezes para ter notícias do bisneto e para passar recados para o Joey, mas era só. Ela era a única.

Desde que ele foi levado para a triagem, não vi Marie Lynch uma única vez. Eu sabia que Shannon estava péssima, pois a vovó Murphy me contou que seu pulmão estava comprometido, mas Joey também estava mal, droga.

Ele tinha um crânio fraturado, pelo amor de Deus! Era incrível que seu cérebro não tivesse se espatifado. O próprio médico disse que era um *milagre* ele ainda estar ali.

— Molloy. — Joey soltou um grunhido de dor, cobriu minha mão com a sua e piscou, abrindo o olho bom. — O que já te falei sobre você chorar?

Funguei, abri um sorriso forçado e sussurrei:

— Oi, garanhão.

— Oi, rainha. — Sua voz estava rouca. — Belas pernas.

Contive um soluço.

— Belo tudo.

— Não chore por mim.

— Não estou chorando. — Abri mais o sorriso. — Seu nariz virou panqueca de novo.

— Hum. — Ele bufou. — Novidade.

— Eu acho sexy. — Fungando, levei sua mão à boca e beijei cada um dos seus dedos feridos. — Você levou a sério essa coisa de bad boy ferrado.

— Como está o meu bebê?

— Ainda no forninho?

— E o meu outro bebê?

— Estou bem, Joe. Estamos bem.

— Que bom. — Ele fechou o olho. — Preciso que você fique bem.

— *Estou* bem, Joe.

— Vocês dois.

— Nós dois estamos bem.

— Preciso que continuem assim — sussurrou, apertando minha mão. — É importante.

Lutando desesperadamente contra a vontade de subir na cama e abraçá-lo, fiquei parada ali perto.

— E você é importante pra gente. — Me abaixei e dei um beijo demorado na sua testa molhada. — Você é tudo pra gente.

— Eu quero o bebê, rainha.

Funguei e assenti.

— Eu sei, garanhão.

— Eu ouvi o coraçãozinho dele.

— Pois é.

— Ele está mesmo aí.

— Uhum.

— A gente fez um bebê.

— Pois é, Joe. A gente fez.

— Estou com medo.

— Eu sei, mas está tudo bem.

— Quando vou poder sair daqui, Aoife?

— Os médicos querem que você fique uns dias em observação — expliquei, passando o dedo pelo seu rosto inchado. — Estamos só esperando uma cama vagar no andar de cima.

— Não — ele grunhiu, balançando a cabeça. — Não, não, que se foda a cama. Eu vou pra casa.

— Você vai ficar aqui — falei, segurando a mão dele quando ele tentou arrancar o acesso intravenoso. — Você teve uma concussão e tanto, Joe. O médico me explicou. Você *precisa* ficar aqui, ok?

— Preciso ver a Shannon.

Ali estava.

— Shannon está bem — tentei acalmá-lo, me sentando na beirada da cama e levando suas mãos ao seu peito com gentileza para impedir que se machucasse. — Está sendo bem-cuidada lá em cima, ok?

— É, mas precisa me ver — ele respondeu com a voz rouca e embargada. — Você não entende. Preciso estar lá quando ela acordar. Vai estar com medo. Não vai saber o que dizer. Tenho que dar uma olhada nela.

— Joe. — Segurei seu rosto entre as mãos, me inclinei para ele e o obriguei a me olhar. — Prometo que a Shannon está *bem*. — Dei um beijo suave no canto da sua boca, evitando os pontos que tinha levado no lábio inchado, e mentalmente desejei que ele parasse de pensar nos outros. — Você não confia em mim?

Ele fez que sim devagar.

— Que bom. — Alisei seu cabelo e o beijei de novo. — Então acredite em mim quando te digo que a melhor coisa que você pode fazer por ela é descansar e se curar.

— Joey? — Ouvimos a voz pesarosa de Marie atrás da cortina, nos fazendo enrijecer. — Posso falar com você?

— Não, não, não — disse, pegando minha mão. — Não quero falar com ela.

— Está tudo bem — sussurrei, roçando o rosto na sua parte boa. — Estou aqui, Joe. Estou com você.

— Merda. — Ele soltou um suspiro sofrido e cedeu, assentindo a cabeça, tenso. — Tudo bem.

— Entre, Marie.

A cortina se abriu e a mãe dele surgiu, parecendo tão pequena e frágil quanto da última vez que eu a vira.

— Joey. — Seus olhos estavam fundos e inchados de tanto chorar, e ela deu um passo vacilante na nossa direção. — Aoife.

— Marie — falei com frieza.

Notei um homem alto e de cabelo escuro parado atrás dela. O terno que ele usava parecia vistoso demais para pertencer a um assistente social, então imaginei que fosse um advogado.

Deus sabia que ela precisava de um.

— Oh, Joey, meu bem.

Ela fungou e tentou se aproximar da cama, mas parou quando percebeu que eu não tinha a menor intenção de sair do caminho.

Eu não poderia fazer isso nem se quisesse.

Joey estava segurando minha mão com todas as forças.

— Como está se sentindo? — Marie perguntou. — Seu rosto...

Meu namorado não respondeu.

Ele não mexeu um músculo.

Não demonstrou um pingo de emoção e ficou encarando o homem atrás da mãe.

— Ei, garoto — disse com a voz embargada, me ignorando, com a atenção voltada totalmente no meu namorado. — Quanto tempo.

Quanto tempo?

Franzi as sobrancelhas, voltei os olhos para o homem e fiquei estudando sua cara familiar.

Suas maçãs do rosto altas.

Seu cabelo castanho-escuro.

Seus olhos azul-celeste.

— Merda — falei, rapidamente somando dois mais dois e entendendo que aquele era o tal do Darren. — É você.

Ele concentrou a atenção em mim e vi o reconhecimento cintilar nos seus olhos azuis.

— É você.

Franzi a testa, sabendo muito bem que eu nunca tinha visto aquele homem na vida.

— O quê?

— Então, pelo visto, você foi com tudo mesmo, hein, Joe? — ele disse, dessa vez se dirigindo ao meu namorado. — Bem, ninguém poderia te acusar de ser volúvel.

— Sério. — Pisquei, confuso. — *O quê?*

— Deixa pra lá — Darren falou, balançando a cabeça. — Como está se sentindo, Joey?

— O que está fazendo aqui? — Joey perguntou com um tom frio e duro. — O que você quer?

— A mãe me ligou.

— Como assim ela te *ligou*?

— Olha, Joe, sei que tem um monte de...

— Como assim ela te *ligou*, Darren? — ele repetiu com uma voz cheia de veneno. — Que porra é essa?

— Pra trás — avisei, assumindo uma postura protetora na frente do meu namorado quando o irmão quis se aproximar. — Pra trás, cara.

— Aoife, você precisa ficar fora disso.

— Como é que você sabe o nome dela? — Joey soltou minha mão e sentou com dificuldade, respirando depressa, olhando para a mãe e para o irmão como se fossem o inimigo. — Como é que ele sabe o nome da minha namorada, porra?

— Liguei pra ele — ela disse, com a mão no peito.

— Você *ligou* pra ele — Joey falou. — Você simplesmente ligou pra ele? Então quer dizer que você tinha o número dele esse tempo todo? — perguntou, tremendo. — Você manteve contato com ele durante cinco anos e meio e não me contou?

— Joey, escuta...

— Não fala comigo, porra! — meu namorado rugiu, apontando para o irmão havia muito tempo perdido. — Não olha pra mim. — Ele se virou para a mãe e sibilou: — Entendo por que você não contou pro meu pai nem pros meninos e pra Shannon. Mas pra mim? — Seus lábios tremeram, e meu coração se partiu quando ele perguntou: — Por que você não contou pra *mim*?

— Me desculpa por não ter te contado — Marie disse, mas Joe não estava escutando.

— Cala a boca! — Ele abraçou minha cintura e me puxou para perto, e senti o quanto seu corpo se sacudia. — Saiam. Vocês dois.

— Joey, por favor...

— Vocês ouviram ele — falei, erguendo a mão para impedir que sua mãe continuasse. — Saiam.

— Você precisa ficar fora disso, Aoife — Darren disse, me lançando um olhar frio. — Sei que você tem boas intenções, mas isso é um assunto de família.

— Não fala com ela desse jeito, seu babaca — Joey falou na mesma hora, me defendendo. — Ela *é* a minha família.

— Joey — Marie choramingou. — Sou sua mãe.

— E ela é a mãe do meu filho. Então nem vem com essa. Porque ela vai ganhar. Ela sempre vai ganhar.

— Isso. — Assenti vigorosamente, cruzei os braços e olhei para o homem com uma expressão vitoriosa.

— Isso aqui não é um concurso de quem é mais influente, gente — Darren disse. — Você pode, por favor, dar licença pra nossa mãe conversar com o filho?

— De jeito nenhum — cuspi, nervosa. — Eu não saí do lado dele desde que chegou ao hospital. Eu sou a parente mais próxima dele porque nenhum de vocês apareceu. Onde diabos vocês estavam?

— Não é verdade — Marie disse. — Shannon estava...

— Não venha me falar do que é verdade — retruquei, quase gritando. — Olha só pra cara dele.

— Aoife, por favor.

— Olha só pra cara dele — repeti, erguendo a voz, cada vez mais irritada. — Olha bem pra cara dele, Marie. Porque esse é o seu filho. — Furiosa, apontei para o meu namorado. — Ele é seu filho tanto quanto a Shannon, os meninos ou *ele*.

— Eu sei.

— Então aja de acordo, porra! — sibilei, estreitando os olhos de desdém. — Pare de tratá-lo como se ele fosse o resto. Ele não é o resto, entendeu? Você não pode aparecer aqui querendo mandar nas coisas sendo que não veio visitar o próprio filho uma vez sequer! As coisas não funcionam assim, e eu não vou ficar parada vendo você cravar suas malditas garras nele mais do que já fez.

— Molloy.

— Não, Joe, ela precisa ouvir isso. — Engoli um grito, pisquei lágrimas de nervoso e apontei o dedo para a mãe dele. — Ele é a melhor coisa do seu casamento e você é burra demais pra perceber. Ele não é seu guarda-costas. Não é seu banco. Não é sua babá. Não é a porra do seu marido. Ele é seu *filho*. Ele é seu *filho*! — Furiosa, voltei o olhar para Darren. — E você? Não te conheço muito bem, mas tenho a sensação de que esse é um daqueles momentos em que eu devia mandar você *se foder*. Então vai se foder.

— Terminou o chilique? — o Lynch mais velho perguntou com calma, arqueando a sobrancelha. — Porque não vou embora até falar com o meu irmão em particular.

— Então pelo visto todo mundo vai ficar — retruquei, sem querer ceder.

— Molloy. — Senti a mão de Joey na minha cintura. — Está tudo bem.

Desesperada, me virei para ele.

— Você não precisa falar com eles, Joe. Está me entendendo? Você não tem que ouvir uma palavra dela.

— Está tudo bem — ele sussurrou, apertando minha cintura para me tranquilizar. — Vá pra casa comer alguma coisa. Vou ficar bem.

— Não vou te deixar.

— Vou ficar bem.

— Eu não vou, Joe.

— Vou ter que falar com eles alguma hora.

— Mas eu...

— Está tudo bem, amor. Só me dê umas horinhas, beleza? Vou ficar bem.

Não, aquilo não estava nada bem.

Estava *péssimo*.

Eu não queria aquelas pessoas perto dele.

— Joe. — Mordi os lábios, implorando com os olhos para que ele não fizesse aquilo. — Tem certeza?

Ele não parecia ter certeza. Não parecia nada bem para lidar com aquelas pessoas. Ainda assim, Joey assentiu e me soltou.

— Ok, agora são três horas — falei, olhando rápido para o celular antes de guardá-lo no bolso. — Vou pra casa tomar um banho e volto às seis, está bem?

— Fique o tempo que precisar — ele respondeu. — Está tudo bem.

Não estava.

Tudo dentro de mim gritava que aquilo estava *errado*, *errado*, *errado*.

Mas o que eu podia fazer?

Eu não podia expulsar a mãe e o irmão dele do hospital, e se Joey queria conversar com eles, eu não podia fazer nada.

Mesmo se eu não o quisesse perto daquela gente.

— Te amo — falei, ignorando a sua família e me inclinando para beijá-lo. — Já volto.

74

Sou seu irmão

JOEY

— Onde ele está? — perguntei assim que minha namorada saiu, enquanto um milhão de pensamentos passava pela minha cabeça. Apesar do meu coração exigir as respostas para várias outras perguntas, a única que se destacava em meio à névoa era: — Onde meu pai está?

— A Gardaí não está conseguindo localizar ele.

Claro que não. O coroa só apareceria na hora certa. Era esperto. Sabia manipular o sistema melhor que qualquer um.

Eu não queria que Molloy ouvisse nada daquilo. Não queria que aquele homem maculasse a vida dela mais do que já tinha maculado.

— Eles vão encontrá-lo, Joey — Darren continuou falando. *Continuou mentindo.* — Estão vasculhando o interior procurando por ele. Ele não vai se safar. Não dessa vez.

— Não dessa vez — repeti devagar, olhando para eles. — O que faz você pensar que dessa vez vai ser diferente?

Tinham mantido contato esse tempo todo. E, nesses cinco anos e meio, nunca tentou falar comigo.

Pensei em Shannon, imaginando como seria afetada se eu desaparecesse por cinco anos, e me crispei. Eu jamais seria capaz de fazer isso. Eu jamais a abandonaria desse jeito. Mas ele tanto era capaz que fez, e meu ressentimento era tanto que eu quase me engasguei de ódio.

Eu sabia que ele precisava falar, todos nós precisávamos, mas isso não mudava o que eu sentia. Agora ele estava ali, agindo como se fosse o salvador dos Lynch, e eu o detestava por isso.

— Porque a mãe está pronta pra deixá-lo — Darren disse com sinceridade, me comunicando que ele realmente acreditava nas merdas que estava falando. — Dessa vez, está pronta mesmo, Joe.

— Ela não está pronta — falei sem emoção, ignorando minha mãe acenando a cabeça vigorosamente feito um cachorrinho leal. — Ela não vai deixar ele até ser tarde demais, e você é burro se acredita em outra coisa.

— Não é verdade, Joey — ela tentou me convencer, se aproximando e tomando o lugar que minha namorada tinha liberado. — Eu fui ao tribunal. Houve uma audiência de emergência. Consegui uma medida protetiva.

Palavras.

Eram apenas palavras.

Eu já tinha ouvido aquelas palavras um milhão de vezes antes.

Não significavam nada.

Promessas feitas, promessas quebradas.

Tudo mentira.

— E você? — Voltei a atenção para o traidor que eu não via desde a puberdade. — Qual é a sua?

Darren franziu a testa.

— Qual é a minha?

— O que você quer? — perguntei sem um pingo de emoção. — O que está fazendo aqui?

— Voltei pra ajudar — ele disse, limpando a garganta. — Voltei pela minha família.

— Pela sua família.

— Sim, pela minha família. — Seus olhos se encheram de lágrimas. — Senti sua falta, garoto.

Eu guardava tanto ressentimento dentro de mim que estava, de fato, com medo de abrir a boca e deixar tudo aquilo escapar. Ainda bem que eu estava bastante sedado naquele momento, senão eu teria partido para cima daquele babaca.

— Você já falou com a Gardaí? — minha mãe perguntou, tirando um lenço da manga do cardigã e enxugando o nariz.

— Por quê?

— Porque acho que a gente precisa alinhar as nossas histórias — Darren respondeu. Era só outro homem falando por ela. Outro homem mandando nela. — Temos que decidir o que vamos falar pra Gardaí.

— Não tem história nenhuma pra alinhar — retruquei. — Não vou mentir pra ninguém. Nunca mais. Até onde eu sei, ela é tão responsável pelo que aconteceu com a Shannon quanto o velho. Então vocês podem decidir o que quiserem, mas me deixem fora dessa merda.

— Vamos, Joey. Sei que você está chateado agora, mas você não é a única vítima aqui. A mãe também é.

— E por acaso falei que *eu* sou uma vítima?

— Não, *eu* estou dizendo que você é uma vítima...

— Você não sabe nada de mim — eu disse, interrompendo-o. — Você não faz a menor ideia do que passei, então não venha aqui me falar merda e botar uma etiqueta na minha testa. Estou cansado. — Virei para a minha mãe e falei: — Estou cansado de *você*.

Eu estava mesmo.

De verdade.

Eu estava cansado pra caralho.

Eu nunca mais daria a ela a chance de me decepcionar.

— Sei que faz um tempo que você está passando por dificuldades — Darren teve a ousaria de dizer. — Também sei que tem um Joey mirim a caminho.

— Boas notícias se espalham rápido — comentei com frieza. — Ficou sabendo disso tudo nas suas conversas privadas com a mamãezinha?

— Ela é a garota do muro, né? Aquela que você viu no primeiro ano?

— O que é que você sabe? — sussurrei, cerrando a mandíbula. — Você nem estava aqui no meu primeiro ano. Você fugiu, seu babaca.

— Eu lembro da sua reação quando a viu naquele dia.

— Que bom.

— Você engravidou a garota sendo que vocês ainda nem terminaram a escola, Joe? Sério? — falou em um tom condescendente. — Parece que você está mesmo seguindo os passos do velho e repetindo o maldito ciclo!

— Nem pense em vir pra cima de mim com esse sermão barato, babaca — eu disse, me recusando a mostrar quão profundamente suas palavras me atingiram. — Eu *não* sou o velho, e *ela* não é da sua conta, porra!

— E o Shane Holland? — continuou, me olhando feio. — Ele também não é da minha conta? Porra, Joey, o que foi que eu te falei sobre esse cara?

— Merda, Dar, não me lembro. — Dei de ombros. — Quanto tempo faz que a gente não se falava mesmo? Cinco, seis anos?

— Joey. — Deu um suspiro cansado. — Você sabe por que eu tive que ir embora.

— Nem vem. Você não tem o direito de voltar pra cá dizendo o que a gente deve ou não fazer. Você não é o patriarca da família, babaca.

— E você é?

— Eu fiz o melhor que podia com o que tinha em mãos — retruquei. — Então não faça pouco caso das minhas escolhas. Pelo menos não fui embora.

— Por favor, não briguem — nossa mãe implorou, colocando a mão no ombro de Darren. — Somos uma família.

— Não. Vocês dois são uma família — falei com a voz rouca. — A minha família acabou de sair desse quarto.

— C-como assim?

— Aquela garota não é sua família, Joe. Nós somos.

Sem me dar ao trabalho de responder, puxei os fios e acessos presos ao meu corpo e me levantei com dificuldade.

— Joey, o que você está fazendo?

— Shannon — falei, procurando minhas roupas. — Aoife disse que ela está no andar de cima. Que ala?

— Joey, para — minha mãe disse quando arranquei a agulha do meu braço e fui até o jeans pendurado nas costas da cadeira ao lado da maca. — Deita aí e descansa. Você não pode sair.

Tirei o avental hospitalar e fiquei ali tremendo de cueca. Parecia que minha cabeça ia explodir, mas eu precisava me mexer, porque a ideia de ficar parado era insuportável.

— Meu Deus — Darren disse quando virei as costas para ele. — O que foi que o pai fez com ele, mãe?

Darren.

Maldito Darren.

— Shannon — foi tudo o que consegui dizer, com a cabeça rodopiando e a mente nublada. Eu não estava tão mal quando estava deitado, mas levantar fez minha cabeça girar. — Preciso ver minha irmã.

— Joey, você não pode sair.

— Vai se foder.

— Você tem que receber alta de algum médico, e você não está em condições de ir pra lugar algum.

— Mandei você se foder.

— Joey, por favor!

— Onde está a minha *irmã*? — Com a mente a mil, enfiei os pés na calça jeans desajeitadamente e a puxei até os quadris antes de pegar o moletom sujo de sangue. — Onde a Shannon está?

Eu não sabia onde estava minha camiseta, mas, naquele momento, não me importava. Só pensava em dar o fora daquele lugar e me afastar daquelas pessoas.

— Você não vai sair daqui. — Duas mãos pousaram sobre os meus ombros e eu quase perdi os sentidos. — Deite-se e descanse, está bem?

— Tira suas mãos de mim, porra — rosnei, cambaleando para longe do fantasma do meu passado. — Nunca mais encosta as mãos em mim de novo!

— Sou eu. — Darren recuou e ficou me observando com cautela. — Eu nunca te machucaria, Joe. Você sabe disso.

— Não te conheço — esbravejei, arrancando o curativo do olho que me impedia de enxergar direito. De me proteger. — Não sei mais quem é você!

— Joe. — Seus olhos cintilaram de emoção. — Sou seu irmão.

— Você não é meu irmão — falei, estremecendo ao sentir uma pontada de dor nos olhos. Porra, aquelas luzes doíam para caralho. — Então fica na sua. Porque não ligo se você veio da mesma mãe que eu, eu vou... — Cambaleei para o lado e me segurei na parede para me equilibrar. — Só me deixa em paz, porra!

— O que está acontecendo aqui? — a enfermeira que passou o dia todo cuidando de mim perguntou, abrindo a cortina. — Joseph, meu bem, você precisa voltar pra cama.

— Não, você precisa pegar os documentos que tenho que assinar pra dar o fora daqui — respondi, me apoiando todo jogado na parede enquanto calçava os tênis. — Porra, onde estão as minhas meias?

— Joey, você não pode sair!

— Eu mandei você se foder! — Tremendo de dor, segurei a cabeça para tentar fazê-la parar de girar. — Preciso ver minha irmã. Saber se ela está bem.

— Não é uma boa ideia — a enfermeira disse em um tom persuasivo, se colocando ao meu lado. — Por que não mandamos a sua família pra casa e nos sentamos pra conversar? Só nós dois?

— Estou indo — falei, estremecendo de aversão quando sua mão segurou meu cotovelo. — Eu tenho que assinar alguma coisa ou algo assim?

— Por que você não liga pra sua namorada? — ela sugeriu, tentando me conduzir de volta para a cama. — Hein? Como era mesmo o nome dela?

— Aoife.

— Isso. Volta pra cama e espera eu ligar pra Aoife, que tal? Ela deixou o telefone com a gente. Fica descansando aí que vou chamar ela. Pode ser?

— Não, não, não — grunhi, balançando a cabeça ao ser arrastado pela confusão. — Não liga pra ela. Ela precisa descansar. Só me ajuda a sair daqui.

— Joey, por favor, deita e descansa um pouco.

— Que tal se todos nós dermos a Joey um pouco de espaço? — a enfermeira disse. — Você é um bom rapaz. Segure minha mão. Você está bem, está seguro.

— Joey, meu amor, você está bem?

— Meus olhos — resmunguei, piscando rápido quando minha visão embaçou e saiu de foco. — Tem algo errado com os meus olhos.

— Você vai se sentir um pouco desorientado por uns dias — a enfermeira disse, me conduzindo de volta para a minha prisão. — Por isso você precisa descansar e deixar a gente cuidar de você, entendeu?

— Ele vai ficar bem?

— Saiam — a enfermeira ordenou. — Agora, por favor.

— Diz que a gente volta depois.

— Saiam agora, por favor. Ou vou chamar a segurança.

— Porra — grunhi, me sentindo zonzo. — Não quero ver eles.

— Você não precisa — a enfermeira falou. — Bem, falei com o gerente da enfermaria do terceiro andar e tem uma cama disponível pra você lá em cima. Daqui a pouco o pessoal vem pra te buscar.

— Não quero ir lá pra cima — eu disse afundando na cama. — Quero ir pra casa.

— Bom garoto — ela falou, afofando o travesseiro nas minhas costas. — O que foi que você fez com o seu braço, hein?

Grunhindo, cobri os olhos com a mão e estremeci.

— Vai saber.

— Vou colocar um novo acesso em você.

— Eu não quero um acesso — murmurei, fechando os olhos quando o quarto começou a rodar. — Só... quero algo pra dor.

— Está bem, vou te dar algo pra dor, Joseph — respondeu. — Onde está pior? Na cabeça?

— Não, aqui — sussurrei, esfregando o peito. — Aqui está pior.

— No seu coração?

Fiz que sim.

— Está bem, querido — falou baixinho. — Só feche os olhos e descanse um pouco. Vou buscar algo pra sua dor.

75

De volta para ele

AOIFE

— Como você está, meu bem? — minha mãe perguntou quando entrei na cozinha de noite, de banho tomado, mas me sentindo péssima.

— Nem me pergunte — murmurei, indo até a máquina de lavar para colocar a toalha suja. — Acho que você não vai conseguir tirar as manchas disso aqui — acrescentei, erguendo o jeans e o moletom manchados de sangue. — Será que eu jogo fora?

— Ah, meu Deus. — Minha mãe abaixou o ferro e cobriu a boca com a mão, com os olhos cheios de lágrimas. — Pode jogar fora, querida. Na semana que vem, a gente compra roupas novas.

— Não quero fazer compras, mãe — respondi com um suspiro cansado, me sentando em uma cadeira na mesa da cozinha. — Só quero que a polícia encontre aquele filho da puta e bote ele na cadeia pra sempre.

— Como está o Joey?

— Destruído. — Não consegui disfarçar a dor na minha voz. — Ele está arrasado física e mentalmente.

— Ah, Aoife, minha filha...

— Nunca vou conseguir tirar a imagem deles no chão daquela cozinha da minha mente.

— Só posso imaginar.

— Não, mãe — falei, balançando a cabeça. — Você não pode imaginar, e fique feliz por isso.

— Como está se sentindo, Aoife?

— Como se meu coração tivesse sido espancado e estivesse destroçado numa maca do pronto-socorro.

— Ah, meu bem...

— Odeio os pais dele, mãe. — Meus olhos arderam de lágrimas. Cobri o rosto com as mãos e contive um rugido. — Odeio aqueles *monstros* do caralho.

— Ah, filha, eu sei que você está chateada. — Ela se aproximou e colocou a mão no meu ombro. — Mas você precisa manter a calma e se cuidar. Tem um bebezinho crescendo na sua barriga. Você não pode ficar estressada desse jeito.

— Estressada? — falei, com a voz falhando. — Mãe, estou *arrasada*.

— Eu sei. — Ela me abraçou e me puxou para o seu peito. — Eu sei, Aoife, meu bem.

— Ele é o meu melhor amigo — eu disse, me virando de lado na cadeira para abraçá-la. — Esqueça o romance e tal. Ele é o meu amigo mais próximo no planeta inteiro, e isso está me *matando*. — Fungando, agarrei seu suéter e desmoronei nela. — Você não entende o quanto dói ver ele passando por tudo o que ele passa e me sentir inútil.

— Você não é inútil, meu bem — ela falou, me envolvendo em seus braços. — Você é a salvação daquele garoto. Um colete salva-vidas.

— Não sou, não.

— É, sim — ela insistiu. — Há anos.

— Só que isso não é o suficiente, mãe — falei, chorando. — Não aguento mais ver ele *sofrer*. Morro de medo por ele. Você não entende. É paralisante. Tenho tanto medo por ele que mal consigo *respirar*. Qualquer dia desses, ele vai se afogar, e não vou ser capaz de ajudar.

Meu celular tocou no bolso. Com o susto, me afastei da minha mãe. Peguei o aparelho, aceitei a ligação e o levei à orelha.

— Alô?

— Alô, é a Aoife?

— Sim, sou eu.

— Oi, Aoife, meu nome é Stephie Hubbard. Sou a enfermeira que está cuidando do Joey esta noite.

— Ele está bem? — perguntei, meio zonza. — Aconteceu alguma coisa?

— Ele está bem — falou depressa. — Ficou um pouco desorientado depois da visita da mãe e do irmão, então falei pra ele que ia te ligar. Conseguimos uma cama na ala principal, mas está insistindo pra ir embora.

— Eles ainda estão aí? A mãe e o irmão?

— Não, Joey ficou tão estressado que pedi para eles saírem.

— Que bom. — Meu coração martelou dolorosamente meu peito. — Fala pra ele que estou indo, está bem? Estou saindo de casa, chego em meia hora.

— Ah, Aoife — minha mãe disse quando encerrei a ligação. — Sei que você está preocupada com o Joey, todos nós estamos, mas também estou preocupada com você. Você não pode descansar um pouquinho antes de voltar pro hospital? Pelo bem do bebê. Eu posso ir pra lá.

— Não. — Balancei a cabeça, me levantei e controlei as emoções. — Vou voltar pra ele.

— Então vou pedir pro seu pai te levar — disse, desanimada. — Você não está em condições de ficar dirigindo por aí.

— Você tem crédito no celular pra me ligar pra eu te buscar mais tarde? — meu pai perguntou pouco depois quando paramos no estacionamento do hospital. — Tem algum dinheirinho na bolsa caso você fique com fome ou queira tomar um chá?

— Tenho crédito, pai. — Soltei o cinto e abri a porta. — E não preciso de dinheiro. Não estou com fome.

— Aoife, espere. — Ele se inclinou para o lado e fechou a porta do carro. — Sente-se aí um minutinho e converse comigo.

— O que você quer saber, pai? — perguntei, entorpecida.

— Você está bem?

— Não, não estou bem. Como eu poderia estar bem quando ele está... — Um soluço de choro escapou. — Ele podia ter morrido, pai.

— Meu Deus.

— O rosto dele... — falei, sentindo a queimação familiar das lágrimas. — Mal dá pra reconhecer ele.

— Coitado.

— Você não sabe nem a metade.

— Ele é um rapaz problemático.

— Ele é um *bom* homem.

— Nunca falei que ele não era.

— Chega, pai. — Fungando, olhei para o meu pai. — Sei que você está chateado por causa do bebê, mas você não pode descontar nele. Não exagera. Ele já tem coisa demais rolando. Só... seja gentil com ele.

— Aoife. — Os olhos do meu pai se encheram de emoção quando ele sussurrou: — Estou preocupado com você.

— E eu estou preocupada com ele — respondi, abrindo a porta do carro e descendo. — Obrigada pela carona, pai.

— Aoife, espere!

Eu não esperei.

Não podia.

Em vez disso, fechei a porta da van do meu pai e saí andando para a entrada do pronto-socorro.

Pisquei as lágrimas restantes, estampei meu melhor sorriso e entrei, passei pela triagem, segui para o corredor abarrotado e só parei quando estava novamente com Joey.

— Fiquei sabendo que você estava arranjando confusão — brinquei, abrindo a cortina. — Tramando uma fuga, garanhão?

Meu sorriso permaneceu no lugar, mas meu coração despencou quando me deparei com uma maca vazia. O cobertor estava bagunçado, e suas roupas e seus sapatos tinham desaparecido da cadeira ao lado da cama.

O suporte intravenoso continha uma bolsa cheia de fluido transparente, mas o acesso que deveria estar preso ao braço do meu namorado estava no chão, formando uma pequena poça.

Desesperada, olhei em volta pra lá e pra cá, procurando pelo seu rosto no corredor lotado, apesar de, no fundo, saber que não adiantaria nada.

Porque meu namorado não estava ali.

O abismo que eu tentava impedi-lo de saltar...

Eu não tinha dúvidas de que Joey tinha mergulhado com tudo nele.

PARTE 7

76

Lista de desaparecidos

AOIFE

Depois de vasculhar o hospital inteiro em vão, liguei para os nossos amigos para que ajudassem a procurar o Joey antes que fosse tarde demais.

Aoife: Me diz que você está bem. Por favor. Estou surtando.
Aoife: RESPONDA, SEU CUZÃO!!!
Aoife: Como você pôde simplesmente desaparecer desse jeito?
Que porra é essa, Joe? Me liga, porra!
Aoife: Onde você está? Vamos, Joey, por favor, me responda.

— A gente vai achar ele — Podge disse, tentando me acalmar. Eu estava sentada no banco do carona do seu ford fiesta voltando para Ballylaggin. Meu corpo todo tremia. — Só se passaram algumas horas desde que ele saiu do hospital, Aoife.

— Exatamente — Alec e Casey falaram do banco de trás. — Ele não deve estar muito longe.

— Vocês não entendem — eu disse, balançando os joelhos sem parar, tentando ligar para ele pela milionésima vez só para ouvir a mensagem automática da caixa postal de novo. — Ele não está com a cabeça boa.

A irmã dele estava no hospital com o pulmão destroçado. Ele estava ferido demais para estar na rua, mas era exatamente isso o que estava acontecendo. No fundo, eu sabia que tinha noventa e nove por cento de chance de ele ter chutado o balde. Eu torcia com todas as minhas forças para que não tivesse feito isso, mas o medo corroía minhas entranhas.

— E daí? Lynchy nunca está com a cabeça boa — Alec disse. — Ele passa uns oitenta por cento do tempo "viajando" e isso nunca o impediu de se cuidar.

— Você não está ajudando, Al — Casey grunhiu.

— Ele tem uma concussão — sussurrei, afastando o cabelo do rosto. — Uma concussão bem feia, a cabeça dele está toda machucada. Não devia estar fora da cama, quanto mais zanzando por aí sozinho.

— Não faça isso aqui — Casey disse. Quando me virei, ela estava arrancando um cigarro da mão de Alec. — Ela está grávida, babaca.

— Ah, é, merda. — Ele pegou o cigarro no chão. — Foi mal, belas pernas.

— Pode me deixar no Elk's Terrace? — perguntei para Podge. — Vou dar uma olhada na casa dele e perguntar pros vizinhos.

— Sem problemas — Podge respondeu. — Vou passar na AAG pra ver se ele está lá.

— E eu vou dar uma conferida no Biddies — Casey falou.

— Eu vou com você — Alec disse.

— Não, Al, você precisa ir pra casa do Shane Holland — Podge afirmou. — Pra ver se o Joey está lá.

— O quê? De jeito nenhum — Alec protestou com firmeza. — Aquele cara é um psicopata. Ele vai me esfaquear antes de falar comigo.

— Por favor, Al.

— Por que eu?

— Porque você é... você — Podge disse. — Vamos, você sabe que o Lynchy faria isso por você.

— Está bem — ele bufou. — Mas, se alguma coisa acontecer comigo, vai ser culpa sua, pentelhos ruivos!

Casey: Ele não está no Biddies, amiga.
Podge: Nenhum sinal dele no pavilhão.
Alec: Não tem ninguém na casa do psicopata.

Ansiosa, digitei uma resposta para eles e enviei depressa antes de guardar o celular no bolso.

Aoife: Continuem procurando.

O ar da noite chicoteava meu rosto enquanto eu esperava na porta dos Lynch, esmurrando o punho sem parar no painel fosco.

— O que foi que você fez? — perguntei quando Darren enfim abriu. — O que foi que você falou pra ele?

— Talvez fosse melhor você se acalmar...

— Não me venha com essa, Darren.

Furiosa, eu o empurrei e entrei na casa, sem a menor paciência para aquela ladainha. Não quando eu sabia que Joey estava à beira do abismo.

— Você — cuspi, disparando para a cozinha e me deparando com a mulher que tinha dado parido ele. — É sempre você.

— Aoife? — Marie arregalou os olhos. — Do que você está falando?

— Seu filho sumiu!

— Como assim sumiu? — Darren perguntou, se juntando a nós na cozinha. — Sumiu do hospital?

— Sim, sumiu do hospital. Ele fugiu e eu quero saber o que vocês disseram pra ele.

— Ele não podia fazer isso — Marie choramingou, se afundando na sua cadeira à mesa. — Ah, Darren...

— O que foi que vocês falaram pra ele dessa vez, hein? — insisti, com as mãos nos quadris, voltando a atenção para ela. — Não me venha com mentiras, porque eu *sei* que você é a responsável por isso. O seu drama pode até funcionar com os seus filhos, mas eu sei quem você é, Marie.

— Escuta, ele apareceu no quarto da Shannon mais cedo. — Darren me encarou com cautela e acrescentou: — A gente conversou, trocamos umas palavras e ele saiu. Achei que tivesse voltado pra cama.

— Vocês trocaram umas *palavras*? — sussurrei, sentindo a temperatura do meu corpo subir junto com a minha ansiedade. — Que tipo de palavras?

— Ele tem sérios problemas de comportamento.

— Claro que tem! — explodi, erguendo as mãos. — Como você pensou que ele era? Você não sabe o que o Joey teve que passar nesses últimos seis anos.

— Você está ultrapassando os limites, Aoife.

— O que foi que você falou pra ele? Algo o fez surtar, e quero saber exatamente o que foi!

— Sei que você tem boas intenções, mas não preciso me explicar pra você.

— Bem, se explique pra sua consciência então — retruquei, tremendo. — Porque, se alguma coisa acontecer com ele, vai ser culpa sua!

— Chega de baboseira. Se Joey vazou do hospital, é só por um motivo — Darren falou depressa. — Ele está procurando a próxima dose.

— Cala a boca — falei, levantando a mão. — Cala a boca, porra.

— Ele é viciado, Aoife, e isso não tem nada a ver comigo.

— As coisas não são assim, Darren — falei. — Ele não nasceu viciado. Não é essa pessoa. Os problemas dele com as drogas são resultado direto dos dezoito anos que passou nesse inferno, com essas pessoas terríveis que vocês têm o azar de chamar de pais.

— Aoife, pare com isso!

— Nem vem, Marie. Você não merece chamar Joey de filho — esbravejei, me virando para olhar para ela. — Você *nunca* mereceu o amor dele e nunca vai merecer! — Pisquei para conter as lágrimas e cuspi minha dor na mulher que tinha causado tanto tormento na vida do meu namorado. — Todo mundo acha que é o seu marido que é abusivo, mas eu vejo o que você faz com ele. — Bati o dedo na testa, lívida. — Eu sei quem você é, Marie. Eu sei bem quem você é.

— Não fala com a minha mãe desse jeito — Darren avisou, assumindo uma postura defensiva diante da mãe. — Você pode falar civilizadamente ou pode ir embora.

— Você é uma piada — continuei, apontando o dedo para ela. — Passou anos fazendo a cabeça do Joey, manipulando os pensamentos e minando a confiança dele. Convencendo ele de que é a própria reencarnação do pai. Que ele é perigoso, um risco e uma decepção!

— Como ousa?

— Pois é, eu sei o que você fez com ele — falei sem um pingo de remorso. — Pode bater a cabeça na parede o quanto quiser, mas é você quem pratica abuso psicológico. Você destruiu ele, Marie. Com as suas palavras, você machucou Joey muito mais do que o pai dele jamais fez com os punhos. Você é uma desgraçada!

— Como se você pudesse falar alguma coisa.

— Tudo o que eu fiz foi *amar* o seu filho.

— Um pouco demais — ela explodiu, segurando a cabeça entre as mãos e gritando. — Se você quer saber quem fodeu a vida do meu filho, não precisa ficar procurando, é só olhar pro seu próprio reflexo no espelho! Porque é você quem está destruindo o futuro dele, Aoife. É você que vai ter um bebê que ele nem quer!

— Você não sabe o que está falando — eu disse, sentindo que Marie tinha enfiado um espeto em brasa no meu peito com suas palavras. — Ele quer o bebê.

— Ele quer que você fique feliz — rugiu na minha cara. — Não é a mesma coisa que querer ser pai.

— Me diz uma coisa — Darren interveio. — Se você sabia que meu irmão estava tão mal, por que não fez alguma coisa pra protegê-lo?

— Vai se foder, Darren. Você não sabe nada sobre a gente.

— Eu sei que meu irmão não está bem — retrucou. — E você também sabe. Então por que quer empurrar a paternidade pra ele?

— Não empurrei nada — falei, enrijecendo, sentindo meus pelos se arrepiarem e meu coração se partir. — Não engravidei de propósito, né?

— Não?

Meu sangue gelou.

— O que está querendo dizer?

— Ah, sem essa, Aoife. — Ele me lançou um olhar severo e falou: — Joey é um cara bonitão. Quantas vezes ele estava fora de si quando você deixou ele entrar no seu corpo?

— *Como*?

— Ei. — Darren ergueu as mãos. — Você que invadiu a nossa casa com pedras na mão, responsabilizando a gente pelas desgraças do Joey, então fico mais do que feliz em falar umas verdades pra você.

— Eu *jamais* machucaria o Joey — falei, na defensiva, me recusando a cair naquela manipulação emocional. Os irmãos dele podiam engolir aquela merda, mas eu não. — Eu amo o seu irmão.

— Não, *eu* amo o meu irmão, Aoife — retrucou, irritado. — Então não se engane quando digo que estou disposto a fazer qualquer coisa pra protegê-lo.

— O que está tentando me dizer?

— Estou te dizendo que, se você ama tanto meu irmão quanto está falando, você vai fazer a coisa certa pra ele e se livrar disso.

— "Disso" é o seu sobrinho ou a sua sobrinha?

— Não precisamos ser dramáticos, é só um feto — continuou, sem emoção. — Olha, minha mãe já me falou que você não tem dinheiro. Se você não consegue pagar uma viagem pra Inglaterra, estou mais que aberto a cuidar da parte financeira das coisas.

— Pense nisso, Aoife — Marie interveio, desesperada e suplicante. — Se não quer colocar o seu futuro em primeiro lugar, pense no meu filho.

— Não estou acreditando nisso. — Dei uma gargalhada forçada, enxugando uma lágrima bruscamente. — Toda vez que eu acho que vocês não podem ser mais baixos, vocês me mostram que me enganei.

— Aoife, seja racional.

— Estou sendo racional — falei, olhando feio para Darren. — Você percebe que, se Joey soubesse o que você acabou de me oferecer, ele ficaria arrasado? Você não entende? Essa é só mais uma traição na lista dele.

— Não estou traindo meu irmão. Estou tentando protegê-lo. E, da forma como eu vejo as coisas, a única forma de ele se magoar é se você abrir a boca. Nesse caso, é você quem vai deixá-lo arrasado, Aoife, não eu.

Ele tinha me colocado entre a cruz e espada e sabia disso.

Babaca.

— É, bem, a gente vai ter o bebê — declarei, colocando a mão na pequena protuberância na minha barriga e sendo dominada por um enorme instinto maternal. — Já está decidido, idiota.

— Você decidiu.

— Não, nós *dois* decidimos — corrigi, sem querer ceder nem ser manipulada. — E não tem nada que vocês possam dizer pra mudar isso. Vocês não podem me subornar, porque eu não vou embora.

— Então você vai arruinar a vida dele.

— Pelo menos, vai ser arruinado com amor, e não com mais sofrimento.

77

Dias borrados e noites desperdiçadas

JOEY

Meu corpo estava flutuando.

Eu perdia e recuperava a consciência.

Não sentia nada.

E era glorioso.

Estranhamente, a única parte da realidade à qual meu cérebro insistia em se agarrar era a letra daquela música.

Aquela música da Mazzy Star que Molloy vivia escutando.

Com os olhos se revirando e as pernas se contraindo às vezes, me deitei de lado, tentando me concentrar na agulha no meu braço.

Devagar.

Devagar...

Não se apresse.

Bem devagarinho...

O entorpecimento dominou meu corpo rápido, me fazendo esquecer as coisas.

A euforia inundou minhas veias, levando consigo todos os meus problemas, até que não havia nada além de escuridão.

Vazio.

Nenhuma dor.

Nada.

78

Eu ainda te amo

AOIFE

Aoife: Joey, por favor. Já se passaram dois dias. Me escreve e diz que você está bem.

Aoife: Só me diz que você está bem.

Joey: Me desculpa.

Aoife: Joe? Ah, graças a Deus! Você está bem? Onde você está? Me diz onde você está que eu vou te buscar.

Joey: Fiz merda, amor.

Aoife: Não importa. Só me diz onde você está que eu vou te buscar.

Aoife: Não estou brava, Joe. Só quero te ver.

Aoife: Por favor, Joey!

Joey: Não sei, Molloy. Minha cabeça está... meu celular está morrendo.

Joey: Me desculpa. Te amo.

Aoife: Está tudo bem, Joe. Está tudo bem. Também te amo. Só me diz onde você está que eu vou te buscar, amor.

Aoife: Você está bem?

Aoife: Não pode pegar um celular emprestado?

Aoife: Joey!

Aoife: São quatro dias, Joe. Quatro dias, porra.

Aoife: O hospital ligou. Marcaram a consulta.

Aoife: Preciso que você volte pra casa, Joey!

Aoife: São cinco dias.

Aoife: Como você pôde fazer isso comigo?

Aoife: A consulta é na segunda. Você pretende vir?

Aoife: Está todo mundo me perguntando de você e estou passando pano pras suas merdas sendo que eu nem sei se você está VIVO!!! Por favor, Joey. Já são seis dias! Me ligue. POR FAVOR!

Aoife: Sete dias. É melhor você ter quebrado a mão, seu cuzão, porque não tem desculpa pra esse sumiço.

Aoife: Por favor, volte pra mim, Joe.

Aoife: Oito dias, estou indo pro hospital. Tenho a consulta com a obstetra. Era pra você ir comigo, lembra?

Aoife: Estou com medo.

Aoife: Ainda te amo.

79

Você se sente seguro?

AOIFE

Extremamente constrangida, fiquei parada na balança na sala de exames 3B da maternidade observando a obstetra mexer nos medidores da balança.

Meu coração disparou, e cada gota de sangue do meu corpo decidiu se acumular nas minhas bochechas. Eu detestava ser pesada. Eu detestava mais ainda estar ali. Mas a pior parte de tudo era estar sozinha.

Era o oitavo dia do sumiço do Joey, e eu estava no limite.

— Você é linda e alta, né? Tem pouco menos de 1,75 m — a médica disse, me distraindo do meu colapso interno. — O pai do bebê é alto?

— Hum, é — respondi, descendo da balança e calçando meus sapatos. — Ele tem cerca de 1,85 m.

— Então vocês vão ter um bebê alto — ela disse, dando risada e rabiscando algo na pasta vermelha que me deram na recepção. — Bem, você já fez o exame de urina e de sangue, então por que não nos sentamos pra repassar o seu histórico médico?

— Está bem.

— O pai do bebê vem?

— Hum, não, ele está... — Parei de falar e me sentei na cadeira antes de continuar: — Ele queria muito vir, mas não conseguiu tirar folga no trabalho.

A mentira escapou da minha língua, se somando às várias outras mentiras que eu contei para os outros na semana passada para explicar a ausência do meu namorado. Porque dizer a verdade estava fora de cogitação.

A única em quem eu podia confiar era Casey.

— Sem problemas — a obstetra respondeu, sentando-se na minha frente. — Você pode responder às perguntas sobre a sua parte da família e, se ele quiser, pode acrescentar informações sobre a família dele a qualquer hora.

— Entendi. — Juntei as mãos no meu colo, assenti e abri um sorriso amarelo. — Pode perguntar.

— Primeiro dia do seu último ciclo menstrual?

— Catorze de dezembro.

— E quanto tempo dura o seu ciclo?

— Geralmente entre 28 e 35 dias.

— Você, seu parceiro ou algum membro da família têm histórico de diabetes, hipertensão, doença cardíaca, doença autoimune, epilepsia ou qualquer outra doença séria?

— Hum, não... — Limpei a garganta, sem jeito. — Não que eu saiba.

— Existe alguma condição genética na sua família ou na família do seu parceiro para síndrome de Down, distrofia muscular, espinha bífida ou qualquer outra condição genética séria?

— Não — respondi, com o coração palpitando de nervoso. — Nada.

— E há histórico de gêmeos?

— Eu tenho um irmão gêmeo. A tia da minha mãe tem dois pares de gêmeos. Isso é tudo que eu sei.

— Há alguma alergia na sua família ou na família do seu parceiro?

— Tenho intolerância a mentira, se é que isso conta.

Ela sorriu.

— Tudo bem.

Dei de ombros, com o rosto ardendo de calor.

— Entendi.

— Algum aborto espontâneo ou natimorto na família?

— Hum, não, não na minha família.

— E na do seu parceiro?

— Hum, a mãe dele perdeu um bebê no fim da última gravidez.

Os olhos dela cintilaram de empatia.

— Sinto muito. Por acaso você sabe a causa dessa perda?

— Acho que ela teve um descolamento prematuro da placenta — disse, nervosa. — Não tenho certeza. Ela teve muitos filhos. Acho que esse foi o sétimo.

A mulher ergueu as sobrancelhas de surpresa.

— E o seu parceiro? Ele é o número...

— Dois. É o segundo filho.

— Família grande.

Um caos.

— Pois é.

— Quanto aos seus parceiros sexuais...

— Eu só estive com ele — falei, interrompendo-a. — Estamos juntos desde o quinto ano, mas já éramos amigos desde o primeiro.

Ela abriu um sorriso caloroso para mim.

— E o seu parceiro?

— Hum, teve outras parceiras, mas desde que estamos juntos, sou só eu.

— Uhum. Você fuma?

— Não.

— Ele fuma?

— Hum, sim.

— Você bebe álcool?

— Bem, tenho dezoito anos — respondi, dando de ombros. — Quando eu saía, ia com tudo ou ia pra casa.

— E durante a gravidez?

— Meu Deus, não. Eu jamais beberia sabendo que estou grávida.

— E o pai do bebê?

— Não. — Minhas mãos começaram a suar. — Não é de beber muito.

— E quanto aos métodos contraceptivos?

— Eu estava tomando pílula — expliquei. — Obviamente, parei de tomar depois que descobri a gravidez.

— Vocês usam camisinha?

— Não.

— Toma alguma vitamina ou suplemento?

— Estou tomando ácido fólico e uns comprimidos multivitamínicos pra gravidez que minha mãe comprou na farmácia.

— E quanto ao uso recreativo de drogas?

Ah, meu Deus, lá vamos nós.

— Nunca tomei nada mais forte que paracetamol na vida.

— Uhum — a médica disse, anotando tudo o que eu falava na minha pasta. — E o seu parceiro?

Hesitei.

— Não estou aqui pra julgar ninguém, Aoife — continuou, percebendo minha relutância. — Tudo o que estou te perguntando é pro bem do seu bebê. — Seus olhos estavam ternos e cheios de bondade quando ela falou: — É tudo confidencial.

— Ele está bem — falei, com o coração batendo selvagemente. — Tipo... sim, já cometeu alguns deslizes no passado, mas está bem agora.

— E quais seriam esses deslizes?

Dei de ombros, incapaz de falar, porque falar significava traí-lo, e meu coração se recusava terminantemente a fazer isso.

— Aoife, se houver algum um padrão de abuso de drogas no histórico de Joey... — Ela fez uma pausa para dar uma olhada em suas anotações antes de acrescentar: —Essa informação é necessária pra saúde do seu bebê.

— Um pouco de maconha — eu enfim disse, decidindo que maconha era o menor dos males naquele caso. — Mas, como eu disse, ele está bem agora.

— Certo. — Ela colocou a pasta na cadeira ao seu lado, se inclinou para frente e apoiou os cotovelos nos joelhos. — Vou te fazer mais algumas perguntas e quero que você seja totalmente honesta comigo.

— Está bem.

— Seu parceiro tem histórico de abuso de álcool ou outras substâncias?

— Não, já te falei que ele não é de beber muito.

— Além de maconha, seu parceiro consome outras substâncias ilegais? — insistiu. — Substâncias que podem te colocar em risco?

— Tipo o quê?

— Alguma droga injetável, por exemplo.

— Não — falei, nervosa. — Quer dizer, não mais.

— Não mais?

— Ele já usou no passado.

— Entendi. — A preocupação invadiu seus olhos. — Seu parceiro já foi violento com você?

— O quê? Não.

— Seu parceiro já causou dano ou dor ao seu corpo?

— É a mesma pergunta, e a resposta ainda é não. Ele nunca encostou um dedo em mim, e nunca encostaria.

— Você se sente em perigo?

— Ah, meu Deus, não — falei, agitando os joelhos sem parar. — Ele não tocaria em um fio de cabelo meu.

— Certo. — Ela estendeu a mão e apertou meu joelho. — Não quero que você entre em pânico, trata-se de um protocolo do hospital, mas vamos ter que solicitar exames de sangue mais extensos.

— Por quê?

— Pra descartar quaisquer infecções sexualmente transmissíveis não rastreadas nos exames anteriores.

— Por quê? Joey e eu somos exclusivos.

— Com frequência, usuários de drogas intravenosas costumam usar agulhas contaminadas. Isso para não falar da falta de inibição quando estão sob a influência dessas substâncias. Não é incomum que mulheres grávidas em circunstâncias semelhantes apresentem ISTS, mesmo quando só estiveram com seus parceiros, portanto, enfatizo ainda mais a importância de se proteger durante a relação sexual.

— Ele não é *porco* — falei, completamente aturdida com aquelas informações. — Ele é ótimo. É inteligente e responsável, estuda e trabalha. É jogador de hurling por Cork, pelo amor de Deus.

— Aqui no hospital temos um serviço disponível pra jovens mães que acho que seria de grande ajuda pra você...

— Não, obrigada. — Balancei a cabeça. — Não preciso disso.

— Vou encaminhá-la de qualquer maneira e vou pedir que um membro da equipe entre em contato com você. — Ignorando meus desejos, a obstetra pegou as anotações e retomou seus rabiscos antes de se levantar e ir até a porta. — Espera aqui um pouquinho, Aoife. Já volto.

Ah, meu Deus.

Aquilo não era bom.

Aquilo não era nada bom.

Peguei o celular no bolso e liguei para o único número que eu sabia que sempre me atenderia e levei o aparelho ao ouvido.

— Aoife, filha, você está bem?

— Mãe, você pode vir me buscar no hospital? — Fechei os olhos e soltei um suspiro trêmulo antes de sussurrar: — Preciso mesmo de você.

80

Me deixe lá fora com o lixo

JOEY

O som da pulsação nos meus ouvidos foi o primeiro sinal de que eu não estava morto. A voz da minha irmã era o segundo sinal.

— Shan?

Eu conseguia ouvi-la. Podia sentir suas mãos no meu rosto. Sua respiração no meu pescoço. Só que... eu não conseguia me concentrar.

— O que você tomou? — ela perguntou no meu ouvido. — Sei que você está bêbado e estou sentindo cheiro de maconha, mas tem mais coisa aí, né? O que é? O que te deram?

Eu não conseguia responder. Porque não me lembrava do que tinha tomado. Eu nem sabia onde estava. Que droga! Meus lábios não pareciam estar funcionando.

Eu estava saindo da chapação, caindo com tudo. Tremendo muito, tentei me encolher e morrer. Talvez, se eu prendesse a respiração, a dor parasse.

Meu coração simplesmente *desistiria*.

— Me desculpa — murmurei, me encolhendo quando a sua decepção me atingiu como se fossem balas. — Por favor, não me odeie.

Vomitando bile e sangue, lutei contra a náusea que atacava meus sentidos, tentando desesperadamente sobreviver à agonizante sensação de queimação que percorria meu organismo.

Não me odeie.

Eu me odeio.

Eu me odeio.

Eu me odeio.

À medida que a névoa da minha mente se dissipava e eu ia registrando o que me cercava, percebi que estava pelado no banheiro de Johnny Kavanagh, enquanto aquele seu asa bizarro me tirava do chuveiro.

— Não encosta em mim, porra! — rosnei, cambaleando para longe dele só para cair de bunda no chão.

Eles estavam falando comigo, gritando comigo, mas eu não conseguia entender uma palavra sequer. Eu sabia que estava respondendo porque meus lábios estavam se mexendo, mas eu não fazia ideia do que estava saindo da minha boca. Era uma posição bastante vulnerável para se estar — eu estava tão fora de mim que não conseguia controlar as palavras que saíam da minha boca.

Tudo era intenso.

Tudo *doía*.

Com o corpo todo tremendo, tentei acalmar minha respiração enquanto tinha flashbacks das duas últimas semanas.

Meu pai.

Shannon.

Molloy.

Minha mãe.

Darren!

Shane.

Dor.

Dor.

Uma dor do caralho.

Contive a vontade de gritar e segurei a cabeça com as mãos para fazer o quarto parar de girar. A dor que eu sentia entre os meus olhos era tanta que fiquei zonzo.

Ouvi aquele dub me dando sermão, falando comigo como se eu fosse um merda. E ele estava certo. Eu era mesmo um merda.

Ele ama a sua irmã, pensei aturdido em plena crise de abstinência. *Ela não está mais sozinha.*

Desnorteado, tentei ligar tudo o que ele estava dizendo com os eventos de que me lembrava, mas minha mente ferrada não estava colaborando. Minha língua cuspia veneno, revelando segredos de família para aquele cara, mas eu não estava mais no controle. Eu tinha me perdido em algum lugar ao longo do caminho.

Eu só me lembrava de Shannon jogada no chão da cozinha e do sangue saindo da sua boca.

Eu estava desamparado.

Era um inútil.

Não tinha feito nada para protegê-la.

Eu tinha decepcionado minha irmã.

De novo.

Então o rosto de Molloy brilhou feito um letreiro neon no primeiro plano da minha mente. A culpa e a dor que senti quando pensei nela sobrepujaram todo o resto. A escuridão que eu sempre sentia por dentro não era nada comparada ao fundo do poço em que eu me encontrava.

Eu queria sair.

Eu precisava sair.

Eu não *aguentava* mais.

— Posso te ajudar? — A voz do Kavanagh penetrou meus pensamentos desesperados. — Posso fazer alguma coisa por você?

— Sim, você pode me emprestar umas roupas.

Eu precisava dar o fora daquele lugar. Me segurei na pia e me obriguei a ficar de pé.

Sem dizer uma palavra, Kavanagh saiu do banheiro, voltando alguns instantes depois para atirar uma muda de roupas pela porta. Desorientado, eu as peguei e vesti rapidamente uma calça cinza e uma camiseta branca. As roupas dele ficaram largas, mas não me importei.

Eu estava morrendo de frio.

Parecia que meus ossos tinham congelado.

Tremendo, saí do banheiro e entrei em um quarto que poderia abrigar o primeiro andar inteiro da minha casa.

— Obrigado pelas roupas — consegui falar coerentemente, e então perguntei: — Pode me emprestar um celular?

Notei a hesitação na sua voz quando ele disse:

— Por quê?

— Porque preciso ligar pra minha namorada.

Vi a desconfiança nos seus olhos.

— Sua namorada?

— É, minha namorada — falei, contendo o ímpeto de explodir com ele, sendo que ele estava me fazendo um favor. — Posso usar seu celular ou não?

— Não precisa ir embora — Kavanagh disse, colocando um celular chique na minha mão. — Pode ficar aqui, cara. Pelo tempo que precisar.

Não, eu não podia.

Eu tinha que vazar dali.

Meu pai ainda estava solto.

E Molloy?

Meu Deus, eu tinha deixado Molloy na mão.

— Fala sério, porra! — sussurrei, pois meus dedos não queriam cooperar e não conseguiam acertar os botões.

— Qual é o número dela? — ele perguntou, pegando o celular de volta. — Posso digitar pra você.

Soltei um suspiro sofrido e me forcei a dar uma boa olhada no grandalhão parado na minha frente. Eu não confiava nele, mas Shannon claramente confiava, o que me deixava curioso. Questionei meus instintos.

Johnny Kavanagh estava ali, no meio de toda a merda da minha família, e não tinha fugido. Havia algo nele que me lembrava Molloy, e franzi a testa.

— Eu falei mal de você pra Shannon, sabe — confessei, franzindo as sobrancelhas enquanto minha visão entrava e saía de foco. — Falei que você iria embora. — Tremendo por causa da dor no meu crânio, balancei a cabeça e concentrei a atenção nele. — Que ela não devia depositar muitas esperanças em você.

Ele não reagiu.

Também não pareceu surpreso.

Em vez disso, só perguntou:

— Qual é o número dela?

Pressionei as mãos na testa e falei os números que eu sabia de cor desde o primeiro ano, o único telefone que eu tinha armazenado na minha mente, e disse:

— Não a decepcione. — Estabilizei meu corpo para não cair e acrescentei: — O que quer que esteja fazendo, Kavanagh, não magoe a minha irmã.

Ele digitou o número que eu ditei e me entregou o celular. Com os olhos cheios de uma emoção ilimitada e um tom sincero e corajoso, ele me encarou e prometeu:

— Pode deixar.

81

Garoto perdido

AOIFE

— Aoife, prometo que ninguém vai levar o seu bebê — minha mãe disse pela milionésima vez quando chegamos em casa depois de eu ter passado a maior parte do dia no hospital sendo cutucada, espetada, esfregada e interrogada. — Eles já nos explicaram tudo. Ninguém está te questionando. Só estão cuidando do seu bem-estar, minha filha.

— Bem, eu não pedi nada disso — falei, atordoada com as reviravoltas do dia. — Estou bem, mãe. Estou saudável, me cuidando, morando em uma casa segura e confortável, então não entendo por que a minha vida precisa ser analisada tão minuciosamente desse jeito.

— Não é com a sua vida que estão preocupados — ela disse, colocando a bolsa na mesa. — Meu Deus, Aoife, você devia ter me contado.

— O quê?

— Sobre o Joey.

Meu coração murchou.

— Joey está bem — defendi. — Ele está lidando com muitas questões familiares agora, mas vai ficar bem, mãe.

— Aoife. — Ela se virou para mim. — Pode não fazer isso?

— Isso o quê?

— Mentir pra mim.

— Não estou mentindo. — Ergui as mãos. — Ele está bem!

Minha mãe deu um suspiro cansado.

— Por que não me contou que o Joey está desaparecido?

— Ele não está desaparecido — falei baixinho. — Ele só está organizando a cabeça.

— Aoife!

— Não quero que você pense mal dele — admiti com a voz falhando. — O que é exatamente o que você está fazendo agora.

— Não estou pensando mal dele. Estou preocupada com ele. Preocupada por *você.*

— Joey *nunca* me machucaria.

— Não é isso que estou dizendo.

— Então o que é? Qual a preocupação?

— Minha filha acabou de fazer exames pra doenças que eu nunca tinha ouvido falar até hoje — disse, indo até a chaleira. — Claro que estou preocupada!

— Bem, você não foi furada por agulhas nem teve um monte de cotonete enfiado na sua bu...

— Não use essa palavra — me interrompeu, estremecendo. — É horrível.

— Vagina — falei, mudando de ideia. — Nem no seu cu. O que, só pra você saber, não foi uma experiência nada prazerosa.

— Bem, vamos saber melhor quando os resultados chegarem.

— A gente já sabe — grunhi, saindo da cozinha. — Estou limpa porque Joey está *limpo*!

— Aoife, espere, precisamos conversar sobre isso.

— Não precisamos, não — falei por cima do ombro, subindo as escadas. — Preciso tomar banho.

— Essa conversa não acabou, mocinha.

— Quer apostar? — grunhi, entrando no quarto e batendo a porta.

Tirei os tênis e fui direto para a cama, pois só queria deitar em posição fetal debaixo das cobertas e hibernar.

Aquilo era demais.

Era tudo *demais*.

Deprimida e furiosa, me aproximei do guarda-roupa e chutei a porta de frustração.

— Filhos da puta.

Então meu celular tocou no bolso, peguei e olhei para a tela, preparada para ver o nome da minha mãe. Só que aquele número não estava nos meus contatos.

Instantaneamente tomada pelo pânico, aceitei a ligação e coloquei o telefone na orelha.

— Alô?

— Aoife, sou eu.

Três palavras.

Três palavras foram suficientes para arrancar o ar dos meus pulmões e fazer minhas pernas cederem. Cambaleei até a cama, me sentei e absorvi o tsunami de alívio que invadiu meu corpo.

Aqueles oito dias de silêncio me levaram para perto de um colapso nervoso. Ouvir a voz dele fez o gelo em volta do meu pobre coração machucado se derreter.

— Seu escroto — falei quando encontrei a voz.

— Eu sei.

Tremendo bastante, passei o celular para a mão esquerda e o pressionei no ouvido enquanto as lágrimas escorriam pelas minhas bochechas.

— Seu cuzão!

— Eu sei! — Sua voz estava embargada, suas palavras, arrastadas e eu não precisava vê-lo para saber que seus olhos estavam pretos feito carvão.

— Puta que pariu, Joey. — Abaixei a cabeça, atordoada demais para conseguir sustentá-la erguida. — Você tinha me prometido.

— Eu sei que tinha. Fiz merda.

— Você acha? — sussurrou, contendo a vontade de atirar o celular na parede do quarto. — Estou grávida do seu bebê e você simplesmente some do mapa? *Qualquer coisa* podia ter acontecido com você, Joey. *Qualquer coisa.* Você não entende isso? Não entende o medo que senti?

— Me desculpa, amor.

Dor.

Alívio.

Fúria.

Devastação.

Senti *tudo* naquele momento.

— Você está bem? — me obriguei a perguntar, tremendo. — Está machucado?

— Ah, não sei — murmurou com uma voz tensa e arrastada. — Está tudo confuso e meus olhos estão doendo.

— Porque você ainda devia estar no hospital!

— Não me odeie, Molloy.

— Eu não te odeio, Joey, eu... — Parei de falar, respirei fundo e mudei de assunto. — Onde você está? — perguntei, tremendo. — De quem é esse telefone?

— Ah, eu estou... — Ele se interrompeu e soltou um grunhido sofrido antes de dizer: — Na casa do Kavanagh.

— Johnny Kavanagh? — Ergui as sobrancelhas. — Como? Por quê? Quem te levou aí?

— Não sei, Aoife — admitiu baixinho. — Estou com a cabeça toda cagada, amor. Não estou com meu celular, e minha carteira também sumiu.

— Porra, Joe. — Meu coração se encolheu. — Com quem você estava?

— Não sei — sussurrou. — Minha cabeça está um caos. Não me lembro de merda nenhuma. Estou tão cansado.

— Porque você não está bem — falei, piscando para conter as lágrimas. — Você está doente, Joe.

— Não sei o que eu sou — ele disse. — Não me sinto mais humano.

O medo me fez levantar da cama de uma vez e ficar andando de um lado para o outro no meu quarto.

— Joey, você precisa voltar pra casa, está bem? Você precisa vir pra cá agora mesmo.

— Não, não, não, não quero que você me veja nesse estado. Não quero te machucar mais do que já te machuquei.

— O único jeito de me machucar é se você me evitar — falei, segurando o celular com força. — Estamos juntos pro que der e vier, lembra? Ainda está valendo. Te amo.

— Te amo pra caralho. — Sua voz rachou. — Não consigo nem te dizer quanto porque não tenho palavras suficientes pra me expressar.

— Eu sei. — Fechei os olhos e apertei ainda mais o celular. — Eu sei, Joe.

— Me desculpa. — Sua voz estava arrastada e sonolenta. — Quero que você fique bem. Você e o bebê.

— Estamos bem — disse, tentando tranquilizá-lo. — Mas precisamos de você.

— Ninguém precisa de mim.

— Não é verdade — retorqui, com o coração se desintegrando. — Volte pra mim.

— Só preciso dormir um pouco — sussurrou. — Estou tão cansado e meus olhos estão doendo tanto... É difícil ficar acordado.

— Shannon está com você? — Pressionei a mão na testa e lutei contra a ansiedade. — Na casa do Johnny? Foi ela que te levou aí?

— Acho que sim — ele respondeu, vacilante. — Me desculpa.

— Joey, escute. — Fungando, limpei a garganta e tentei ser a voz da razão por ele. — Sim, você fez merda, está bem? Você fez uma bela duma cagada. Você não pode voltar no tempo, mas *pode* seguir em frente. Você não precisa permanecer nesse lugar, amor. Posso te ajudar. Podemos procurar ajuda.

Houve uma longa pausa antes de ele falar, sonolento:

— Que tipo de ajuda?

— Ajuda profissional. Existem centros de tratamento pra adolescentes como você. Posso encontrar um pra você, que tal? Vamos conseguir a ajuda que você precisa pra vencer essa coisa, mas você precisa voltar pra mim. Só volte pra mim, amor, e eu vou te ajudar...

— Ninguém pode me ajudar, Molloy.

— Não é verdade — falei com firmeza. — Você tem uma mente linda, Joey Lynch, e um coração maravilhoso. Você *vai* conseguir vencer isso. Você só tem que querer. Isso já é metade do caminho. Você ainda pode consertar as coisas. Você tem tempo. Você pode melhorar. Só tente, Joe. É só o que você tem que fazer. Apenas tentar, amor. Eu te amo muito. Te ver se destruindo desse jeito está me matando.

— Eu só quero você.

— E eu só quero você. Mas preciso de você saudável. Não vou deixar você se destruir. Você vai ter um bebê, Joey. Não vou te deixar jogar a toalha agora.

— É tarde demais pra mim, Molloy.

— Não. — Balancei a cabeça. — Não diz isso.

— Estou ferrado da cabeça.

— Estou indo te buscar — declarei, procurando a chave do meu carro. — Espera aí que já chego.

— Não, porra, não vem aqui — ele grunhiu. — Não quero que você me veja assim.

— Joey, estou indo.

— Se você vier, vou sair.

— Joey!

— Não vem aqui, está bem? — Ele falou e depois acrescentou: — Deixa eu melhorar primeiro e depois eu volto.

Passei as mãos pelo cabelo, segurando a vontade de puxar os fios, e respirei fundo com dificuldade.

Eu não podia deixá-lo lá. Não quando finalmente sabia onde ele estava.

Joey tinha me feito passar pelo inferno nos últimos oito dias.

Eu sabia que ele estava chapado. Sabia que ele estava se destruindo. Sabia que eu não podia fazer nada para impedi-lo, mas ainda assim eu queria tentar. Eu ainda queria mergulhar de cabeça no mundo em que ele estava se afogando para trazê-lo para a segurança — ou, pelo menos, para manter a cabeça dele fora d'água.

— Fique na linha — ele sussurrou, e ouvi sua voz se distanciando. — Te amo.

— Promete que vai ficar aí na casa do Johnny.

— Prometo.

— E que você vai vir me ver amanhã de manhã.

— Amanhã cedinho.

— Joe, é sério. Promete.

— Prometo, prometo. Só estou... cansado.

— Onde você está agora?

— No quarto dele. Cama grandona.

— Certo. — Soltei um suspiro trêmulo, tentando controlar as emoções e ouvindo sua respiração do outro lado da linha. Me confortando ao saber que seu coração ainda estava batendo. — Quero que você se deite nessa cama grandona e durma um pouco. Pode fazer isso por mim, Joe?

— Hum.

— Ei, Joe?

— Hum?

— Pode se deitar de lado pra não engasgar se vomitar?

— Uhum.

— Boa, garanhão.

— Não vai embora, rainha.

— Eu não vou.

— Fique comigo.

— Sempre.

Com o coração batendo forte, atravessei a entrada e me aproximei de uma porta familiar. Eu sabia que estava agindo por puro desespero, mas não tinha muito mais a que me agarrar, então apertei a campainha chique e prendi a respiração.

Alguns minutos se passaram antes que alguém abrisse a porta, e fui recebida por uma mulher de meia-idade vestida com um uniforme hospitalar.

— Posso te ajudar?

— Oi, sim. — Soltei o ar e abri um sorrisinho. — Então, sei que ele não mora aqui, mas estou procurando, hum, o Gibsie...

Os olhos castanhos da mulher cintilaram de reconhecimento na mesma hora, e ela sorriu calorosamente para mim.

— Ele costuma estar sempre por aqui, mas pra variar, dessa vez, ele está vasculhando a geladeira da própria casa. — Esticou o braço e apontou para outra casa impressionante de três andares do outro lado da rua. — Ele mora no número nove, querida.

— Muito obrigada — respondi, relaxando de alívio, me virando para atravessar a silenciosa rua sem saída.

— Se por acaso você vir a mulher dele, a dos cachinhos, diz que a mãe dela mandou avisar que ela está de castigo — a sra. Biggs falou atrás de mim.

— Claro, sem problemas.

Cansada demais para prestar atenção no que ela estava dizendo, corri até a outra casa e bati várias vezes até que a luz do corredor acendeu.

Desta vez, quando a porta se abriu, fui recebida por um Gibsie bastante surpreso.

— Ora, ora, olá, sra. Joey, o hurler.

— Preciso da sua ajuda.

— Entendi... — Gibsie franziu a testa e deu um passo para o lado, mas fiquei parada no lugar. — Agora, se você estiver procurando conselhos, devo te avisar que sou um *péssimo* candidato.

— Não quero seu conselho, Gibsie.

— Ufa — falou, dando risada. — Porque realmente sou péssimo nisso. E, quando digo péssimo, quero dizer *terrível*. Pode perguntar pra qualquer um nessa rua. Sou a última pessoa que você devia procurar durante uma crise...

— Ah, meu Deus, pare de falar e só me escute.

— Calando a boca agora.

— Preciso chegar na casa do seu amigo Johnny Kavanagh — declarei, sentindo a ansiedade aumentar a cada minuto. — Eu já estive lá antes, mas não lembro o caminho e tenho que chegar o mais rápido possível.

— Merda. — Seus olhos verdes cintilaram de preocupação. — Você está procurando o Joey.

Meu coração descompassou.

— Você viu ele?

Gibsie fez que sim.

— Quando?

— Hoje.

— Como ele estava?

Ele estremeceu, mas não falou nada.

Era o suficiente para me dizer o que eu já sabia.

— Ah, meu Deus. — Foi como se meus pulmões tivessem sido esmagados. Levei a mão ao peito e respirei com dificuldade. — Preciso que você me ajude.

— Acho que você devia entrar — disse, segurando a porta para mim.

— *Por favor.* — As lágrimas queimavam meus olhos, e eu as pisquei rapidamente. — Você tem que me levar lá.

— Não sei, não. — Coçou o peito largo e olhou em volta. — Hum, não acho que é uma boa ideia.

— Uma boa ideia? — Olhei feio para ele. — Não ligo a mínima pro que você acha, Gibbers. Só preciso achar meu namorado e estou pedindo pra você me *ajudar.*

— Estou te ouvindo — disse, erguendo as mãos. — Quero te ajudar. Juro. Só que...

— Oito dias — falei, sem me dar ao trabalho de mentir ou esconder as emoções. Se Gibsie tinha visto Joey hoje, ele sabia com o que eu estava lidando. — Não vejo ele há oito dias, porra.

— Ele está seguro — respondeu em um tom sincero. — Te garanto. Kav está cuidando dele. Seu namorado está descansando lá na casa dele. Shannon está com ele também. Não precisa se preocupar.

— Você não entende — falei, contendo a vontade de gritar. — *Preciso* ver ele.

— Não vou mentir pra você. Seu namorado está bem mal — Gibsie disse sem rodeios. — Mas está *seguro.* Se você for lá e acordar o Joey, vai saber o que ele vai fazer ou pra onde vai fugir. — Ele balançou a cabeça e me olhou de um jeito solidário. — Não estou querendo me meter em nada, mas *realmente* acho que você devia deixar ele dormir...

— Oi — uma voz familiar o interrompeu e então uma cabeça loira cheia de cachos surgiu debaixo do braço de Gibsie. — Aoife, né? Da festa anos 90? — A moça estava vestida com uma camiseta de rúgbi enorme e calças de um pijama rosa, junto com uma pantufa de coelhinho. Ela sorriu para mim. — Você se lembra de mim, né? Sou a Claire Biggs.

— Oi, me lemb... — Antes que eu tivesse chance de terminar a frase, ela esticou o braço para fora e pegou minha mão.

— Entre antes que você congele aí. — Claire bateu no peito de Gibsie. — Sinceramente, Gerard — ela o repreendeu, me puxando para dentro e me conduzindo pelo corredor até uma cozinha pouco iluminada e então para um espaçoso jardim de inverno. — Você não tem educação? Não se deixa garotas paradas na porta no meio da noite.

— Eu não estava fazendo isso — protestou, nos seguindo. — Eu estava segurando a porta para ela como um cavalheiro.

— Está com fome? — Claire continuou, indo até uma caixa de papelão na mesinha de centro no meio da sala. — Sede?

— Não, estou bem — respondi, soltando a mão. — Só preciso muito... o que diabos é isso? — Fiquei boquiaberta vendo-a se ajoelhar na frente da mesa, admirando e fazendo barulhinhos para a caixa. — Um *rato*?

— O quê? Não — Claire respondeu, pegando a luva de jardinagem ao lado da caixa e colocando-a antes de enfiar a mão lá dentro para pegar uma criatura espinhosa. — A gente encontrou ele no meio da rua voltando da casa do Johnny. Estava sozinho no escuro e não podíamos deixar ele ser atropelado, então o trouxemos pra casa. — Ela sorriu amorosamente para o que estava na sua mão e cantarolou: — Não é a bolinha de fofura mais adorável que você já viu na vida?

— Eu, ah... — Balancei a cabeça, tentando pensar em algo lógico para dizer ao perceber que tinha entrado em uma zona meio cinzenta. — Gente, isso é um ouriço.

— O nome dele é Reginald Gibson-Biggs — Gibsie me corrigiu, sentando de pernas cruzadas ao lado da namorada no tapete felpudo. — Vamos, ursinha. Não seja egoísta, é a minha vez. — Colocou uma almofada no colo, deu tapinhas nela e cantarolou: — Venha pro papai, Reggie.

— Cuidado, Gerard, ele é tão magrinho.

— Eu sei o que estou fazendo, ursinha.

— Eu sei que sim, só que ele é tão pequenininho.

— É que ele acabou de sair da hibernação. O pobrezinho está morrendo de fome.

— Será que a gente devia dar umas minhocas pra ele?

— Ouriços comem minhocas? — Ele franziu as sobrancelhas. — Pensei que comessem grama.

— Acho que tivemos uma aula disso quando estudamos ciências naturais...

— Merda, não fiz aula de ciências naturais.

— Todo mundo na Irlanda tem aula de ciências naturais na escola primária, Gerard.

— Bem, eu não tive.

— Teve, sim.

— Quando?

— Você não lembra das trilhas com a professora e a turma?

— Sim?

— Eram trilhas na natureza — ela explicou. — Eram *aulas*.

— Puta merda — ele disse, dando risada. — Pensei que eram o recreio.

Morbidamente curiosa, inclinei a cabeça para o lado e fiquei observando se revezarem nos cuidados com o bicho selvagem.

— Será que vocês podem tocar nessa coisinha?

— Reggie.

— Reggie — me corrigi e me encolhi quando Gibsie fez carinho na barriga dele. — Animais selvagens podem passar doenças, vocês sabem.

— Olha só pra ele — Claire disse, oferecendo a criaturinha para mim. — Como é que você pode pensar isso de um serzinho tão precioso?

— Sim, tão... precioso. — Dolorosamente ciente de que eu também estava carregando algo precioso no meu útero, dei um passo para trás e encolhi os ombros. — Escutem, eu só preciso de direções pra chegar na casa do Johnny. — Sorri e acrescentei: — Daí vocês vão ter todo o tempo do mundo pra gastar com o pequeno Reggie.

82

Voando alto, caindo baixo

JOEY

Sangue nas paredes.

Sangue no chão.

Olhos azuis vazios.

Olhos castanhos apavorados.

Olhos verdes decepcionados.

Rostos amados ficavam surgindo diante dos meus olhos na escuridão, fazendo minha ansiedade aumentar de uma forma que eu não conseguia lidar.

Tremendo da cabeça aos pés, fiquei olhando para aquele teto estranho, sentindo o frio se instalar tão fundo nos meus ossos que, por um momento, me perguntei se estava morrendo. Eu ouvia meu coração batendo no peito, mas eu estava entorpecido e meus membros estavam inertes.

Envolto em escuridão, eu coçava e arranhava os braços, desesperado para me livrar da sensação insuportável de algo pinicando logo abaixo da superfície da minha pele. Sabendo que a fome que ameaçava me devorar de dentro para fora tinha pouco a ver com comida, eu me virei de lado e engoli um bocado de bile.

Levanta, porra.

Não, só fica aí deitado.

Não ouse ficar aí deitado.

Vai ao banheiro, procura uma lâmina de barbear, corta os malditos pulsos e acaba logo com esse pesadelo.

Não se preocupa, Peter Pan. Vou ser sua Wendy.

Pensa no bebê.

— Molloy.

Lambi os lábios rachados e me obriguei a me virar de lado, e como o movimento não me fez botar as entranhas para fora, fui em frente e me sentei devagar na ponta da cama.

Dor.

Por toda parte.

Nos meus braços.

Nos meus olhos.

Nas minhas costelas.

No meu coração.

Não havia um centímetro no meu corpo que não doía.

No meio da loucura e da dor, eu me afogava na vergonha, pois sabia que daquela vez eu tinha ido longe demais. E não havia como voltar do inferno que eu tinha me enfiado. A montanha que eu precisava escalar era alta demais.

O rosto dela...

Era tudo o que eu via.

Era como um farol na escuridão me guiando para casa.

Ela não quer você.

Quem é que ia querer você?

Só volte pra mim, Joe...

Fiquei de pé, cambaleante, e fui tateando às cegas pelo quarto até encontrar um interruptor. No instante em que as luzes se acenderam, achei que ia desmaiar. A dor de cabeça era forte demais. Me apoiei em uma cômoda de madeira, tentando acalmar a respiração e não apagar enquanto eu apertava os olhos. Aos poucos, minha visão foi entrando em foco.

Eu ainda estava ali.

Na mansão.

Na casa do sr. Rúgbi.

— Merda.

Soltei um suspiro dolorido e me obriguei a olhar para o reflexo me encarando no espelho acima da cômoda. Com o rosto todo distorcido e inchado dos ferimentos e algumas semanas de barba por fazer, tive dificuldade de me reconhecer.

Eu não parecia mais eu.

Eu não parecia ninguém que eu conhecia.

Com a mão ainda na cômoda para me equilibrar, ergui a outra e passei os dedos sobre o machucado amarelado no meu rosto. Me inclinei para avaliar melhor o estrago, me concentrei e observei meus olhos vermelhos.

Não dava mais para ver o branco nos meus olhos.

Ele tinha sido substituído por vasinhos rompidos.

Confuso e desesperado, me afastei do espelho, sem conseguir me olhar por mais um segundo sequer. Porque eu desprezava a pessoa que me encarava.

Detestava aquele merda.

Levei um tempo ridículo para encontrar meus tênis e, mais ainda, para calçá-los e amarrar os cadarços. Mas consegui.

Peguei um moletom aleatório pendurado em uma cadeira, vesti com cuidado e ergui o capuz antes de seguir para a porta. De alguma forma, dei um jeito de botar um pé na frente do outro, sair do quarto onde eu tinha me refugiado sem querer e encontrar o caminho até a escada. Desci os degraus aos tropeços, me agarrando no corrimão e, por pouco, não cheguei ao térreo sem quebrar a porra do pescoço.

Tremendo de frio, fui até a porta da frente e saí. Desorientado e confuso, tentei me recompor e descobrir onde eu estava e para onde eu precisava ir para voltar para ela, mas não estava sendo nada fácil. Meus pensamentos estavam caóticos e meu senso de direção tinha me abandonado.

Ele está por aí.

Ele vai atrás de você.

Vocês todos vão morrer.

Encontre ela.

Volte pra mim, Joe.

Joey, não me deixe sozinha.

Balancei a cabeça e segui cambaleante a linha de árvores do caminho, deixando minhas pernas me conduzirem, já que meu cérebro não queria colaborar.

Siga em frente.

Volte para ela.

Um pé depois do outro.

Depois do que pareceu uma eternidade, vi faróis e ergui o braço desajeitadamente, tentando pedir carona. Só que as luzes não estavam se aproximando. Estavam imóveis. Presas atrás de um portão de ferro.

Continuei acenando e tropeçando, querendo chegar até o carro. Para encontrar o caminho de volta para ela.

— Joe!

Porra, eu estava até ouvindo a voz dela.

— Joe!

Devia ter algo muito errado comigo.

— Joe, sou eu.

Pisquei, confuso, e olhei em volta.

— Molloy?

— Isso, amor, estou aqui. O portão está trancado e não consigo entrar. Estou aqui há horas.

— É mesmo?

— É, continue andando.

Levei um momento para processar sua voz, e mais um tanto para registrar o significado das palavras que saíam da sua boca, e depois voltei a atenção para o portão.

Ali estava ela. Do outro lado do portão de ferro que parecia ter uns cinco metros de altura.

— Molloy. — Cambaleei para frente e fui me aproximando até alcançar o portão. — Molloy.

— Estou aqui, Joe. — Ela enfiou o braço entre as barras de metal, colocou a mão na minha nuca e se inclinou para perto. — Estou bem aqui, amor.

— Me desculpa, rainha — falei, apoiando a testa na mesma barra que ela. — Me desculpa mesmo.

— Shhh. — Suas mãos estavam no meu rosto, seus dedos faziam carinho nas minhas bochechas e afastavam meus cabelos da minha cara enquanto ela beijava onde alcançava. — Eu estava com tanto medo por você.

— Sou um imbecil.

— Você é um grande imbecil — ela concordou na mesma hora, sem parar de me beijar e me acariciar. — Estou superbrava com você.

— Eu também. — Tremendo, estendi o braço entre as barras para tocá-la só para senti-la e me convencer de que ela era mesmo real. — Acho que estou destroçado.

— Você vai ficar bem — falou, e as suas lágrimas molharam minhas bochechas. — Não vou deixar mais nada acontecer com você.

— Me tira daqui, amor.

— Não consigo, Joe. Não sei o código pra abrir os portões e eles são altos demais pra eu escalar.

— Eu sei — murmurei. — Eu sei o código.

— Qual é?

— Eu, ah... — Pisquei rápido, vasculhando a memória em busca da informação que sabia que possuía, mas não encontrei nada. — Juro que está em algum lugar da minha cabeça.

— Tudo bem — ela falou, fungando. — Não se preocupe. Você pode passar a noite aí com a Shannon e o Johnny.

— Não, não, não, não quero ficar aqui — grunhi, me agarrando nela com todas as forças. — Quero ir pra casa com você.

— Eu sei — disse de um jeito sofrido. — Mas não consigo te tirar daí.

— Posso escalar...

— Não, amor, não pode — Molloy me interrompeu. — Você já está machucado demais.

— *Você* está machucada. Eu *te* machuquei — falei, me encolhendo quando uma onda de dor me acertou bem no peito. — Porra, acho que meu cérebro parou de funcionar.

— Onde você *estava*?

— Não lembro — murmurei, desesperançoso. — Me desculpa. Te amo muito, Molloy. Juro.

— Eu sei, Joe. Deus, eu, sei... — Sua voz falhou e um soluço lhe escapou. — Escute, preciso que você me mostre os seus braços, está bem?

— Meus braços?

— É. — Fungando, deu um passo para trás e pegou a minha mão. — Está tudo bem — ela disse, arregaçando a manga do moletom devagar até o meu cotovelo e explodindo de chorar.

— Me desculpa.

— O outro — pediu, pegando a outra mão e fazendo o mesmo.

— Me desculpa.

— Você estava com o Shane Holland, né?

— Não lembro.

— Você podia ter *morrido*, Joe!

— Não sei se quero viver, Aoife.

— Não diz isso! — minha namorada disse, esticando os braços pela grade para abraçar meu pescoço. — Nunca mais diz isso, está me entendendo?

— Só estou aqui *por* você — confessei, me deleitando com o calor das suas mãos na minha pele. Estava tão frio. Ela era a única coisa que poderia me aquecer. — Quero que isso passe, Aoife. Quero parar com...

— Não, amor. — Ainda fungando, ela me puxou para perto e selou a boca na minha. — Não vou te deixar ir.

Tremi quando o calor dos seus lábios e da sua língua derreteu o gelo dentro de mim e tentei me aproximar, precisando estar com ela.

— Não fuja, Molloy. Sei que não te mereço, mas por favor, só... não *fuja*.

— Nunca.

— Por favor... por favor, continue me amando.

— Sempre, Joe — ela falou contra os meus lábios. — Sempre.

— Porque me sinto tão sozinho, amor.

— Não. — Ela balançou a cabeça, depois recuou um pouco para enxugar as lágrimas nas minhas bochechas e voltou para roçar o nariz no meu. — Você tem a gente.

Tremendo, coloquei a mão entre as grades e a ofereci para ela.

— Quero ser bom o suficiente pra você. — Funguei e pousei a mão na pequena saliência na sua barriga enquanto o vento açoitava meu rosto. — Pra vocês dois.

— Acredito em você — falou em meio às lágrimas. — Está me ouvindo, Joey Lynch? — Ela segurou meu rosto entre as mãos, olhou bem nos meus olhos e sussurrou: — *Ainda* acredito em você.

Você é a única.

83

Você não vai tirar ele da gente

AOIFE

Eu tinha problemas.

Muitos problemas.

O maior deles, além do bebê que estava chegando e do vício do meu namorado em drogas, era minha inabilidade de pular fora de uma briga.

Muitos rotulariam minha incansável capacidade de amar como algo positivo, mas quando essa característica me fazia voltar para a cova do leão, eu diria que esse era um hábito imprudente pra caralho. Ainda assim, parei o carro na frente da casa decadente, coberta de pichações, e desci pronta para a batalha.

Segurando a chave do carro no punho para me proteger, fui até a porta e bati com a outra mão. Quando ela se abriu e vi o rosto grotesco de Shane me cumprimentando, senti as labaredas de mil vulcões explodindo dentro de mim.

— Voltou pra segunda rodada?

— Antes de você começar, fique sabendo que sei que ele esteve aqui. Então quero o celular, a carteira e todo o resto que você roubou dele — falei friamente, encarando-o. — Tente dizer que não e eu vou fazer da sua vida um *inferno*.

Ele sorriu.

— Ah, é?

— Experimenta, babaca. — Cruzei os braços. — Te desafio.

Parecendo mais entretido que irritado comigo aquela noite, Shane balançou a cabeça e deu risada.

— Você quer as coisas do seu namorado? Entre e procure você mesma. Não sou o serviçal dele.

Meu coração murchou, mas fiz uma cara séria e dei a volta no bandido drogado.

— Você sabe qual é o quarto dele — Shane falou por cima do ombro, desaparecendo na sala, achando graça do colapso do meu namorado. — Fique à vontade, princesa.

Engoli a fúria e segui para a escada. Só parei quando estava diante da porta onde eu o encontrei no ano passado.

Respire fundo.

Você consegue.

Empurrei a porta, prendi o fôlego e entrei.

Contive o tremor que me percorreu quando meus olhos pousaram no colchão manchado de sangue que eu sabia que Joey tinha usado e evitei pisar nas seringas descartadas e nos pedaços de papel-alumínio jogados, sentindo que eu morria um pouco a cada passo. Decrepitude não chegava nem perto de descrever as condições daquele quarto, e pensar que era ali que ele buscava refúgio me revirava o estômago.

Tomando cuidado para não tocar em nada por medo de pegar alguma doença ou infecção, porque ninguém poderia saber quem mais havia passado por aquele buraco, peguei um conhecido moletom no chão.

O moletom do Joey.

Que eu tinha dado para ele no ano passado.

Tremendo muito, verifiquei o bolso e suspirei de alívio ao encontrar tanto o seu celular quanto a sua carteira ali. Guardei os dois, enfiei o moletom debaixo do braço e dei mais uma olhada na carnificina antes de descer as escadas.

— Fala pro seu namorado que ele está me devendo dinheiro — Shane disse da sala quando eu estava na metade da escada. — Ele tem uma semana pra aparecer com a grana ou ele pode trabalhar pra mim.

Sem conseguir controlar as emoções mais um segundo sequer, entrei na sala pisando duro.

— Fique longe dele, Shane — rosnei, sem me importar com os quatro homens jogados no sofá daquela pocilga que ele chamava de casa. — Estou falando sério, babaca. Não venha impor seus hábitos imundos pro meu namorado!

— Os meus hábitos imundos? — respondeu do sofá, gargalhando. — Não está querendo dizer os hábitos imundos do Lynch?

— Pessoas como você me enojam — esbravejei, olhando feio para ele. — Que gostam de manipular gente vulnerável. Você é repugnante!

— Que palavras! — falou, rindo e me zoando. — Vaza daqui, princesa, e diz pro seu amorzão que eu tenho um trabalho pra ele. — Shane correu os olhos pelo meu corpo e, quando chegou na minha barriga, suas sobrancelhas se ergueram. — Ou devo chamá-lo de papaizão?

— O Joey não vai trabalhar pra você — bufei, me mantendo firme. — Não vou deixar você tirar ele da gente.

— Aquele ali já era, moça — um homem disse. — Dá o fora antes que ele te arraste junto.

Eu não conseguia.

Esse era o problema.

Eu não *conseguia* deixá-lo.

— Quanto é que ele está te devendo? — perguntei, mantendo os olhos fixos em Shane. — Joey. Quanto ele te deve?

— Seiscentos contos — ele disse, erguendo a sobrancelha. — Você tem essa grana, princesa?

Claro que eu não tinha. Eu não fazia essa grana nem em um mês de trabalho. Meus pais mal estavam pagando as contas, então certamente não teriam dinheiro sobrando. Nem meus amigos.

Puta merda.

Shane abriu um sorriso presunçoso e inclinou a cabeça para a porta.

— Não se preocupe. Tenho bastante trabalho pra ele.

— Ele não vai virar seu traficante.

— Você não pode opinar nessa, princesa.

— Eu não preciso dizer nada — retruquei, tremendo. — Conheço o Joey. Ele *nunca* vai topar.

— Então o Joey vai ter que pagar com os braços dele — um dos caras brincou.

— E com as pernas — outro completou, dando risada.

Desesperada, quebrei a cabeça pensando em uma solução para a bagunça em que meu namorado tinha se metido.

— Vou conseguir o dinheiro.

— Agora você está falando a minha língua.

— Mas é isso — avisei. — Quando eu te der a grana, você vai deixar ele em paz.

Os homens à minha volta explodiram de rir, como se eu tivesse falado a coisa mais engraçada que já tinham ouvido.

— Não estou brincando. Vou pagar o que ele te deve, mas você vai ter que ficar na sua, está me entendendo?

— Quando você me pagar, a gente conversa — Shane respondeu, com os olhos transmitindo divertimento.

Eu sabia que estava sendo trouxa. Sabia que aqueles homens não tinham a menor intenção de cumprir os meus desejos, mas o que mais eu podia fazer? Ir embora sabendo o que tinham planejado para o meu namorado?

Jamais.

Eu estava tremendo quando cheguei no carro. Me sentei no banco do motorista e tranquei todas as portas, enquanto esperava meu mais recente amigo atender.

— Diga, sra. Joey, o hurler?

— Gibsie? — Pressionei a mão na testa e soltei um suspiro entrecortado. — Preciso de um favor.

Pouco depois, um ford focus prata parou atrás de mim. Com a respiração curta, fiquei olhando pelo retrovisor enquanto Gibsie descia e se aproximava do meu carro.

— Sei que não tenho direito de te pedir nada — falei no instante em que sentou ao meu lado. — A gente mal se conhece e você deve estar pensando que sou maluca por ter aparecido na sua casa do nada e por ter te ligado, mas estou tão desesperada e ele...

— Você falou seiscentos contos? — Gibsie me interrompeu, pegando um maço de notas no bolso do casaco e o colocando no meu colo. — Está tudo aí.

— Obrigada. — Meus ombros se curvaram tanto de culpa quanto de alívio, e assenti cautelosamente. — Sério, muito obrigada, Gibsie. Sei que estou pedindo demais e prometo que vou te devolver cada centavo. Posso demorar um pouco, mas vou te devolver com juros...

— Relaxa, não ligo pro dinheiro — ele falou, se virando para mim. — É seu. Sem compromisso.

— Não, não posso aceitar — protestei. — Vou te pagar, juro.

— Você pode tentar, mas não vou aceitar — respondeu com calma. — Só de você estar tão desesperada pra ter me procurado já é assustador. — Ele ficou me encarando por um longo tempo antes de acrescentar: — Lynchy está no fundo do poço, né?

Pensei em mentir para ele, mas como eu poderia fazer isso?

Quer ele soubesse ou não, esse sujeito tinha sem querer salvado meu namorado de mais uma hospitalização. Ou pior, de ser enterrado cedo demais.

— Está, Gibs — admiti, com o coração disparado. — E eu estou tentando... — Engoli o nó na garganta. — Estou tentando salvar ele, mas está ficando cada vez mais difícil.

— Quão ruim está a situação?

— É heroína — confessei, enxugando uma lágrima da bochecha. — E oxi, pó e basicamente qualquer coisa que ele consiga cheirar ou injetar pelas veias.

— E o dinheiro?

— É pro traficante — falei, pressionando as têmporas. — Se eu não pagar, o cara vai fazer Joe trabalhar pra ele ou coisa pior.

Gibsie soltou um suspiro.

— Puta merda.

— Pois é — disse, desmoralizada e exausta. — Ele não está nada bem. Tipo, fisicamente. Todo mundo está prestando atenção na Shannon, e entendo, de verdade, mas e o Joe? — Balancei a cabeça e contive um soluço. — Ele também podia ter morrido naquela cozinha.

— Eu não sabia disso — Gibsie falou baixinho.

— Porque a família toda trata ele como resto. E não, não estou falando da Shan e dos meninos. Estou falando da mãe e do irmão e... — Parei no meio da frase para não ter um troço. Respirei fundo para me acalmar e tentei de novo. — Só preciso que ele fique bem, Gibs. Só... preciso daquele garoto.

— Porque você tem um pão assando no forninho?

— O quê? — Congelei e franzi a testa. — Como você...

— Não se preocupe, eu também sei guardar segredo — ele disse, me surpreendendo. — Só um pequeno conselho. Eu começaria a usar um moletom mais largo se você quiser que as pessoas não percebam, porque você está com a barriga crescendo, e digo com a melhor das intenções.

— Ah, merda.

— Então quer dizer que a Shannon não sabe? Nem o Johnny? Porque se o Johnny soubesse, eu saberia.

— Não, e você não pode contar pra eles ainda, porque...

— Como eu disse, sei guardar segredo — falou, dando uma piscadinha. — Pode deixar comigo, sra. Joey, o hurler.

84

Sra. Kavanagh

JOEY

Eu não sei muito bem como consegui voltar para a casa do Johnny no escuro, mas devo ter conseguido, porque acordei na manhã seguinte debaixo de um vaso sanitário. Ao som de uma mulher surtando do outro lado da porta.

Me sentindo um pouco melhor que no dia anterior, fiquei de pé e dei uma olhada no banheiro rapidamente, procurando os estragos. Aliviado por não ter encontrado nada, decidi criar coragem e sair, pois precisava dar o fora da mansão do sr. Rúgbi e voltar logo para a mãe do meu bebê.

Nojo não chegava nem perto de explicar o que eu sentia por mim mesmo.

Ódio também não era o suficiente.

O que eu fiz...

Meu comportamento...

A forma como eu a abandonei...

Eu não podia nem me permitir pensar nisso, porque, só de pensar, tinha vontade de morrer.

Estremecendo ao sentir a dor invadindo minha cabeça em reação ao sol que entrava pela janela, abri a porta do banheiro e saí para o corredor. Vi claramente quem supus ser a mãe do Kavanagh passando um sermão no filho. Com as mãos na cintura, de costas para mim, a loira baixinha estava parada na porta de outro quarto daquela imponente fortaleza.

Ouvi a voz da minha irmã e endireitei a coluna na mesma hora.

— Eu vou embora. Agora mesmo, prometo.

Ferrado da cabeça ou não, eu conhecia aquela voz. Seu pânico me colocou em alerta feito uma sirene. Retomei o hábito de uma vida inteira e tirei os holofotes da minha irmã, falando:

— Obrigado pela cama, Kavanagh. Posso pegar um moletom emprestado?

Porque eu poderia suportar o que quer que aquela senhora quisesse atirar na gente por ter invadido a sua casa.

Seu desdém.

Sua indignação.

Suas acusações.

Ela não poderia me atingir, porque nada daquilo importava para mim quanto importava para a Shannon.

A mãe do Kavanagh olhou de modo breve para mim antes de se voltar para o filho e continuar o sermão.

Justo.

Eu não podia culpar a mulher por aquela reação.

Quando terminou de ralhar com o filho e se virou para mim, me preparei para a batalha, mas não foi raiva que vi nos seus olhos.

Também não foi medo.

Foi tristeza.

E, puta merda, de alguma forma, aquilo era até pior.

— Oi.

— Oi.

— Qual é o seu nome, meu bem?

— Joey. — Fiquei encarando-a com cautela enquanto ela se aproximava e dei um passo para o lado, apoiando as costas na porta do banheiro. — Lynch.

— Joey Lynch — ela disse, e só parou de falar quando ficou na minha frente. — Sou Edel. — Ela estendeu a mão para mim. — Edel Kavanagh.

— Olá — respondi, olhando para a sua mão.

Não me mexi.

Em vez disso, fiquei apenas esperando.

Aquele era o seu território.

Eu era o invasor.

O próximo movimento era dela.

— Pegue minha mão, querido — ela instruiu. — É sinal de boa educação.

Franzi a testa e me obriguei a aceitar o cumprimento.

— Agora... — Ela apertou de leve minha mão e sorriu para mim. — Está com fome, Joey Lynch?

— Hum... — Confuso, fiquei olhando para ela e balancei a cabeça devagar. — Não.

— Não? — Seus bondosos olhos castanhos cintilaram e ela sorriu. — Está mentindo pra mim, querido?

Completamente perdido, balancei a cabeça de novo.

— Não, eu só...

— O quê, meu bem?

— Preciso ir — falei, sem saber como reagir àquela mulher tão pequena. — Eu, ah... não teria passado a noite aqui, mas não consegui escalar o portão pra sair.

— É um portão bem alto — ela falou, abrindo um sorriso cúmplice. — Já escalei ele uma ou duas vezes no passado.

Puta merda.

— Parece que aí tem história.

— Você não acreditaria. — Ela me ofereceu um sorriso malicioso e seguiu pelo corredor. — Venha, Joey, querido. Nenhuma criança sai da minha casa de barriga vazia.

— Não sou criança — retruquei, seguindo-a com relutância.

— Então que tal "Nenhum amigo do meu filho sai de barriga vazia"? — falou por cima do ombro, me conduzindo para a cozinha. — Homem, mulher ou criança. Melhor assim?

Fiquei parado na porta da cozinha, vendo-a colocar a mesa na bancada de mármore.

— Também não sou amigo dele.

— Bem, a sua irmã com certeza é.

— Hum, em se tratando da minha irmã e o seu filho, dizer que eles são *amigos* é bastante ingênuo, sem falar ultrapassado.

— Intuitivo — disse. — Sabe de uma coisa, Joey? Acho que você pode ter razão.

— Seu filho poderia arranjar alguém bem pior — falei, assumindo imediatamente uma postura defensiva enquanto a observava colocar vários bolinhos em uma travessa. Bolinhos. Edel estava preparando bolinhos e chá, com uma chaleira de verdade. — Mas ele não poderia arranjar alguém melhor que a minha irmã.

Ela deu um sorrisinho.

— Ah, é?

— Só estou falando. — Dei de ombros e cruzei os braços. — Não julgue o livro pela capa.

— Eu poderia te dizer a mesma coisa.

— Como adivinhou?

— Bem, você não está fazendo o mesmo comigo? — Ela sorriu por cima do ombro antes de ir até a chaleira.

— Com todo o respeito, senhora...

— Edel.

— Edel — me corrigi com relutância. — Sem ofensa, mas você que é a dona da casa. Acho que é justo dizer que a sua história é meio que autoexplicativa.

— Você ficaria surpreso se soubesse, Joey.

— Bem, escute, sei que você já sabe da nossa família. — Não adiantava negar a nossa situação para aquela mulher. O filho dela sabia tudo sobre nós. Além disso, Edel tinha olhos. Ela podia ver as marcas na minha irmã. De qualquer forma, eu estava de saco cheio daquilo. Estava de saco cheio de mentir. — Seu filho está se intrometendo na vida da minha irmã tempo suficiente pra descobrir que tem um monte de merda rolando em casa, o que significa que você também sabe dessas merdas. Só não quero que julgue a minha irmã pelas coisas que ela não pode controlar. Ela é muito diferente do resto da nossa família.

— Você parece estar se incluindo nessa frase.

— Porque estou. — Com a pele pinicando e o corpo gelado, me obriguei a assentir. — Shannon é a melhor pessoa que eu conheço.

— Oh, Joey, meu bem. — Seus empáticos olhos castanhos se fixaram nos meus. — Por que é que eu tenho a impressão de que a Shannon diria a mesma coisa de você?

Perturbado pela forma como ela me olhava e pela imensa dor de cabeça que atormentava meus sentidos, pressionei a ponte do nariz e me escorei no batente da porta.

— Você está bem, querido? — Suas feições foram tomadas de preocupação. — Precisa se sentar?

— Não, não, estou ótimo — murmurei, sentindo que eu precisava dar o fora dali. Aquela mulher estava me deixando desconcertado, o que era um feito impressionante, considerando a minha vida tão desconcertante. — Escute, obrigado por me oferecer café da manhã, mas preciso ir.

— Por que não se senta e toma uma xícara de chá primeiro, meu bem? — sugeriu, indo até o balcão de mármore e puxando um banco para que eu me sentasse. — Depois eu mesma posso te dar uma carona pra cidade.

Eu não me mexi.

Não consegui.

Estava desconfiado e nervoso.

Aquela mulher...

Eu não conhecia aquela mulher.

Não entendia qual era a dela.

— Tenho compromisso.

— Melhor não chegar de barriga vazia.

— Minha namorada está me esperando.

— Tenho certeza que ela não ligaria se você comesse primeiro.

— Não estou com fome.

— Conta outra, querido.

Desconfortável e tenso, fiquei mexendo nas mangas do moletom do filho dela, avaliando-a mentalmente.

— Tudo bem, eu... ah, aceito um chá... por favor.

Seus olhos brilharam.

— Bom garoto.

— E, se não for muito trabalho, será que eu poderia... ah, talvez você... — Respirei fundo, ergui o braço e cocei o queixo antes de verbalizar as palavras que fizeram eu me odiar mais ainda. — Você tem algum remédio pra dor?

— Pro seu rosto, querido?

Não, pro meu coração.

— Isso. — Assenti. — Eu, hum... esqueci os remédios em casa.

— Vou pegar alguma coisa pra você — falou, indo até um armário no canto mais distante da cozinha. — Você tem alguma alergia?

— Não — respondi, me obrigando a não mover um centímetro. — Pode ser qualquer coisa.

— Vamos ver... ibuprofeno?

Porra.

— Pode ser. — Tremendo, soltei um suspiro desanimado e assenti. — Obrigado.

— Ah, espera um pouco... — Ela vasculhou mais e pegou uma bandejinha de plástico cheia de comprimidos. — Tem um pouco de Solpadol que sobrou da cirurgia do Johnny em dezembro.

Bingo.

Fui dominado por alívio repentino e não consegui impedir que meus pés fossem até ela.

— Ótimo. Era o que eu estava tomando no hospital.

— Aqui, querido. Vou pegar uma água pra você.

— Obrigado — respondi, aceitando os comprimidos que ela colocou na minha mão com gratidão e pegando o copo que me ofereceu.

Não ajudaria muito, mas pelo menos tiraria um pouco do incômodo até que eu pudesse me resolver.

Me resolver.

Que piada.

Você é uma piada, seu babaca.

Você não é melhor que ele.

— E aí? Me conta da sua namorada.

— Hã?

— A sua namorada.

Estreitei os olhos, desconfiado.

— Por quê?

— Você prefere falar sobre como se machucou tanto? — perguntou. — Porque podemos falar sobre isso, se quiser.

— O nome dela é Aoife. — Bebi todo o conteúdo do copo e o lavei na pia antes de colocá-lo no escorredor e voltar para o meu lugar, me mexendo sem jeito perto do que imaginei ser a porta dos fundos. — Eu, ah... trabalho pro pai dela.

— Ah?

— Pois é. Ele, ah... tem uma oficina na cidade.

— Que oficina?

— Fica no final da Plunkett's Road, do outro lado da rua do Market Place.

— Foi assim que vocês se conheceram?

— Não, estamos na mesma turma na escola.

— Ah, os amores escolares... — Ela abriu um sorrisinho cúmplice. — Ah, a juventude...

— Pois é.

— E vocês estão juntos há muito tempo?

— Sim — murmurei, completamente sem graça com aquela mulher. — Há um tempo.

— Você não é de falar muito, né, Joey?

— Por que eu falaria? Não te conheço.

Ela ficou me encarando por um longo momento antes de balançar a cabeça e me oferecer outro sorriso terno.

— Sabe, querido, tenho certeza de que ouvi algo sobre essa oficina. Definitivamente vou levar meu carro lá na próxima vez que precisar.

— Sério? — Franzi as sobrancelhas enquanto a dor de cabeça diminuía aos poucos. — Não precisa.

— Eu adoraria. — Ela sorriu de novo. — Há quanto tempo você trabalha lá?

— Desde que eu tinha uns doze ou treze anos. — Dei de ombros. — Trabalho desde a terceira série.

— Tão novo?

— Precisava do dinheiro.

— E você gosta? — ela perguntou, preparando a comida e o chá. — De mecânica? É algo que você tem vontade de se dedicar depois que terminar a escola?

Meu Deus, qual era a daquela mulher, fazendo todas aquelas perguntas? Eu não encarava um interrogatório assim desde a última viagem que fiz na traseira de uma viatura. Ou talvez desde a última vez que fui inquirido por Molloy.

Pensando bem, aquela mulher emanava um ar de confiança parecido com o da minha namorada. Era confuso e eu não sabia se gostava daquilo.

— Paga bem.

— Que bom pra você, Joey Lynch. — De alguma forma, consegui ganhar outro sorriso radiante da mãe do sr. Rúgbi. — Trabalhando todas essas horas depois da escola. E bem no seu último ano. Você deveria ter orgulho de si mesmo.

Se ela me conhecesse, se me conhecesse de verdade, mudaria de ideia rapidinho.

Pressionei as têmporas, dolorido da cabeça aos pés, tentando organizar os pensamentos e me concentrar na mulher.

— Por quê?

— Por que o quê, querido?

— Nada. — Porra, eu precisava parar de deixar que ela me enrolasse com aquela conversa-fiada e vazar logo dali. — Não importa.

— Importa, sim. — Ela se virou para mim e me ofereceu sua atenção plena. O que era preocupante, já que eu não a conhecia. — Diga o que você ia dizer, querido. Estou ouvindo.

Ela estava *mesmo* me ouvindo. Essa era a parte bizarra. Ela estava me *ouvindo.*

Caralho.

— Eu, hum...

Então a porta da cozinha se abriu e meus olhos pousaram na minha irmã e no Kavanagh.

No instante em que vi o rosto dela, quis morrer.

Quis me afogar.

Quis acabar com tudo.

Meu Deus, a culpa estava me devorando.

Me sentindo inútil e insignificante, me forcei a ser homem e me manter firme, e não me encolher de vergonha por ter deixado aquilo acontecer com ela.

Eu a tinha decepcionado de novo.

De novo.

— Está tudo bem, Shan? — perguntei com a voz embargada, sem conseguir disfarçar a emoção. — O que está rolando? — Absorvi tudo. Cada machucado. Cada promessa que quebrei ao não protegê-la. — Você está bem?

— Oi, Joe.

Seus olhos azuis se fixaram nos meus e senti a dor emanando dela. Com um sorrisinho, ela assentiu uma vez e apertou a mão do garoto a que se agarrava. Assim, com aquele pequeno movimento sutil, me comunicou que estava tudo bem e podíamos confiar naquelas pessoas.

Ela podia até confiar, mas eu não confiava.

— E você?

— Tudo bem — respondi, quebrando o contato visual com a garotinha que passei a vida toda tentando proteger. — Kavanagh — falei para o garoto grudado nela. — Obrigado de novo.

Por ampará-la.

Por cuidar dela quando eu não podia.

— Joey. — Seus olhos azuis se fixaram no meu rosto. — Sempre que precisar.

Eu torcia para que fosse verdade. Porque, por mais que eu me odiasse por pensar isso, no fundo eu sabia que não tinha nada a oferecer para ela.

Eu estava vazio.

Estava destruído.

85

Não desista do meu irmão

AOIFE

— Julie, juro por Deus, se você me largar aqui na correria do almoço, vou fazer da sua vida um inferno — grunhi, olhando feio para a bartender ruiva pegando o maço de cigarro debaixo do balcão. — Sério, estou te avisando.

— Ah, relaxa, princesa — respondeu, seguindo para a saída do outro lado do bar. — Não fumei a manhã toda. Volto em cinco minutinhos.

— Piranha — resmunguei meio alto, assumindo o lugar da minha colega.

Depois de ter pegado e atendido todos os pedidos na minha seção do bar, relutantemente fui para a da Julie e comecei a servir chopes e matar a sede dos clientes. Só quando cheguei ao final é que reconheci familiares olhos castanhos me encarando.

— Tadhg. — Meu coração deu um solavanco no peito. — O que está fazendo aqui?

— Preciso falar com você — disse com um tom sério, sentado em um banco alto, me encarando sem vacilar. — É importante.

Pois é, imaginei que sim, já que ele tinha atravessado a cidade toda só para me ver.

— Tadhg, você sabe que não pode entrar aqui sem um adulto.

— Eu tenho você, não?

— Sim. — Fiquei emocionada e assenti. — Acho que sim.

— Ele voltou.

Meu coração acelerou no peito.

— Joe?

O pequeno fez que sim com firmeza e sufoquei um suspiro de alívio.

Deixar Joey naqueles portões ontem à noite foi a coisa mais difícil que eu já tinha feito na vida, mas eu fiz sabendo que, se eu não conseguia chegar até ele, Shane Holland também não conseguiria. Apesar de estar temporariamente acalmada com a grana que peguei emprestada de um garoto que mal conhecia, eu não era ingênua para acreditar que Shane tinha ido embora para sempre. Mas, no momento, era tudo o que eu podia esperar.

— Ele está bem?

— Não.

Meu coração se partiu.

— Não?

— Minha mãe brigou feio com aquela loira do carro chique que trouxe Joey e Shannon pra casa — o moleque falou sem rodeios, direto como sempre. — A Shannon ficou chorando por causa do riquinho, minha mãe surtou e o Darren saiu fora.

— E o Joe?

— Depois que ele botou a mãe na cama e deu comida pros meninos, ele se trancou no quarto.

Jesus.

Com o coração disparado, olhei em volta do bar, desesperada para largar tudo o que eu estava fazendo e ir ver meu namorado, apesar de ainda ter quatro horas de trabalho pela frente. Mas então pensei na minha conta bancária e no intruso crescendo no meu útero. Eu não podia me dar ao luxo de perder aquele trabalho. Se eu fosse embora, seria demitida, e ninguém me contrataria naquela condição.

Eu precisava do dinheiro, caramba.

— Aliás, eu sei do bebê — Tadhg falou, me deixando chocada. — Meu irmão te engravidou.

Meu sangue gelou.

— Quem te contou?

— Ninguém. Ouvi minha mãe e o Darren falando sobre isso.

— Entendi. — Limpei a garganta, abri uma garrafa de coca para ele, oferecendo também umas batatinhas sabor queijo e cebola. — Olha, vou fazer um intervalo em vinte minutos. Pode me esperar?

— Não se preocupe. — Ele concordou, abriu o pacote de batatinhas e disse: — Não vou a lugar nenhum.

— E aí, sua mãe sabe que você está aqui? — perguntei, me sentando em um velho barril na área de fumantes. — Porque vou te falar uma coisa, Tadhg, sua mãe não é exatamente minha fã. E acho que ela não ficaria muito feliz de saber que você está aqui comigo.

— E você acha que eu me importo com o que ela pensa? Além disso, já te falei que ela está de cama de novo — respondeu, de maneira ríspida, sentado no barril à minha frente, devorando o quarto pacote de batatinhas. — Estou aqui pelo meu irmão.

Suspirei fundo.

— Vamos, Tadhg, a gente sabe que não foi o Joe que te mandou aqui.

— Eu não falei que foi ele — disse, amassando o pacote de batatinhas e o enfiando no bolso do moletom azul-marinho. — Olha, eu não sou burro. Todo mundo me trata igual ao Ollie e ao Sean, sendo que não sou eles. Não sou um bebê, Aoife. Eu também sei das coisas, sabe?

Sim, ele sabia das coisas. Coisas que nenhum garoto da sua idade deveria saber.

— Estou aqui pelo Joe porque sei que ele está coisado da cabeça — continuou, dando outro gole na sua coca. — Eu vi nos olhos dele aquele dia na cozinha. Ele estava viajando. Sei que não está mais aqui. Papai arrebentou os pulmões da Shannon e quebrou a cabeça do Joey com a ajuda da mamãe.

— Ele ainda está aqui, Tadhg — falei, contendo um calafrio pela forma precisa com que o menino tinha sacado o irmão.

— Não está, não — retrucou. — O Joey está viajando na maionese, e você sabe. — Ele me olhou com firmeza e acrescentou: — Mas meu irmão *pode* melhorar. Eu sei, e você não pode desistir dele.

— Tadhg... — Minha respiração ficou presa e soltei um suspiro trêmulo, me perguntando o quanto ele sabia. O garoto ia fazer doze anos em alguns dias, e saber que Tadhg tinha esse tipo de intuição e consciência sobre os problemas familiares era de partir o coração. — Não vou desistir do seu irmão. — Engoli em seco e abri um sorriso que torci para parecer tranquilizador. — Eu nunca vou desistir dele.

— Vai ser difícil.

— Nada que vale a pena vem fácil.

— Pois é.

Ele ficou me encarando por um longo tempo, claramente me avaliando, e então acenou com a cabeça loira.

— Que bom. Porque você não vai conseguir nada melhor que ele.

— Eu sei.

— É sério — insistiu em um tom defensivo. — Joe é o único pai de verdade que eu tive, então acredite em mim quando digo que o seu bebê... — Ele parou para gesticular para a minha barriga e disse: — Seu bebê vai ter um pai do caralho.

Absorvi suas palavras feito um viciado cheirando pó, porque naquele instante, soubesse disso ou não, Tadhg estava me dando tudo o que eu precisava. Acreditava no irmão da mesma forma que eu. Não importava que ainda não tivesse completado doze anos, ele entendia. Ele via a mesma pessoa que eu e estava preparado para lutar pelo irmão. Isso me dava esperança e conforto.

— Eu vou lá assim que sair do trabalho — falei, sem conseguir disfarçar a emoção na voz.

— Eles vão tentar te botar pra fora — Tadhg disse, se levantando e querendo encerrar a conversa. — Minha mãe e o Darren. — Ele me olhou sério e acrescentou: — Não deixe. Não desista do meu irmão.

— Não se preocupe — falei. — Não vou desistir.

— Que bom.

— Quer dar um tempo aqui até eu sair? — perguntei, vendo-o seguir para a área de fumantes. — Eu te deixo em casa.

— Eu tenho pernas.

— Mas seu pai ainda está por aí.

— Meu pai pode ir pra casa do caralho — o valentão mirim falou por cima do ombro. Ele subiu em uma lixeira e saltou sem esforço para o muro de pedra que cercava a área de fumantes. — Ele é que tem que torcer pra não trombar comigo.

— Tadhg, espere...

— Te vejo mais tarde — falou, batendo continência e desaparecendo atrás do muro.

86

A linhagem familiar

JOEY

A nossa vida era um desastre.

Parado na porta da cozinha depois de convencer os meninos mais novos a darem uma volta no gramado do outro lado da rua, fiquei vendo os membros mais velhos da minha família discutindo e gritando uns com os outros. Parecia uma cena saída de uma daquelas novelas que a Molloy me fazia assistir, e fiquei feliz porque, pela primeira vez, eu não era o instigador do drama. Não, esse título havia indiscutivelmente ficado com a nossa mãe, que tinha cometido o erro fatal de acusar o filho de uma senhora rica de estupro de vulnerável.

Fala sério.

Foi constrangedor para cacete.

Só havia um estuprador entre nós, e era o homem com quem ela se deitava na cama todas as noites nos últimos vinte e quatro anos.

Puta hipócrita do caralho.

Ver a mãe do Kavanagh avançando na minha mãe no jardim de casa foi bizarro.

Eu nunca tinha visto uma mãe se esforçando tanto pelo filho. Mas Edel Kavanagh saiu do sério e, em algum lugar no fundo da minha mente, tive a impressão de que Molloy faria exatamente o mesmo pelo nosso filho.

Meu Deus.

Desejando estar em qualquer outro lugar, menos naquela casa, fiquei vendo Shannon e minha mãe brigando pelo prêmio de quem tinha o grito mais alto de Ballylaggin. Darren, o desgarrado, tentava acenar a bandeira branca entre elas.

Idiota.

Ter o apoio da minha mãe não adiantava nada. Ele estava lutando pela mulher errada. Meu Deus, até o Seanzinho, que só tinha três anos, sabia que o Darren estava desperdiçando tempo com a nossa mãe.

Eu podia ser ferrado da cabeça, mas estava falando sério quando disse que estava de saco cheio dela. Eu não conseguia perdoá-la depois do que tinha acontecido naquela cozinha. Não com a lembrança do corpo inerte da minha irmã ainda me assombrando.

Ele ou a gente, mãe?

— Joey estava certo — Shannon disse, trazendo minha atenção dispersa de volta para a discussão que se seguia a alguns metros de distância. — Você não é boa pra gente.

Tive vontade de bater palmas, grato por alguém enfim ver o mesmo que eu.

— Vamos, Shannon — Darren, o especialista em abandono familiar, resolveu dar a sua opinião. — Essa gritaria toda não está ajudando ninguém.

— Então pare de ficar sentado aí e *faça* alguma coisa — minha irmã retrucou, incitando nosso irmão a fazer algo que ele nunca poderia: *ajudar nossa mãe.* — Você sabe que está errado. Você sabe que o que ela fez foi *horrível* e está passando pano pra ela.

Shannon tinha acertado em cheio.

As merdas que a nossa mãe atirou nos Kavanagh eram horrorosas, e ele só alimentava as besteiras dela dando ouvidos às suas maluquices. Talvez eu precisasse ser preso, mas ela com certeza tinha que ser detida na cela ao lado da minha.

— Não, não estou — Darren disse. — Sabe que estava errada, não sabe, mãe?

Se ele esperava uma resposta coerente da mulher que nos deu à luz, ia ficar profundamente decepcionado. Ela não era capaz de lhe oferecer isso. Ela não conseguia ir além da versão de catorze anos de si mesma que foi empurrada para a maternidade. Seu cérebro tinha parado de se desenvolver naquela idade.

A cabeça dela não funcionava mais.

Assim como a minha.

— Mãe, diz pra Shannon que você sabe que estava errada. — Se eu fosse uma pessoa melhor, sentiria empatia por aquele homem. Ele achava que a mãe que ele tinha deixado mais de meia década atrás ainda estava dentro da concha, sentada à mesa da cozinha. — *Mãe.* Responda.

Cansada, Shannon balançou a cabeça e deu as costas para a nossa mãe. Mas Darren continuou encarando-a como se esperasse alguma intervenção divina.

— Não se preocupe — falei para o menino de ouro dela. — Porque ela está destruída. Você vai descobrir rapidinho.

— Joe. — Correndo feito um potrinho cambaleante, nossa irmã jogou os braços em volta do meu pescoço e se agarrou em mim. — Faça isso parar.

Eu bem que queria. Ainda havia algo em mim que queria consertar as coisas para a minha irmã. Para os meninos. Mas eu estava cansado pra caralho.

Minha cabeça não parecia estar mais funcionando direito. O que quer que o velho tivesse feito comigo na cozinha aquela noite me destroçou. O cordão que prendia meu coração à minha cabeça tinha sido cortado.

Tinha sido arrancado de mim.

— Isso é o que você queria, Darren. Você queria ela em casa com a gente — falei para o nosso irmão. — Como uma grande família feliz. — Com o braço em torno da garota trêmula grudada em mim, olhei feio para o homem que se considerava mais esperto que nós. — Espero que a gente tenha superado suas expectativas.

Ele não respondeu. Em vez disso, empurrou a cadeira para trás e se levantou. Então deu uma última olhada para a nossa mãe, se virou e foi embora.

— Não sei por que estou surpresa — Shannon murmurou.

O som da porta se fechando foi a única confirmação que eu precisava de que eu estava certo.

Aquilo era temporário. Ele não ia ficar. Não aguentou da primeira vez. E desta vez não seria diferente.

Com uma dor de cabeça insuportável e o corpo em abstinência, contornei a Shannon e fui até o fogão. Minha mãe podia se retirar e Darren fugir, mas ainda havia quatro bocas para serem alimentadas naquela casa.

Contendo os tremores nas mãos, enchi uma panela de macarrão e a coloquei no fogo para ferver antes de voltar a atenção para a mulher no canto.

— Levanta daí e vai tomar um banho. Tenho que dar comida pros meninos e eles não precisam te ver desse jeito.

Ela não se mexeu.

Não me surpreendi.

Não senti nada.

Completamente morto por dentro, me aproximei de onde ela estava e arranquei o cigarro dos seus lábios, apagando-o no cinzeiro cheio.

— Levanta daí. Você está fedendo cigarro e álcool.

Nada.

Coloquei o cinzeiro e sua xícara de café manchada no escorredor e voltei para o seu lado.

— Levanta.

Eu não precisava daquela merda. Já estava equilibrando pratos demais. Eu tinha que pensar em Molloy, puta que pariu.

— Joey. — Foi o primeiro sinal de vida que ela deu, e algo morreu dentro de mim. — Joey. — Ela ergueu o braço, pegou minha mão entre as suas e chorou. — Joey.

Senti o cheiro emanando dela.

Uísque.

Eu reconheceria aquele cheiro em qualquer lugar.

Contendo o tremor, ajudei minha mãe a ficar de pé. Eu precisava tirá-la dali antes que os meninos voltassem para impedir que ela ferrasse mais ainda a cabeça deles.

— Fica de olho no jantar, Shan — falei por cima do ombro, enquanto conduzia minha mãe para fora da cozinha e subia as escadas para levá-la para o quarto.

Quanto mais ela chorava e se recostava em mim, mais eu me sentia sufocado.

A vontade de fugir daquela casa era tão forte que dava até para sentir seu gosto. Mas eu nunca faria isso. Eu não podia quebrar as correntes que me prendiam àquele lugar.

Àquelas crianças.

Àquela mulher.

O único alívio que eu tinha era o que eu já conhecia.

— Vamos, mãe — murmurei, sentindo o peso do seu corpo contra o meu, tentando subir as escadas com ela. — Você precisa me ajudar.

Ela não fez nada.

Não conseguia.

Porque minha mãe estava tão morta por dentro quanto eu.

Cheguei ao corredor mais que exausto, então a peguei nos braços e a carreguei até o quarto. O quarto *deles*.

É o quarto dele também, lembra?

Babaca.

Ignorando todos os músculos do meu corpo gritando em protesto, consegui levá-la até a cama sem cair no chão. Coloquei ela no colchão, me ajoelhei ao seu lado e tirei suas pantufas antes de virá-la de lado para que ficasse de frente para a janela.

— Me desculpa, Joey — choramingou, descansando as pequenas mãos debaixo da bochecha. — Me desculpa.

Ouvi o que ela disse e tive a impressão que dessa vez era para valer, mas não senti nada.

— Você precisa se recompor — falei sem emoção, me sentando na beirada da cama e vasculhando sua mesinha de cabeceira. — Você pode não estar boa da cabeça, mas os meninos não precisam ver isso.

— Darren — ela falou baixinho, segurando meu braço. — Quero o Darren.

— Bem, o Darren vazou — murmurei, me concentrando nas inúmeras cartelas de comprimidos espalhadas ali, atirando frascos vazios de remédio para o lado.

— Porra, mãe, o que é que você andou tomando?

— Como se você pudesse falar alguma coisa — respondeu, enterrando a cabeça no travesseiro. — Estou sofrendo.

Eu também.

— Aqui — falei, finalmente encontrando um frasco de calmantes. — Tome. Você vai se sentir melhor.

— E se ele voltar?

— Quem? — perguntei sem prestar muita atenção, ainda procurando o que eu queria. Eu sabia que estava ali. *Eu sabia.* — Darren?

— Não — ela murmurou, engolindo os comprimidos que eu lhe dei. — Seu pai.

— Você sabe o que vai acontecer, mãe — respondi, mentalmente relaxando de alívio quando achei um frasco cheinho de clonazepam. — Você vai aceitar ele de volta — acrescentei, enfiando o frasco no bolso. — E tudo vai ficar bem de novo no mundo de Marie Lynch.

— Sou sua mãe — choramingou com a voz arrastada. — Por que você me odeia tanto?

— Sou seu filho — falei, devolvendo as palavras. — Por que *você me* odeia tanto?

— Porque você é ele — minha mãe respondeu, se afastando de mim.

— Pois é — disse, me levantando sem sentir nada. — Eu sou ele e você é pior.

— Joey, espera — falou quando fui até a porta. — Me desculpa. Me desculpa, meu filho... por favor, não me abandona.

— Descansa, mãe — eu disse, sem a menor vontade de ficar para ser feito de saco de pancadas até ela apagar. — Tenho que arrumar a casa e alimentar os seus filhos.

87
Encontramos amor em um lugar sem esperança

AOIFE

Com "Somewhere Only We Know", do Keane, tocando alto no som do carro e meus nervos em frangalhos, parei em frente ao número 95 do Elk's Terrace e desliguei o motor. Levei uns instantes para organizar as emoções, então abaixei o visor para dar uma olhadinha no espelho.

Reapliquei o batom, pressionei os lábios e ensaiei meu melhor sorriso antes de soltar um suspiro trêmulo e fechar o batom.

Você consegue.

Ele ainda é o seu Joey.

Ainda está aí.

Traga-o de volta.

Soltei o cabelo e deixei o elástico no banco do carona e, depois de ajeitar as mechas, desci do carro.

Preparada para encontrar problemas, contornei o muro pichado que cercava o jardim da frente, ignorando a grama alta e as ervas daninhas, avançando para a porta da frente com o punho já erguido. No entanto, ela se abriu antes que eu tivesse a chance de bater, e fui recebida por Shannon.

— Ah, meu Deus. — Seus olhos cintilaram de alívio. Ela pegou minha mão depressa e me puxou para dentro. — Aoife.

— Oi, garota — respondi emocionada, tomando seu corpinho em meus braços e abraçando-a com mais força do que deveria. Não consegui evitar. A última vez que eu a tinha visto, fiquei com medo de nunca mais vê-la de novo. Mas ali estava ela, de pé, toda machucada, mas com um sorriso no rosto, enlouquecendo meus hormônios. — Eu estava tão preocupada com você.

— Muito obrigada pelo que você fez por mim — ela disse, me abraçando. — Por ter me levado pro hospital tão rápido. Os médicos falaram que vocês salvaram a minha vida. Eu não teria sobrevivido se tivesse chegado depois.

— Foi seu irmão — expliquei. — Joe que me ligou.

— Ele está sempre me salvando — sussurrou, me soltando. — Queria poder fazer o mesmo por ele.

Pois é, eu também.

— Onde estão os meninos?

— Brincando no quarto. Minha mãe está na cama.

— E o Darren?

Sua expressão ficou sombria.

— Não sei. Não ligo.

— E o Joe?

— Lá em cima. — Ela abriu um sorriso triste e gesticulou para a escada. — Depois que o Joey botou minha mãe na cama e deu comida pros meninos, foi pro quarto e não saiu mais de lá.

Graças a Deus.

Ele ainda está aí.

Ainda está seguro.

— E aí, como ele estava? — perguntei, seguindo-a para a cozinha felizmente vazia. — Quando você levou ele pra casa do Johnny?

Ela mordeu os lábios de nervoso, sem querer trair a confiança do irmão.

— Shan, pode falar — pedi com um tom cansado. Já tínhamos ultrapassado as cerimônias. — Sou eu.

— Acho que ele voltou a... bem, você sabe.

Usar drogas. Ela estava falando de drogas.

— Quando encontrei ele, o Joey tinha acabado de sair do carro do Shane Holland e estava jogado na rua — ela acrescentou, indo até a chaleira. — Ele não... não parecia ele mesmo.

Não me diga.

Porque aquele canalha tinha cravado suas garras em um garoto vulnerável com uma concussão de grau três, três rachaduras no crânio e uma vida inteira de abusos.

— Ele estava muito mal? — perguntei.

— Chá?

— Não, obrigada. Voltando ao Joe. Ele estava muito mal?

— Não que...

— Não minta pra mim, Shan. Não sobre ele.

Depois de uma longa pausa, Shannon jogou o saquinho de chá na pia e soltou um suspiro tenso.

— Nunca tinha visto ele tão mal assim.

Eu já sabia, mas, de alguma forma, ouvi-la falar aquilo deixou tudo um milhão de vezes pior. Porque Joey era o mestre do fingimento. Ele escondia tudo dos irmãos — o medo, o sofrimento e a dor —, no desespero para protegê-los. Se a Shannon e o Tadhg estavam vendo as rachaduras do mundo meticulosamente mascarado dele, era porque estavam do tamanho do Grand Canyon.

Puta merda.

— Entendi. — Fui tomada por uma onda de preocupação e medo e me virei com tudo. — Vou subir lá.

— Espere. — Ela se aproximou com um sanduíche de presunto em um pratinho e o colocou nas minhas mãos. — Pode dar isso pra ele? — Deu de ombros, impotente, com os olhos cheios de pânico. — Comeu um pouco antes, mas está parecendo tão... abatido.

Sem as palavras necessárias para fazê-la se sentir melhor, já que Joe era o único que conseguia controlar a ansiedade da irmã, dei um sorrisinho e fui para a escada. Ignorei a pulsação martelando nos meus ouvidos, subi os degraus e caminhei até a porta do quarto dele.

— Joe?

Bati de leve antes de entrar.

O quarto estava escuro, com as cortinas fechadas, e havia roupas jogadas por todos os lados, o que não era comum. O garoto sempre mantinha o quarto organizado, apesar das circunstâncias, mas aquilo estava parecendo um chiqueiro.

— Joe? — falei, sentindo o coração disparar quando o vi deitado de bruços no beliche de baixo. Ele só estava de boxer preta, e os hematomas, as cicatrizes e as marcas do seu corpo estavam visíveis. — Joe?

Eu não era ingênua para acreditar que ele estava apagado daquele jeito por conta da exaustão. Com o coração em frangalhos e a esperança por um fio, fechei a porta, deixei o prato na cômoda e peguei seu celular e sua carteira da bolsa. Coloquei suas coisas na cômoda, conectei o telefone ao carregador e me aproximei. Tirei os saltos, o casaco e o avental, deixando-os no chão antes de subir na cama. Contive um calafrio quando o cheiro distinto de vinagre e maconha encheu meus sentidos, e me sentei de lado, de frente para ele.

— Volte pra mim, Joe — sussurrei, esticando o braço para fazer carinho na sua bochecha. — Eu sei que você ainda está aí.

Joey se retraiu quando toquei sua pele, e vi um tremor percorrer seu corpo todo.

Um grito terrível de dor escapou dos seus lábios inchados e rachados, e ele gemeu, sonolento, enquanto seu corpo tensionava e tremia a cada toque suave do meu polegar na sua bochecha.

Monstros do caralho.

Aqueles dois.

Apesar de estarmos lado a lado, apesar do bebê que fizemos juntos crescendo na minha barriga, estávamos tão distantes um do outro... Nunca estivemos tão distantes assim.

Mas eu sabia que ele ainda estava ali.

O meu Joey ainda estava dentro daquela pessoa apagada ao meu lado.

E eu o amava o suficiente para continuar lutando pelo Joey.

Mesmo quando ele mesmo tinha desistido de si.

— Está tudo bem. — Funguei e nem me dei ao trabalho de lutar contra as lágrimas que escorriam pelas minhas bochechas enquanto meus olhos absorviam a cena. No fundo, eu sabia que o estrago no seu rosto não era nada comparado ao estrago no seu coração. — Nada vai te machucar, amor.

— Mol... — Ele se virou de lado a muito custo e abriu um olho. — Molloy.

Sorri tristemente.

— Oi, garanhão.

— Me... desculpa. — Suas palavras estavam arrastadas, seus olhos, vermelhos, e suas pupilas, dilatadas. — Me... desculpa.

— Eu sei, Joe. — Me aproximei, segurei sua bochecha ferida com cuidado e me inclinei. — Eu sei.

— O... bebê.

— Ainda no forninho. — Dei um beijo suave na ponta do seu nariz. — O que foi que você fez consigo mesmo, hein?

Joey grunhiu em resposta.

— Eu estava indo... te encontrar. Juro. Eu só...

— Se distraiu — falei por ele, sentindo meu coração se partir. — Pois é, estou vendo, Joe.

É isto, pensei. *Este é o seu futuro.*

Este é o garoto para quem você entregou o coração.

— Preciso que você se levante, Joe. — Chorando baixinho, afastei o cabelo do seu rosto e beijei sua testa. — Estou aguentando firme, amor, lutando por nós dois, mas preciso que você se levante.

— Estou tão... cansado.

— Eu sei — falei, enquanto minha alma se despedaçava. — Mas preciso que você continue lutando.

— Não sou... bom... pra você.

— Não é verdade.

— Não tenho mais sentimentos.

— Tem sim, Joe — sussurrei, colando meu corpo ao seu corpo trêmulo. — Você só precisa se lembrar de quem você é.

— Tentei te avisar. Você não me ouviu e agora estão os dois ferrados.

PARTE 8

88

Nossa nova realidade

AOIFE

As semanas seguintes foram um terrível borrão de decepção, corações partidos e promessas quebradas. Joey mergulhou no vício tão rápido quanto perdeu peso. Ele estava quase irreconhecível.

Eu assistia, impotente, ele anestesiar sua dor sem parar, deixando marcas nos braços e hematomas nas veias. Meu namorado estava de volta, mas o garoto por quem eu tinha me apaixonado tantos anos atrás raramente aparecia.

À medida que o bebê crescia na minha barriga, o abismo entre nós aumentava. Eu não conseguia mais alcançá-lo. Não importava o que eu dizia ou fazia, ele não ouvia.

Joey tinha mesmo desistido da vida.

Era meu amigo mais próximo, e eu sentia a sua ausência em todos os lugares a que ia e em tudo o que eu fazia. Sentia seu afastamento nos cantos mais recônditos do coração.

Meu namorado tinha mergulhado de cabeça nos velhos hábitos e, assim como ele, eu estava repetindo os mesmos erros. Eu passava pano e fechava os olhos para coisas que sabia que estavam erradas. Coisas que eu sabia que poderiam destruí-lo. Porque o medo que eu tinha de perdê-lo era grande demais.

Me apaixonar desse jeito expôs minha maior fraqueza, porque meu coração se recusava a me permitir abandoná-lo. Fraca e desmoralizada, eu o via destruir o mundo dele e o meu todos os dias, pois sabia que, por baixo do fantasma que ele tinha se transformado, ainda era o meu Joey.

De vez em quando, por mais raro que fosse, eu via relances do garoto que roubou meu coração tantos anos atrás. Eu via a pessoa que ele costumava ser e me maravilhava. Vê-lo me dava esperança de saber que ele ainda estava ali.

Com o pai se escondendo da lei em uma clínica de reabilitação, a mãe desmoronando em casa e o súbito retorno do irmão, eu sabia que a pressão que o meu namorado estava enfrentando era insuportável. Só que isso não mudava o fato de que o tempo estava passando e tínhamos um bebê a caminho. Isso não mudava o fato de que, em poucos meses, eu teria que tomar uma decisão.

Se Joey não desse um jeito naquilo, ia acabar me obrigando a fazer o que eu não queria. Só de pensar no que poderia acontecer quando esse dia chegasse, meu coração murchava e morria. Porque eu não poderia fazer aquilo sem ele. Só que eu me recusava a cometer os mesmos erros do passado. Eu me recusava a sujeitar o nosso bebê ao mesmo tormento que o pai dele passou.

Eu não seria Marie Lynch.

O *meu* bebê viria em primeiro lugar.

89

Lembre-se do meu rosto

JOEY

— Molloy, espere! — Desencostei da parede do lado de fora do consultório médico onde fiquei esperando durante vinte minutos e corri atrás dela. — Quer esperar?

— Não posso — falou por cima do ombro tenso, colocando o capuz da capa de chuva e olhando de um lado para o outro antes de atravessar a rua. — Estou atrasada pra aula.

Sim, estávamos ambos atrasados para a aula, mas eu era o cuzão que tinha se atrasado para a consulta.

Engoli meu autodesprezo, cerrei a mandíbula e insisti.

— Como foi? — perguntei, caminhando ao seu lado na calçada. — Está tudo bem com o... — Enfiei as mãos no bolso da frente do moletom e me concentrei no chão enquanto falava. — Você está bem?

— Se estou bem? — Ela parou de andar e deu uma risada forçada. — *Se estou bem*? — repetiu, se virando para me olhar feio. — Hum, vamos ver, acabei de passar a última hora recebendo um sermão do médico que me conhece desde a infância sobre os perigos a que eu me expus, porque ao contrário das grávidas esperando os maridos e parceiros para lhes dar boas notícias, eu sou a idiota que estava me colocando risco.

— Risco? — O pânico ganhou vida dentro de mim. — Risco do quê?

— Estou correndo risco porque fui burra pra me deitar com um drogado que não consegue nem se lembrar do próprio nome metade do tempo! É um pouco humilhante, não acha, Joe? — perguntou, com os olhos cheios de lágrimas. — Ser *essa* garota? — Ela estreitou os olhos. — Ser a namorada *desse* cara.

Levei um tempo para registrar as palavras.

Era difícil me concentrar com a névoa na minha mente.

Quando enfim entendi, meu coração se partiu.

— Meu Deus — falei. — Não te passei nada, né? — perguntei, desesperado. — Nunca te traí.

— Eu sei, Joe. — Ela balançou a cabeça, fungando. — Estou limpa.

Fui tomado por alívio.

— Me desculpa.

— Bem, acho que eu devia te agradecer por aparecer aqui — ela disse, se virando. — Antes tarde do que nunca, né?

— Perdi a hora.

— Uhum. Aposto que o que quer que você tenha tomado te apagou.

— Aoife, me desculpa! — falei quando ela saiu andando. — Eu consigo. Eu consigo cuidar de você e do bebê...

— Você não consegue nem cuidar de si mesmo! — Ela puxou o capuz para cima quando o vento o abaixou. — Você está doente, Joe. Está doente e não consegue nem ver.

— Não estou doente — argumentei, correndo atrás dela. — Só estou lidando com umas coisas agora.

— Você é *viciado em drogas* — ela falou com a voz rouca, se virando para me encarar. — Você está se matando e me matando!

— Não. — Balancei a cabeça, refutando desesperadamente as palavras dela. — Vai ficar tudo bem.

— Olha o que está acontecendo com a sua vida! — gritou. — Você foi expulso do time de hurling. Vai repetir na escola. Você vive chapado. Você se perdeu, Joe. Você me prometeu que ia ficar, mas não está mais *aqui*. Aposto que nem sabe que dia é hoje.

— Quinta — falei, tremendo. — E não dou a mínima pra escola nem pro hurling.

— E pro nosso bebê? Você liga pra gente?

— Só ligo pra vocês — falei, puxando o cabelo para trás. — Porra, sempre só me importei com você, Molloy. Você sabe disso.

— Então *reaja*, Joey Lynch — implorou, agarrando o suéter do meu uniforme. — Lute.

— Estou lutando.

— Mentiroso — ela disse, com as lágrimas escorrendo pelo rosto. — Você jogou a toalha. Você desistiu e nós dois sabemos disso.

— O que você quer que eu faça? — retruquei, sem conseguir me controlar. — Puta que pariu, Molloy, estou fazendo tudo o que me pedem. Tudo!

— A única coisa que estou te pedindo é o que você se recusa a fazer — ela disse, nervosa. — Ficar limpo.

— Aoife...

— Você não entende! — ela berrou. — Você não consegue enxergar que está no fundo do poço, Joey. Eu tive que pegar uma grana emprestada pra livrar o seu pescoço do Shane Holland e daqueles monstros, mas você *continua* voltando pra eles! Estou devendo dinheiro pro Gibsie. Pro Podge. Pra Casey, sendo que ela nem tinha dinheiro sobrando. Estou fazendo tudo o que posso pra te manter vivo, mas você não se ajuda!

— Estou *bem*. Está tudo bem. — Como a Molloy não respondeu, ergui seu queixo, obrigando-a a olhar para mim. — Te amo.

— Eu costumava acreditar nisso — ela disse, chorando sem parar. — Mas estou começando a achar que você nem sabe o que significa amar.

— Molloy...

— Olha pra mim, Joe — ela falou, e eu obedeci. — É isso o que você faz quando machuca a pessoa que mais te ama nesse mundo. — Ela fungou, com as lágrimas escorrendo pelo rosto, imitando as minhas. — Lembre desse momento — ela acrescentou baixinho. — Lembre da minha cara no dia em que você partiu meu coração.

90

Uma música por vez

JOEY

Minha mente estava me pregando peças. Ou talvez meu corpo estivesse pregando peças na minha mente. De qualquer forma, eu não conseguia entender mais nada. A confusão se instalou em mim, e eu estava perdido.

Eu sabia que estava fisicamente presente, de volta à casa que detestava, cercado por pessoas para as quais eu não conseguia nem olhar nos olhos. Ainda assim, era como se eu estivesse me vendo de cima. Como se fosse um espectador, observando a merda se desenrolar ao meu redor, sem poder impedir que as coisas acontecessem.

Percebi que tinha ido longe demais. A fome que me devorava, que ardia nas minhas veias, tinha se tornado necessária demais. Tinha me penetrado tão fundo que eu não conseguia nem lutar.

Eu não queria lutar.

Estava cansado.

Quando as fichas caíram e o jogo acabou, me dei conta de que Molloy era o único alívio para a dor. Eu queria procurá-la. Queria desesperadamente pegar a mão que ela me oferecia, mas se eu segurasse a sua mão, a arrastaria comigo, e não podia arriscar.

Ignorando o barulho à minha volta, me concentrei em colocar um pé na frente do outro e entrei na sala. Que sala eu não fazia ideia, mas vi o rosto *dela* se destacando feito um farol na escuridão.

Me odiando com todas as forças, deixei meu coração me guiar de volta para ela.

De volta para casa.

Eu ouvia meu nome sendo chamado, só que... meu cérebro não conseguia se concentrar em nada além dela. Jogado em uma cadeira ao seu lado, deixei o aroma familiar do seu perfume invadir meus sentidos e estremeci.

— Molloy.

— Joe.

Ela precisa de você, algo bem no fundo de mim gritou. *Acorde, porra!*

Eu via sua barriga crescendo.

O bebê que eu tinha colocado lá dentro.

Não dava mais para escondê-lo.

Com os joelhos balançando sem parar, tentei controlar os tremores que dominavam o meu corpo, mas não estava sendo fácil. Só quando ela colocou minhas mãos entre as suas foi que consegui me estabilizar.

— Belas pernas.

Lágrimas encheram seus olhos e ela os desviou rapidamente, mas não soltou minha mão. Em vez disso, ela a apertou de leve, aquecendo minha frieza com o seu calor. Sem dizer nada, aproximou a cadeira e, com delicadeza, colocou um fone no meu ouvido. Ela fazia isso todos os dias desde a Páscoa. Tínhamos estabelecido uma rotina estranha, e todas as manhãs na escola, Molloy me entregava um fone, me dando um vislumbre de como se sentia aquela manhã.

Uma música por dia.

Um dia de cada vez.

Uma música só, que se tornava minha motivação para sair da cama. Esse momento se tornou a melhor parte do meu dia. Antes de tudo ficar pesado e o desejo de me esquecer levar a melhor.

Ela fez isso por semanas.

"Somewhere Only We Know", do Keane.

"Fade Into You", da Mazzy Star.

"Unwell", do Matchbox Twenty.

"Picture", da Sheryl Crow e Kid Rock.

"White Flag", da Dido.

"Underneath Your Clothes", da Shakira.

"I'm With You", da Avril Lavigne.

"Don't Let Me Down", dos Beatles.

"The Drugs Don't Work", do The Verve.

"Wherever You Will Go", do The Calling.

Todo dia, eu entrava na sala logo antes de ceder ao desejo e cair no inferno e a procurava. Eu ainda procurava a garota do muro. Ainda a queria mais do que queria viver.

Era apenas um pequeno gesto, assim como o colar que eu tinha lhe dado. Alguns dias, eu chegava na sala e Molloy estava comendo, e ela deixava o último chocolate na minha carteira.

Levei um tempo para reconhecer a música de hoje, "Lightning Crashes", do LIVE, e mais tempo ainda para lembrar da importância dessa música para nós. Olhei para frente, vulnerável, me sentindo exposto e culpado.

Doía.

Ardia e queimava.

Eu sabia o que ela estava tentando fazer ao tocar essa música para mim, mas não conseguia voltar. Ainda assim, deixei que segurasse minha mão debaixo da carteira, me permitindo absorver a sensação da sua pele na minha, da sua luz temporariamente afastando a escuridão.

Congelado no lugar, deixei que Molloy fizesse o que queria comigo.

Deus sabia que era minha dona.

Ela entrelaçou os dedos nos meus e os apertou, e apesar de não retribuir o movimento, não consegui impedir que meus dedos fizessem carinho nos seus.

Eu sabia que minhas ações a machucavam de um jeito que poderia distanciá-la para sempre, só que eu já não conseguia mais parar.

Eu não conseguia mais sair do buraco em que tinha caído.

Pior: grande parte de mim não queria sair.

91

Ele está me esperando

AOIFE

O pai do meu bebê era viciado em heroína. Era doloroso admitir isso. Doía tanto que eu mal conseguia respirar.

Durante anos, me apeguei a cada palavra que saía da sua boca, apaixonada demais para ver a bandeira vermelha balançando na minha frente. Sem saber, coloquei a confiança que eu tinha nele em volta do pescoço como um laço, até que ela me estrangulou.

Mesmo agora, vendo-o entrar pela minha janela e cambalear até a minha cama no escuro, eu não tinha coragem de mandá-lo embora.

Porque era apaixonada por ele.

Pelo garoto que costumava ser.

Pelo homem que tinha se tornado.

Por todas as suas versões.

Eu amava todas elas.

O colchão se afundou e ali estava ele, tremendo ao meu lado.

— Molloy.

De olhos fechados, me obriguei esperar, lembrando do garoto que ainda morava dentro do fantasma que estava na minha cama.

— Joe.

— Estou com tanto f-frio.

— Venha aqui — sussurrei, me movendo por instinto, me virando para ele e passando o braço por cima do seu peito.

— Está f-frio pra c-caralho — falou com a voz arrastada e os dentes batendo, segurando meu braço com as duas mãos. — M-me d-desculpa.

Eu sabia que estava arrependido.

Ele dizia isso todos os dias.

Também demonstrava.

O problema era que continuava repetindo o ciclo.

Continuava afogando a dor do pior jeito possível.

Sempre voltava para o Shane.

— Você a-ainda m-me ama? — perguntou, tremendo muito, e percebi que ele estava voltando de uma viagem impiedosa. Eu sabia que, quando ele caísse, seria horroroso. — Porque eu n-não tiraria sua razão se você n-não me amasse mais.

— Eu ainda te amo, Joe — falei, com o coração sangrando de dor. — Não consigo deixar de te amar.

— Não consigo dormir — ele confessou, se virando para mim. — E estou cansado pra c-caralho, rainha.

— Por que não?

— Porque, quando eu fecho os olhos, ele e-está me esperando.

— Quem, Joe? — perguntei, enxugando uma lágrima do seu rosto. — Quem está te esperando?

— Meu pai.

— Não, amor, ele não está te esperando — sussurrei, me aproximando e beijando sua boca. Eu não conseguia evitar. Eu tinha que ficar perto dele. — Não pode mais te machucar, Joe.

— Ele está vindo me pegar — sussurrou na minha boca, e suas lágrimas se misturaram com as minhas. — Vai vir pegar t-todos nós. A gente vai morrer naquela casa, Molloy.

— Não vão, não. Não diz isso, Joe.

— Ele não deixa ela em paz. Nunca vai deixar ela em paz.

— Sua mãe?

Joey fez que sim, triste.

— Vai matar minha mãe antes de ela abandonar ele. — Fungou e acrescentou: — Conheço ele, Aoife. Conheço aquele canalha melhor que qualquer um. Ele só está esperando a oportunidade.

— Joe, você está me assustando — falei, desesperada com as suas palavras. — Nada disso vai acontecer, está bem? São só as drogas, amor. Elas estão ferrando com a sua cabeça.

— Verdade, já percebi — ele disse. — Mas não quero ir desse jeito — falou baixinho, se aconchegando em mim. — Se eu morrer, quero que seja do meu jeito, não do dele.

— Você não está morrendo, Joe — expliquei, abraçando-o com mais força. — Porque você me prometeu que não me deixaria sozinha.

— Ninguém me vê — sussurrou. — Ninguém me ouve. Ninguém me ouve, mas estou c-certo. Ele está vindo. Sinto muito bem isso.

— Joey, por favor, você está me assustando!

— Se alguma coisa acontecer comigo, quero que você s-siga em frente — murmurou, beijando o meu pescoço. — Quero que você seja f-forte pelo nosso f-filho.

— Joe, nada vai acontecer com você. — Respirei fundo, detestando cada segundo daquela conversa mórbida. — E a gente não sabe se é menino.

— É menino. — Esticou a mão trêmula e a pousou sobre a minha barriga. — Você está carregando o meu filho.

— Sabe, se você estiver certo sobre o gênero do bebê, vou te levar pra um circo — brinquei, desesperada para aliviar o clima, empurrando-o para trás e sentando no seu colo. — Porque você é intuitivo pra caralho, e a gente podia fazer uma grana com as suas previsões.

— Quero o bebê, Molloy — disse, colocando as mãos nos meus quadris, de olhar baixo. — Sei que sou todo ferrado da cabeça, mas juro que é verdade. Quero ter esse bebê com você.

Ali estava.

O meu Joey.

Ele ainda estava lá.

Seu coração ainda estava batendo dentro daquela concha.

— Você vai conseguir, Joe — sussurrei, me inclinando para beijá-lo. — Vai ficar bom e a gente vai ter uma linda e longa vida juntos. Me recuso a aceitar menos que isso.

— Tomara que você esteja certa — falou com tristeza. — Porque tenho uma sensação horrível de que é tarde demais pra mim.

92

Você está atrasado — de novo

JOEY

Atrasado.

Estava atrasado de novo, e não era bom o suficiente.

Eu era uma desgraça. Soube disso quando acordei de manhã em uma poça do meu próprio vômito e tentei encontrar o caminho no labirinto de corredores da maternidade.

Enfrentando os horrores de uma queda particularmente difícil, enxuguei o suor frio que escorria pela minha testa com a manga da blusa e esperei minha vez na recepção.

— Sim?

— Estou procurando o departamento de ultrassom — murmurei, me esforçando para me controlar e parecer apresentável. — Eu sou... ah, minha namorada tem um exame.

— Nome?

— Joey Lynch.

— Não, meu bem. O nome da sua parceira.

— Ah, merda, sim. — Engoli em seco, balancei a cabeça e disse: — Aoife Molloy.

A mulher atrás da mesa digitou alguma coisa no teclado e disse:

— Ela já fez o exame morfológico. Está esperando o especialista agora. Ao final do corredor. Última porta à esquerda.

— Obrigado.

Reprimi um tremor que atravessou meu corpo todo quando a náusea me dominou e disparei na direção que a mulher me mandou.

Depois de me atrapalhar com algumas portas, finalmente localizei a sala certa e entrei. Ali estava ela, sozinha na sala de espera. No instante em que a porta se fechou, Molloy voltou a atenção para mim.

— Você está atrasado — falou com os olhos cheios de lágrimas.

— Eu sei. — A culpa se agitou dentro de mim. — Posso entrar?

— Pra quê? — respondeu com amargura. — Você nem vai se lembrar disso depois.

Porra.

Passei as mãos pelos cabelos, me aproximei e me inclinei para beijá-la.

— Não! — Ela se virou para o lado e meu coração se partiu. — Você está chapado e fedendo.

— Não estou chapado — tentei argumentar. — Não estou, juro, Aoife...

— Não, Joe — repetiu, erguendo a mão. — Não.

— Como foi o exame? — perguntei, me sentando na cadeira ao seu lado. — O bebê está bem? — Engoli outro jato de bile e me obriguei a encarar Molloy. — Você está?

— O bebê está bem — respondeu com a voz embargada. — Onde você *estava*? Esse exame era importante, Joey.

— Eu sei — grunhi, me sentindo um merda, pressionando as mãos na testa. — Perdi a hora.

— Ou seja, você passou a noite chapando com Shane e os caras e esqueceu da gente — retrucou, pousando a mão na barriga.

Meu coração se despedaçou.

— Quando o médico chegar, não quero que você diga uma palavra — ela avisou com a voz tensa. — Só... fica quieto e me deixa resolver tudo, ok? Não preciso de outro relatório contra mim.

— Aoife, me desculpa.

— Não — disse quando tentei pegar sua mão. — Aqui não, Joe — acrescentou, chorando. — Não posso fazer isso aqui.

Engoli em seco, enfiei as mãos no bolso do moletom e me esforcei para ficar ereto.

— Olha só pra você — falou, enquanto as lágrimas escorriam livremente pelo seu rosto. — Acorde e olhe só pra você!

Enrijeci na cadeira, tentando não deixar as palavras dela me engolirem totalmente.

— Te amo. — Me desesperei quando ela não respondeu e insisti. — Aoife, você me escutou?

— Escutei. Você ama mais aquela merda que enfia nas suas veias do que eu. — Ela afastou a minha mão. — Não quero saber desse tipo de amor. Pode guardar o seu amor pras drogas.

— O que você quer que eu diga? — perguntei, perdido e arrasado. — Você me pediu pra vir e estou aqui.

— Não quero suas palavras, Joey. Quero suas ações.

— Estou aqui, não estou?

Ela balançou a cabeça.

— Não sou que nem eles, sabe? Nunca vou desistir de você. — Ela acrescentou, fungando: — Lembre-se disso, Joe.

— Por que está me falando isso? — falei, completamente abalado pelas suas palavras.

Ela me olhou bem e disse:

— Pra você parar de me decepcionar.

93

Lágrimas e mensagens

AOIFE

— Você está se sentindo bem? — Casey perguntou no primeiro sábado de maio. Estávamos sentadas no chão na frente de casa, vendo Podge, Alec e vários outros caras jogando bola no gramado do outro lado da rua.

— Não — respondi, sem nem me preocupar em mentir. A cara blasé que eu usava para o resto do mundo era exaustiva e, depois de uma longa semana mentindo e sorrindo na escola, eu já não aguentava mais. — Estou cansada, gorda e enlouquecendo de preocupação.

Casey não me perguntou por quê. Ela sabia muito como Joey estava se comportando nos últimos meses.

— Onde ele está agora?

— Supostamente no trabalho.

— E você não acredita nele?

— Eu não acredito em mais nada do que ele fala, Case.

Não posso acreditar.

Essa era a triste verdade.

Mantive os olhos fixos na partida do gramado, balancei a cabeça e dei de ombros.

— Meu pai diz que ele tem ido trabalhar, mas eu... sei lá.

— Ah, amiga...

— Não fala assim comigo — implorei, contendo um tremor. — Vou acabar chorando, e *não* posso mais chorar, está bem?

— Ele vai melhorar, Aoife. Ele vai sim.

— Talvez — sussurrei, mordendo os lábios e olhando para a minha barriga. — Só que eu precisava que ele melhorasse já.

— Quando é o próximo exame? — perguntou, esticando o braço para fazer carinho na minha barriga, escondida debaixo de um enorme moletom. — O morfológico está chegando, não?

— Não, fiz esse na semana passada.

— Quando é o próximo?

— Na vigésima oitava semana.

— Caramba, Aoife, não acredito que você já está na metade da gestação.

— Pois é. — Dei um suspiro pesado. — Eu também não.

— Escute. — Minha melhor amiga se virou para mim, pegou minhas mãos e as apertou. — Sei que você não quer falar sobre o Joe, mas preciso que saiba que o comportamento dele não tem nada a ver com o que ele sente por você ou pelo bebê. — Ela me ofereceu um sorriso triste. — O Joey está com a cabeça zoada, amiga. Está lidando com um monte de trauma. Tipo, as merdas com o pai dele já são o suficiente pra me deixar com estresse pós-traumático, quanto mais o Joey. Mas nada disso significa que ele não ama você e o bebê.

— Eu sei que ele ama a gente — sussurrei, olhando para as minhas pernas enquanto uma lágrima ameaçava cair. — Só que ele ama mais aquele veneno que injeta nas veias.

— Nós duas sabemos que isso não é verdade — ela falou depressa. — Mas também sabemos que não vai melhorar sem ajuda profissional. O Joey foi longe demais, Aoife, e mentir e passar pano pra ele também não vai ajudar no longo prazo.

— O que é que devo fazer, Casey? — perguntei, voltando a atenção para ela. — Não posso obrigar ele a se tratar, e mesmo se pudesse, como é que eu pagaria o tratamento? A mãe dele não dá a mínima, e cada centavo que ganho no pub estou usando para pagar as dívidas dele ou tentando poupar pro bebê. Porque também tenho que me preocupar com isso. E se ele não estiver lá quando chegar a hora?

— Não pense assim — Casey disse, estremecendo. — Ele vai estar lá, Aoife.

— Mas e se ele não estiver? — insisti, me esforçando para confessar meu maior medo. — E se o Joey sumir do mapa e eu não conseguir mais falar com ele? E se ele tiver uma overdose? E se morrer? E se for morto? E aí, Case? — As lágrimas que eu estava tentando conter me escaparam, e funguei, soluçando de chorar. — O que é que devo fazer? Meus pais não podem bancar esse bebê. Eles mal estão conseguindo pagar as contas. Eu sei do que o Joey precisa, só que eu... — Dei de ombros, impotente. — *Não* tenho grana pra ajudar ele.

— O irmão dele não tem um emprego bom?

— Foda-se o Darren — esbravejei, estreitando os olhos. — Prefere pagar um aborto pra mim do que pagar um tratamento pro irmão. Além disso, tem passado cada vez mais tempo em Belfast. Anote o que estou dizendo, Case: ele vai se mandar antes do bebê nascer.

— Você podia pedir pra ele te ajudar.

— Já pedi.

— Peça de novo.

— Não comece, por favor — avisei, erguendo a mão. — Já tenho minha mãe me enchendo o saco vinte e quatro horas por dia, sete dias por semana, me falando o que eu *devia* ou não estar fazendo. Por favor, Case, não preciso de você me enchendo também.

— Jamais — ela disse, passando o braço por cima do meu ombro. — Na minha humilde opinião, acho que você é fuderosa por estar lidando com tudo isso tão bem.

— Que engraçado.

— É verdade. Você é incrível, Aoife. A própria definição de mulher forte. Você não está nem aí pras merdas que os babacas da escola vivem falando. Você consegue se levantar de cabeça erguida todo dia. Você é maravilhosa, amiga.

— Só que eu nunca me senti essa mulher, Case — admiti com a voz rouca. — Pareço mais uma criancinha perdida.

Me distraí quando um carro engatou a ré, e nós duas nos viramos e vimos um elegante lexus parando na frente da casa da Katie, minha vizinha.

— Ora, ora, se não é a srta. Espertinha no carro dos playboys — Alec falou do gramado, assobiando alto. — Porra, Podge, estamos na escola errada. A melhor carona que já peguei foi no carro da Aoife.

— Ei, deixe a lata-velha em paz, pode ser? — Casey falou, dando risada. — Ela dá de dez a zero na carona de merda que você me deu na sua bicicleta.

— Bicicleta roubada — Podge acrescentou enquanto eles atravessavam a rua na nossa direção.

— Não finja que não foi a melhor viagem da sua vida — Al brincou, piscando para a minha melhor amiga.

— Será? — Casey fingiu refletir. — Acho que não foi tão memorável assim, não me lembro.

— Descarada — disse, rindo e tirando a camiseta molhada de suor. — Se quiser outra viagem é só falar, tetas diabólicas.

Minha risada morreu na garganta quando a porta do carona do lexus se abriu e Katie saiu com os olhos marejados, seguida por um garoto que *não* era o seu namorado.

— Katie?

— Patrick? — Casey falou, confusa, e ficamos de pé.

— Entendi — grunhi, indo na direção dela, com a minha melhor amiga e o melhor amigo do meu namorado logo atrás. — Quem foi que te machucou e onde ele está?

— Estou bem, sério — Katie respondeu com os olhos vermelhos, passando por nós rápido e seguindo para o seu jardim. — S-só p-preciso ir pra c-casa.

— Ei! — Casey se aproximou de Patrick Feely, o cutucou no peito e olhou feio para ele. — O que foi que aconteceu com ela?

Em silêncio e impávido, Patrick ficou olhando de uma amiga para outra e balançou a cabeça.

— Pergunte pra ela — foi tudo o que ele disse.

— Estou perguntando pra você — Casey grunhiu, sem ceder um centímetro. — Se você magoar ela...

— Eu não saio por aí magoando garotas — falou com os olhos escuros. — Também não saio por aí partindo corações.

— Katie, espera aí — falei, saindo atrás dela, mas parei ao ouvir uma voz familiar atrás de mim.

— Molloy.

Contive um tremor e me virei para ver Joey atravessando a rua na minha direção, ainda com o macacão do trabalho, uma blusa amarrada na cintura e uma camiseta branca suja de óleo de motor. Estava com boné virado para trás e um pote de marmita nas mãos.

Me peguei olhando para ele, realmente olhando para ele, e soltei um suspiro de susto.

Parecia atormentado.

Seu rosto estava magro.

Ele tinha olheiras escuras debaixo dos olhos vermelhos.

Uma barba de várias semanas.

Estava perdido no seu próprio mundo, sem me enxergar, olhando para o vazio.

Eu sempre ouvia o termo *alcoólatra funcional* sendo usado por aí e acreditava que meu namorado fosse uma espécie de drogado funcional. Não importava o que Joey tomasse ou o quão chapado ficasse, ele continuava indo trabalhar e cumprindo as obrigações em algum nível. Se não fosse tão deprimente, seria impressionante.

— Vai lá — Casey sussurrou no meu ouvido. — Deixa a Katie comigo.

— O que está fazendo aqui? — perguntei, encontrando-o no meio do caminho para que nossos amigos não pudessem nos ouvir. — Só são quatro da tarde. — Cruzei os braços, tentando desesperadamente apaziguar a dor debaixo das minhas costelas. — Você só sai do trabalho às seis.

Minha pergunta pareceu pegá-lo de surpresa. Ele franziu as sobrancelhas por um instante antes da culpa dominá-lo, obscurecendo seus olhos surpreendentemente límpidos.

— Como está se sentindo?

— Bem.

Ele analisou meu rosto.

— É?

Não respondi.

Não conseguia.

Doía demais.

— Qual foi, Joe? — Olhei para as marcas nos seus braços e estremeci. — Por que você não está no trabalho?

Sem dizer uma palavra, ele pegou o celular e o entregou para mim.

Franzi a testa, destravei a tela e abri as mensagens que ele estava trocando com ninguém mais, ninguém menos que Johnny Kavanagh.

Kavanagh: Oi, então, aconteceu uma coisa estranha hoje...

Lynchy: Por que está me escrevendo?

Kavanagh: Porque peguei seus irmãos e eles estão aqui em casa.

Lynchy: Por quê?

Kavanagh: Não sei.

Lynchy: E você pretende devolvê-los?

Kavanagh: Acho que sim.

Lynchy: Você não bate bem, Kavanagh.

Kavanagh: Eu sei.

Lynchy: Estou a caminho.

— Johnny Kavanagh está com os seus irmãos? — Fiquei encarando-o boquiaberta. — Onde? Quando? *Por quê?*

— Sei lá.

— Cadê a sua mãe?

Joey deu de ombros, mas não respondeu.

— E o Darren?

Outro encolher de ombros.

— Então sobrou pra você. — Não era uma pergunta. Era mais uma afirmação resignada. — Pra variar.

— Eu sei que andei te decepcionando — ele disse, afundando as unhas nos braços, desviando a atenção para a comoção atrás de nós. — E sei que você está puta comigo, mas eu meio que estava esperando que você me desse uma carona até lá pra buscar os meninos. — Ele deu de ombros de novo e acrescentou: — Não tenho mais ninguém.

Meu coração se partiu.

— Beleza, eu te levo — falei, contendo a vontade de me aproximar e tomá-lo em meus braços.

Porque eu amava tanto aquele garoto que quase me matava ficar parada ali sem abraçá-lo.

Mas eu não podia fazer isso. Porque não mudaria nada. Porque, no fim das contas, eu é que acabaria machucada. Isso não significava que eu estava desistindo dele. Apenas significava que agora eu tinha limites.

94

Acredito em você

JOEY

Molloy ligou o aquecedor do carro no máximo a caminho da casa do Kavanagh e fiquei aliviado. Eu estava com tanto frio que não conseguia me aquecer. Estava gelando meus ossos. Quando ela pegou um moletom no banco de trás e me pediu para que o vestisse, obedeci sem questionar.

Estava tocando "When You're Gone", da banda favorita dela, The Cranberries, mas eu não conseguia me concentrar na letra. Porque eu queria conversar. Queria encontrar as palavras que ela precisava ouvir, só que não existiam mais no meu cérebro.

Eu sentia pouca coisa ultimamente, mas cada emoção era evocada, direcionada e dirigida a ela. Eu a amava, e droga nenhuma podia mudar isso. Nem a depressão que me devorava de dentro para fora. Porque aquilo devia ser depressão, né? Querer morrer não era algo com que alguém de dezoito anos costumava fantasiar.

— Você está pensando naquilo, né? — Molloy perguntou, quebrando o silêncio que tinha se instalado entre nós.

Meu cérebro estava confuso; meu coração, distraído demais para entender ou interpretar as suas palavras. Então coloquei a mão no bolso do macacão e peguei a carteira.

— Estou com o seu dinheiro — falei, dividindo meu salário pela metade. — Aqui.

— Não é o meu dinheiro, Joe — respondeu com tristeza, se recusando a aceitar a grana, assim como na semana anterior. — É o seu dinheiro.

— Não — murmurei, enfiando as notas no porta-luvas antes que eu fizesse algo imprudente. — É do bebê.

Porque sabíamos que eu faria algo imprudente. Se eu não me livrasse dele, não teria nada para oferecer para ela depois.

Eu não podia mais confiar em mim mesmo.

Eu não era nem um pouco confiável.

— Não sou a sua mãe — ela falou, mantendo a atenção na estreita rua de terra à nossa frente. — Não estou interessada no seu dinheiro.

— Me desculpa pelo exame que perdi — eu disse pela centésima vez. — Me desculpa por tudo.

— Eu sei, Joe — ela falou, fungando de leve, ainda sem me olhar. — Eu sei.

— Te amo — acrescentei, balançando os joelhos sem parar e roendo a unha. — Mais que a vida.

— Sim — ela respondeu com a voz embargada. — Também te amo.

Como ela podia dizer isso de coração era algo que eu nunca entenderia.

Como é que ela continuava me amando?

Eu não valia a pena.

— Eu vou dar um jeito nas coisas — falei, esticando o braço sobre o câmbio para colocar a mão trêmula na sua coxa. — Vou consertar tudo, Molloy. Prometo.

— Está bem, Joe — ela disse, cheia de pesar, pegando minha mão.

A ansiedade e o pânico contorceram minhas entranhas.

— Você acredita em mim, né?

Ela ficou em silêncio por um longo tempo antes de me olhar de lado e dizer:

— Eu acredito *em* você.

Quando paramos na frente da casa do Kavanagh e descemos do carro, fomos emboscados por um exército de cães e crianças e um jogador de rúgbi com a maior cara de culpado do mundo.

— Joe! — Ollie e Tadhg gritaram, correndo para o outro lado com dois golden retrievers enlouquecidos.

— Oi — Kavanagh disse, contornando o carro com meus irmãos atrás dele. — Eu, ah... — Ele parou de falar e coçou a nuca, sem jeito. — Me desculpa por isso.

— Por sequestrar os irmãos dele? — Molloy brincou, apoiando o quadril no capô do carro e se inclinando para fazer carinho em um velho labrador. — Que comportamento mais estranho, sr. Rúgbi. Muito estranho mesmo.

— O-ee — Sean gritou de alegria ao chegar pela lateral da casa e me ver ali. — O-ee — ele repetiu com os bracinhos esticados, correndo para mim. — O-ee.

— Como vai o meu bebê? — falei, erguendo-o. — Hein? Você deu uma volta com o Johnny?

Sean assentiu solenemente, colocou a mãozinha babada na minha bochecha e enterrou o rosto no meu pescoço.

— Sean ama "O-ee".

— Boa, garoto — sussurrei no seu ouvido enquanto ele me abraçava. — Também te amo.

— O-ee.

Voltei a atenção para a conversa animada que minha namorada estava tendo com o namorado da minha irmã e perguntei:

— O que aconteceu?

— Estavam sozinhos — respondeu, olhando de Sean para mim. — *Ele* estava sozinho.

— Ela não estava em casa? — Molloy perguntou antes de mim.

— Parece que estava na cama — Kavanagh disse, e vi algo se passando entre eles. Uma espécie de entendimento.

— Merda — murmurei, sentindo a ansiedade aumentar junto com a dor no estômago. — Puta que pariu!

— Está tudo bem, Joe — falou depressa, se colocando a meu lado. — Parece que os meninos se divertiram na casa.

— Joey Lynch — uma mulher falou, e levei um instante para reconhecer a voz da mãe do Kavanagh. Então apareceu na porta com um homem alto ao lado. — Parece que a gente se encontrou de novo.

— Parece que sim — respondi, olhando-a com desconfiança enquanto ela se aproximava.

— Você tem três minirreencarnações — comentou, e só parou quando já tinha invadido meu espaço pessoal. — Que família linda a sua.

Como não soube o que dizer, fiquei em silêncio, com os olhos fixos no homem. Eu podia sentir o cheiro de uma autoridade a quilômetros de distância, e aquele filho da puta ali, apesar de estar bem-vestido demais para ser da Gardaí, exalava autoridade.

E dinheiro.

E poder.

— John Kavanagh — disse, se apresentando com um sorriso caloroso e me oferecendo a mão. — Pai do Johnny.

Não mordi a isca.

Mas minha namorada sim.

— Aoife Molloy — ela falou, aceitando o cumprimento dele quando ficou claro que eu não me mexeria. Ela abriu um daqueles sorrisos infames, jogou o cabelo para trás e sorriu para o casal. — Namorada do Joey.

95

Milfs, Dilfs e viciados

AOIFE

A mãe do Johnny Kavanagh parecia ter saído do céu, e seu pai parecia ter sido esculpido em ouro. Sério, o garoto tinha uns genes e tanto correndo em suas veias. Ele era quase tão sortudo no quesito aparência quanto o pequeno valentão crescendo na minha barriga.

Quase.

— Então este é o famoso Joey Lynch — John Kavanagh disse, oferecendo ao meu namorado um sorriso educado. Eu tive que dar créditos ao homem por não ter falado que ele era "infame". — Ouvi muito sobre você.

Joey ficou encarando-o sem se mexer, parecendo um pouco acuado, na defensiva. Resolvendo intervir, dei um passinho para frente, sabendo que ele precisava de um minuto para respirar e *não* reagir por instinto.

— Parece que esse carinha aí se divertiu na sua casa — falei, bagunçando os cachos do Sean. — Sua casa é linda.

— Seus irmãos estavam sozinhos — Edel Kavanagh disse, indo direto ao assunto sem tirar os olhos de Joey. — Johnny não conseguiu largar eles lá.

Eu podia ler Joey feito um livro, e doía no coração saber que todos os instintos dentro do seu corpo estavam gritando: perigo. Como ele não estava com a cabeça boa naquele momento, era imprevisível. Olhei para Johnny, que parecia estar pensando a mesma coisa e se aproximou da mãe.

Estreitei os olhos e o encarei como quem dizia "Até parece".

Ele deu de ombros sem remorso algum.

— Me desculpa — Joey falou, me surpreendendo, oferecendo à mulher sua atenção total. — Eu estava trabalhando.

A falta de energia em sua resposta me deixou arrasada porque deixou claro algo que eu já sabia: ele tinha desistido.

Seus olhos castanhos cintilaram de desespero, e ela lançou um olhar preocupado para o marido antes de balançar a cabeça.

— Não, Joey, meu bem. Não quis dizer que você fez algo errado.

— De qualquer forma... — falou, dando de ombros, contornando meu carro com o irmão nos braços e abrindo a porta. — Não vai acontecer de novo.

— Não precisa ir embora agora, querido — Edel comentou, vendo meu namorado colocar Sean no banco de trás e prender o cinto nele. — Fiquem pro jantar. Todos vocês. Vai ser um prazer.

— Não, já ficamos o bastante — foi tudo o que Joey disse, endireitando a postura e procurando os outros irmãos. — Meninos! — ele chamou, assobiando alto. — Vamos embora.

Tão leais ao irmão quanto os cachorros eram à mãe de Johnny, Ollie e Tadhg saíram correndo na direção de Joey e só pararam até estarem ao lado dele.

— Agradeçam ao Johnny e aos pais dele por cuidarem de vocês hoje — Joey falou baixinho.

— Obrigado — Tadhg disse, muito mais interessado em se despedir dos cachorros que dos humanos, e depois entrou no carro e se acomodou ao lado de Sean.

— Obrigado, Dellie — Ollie falou, disparando para a mulher e abraçando sua cintura. — Me divertiu muito.

Ela lhe deu um abraço apertado, claramente surpresa.

— Volte pra me ver, querido.

— Pode deixar — Ollie respondeu, se demorando para soltá-la. Então deu um passo para trás, encarou o marido dela com desconfiança e estendeu a mão para ele. — Tchau, John.

— Tchau, Ollie — o homem falou com uma voz doce, aceitando seu cumprimento. — Não se esqueça do que eu te disse.

— Uhum. — Ollie assentiu todo alegre e sorriu. — Entendido, John. Não esquecer.

— É não vou esquecer — o valentão mirim se intrometeu do banco de trás. — Aprenda a falar, idiota.

— Parem com isso — Joey avisou, enfiando Ollie no carro com os outros irmãos. Quando todos estavam sentados com os cintos presos, Joey se virou para os Kavanagh. — Obrigado por tudo. Não vai acontecer de novo.

— E a sua mãe?

— Ela não precisa saber disso.

Joey se acomodou do banco do carona, derrotado, e fechou a porta, me deixando ali com os três Kavanagh olhando para mim cheios de expectativa.

— Vai ficar tudo bem — murmurei. — Eles vão ficar bem.

— Tem certeza? — Edel perguntou, nada convencida, assim como eu.

Não.

Me esforçando para não chorar, abri o sorriso mais animado que consegui e fiz que sim.

— Uhum.

* * *

Havia uma tempestade se formando no coração do meu namorado.

Ele passou a viagem toda até o Elk's Terrace silencioso e taciturno, tamborilando os dedos no joelho, olhando para a janela, enquanto os meninos riam e brincavam no banco de trás, felizmente alheios ao tumulto interno do irmão mais velho. No instante em que estacionei na frente da sua casa, Joey desceu do carro e seguiu direto para a porta.

— Eita, ele está puto — Tadhg comentou, fazendo contato comigo pelo retrovisor.

— Você não pode falar palavrão — Ollie o repreendeu, soltando o próprio cinto e o de Sean. — É falta de educação.

Tadhg revirou os olhos.

— Ei, Ollie, estou pouco me fo...

— Está bem — intervi antes que Tadhg ensinasse aos pequenos mais palavrões. — Vamos entrar, gente.

Segurando a mãozinha grudenta de Sean, segui os meninos para dentro e estremeci ao ouvir gritos vindos de algum lugar no andar de cima.

— Uau, vocês têm uma tevê nova.

— Darren comprou pra gente — Ollie explicou.

— Por que não botam um desenho então? — sugeri, conduzindo todos para a sala antes de ir para a escada. — Já volto.

— Está bem, mas não vou assistir desenho de criança — Tadhg falou por cima do ombro. — Está passando jogo.

Deixei os meninos brigando pelo controle remoto e subi as escadas seguindo a gritaria. Só parei quando estava na porta do quarto dos pais de Joey.

— Quantas vezes a gente vai ter que fazer isso? — ele perguntou, abrindo as cortinas para inundar o quarto antes escuro com o sol da tarde. — Você não pode deixar o Sean sozinho desse jeito!

Com o coração disparado, olhei para a mulher deitada em posição fetal na cama.

Marie.

— Vá embora, Teddy — falou com a voz arrastada, abraçada no travesseiro, enquanto um soluço após o outro lhe escapava da garganta de um jeito angustiante. — Estou cansada.

— É o *Joey*. Meu Deus, o que foi que você tomou?

— Como se você pudesse me julgar.

— Não estou te julgando. Estou falando pra você se levantar e agir como mãe com seus filhos!

— Estou cansada demais.

— E eu não? — meu namorado perguntou, passando a mão pelo cabelo de pura frustração. — Você não pode fazer isso, mãe. Não pode desencanar deles assim. Você queria ficar com eles. Queria a sua família unida. Esse era o seu objetivo número um, não era? O seu e o do Darren. Ficar com os meninos aqui? Enganar Patricia e as outras assistentes sociais? Pois você conseguiu. Parabéns. Porque os meninos estão lá embaixo. Só que estão sozinhos, mãe. Sem ninguém pra cuidar deles. Então para de sentir pena de si mesma e assume a porra da responsabilidade!

— Falei pra você ir embora — ela gritou, atirando o travesseiro nele. — Não quero você aqui.

— Você não me quer aqui — Joey rugiu, erguendo as mãos. — Bem, então temos algo em comum, porque também não quero estar aqui!

— Joe. — Me mexi por instinto e me aproximei dele. *Como sempre.* — Está tudo bem.

— Está vendo isso? — falou, tremendo, apontando para a mãe. — O que é que devo fazer?

Nada.

Porque Joey já tinha feito o suficiente por ela, mas Marie não se importava. Agora, ele só precisava se cuidar. Só que não conseguia me ouvir.

Ele estava longe demais.

Assim como a mãe.

— Olha pra mim... ei, ei, olhe pra mim. — Segurei seu rosto entre as mãos, obrigando-o a me olhar. — Deixa ela aí.

— Mas eu...

— Shhh. — Puxei seu rosto para o meu, dei um beijo na sua sobrancelha e o encarei. — Está tudo bem.

Não estava. Nada daquilo estava bem. Mas aquele garoto precisava se agarrar a alguma coisa.

— Eu só... — Respirando depressa, ele pegou minha mão e soltou os ombros, derrotado. — Não posso mais fazer isso.

— Eu sei. — Coloquei suas mãos entre as minhas, o conduzi para fora do quarto e fechei a porta. — Me escuta — falei, indo para o banheiro. — Vou lá embaixo cuidar dos meninos e você vai tomar um banho.

Dor e confusão cintilaram em seus olhos.

— Mas eu...

— Só respira, Joe — instruí, empurrando-o para o banheiro. — Tira um minuto, ok? Toma um banho e troca de roupa. Eu fico com os meninos.

— Não posso fazer isso, Molloy — repetiu, arrasado. — Não posso.

Meu coração foi tomado por uma sensação horrível de medo e pavor.

— Tem mais uma noite aí dentro de você — falei estendendo a mão para fazer carinho na sua bochecha. — Prometo.

— Não quero desistir.

— Hã? — foi tudo o que consegui dizer.

— De nós. Não vou desistir. Não consigo fazer isso sem você.

As palavras escaparam dos seus lábios parecendo uma confissão. Como se lhe doesse dizer isso. Como se ele só tivesse se dado conta do impacto delas quando saíram da sua boca.

— E eu também não quero — sussurrou, abaixando a cabeça. — Não quero uma vida sem você.

Totalmente dilacerada, não pude fazer outra coisa a não ser abraçá-lo.

— Eu ainda estou aqui, Joe.

— Não vai lá pra baixo — murmurou, passando o braço nas minhas costas e me trazendo para si.

— Fica comigo.

— Joe...

— Só fica comigo — implorou, apoiando a cabeça no meu ombro. — Não precisa fazer nada, prometo. Eu só... — Soltou um suspiro trêmulo e disse: — Só fica comigo, Molloy.

— Está bem — eu disse, com o coração totalmente dilacerado. — Vou ficar com você, Joe.

Sempre.

Depois de colocar Joey debaixo do chuveiro, desci para dar uma olhada nos meninos e os encontrei ainda brigando pelo controle remoto. Resolvi a discussão, distribuí lanches e voltei para o quarto do Joey. Ele tinha acabado de sair do banho e estava com a toalha enrolada na cintura estreita, sentado na beirada da cama com os ombros caídos e a cabeça nas mãos.

— Qual o problema? — perguntei, fechando a porta. — Você parece triste, Joe — observei, parando na frente dele. — Na verdade, parece arrasado.

— Eu só, ah... — Ele balançou a cabeça e se obrigou a olhar para mim. — Pensei que você tivesse ido embora.

Meu pobre coração batia descontrolado.

— Não. Acho que você vai ter que me aguentar essa noite.

Ele soltou outro suspiro trêmulo, e então suas mãos estavam nos meus quadris, me puxando para perto, até que minha barriga encostou no seu nariz.

— Que bom.

— Joe.

Sem dizer uma palavra, segurou a barra do meu moletom e o puxou para cima.

— Eu te amo. — Ele deu um beijo demorado na minha barriga. — Vocês dois.

Minha respiração ficou presa na garganta e não consegui impedir minhas mãos de se enfiarem nos seus cabelos.

— A gente também te ama, Joe.

— Vou dar um jeito nisso — continuou sussurrando, sem parar de beijar minha barriga. — Prometo que vou consertar tudo.

E foi o que bastou.

Um vislumbre do garoto por quem eu tinha me apaixonado foi o suficiente para que eu me livrasse das minhas roupas e me deitasse embaixo dele. Tremi quando seus lábios passaram pela minha pele e ele enterrou o rosto entre as minhas coxas. Agarrei o lençol, às lágrimas, sentindo mais do que era bom para mim por aquele garoto.

— Joe — sussurrei com a voz rouca enquanto ele se mexia entre as minhas pernas. — Preciso que você use camisinha, lembra?

Ele ficou imóvel por um momento, e vi a desolação dominando meu namorado. Então assentiu, envergonhado, e pegou um preservativo na gaveta da mesinha de cabeceira.

Ironicamente, decidimos nos proteger durante a gravidez. Eu podia contar nos dedos da mão o número de vezes que transamos depois do ataque do pai dele e tomei esse cuidado todas as vezes.

— Sei que você não ficou com ninguém — falei depressa, vendo-o desenrolar a camisinha no pau, atrapalhado com as mãos trêmulas. — Eu só... você lembra que o médico disse que eu precisava me proteger e proteger o bebê.

— Tudo bem — assentiu, com a voz falhando e as mãos na coxa. — Eu entendo.

— Joe. — Me apoiei no cotovelo, passei o braço sobre o seu pescoço e o puxei para mim. — Está tudo bem. Só fica comigo.

— Eu sinto muito — ele disse, metendo. — Você nunca vai saber quanto.

PARTE 9

96

Me liga que venho correndo

JOEY

Alérgico. Era a única palavra que poderia descrever como eu me sentia quando atravessei os portões da ECB na segunda-feira de manhã.

O motivo do meu atraso foi um confronto épico entre minha mãe e Shannon porque Kavanagh queria buscá-la para ir à escola, seguido de um concurso de gritaria tempestuoso entre Darren e eu. Quando entrei na sala dez minutos após o sinal, meus olhos pousaram em Molloy sentada na nossa carteira e senti todos os músculos do meu corpo tensionarem de ansiedade e medo.

Seria hoje que ela terminaria comigo?

Seria hoje o dia em que finalmente me mandaria tomar no cu?

Porque, fala sério, sabíamos que nosso tempo juntos já tinha acabado. Só que ficar com ela no sábado à noite mexeu comigo. Um fogo se acendeu dentro de mim e consegui ficar limpo ontem. De alguma forma, não sei direito como, consegui ficar longe de Shane e sobreviver com alguns baseados.

Minha cabeça estava em frangalhos, e meu corpo, pior ainda, mas eu estava enxergando de maneira nítida e pensando um pouco mais racionalmente.

Não era nenhuma vitória, mas era um começo.

E tudo tinha um começo.

Aquela garota era tudo para mim.

— Gestão de tempo, Joseph — a srta. Lane falou, me lançando aquele olhar maldoso que ela reservava especialmente para mim, enquanto eu esperava que ela assinasse o livro vermelho. — Último aviso.

Como se eu me importasse.

Eu estava ali por dois motivos.

Pela loira na minha carteira e pelo bebê na sua barriga.

Ignorei Podge e Alec tentando chamar minha atenção, segui direto para ela e só parei para me sentar ao seu lado, encostando o joelho no dela.

— Molloy.

— Joe — ela respondeu, mantendo os olhos fixos no livro aberto à sua frente.

Sem dizer uma palavra, peguei o fone que estava me esperando e o coloquei na orelha.

"Fast Car", da Tracy Chapman, invadiu meus ouvidos e, porra, foi como botar sal nas minhas feridas abertas. Como sempre, Molloy colocou a mão debaixo da carteira para segurar a minha. Quando entrelacei nossos dedos e os apertei, ela se virou surpresa para mim.

— Oi, garanhão.

— Oi, rainha.

— Bela camisa.

— Belas pernas.

Seus olhos se arregalaram.

Dei uma piscadinha.

— Você está... — ela sussurrou, me observando com atenção. — Você...?

— Não. — Contive a vontade de abaixar a cabeça de vergonha e me mantive firme, me esforçando para sustentar o seu olhar. — Mas estou... tentando.

Para dar àquela garota o que ela precisava.

O que merecia.

Era tudo intenso demais — Aoife, o momento, meus sentimentos, a forma como meu coração disparava por ela. Intenso demais. Ainda assim, fiquei completamente imóvel, deixando que ela me absorvesse.

— Joe. — Seus dedos se apertaram mais. — *Joe.*

— Só preciso aguentar uma hora de cada vez, certo?

Com os olhos cheios de lágrimas, assentiu rápido e abriu um sorriso sofrido.

— Certo.

Lutando para me concentrar nas palavras que estavam sendo ditas à minha volta durante o almoço, estremeci na cadeira enquanto um terrível suor frio percorria minha pele.

Os caras estavam falando de hurling, as garotas estavam papeando sobre bebês, e eu estava me afogando nos horrores da abstinência.

— Preciso de alguma coisa — confessei, me virando para encarar a única razão que eu tinha para não jogar a toalha e acabar logo com aquele sofrimento. — Preciso de alguma coisa, Molloy.

— Meu Deus, Joe, você está ardendo — falou, enxugando o suor da minha testa. — Você está...

— Não, estou congelando — eu disse, segurando sua pequena mão entre as minhas. — Mas preciso tomar alguma coisa, senão vou ficar enjoado.

O pânico invadiu seus olhos.

— Você não pode.

— Tenho que fazer isso.

— Não. — Minha namorada balançou a cabeça. — Uma hora de cada vez, lembra? Você aguenta mais uma hora.

— Estou morrendo — insisti, me aproximando para que só ela me escutasse. — Me ajude.

— Não *posso* — ela disse, segurando minha mão com mais força. — Você consegue, Joe. Sei que você consegue. Você já conseguiu antes. Deixe o veneno sair do seu organismo, amor, e você vai se sentir melhor.

— Estou te falando que vou morrer se não tomar alguma coisa. Estou sentindo. — Soltei um suspiro tenso. — Meu coração vai explodir.

— Então vamos embora. Vamos pra casa.

— Se eu levantar dessa cadeira, não vou pra casa — falei com sinceridade. — Me desculpa.

— Não, não, não. Não peça desculpas se você ainda está aguentando firme.

Eu não estava.

Eu estava a segundos de arrancar a minha própria pele. O desejo era poderoso demais. A vontade era forte demais. A fome era intensa demais.

— Não consigo, Molloy.

— Consegue, sim.

— Não consigo.

— Um baseado pode ajudar, cara — Alec interveio com um raro tom suave, colocando a mão no meu ombro. — É só falar que eu te arranjo um.

Molloy olhou para mim e, depois de um instante de hesitação, assentiu com relutância.

— Ajude ele.

Me levantei na mesma hora, me mexendo mais rápido do que nunca, enquanto os desejos que atormentavam meu corpo faziam meu estômago se revirar e protestar.

— É isso, cara — Al disse quando chegamos nos fundos do ginásio e eu vomitei as minhas entranhas sem a menor cerimônia. — Bota essa merda pra fora enquanto eu carburo uma erva de primeira pra gente.

— Puta que pariu — grunhi enquanto vomitava, vertendo bile e veneno.

Doía até respirar.

Toda vez que meu coração batia, o sangue que corria nas minhas veias ardia e me queimava.

— Estou morrendo.

— Você não está morrendo. Você só não pode largar tudo de uma vez assim — meu amigo disse, colocando um baseado meticulosamente bolado entre os meus dedos. — Dá um trago que isso vai te ajudar com o enjoo.

Tremendo, dei uma longa tragada, enchendo os pulmões até doer e segurando o ar até sentir uma tontura.

— É isso — Alec disse, apertando meu ombro para demonstrar apoio. — Senta aí, cara, e aproveita.

Ainda tremendo, consegui me sentar no chão e dei outra tragada.

— Caralho — falei, soltando outra nuvem de fumaça.

— Você sabe que sou a última pessoa que vai te julgar, porque Deus sabe que eu também sou meio ferrado — comentou, sentando ao meu lado. — Mas você precisa de ajuda, Joe.

— Ah, por favor, cara. Não posso ouvir essa agora.

— Você vai ter que ouvir, Joe. A sua garota está carregando o seu filho e eu seria um péssimo amigo se não tentasse pelo menos enfiar um pouco de juízo em você. Essa merda que você anda usando... heroína, cara? As pessoas não conseguem largar assim do nada. Se conseguissem, não existiriam clínicas e centros de reabilitação. Isso é sério, cara. Também não dá pra simplesmente virar as costas pra alguém como o Holland. Você sabe disso.

— Não sei o que fazer — admiti, arrasado. — Sei que ela precisa de mim.

— Ela ainda está aí, cara — disse, empurrando meu ombro com o seu. — Ainda está aguentando firme, o que significa que ainda existe esperança. Você tem uma família esperando você melhorar. Você *consegue*, Joe, mas você tem que querer. Você precisa lutar.

— Eu só... não sei se tenho energia pra isso — confessei baixinho. — Estou tão cansado, Al. Da cabeça. Minha mente está exausta pra caralho.

— Ei, garanhão — a voz familiar de Molloy ressoou pelo ar, fazendo tudo dentro de mim ficar em alerta. Ela apareceu na lateral do ginásio e sentou no muro à minha frente, mantendo distância da fumaça. — Está se sentindo melhor?

Repugnado comigo mesmo por ter me tornado essa criatura tão decrépita, me obriguei a assentir de leve, sentindo o peso da minha vergonha.

— Ele vai ficar ótimo — Al falou depressa com aquele seu tom brincalhão de sempre. — O Lynchy só precisa voltar ao básico.

Então meu celular decidiu me atormentar e tocou alto no bolso. Dei outra longa tragada e passei o baseado para o Alec. Depois peguei o telefone.

A preocupação me dominou quando vi o nome da minha irmã brilhando na tela. Ela estava ligando bem menos desde a chegada do sr. Rúgbi, e ela nunca mais tinha me ligado durante a aula. Ou seja, devia estar com algum problema.

— Shan? — falei, colocando o celular na orelha. — O que está acontecendo?

— Joey — ela choramingou do outro lado da linha. Eu mal conseguia ouvir sua voz por causa do choro. Endireitei a postura na mesma hora e o sangue em minhas veias se transformou em lava. — P-preciso que você venha me b-buscar.

97

Namorados, irmãos e vadias maldosas

AOIFE

Em um minuto, Joey estava jogado no chão parecendo um morto-vivo e, no minuto seguinte, estava de pé.

O que quer que sua irmã tenha falado ao telefone fez uma chave virar no cérebro dele. Esquecendo temporariamente do tumulto interno e emanando fúria, ele jogou a cabeça para trás e rugiu de um jeito genuinamente selvagem enquanto saía furioso na direção do estacionamento pedindo as chaves do meu carro.

— Joe, espera um segundo, pode ser? — falei, lutando para acompanhar os pés *e* o humor dele. — Fala comigo.

— Ela foi atacada — rugiu por cima do ombro. — Minha irmã foi atacada, Molloy. — Sua voz foi ficando mais alta a cada palavra que saía dos seus lábios. — De novo!

Meu coração foi parar na boca.

— Não.

— Me dá as chaves — pediu quando chegamos no carro, esticando a mão. — Ela precisa que eu vá buscar ela.

— Você não vai dirigir até o Tommen nessa condição. Pode tirar seu cavalinho da chuva.

— Beleza, então você dirige — cedeu, indo para o banco do carona. — Não me importo, contanto que eu chegue lá.

— Tudo bem, mas...

— Por favor, Molloy. A gente conversa no caminho. Só dirige, amor. Dirige!

Eu sabia que aquela era uma péssima ideia, mas não queria deixar a Shannon no Tommen após ser atacada. Destranquei o carro e me acomodei no banco do motorista.

— Me prometa, Joe. — Dei a partida e saí do estacionamento, trocando de marcha e pegando o ritmo. — Prometa que você vai fazer perguntas primeiro.

— Perguntar o quê? — Joey esbravejou, balançando os joelhos sem parar e mordendo os dedos de ansiedade. — Minha irmã foi atacada. Vou dar um jeito nisso.

Meu Deus do céu.

— Não perde a cabeça — pedi, entrando na avenida principal na direção do Colégio Tommen. — Nada de sair brigando, Joe.

— Foda-se.

— Não, não é assim. Você não pode chegar lá com pedras na mão, amor.

— Minha irmã me liga histérica, dizendo que alguém atacou ela na escola depois de todas as merdas que passou esse ano, e você acha que não vou *revidar*? — perguntou, balançando a cabeça de pura frustração. — Não vai rolar, Molloy. Não vai rolar, entendeu? Estou cansado dessa bosta. Estou de saco cheio de ver as pessoas pisando nos meus irmãos.

Ele estava falando do pai. Não estava pensando direito. Aquilo era mais sobre o pai dele do que qualquer outra coisa. Meu namorado estava buscando redenção por algo pelo qual não precisava se sentir culpado.

— Joey, não é a mesma coisa — tentei acalmá-lo. — O que aconteceu com a Shannon aquele dia na cozinha...

— Eu não consegui impedir — ele me interrompeu. — Mas posso impedir dessa vez, Molloy, e é isso o que eu vou fazer.

— Não quero ir — falei, diminuindo a velocidade quando os portões do Colégio Tommen ficaram visíveis. — Isto é uma péssima ideia.

— Molloy! Dirija.

— Não. — Balancei a cabeça, liguei o pisca-alerta e parei na lateral da rua antes de desligar o motor. — Não vou te levar. Não com você desse jeito. Você precisa se acalmar e respirar, Joe.

— Está bem. — Ele soltou um rosnado furioso, soltou o cinto e abriu a porta. — Eu vou andando então.

— Não, espere! — gritei atrás dele, mas era tarde demais. Ele estava correndo a toda velocidade na direção da conceituada escola particular da irmã.

— Merda — sibilei, batendo no volante. — Puta que pariu, Joey Lynch!

Liguei o motor da minha fiel lata-velha e tentei voltar para a rua, mas claro que acabei ficando atrás de um trator e um caminhão pesado que andavam feito duas tartarugas chapadas.

Caralho.

Quando cheguei na escola, havia uma multidão no estacionamento. Eu não precisava ser uma gênia para saber por que estavam lá ou por que gritavam "Briga, briga, briga" como um bando de malucos.

Para poupar Joey de uma conversa com a irmã para a qual ele não estava preparado, vesti um dos seus moletons, que peguei no banco de trás, abri a porta e saí correndo — uma tarefa nada fácil com a barriga que ficava mais redonda a cada dia.

— Joey! — falei, empurrando a multidão que tinha se formado em volta do meu namorado.

Ele estava avançando em *Johnny Kavanagh.*

E sendo segurado por *Gibsie Gibberson.*

Puta que pariu.

— O que está fazendo, Joe? — Fui direto até ele, passando por um grupo particularmente barulhento de adolescentes. — Pensei que tínhamos combinado que você não ia mais brigar.

Eles claramente já tinham trocado umas surras. O sangue escorrendo do lábio inchado de Johnny era prova isso.

Ofegante, corri para segurá-lo antes que aquilo virasse um inferno. Me colocar entre dois machos alfa cheios de testosterona claramente não foi minha ideia mais brilhante, mas eu não podia deixá-lo sozinho na cova dos leões.

Pro que der e vier.

— Joe! — Empurrei o namorado da Shannon para o lado, fiquei na frente do meu e segurei seu rosto, obrigando-o a olhar para mim. — Faça perguntas primeiro, lembra?

Seus olhos selvagens e febris me encararam por um breve momento antes que ele voltasse a si e parasse de se debater contra Gibsie. Para seu crédito, Gibsie não estava querendo fazer mal a Joey ou segurá-lo enquanto seu amigo lhe dava uma surra; ele realmente estava tentando amenizar a situação.

Assim como eu.

— Esqueci, amor — ele respondeu enquanto seus olhos iam de mim para Johnny antes de se voltarem para o meu rosto.

Isso, falei mentalmente, sem tirar os olhos dele. *Respire, amor.*

Gibsie percebeu que Joey tinha se acalmado e o soltou, dando alguns passos para trás e dando uma piscadela cúmplice para mim.

Se ele soubesse...

Se Joe soubesse o quanto aquele garoto tinha nos ajudado.

— O que diabos está acontecendo? — Johnny perguntou, trazendo minha atenção para o presente, limpando o sangue do lábio.

— Pois é — Gibsie murmurou baixinho. — Essa confusão toda até me deu dor de cabeça.

— Shannon me ligou — Joey respondeu depressa, emanando raiva. — Alguém nessa merda de escola fez alguma coisa com ela.

— Alguém fez alguma coisa com ela? *O quê*? — Johnny fez cara de quem não sabia de nada. — O que fizeram com ela? — Ele olhou em volta, claramente esperando que algum dos amigos lhe explicasse a situação. — Que porra está acontecendo?

Gibsie fez que ia responder, mas Hughie cobriu a boca dele com a mão.

— Essa é a parte que você fica de bico fechado, cara.

— Quando eu descobrir qual desses playboys machucou minha irmã, vou perder o réu primário! — Joey declarou, literalmente vibrando de tensão.

— O que está acontecendo aqui? — um homem que imaginei ser professor perguntou.

Mas a velocidade com a qual a multidão ao nosso redor se dispersou me fez acreditar que ele era alguém bem mais importante que um mero professor.

— Porra — ouvi os amigos dele falando enquanto corriam. — É o diretor.

Que ótimo.

Realmente ótimo.

Sozinha com três jogadores de rúgbi do Tommen, o patriarca da escola e um hurler da ECB sofrendo de um horroroso ataque de fúria e tremores, fiquei observando, impotente, o diretor olhar Johnny com resignação antes de voltar a atenção para nós.

— Vocês dois estão cientes de que não podem estar no terreno dessa escola, a não ser que estejam matriculados aqui?

— Vai se foder — Joey falou. *Claro* que tinha que ser Joey.

— Joe — grunhi, tentando controlar seu temperamento imprudente. — Ele é o diretor.

— E daí? Não é o meu diretor — retrucou, quase no limite. — Estou aqui pra buscar minha irmã, já que essa sua escolinha de merda não consegue controlar os próprios alunos e manter a garota segura.

— E sua irmã é...?

— Shannon Lynch.

O homem ficou visivelmente branco.

— É isso mesmo — Joey rosnou, concentrando toda a sua fúria no senhor. — Você sabe muito bem de quem estou falando. Você fez todo tipo de promessas pra ela, né? Dizendo que ia manter seus alunos em segurança... Você é uma piada!

— Com licença. — O homem ficou bem ofendido. — Não faço ideia do que você está falando...

— Oi, Joe.

Todas as cabeças se viraram para Shannon, que estava ensopada, parecendo ter saído de uma briga com o próprio Rocky.

— Minha Nossa Senhora — murmurei baixinho, contendo a ânsia de vômito ao sentir o cheiro de leite azedo provocando meu pobre olfato de grávida.

Com certeza, quem derramou leite azedo nela tinha botado sal na ferida ao também escrever algo depreciativo no seu rosto. Ela claramente tinha tentado se lavar, mas as palavras ainda estavam visíveis para todo mundo.

Fungando, ela olhou para o namorado gigante e só então as lágrimas que estava segurando se derramaram.

— Oi, Johnny.

— Que porra é essa? — Johnny rugiu, sendo o primeiro a reagir, se aproximando dela e segurando a namorada antes que ela caísse no chão. — O que aconteceu com o seu rosto, Shannon?

— Quero ir pra casa. Só quero ir embora.

Fiquei olhando com o coração na boca enquanto ela se jogava contra o grandalhão e o abraçava com força.

— Tudo bem. — Inspecionou cada centímetro dela como se ela fosse a coisa mais importante do mundo, e vi o brutamontes se emocionar. — Shhh, se acalme. — Ele se afetava de vê-la ferida. Não, era mais que isso. Ele estava *arrasado.*

— Quem foi que fez isso com você? — Joey perguntou, entrando em ação e indo para a irmã. — Shan, o que aconteceu?

— Foi ela? — Johnny perguntou, se juntando ao meu namorado no interrogatório. — O que é que estou falando? É claro que foi ela.

— Quem? — o diretor perguntou. — Quem fez isso com você, Shannon?

— Bella Wilkinson, porra — Gibsie interveio. — Quem mais?

Franzi as sobrancelhas quando uma onda de reconhecimento me invadiu.

— Bella Wilkinson?

— Ah, *sim.* — Assentindo com firmeza, os olhos de Gibsie se arregalaram e ele disse: — A stalker maluca obsessiva da ex do cap.

— Quero ela fora dessa escola — Johnny declarou, aninhando Shannon debaixo do braço. — Ela não pode sair impune disso. Você sabe o que Shannon está passando. Deveria estar segura nessa escola!

— Shannon, está dizendo que a srta. Wilkinson fez isso com você?

— Pra trás — Joey falou quando o senhor se aproximou da irmã. — Não chegue perto da minha irmã. Estou avisando.

— Maldita Bella Wilkinson — Hughie grunhiu, se colocando ao lado de Gibsie. — Sempre tem alguma coisa rolando com ela.

— Porque ela é o próprio *Lúcifer*, só que com tetas — Gibsie confirmou com um tom sombrio. — Ela é a encadernação do demônio.

— É encarnação, Gibs, não encadernação.

— Que seja, cara. Tentei avisar vocês sobre ela, mas *não*, ninguém escuta o bonitão aqui. — Seu tom carregava uma forte dose de indignação e sarcasmo. — Sou só um rostinho bonito pra vocês. Um docinho pras garotas. Bem, eu também sei das coisas, poxa. Não só de livros. Também sei ler o caráter das pessoas.

Bella Wilkinson.

Por que diabos esse nome era tão familiar?

— *Dormi com alguém.*

— *Você perdeu sua virgindade? Com quem?*

— *Uma garota do Tommen.*

— *Qual é o nome dela?*

— *Bella Wilkinson.*

— Não — falei, arregalando os olhos quando a ficha enfim caiu. A garota com quem Paul tinha ficado. Era ela. — Mas que...

— Você — Johnny rugiu, me arrancando dos meus pensamentos e avançando feito um touro bravo na direção de dois alunos. — Quero ter uma palavrinha com você, porra!

— Johnny, não... — Shannon implorou, cobrindo o rosto com as mãos pequenas.

— Cap, você tem um contrato.

— Pense sobre sábado.

— Faça a coisa certa.

— Foda-se a coisa certa — Johnny falou para eles, ignorando os amigos e avançando em quem imaginei ser Bella e o namorado. — O que foi que eu te disse, hein? — perguntou, se aproximando delas. — O que foi que eu te disse sobre essa vadia?

— Joe, ele tem um contrato — falei, olhando para os apreensivos amigos de Johnny e para a namorada dele, que não parava de chorar. Eu não fazia ideia do que significava isso, mas com certeza era importante. — Pare ele, amor. Não deixe ele brigar.

— Ah, merda — Joey murmurou baixinho e, depois, disparou para o garoto.

— Nossa, Johnny — o cara mais velho falou, erguendo as mãos. — Não faço ideia do que você está...

Bam!

Um soco caprichado acertou seu rosto antes que ele pudesse terminar a frase, e o cara caiu no chão com tudo.

O problema é que o gancho de direita que derrubou o cara no chão não foi desferido por Johnny Kavanagh, mas por Joey.

Sempre o protetor.

— O que...

— Te devo uma — meu namorado explicou, balançando a cabeça, antes de gesticular para o lábio inchado do inimigo que tinha virado aliado. — Além disso, já vou perder o réu primário mesmo.

Johnny olhou para ele de boca aberta.

— Pelo quê?

— Por isso — Joey respondeu, segundos antes de se jogar em cima do cara no chão.

Ah, meu Deus.

— Fique longe dele, seu bostinha imundo — Bella gritou. Então ela fez algo imperdoável: botou as mãos no *meu* homem.

Filha da puta.

Enquanto eu observava a vadia estapeando Joey, não vi nada além de uma névoa vermelha me cegando.

— Ei! Não chame meu namorado de bostinha — rosnei, perdendo a cabeça e partindo para cima da vadia. — Foi ela, Shan? Foi ela que fez isso com você?

— Por favor, deixem pra lá.

Não.

Nananinanão.

Não ia rolar.

Porque teve a audácia de botar as mãos no *meu* homem.

— Quem diabos são vocês? — Bella sussurrou, me olhando de um jeito ameaçador.

Ah, coitada, pobre dessa criatura.

— Sou o seu maior pesadelo, sua puta — falei, afastando-a de Joey e derrubando-a no chão. — Você gosta de aterrorizar garotinhas? Experimente fazer isso com alguém do seu tamanho então. — Perdi a cabeça e subi em cima dela. — Acha que pode chamar meu namorado de bostinha? Acha que pode fazer bullying com a irmã dele? Acha que está segura porque é mulher e ele não pode te bater? — Evitei por pouco uma unhada no olho. Levei a mão para trás e dei um soco bem na fuça dela. — Bem, pois eu posso!

— Sua louca! — gritou, tentando arranhar o meu rosto.

Ah, *me poupe*. Ela ia receber a lição.

— Você quer me arranhar? — cuspi, prensando seus braços com os joelhos, uma habilidade que aperfeiçoei ao longo dos anos com as inúmeras brigas com meu irmão gêmeo. — Você acha que basta um arranhão? — Dei outro soco nela. — Regra número um, sua puta sem limites e sem moral: se puser as mãos no cara de outra garota, é melhor que você saiba socar bem!

— Pra que serve seu dinheiro agora, playboy? — Joey zombou, levando a melhor sobre o namorado da Bella e prendendo-o no chão. — Ser um bostinha tem suas vantagens, não é?

— Vou chamar a Gardaí! — o diretor declarou. — Parem com isso agora mesmo ou vou mandar prenderem todos vocês!

Eu não conseguia parar. As pessoas estavam gritando e discutindo à minha volta, mas não ouvi uma palavra. Eu tinha mandado a razão pelos ares e estava me movendo apenas pela fúria.

Seis anos.

Eu tinha passado seis longos anos vendo Joey Lynch ser espancado.

Ver Bella com as mãos naquele garoto foi a gota d'água.

Além disso, ela merecia. Pois tinha mexido com o namorado de outra garota. Fez bullying com meninas mais novas e mais fracas do que ela. Merecia tudo aquilo e muito mais.

— Molloy! Venha, amor. — Um par de braços fortes abraçou minha cintura, me afastando do meu alvo e da briga. — Ela não vale a pena. — Com as mãos protetoramente em torno da minha barriga e o peito arfando atrás de mim, Joey me levou para longe da bagunça. — Você não pode brigar...

— Ela te chamou de bostinha — falei, sem conseguir controlar a raiva, agora que ela havia sido liberada. — Não vou tolerar isso, Joe. — Minha voz falhou e soltei um suspiro trêmulo. Eu precisava gritar com toda a minha força para projetar a fúria se agitando dentro de mim.

— Eu sei, amor. — Ofegante, Joey me virou em seus braços e segurou meu rosto entre as mãos. — Mas preciso que você tome cuidado.

Meu coração disparou no peito quando a realidade me acertou em cheio.

O bebê.

— Ah, merda. — Minha mão passou automaticamente para a barriga escondida pelo moletom largo do meu namorado e me joguei nele. — Ah, meu Deus, Joe, o que foi que eu fiz? — A repulsa invadiu todos os poros do meu corpo. — Eu não estava pensando. — Balancei a cabeça, me sentindo impotente e desprezível. — Sou tão burra! E se eu machuquei o bebê?

— Você não machucou. Está tudo bem, Molloy — ele me tranquilizou, me abraçando com mais força. — Você está bem e o bebê também, entendeu?

— Mas e se...

— Todo mundo, na minha sala! Vou ligar pros pais de vocês — o diretor gritou, chamando a atenção de todos, mandando Bella e o namorado de volta para a escola. — *Todos* os pais.

— Faça isso — Joey rosnou, sem me soltar. — Faça alguma coisa útil!

Pais significavam polícia.

Polícia significava algemas.

A realidade me atingiu feito uma bola de demolição, e enrijeci. Ele tinha mais de dezoito anos agora. A polícia da cidade não ia lhe dar mais nenhuma chance.

— Joe — falei, sem conseguir esconder o medo na voz. — Você está sob observação.

— Preciso que você dê o fora daqui. — Joey segurou minha mão e me levou até o carro que eu tinha parado de qualquer jeito, parecendo mais calmo do que em meses. — Você não estava aqui e não viu porra nenhuma. — Ele parou quando chegamos na porta e se virou para mim. — Entendeu?

— O quê? — Balancei a cabeça, perplexa. — Não, sem chance. Não vou te deixar aí...

— Entra no carro e vai pra casa, amor — ordenou. — Agora.

— Não, Joey, não posso te deixar aí!

Ele segurou meu rosto entre as mãos e me olhou intensamente.

— Ninguém vai falar de você.

— Não, Joe — insisti, com o peito pesado. — Não posso.

— Aoife.

— Mas você vai...

Joey segurou meu cabelo, se inclinou e pressionou os lábios na minha orelha.

— Me escuta — disse baixinho para que só eu o ouvisse. — Senta a bunda nesse carro e vai direto pro hospital. Não se preocupa comigo, entendeu? Estou ótimo. Fala pros médicos qualquer coisa pra fazer te examinarem e verificarem se o nosso bebê está bem.

— Joe.

— Quando te liberarem, porque *vão* te liberar rapidinho, quero que você vá pra sua casa e fique lá. Não me procura e não sai por aí assumindo meus problemas, amor. Não posso lutar por nós dois.

— Mas...

— Vou cuidar de tudo, ok? — Ele soltou um suspiro pesado e se recostou em mim por um instante antes de se afastar. — Só preciso que você cuide de si mesma e do meu filho.

— Vamos sair daqui — insisti. — Vem comigo.

— Não posso.

— Você precisa vir. — Meu coração acelerou forte e se partiu ao meio. — Vão te prender se você ficar.

— Não importa.

— Claro que importa — falei, me agarrando nele. — *Você* importa. Você...

— Vou ficar ótimo. Só vai e eu te ligo quando puder — me interrompeu, dando um beijo na minha testa. — Te vejo depois, Molloy — falou por cima do ombro enquanto se afastava.

Então Joey se foi.

98

Na cadeia

JOEY

Não foi nenhuma grande surpresa quando as únicas algemas que os policiais sacaram no Tommen foram as que usaram para me algemar. Também não foi surpresa quando fizeram o discurso de sempre: "Você está sendo detido de acordo com a seção 4 da Lei de Justiça Criminal", porque, francamente, eu já tinha ouvido aquilo uma dúzia de vezes antes.

Fui jogado no banco de trás da viatura e levado direto para a delegacia, onde fui revistado, despido e surrado por ninguém mais, ninguém menos que o pai de Paul, o babaca. Tudo isso antes de ser colocado em uma cela para aguardar a assistência jurídica aparecer e me escoltar até o tribunal.

Sem sentir o menor remorso pelas minhas atitudes, aceitei a punição de cabeça erguida, pois não queria demonstrar emoção ou me sentir mal por ter feito justiça pela minha irmã.

Que aqueles imbecis do Tommen se fodessem.

Que o mundo todo se fodesse.

Meu único arrependimento foi ter arrastado minha namorada para aquela confusão. Porque Molloy não estaria lá se não fosse por mim, e não teria se enfiado na briga se não fosse para me defender.

Seu rosto ficou me assombrando ao longo da noite que passei sentado no banco de concreto, que também fazia as vezes de cama na cela em que me enfiaram. Eu lutava tanto com a minha consciência quanto com meu corpo em abstinência.

A latrina de aço inoxidável no canto da cela recebeu mais vômito do que eu gostaria de admitir, enquanto eu vomitava sem parar, despejando todo o conteúdo do meu estômago.

Gosma preta.

Bile verde.

Coágulos de sangue.

Meu Deus, eu estava tendo uma hemorragia de veneno.

A ligação que me permitiram fazer eu ingenuamente desperdicei com uma mulher que nem se deu ao trabalho de atender.

Minha mãe não ligava para mim.

Nunca ligou.

Caralho, era mais provável o velho aparecer para me buscar.

Você já sabia disso, seu burro, então pare de se importar com ela!

Repugnado comigo mesmo por ser tão fraco, recusei a oportunidade de fazer outra ligação, porque, com toda a sinceridade, eu não tinha mais ninguém para quem ligar.

A briga que tive com Darren significava que eu cumpriria com alegria uma sentença de dezoito meses por agressão e violência física antes de considerar me ajoelhar para ele pedindo ajuda.

Que o Darren se fodesse.

A única pessoa para quem podia ligar, a única pessoa que não tinha desistido de mim, era também a única pessoa que eu precisava proteger. A pessoa mais importante do mundo.

Eu sabia que Molloy atenderia. Sabia que não me abandonaria. Ela lutaria por mim independentemente do que isso lhe custasse.

Esse era o problema.

Eu não podia permitir isso.

Tinha que *parar* de colocá-la em risco.

— De pé, Lynch — um policial ordenou, abrindo a porta de metal que me prendia. — Você tem que estar no tribunal em vinte minutos.

Maravilha.

Que maravilha.

Sem me dar ao trabalho de discutir, obedeci e permaneci imóvel feito uma estátua enquanto ele me algemava. Pois é, aquilo não ia acabar nada bem para mim.

Talvez seja uma coisa boa, pensei conforme era conduzido para uma van que me aguardava. *Talvez o juiz decida me prender e eu seja transferido para Cork. Pelo menos assim, Molloy e o bebê vão ficar seguros.*

99

Enlouquecendo

AOIFE

Lágrimas.

Elas não paravam de cair.

Era ridículo, porque sempre me vi como uma garota forte. Só que ultimamente tudo o que eu fazia era chorar. E mentir.

Ah, sim. Eu estava distribuindo mentiras a rodo nos últimos dias.

Quando cheguei no hospital, menti descaradamente e falei para a recepcionista da emergência que um carro tinha batido no meu e eu precisava ser examinada.

Tipo, sério?

Eu estava estressada demais para pensar direito. Fiquei sentada sozinha na sala de espera chorando sem parar enquanto aguardava ser chamada para o ultrassom, o exame que me garantiu o mesmo que Joey: estava tudo bem com o bebê.

Sabendo que eu não podia ir para casa naquele estado, dei um jeito de ir para o apartamento da Casey, dominada por arrependimento e decepção comigo mesma. No instante em que ela abriu a porta, me joguei nos braços da minha melhor amiga chorando copiosamente.

— Prenderam ele.

A mensagem que eu tinha recebido de Shannon confirmou o meu medo.

— Ah, merda. O que foi que ele fez dessa vez? — Casey perguntou, chocada, me abraçando e me puxando para dentro. — Espere... estamos falando do Joey, né?

— É, Case — respondi, arfando. — Óbvio.

— Óbvio — concordou, me conduzindo para o sofá. — Entendi, senta aí e começa a explicar que vou preparar um chá.

— Não quero chá — choraminguei, cobrindo o rosto com as mãos. — Quero que você me ajude a tirar ele de lá.

— Da cadeia? — Ela ergueu as sobrancelhas. — Como?

— Não sei, mas não posso deixar ele lá.

— Se você me explicar por que ele foi parar lá, talvez a gente consiga bolar um plano.

Respirei fundo e então mergulhei em uma narração detalhada dos eventos do dia no Tommen, sem deixar pedra sobre pedra.

— Ah, Aoife, estamos falando do Joey — Casey disse quando terminei de contar minha triste história. — Ele é tipo um gato, tem sete vidas. Vai receber um tapinha nas costas e sair rapidinho.

— Não. — Balancei a cabeça, fungando. — Você não entende. Ele tem mais de dezoito agora.

— Merda, você tem razão — disse, se afundando no colchão ao meu lado. — A polícia dessa cidade sonha com esse dia há muito tempo. Vão pegar pesado com ele.

— Você não está ajudando.

— Pois é, foi mal, percebi assim que eu disse. — Ela deu um tapa na testa, se virou de lado no sofá e me abraçou. — Escuta, sei que é assustador, mas você precisa ouvir o que o Joe falou. — Ela me abraçou com mais força. — Você precisa cuidar do bebê.

— E quem é que vai cuidar *dele*?

100
Ligações não atendidas e soluções inesperadas

JOEY

De uniforme escolar e algemas nos pulsos, fui escoltado pela Gardaí para uma sala de espera privada nos fundos do tribunal para encontrar meu advogado e aguardar minha vez diante do juiz.

A parte mais chocante de toda a provação foi me deparar com o homem bem-vestido que me esperava.

— Joey Lynch. — John Kavanagh me olhou da mesa em que estava sentado e sorriu. — Então nos encontramos de novo.

Que porra era aquela?

— O que está fazendo aqui? — perguntei, me sentando na cadeira à sua frente. — Você não é meu advogado.

— Hoje, sim — disse, folheando uma pilha de documentos que supus serem minhas fichas. Merda, conhecendo a minha sorte, toda aquela maldita pilha devia ser sobre mim. — Se você aceitar.

— Estou quebrado — respondi. — E sem ofensa, a julgar pela mansão onde você mora e pelo terno de grife que está usando, está claro que você não trabalha de graça.

— Eu sou especialista em litígio em tribunais.

— Ainda mais caro. — Dei de ombros, perdido. — Escute, John, agradeço a oferta, mas nem se eu trabalhasse um ano inteiro poderia pagar os seus serviços, então vou arriscar com a defensoria pública mesmo.

— Vou solicitar uma reunião urgente com o seu superintendente para que ele me explique em detalhes por que meu cliente está exibindo evidências físicas claras de uso excessivo de força pelas mãos dos seus colegas — disse, me surpreendendo e direcionando os firmes olhos azuis para o oficial parado na porta. — E antes que você tente justificar essa atitude, estou mais do que disposto a solicitar a avaliação de um médico.

— Seu cliente foi preso por brigar na rua. Esses ferimentos são...

— Meu cliente é um garoto de dezoito anos com um histórico horroroso de violência doméstica. Temos décadas de relatos afirmando que ele foi vítima de abuso infantil atroz de seus cuidadores. Isso sem mencionar o histórico ainda mais preocupante de negligência tanto do estado quanto da polícia desta cidade — John o interrompeu com frieza. — Francamente, estou surpreso por seus superiores terem coragem de levar esse garoto ao tribunal. Assim que eu resolver essa situação vergonhosa, vou voltar a atenção para a longa lista de policiais, assistentes sociais e outras autoridades que falharam com meu cliente e sua família. — Ele se recostou na cadeira, passando uma caneta entre os dedos distraidamente, encarando o policial com firmeza. — Agora, quando estiver pronto, meu cliente e eu vamos conversar em particular.

Com o rosto vermelho e fumegando de raiva, o policial se virou e saiu, nos deixando sozinhos na sala.

— Puta merda — falei, impressionado. — Que porrada, hein, John?

— É sempre bom praticar.

— Aposto que sim.

Ele abriu um sorrisinho.

— Então quer dizer que sou seu representante?

— Eu tenho escolha?

— Não se quiser continuar livre.

— Caralho. — Ergui as mãos algemadas para coçar o nariz e apontei para a pilha de documentos à sua frente. — Tudo isso é sobre mim?

— Cada uma dessas páginas — respondeu, empurrando a pilha na minha direção. — Frente e verso.

Curvei os ombros em derrota, me recostei na cadeira e o encarei.

— Por que você está me ajudando?

— Por que você bateu no Ryan?

Deu de ombros.

— Porque mereceu.

— Tente de novo.

Sustentei seu olhar firme, bufei e murmurei:

— Você já sabe por quê.

— Me conceda esse prazer.

— Porque, se eu não fizesse isso, seu filho faria, e tem muito mais a perder do que eu — falei sem rodeios. — Está satisfeito agora?

Ele não pareceu nem um pouco surpreso com a minha confissão.

Aquele homem era esperto.

Porra, era inteligente pra caralho.

— Você protegeu o futuro do meu filho, e agora estou aqui pra proteger o seu — enfim disse, cruzando os braços. — Me parece uma troca justa, se quer saber.

— Só que eu não tenho futuro.

— Tenho certeza de que minha esposa discordaria dessa afirmação. — Ele abriu um sorriso pesaroso e acrescentou: — Você ganhou uma fã, Joey Lynch.

— Sua esposa? — perguntei, chocado, segurando a vontade de grunhir quando uma súbita pontada de dor e desejo atacou meus sentidos. Porra, aquilo não passava nunca. — Não entendo por que, já que ela não sabe porra nenhuma sobre mim.

— E você claramente não sabe porra nenhuma sobre ela. Me desculpa pelo palavreado — comentou com um sorrisinho. — Ela tem um pressentimento sobre você.

Estreitei os olhos, desconfiado.

— Um pressentimento.

Ele fez que sim.

— Ela quer te ajudar.

Enrijeci.

— Não quero a ajuda dela.

— Ah, mas você precisa?

— Quer ir direto ao ponto? — perguntei, confuso. — Não gosto de enrolação. Só me diz o que quer.

— Primeiro, vou te livrar dessa confusão — falou, se levantando. — Depois a gente conversa.

101

Bom demais para ser verdade — ou seguro

JOEY

Depois de passar um total de sete minutos na frente do juiz, John Kavanagh não só fez com que meu caso fosse arquivado, mas de alguma forma conseguiu coagir um juiz — um maldito juiz — a se compadecer de mim o suficiente para pedir desculpas.

Se eu não estivesse me afogando na insuportável dor da abstinência, teria ficado seriamente impressionado com o poder de persuasão daquele homem.

Bastante atordoado, me sentei no banco do carona do seu belo Mercedes, cansado demais para discutir, e deixei que ele me levasse de volta para a mansão.

Eu precisava tomar alguma coisa.

Qualquer coisa que aliviasse um pouco a situação.

A adrenalina que corria pelas veias antes já havia me abandonado, deixando meu corpo gelado e todos os meus músculos doloridos. Não importava quão ferozmente minha mente protestasse ou meu coração resistisse; a dor da abstinência era atroz.

Eu me odiava por não ser forte o suficiente para resistir, mas ela era grande demais.

Era uma luta grande demais.

Eu não conseguiria vencer.

— Sente-se, Joey, meu bem — Edel falou quando entrei na cozinha dela pouco depois. Eu me sentia um intruso e queria estar em qualquer outro lugar que não ali. — Como está se sentindo? Como está o seu rosto? Como foi no tribunal? Ah, coitado, você está todo machucado.

— Dê ao garoto um pouco de espaço, amor — John disse, me seguindo até a ilha. — Sente-se, Joey. Vamos conversar.

Eu não queria me sentar.

Muito menos conversar.

Mas eu devia minha liberdade àquele homem.

Se esse era o pagamento que ele queria por me livrar da prisão, eu o daria com prazer.

Me sentei na banqueta e me segurei para não surtar e reagir quando a esposa dele literalmente colocou as mãos na minha *cabeça*.

— Minha Nossa Senhora — ela falou, investigando meu couro cabeludo feito uma mãe procurando piolho no filho. — O que foi que aconteceu com a sua cabeça? — perguntou, empurrando algumas mechas para o lado e passando o dedo pelos ferimentos.

Meu pai amado.

— Edel — John falou em um tom ligeiramente severo. — Ele não é o Johnny, amor. Você não pode tocar nele assim.

— Mas ele...

— Amor.

— Certo, certo. — Por sorte, afastou as mãos e deu um passo para trás, me devolvendo meu espaço pessoal. — Me desculpa, Joey, meu bem.

— Tudo bem — falei para tranquilizá-la. Eu queria que soubessem que eu estava grato pela intromissão deles na minha vida. Mesmo que eu não pudesse impedir o tremor percorrendo meu corpo. — Eu só não sou... muito de abraçar.

— Não é de abraçar — repetiu, memorizando essa informação em algum lugar seguro. — Entendi, querido. Nada de abraços.

— Relaxe — John disse, dando uma piscadinha para a esposa. — Só seja você mesma, amor.

— Estou tentando — respondeu, zanzando pela cozinha feito um pequeno turbilhão loiro, pegando xícaras e pires. — Só estou nervosa.

— Por quê? — perguntei, instantaneamente alerta. Olhei para John. — O que está rolando?

— Lembra quando falei que a gente conversaria depois do tribunal? — John falou com um tom bizarramente calmo.

Assenti, tenso, sentindo um calafrio.

— Bem — continuou. — Minha esposa e eu temos conversado muito e queríamos falar com você sobre a possibilidade de...

— A gente quer ficar com vocês! — a mulher explodiu, fazendo John colocar as mãos no rosto e grunhir. — Vocês cinco — continuou, se aproximando da ilha e segurando minha mão. — Especialmente você. — Ela sorriu para mim. — Acho que você é o que mais quero.

— Como assim? — perguntei, afastando a mão. — O que vocês estão... — Balancei a cabeça e quase caí da banqueta na tentativa de me livrar daquela mulher estranha e dos seus toques. — Vocês querem *ficar comigo*?

— Tato, amor — John resmungou, mordendo o punho. — Cadê o tato?

— Esqueci — respondeu antes de voltar a atenção para mim. — Me expressei mal, Joey, querido.

— Escutem. — Ergui a mão para impedi-los de continuar. — Agradeço tudo o que vocês fizeram por mim. — Mantive as costas para os armários e dei um passo para o lado em uma tentativa de fugir do segundo ataque da Madre Teresa. — E pela minha irmã também. Mas não estou interessado em mais nada, ok? Não preciso que ninguém... *fique* comigo. Então vou pra casa agora.

— Ela está falando de adoção — John explicou com um suspiro. — Edel, calma, amor, dê espaço pro garoto. Você não pode acuar ele, lembra? Pequenos passos.

— Ah, meu Deus, sim — murmurou, correndo para o marido. — Claro. Me desculpa, Joey, querido.

— Adoção. — Fiquei olhando para eles sem entender. — Como assim?

— Já fomos aprovados — Edel explicou. — Já adotamos antes. Não é nossa primeira vez, querido. Podemos oferecer estabilidade e segurança pra vocês e...

— Não! — falei, quase escalando a parede atrás de mim na tentativa de fugir. — Meu Deus, não. — Desesperado e inseguro, olhei em volta e, depois, encarei John. — Quero ir embora.

— Você pode sair quando quiser — me garantiu, mantendo a mão firme no ombro da esposa, que parecia prestes a disparar na minha direção. — Agora mesmo.

— Que bom.

Soltei um suspiro trêmulo e fui até a porta da lavanderia, que dava acesso à porta dos fundos, mas hesitei quando coloquei a mão na maçaneta.

Não, espere.

Ouça o que têm para dizer.

Pense nas crianças.

Meu Deus, o que é que eu estava fazendo?

Corre, cara.

Dê o fora desse lugar.

— Se vocês estão dizendo que querem nos adotar... — Me virei para eles e os encarei com desconfiança. — Significa que estão oferecendo um lar pros meus irmãos? — Olhei em volta. — Aqui?

— Estamos oferecendo um lar pra todos vocês — John respondeu. — Sean, Ollie, Tadhg, Shannon e você, Joey.

— Eu não... — Engoli o nó na garganta e balancei a cabeça depressa. — Não.

A esposa dele ficou arrasada, e me senti um babaca.

— Não quero ser adotado — falei devagar, tentando encontrar as palavras que eu precisava para dar sentido àquela loucura. — Mas acho que... — Jesus, por que aquilo era tão difícil? Por que eu não conseguia pensar com clareza? — Meus irmãos poderiam... precisar... porra, não consigo falar!

— Leve seu tempo, querido — Edel disse com uma voz suave. — Leve todo o tempo do mundo.

— Eu não conheço vocês — falei, apertando a ponte do nariz e segurando a náusea. — E vocês não me conhecem.

— A gente gostaria de te conhecer, Joey — John falou com calma.

— Não. — Sacudi a cabeça. — Eu não. Estou fora.

Edel também sacudiu a cabeça.

— Mas...

— Deixe o garoto falar — John a interrompeu, apertando sua mão. — Estou ouvindo, Joey.

— Estou ferrado — confessei, dando de ombros. — Tipo, sou mesmo um ferrado da cabeça.

— Não é, não.

— Sou, sim.

— Não tem problema, meu bem.

— Tem, sim — retruquei, chacoalhando a cabeça. — Vocês não vão me querer na sua família. Acreditem em mim. Agora, a Shannon e os meninos? — Encolhi os ombros de novo, desesperado. A ideia de livrar meus irmãos daquela vida de merda que recebemos ao nascer estava dançando na minha cara. Eu não conhecia aquelas pessoas e não sabia bem se confiava nelas. Mas, naquele momento, nas condições atuais, poderiam oferecer às crianças muito mais que a nossa mãe. — Merecem uma vida melhor que a que têm. — Engoli em seco com força e me obriguei a dizer: — Eles merecem ter *pais*.

— Até onde eu sei, sempre tiveram um — John disse, me olhando com intensidade. — Você é um pai e tanto pra eles, Joey Lynch.

— Só que não — falei. — Não sou o pai deles e estou de saco cheio de ter que ser. — Ali estava, eu tinha falado. Talvez pela primeira vez. — Não aguento mais — continuei, cansado e cagado demais da cabeça para fingir. — Não posso mais continuar cuidando deles naquele ambiente. Se alguém não tirar eles daquela casa, vão morrer. Ou pior, vão se transformar em mim.

— Como assim morrer?

— Morrer — confirmei, me sentindo estranhamente liberado para confessar aquelas coisas para adultos que finalmente ouviam minhas preocupações e me levavam a sério. — Nosso pai ainda vai vir atrás da gente e nossa mãe não é estável o suficiente pra nos proteger. Se ficarem naquela casa, vão se foder, e claro que não quero isso. Então se... porra, nem acredito que estou falando isso, mas se vocês estão falando que podem adotar a Shannon e os meninos, não vou ficar no caminho. — Fiz uma pausa para organizar os pensamentos e, depois, completei: — Mas o Darren vai.

— Ah, sim. — John suspirou, tamborilando os dedos na bancada de mármore. — O Darren.

— Ele não veio pra ficar — falei, lhes oferecendo de graça essa valiosa informação. — Não aguentou antes e, provavelmente, não vai aguentar agora que experimentou a liberdade. Mas ele é o príncipe de olhos azuis da nossa mãe, e a palavra dele vale ouro. Aqueles dois são unha e carne, e ele vai se opor a vocês pra manter o lugar como o favorito da mamãezinha. — Cruzei os braços e os olhei fixamente, tentando avaliá-los antes de tirar minhas conclusões. — Da forma como eu vejo, as crianças estão desesperadas por alguma mudança. Também não querem mais ficar naquela casa com a nossa mãe. O problema é que nunca tiveram uma alternativa segura. — *Até agora*. — Tenho certeza que os quatro vão concordar — acrescentei. — Se disserem que *podem*.

— Se alguém que admiram disser que podem — John falou, me lançando um olhar cúmplice. — Alguém em quem eles confiam. Alguém como você.

— Vocês querem que eu interceda por vocês. Vocês estão me pedindo pra fazer algo que nunca consegui fazer antes. Algo que fui programado pra *jamais* fazer. — Voltei para a banqueta que eu tinha abandonado, me sentei e levei as mãos à cabeça, apoiando os cotovelos na bancada, lutando contra as lágrimas e me esforçando para fazer a coisa certa. A coisa certa *de verdade*. Não a versão fabricada que enfiaram na minha cabeça desde a infância. — Quero ajudar.

— Quer mesmo?

Mesmo ouvindo a voz do meu irmão na minha mente gritando *não, não, não*, me obriguei a assentir e mordi o punho.

Faça isso por eles.

Você pode salvá-los.

Tirá-los daquele buraco.

Confiar nessas pessoas.

— Vou apoiar vocês. Vou falar de vocês pros assistentes sociais. Vou dar um depoimento honesto pras autoridades. Vou escancarar todas as merdas que os meus pais fizeram e dizer como foram negligentes pra que as crianças não acabem como eu. Mas se vocês me foderem... se vocês machucarem elas... — Soltei um suspiro trêmulo e me virei para John Kavanagh. — Se você sequer *pensar* em encostar um dedo nos meus irmãos, seu dinheiro não vai importar, nem seus diplomas chiques pendurados nas paredes do seu escritório, juro por Deus que vou me vingar, e nem Ele vai poder te salvar.

— Eu não esperaria nada menos de você — John falou calmamente, sem se abalar com a minha ameaça. — Não vou te oferecer minha palavra porque está claro pra mim que você é um homem de atitudes.

Fiz que sim, satisfeito por ele não ter tentado me enganar nem me enrolar com promessas vazias.

Então o som estridente de um celular tocando encheu o ar, e John se levantou rápido.

— É da escola — disse, saindo para o corredor. — Com licença.

— Quando aconteceu? — Edel perguntou assim que o marido saiu da cozinha.

— O quê?

— Quando você se perdeu?

— No dia em que nasci.

Seus olhos se encheram de tristeza.

— E as drogas?

Enrijeci.

— Não sou cega, meu bem — falou com um tom gentil, inclinando a cabeça para o meu braço à mostra, com a manga arregaçada. — Também não venho de um lar muito funcional, o que significa que reconheço essas marcas quando as vejo.

Puxei as mangas para baixo e fiquei olhando para o balcão, envergonhado.

— Quanto tempo faz desde a última vez?

Fiquei em silêncio, sabendo que não havia resposta certa para essa pergunta.

— Um dia? Dois, no máximo? — Acrescentou com uma voz gentil e compreensiva: — Sua pele pinica tanto que você fica com vontade de se rasgar? Você sente que o frio chegou até os seus ossos e você nunca mais vai conseguir se esquentar? E o suor frio e o enjoo? Já chegou no ponto em que preferiria morrer a ficar sem?

— A situação está sob controle.

— Está mesmo? — Soltou um suspiro pesado. — Ou será que a coisa que está te controlando?

— Você não me conhece.

— Você começou com o quê, querido? Cannabis? Remédios? Benzos? Estimulantes? Quanto tempo essas substâncias te mantiveram saciado até você precisar de algo mais forte, como cocaína ou fentanil? Quando você chutou o balde?

— Que diferença isso vai fazer na sua vida? — cuspi, nervoso, tentando justificar o injustificável. — Não estou fazendo mal a ninguém.

— Joey, meu bem, você também merece uma vida boa — insistiu. — Tudo o que quero pra Shannon e pros seus irmãos eu também quero pra você.

— Eu tenho dezoito anos.

— Querido, pra mim não importaria nem se você tivesse oitenta. A gente ainda ia querer o seu bem.

— Só que eu não quero. Não quero ser cuidado e não preciso de uma figura paterna. Sou velho demais pra essa merda.

— Nunca se é velho demais pra ser amado, Joey.

— Minha infância terminou há muito tempo.

— Não precisa ser assim.

— É tarde demais pra mim.

— Nunca é tarde demais, Joey.

— Aoife está grávida — decidi confessar, já que não tinha nada a perder. — Estou a três meses e meio de virar pai, então agradeço a oferta, mas a única família que me interessa é a que formei com ela.

— Grávida? — Edel arregalou os olhos. — Você não brinca em serviço, hein, Joey?

Apenas dei de ombros, porque, sinceramente, o que mais eu podia fazer?

— E onde é que esse seu hábito se encaixa com a sua namorada e o bebê?

— Com certeza não se encaixa — falei, odiando o fato de ela ter acertado em cheio. — Vou dar um jeito.

— Olha só pra você — disse com os olhos cheios de lágrimas. — Olha como você é articulado. Inteligente. Corajoso. — Ela abriu um sorriso triste. — Você sabe que isso é demais pra você, querido. — Esticou o braço sobre o balcão e pousou a mão sobre a minha. — Deixe eu te ajudar.

— Não. — Balancei a cabeça com a mandíbula cerrada. — Não preciso da sua ajuda.

— Joey, meu bem...

— Não — repeti, afastando a mão. — Não quero falar disso, ok? Você ultrapassou o limite.

— Você não quer falar porque sabe que está com um problema.

— O problema não é da sua conta. Não importa, entendeu? Me deixe em paz.

— Acho que importa, sim, Joey. E acho que você também importa.

— Você está errada — eu disse, querendo que a mulher parasse de insistir. — Pode *desistir*.

— Você percorreu um longo caminho, meu bem. Talvez seja hora de descansar os pés e deixar alguém carregar esse peso por você. — Com os olhos, ela suplicou que eu a ouvisse. — Deixa eu te ajudar. Deixa eu te salvar, Joey.

— Você não *pode*. — Que parte não entendia? — Não tem nada pra ser salvo, sra. Kavanagh. Então, por favor, só *para*.

Quando seu filho entrou na cozinha, tive vontade de beijar o chão aos pés dele.

— Ah, amor, você chegou. — Edel se levantou e foi até o filho, felizmente levando seus abraços e carinhos consigo. — Como foi o treino?

— Ótimo — Kavanagh respondeu, aceitando o beijo que ela lhe deu na bochecha. — O que está acontecendo?

— Está com fome, Johnny? Fiz rosbife com molho de pimenta.

— Meu Deus. — Ele sentou na banqueta que o pai dele tinha liberado, assobiou e apontou para o meu rosto. — Cormac te pegou de jeito.

Não, o pai do ex da minha namorada é que me pegou de jeito.

— É, e te peguei de jeito — falei, me sentindo um merda por ter lhe dado uma porrada. — Foi mal. — Dei de ombros. — Péssima habilidade comunicacional. — *Eufemismo do século.*

— E aí, o que está rolando?

— Estou na merda, Kav — falei. — É isso que está rolando.

— É, isso eu saquei — comentou de um jeito bizarramente parecido com o do pai. — Prestaram queixa contra você?

— Ninguém prestou queixa contra ele — sua mãe respondeu por mim, enquanto ela bagunçava o seu cabelo. — Seu pai garantiu que isso não acontecesse.

As sobrancelhas dele se ergueram.

— Então você se safou?

— Parece que sim. — Dei de ombros de novo. — Segundo seus pais.

— Onde está sua mãe? — Meu Deus, era tão enxerido quanto a mãe. — Ela foi na delegacia te buscar?

Até parece.

— Está trabalhando — falei, pois um cara com pais como os dele nunca, em um milhão de anos, entenderia a minha situação. Ele poderia tentar. Poderia sentir empatia. Poderia ouvir as histórias tristes da minha irmã. Mas ele nunca entenderia de verdade. Ninguém entenderia. A não ser que tivesse passado pelo mesmo. — Não consegui falar com ela.

— Era o diretor Twomey — John anunciou, voltando para a cozinha com o celular na mão. — O conselho da escola convocou uma reunião emergencial hoje à noite.

— E...?

— E a Bella não vai voltar para o Tommen para terminar o período letivo.

— Graças a Deus — murmurei, grato por ter acontecido pelo menos uma coisa boa em um dia tão improdutivo. Uma das garotas que fazia bullying com a minha irmã estava fora da escola permanentemente. Só isso já valia a pena. Saber que a Shannon teria uma torturadora a menos fazia toda a coisa valer a pena.

— Ela vai poder fazer o leaving cert em uma das escolas locais, mas não será bem-vinda de volta no Tommen. Seu armário foi esvaziado, seu celular foi confiscado e todas as fotos que ela tirou de Shannon foram apagadas — John continuou contando com aquela voz firme de advogado. — Natasha O'Sullivan e Kelly Dunne receberam suspensão de uma semana por seus papéis no incidente. Mas, devido às declarações de Shannon e após muita discussão, o conselho decidiu que ambas vão voltar para a escola após a suspensão e *terão permissão* pra fazer os exames lá.

— Que merda! — Kav e eu sibilamos em uníssono.

— Escolham suas batalhas, garotos. É um ótimo resultado. — John aceitou o café que a esposa lhe ofereceu, deu um beijo nela e então voltou a atenção para nós. — Tirem a emoção da equação e avaliem o resultado pelo que ele é: uma vitória.

— E Cormac? — Johnny perguntou. — Como você conseguiu convencer ele? Ele estava decidido a prestar queixa antes.

— Com muita persuasão.

— Nossa. — Recostou-se no banco e soltou um assobio. — Me lembre de nunca ficar contra você.

— Mas não tenho só notícias boas. Você foi expulso da Escola Comunitária de Ballylaggin — John acrescentou. — Aparentemente, você já tinha recebido o último aviso após sete suspensões somente este ano e inúmeras outras na primeira semana do primeiro ano. — Vi uma centelha de culpa nos seus olhos azuis quando ele disse: — Fiz o que pude, Joey, mas não vão ceder. Cometer um ato de violência contra outra escola com o uniforme da ECB é contra a política deles e punível com expulsão imediata.

— Tudo bem — falei, cansado demais para me importar.

Nyhan e Lane estavam se coçando pra me expulsar da ECB havia anos. Enfim, tiveram a desculpa de que precisavam. Eu queria me importar, mas... não conseguia.

— *Tudo bem?* — Kavanagh olhou para mim como se eu tivesse duas cabeças. — Mas você ia fazer o leaving cert no mês que vem.

— Não importa.

— Importa, sim — retrucou, em um tom acalorado demais para alguém que não tinha o futuro em jogo. — Importa pra caralho.

— Eu não ia pra lugar nenhum, então dá no mesmo — falei, e era um pouco verdade. Nunca pensei em fazer faculdade. Nunca pensei em sair de Ballylaggin. Eu não podia, então por que pensar a respeito?

— Como assim, Joey? Isso é importante — o namorado da minha irmã insistiu. Ele se virou para o pai e perguntou: — Não tem nada que você possa fazer por ele?

— Minhas mãos estão atadas, filho. Joey tem um histórico de violência que faz Gibsie parecer um santo. — Ele soltou um suspiro pesado. — Não estão dispostos a negociar, nem mesmo para ele fazer os exames.

Claro que não estavam.

Aqueles filhos da puta me queriam fora da escola desde o primeiro ano.

— E Tommen? — Edel perguntou, comprimindo os lábios.

— Tommen é particular, querida.

— Alguma outra escola pública? — o filho sugeriu, frustrado, passando a mão pelo cabelo escuro, o que me deixou confuso. Por que ele se importava tanto?

— Não tem mais nenhuma na área — John falou sem emoção. — Pelo menos, não pública.

O que significava que eu só entraria em uma escola para fazer o leaving cert se eu tivesse grana.

— E na cidade? — Kavanagh, sempre otimista, sugeriu.

— Nenhuma escola vai querer saber de mim — respondi, de saco cheio daquela conversa. Eu não era seu projetinho pessoal. Ele não precisava encontrar soluções para os meus problemas. Se ele só tratasse minha irmã muito bem já estava ótimo. — Seu pai está certo, Kavanagh. Meu histórico é chocante, ninguém vai me querer, e também não importa, porque não me importo. Então não perca seu tempo falando sobre isso.

— Meu Deus. — Ele suspirou fundo, desanimado, e soltou os ombros. — Que desastre.

Bem, aquilo estava ficando esquisito demais para mim. Eu não estava curtindo nem um pouco aquela reuniãozinha familiar.

— Posso usar seu banheiro, por favor? — perguntei, me levantando. — Por favor.

— Claro, Joey — Edel respondeu, gesticulando. — Não precisa perguntar.

— Obrigado. — Me senti um babaca por fazer o que estava prestes a fazer, mas eu não aguentaria nem mais um minuto daquilo. Parei na porta da cozinha e acrescentei: — Por tudo.

— Sem problemas, Joey — John falou. — Se lembre do que dissemos — completou em um tom firme. — A oferta ainda está na mesa e não tem data de validade.

Assenti com firmeza.

— Vou pensar.

Então dei o fora dali.

102

Não vou demorar muito

AOIFE

— Ah, graças a Deus — falei quando o nome de Joey apareceu na tela do meu celular pouco depois das nove da noite. — Joe? — Tremendo, levei o telefone ao ouvido e segurei o choro. — Você está bem?

— Molloy. — Ao ouvir sua voz do outro lado da linha, me joguei na cama e meu corpo se inundou de gratidão. — Você está bem? Você foi examinada no hospital? Fizeram ultrassom? O bebê está bem?

— Sim, me examinaram e está tudo bem — respondi, com o coração disparado. — Está tudo certo, Joe. Nosso bebê está saudável feito um cavalo.

— Ah, meu Deus. — Ele soltou um enorme suspiro de alívio. — Ainda bem.

— Joe, onde é que você está?

— A caminho da sua casa. Mas acho que vou demorar um pouco. — Ouvi o barulho de trânsito no fundo. — Estou indo a pé da casa do Kavanagh.

— Johnny Kavanagh? — Franzi a testa, confusa. — O que você estava fazendo lá? O que aconteceu na delegacia?

— É uma longa história, rainha — respondeu. — Vou te contar tudo quando chegar aí.

— Vou te buscar — falei depressa, procurando as chaves do carro. — Espera aí que eu já vou...

— Não, amor, fica onde está — pediu. — Vou demorar uns vinte minutos, no máximo. Relaxa e descansa, ok? Não vou demorar muito.

— Joe. — Fiquei desconfiada na mesma hora e perguntei: — Me diz que você não...

— Não.

— Promete.

— Eu juro.

Suspirei de alívio e cansaço, mas precisava acreditar nele.

— Vem direto pra cá, ok? Sem desvios. — *Não faça merda.* — Estou te esperando, hein?

— Te amo, Molloy.

— Também te amo.

— Te vejo daqui a pouquinho.

103

O fruto não cai longe da árvore

JOEY

Descolei uma carona até metade do caminho e estava dobrando a esquina da rua da minha namorada no Rosewood Estate quando uma figura escura saiu de um beco.

Levei um susto porque, puta que pariu, e cambaleei para o lado, acertando uma fileira de lixeiras e derrubando o celular.

— Que porra é essa, cara? — grunhi, nervoso e agitado, me abaixando para pegar o celular tarde demais. — Você vai ter que me pagar outro telefone, babaca — rosnei, vendo meu aparelho cair dentro do bueiro.

— Imaginei que te encontraria perto da casa dela mesmo. — O familiar som da voz *dele* fez todos os músculos do meu corpo se contraírem de tensão. — Relaxe, garoto, só quero falar com você.

Desesperado e atordoado, fiquei de pé bem ereto, preparado para encrenca. *E dor.*

— O que você quer, porra?

— Conversar — meu pai disse, erguendo a mão. Com a outra, ele segurava o seu veneno: *uísque.* — Só quero conversar, rapaz. Só isso.

— Não temos nada pra conversar — falei, dando um passo para trás por segurança e me odiando por isso.

Meu Deus, aquele homem fazia minha pele se arrepiar. Só de sentir o seu cheiro meu estômago já se contorcia. Fazia tanto tempo que eu não o via que quase esqueci o pavor que ele provocava em mim.

Quase.

— Não vou conversar com você — eu disse, levantando a mão quando se aproximou.

— Você leu minha carta?

— Foda-se a sua carta — cuspi, me lembrando vagamente das baboseiras que ele tinha escrito para nos provocar pena. Só que os últimos meses tinham se passado num borrão para mim. — E foda-se você.

— Preciso que você faça uma coisa por mim — disse, se posicionando de forma a me encurralar na entrada no beco, bloqueando a saída. — Preciso que você fale com a sua mãe. Ela te ouve. Vai me aceitar de volta se você pedir.

— Te aceitar de volta? — Dei uma risada forçada. — Ficou maluco? Não tem volta, velho. Você quase matou sua própria *filha*. Você vai pra cadeia, babaca, não pra casa com a sua esposa.

— Não vou pra cadeia, garoto — respondeu, parecendo tão seguro que não gostei nem um pouco daquilo. — Já você vai pro inferno se não resolver isso pra mim.

— Então te vejo lá — retruquei, sem querer ceder, não importava o quanto me provocasse.

Por mais estranho que fosse, eu estava acostumado com aquele abuso. Ao contrário do que acontecia com a minha mãe, eu sabia lidar com o meu pai. O que me dava uma espécie de conforto. Não fazia sentido, mas era o que eu sentia — nas raras vezes em que me distraía e me permitia *sentir.*

Sua crueldade era como um lar. Era tudo o que eu conhecia. Eu podia lidar com os seus ataques porque sabia que sempre viriam. Mas eu nunca sabia o que esperar da minha mãe.

Meu Deus, eu era muito ferrado da cabeça. Com os pelos da nuca arrepiados, fiquei encarando meu pai enquanto ele me encarava de volta. Seus olhos mortalmente frios estavam fixos nos meus, provocando um calafrio que fez meu corpo todo tremer.

— Você acha que sabe de tudo, garoto — falou, dando um passo ameaçador na minha direção. — Você se acha melhor que eu, mas você vai ver. Assim que aquela sua bonequinha parir, você vai ver só. Você vai entender o que é se sentir preso.

— Não fala dela, porra — avisei, cada vez mais irritado. — É sério.

— Você vai saber como é — continuou me provocando e se aproximando. — Você enfim vai aprender como é ser eu.

— Nunca vou ser você — eu disse, recuando ainda mais. — Prefiro cortar os pulsos que me transformar em você!

— Você já é igual a mim — rugiu com firmeza. — *Sempre* foi igual a mim, garoto. Olha só pra você — insistiu, chegando mais perto e colocando a mão enorme no meu ombro. — Você não consegue deixar ela em paz, assim como não consigo deixar a sua mãe. Não é prova suficiente?

Meu sangue gelou. Suas palavras me acertaram fundo. Porque ele estava verbalizando meus medos mais profundos. Pior: estava falando a verdade. Porque *era* verdade. Eu não *conseguia* deixar Molloy em paz.

A semelhança era perturbadora, e minha cabeça começou a rodopiar.

— Não é a mesma coisa — falei, sentindo meu corpo ceder à pressão enquanto eu me afastava dele e me afogava na comparação. — Eu nunca a machucaria como você machucou minha mãe.

— Era o que eu pensava. Eu achava que nunca machucaria a sua mãe como meu velho machucava a minha. Acredite ou não, passei a vida toda amando ela. Eu me lembro como era no começo. Como ela era especial.

Como eu a adorava. Prometi pra mim mesmo que não repetiria os erros do meu pai. — Soltou uma risada forçada. — E olhe só onde fui parar.

— Minha mãe era uma adolescente vulnerável e você se aproveitou dela — falei, tremendo. — Você é um monstro do caralho!

— Você acha que nasci assim, garoto? — perguntou, dando outro gole da garrafa. — Sou um produto do meu meio. Assim como você.

— Eu não sou você. Me recuso a ser você.

— Você não consegue evitar, Joey — disse, me chamando pelo meu nome para causar efeito. Funcionou. Fiquei atordoado. — Você não pode ir contra a sua natureza, garoto. — Ele deu outro gole no uísque. — A única forma de mudar o final da história é ficar longe daquela garota e do bebê, e nós dois sabemos que você nunca vai fazer isso. — Ele balançou a cabeça em derrota e acrescentou: — Deus sabe que não consegui.

104

Prendendo o fôlego

AOIFE

Após vinte minutos sem sinal de Joey, resolvi não entrar em pânico e lhe dar o benefício da dúvida. Afinal, ele não era um super-herói. O garoto até podia correr rápido, mas não sabia voar. No entanto, quando os vinte minutos se transformaram em trinta, depois em quarenta e cinquenta, comecei a andar de um lado para o outro no quarto, ansiosa e inquieta.

Liguei para ele e caiu direto na caixa postal.

Uma hora se passou.

Depois outra.

Havia algo errado.

Eu sentia no fundo do meu ser.

Desesperada para ter notícias do meu namorado, bombardeei a irmã dele de mensagens para saber se Joey tinha entrado em contato com alguém da família.

Porque havia algo errado.

Eu conhecia Joey tão bem quanto a palma da minha mão e, apesar de ele ter um problema sério com drogas, não ligaria para me dizer que estava a caminho se não estivesse planejando vir. Se quisesse chapar, faria exatamente isso e depois viria para cá. Não era do tipo que pedia perdão, e não permissão. A única vez em todo o nosso relacionamento que ele me deu um bolo assim foi na noite que seu pai bateu em Tadhg, o que me levava a pensar que algo muito ruim tinha acontecido.

Prendi o fôlego, peguei o celular e digitei outra mensagem para a sua irmã.

Aoife: Algum sinal dele?

Shannon: Ainda não. Minha mãe está lá embaixo com o Darren. Estou ouvindo eles discutindo sobre o Joe.

Aoife: Sem ofensa, mas Darren é um inútil.

Shannon: Concordo. Estão falando do Joe como se não fosse ele que segurou a família nos últimos seis anos. Que nojo.

Aoife: Por favor, Shan. Assim que chegar, me escreva. Preciso saber que ele está seguro.

Shannon: Pode deixar.

Aoife: Sério. Por favor, só... só me escreva, ok?

Shannon: Prometo. Bjs

105

Avisos silenciosos

JOEY

Meu pai tinha mexido com a minha cabeça de novo, só que dessa vez era diferente. Porque, dessa vez, as suas palavras fizeram sentido. Elas atravessaram os muros que construí para bloquear tudo. Porque, dessa vez, eu *finalmente* entendi o que ele estava dizendo.

Se tivesse se afastado da minha mãe no começo, tudo seria diferente. Que inferno, não precisava nem ser no começo. Se tivesse ido embora depois do estupro do Darren, quando éramos só nós três e a mãe, talvez a gente tivesse conseguido. Talvez a gente tivesse conseguido juntar as pecinhas e construir algo parecido com uma vida.

Mas não foi embora, e as consequências da sua presença impactaram várias vidas. Mais que isso: as consequências nos destruíram.

Será que isso aconteceria comigo também?

Será que o bebê crescendo na barriga da Molloy um dia se ressentiria de mim por não ter sido homem o suficiente para me afastar e lhe dar a chance de ter uma vida decente? Será que eu teria um filho que me odiaria tanto quanto eu odiava o meu pai? Será que ele teria rancor da própria mãe, como eu tinha da minha? Será que também seria um viciado como eu? Será que eu estava fadado a repetir o ciclo e produzir mais filhos para levar adiante aquele gene ferrado?

Meu Deus, eu mal conseguia respirar só de pensar nisso. Por esses motivos, eu não podia ir. Não podia vê-la. Não aquela noite, pelo menos.

Abatido e desmoralizado, e com as palavras do meu pai frescas na cabeça, voltei para o único lugar que me dava uma mínima sensação de controle.

— Estão falando que os policiais arrancaram o seu traseiro daquela escola particular hoje — Shane disse quando entrei na sala daquela espelunca e me joguei no sofá. — Arrumando confusão com playboys, Lynchy? Não é muito esperto da sua parte.

— Pois é — murmurei, recostando a cabeça no sofá. — Isso mesmo.

— Fiquei sabendo que você descolou um advogado chique pra te defender. — Soltou uma nuvem de fumaça e se virou para me lançar um olhar severo. — E que você desembuchou tudo pra ele. Fez até o juiz chorar feito uma vagabunda com a sua triste história de vida.

Enrijeci ao perceber seu tom de ameaça.

— Relaxa, não falei merda nenhuma — grunhi, olhando-o como quem dizia "Quem você acha que eu sou?". — Não sou dedo-duro, Shane.

— É bom que não seja mesmo, garoto — falou com frieza. — Porque você sabe o que acontece com traíras. — Estreitou os olhos. — Eles acabam se fodendo. Junto com cada membro da família deles.

— Estou aqui, não estou? — eu disse, contendo a vontade de tremer, enfiando a mão no bolso da calça e pegando o que restava do meu salário. — Só me dê um pouco de oxi e uns benzos pra passar a noite.

Ele ficou olhando para o dinheiro na minha mão por um longo tempo antes de bufar e aceitá-lo.

— Não sei o que está se passando nessa sua cabecinha, garoto, mas se você está andando com advogados, não é meu amigo. Se está pensando em pular fora do barco, esquece, porque você já está afundando. Não tem como vazar desse mundo, Lynch.

— Não estou andando com ninguém — falei, observando-o pegar a velha latinha debaixo do sofá. — Só estou tentando sobreviver.

— Se a sua versão de sobrevivência não incluir delatar ninguém nem jogar velhos amigos na fogueira, estamos de boa — respondeu, me entregando um saquinho de comprimidos. — Mas assim que você *pensar* em dar com a língua nos dentes, já era, hein, garoto. Vou acabar com você de um jeito que seu pai nunca fez. Lembre-se disso.

Quando cheguei em casa, todas as paredes pareciam estar se fechando sobre mim e eu estava sufocando.

Minha mãe.

Meu pai.

Darren.

Molloy.

Shane.

O bebê.

Os Kavanagh.

Os meninos.

As piranhas que faziam bullying com a Shannon.

Eu não conseguia *respirar.*

Com o corpo em frangalhos e a mente a mil, não consegui nem enfiar a chave na fechadura, então a Shannon veio correndo na minha direção.

— Você voltou! — Ela me abraçou enquanto seu corpinho tremia. — Graças a Deus.

Eu estava cansado. Eu estava cansado pra caralho, e os braços da minha irmã pareciam blocos de concreto pesando sobre mim, me empurrando mais ainda para a escuridão.

— Está tudo bem, Shan. Tudo certo — falei, porque o amor que eu sentia por aquela garotinha, nenhuma droga ou depressão poderia abafar.

Só que ela não era mais uma garotinha.

Ela era uma jovem e eu tinha esperança.

Esperança de que ela sobrevivesse ao que não consegui.

Eu tinha falhado.

Havia uma família esperando por ela.

Por todos eles.

Algo bem lá no fundo de mim, nas partes que ainda funcionavam, me garantia que eu podia confiar nos Kavanagh. A mesma parte que tinha se apegado a Aoife Molloy. Eu podia não fazer mais nada nesse mundo, mas eu faria aquilo. Eu tiraria os meus irmãos daquele inferno.

— Espera... — Ela segurou o meu braço quando tentei afastá-la e me forçou a encará-la. — Olha pra mim.

Como eu não tinha mais nada para dar ou perder, fiz o que ela me pediu.

— Joe. — Ela soltou um suspiro tenso. — *Por quê?*

— Não enche meu saco, Shan — falei, cansado demais para discutir com qualquer um, muito menos com ela. Eu sabia que estava chateada, mas não conseguia mais esconder. — Estou bem.

— Joey — Minha mãe disse quando entrei na cozinha com minha irmã no meu pé. — Ah, graças a Deus.

Graças a Deus?

Até parece.

— Mãe, você está bem?

— Qual o seu problema? — Darren perguntou, se aproximando. — Por que está tremendo? — Quando colocou as mãos em mim, me tocando e cutucando meu rosto, tive que usar todo o autocontrole que eu tinha para *não* reagir. — Puta merda, Joey — disse, chegando à mesma conclusão que a Shannon antes de me empurrar para longe de maneira rude. — Qual é o seu problema?

Tudo. Tive vontade de rir. *Tudo é um problema, babaca.*

— Tem alguma coisa errada? — minha mãe perguntou.

Mais uma vez, tive vontade de rir histericamente.

Como se ela se importasse.

— Se tem alguma coisa errada? — Darren disse. — Seu filho voltou a usar drogas!

— É verdade, Joey?

Segurando a vontade de rir na cara deles, fiz um sanduíche e peguei uma bebida na geladeira.

— Não voltei a usar drogas.

— É, porque você nunca parou, né?

Vai se foder, menininho de ouro.

— Vocês estão exagerando.

— Você está chapado. — Darren estreitou os olhos. — De novo.

Ops.

— E você está sendo um babaca de novo.

— O que você está fazendo, Joey? — minha mãe resolveu se juntar à discussão. — Por que botou essa coisa de novo no seu corpo?

Será que eu estava em uma realidade paralela? Em que momento ela achou que eu tinha parado? Ela conhecia o jogo. Ela sabia. Aquela ceninha era só um show para o Darren.

— Olha quem fala — perguntei, dando risada. — Se afogando em Prozac e Valium.

— Prescritos por um médico. Não pelos bandidos do bairro.

— Está tudo bem, mãe. — Revirei os olhos e dei uma mordida no meu sanduíche. — Que seja.

— Foi o Shane Holland? — perguntou. — Ele está na área de novo?

— Meu Deus, por que quer saber? — falei, de saco cheio daquele interrogatório. — Saiam do meu pé, porra!

— Não vamos sair do seu pé — o "menino de ouro" disse. — Você voltou a usar drogas, foi expulso da escola, saiu do time de hurling e está... — Parou antes de dizer "prestes a se tornar pai". Eu sabia que era isso que estava na ponta da sua língua. — Você está acabando com a sua vida!

— Não tenho uma vida! — rugi, perdendo a santa paciência com ele. —*Nunca* tive uma vida!

— Bem, tendo vida ou não, se continuar assim, você vai acabar se transformando nele. Vai se tornar a coisa que você mais odeia no mundo.

— Darren, cale a boca! — Shannon falou depressa, correndo para mim. — Joey, shhh, está tudo bem. Não ligue pra ele, está bem? Não é verdade. Você vai ficar bem...

— Para de dizer isso, Shannon. Não está nada bem. *Nada*! — exclamei, explodindo com ela. Senti a máscara que eu usava para esconder as emoções escorregar. — Sabe, fiquei sentado naquela cela por horas pensando como foi que isso foi acontecer comigo. Como foi que acabei assim... Todo cagado da cabeça. Daí *te* liguei. — Minha voz falhou e me obriguei a apontar para *ela*. — Te liguei pra pedir ajuda e você *não* atendeu. E então entendi. — Ergui as mãos, fungando e me sentindo impotente e sozinho. — Falei pra mim mesmo: *é por isso*. Foi assim que virei isso. — Estreitei os olhos para a mulher que tinha me dado à luz e esbravejei: — Porque você me *quebrou*!

— Não é verdade — minha mãe falou, balançando a cabeça. — Retira o que disse.

Era verdade.

Era a coisa mais verdadeira que já tinha saído da minha boca.

— Você ferrou a minha cabeça muito mais que ele. Ele me machucou, mas você me destruiu. Ele usava os punhos, e *você*... — admiti, sem conseguir parar, derramando dor e veneno dos lábios. — Você entrou na minha *cabeça*. Você estragou a minha mente. — Bati a mão na testa, tentando desesperadamente fazer aquela mulher entender como tinha me prejudicado. — Não funciono mais direito porque a sua voz está aqui dentro! *Só* consigo ouvir você chorando e me implorando pra te ajudar!

— Joey...

— Toda vez que fecho os olhos, você está lá. Na minha cabeça. Chorando. Implorando. Gritando "Me salva, Joey, me salva!".

— Joey, para...

— Mas nunca fui capaz de te salvar, mãe — continuei, me detestando pela minha fraqueza enquanto as lágrimas escorriam pelas minhas bochechas. Me detestando por *ainda* amá-la. — Nunca pude te salvar porque você não queria que eu te salvasse! Você queria que ele estivesse aqui! Você queria que tudo isso acontecesse...

Minha mãe me deu um tapa tão forte na minha cara que, por um instante, até esqueci o que estava dizendo.

— Não ouse me culpar — sussurrou, me cutucando no peito. — Fiz tudo o que pude por você e pelos seus irmãos.

— Você fez tudo o que pôde por ele — retruquei. *Por eles*. — Você não pode mentir pra mim, esqueceu? Eu vejo através de você.

Ela me bateu de novo.

Dessa vez, com mais força.

Tanto que minha cabeça foi jogada para o lado.

— Mãe. — Darren foi o primeiro a reagir, se colocando entre nós. — O que você está fazendo? Não bate nele!

E, sim, seu tapa doía, mas não chegava nem perto da dor provocada pela verdade que eu tinha jogado na sua cara.

— E você diz que sou eu que estou me transformando nele? — falei, olhando para os dois.

Que se fodessem. O que adiantaria?

— Não vou mais viver assim.

Era isso. Eu não aguentaria nem mais um segundo daquilo. Minha decisão estava tomada.

— Chega!

Segui para as escadas, entrei no quarto e comecei a enfiar coisas aleatórias e roupas na mala. Por quê? Eu não fazia ideia. Não que eu fosse precisar daquilo. Não aonde eu estava indo.

— Joey, pare... espera. Espera!

Ainda assim, era liberador fazer isso.

Fazer as malas pela última vez.

Sair daquela casa tendo certeza de que eu não voltaria mais.

— O que está fazendo?

— Não posso mais ficar aqui. — Sabendo que eu morreria se olhasse para ela, mantive a cabeça baixa, arrumando minhas coisas. — Desculpa. — *Você vai ficar bem. Vou garantir isso.* — Vou explodir se ficar aqui.

— Você está falando dessa noite? Você vai pra casa da Aoife e volta amanhã, né?

Não.

Eu não ia para a casa da Aoife.

Também não ia voltar.

— Joey, por favor...

— Me desculpa! — Eu me odiei porque sabia o que a minha decisão faria com ela, mas eu não tinha outra escolha. Fechei a mala e a coloquei no ombro. — Tentei, mas não aguento mais.

— Joey, por favor — choramingou, se agarrando em mim, como sempre. — E eu?

E ela?

E o Tadhg?

E o Ollie?

E o Sean?

E o Darren?

— E *eu*? — Tive um colapso e comecei a chorar. — E *eu*, Shannon? E *eu*?

— Eu te amo — falou, sem querer me soltar. — Eu te amo. Eu te amo muito, Joe. Eu me importo com você. Você é importante pra mim. A gente vai resolver isso — ela falou, desesperada. — Podemos lidar com isso juntos. Você não precisa...

— Escuta — interrompi antes que ela me afetasse ainda mais com suas palavras. — Preciso que você se cuide, está bem? Preciso que você faça isso por mim. — Tremendo, me inclinei e beijei a sua testa. — Não conta com ela nem Darren nem ninguém, porque, no fim, o mundo vai te decepcionar. *Todos* eles vão te decepcionar. — Pelo menos, todo mundo com o sobrenome Lynch.

— E você? — minha irmã perguntou, olhando para mim como se de alguma forma eu pudesse consertar o seu mundo, sendo que eu não conseguia consertar nem o meu. — Você também vai me decepcionar?

— Especialmente eu — falei, e dizer isso quase me matou.

Então fiz a melhor coisa que eu poderia fazer por ela.

Por todos eles.

Fui embora.

— Pra onde ele está indo?

— Ele está abandonando a gente?

— Pra sempre?

— Mas ele não pode ir.

— Joey, não vai!

— Joey, pensa melhor!

Me obriguei a bloquear as vozes deles, desci as escadas e segui para a porta, precisando me afastar daquelas crianças antes que eu perdesse a cabeça.

Ficariam bem.

Eu *tinha* que acreditar nisso.

— Faz alguma coisa, mãe. Diz alguma coisa. Por favor! Impede ele!

— Joey, não vai!

— Você prometeu. Você prometeu que não nos abandonaria!

— Não sai às pressas desse jeito — Darren disse, bloqueando a saída. — Por favor. Vai dormir e podemos conversar de manhã, com a cabeça limpa.

— Não consigo, Darren — falei, desanimado. — Sai daí.

— Joey, não... fala comigo.

— Sai daí, Darren — repeti. — Agora.

— O-ee. O-ee...

A vozinha de Sean quase me quebrou e dei um suspiro trêmulo, com medo de virar para trás e olhar para o bebê que eu tinha dado a vida para criar.

— Me desculpa.

Eu só podia torcer para que ele me perdoasse um dia.

Para que ele entendesse por que eu tinha feito aquilo.

Por que tive que ir.

Os Kavanagh lhe dariam uma boa casa.

Dariam para ele o que eu nunca pude dar.

— Fica, Joey — Darren implorou, com a voz embargada. — Não posso fazer isso sem você.

— Você vai ter que fazer — falei, dando a volta nele e abrindo a porta. — Não decepciona eles.

Não prende como você fez comigo.

Deixa que tenham a vida que não tivemos.

Saí, fechei a porta, puxei o capuz para cima e segui para o muro, mas congelei no lugar quando meus olhos pousaram em Molloy.

Estava parada na entrada de casa com uma calça de pijama e o meu moletom, com os braços cruzados no peito.

— Você ia embora sem falar comigo? — Seus olhos cheios de lágrimas se desviaram para a mala no meu ombro e suas feições foram tomadas por devastação e raiva. — Eu não valho nem uma despedida, porra?

Claro que valia. Mais que qualquer outra pessoa nesse planeta, merecia uma explicação. O problema era que eu não conseguia falar nada daquilo na cara dela. A única forma que encontrei de lhe dizer a verdade foi escrevendo. Eu tinha dobrado as páginas cuidadosamente e guardado no bolso da minha calça. E planejava colocá-las na caixa do correio da casa dela.

— Olha pra mim.

Eu não conseguia. Ela era meu ponto fraco. Se olhasse para ela, eu faria o que ele fez — o que poderia ser a coisa certa para mim, mas não era a coisa certa para ela.

— Puta merda, Joey Lynch, é melhor você olhar pra mim.

— Aoife, por favor. — Senti as lágrimas molhando o meu rosto mas não ergui a cabeça. — Só me deixa *ir*.

— Não posso. — Seu perfume invadiu meus sentidos quando ela se aproximou. — Não vou te deixar.

— Não tenho *nada* pra te dar — falei com tristeza. — Não sou bom pra você. Por que não consegue enfiar isso na sua cabeça?

— Não ligo pra essas coisas, Joey — choramingou, me abraçando. — Só quero você.

— Não aguento mais, Aoife. — Eu não podia continuar. *Pelo bem de todo mundo*. Tremendo, enfiei a mão no bolso e peguei a carta que eu tinha escrito para ela depois de sair da casa do Shane. — Não aguento mais te arrastar pra baixo comigo — sussurrei, colocando a carta no bolso do moletom dela sem que ela percebesse. — Me desculpa.

— Por favor!

— Não *consigo*. — Me recusava a transformá-la na mulher que estava na minha cozinha. Eu a amava demais para permitir que isso acontecesse. Meu pai não tinha feito a coisa certa para a mãe dos filhos dele, mas *eu* faria isso por ela. — Me desculpa.

— Não vai embora — ela disse quando me afastei e caminhei na direção da rua. — Por favor. Por favor, não vai. Joey! Joey! Eu te amo!

Eu também te amo.

Mais que a própria vida.

— Eu sei — falei. — E isso não é bom.

— Joey, preciso de você...

— Não precisa. — Ela precisava é que eu ficasse longe do nosso bebê antes que eu o transformasse em outra versão de mim. Outra versão do avô dele. — Você tem que me deixar ir, Aoife. É isso que você precisa fazer.

Era a única coisa que eu podia fazer por ela. Ela a coisa certa *para* ela.

— Mas e o...

— Vai pra casa e não volta aqui — falei por cima do ombro, às lágrimas, me obrigando a ir embora. *Tudo vai acabar logo.* — Faz um favor pra você mesma e me esquece!

106

Tudo mudou

AOIFE

Fiquei sentada no chão de concreto, histérica, vendo Joey Lynch desaparecer de vista, me deixando sozinha com a irmã dele me consolando.

Volte.

Eu não tinha certeza se estava só pensando ou berrando as palavras.

Mas eu sabia.

Eu *sabia* que dessa vez era diferente.

Algo tinha mudado no Joey.

Eu vi nos olhos dele.

Ele estava resignado.

Tinha desistido.

Para ele, a luta tinha acabado.

O fogo que mantinha o seu coração batendo durante todas as provações e sofrimentos tinha se extinguido.

O irmão dele saiu correndo, gritando que ia procurá-lo, mas eu não entendia uma palavra. O som do meu coração se partindo era tão alto e violento que abafava todo o resto.

A gente ia ter um bebê.

E Joey estava indo embora.

Pior: ele *tinha* ido embora.

Como ele podia me *abandonar*?

Ele prometeu.

Confiei nele.

Eu *ainda* confiava nele

Não, não, não, estava tudo errado.

Havia algo errado.

Não desista dele.

Joey não está bem.

Encontre ele antes que seja tarde demais.

Senti um pavor terrível na boca do meu estômago e uma urgência ainda maior de encontrar meu namorado antes que fosse tarde demais. Fiquei de pé e fui até o carro, sem conseguir verbalizar as palavras que eu precisava para manter uma conversa coerente com a coitada da Shannon, que parecia quase tão arrasada quanto eu.

Quase.

Murmurei que tinha que ir para casa, entrei no carro, dei a partida e arranquei.

Não era mentira.

Eu *ia* para casa.

Só precisava encontrá-lo primeiro.

Porque aquele garoto era o meu lar.

107

Essa não é a saída

JOEY

Passei a maior parte da vida sentindo que estava ficando sem tempo. Agora, sentado na grade de metal da ponte que separava o bairro de Molloy do meu, com o fim à vista, de repente foi como se eu tivesse todo o tempo do mundo.

O ar da noite acertava o meu rosto, mas eu não sentia nada. Com os olhos fixos na violenta corrente de água do rio batendo contra o pé da ponte, senti uma calma surpreendente.

Várias semanas de chuva deixaram o rio da cidade quase transbordando.

Que bom.

A corrente me levaria rápido.

Tudo o que eu precisava fazer era *me jogar.*

Fechar os olhos e soltar.

Estranhamente em paz com a decisão, atirei a mala na água e vi o rio engoli-la e a levar embora.

Poderia ser eu.

Eu poderia apenas desaparecer.

Vou desaparecer.

É a melhor coisa para todo mundo.

Especialmente para ela.

Porque, enquanto meu coração ainda estiver batendo, ela nunca vai parar de lutar por mim.

E eu nunca vou parar de arrastá-la para baixo comigo.

— Não faça isso — uma voz disse, e fiquei rígido antes de me virar com relutância e me deparar com uma loira bastante familiar me observando do outro lado da ponte, o lado de Rosewood.

— Não faça isso, Joey. — Vestida com um moletom folgado, vi Lizzie Young caminhar devagar na minha direção. — Não faça isso.

— Pode dar meia-volta e ir embora — falei, exausto, voltando a atenção para o rio. — Só... me deixe em paz.

— Por favor — sussurrou, se aproximando devagar. — *Por favor.* — Tremendo, esticou o braço e colocou a mão na minha. — Não pule. — O vento bagunçou seu cabelo e, sem hesitar, ela segurou meu pulso com firmeza. — Essa não é a saída.

Soltei um suspiro cansado, encarando a mão dela na minha.

— Lizzie, por favor, só...

— Não! — A amiga da minha irmã soltou meu pulso, me abraçou e pressionou o rosto contra as minhas costas. — Não vou deixar você fazer isso com a Shannon.

— Isso o quê?

— Transformar ela em mim.

— Não preciso ouvir essa merda — falei, mas minha voz falhou no meio da frase, me fazendo soar como a minha irmã. — Ouviu? Não preciso que ninguém me salve!

— Não ligo pro que você quer! — gritou de volta. — Só ligo pro que você precisa!

— Me solta.

— Não!

— *Lizzie.*

— Isso não vai consertar nada — ela disse, enterrando o rosto no meu moletom. — Você acha que essa é a resposta pra todos os seus problemas, e talvez seja, mas só pros *seus* problemas. — Respirou fundo com força. — Mas e as pessoas que você vai deixar pra trás? Você acha que vão conseguir aceitar? — Sacudiu a cabeça. — Nunca vão aceitar, Joey. Isso vai assombrar elas pra sempre. Isso vai *me* assombrar pra sempre.

— Não sou a sua irmã.

— Você sabe que foi nessa ponte, né? — choramingou, se agarrando ao meu corpo com toda a força. — É o mesmo lugar, Joey!

Não.

Eu não sabia.

— Não tinha ninguém aqui pra impedi-la — continuou, chorando copiosamente. — Não tinha ninguém aqui pra pará-la, mas estou aqui agora. Estou aqui pra impedir que o irmão da minha melhor amiga faça o mesmo que a minha irmã!

— Não sou a sua irmã — repeti com a voz rouca e lágrimas escorrendo pelo rosto. — Não vale a pena me salvar.

— Você tem alguma ideia de quão egoísta você está parecendo? — ela perguntou. — Você significa tanto pra tantas pessoas!

— Não sei do que você está falando.

— Seus irmãos te amam — gritou a plenos pulmões. — Te amam tanto que é até *palpável*. E a sua namorada? Aoife? Puta merda, cara, *nunca* vi alguém tão apaixonada por outro ser humano na vida.

— Você não entende. — Balancei a cabeça, tremendo. — Não sou bom pra ela.

— Então trate de se *tornar* bom, caralho — retrucou, enquanto sirenes de bombeiros enchiam o ar. — Não jogue a toalha e estrague a vida dela antes mesmo de começar. Porque é isso o que você vai fazer. Se você pular, vai matar mais que a si mesmo. Vai matar todo mundo que te ama. Vai sentenciar todos a uma vida na prisão. Acredite em mim, eu sei bem.

— Estou tentando fazer a coisa certa. Por favor, me deixe fazer a coisa certa pela primeira vez na minha maldita vida!

— Você sempre fez a coisa certa! — berrou. O vento uivava e as sirenes ficavam mais altas. — Esse nunca foi o seu problema, Joey Lynch.

— Você não me conhece.

— Você é um merda por pensar em fazer isso. Mas, no geral, sei que você é um ser humano bom, caralho, e não vou ficar parada vendo outra pessoa que conheço se deletar do mundo por causa de um babaca. Porque é isso, né? — ela perguntou. — É o seu pai, né?

— Você não sabe porra nenhuma do meu pai!

— Beleza — concordou, ainda gritando. — Não te conheço. Então mude isso. Desça dessa grade e me fale dele!

Com o coração martelando, fiquei olhando para as mãos dela entrelaçadas na minha barriga.

— Se não me soltar, nós dois vamos cair.

— Ah, é? — Ela perguntou em um tom desafiador, me abraçando com mais força. — Então acho que vamos cair. Mas, por favor, tenha em mente que, a julgar pelos boatos e pela cor dos seus olhos, você está chapado pra cacete, ou seja, qualquer decisão que você tomar agora vai ser influenciada por essa merda correndo nas suas veias, e não por como você pensaria de verdade se estivesse com a cabeça no lugar.

— Meu Deus — bufei, frustrado. — Você é tão cabeça-dura.

— Olha quem fala — disse. — E aí, o que vai fazer, Joey Lynch? A gente vai morrer hoje ou não?

— Você não — falei a contragosto, deixando que ela me puxasse para trás, para o chão firme. — Estou sofrendo chantagem emocional.

— Ei, faço qualquer coisa pra manter seu coração batendo. Foi mal, só que não.

Ouvimos outra sirene ressoando no ar e, quando nos viramos para o Elk's Terrace, vimos luzes piscantes passando ao longe.

— Parece que você não é a única ameaça à sociedade hoje — comentou, cruzando os braços e me encarando com cautela. — Está vindo do seu bairro.

— Pois é — murmurei, sentindo uma inquietação me dominar enquanto eu ouvia sirenes dos bombeiros, de ambulâncias e de viaturas ao longe, todas vindas do Elk's Terrace. — Acho que você tem razão.

108

Rainha de copas

AOIFE

Rainha,

Quero te dizer tantas coisas. Quero te pedir desculpas por tantas coisas. Sei que esta carta parece coisa de covarde, e você está absolutamente certa. Sou um covarde, só que sempre fui fraco em relação a você. E não vou mais fazer isso. Não vou continuar te arrastando pra baixo comigo nem mais um dia. Me recuso. Além disso, já fiz isso o bastante.

Falei com o meu pai hoje. Conversamos sobre as coisas. Ele disse umas merdas que fizeram sentido, que me pegaram. Falou que o único jeito de quebrar o ciclo é deixando você e o bebê antes que eu te destrua. Pela primeira vez na vida, ele me deu um conselho decente. Porque, se ele tivesse deixado minha mãe, talvez tudo tivesse sido diferente.

Meu pai não amava ela o suficiente pra fazer a coisa certa, mas eu te amo. Eu te amo o bastante pra querer fazer a coisa certa pra você. E a coisa certa pra você e pro nosso bebê é viver uma vida sem mim. Porque, vamos encarar a verdade, amor, não vou melhorar.

Me desculpa, rainha. Pelas mentiras que te contei. Pelas coisas que te falei. Pelas vezes que te fiz chorar. Por todas as merdas que te fiz passar. Por te abandonar. Sei que você está pensando que estou desistindo, mas não estou, Molloy. Estou tentando garantir que esse menino não termine como o pai. Estou tentando garantir que você não termine como a minha mãe. Saber que estou poupando você e o bebê de viver uma vida como a minha me deixa em paz. Você merece ter uma boa vida, e se eu estiver aí isso nunca vai acontecer.

Te amo, tá?

Por favor, nunca duvide disso.

Te amo tanto que não sei nem como traduzir em palavras.

E é por isso que eu... preciso te libertar.

Seu sempre,
Joey.

OBS: Do outro lado da carta, deixei uma confissão completa das merdas que aconteciam em casa com minhas próprias palavras, data e assinatura. Quero que você entregue isso pro John Kavanagh. Isso vai ajudá-lo a conseguir a guarda dos meus irmãos.

Diga pra eles que sinto muito.
Que eu amo eles.
Diga pro meu filho que eu o amava.
Diga pra si mesma que eu te amava mais que tudo.
Te vejo depois, Molloy.

Desesperada, atirei a carta que encontrei no bolso do meu moletom no balcão da delegacia e gritei:

— Vocês precisam me ajudar a encontrar o Joey antes que ele faça alguma coisa!

— Aoife, meu bem, tente se acalmar — meu pai falou, colocando o casaco nos meus ombros. — A Gardaí está fazendo tudo o que pode. Já mandaram uma viatura pra procurar o Joey. Podge e Alec também estão procurando. Assim como o Darren. E sua mãe e o Kev...

— Não é o suficiente! — gritei, segurando a barriga e me apoiando no meu pai para não me jogar no chão. — Você não entende. Ele não está bem. Está muito vulnerável!

— Qual é o endereço dele mesmo? — a policial atrás do balcão perguntou.

— Elk's Terrace, 95 — falei com o peito pesado. — Por quê? Ele está lá? Encontraram ele? Ele está bem?

Com cara de preocupada, a mulher digitou algo no teclado do computador antes de se virar para ler algo anotado em um bloquinho. Então atendeu ao telefone e ficou branca ao ouvir o que estava sendo dito do outro lado da linha.

— Não, não, não — falei, me jogando no meu pai enquanto minhas pernas cediam. — Ele está morto?

— Houve um incêndio — disse, se encolhendo e desligando o telefone. — No Elk's Terrace, 95. Todas as unidades do corpo de bombeiros foram enviadas pra lá.

— Incêndio? — Arregalei os olhos de pavor. — Como assim incêndio? Na casa deles? Tem alguém ferido?

— Me desculpa, mas essa é a única informação que me passaram.

— Pai? Precisamos ir lá.

— Aoife, meu bem...

— Ou você me leva ou eu vou andando. Mas eu vou, pai.

109

Sonhei com uma casa em chamas

JOEY

Quando cheguei ao fim da minha rua e vi as chamas alaranjadas devorando minha casa, o peso da repulsa e do autodesprezo que pressionava forte meus ombros foi logo substituído por puro terror.

Os carros dos bombeiros.

As ambulâncias.

As viaturas.

As sirenes.

Estavam na *minha* casa.

Para acudir a minha *família*.

— Joey! — Fran, nossa vizinha, gritou, correndo até mim enquanto todos os nossos vizinhos se reuniam na rua. — Não sei o que aconteceu. Seu pai apareceu umas horas atrás e, de repente, a casa inteira começou a pegar fogo. Liguei pra Gardaí assim que ouvi os estrondos, e falaram que... talvez o fogo tenha sido provocado.

— Meu pai? — Tremendo, desviei o olhar para a casa. — Ele estava aqui?

— Ainda está lá, meu bem.

— Onde está minha mãe? — perguntei, sentindo meu corpo amolecer enquanto uma sensação horrorosa de pavor me dominava. — Onde estão as crianças?

— Não sei, querido. — Ela balançou a cabeça com os olhos cheios de lágrimas. — Acho que podem estar lá dentro. Não vi ninguém sair.

Meu Deus do céu!

Com o coração disparado, entrei em ação, conforme meu corpo automaticamente entrava no modo de luta, e corri em direção às chamas.

— Joey, não!

— Você não pode ir lá, querido!

— Não é seguro!

Ignorei Fran e todos os outros vizinhos que tentaram se colocar no meu caminho e passei por baixo da fita isolando minha casa do resto da rua, desviando de dois bombeiros no processo. Só que, no segundo em que toquei na maçaneta, uma explosão repentina de calor escaldante atravessou minha carne.

E me queimou.

Porra.

— Shannon! — rugi, erguendo a voz, desesperado, cobrindo a mão com a manga do moletom e tentando de novo, pois eu precisava entrar naquela casa mais do que precisava respirar. — Tadhg!

Sufoquei e tossi quando uma fumaça preta e pesada me recebeu no corredor onde vi Sean e Ollie darem seus primeiros passos. Cobri o nariz e a boca com o braço e cambaleei pela porta, mas fui engolido pela fumaça. Momentaneamente surpreso pelo calor insuportável que me atacou, tateei na escuridão, tentando me familiarizar com o espaço e localizar a escada.

— Ols? — Fui tomado por ataque de tosse e me engasguei. Levei as mãos à garganta na escuridão. — Sean?

Cego e sufocado pela fumaça, consegui encontrar a escada e subi uns três degraus quando fui arrastado bruscamente para trás.

— Tire as mãos de mim — falei, tossindo e lutando para me desvencilhar do bombeiro me puxando para fora. — Preciso...

— Pra trás! — ordenou, me empurrando rudemente enquanto três colegas seus corriam com uma mangueira. — Não sobrou nada.

Não sobrou nada?

Como assim não sobrou nada?

Tentei sair correndo, mas acabei cambaleando para trás e caindo de bunda no chão quando alguém me derrubou.

— Encontramos uma pessoa.

— Pro lado, pro lado.

— Criança ou adulto?

— Uma mulher, na porta da cozinha.

— E?

— Acho que chegamos tarde demais.

— Paramédicos! Agora!

— Ah, merda...

Tudo dentro das minhas entranhas voltou quando vi um bombeiro colocar minha mãe em uma maca.

O rosto dela.

O cabelo.

A *mão* queimada, cheia de bolhas.

Dobrando o corpo, observei horrorizado enquanto cortavam suas roupas.

— Mãe! — gritei, com as lágrimas escorrendo. — Salvem ela!

Ah, meu Deus.

Não havia um centímetro do seu corpo que não estava queimado e cheio de bolhas.

O fogo tinha acabado com ela.

— Mãe! — Fiquei de quatro e rastejei até ela para logo ser afastado. — Ela está viva? Minha mãe está viva?

— Não olhe, cara — alguém falou no meu ouvido, colocando um cobertor no meu ombro e me levando para longe da cena. — Feche os olhos.

Eu não conseguia fechar os olhos.

E não suportava ver os médicos tentando reanimá-la.

Minha mãe.

Ela era a minha mãe.

Com a pele toda descascando.

Eu queria gritar para que olhassem para a mão dela, mas as palavras não saíam.

— Mãe... — sussurrei, tremendo. — Mãe...

— Encontramos outro.

— Um homem.

— Na sala.

— Parece que estava tentando fugir pela janela.

— Morto.

— O fogo está contido — ouvi alguém berrar momentos antes de outro corpo ser carregado para fora da casa. — O andar de cima está liberado.

Não, não, não.

O andar de cima não estava liberado.

As crianças estavam lá.

Eu tinha deixado as crianças lá, caralho!

— Meus irmãos e minha irmã! — berrei, me levantando e lutando contra o homem que me segurava pelos ombros. — Me deixem entrar, porra!

— Não tem ninguém lá dentro.

— Vocês estão errados! — falei para o homem que agora eu via que era da Gardaí. — Meus irmãos estão lá em cima! — Eu tinha certeza de que eles estavam lá. Pior: se eles sabiam que nosso pai estava em casa, deviam ter se trancado nos quartos para se esconder. — Dentro da casa! Vocês precisam me deixar entrar! — gritei, desesperado, tentando me desvencilhar. — Eu abandonei eles! Eu abandonei eles lá dentro com ela!

— Já olharam na casa inteira — ele disse, tentando me acalmar. Mentindo na minha cara. — Não tem ninguém lá dentro.

Mentira.

Disparei para frente e consegui me soltar. Avancei alguns metros antes que ele me arrastasse para trás mais uma vez.

— Tire suas mãos sujas de mim, seu porco nojento!

No meio do mundo desmoronando ao meu redor, vi o rosto de Johnny Kavanagh.

— Joe — me chamou, passando por baixo da fita de isolamento. — Está tudo bem.

— Kav! — Me desvencilhei do filho da puta que estava tentando me conter e me aproximei do namorado da Shannon. — Você tem que me ajudar a tirar eles de lá! — Desesperado, avancei para ele, pois eu sabia que, se havia alguém disposto a salvar minha irmã, seria aquele cara. — Fui embora. Fiquei puto e saí... mas não podia ter feito isso. Não podia abandonar eles, então voltei, mas a casa estava... e minha mãe... — A imagem da minha mãe fez meu estômago se revirar, e segurei o choro. — Porra, Shannon. Tadhg... Ninguém está me escutando.

— Estou com eles, Joey. — As palavras abalaram as estruturas em que eu pisava, e depois dela vieram outras: — Tirei eles de lá.

— Você está com eles? — Fiquei zonzo, tentando entender o que ele estava dizendo. *Estava* com eles? Os *meus* meninos? *Ele* estava? — Você tirou eles de *lá*?

Ele fez que sim vigorosamente e seus braços envolveram meu corpo.

— Ollie, Tadhg, Sean e Shannon.

Ollie.

Tadhg.

Sean.

Shannon.

Johnny Kavanagh estava com eles?

Se aquilo fosse uma brincadeira, seria a brincadeira mais cruel de todas.

— Merda — falei, me lembrando de repente. — Darren! — Disparei para a casa em chamas de novo. — Meu irmão ainda está lá...

— Não, ele também está na minha casa — disse, puxando minhas costas para o seu peito e me arrastando para longe do fogo. — Estão todos lá. Juro por Deus, cara, todos os seus irmãos estão na minha casa. — Me abraçou com mais força e tive quase certeza de que ele estava sustentando nós dois quando sussurrou no meu ouvido: — Estão seguros.

Estão seguros.

Estão seguros.

Estão seguros.

— Vocês precisam sair daqui — alguém falou. — Não é seguro.

— Já estamos indo — Kav respondeu, me conduzindo para longe da casa. — Vamos, cara.

Ele parou de falar quando dois sacos mortuários foram colocados na traseira de uma ambulância.

Minha mãe.

Ela não tinha sobrevivido.

Kav se encolheu e se virou, mas era tarde demais para mim.

Eu já tinha visto.

Já tinha visto *eles*.

Ele e ela.

Meus pais.

Jazendo lado a lado.

Mesmo na morte.

— É culpa minha.

— Não. — Passamos por baixo da fita que cercava a casa da minha infância, e Kav me empurrou para uma familiar mercedes. — Isso é culpa dele, Joey. Não sua.

— Eu estava chapado — confessei, sentindo minha mente se esvair enquanto tentava absorver tudo aquilo. Enquanto eu me distanciava da realidade. — Perdi a cabeça e abandonei eles.

— Se você tivesse ficado, estaria apagado na sua cama. Darren não teria saído pra te procurar, Shannon não estaria acordada pra me ligar, e vocês todos teriam morrido queimados enquanto dormiam.

Ele estava falando aquelas coisas, mas não estava ajudando.

Nada poderia ajudar.

— Meu Deus. — Vi a terrível imagem da mão dela diante dos meus olhos. — Minha mãe...

— Isso *não* foi culpa sua. Então não ouse deixar aquele escroto entrar na sua mente — disse, me botando na traseira do carro.

Eu não estava entendendo nada.

— Você não tem culpa — o namorado da minha irmã repetiu de algum lugar próximo. — É culpa do seu pai.

Tudo me escapava.

Era como se minha mente tivesse chegado ao limite e decidido desligar.

Seria autopreservação?

Ou um colapso mental?

Será que eu tinha pulado da ponte?

Estaria no inferno?

Parecia o inferno.

Eu estava preso em um pesadelo.

Acorde.

Acorde, Joey.

— Joey, você vai pra casa com a gente, está bem? — uma voz conhecida falou, mas eu não sabia de onde vinha. Meu coração estava batendo tão forte que minha visão embaçou. Ou talvez fossem lágrimas... — A gente vai cuidar de você. Não estou te perguntando nada, filho. Estou te informando.

Você pulou.

Não se preocupa, você pulou.

Nada disso é real.

Isso não está acontecendo.

— Eu devia estar lá — falei. Para quem, eu não tinha certeza. Mas falei. — É meu trabalho manter eles seguros.

— *Estão* seguros. — Alguém estava me abraçando. Tinha o braço no meu ombro e a mão grande em cima da minha. — E você também.

Seria Deus?

O diabo?

Onde é que eu estava?

— Não — murmurei, sonolento, sentindo o último fio de sanidade se romper. — É meu trabalho manter *ela* segura.

110

Já passou da hora

AOIFE

O cheiro foi a primeira coisa que senti quando desci da van do meu pai no final da rua e corri até a multidão reunida na frente do Elk's Terrace, 95.

Enormes nuvens de fumaça preta continuavam subindo para o céu enquanto os bombeiros lutavam para apagar o incêndio que devorava a casa do meu namorado.

— Aoife! — Casey me chamou. — Ah, meu Deus, Aoife! — Passou por um grupo de mulheres de pijama e correu até mim. — Você não faz ideia como é bom te ver. — Ela me abraçou, ofegante. — Ouvi as sirenes e vi o fogo, e todo mundo começou a sair de casa. Meu Deus, tentei te ligar, mas a ligação caía direto na caixa postal. Fiquei morrendo de medo de você estar lá dentro. Quando vi o Joey surtando...

— Você viu ele? — perguntei com o peito pesado, me esforçando para entender o que estava vendo. — Quando? Onde? Ele está bem? Ele estava...

— Sim, eu vi ele. Ele está bem... quer dizer, claramente não estava bem. Tipo, estava surtando, o que é compreensível. Queria entrar na casa, mas o Johnny Kavanagh apareceu e levou ele embora.

Era só disso que eu precisava.

Ele está bem.

Três palavras.

— Ele está bem? — Chorei descontroladamente quando o alívio me dominou e minhas pernas cederam. — Joe está bem?

— Você também — meu pai disse, me segurando antes que eu caísse no chão. — Você também está bem, filha. — Ele se virou para Casey e perguntou: — Todo mundo saiu?

— Todas as crianças saíram — respondeu. — Pelo que ouvi das vizinhas, Joe e todas as crianças foram levadas pra casa do namorado da Shannon. Só a mãe e o pai que acabaram se queimando...

— Certo, já chega — meu pai a interrompeu, passando o braço em mim e me puxando para o seu peito. — Você vai pra casa comigo agora. Casey, querida, você vem? Acho que seria bom a Aoife ter a companhia da amiga...

— Claro, Papi T, eu vou sim.

— O quê? Não, não, não! — De olhos arregalados e horrorizada, me virei para o meu pai de queixo caído. — Não, pai. Não posso ir pra casa. Tenho que ver ele. Ele...

— Não. — Ele me cortou, colocando o braço forte no meu ombro e me conduzindo para a van. — Não vai, não. Você vai pra casa comigo e a Casey e vai ficar lá. Amanhã é outro dia. Daí você pode ver ele. Prometo que eu mesmo te levo na casa do Kavanagh, mas agora preciso que você vá pra casa descansar.

— Pai, você não entende...

— Não, *você* não entende, Aoife — ele disse, me acomodando no banco do carona da van e esperando que Casey entrasse atrás de mim antes de fechar a porta e ir até o banco do motorista. — Você está grávida, pelo amor de Deus — ele continuou, dando a partida. — Isso não é bom pra você. Sei que ama o garoto e o meu coração está partido por ele também. Passei a noite toda fazendo as suas vontades. Fiz tudo o que eu podia pra te ajudar e te apoiar, mas agora estou batendo o pé. Isso não é bom pro bebê, e acho que já passou na hora de você começar a colocar o *bebê* em primeiro lugar.

111

Me acorda quando tudo tiver passado

JOEY

— Como é que eu posso fazer isso, John? Como é que vou conseguir organizar o funeral da minha mãe?

— Você não está sozinho, Darren. Vamos apoiar vocês em tudo o que pudermos.

As pessoas estavam falando à minha volta.

— Logo vão liberar os corpos.

Fazendo planos.

— Acho que vão entregar o corpo dele pra sua família também.

Tomando decisões.

— Ela não vai ser enterrada com ele.

Eu não entendia uma palavra.

— A Gardaí vai pegar mais depoimentos, mas acho que podemos dizer que foi um incêndio criminoso.

Jogado na mesa de jantar de uma sala onde eu nunca tinha estado antes, apoiei o rosto contra a madeira e segurei a nuca com as mãos.

— Claro que foi criminoso. O escroto queimou ela viva! É um homicídio-suicídio.

A mão dela.

— E ainda tentou levar as crianças junto.

Por que é que eu não conseguia tirar da cabeça a imagem da mão dela pendendo para fora do saco mortuário?

— Os médicos estão vindo. Vão cuidar dos dois.

É a sua mãe, babaca.

Ela está fria feito concreto agora.

Porque você não ficou.

— Meu Deus, a vovó não para de ligar. Não consigo lidar com ela agora.

Tremendo, me concentrei no som do meu coração martelando.

— Aqui, me dê o telefone. Falo com ela, querido.

Meu corpo não parava de tremer.

— Alex. Preciso entrar em contato com o Alex. Ele está em Belfast. Não sabe de nada...

A lembrança dos meus irmãos chorando continuava me assombrando.

— Posso fazer tudo isso por você.

A mão dela.

— E com a irmã da minha mãe, Alice, que está em Beara.

Era a mão da aliança?

Porra, era sim.

Me desculpa, mãe.

Me desculpa mesmo.

— Joey, meu bem, você estaria interessado em tentar?

Era a mão esquerda dela.

Ela estava de aliança?

— Quer tentar?

Eu não me lembrava.

Porra, ela estava sempre usando aquela coisa.

— Ele precisa ir. Vai morrer se não se tratar e não posso perder mais ninguém da família.

Onde estava a aliança dela?

Será que tinha derretido?

— Joey, querido, está me ouvindo?

Eu não sabia direito por que ela ou qualquer um deles estava me fazendo perguntas.

Eu não tinha palavras na minha cabeça para responder ninguém.

— Joey, meu bem, você está com o seu celular? Posso ligar pra sua namorada.

— Não — murmurei com o corpo todo duro enquanto o rosto dela atravessava a escuridão. O único rosto que eu via desde os doze anos.

Cabelos loiros.

Olhos verdes.

Sorrisos.

Amor.

Carinho.

Luz.

Aquele rosto.

O rosto dela.

Rainha.

— Não — consegui falar, com o coração disparado. — Não quero que ela... me veja assim.

— Joey, meu bem, a Aoife deve estar muito preocupada.

— Não, Edel. Não quero que ela chegue perto dele.

E aí, você tem um nome, garoto-que-pensa-por-si-mesmo?

— Darren, querido, essa decisão não é sua. É do seu irmão.

Você é o meu amigo favorito, e adoro tudo em você.

— Hum, meu irmão não está bem. Ele não precisa que coloquem mais pressão nos ombros dele. Não está vendo que ele já chegou no limite?

Se eu tivesse um chocolate agora, te daria até meu último pedaço.

— O que você acha que a namorada grávida vai provocar nele? Ele precisa se concentrar em si mesmo agora. Ele não vai conseguir fazer isso com ela aqui.

Não se preocupe, Peter Pan. Vou ser sua Wendy.

— Você não pode deixar ela de fora, querido. Ela vai ter o bebê dele.

Está tudo bem. Só se concentre na gente.

— Escute, só estou tentando manter meu irmão vivo. Se isso me transforma no vilão, então que seja. Aceito o título e todas as merdas que vêm com ele. Porque ele não vai conseguir fazer isso, Edel. Ele não vai aguentar mais ninguém sugando a vida dele.

Te amo, Joey Lynch.

— E você já pensou que ela pode ser a única pessoa que *dá* vida a ele?

Pro que der e vier, Joe.

— Eu sei do que estou falando. Ele não vai conseguir lidar com ela agora. Ele acabou de ver o cadáver da nossa mãe sendo arrastado pra fora da nossa casa da infância! Ele precisa ir pra reabilitação, não brincar de casinha com uma adolescente!

— Darren, querido, sei que seu coração está no lugar certo, mas preciso te dizer que acho que você está fazendo as escolhas erradas. Separar eles só vai atrapalhar no longo prazo.

— Não ligo! Ele vai pra reabilitação, ele *concordou* com isso, e eu não vou deixar ela enfiar coisas na cabeça dele pra fazer ele mudar de ideia.

— Isso vai ser um tiro no seu pé.

— Não ligo. Joe? Sou eu, Dar. Está me ouvindo? Preciso que você assine esses formulários pra mim, ok? Não posso fazer isso por você, cara. Você tem mais de dezoito anos. Você mesmo tem que assinar.

A pessoa sentada à minha esquerda colocou o braço no meu ombro, e foi aí que eu soube que estava quebrado.

Porque não me encolhi.

Porque não doeu.

Porque não me importei.

— Me dá a caneta — consegui dizer. Usei toda a força que me restava para erguer a cabeça da mesa. — Eu assino.

— Graças a Deus.

— Você está fazendo a coisa certa, filho.

— Me promete uma coisa — murmurei.

— Qualquer coisa, Joey, querido.

— Estou tão orgulhosa de você, Joe.

Assinei meu nome no papel, soltei a caneta e abaixei a cabeça, sentindo que eu não tinha mais vida dentro de mim.

— Prometa que vai mantê-la segura e longe de mim.

— Quem, Joey?

— Molloy.

112

Você não pode me impedir

AOIFE

— Não está certo, Tony — minha mãe disse, colocando uma caneca de chocolate quente na minha frente na sexta-feira à noite. — Já se passaram quatro dias. A garota tem o direito de ver ele.

— Escute, Trish, não quero brigar com você. Eu também não acho certo — meu pai respondeu, se sentando na mesa da cozinha ao meu lado. — Mas ele é o irmão mais velho. Os pais morreram. Temos que respeitar os desejos dele. Darren está fazendo o melhor que pode pra manter a família unida.

Quatro longos dias tinham se passado desde o incêndio que tirou a vida de Teddy e Marie Lynch.

Quatro dias em que tive zero contato com Joey.

Quatro dias que meu mundo tinha desmoronado quando li as palavras do que só podia ser a carta de despedida do meu namorado.

Minha mente ainda estava um turbilhão.

Meu coração estava dilacerado.

Eu poderia lidar com tudo aquilo se apenas me deixassem *vê-lo.*

Mas não. Aparentemente, eu não era o que Joey precisava agora.

Segundo Darren, eu tinha que manter distância e dar ao seu irmão tempo para passar o luto.

Darren que se fodesse.

Joe não estava apenas de luto.

Se ele estava enfiado em um quarto em algum lugar, também estava enfrentando a abstinência.

Ele estava *sofrendo*, e o fato de eu não poder vê-lo me deixava fisicamente doente.

— Darren não é o patriarca da família Lynch — falei, sentindo meu estômago se contorcer. — É um péssimo substituto pro único pai que aquelas crianças tiveram.

— A mãe deles...

— Não estou falando da mãe deles, pai — interrompi, afastando a caneca. — Estou falando do Joe.

— Bem, o Darren ligou pedindo pra que a Aoife não fosse ao funeral na segunda — minha mãe disse. — Parece que o Joey vai direto pra clínica de reabilitação depois da cerimônia, e o Darren acha que não vai fazer bem pra ele ver a Aoife. Pra ele não mudar de ideia.

— Que porra ele acha que eu sou? — perguntei, empurrando a cadeira para trás e me levantando. — A encarnação do diabo?

Minha mãe soltou um suspiro pesado.

— Aoife...

— Não, mãe, não vou aceitar essa bosta — falei, me odiando por parecer tão fraca. — Não é justo. Estive aqui o tempo todo. Não fugi. Não desisti do Joey. Seis anos, mãe. Fiquei do lado dele por seis anos, ajudando ele. Tirei ele daquele antro das drogas. Arranquei agulhas do braço dele. Pedi dinheiro emprestado pra pagar as dívidas dele e mantê-lo seguro, e agora só porque estou grávida o Darren me trata como se eu fosse a responsável pela ruína do irmão.

— Meu Deus — meu pai falou, apoiando a cabeça nas mãos. — Por que você não falou pra gente que a situação estava tão ruim?

— Como eu poderia falar? Olha só como vocês estão reagindo. Você teria demitido ele da oficina e mandado ficar longe, e o Joey não tem mais ninguém!

— Você só tem dezoito anos — disse, com os olhos cheios de lágrimas. — Não quero essa vida pra você.

— Ele só tem dezoito anos — retruquei, tremendo. — E *é* a minha vida, pai. Ele é a minha vida e eu sou a *dele*. Somos uma família. — Minha voz falhou e respirei fundo antes de continuar: — É o pai do meu bebê, e o Darren está *afastando* ele de mim.

— Aoife, filha, sei que você...

Alguém tocou a campainha nessa hora, fazendo meu pai parar e franzir a testa, olhando para a porta da cozinha.

— Está esperando alguém, Trish?

— Não, amor — minha mãe respondeu, dando um tapinha na mão dele. — Deve ser a Casey. Ela costuma vir depois do trabalho.

— Aoife? — Kev chamou do corredor alguns instantes depois. — Sei que você não quer falar comigo, mas tem uma mulher aqui querendo te ver.

— Se for outra repórter querendo uma entrevista, vou perder a cabeça — meu pai falou, se levantando e saindo da cozinha.

Durante toda a semana, fomos bombardeados com telefonemas das rádios locais e visitas de jornalistas procurando um furo de reportagem.

Nossa comunidade era pequena, o que significava que o incêndio foi notícia em toda a Cork, chegando até a ser notícia nacional, e a imprensa estava sendo asquerosamente intrusiva. Casey tinha ouvido que haveria emissoras nacionais no enterro. O que era mais que insensível com os seis jovens que tinham acabado de perder os pais, por mais escrotos que estes fossem.

Meu pai voltou alguns minutos depois com uma loira que eu conhecia.

— Trish — ele disse, gesticulando para que a elegante mulher se juntasse a nós na mesa. — Esta é Edel Kavanagh.

— Oi, Trish — Edel disse, abrindo um sorrisinho para a minha mãe antes de voltar a atenção para mim, me cumprimentando com seus olhos calorosos. — Aoife, querida, como você está?

Abri a boca e tentei responder, mas não consegui verbalizar as palavras. Não com a atenção totalmente focada na criança cuja mãozinha ela estava segurando.

— Ah, meu Deus — falei, quase caindo da cadeira na pressa de chegar até ele. — Sean!

— E-fa — murmurou, chupando o dedo, antes de se soltar de Edel e se aproximar de mim. Sua mãozinha estava toda babada, como sempre. — E-fa.

— Ah, Seanzinho... — Peguei-o em meus braços e desmoronei ali mesmo, sentindo alívio ao ver sua cabecinha cacheada. — Você não faz ideia como é bom te ver, menininho.

— O-ee triste — ele me disse, tocando minha bochecha. — O-ee saudade E-fa.

O fato de ele estar tentando falar e estar se saindo muito bem só me fez chorar mais ainda.

— Sim, carinha — falei fungando, enterrando o rosto no seu pescocinho e me deleitando com o seu cheiro tão familiar. — Aoife também está com saudade do Joey.

— Na verdade, vim conversar com você justamente sobre isso — Edel nos interrompeu, aceitando a cadeira que minha mãe ofereceu. — Obrigada.

— Café?

— Eu adoraria, obrigada, Trish.

— Como estão os outros? — perguntei, sem conseguir disfarçar a emoção. — E Joe... — Soltei um suspiro trêmulo e me levantei, levando Sean comigo. Depois, voltei para o meu lugar na cozinha. — Ele está... bem?

— Obrigada, Trish — Edel disse, pegando a caneca de café fumegante que minha mãe lhe deu e se virando para mim. — Darren, Shannon, Ollie e Tadhg estão indo muito bem, apesar das circunstâncias. — Ela sorriu carinhosamente para o menininho no meu colo. — E o Sean aqui é a alma mais doce do mundo.

— E o Joe?

Ela balançou a cabeça com tristeza.

— Não está tão bem quanto os outros.

Meu coração se partiu.

— Ele está bem mal — acrescentou. Segurei o menininho com mais força, sentindo uma espécie de conexão com o meu namorado pela primeira vez em dias. — Não falou uma palavra desde a noite do incêndio.

— Meu Deus — meu pai murmurou, esfregando o rosto com a mão manchada de óleo. — Coitado.

— Ele também não comeu nada — continuou, com a preocupação estampada no rosto e na voz. — Pra ser sincera, nem sei se ele tem dormido. Quando não está vomitando, está olhando pra parede.

— *Preciso* ver ele — falei devagar, com firmeza, desesperada, desejando que aquela mulher fizesse a coisa certa pelo meu namorado. — Vocês não entendem. Darren acha que sabe de tudo, mas não faz ideia. Ele não sabe nada do irmão, mas eu sei. *Conheço* o Joey. Posso *ajudar*. Posso *falar* com ele, se você me der uma chance.

— Concordo — ela disse, me surpreendendo. — É por isso que estou aqui, querida.

Ergui as sobrancelhas.

— Você concorda?

Ela fez que sim.

— Eu queria te chamar aquela noite. Pensei que seria bom pro Joey ter você com ele, mas o Darren também tinha acabado de perder a mãe e não tive coragem de confrontá-lo. Ele acreditava de verdade que estava fazendo a coisa certa. Ele tinha certeza de que sabia o que era melhor pro irmão. — Deu um gole no café antes de abaixar a caneca e dizer: — Mas tenho a impressão de que a melhor coisa pro Joey está sentada nessa cozinha.

As palavras dela...

Meu Deus, as palavras dela significaram tanto para mim...

Envolveram meu coração como um abraço quentinho.

— Você vai me levar pra ver ele?

Abriu um sorriso triste e assentiu.

— Você jamais devia ter ficado longe dele, querida. Foi um erro de julgamento da minha parte que nunca mais vai se repetir.

Eu já estava de pé antes mesmo que ela terminasse a frase.

— Estou pronta.

— Não — meu pai disse. — Não quero que ela vá.

— Tony — minha mãe falou, suspirando. — Por favor, só...

— Me desculpa, sei que o garoto está mal — continuou, genuinamente arrasado. — E eu dividiria meu coração com ele para fazê-lo melhorar, eu juro, mas não à custa do bem-estar da minha filha.

— Tony.

— Aoife está com mais de cinco meses. Precisa ficar aqui, segura, e não estressada.

— Eu vou, pai.

— Aoife, não. Por favor. Pense no que é melhor pra você.

— Eu *vou*, pai — repeti, colocando Sean no chão. — E não tem nada que você, o Darren ou qualquer um possa dizer pra me impedir.

113

De volta para mim, de volta para você

AOIFE

A casa de Edel Kavanagh estava abarrotada de gente quando atravessei a porta com ela e Sean.

Armada com uma mala de viagem cheia de vitaminas para grávidas, roupas e lanches, segui a mulher que se compadeceu das minhas pobres emoções e do meu cansaço, sorrindo e acenando para qualquer um que parasse para me cumprimentar. Quando chegamos à sala de estar e fomos recebidos pelo Darren, fiquei irritada. Estava sentado no sofá, aninhado sob o braço de quem presumi ser seu namorado, o Alex, enquanto conversavam baixinho um com o outro.

No instante em que seus olhos pousaram em mim, senti uma mudança no ar.

Uma sensação de que eu não era bem-vinda.

— Aoife.

— Darren.

— O que você fez? — Virou-se para Edel. — Sabe que ele não quer ver você.

Ai.

Eu não consegui disfarçar o quanto ouvir aquilo me machucou.

Meu suspiro de susto foi prova disso.

— A Shannon tem o Johnny, você tem o Alex — Edel explicou calmamente, esticando a mão para fazer carinho nas minhas costas. — E o Joey tem a Aoife.

— Ela não vai fazer bem pra ele.

— Vou te mostrar o que é que não vai fazer bem pra *você* se você não calar a boca — uma senhora falou da poltrona ao lado da lareira. — Que audácia você achar que manda em alguma coisa na casa dessa mulher gentil.

— Mas vovó...

— *Nem comece* — ela repreendeu, erguendo o dedo enrugado. — Você não está velho demais pra receber um peteleco na orelha, rapazinho.

Ela voltou a atenção para mim e sorriu.

— Aoife. — Marcada pelos golpes da vida, mas com os olhos ainda brilhando de bondade, estendeu a mão para mim. — Quanto tempo!

A gente só tinha se visto algumas vezes ao longo dos anos, mas aquela mulher era muito importante para o Joey, o que significava que eu a tinha em alta conta.

— Oi, vovó — falei, me aproximando, observando seus adoráveis cabelos grisalhos. — Sinto muito pela sua perda.

— Venha aqui pra eu dar uma olhadinha em você — respondeu, segurando minha mão entre as suas e apertando. — Um dos meus netos me disse que você vai me dar um bisnetinho.

Meu Deus.

Lancei um olhar fulminante para Darren antes de assentir com relutância.

— Escute, o Joey queria te contar do bebê pessoalmente, mas os pais dele não queriam que o mais novo descobrisse, daí tudo meio que foi ladeira abaixo nesses últimos meses. Tipo, a gente nunca anunciou a notícia assim abertamente nem nada...

— Seu filho vai ser ótimo — ela me interrompeu, e uma estranha ternura me invadiu. — Forte que nem a mãe. — Senti o tremor da velhice percorrendo o seu corpo quando ela colocou a mão na minha barriga. — Carinhoso como o pai.

— A gente ainda não sabe se é menino ou menina — sussurrei.

— Vai ser menino. E vai ser igualzinho ao pai.

— Tomara.

— Você é uma boa garota. — Seus olhos arderam de emoção. — Com um coração de ouro.

Dei de ombros, porque não soube o que dizer.

— Leve ela até ele e observe a magia acontecendo — falou, se virando para Edel. — Devolva o coração do meu neto pra ele, e ele vai voltar a viver.

— Ele está aqui — Edel disse, batendo de leve na última porta da ala direita da casa. — Só me dê um segundo pra pedir pra Shannon nos dar licença.

Assenti e juntei as mãos, mal conseguindo conter as emoções.

— Oi, Shannon, querida — Edel disse ao abrir a porta e entrar. — Tem duas pessoas lá embaixo querendo te ver. Claire e Lizzie. Elas estão lá na sala, meu bem.

— Talvez... não quero que fique sozinho...

— E tem alguém querendo te ver, Joey — Edel a interrompeu, gesticulando para que eu me aproximasse. — Entra, querida.

Com o coração disparado, entrei, e na mesma hora vi meu namorado todo encolhido, deitado em posição fetal. Ele estava imóvel feito uma estátua na cama macia, de frente para a janela, abraçando um travesseiro.

Oh, meu amor.

Ele parecia uma criança.

Totalmente arrasado.

As palavras que ele tinha escrito naquela carta me assombravam tanto que era difícil controlar as emoções. Finalmente vê-lo e saber que ele ainda estava ali me fazia ter vontade de chorar feito um bebê de tanto alívio.

— Você não pode se esconder de mim — falei, engolindo o nó na minha garganta. Eu me senti mal por ignorar a Shannon, mas, naquele momento, o irmão dela era minha prioridade número um. — E não pode desistir.

Seu corpo estremeceu; um sinal de que, embora parecesse um fantasma, ele *estava* me ouvindo.

Passei pela sua irmã, me sentei na beirada do colchão, de frente para o Joey, e soltei um suspiro trêmulo quando olhei para ele.

Para o seu rosto encovado.

Para a sua expressão perturbada.

Para os seus olhos distantes.

— Meu Joey.

Seu corpo tremeu.

— Meu amor.

Seu corpo tremeu com mais força.

Isso.

Siga minha voz.

— Volta pra mim. — Com as mãos também trêmulas, fiz carinho na sua bochecha e afastei o cabelo dos seus olhos antes de me inclinar para afagá-lo. — Porque não vou desistir de você.

Sacodindo-se em agonia genuína, um gemido de dor escapou da sua garganta.

— Eu sei — falei, passando os dedos pelo seu cabelo. Para tocá-lo. Para trazê-lo de volta para mim. — Você está aí, não está?

Meu namorado se contorceu de novo e seus punhos se cerraram.

Isso.

— Estou te vendo, Joey Lynch — sussurrei, dando um beijo nos seus lábios rachados. — Você não pode se esconder de mim.

Então sua mão se mexeu, pousando na minha barriga, e juro que quase chorei de alívio.

— Isso — falei, colocando sua cabeça no meu colo. — Volta pra mim, amor.

Ele instintivamente apoiou a bochecha no meu umbigo, se encostando na parte do meu corpo que o conectava com o filho.

— Está tudo bem — sussurrei, aninhando-o enquanto ele se sacodia e tremia e se agarrava a qualquer parte de mim que conseguia. — Você não pode me mandar embora — continuei, segurando-o com mais firmeza quando suas mãos puxaram o meu moletom. — Você é meu, lembra?

E só quando Edel levou Shannon embora e fechou a porta Joey finalmente falou.

— Rainha.

Meu coração quase saiu voando.

Aí está.

Ele ainda está aqui.

— Oi, garanhão — respondi, enxugando uma lágrima no ombro, sem parar de fazer carinho nele. — Estou bem aqui.

— Estou morto?

— Não, amor, você não está morto. — Inclinei seu rosto para cima para poder olhar para ele. — Você está seguro.

Seus tristes olhos verdes se concentraram em mim, cheios de desamparo.

— Ela está morta?

Prendendo o choro, segurei seu rosto tomado pelas lágrimas entre as mãos e dei um beijo na sua testa.

— Sim, amor, sua mãe não sobreviveu.

Ele não reagiu.

Não ficou estático nem se encolheu nem gritou ou chorou.

Em vez disso, fechou os olhos, descansou a cabeça no meu colo e sussurrou:

— Pensei que fosse um pesadelo.

Dilacerada.

Eu me sentia totalmente *dilacerada*.

— Sei que você está sofrendo e sei que está cansado, amor — sussurrei, segurando-o o mais pertinho de mim que eu conseguia. — Mas prometo que, se você aguentar mais um pouquinho, vai melhorar. — Eu o beijei de novo. — Você vai conseguir, Joe. Eu juro.

— Está bem, Molloy. — Outra lágrima escorreu pela sua bochecha. — Se você diz...

— Me desculpa.

Suas palavras eram pouco mais que um sussurro na escuridão. Joey estava deitado de lado, de frente para mim.

Seus olhos cheios de lágrimas estavam vidrados, e parecia que ele estava olhando através de mim, mas estava segurando minha mão. Eu o senti voltando para mim a cada carinho tímido do seu polegar.

— Me desculpa.

— Tudo bem. — Contendo as emoções, limpei a garganta e pousei a mão na sua bochecha molhada, sentindo suas lágrimas escorrendo pela minha pele. — Você está bem.

Joey repetiu as mesmas palavras:

— Me desculpa.

— Você vai conseguir. — Me aproximei dele na penumbra, segurando seu rosto, e rocei o nariz no seu. — Pro que der e vier.

— A carta... você leu?

— Sim, Joe, eu li.

— Eu não queria te deixar — admitiu, emitindo um soluço de partir o coração. — Só queria te proteger.

— Essa tarefa é minha, esqueceu? — brinquei entre as lágrimas. — Eu que vou te salvar.

— E se eu não conseguir melhorar, Aoife? — perguntou, se segurando em mim com todas as forças. — E se eu for assim?

— Daí você vai acabar preso comigo. Porque te amo, garanhão. Amo todas as suas formas e cores.

— Decepcionei eles.

— Quem?

— Os meninos. —Deu de ombros. — Shannon.

— Não, amor, você não decepcionou ninguém.

— Eles me odeiam.

— Ninguém que te conhece de verdade conseguiria te odiar — sussurrei, enxugando uma lágrima do seu rosto. — Se você entendesse o quanto significa pra essas crianças, o quanto te adoram, te admiram... Se você pudesse se enxergar com os olhos deles... — Soltei um suspiro trêmulo. — Você é *muito* importante pra tantas pessoas.

— E aí? — Edel perguntou quando voltei para a cozinha mais tarde aquela noite. — Algum avanço?

Mostrei o prato e o copo vazios.

— Foi uma luta no começo, mas ele sabe que sempre ganho.

— Ah, graças a Deus — respondeu, relaxando de alívio e levando a mão ao peito. — É a primeira vez que ele come desde segunda.

— Sanduíche de presunto e coca-cola — eu disse, colocando a louça na pia. — É a receita pro coração dele.

— Bom saber. Joey falou alguma coisa?

— Quer que toquem uma música no enterro — respondi, mencionando um dos seus devaneios tristes. — “Lightning Crashes”, do LIVE. É a única coisa que pediu. Bem, isso e que Marie não seja enterrada com o Teddy.

— Algum outro conselho, Aoife, meu bem? — Edel perguntou com um suspiro cansado.

— Ah, não desista dele — falei, obrigando meus lábios a pararem de tremer enquanto eu me virava para ela. — Eu sei que ele é difícil e sei que de vez em quando ele é um pé no saco, mas você *não* pode desistir dele, Edel. Não importa o que aconteça. Se você desistir, já era. — Me recostei na pia e estalei os dedos para dar ênfase. — Vai ser o fim. E aquela centelha de esperança... aquela pequena ponte que ele está oferecendo pra você e pro John entrarem no mundo dele... ele vai mandar ela pros ares no instante em que você decepcionar ele, e nunca mais vai conseguir voltar atrás.

Fiz uma pausa antes de pegar a carta no bolso da calça e entregá-la para ela.

— Ele escreveu isso pra mim, mas acho que você devia ler.

Daria para ouvir uma agulha caindo no chão enquanto eu esperava Edel ler a carta suicida do meu namorado. A cada frase que lia, suas mãos tremiam mais.

— Leia o final — instruí quando ela soltou um suspiro de susto e fechou os olhos. — A parte que ele diz que vai deixar os meninos com você e o John.

— Coitado...

— Porque é isso o que Ollie, Shan, Tadhg e Sean são — continuei. — São os bebezinhos *dele*, e algo em você e em seu marido mexeu com ele. Não sei se você percebe o quanto isso é grandioso. O Joey estava planejando se matar, e a parte mais triste é que passou a vida toda lutando contra isso. Está cansado. Está exausto e, apesar de tudo, nunca pensaria em deixar as crianças, a não ser que tivesse um plano. E ele tinha. Enfim, encontrou um *lar* pros meninos com pessoas que sentiu que podia *confiar*. Se você conhecesse Joe como eu, saberia que ele não confia em ninguém. Passou por tanta coisa, e só de ter escrito isso, só de estar preparado pra ir contra a vontade da mãe e do irmão pra dar segurança pros irmãos... bem, isso já é um elogio e tanto pra você e pro John.

— Ah, Aoife, querida...

— Mas não vai ser fácil — avisei, enxugando uma lágrima do rosto. — Joey vai fazer de tudo pra provar que está certo e que vocês estão errados. — Tremendo, coloquei as mãos na barriga e suspirei. — Ele vai te tratar como um soldado na guerra, porque só sabe batalhar com os adultos. Vai questionar tudo o que você fizer, desde os programas de tevê que você deixar eles assistirem à comida que você oferecer. Vai te observar feito um gavião e fazer você ficar paranoica. Não é nada pessoal. Você precisa entender que essas crianças são tipo filhotes, e ele é uma mamãe urso. Ceder o poder dele pra você vai ser o maior sacrifício pra ele porque você é mulher, e as mulheres sempre o decepcionaram. Ele não é moldável como o

Tadhg, o Ollie ou o Sean. Não dá pra colocar um curativo nas cicatrizes que deixaram nele. Joey não é compreensivo que nem a Shannon nem diplomático que nem o Darren. Não está aberto a mudanças. É um livro fechado. É mais traumatizado que você, os irmãos ou qualquer um pode entender. Mas você... — Olhei bem nos olhos dela. — Tem algo em *você* que mexe com ele. Ele está confiando os bebezinhos dele a você. É um avanço e tanto.

— Vou fazer de tudo por essas crianças — Edel prometeu com a voz embargada. — Vou fazer de tudo por *ele*.

— Tomara — falei no mesmo tom. — Porque ele vai melhorar, te prometo, e daí a sua família vai conhecer o verdadeiro Joey. E te juro que vocês vão se apaixonar por ele.

Edel abriu um sorriso suave.

— A gente já é apaixonada por ele, querida.

114

Como um laço em volta do meu coração

AOIFE

O calor da manhã emanando do sol implacável era sufocante e fez a leve maquiagem que eu tinha passado mais cedo derreter pelo meu rosto. O verão tinha chegado com tudo em Ballylaggin, trazendo consigo árvores verdes, silagem recém-cortada e despedidas agridoces.

Não me perturbei com nada, exceto com o loiro de terno ao lado do túmulo da mãe, e mantive os olhos fixos em suas costas. Eu sentia uma vontade insuportável de proteger o garoto que tinha sido forçado a virar adulto tantos anos atrás. Era um sentimento tão forte que quase rivalizava com o que eu sentia pelo bebê crescendo dentro do meu útero.

O bebê dele.

A única vez que saí do seu lado foi de manhã, quando voltei para casa a contragosto para me trocar e ir para o trabalho. Eu tinha até tomado banho na casa dos Kavanagh, no banheiro do quarto do Joey. Foi o único jeito que consegui fazer de ele entrar lá. Tive que segurá-lo, dar banho nele e ficar com ele o tempo todo.

Até aquele terno de grife que o Joey estava usando eu tive que ajudá-lo a vestir antes de sair.

Meu namorado estava rígido no túmulo da mãe, completamente mergulhado em pensamentos e sofrimento. Depois que foi enterrada e as crianças Lynch se dispersaram, Joey continuou imóvel — ainda tentando protegê-la. Mesmo na morte.

Era de partir o coração, porque eu sabia que Marie Lynch tinha feito mais buracos nele do que o escroto do Teddy. Havia um buraco no coração do meu namorado que nenhum amor podia curar.

E Deus sabia que eu tinha tentado.

Ela não merecia o amor incondicional de Joey, porque nunca o amou da forma que o filho merecia. Mesmo assim, sempre o recebeu. Talvez fossem os hormônios da gravidez mexendo com as minhas emoções e me fazendo pensar mais irracionalmente que o normal, mas eu estava muito puta com ela. A sua morte, por mais horrível e abominável que tivesse sido, não a absolveu dos pecados que Marie tinha cometido contra os próprios filhos.

E esses pecados deixaram o coração do seu segundo filho quase dilacerado.

Joey só queria o amor dela.

E ela nunca conseguiu oferecê-lo.

Profundamente triste por tudo o que tinham perdido, olhei em volta, sabendo que os outros Lynch ficariam bem no futuro. Darren voltaria para a vida que tinha construído para si em Belfast, enquanto Shannon e os meninos mais novos seriam cuidados pelos Kavanagh. Não seria fácil, teriam que enfrentar vários obstáculos, mas se adaptariam.

Com certeza, tinham muito mais chances agora.

Mas o meu Joe...

Estava se afastando da família.

Se afastando de Ballylaggin.

E da minha vida.

Ele tinha se inscrito em uma clínica de reabilitação no interior. Os Kavanagh, assim que perceberam quão grave era o seu vício, se ofereceram para financiar o tratamento, e, em um raro momento de clareza, Joey assinou os papéis.

Quando o enterro da mãe acabasse, ele iria embora.

Para passar todo o verão fora.

Talvez para sempre.

Porra.

Não pense assim, Aoife.

Ontem à noite, quando me perguntou se estava fazendo a coisa certa, eu o apoiei e o encorajei fervorosamente, apesar de estar com o coração partido.

Ele precisava ir.

Eu precisava deixá-lo ir.

Soltei um suspiro pesado, segurei a rosa-vermelha com mais força e me aproximei, ignorando todos os olhares curiosos que recebi.

Algumas pessoas sabiam.

Mas a maioria não.

Para falar a verdade, eu não dava a mínima para o que os outros pensavam. Podiam falar o que quisessem sobre o peso que eu tinha ganhado de repente e que eu tentava esconder atrás do vestido preto.

Que fossem à merda.

Só parei até estar com o ombro colado no único garoto que eu já tinha amado. Mantendo os olhos fixos na cova recém-cavada da mãe dele, joguei a rosa lá dentro antes de reunir coragem para falar com ele.

Controle-se, Aoife.

Não o assuste.

Nem tente nada idiota.

Respirei fundo quando pousei os olhos no seu lindo rosto magro e disfarcei a devastação com uma expressão firme e determinada.

Esse era o problema de Joey Lynch: ele não sabia lidar com fraqueza. Ficava arrasado.

Ele tinha gastado tanta energia cuidando da família e defendendo os mais fracos que não sobrava muito espaço para a vulnerabilidade.

Ele precisava de uma parceira forte.

Alguém que podia se cuidar.

Alguém que não precisava ser tratada com luvas de pelica.

Como a Aoife.

— Eu te pedi pra não vir.

Direto e reto, como sempre.

Ele queria se despedir de manhã.

Mas eu não consegui.

Eu precisava de mais tempo.

Controlei os nervos e arqueei a sobrancelha, afastando a insegurança e substituindo-a por uma coragem fingida.

— E eu te disse pra economizar o fôlego.

— Aoife... — O sofrimento tomou suas feições e um tremor percorreu seu corpo esguio. — Você não devia estar aqui. Você sabe que não é bom...

Para o bebê.

Sim, eu sabia tudo sobre o velho *piseog*, nome dado à superstição irlandesa.

Se olhar para o rosto da morte, nunca vai sentir a respiração do seu bebê.

O problema é que eu era mais apaixonada do que supersticiosa.

— Não ligo — retruquei com um tom desafiador. — Até parece que eu não ia vir.

Tínhamos passado pelo inferno juntos.

Não ia deixá-lo enterrar a mãe sozinho.

— Mesmo assim. — Seus olhos vasculharam os meus procurando algo que eu não fazia ideia, mas que ele pareceu encontrar, porque soltou um suspiro aliviado.

— E aí, está pronto? — Juntei as mãos para me impedir de ficar tocando nele.

Na verdade, eu queria pegá-lo e trancá-lo no meu quarto.

Para mantê-lo seguro.

Para enfrentar tudo sozinha.

Abri um sorrisinho forçado e acrescentei:

— Pro que vem depois?

Seus tristes olhos verdes penetraram no fundo da minha alma.

— Não.

Mais honestidade bruta.

— Que bom. Porque eu também não estou.

Com a respiração presa, envolvi os braços no meu corpo, me obrigando a ser forte e não ter um troço.

Você consegue, Aoife.

Você consegue deixá-lo ir.

Não, você não vai conseguir.

Você não pode.

Não o deixe ir!

— Molloy.

— Agora me abrace como se você fosse ficar três meses sem me ver — ordenei com a voz rouca, torcendo para que meu namorado não dissesse nada que abalasse a minha parca determinação enquanto eu me aninhava nos seus braços.

Senti profundamente o seu aroma: desodorante, ar fresco e nada mais. Nada de álcool nem maconha.

Caramba, ele deve estar sofrendo tanto...

— Meu Deus... — Seus lábios tocaram meu cabelo e, como sempre, minhas mãos trêmulas seguraram a cintura da sua calça. — Não me espera, entendeu?

Suas palavras me enfureceram, mas não falei nada.

Como eu poderia?

Eu estava fazendo de tudo para me segurar.

Não ia desmoronar agora.

Não ali.

— Viva a sua vida, combinado?

Como se isso fosse uma opção.

Eu estava grávida do bebê dele, pelo amor de Deus.

Seus comentários só mostravam como estava desligado do mundo real. Como sua mente estava bagunçada! Quão vacilante e irracional tinha se tornado seu pensamento!

Alguém poderia tomar aquelas palavras por egoísmo, mas não era isso. Ele era a pessoa menos egoísta que eu conhecia. Só não estava *presente* mentalmente. Ele tinha se dissociado da realidade.

— Cala a boca, Joey Lynch.

Minha voz falhou e eu o abracei, sem ousar dar ouvido às dúvidas que me faziam questionar se aquilo daria certo.

Eu não podia me dar ao luxo de questionar.

Joey *ia* melhorar.

E depois voltaria para mim.

— Eu te amo — falei, fechando os olhos com força.

— Cala a boca você, Aoife Molloy — respondeu, beijando a minha testa. Eu queria poder tatuar a sensação dos lábios dele na minha pele, pois estava morrendo de medo de nunca mais senti-la de novo. Suas mãos

passaram dos meus ombros para o meu pescoço e pousaram no meu rosto.
— Também te amo.

— Vou estar aqui quando você sair. — Eu era patética, mais uma mulher estúpida arriscando o futuro por um homem. Mas eu precisava lhe dar esperança.

— Não esteja aqui. — Ele se inclinou e me beijou com força. — Esteja em algum lugar melhor.

— Não recebo ordens suas — eu disse, beijando-o de volta. — Você já deveria saber.

— Porque você é uma doida. — Seus lábios inchados roçaram os meus enquanto ele falava. — Você está desperdiçando sua vida comigo. Você sabe. Todo mundo vive te dizendo isso, mas você não ouve...

— Porque essa é a minha vida — retruquei, erguendo os braços para segurar as lapelas do seu terno. Mantive os olhos fechados para conter as lágrimas e tentei brincar: — Agora, trate de deixar essa bundinha saudável e voltar pra mim. Porque vou precisar de você saudável, está bem?

Era verdade.

Eu precisava dele saudável.

Que droga! Eu precisava dele, ponto-final.

— Aoife. — A dor tomou suas feições. — Eu sou péssimo em...

— *Está bem* — falei, não encontrando conforto nenhum na sua falta de confiança.

Ah, meu Deus.

Ele também acha que não vai conseguir.

— Está bem. — Ele assentiu devagar e roçou o nariz no meu. — Está certo.

— Agora me dá um beijo e diz que me ama — pedi, segurando a sua boca. — E capricha.

— Você devia ter mandado eu me foder — sussurrou, se inclinando para perto. — Quando a gente estava no primeiro ano. — Seus lábios tocaram os meus uma vez, duas vezes. — Eu te amo desde aquela época. — Outro beijo. — Desde a primeira vez em que te vi, sentada no muro com o cabelo loiro balançando ao vento. — Sua língua provocou a minha. — Eu só não sabia.

— Joe...

— Sei que te fiz mal, Molloy — continuou depressa, se atrapalhando com as palavras enquanto tentava recompor a realidade em meio à névoa da abstinência e do luto. — Mas você é a única — acrescentou baixinho, em um tom sofrido e urgente. — Você *sempre* foi a única. A única. Nas horas boas e ruins. Juro por Deus... — Ele limpou a garganta e inclinou a cabeça para o túmulo ao nosso lado. — Juro pela minha mãe. Não importava quão chapado eu estivesse, nunca toquei outra garota.

— Ele balançou a cabeça de novo, soltando um suspiro sofrido, e disse: — Todas as merdas que eu fiz... andando com Shane e os caras... as drogas, as brigas, tudo... eu nunca tentei te substituir. Eu só estava tentando *me* substituir.

— Você estava doente, Joe — falei, sentindo o coração acelerar e suas palavras me atingindo de um jeito novo e devastador. — Eu sei que você não queria me machucar.

— Mas nós dois sabemos que te machuquei mesmo assim — ele disse com tristeza.

Eu não tinha resposta para aquilo.

Joey *tinha* me machucado.

Mais que isso, tinha me destruído.

— Te amo. — Essa era a única coisa que eu podia dizer para justificar a minha insistência, por mais ilógico que parecesse. Era tudo o que eu tinha. E, de alguma forma, foi o suficiente para apaziguar a tempestade nele. — Te amo, Joe.

— Joey — a sra. Kavanagh chamou, nos fazendo virar para ela, que estava com dois funcionários da clínica de reabilitação. — Está na hora de ir, querido.

Não!

Não vai.

Fica comigo.

— Eu sei, já estou indo — ele respondeu, se voltando para mim.

Não vai!, era o que eu queria gritar. Tive que colocar a mão na boca para me impedir de falar. *Não me deixa sozinha. Estou morrendo de medo...*

— Te amo, rainha. Sempre te amei e sempre vou te amar — sussurrou, acabando comigo. — Sempre foi só você. Sóbrio ou chapado, minha cabeça sabe disso. — Ele pegou minha mão e a pousou no seu peito antes de acrescentar: — Meu coração também.

— Joe...

— Eu fiz tanta merda que não conseguiria nem fazer uma lista de tudo, mas nunca fiz *aquele* tipo de merda. Eu *nunca* aprontei desse jeito, ok? Se eu não te dei nada nesses últimos anos, acredite que te dei pelo menos a minha fidelidade. Nunca quebrei essa promessa, Molloy. Jamais.

— Joe, só quero que você melhore — falei, segurando-o com todas as minhas forças. — Também preciso de você. Muito.

— Joey, é hora de ir — John nos interrompeu, fazendo minhas entranhas se revirarem.

— Sim, dois segundos — disse com um tom frustrado. — Porra, Aoife, é isso, amor. Preciso ir.

— Só mais um minutinho — pedi, e ele soltou um grunhido de dor. — Me desculpa. É difícil demais.

— É hora de ir, Joey, querido.

— Merda — falei, com o peito pesado pela pressão. — Joe...

— Se cuide, hein? — disse com uma voz grave e rouca de emoção. — Não saia escalando muros enquanto eu estiver longe, Houdini. — Ele limpou a garganta, deu um beijo na minha sobrancelha e recuou. — Te vejo depois, Molloy.

Então foi embora.

Foi embora da minha vida.

Me deixando para trás.

Fiquei parada ao lado do túmulo da sua mãe, vendo-o ir.

Segurando o pingente do colar que Joey me deu no meu aniversário de dezoito anos, vendo ele ser levado para longe de mim.

Observando, com o coração se despedaçando a cada passo que ele dava.

Eu não tinha controle algum.

Ele estava me abandonando e eu não sabia se voltaria um dia.

Tentei ser forte por nós dois, porque Deus sabia que Joey precisava de que alguém fosse forte por ele. Estampei no rosto o sorriso que passei a vida toda aperfeiçoando e mantive os olhos fixos nas suas costas, sentindo que eu estava prestes a morrer.

Eu não conseguia respirar.

A dor que eu sentia era paralisante.

Várias lápides nos separavam agora, e a morte nos cercava da maneira mais pungente. De um jeito meio simbólico. Estávamos no lugar para onde as pessoas iam quando a vida delas terminava, enquanto a nossa relação potencialmente terminava.

Era uma ironia cruel.

O meu mundo desmoronava à minha volta e eu não podia fazer nada para impedir.

Não.

Não.

Não!

Eu não podia salvá-lo, agora eu aceitava isso, mas a parte mais assustadora era que eu não sabia se alguém poderia. Por baixo de tudo, ele era a pessoa que eu amava, e eu ainda queria estar com essa pessoa.

Minha bandeira ainda estava conectada a seu mastro quebrado.

Havia um bebê crescendo dentro de mim, um bebê que eu não conseguia nem pensar em criar sozinha, apesar das probabilidades de eu ter que fazer isso serem bastante altas.

Eu só queria que ele melhorasse.

— Prometa, Joe! — sem me aguentar, gritei alto, chorando copiosamente, vendo-o se afastar pelo que podia ser a última vez. — Prometa que você vai voltar pra mim!

Fraca.

Fraca, fraca, fraca, fraca pra caralho!

Seus ombros ficaram rígidos, ele parou e se virou.

Sua expressão era de dor e frustração.

— Molloy...

— Volte pra mim, Joe — falei com a voz rouca, segurando a barriga. — Melhore logo e volte pra mim... pra sua família.

Ficou me encarando por um longo tempo, arrasado e, depois, concordou.

— Vou voltar pra vocês. Pra vocês dois.

E então ele se foi.

PARTE 10

115

Não vá por aí

JOEY

Na clínica de reabilitação, me disseram que eu tinha que me lembrar. Que, para melhorar, eu tinha que voltar ao começo. Às minhas lembranças mais antigas da infância. Se eu não fizesse isso, os buracos que os meus pais tinham deixado dentro de mim nunca se curariam.

Eu sabia que aquilo era uma baboseira. Não podiam me curar. Nenhuma lembrança poderia consertar o que estava quebrado em mim.

Eu só precisava que aquelas pessoas me mantivessem preso até eu me desintoxicar. Até eu botar todos os demônios para fora do meu corpo. Para não *a machucar* mais. Para não partir o seu coração pela milionésima vez.

Eu queria ficar limpo, mas, sobretudo, queria *me manter* limpo.

Isso era o melhor que podia esperar.

Eu não precisava que minha mente fosse remendada.

Apenas a minha natureza de adicto.

Eu não sabia direito quanto tempo ficaria ali nem quantos dias tinham se passado desde o enterro. Não sabia que dia da semana era ou quando foi a última vez que senti o sol na minha pele, porque eu não conseguia pensar — pelo menos, não conseguia pensar em nada além da dor que percorria as minhas veias enquanto o meu corpo enfrentava a abstinência.

Era mais que angustiante. Os tremores, o vômito, os espasmos musculares incessantes. Aquilo parecia não ter fim.

Pela primeira vez em anos, me obriguei a encarar o meu reflexo no espelho. Sinceramente, não reconhecia a imagem que me olhava de volta.

Meu Deus, eu estava péssimo.

Estava de saco cheio de mim mesmo.

Era uma afirmação bizarra, mas era a verdade. Estava cansado de cada pensamento e ideia que se passava no cérebro ferrado que recebi ao nascer. Eu não sabia direito em que momento as coisas tinham dado errado ou se sempre foi assim e eu só estava percebendo agora.

De qualquer forma, minha vida tinha visivelmente desmoronado, e eu estava bem no centro das ruínas, como o mestre do meu próprio destino, o destruidor de todas as coisas boas.

— Quer saber o que eu sinto?

— Sim.

— Desesperança. Sinto que não tem jeito.

— Você ainda está assustado, Joey?

— Nunca estive assustado.

— Acho que você passou a vida toda em um estado de medo, e é a sua reação a esse medo que te tornou tão imprudente.

— Nunca tive medo dele.

— Só do que ele poderia te transformar?

— Não vai por aí.

— Seu pai te machucou.

— Você já sabe disso.

— E você ainda está aí.

— Pois é, estou.

— Você chegou tão perto da morte quanto é possível.

— Não sou uma vítima.

— Ele sabia entrar na sua mente.

— Não.

— Não? Seu pai não sabia entrar na sua mente?

— Não.

— Mas a sua mãe, sim.

— Cansei dessa conversa.

116

Mensagens não lidas

AOIFE

Aoife: Ei, garanhão. Sei que você não está com o seu celular e você provavelmente nunca vai ler essas mensagens, mas estou tendo um dia bem difícil e preciso me sentir próxima de você. Te escrever ajuda. Ler suas mensagens antigas também. Ficar longe de você dói tanto, Joe. Espero que você esteja arrasando. Porque preciso de você comigo, ok?
Aoife: Então, a Rebecca me chamou de baleia na escola hoje!!! Como se ela pudesse falar alguma coisa. A piranha ainda imitou uma baleia quando eu estava me trocando pra aula de educação física. Acredita na ousadia dela? Enfim, não foi tão ruim assim porque a Casey deu uma rasteira nela na quadra de basquete pra se vingar e o Alec esfregou o sovaco suado na cara dela. Mas não vou mentir: fiquei abalada com essa história de baleia.
Aoife: Ok, é oficial. Estou virando uma baleia.
Aoife: Ainda sou maravilhosa aos seus olhos, né?
Aoife: Então, eu estava no mercado fazendo as compras do mês com a minha mãe depois da escola e adivinha quem encontramos? A Shannon. Com o namorado!!! Preciso te falar uma coisa, Joe: eles estavam no corredor das camisinhas. Mas acho que isso é bom, né? Pelo menos, significa que estão se protegendo. Ela não me viu e, não fui falar com ela. Eu não... não consegui, sabe? É difícil demais. Mas ela está mudando MUITO. Estava sorrindo feito besta e as bochechas dela estavam vermelhas, não pálidas como antes, e ela estava calma. Como se estivesse contente. Foi lindo.
Aoife: Então... tenho quase certeza que a Casey fez um ménage com o Al e o Mack. Eles estão negando, mas algo definitivamente aconteceu entre aqueles três no celeiro do Podge na semana passada.
Aoife: Senti o bebê chutar pela primeira vez hoje.

117

A garota do muro

JOEY

Com o coração congelado dentro do peito, cruzei os braços atrás da cabeça e fiquei olhando para o teto, com nada além dos meus pensamentos me fazendo companhia.

Desde que eu me entendia por gente, tinha um trabalho.

Primeiro, esse trabalho consistia em fazer apenas uma coisa: proteger a minha irmã.

Conforme os anos foram passando, o trabalho foi se tornando mais complicado.

Outros bebês chegaram, as porradas ficaram mais fortes e a presença da minha mãe na minha vida foi ficando mais apagada.

A luz nos olhos dela foi diminuindo e virando escuridão.

Eu vi.

Impotente, eu a vi se transformando em um fantasma.

Foi acontecendo ao longo de vários anos e, depois, foi de repente.

Quando eu estava com doze anos, ela já não estava mais lá.

E eu também não.

Meus ossos quebrados sararam, minhas cicatrizes melhoraram e meu corpo cresceu.

Veio a adolescência, e encontrei conforto nas garotas.

Só que não muito.

Sexo era algo que eu aceitava quando me era oferecido.

Assim como as drogas.

O que quer que me oferecessem, independentemente das consequências ou se era ruim para mim, eu aceitava de braços abertos.

Durante a terapia, tentaram me dizer que isso era uma forma de autoagressão.

Não falei nada.

Me disseram que eu tinha estresse pós-traumático.

Continuei sem falar nada.

Me juraram que eu não era culpado pela morte dela.

Nada.

Me garantiram que eu tinha um futuro brilhante diante de mim.

Nada.

À noite, quando era acometido por fortes crises de abstinência, eu me deitava em posição fetal e pensava nela.

Era a única coisa que me mantinha ali.

O rosto dela.

O único rosto.

A foto dela no meu travesseiro era o único item que eu tinha trazido de casa.

Só trouxe ela comigo.

Só rezava para que ela ainda estivesse lá quando eu saísse.

Apesar de saber que ela estaria bem melhor longe de mim.

Eu a arrastei para baixo, para a minha toxicidade.

E depois a deixei lá sozinha com um bebê na barriga.

O *meu* bebê.

Eu fiz isso. Estraguei o futuro dela antes mesmo da sua vida começar.

Eu não era melhor que *ele.*

Eu tinha feito com Molloy o mesmo que meu pai fez com a minha mãe tantos anos atrás.

Ainda assim, ela continuava do meu lado.

Durante a tempestade, durante o furacão devastador que era a minha vida, Minha namorada continuou comigo, sem nunca desistir de mim, mesmo quando desisti de mim mesmo.

Ninguém nunca fez isso.

Ninguém nunca me aceitou como ela.

Por mim.

Passei tanto tempo tentando afastá-la que, quando parei, tudo foi fácil. Estar com ela era como respirar. Eu não sabia que precisava de ar, mas sabia que morreria sem ele.

Era isso o que ela era para mim agora.

Sua presença na minha vida era importante assim.

Estar sem ela era estranho.

Só de pensar em não tê-la na minha vida me fazia querer ficar prostrado.

Às vezes, eu me perguntava se o mundo se esqueceria de mim se eu ficasse imóvel o suficiente. Será que eu me juntaria à minha mãe? Onde quer que ela estivesse...

Na terapia, me mandaram escrever sobre meus sentimentos, mas a verdade era que eu não sabia nem por onde começar.

Eu não sabia mais o que sentia e não conseguia dizer o que era real e o que era fantasia.

Só conseguia enxergá-la.

A garota do muro.

118

Estudando e surtando

AOIFE

Te vejo depois, Molloy.

Vou voltar pra você.

Vou voltar pra vocês.

— Aoife, vamos lá! Você precisa se concentrar! — A voz do meu irmão invadiu meus pensamentos. Ergui a cabeça do livro em que eu estava desenhando e me deparei com Kev olhando para mim do outro lado da mesa da cozinha com uma expressão cheia de expectativa. — Você ouviu uma palavra do que eu disse nas últimas duas horas?

Eu podia mentir, mas não tinha energia para isso.

— Não?

— Aoife. — Kev deu um suspiro pesado. — É o leaving cert. Você não pode ir fazer a prova amanhã e desenhar em vez de escrever a sua redação de inglês.

— Mas meus desenhos são tão fofos... — falei, adicionando um sorrisinho na minha criação. — Olha só essa aranha na teinha dela.

— Tenho certeza que a aranha ficaria ótima no berço do bebê — respondeu secamente. — Mas ela não vai te ajudar a passar nos exames, e você precisa passar, lembra?

— Pra quê, Kev? — perguntei, revelando meu lado vulnerável ao dizer aquilo em voz alta. Embora tivéssemos estabelecido uma frágil trégua e meu irmão estivesse tentando compensar o que fez bancando meu professor particular, nossa relação estava longe do ideal. — Sabemos que não existe a menor chance de eu passar. Tenho coisa demais pra estudar e pouco tempo pra isso.

Com toda a sinceridade, eu tinha lido mais nos últimos três dias que em dezoito anos.

Estudar para as provas na véspera era um desastre e, embora meu irmão fosse um professor excepcional, não estava dando certo porque eu não conseguia me concentrar em nada além do meu namorado.

Três semanas tinham se passado desde o enterro, desde que Joe tinha sido admitido em uma clínica de reabilitação no interior, mas juro que eu estava presa àquele dia. O tempo passava e minha cabeça continuava apegada àquele momento.

Eu não conseguia falar com ele, e isso estava me matando.

Segundo Edel Kavanagh, que me procurava *toda* semana desde o enterro, Joe não tinha acesso ao celular na clínica. Era contra a política deles permitir que os pacientes usassem celular ou mantivessem contato com o mundo externo até estarem em um estágio mais avançado da recuperação.

— Você só precisa passar raspando — Kev falou, abaixando o lápis e pegando outro livro. — Sei que você consegue, Aoife.

— E se eu não conseguir?

— Você acha que é difícil terminar o sexto ano grávida? — perguntou, tentando bancar o durão. — Imagine quão difícil vai ser ter que voltar pra ECB e repetir o ano com um bebê no colo. — Ele estreitou os olhos. — Todo mundo da sua turma vai ter se mudado pra fazer faculdade ou trabalhar. Que inferno! Até os amiguinhos idiotas do seu namorado vão ter descolado um visto pra passar o verão nos Estados Unidos. Não vão estar lá pra te apoiar se você levar bomba e tiver que repetir o sexto ano.

Era verdade.

Assim que as provas acabassem, Podge e Alec e várias outras pessoas do nosso ano iriam passar o verão nos Estados Unidos, e isso não tinha nada de errado.

Era a oportunidade da vida deles.

Além de mim, a única pessoa do meu círculo de amigos que não tinha planos de sair de Ballylaggin para viajar ou estudar era Casey — bem, tirando as duas semanas de farra que ela passaria em Benidorm no final de julho.

— De qualquer jeito, não vou voltar — falei para o meu irmão. — Se eu levar bomba, não vou voltar pra ECB pra refazer o sexto ano. Vou me inscrever no curso de cabeleireira da escola técnica da cidade e torcer pelo melhor.

— E se você não entrar nesse curso? E aí? Vai criar um filho com um salário de garçonete? Você não vai abandonar os estudos, Aoife — grunhiu. — Não vou deixar.

— Isso não é decisão sua, Kev.

— Bem, sei que a nossos pais também não vão deixar. Então você tem que passar. Se não quer fazer isso por si mesma, faça pelo bebê.

Essa doeu.

Tudo o que eu estava fazendo *era* pelo bebê.

119

Estou aqui, não estou?

JOEY

— Joseph, você perdeu sua mãe em circunstâncias trágicas, tudo bem estar de luto.

Não me diga, Sherlock.

— Está tudo bem sentir saudade dela.

Com as costas eretas, fiquei encarando a médica, a terapeuta, a conselheira ou qualquer porra que fosse, esperando que terminasse.

Eu só precisava que examinassem minha urina, enfiassem uma agulha no meu braço, coletassem todas as amostras que queria e me deixassem em paz.

— Joseph. — Um suspiro pesado escapou dos seus lábios. — Faz parte do seu tratamento participar da terapia.

— Estou aqui, não estou? — foi a minha resposta ríspida, pois eu já tinha me arrependido de ter topado aquilo.

— Está mesmo? — ela retrucou, ajeitando os óculos. — Será que você está aqui?

— Sei lá. — Dei de ombros, ergui as mãos e gesticulei para mim mesmo. — Você que me diz, doutora.

— Pois me parece que a sua cabeça está em outro lugar. Talvez em Ballylaggin. Segundo sua ficha, a sua namorada... — Fez uma pausa para ler as anotações antes de ler o nome com dificuldade: — A-oi-eef...

— Aoife — corrigi, agitando os joelhos nervosamente. — A pronúncia é I-fa. — Dei de ombros de novo e acrescentei: — Basicamente, é Eva em irlandês.

— Obrigada — falou com um sorriso triste. — Sou do sul de Dakota, e apesar de achar os nomes gaélicos lindos, a pronúncia é complicada.

Encolhi os ombros.

— Pra mim, faz sentido.

— Segundo a sua ficha, você e a *Aoife* estão esperando seu primeiro filho...

— Podemos não falar disso? — murmurei, mal conseguindo ficar sentado enquanto um tsunami de culpa e autoaversão invadia meu corpo. — Eu não... consigo... não vou falar dela.

— Por que não, Joseph?

— Porque ela não tem nada a ver com isso. — Furioso, gesticulei para a sala onde eu estava enfurnado só Deus sabia há quanto tempo, com o coração batendo forte no peito. — Aoife não é nada parecida comigo.

— Como assim?

— Não é uma ferrada.

— Então você se considera um ferrado?

— Que merda! Sei lá, doutora. — Estreitei os olhos e falei com sarcasmo: — Como você descreveria alguém como eu?

— Traumatizado? — sugeriu, com delicadeza. — Vítima de violência extrema?

— *Não* sou uma vítima.

— Não?

— Não, não sou. — Olhei feio para ela. — Eu que fui expulso da escola antes de fazer o leaving cert, eu que não tenho nenhuma qualificação. Não foi *ele* que fez isso comigo. *Eu* que fiz. — Soltei um suspiro entrecortado e sussurrei: — E fui eu que arrastou a única pessoa que me amava de verdade comigo. Sim, Aoife está grávida, e ela não só tem que lidar com isso sozinha enquanto estou preso aqui, porque sou um ferrado, mas ela também tem que lidar com o estigma de ter um bebê *meu*.

— Você parece bravo com ela.

— Estou bravo comigo mesmo — falei, agitando os joelhos sem parar, com os punhos cerrados na perna. — Estou puto por ter arrastado ela comigo... — Parei de falar, soltei outro suspiro e olhei feio para a tal doutora. — Estou vendo o que você está fazendo aqui, falando dela desse jeito.

— Sim. — A mulher sorriu. — Ela definitivamente fez você falar, né?

— Quando a Aoife me contou que estava grávida, eu não estava presente — confessei. — Na verdade, eu não estava presente desde bem antes da gravidez. Durante as consultas e os exames dela, só estive presente de corpo. Ela estava assustada e sozinha, contando comigo, e só piorei tudo.

— Mas ela não foi embora — a mulher adivinhou. — Não desistiu de você.

— Não. Não desistiu.

— Por que você acha que ela não desistiu, Joseph?

— Porque ela é a pessoa mais cabeça-dura que existe — murmurei, esfregando o queixo. — Porque Molloy não desiste de nada, mesmo quando não é bom pra ela.

— Incluindo você?

— Olha só pra mim — falei, perplexo.

— Estou olhando — disse calmamente. — Estou olhando para um jovem que, apesar de todo o trauma e os horrores que teve que enfrentar, continuou focado na própria recuperação e na namorada. — Ela sorriu. — Eu diria que isso faz da Aoife excelente em avaliar o caráter de alguém.

— Hum.

— Talvez ela precise de você...

— Ela precisa é correr na direção oposta.

— Mas isso não é uma opção, né? Seu filho merece ter pai, e você, mais do que ninguém, sabe o quanto esse papel pode influenciar a vida de uma criança.

Você é igualzinho a mim, garoto.

Você vai fazer mais mal do que bem.

— Ele está na sua cabeça de novo, não é? O seu pai?

Caralho, a mulher adivinhava os pensamentos.

— Não sei se consigo quebrar o ciclo, mas quero muito. — Eu precisava me mexer, então me levantei e fiquei andando de um lado para o outro. — Quero tanto isso que fico acordado a noite toda. É por isso que voltei aquela noite, que deixei a Lizzie me convencer. Por isso não me joguei daquela ponte e estou aqui agora. — Frustrado e ansioso, estalei os dedos e fui até a janela. — Sei que não sou bom o suficiente, mas *quero* ser.

— Como vão as crises de abstinência? — Ela mudou de assunto.

As crises eram as piores.

Passei dias me sentindo entorpecido, furioso e sem energia.

Eu não queria falar com ninguém, não queria erguer um dedo.

— Melhores — falei, com os olhos fixos em um grupo plantando flores no jardim do lado de fora. — Controláveis.

— Deve ser um alívio.

— As lembranças vão sumir?

— É pouco provável. Mas vão se tornar suportáveis. Você *vai* encontrar um meio-termo pra reconstruir suas bases. Você vai aprender a lidar com elas. É por isso que você está aqui. Pra reconstruir.

— Ainda consigo sentir o cheiro dela. — Soltei um suspiro trêmulo. — O cheiro dele.

Como era difícil respirar, fiquei imóvel, com as narinas e as vias respiratórias fechadas, esperando que a tristeza passasse.

Rezando para que fosse rápido.

Até que passou.

— Quando vou poder ligar pra ela? — Me virei para a médica, me apoiando de costas no parapeito da janela e perguntei: — Preciso falar com ela.

— Ainda não.

— Nunca passei tanto tempo sem falar com ela — admiti, puto da vida, mas sabendo que aquela mulher era implacável. Ela não ia ceder. Deus sabia que eu tinha tentado. — Por favor, doutora. A Aoife é a minha melhor amiga.

120

Escola fechada para o verão

AOIFE

— Foi doloroso — falei, seguindo meus amigos para fora da escola depois de terminar o último exame da escola secundária.

Foram seis anos de preparação para aquele momento.

Bem, seis anos de preparação para Kev e os outros.

Para nós quatro, foram seis anos de besteiras, risadinhas e brincadeiras.

E agora aquilo tudo tinha acabado.

— Foi um desastre total — Podge grunhiu coçando a nuca. — Minha mãe vai surtar quando os resultados chegarem em agosto.

— Pelo menos vocês vão estar fora. Vou ter que lidar com a minha mãe em carne e osso. — Soltando um suspiro dramático, Casey abriu a mochila e a esvaziou na enorme lixeira que ficava do lado de fora da escola. Podge fez o mesmo.

Já Alec jogou toda a mochila lá dentro antes de tirar o uniforme e atirá-lo lá também.

— Esperei seis malditos anos pra fazer isso — ele disse descaradamente, só de cueca, procurando na bolsa esportiva uma camiseta limpa e um short para vestir. — Estou falando pra vocês, gente, foi tão bom quanto imaginei.

— Não acredito que vocês vão perder o baile — Casey resmungou, lançando um olhar acusatório para Alec. — O que é que vou fazer, hein? Em agosto, a Aoife vai estar quase explodindo. O Joey... não vou nem comentar. E vocês... vão estar vadiando e turistando pelos Estados Unidos, me deixando aqui sem amigos, sem encontros e sem nenhum pau. Que merda!

— Ah, não seja ranzinza — Alec disse, passando o braço no seu ombro e dando um beijo na sua cabeça. — Você sabe que vou voltar pras minhas tetas diabólicas.

— Ele pode sair até lá — Podge comentou, me olhando com empatia. — Tem alguma notícia?

Balancei a cabeça, dominada por um conhecido sentimento de devastação. Eu odiava que me perguntassem isso. Meus pais me perguntavam isso três vezes por dia desde que o Joey foi para a clínica. Toda vez que tinha que responder com uma negativa, um pedaço do meu coração se dilacerava.

Eu entendia.

Joey não podia me ligar.

Ele não tinha acesso ao celular nem podia receber visitas.

O que não significava que a sua ausência não doía.

— Cara, mal posso esperar pra ver ele de novo — Alec disse em um tom saudoso. — Mas vai ser estranho pra caralho — acrescentou, dando risada. — Conversar com o Lynchy sem ele estar chapado. — Ele franziu a testa e coçou o queixo. — Sabe, acho que isso nunca aconteceu antes.

— Não está ajudando, idiota — Casey grunhiu, dando uma cotovelada nele. — Joe vai arrasar no tratamento e vai voltar pra casa limpo, sóbrio e pronto pra ser pai.

— Com certeza — Podge comentou.

— Lynchy vai conseguir, belas pernas— Al concordou, sorrindo para mim. — Você vai ver.

— Sim — falei, sorrindo de volta para os meus amigos.

Tomara.

121

Cutucando e vasculhando

JOEY

Enquanto minha família e meus amigos curtiam o verão, eu passava o meu dentro de uma instituição de saúde mental em que os médicos tentavam desfazer o estrago que tinha sido feito no meu cérebro fodido.

Todo dia era uma novidade.

Todo maldito dia havia um novo assunto para ser abordado.

Se os doutores e terapeutas não estavam investigando o que eu sentia pelo meu pai, estavam me obrigando a falar sobre a morte da minha mãe ou dissecando meu relacionamento com minha namorada.

Meu Deus, até o vovô Murphy foi lembrado. A vovó também. Essa gente não poupava nada. Cada detalhe da minha vida, desde o meu nascimento até o momento presente, era atraente para eles — assim como as drogas eram para mim.

O pior era quando me perguntavam como eu me sentia com a passagem da minha mãe.

Passagem.

Como se ela tivesse *passado* para algum lugar.

Eu detestava aquela palavra.

Ela não tinha feito passagem nenhuma.

Tinha sido levada.

Roubada.

E eu a culpava por isso.

Passei a vida toda odiando minha mãe, responsabilizando ela por coisas que eu não entendia na época.

Eu não entendia.

Ainda não conseguia entender.

Mas ela era minha mãe e morreu pensando que eu a odiava. Eu nunca ficaria bem com aquilo, e nada do que aqueles doutores dissessem podia consertar o buraco dentro de mim.

Nada.

Eu estava pensando com clareza pela primeira vez em anos, enfrentando meus demônios com a consciência pesada e o coração partido.

O maldito diário que me encorajaram a escrever no hospital parecia insuportavelmente pesado, repleto de uma escuridão com a qual eu não sabia lidar.

Confiar não era algo fácil para mim, nem mesmo quando se tratava de escrever um diário.

Já odiar era.

Eu era ótimo em odiar o mundo.

Não só o mundo, mas todas as pessoas do mundo.

Exceto ela.

Sim, a Aoife era minha única exceção.

122

Verão quente e longo

AOIFE

Eu o vi de novo ontem.

Saindo do pavilhão da AAG enquanto voltava para casa do trabalho.

Claro que eu estava errada.

Não era o Joey, era só um cara alto com o capuz erguido e um hurley na mão. Mas fingi que era ele. Por um segundo, imaginei que ele ainda estava aqui e que eu não estava completamente sozinha.

A depressão se instalou bem rápido depois disso, e comi o equivalente à metade do meu peso em batatinhas sabor queijo e cebola antes de apagar na cama, em cima do álbum que eu tinha passado o verão todo fazendo. Não sabia bem se aquele era um hobby saudável, mas me dava um conforto imenso, então eu continuava.

Toda vez que eu acordava, o álbum era a primeira coisa que eu pegava. Era uma espécie de refúgio pessoal, repleto de lembranças dos seis anos com Joey Lynch.

Cada foto, cada noite perfeita de verão, cada partida terrível cheia de gritaria, tudo o que fui desde os doze anos de idade até esse exato momento envolvia Joey. Tudo girava em torno do nosso relacionamento e da maneira como ele fazia eu me sentir.

Meus olhos pousaram em uma foto tirada na noite do meu aniversário de dezoito anos. Fiquei encarando os dois adolescentes sorrindo para mim. Parecia que aquilo tinha acontecido um milhão de anos atrás, mas eu me lembrava daquele momento, dos sentimentos que guardava no coração naquele exato instante do tempo.

— Esse é o papai — falei, fazendo carinho na minha barriga que não parava de crescer, sentada de pernas cruzadas na cama enquanto eu virava a página do álbum.

Comecei a conversar com a minha barriga assim que Joey foi para a clínica e me senti uma idiota. Mas agora aquilo era tão natural quanto respirar. Todos os dias, eu passava o dia inteiro conversando com o pequeno invasor.

Carregar o bebê de Joey dentro de mim me fazia pensar que eu ainda tinha uma parte dele comigo.

Como se eu estivesse conversando com ele.

— Está vendo? — Passei o dedo pelas fotos. — Esse é o papai segurando o troféu do campeonato no terceiro ano. Naquele ano, ele era o capitão do time de hurling da escola e o melhor jogador no campo. E esse é o tio Podge do lado dele, e, no fundo com a camiseta na cabeça, é o tio Al. Ele é um pouco volúvel, mas a gente ama ele mesmo assim. — Fiquei olhando para Paul, também na foto do time, e fiz uma careta. — E esse cara aqui é o primeiro namorado da mamãe. Papai gosta de chamar ele de Paul, o babaca.

Um estranho calafrio percorreu meu corpo quando o bebê se contorceu em resposta, fazendo minha pobre barriga estirada ondular.

— Vá com calma, pequeno hurler — falei, acariciando o local onde eu sentia mais pressão. — A coitada da mamãe não precisa de mais estrias, ok? Então aguenta firme aí.

123

Vamos falar de intimidade

JOEY

— Vamos falar de intimidade.

— Não vamos, não.

— Quero que você volte ao começo — a psiquiatra falou de maneira calma. — Às suas memórias mais antigas.

— Intimidade. — Olhei para ela do outro lado da sala completamente irritado. As merdas que aquela mulher me perguntava não eram aceitáveis. — O que é que intimidade tem a ver?

— Bastante coisa — respondeu, sorrindo para me tranquilizar. — Vamos começar com sua primeira lembrança.

— Sexual?

— Emocional, a princípio. Você se lembra dos seus pais te segurando?

— Meus pais.

Ela fez que sim.

— Sua mãe, por exemplo.

Enrijeci.

— Isso é meio bizarro.

— Só me responda. Alguma vez já te enganei?

— Não — admiti com relutância, tentando recordar a minha infância. — Lembro do meu *pai* me abraçando.

— Vamos avaliar isso, ok?

— Como assim?

— Me conte sobre essa memória.

— Acho que eu tinha uns cinco ou seis anos — falei, retomar a lembrança com dificuldade. — Foi antes da gente passar seis meses com uma família adotiva. Marquei o gol da vitória em uma partida.

— De hurling?

Assenti.

— Ficou tão empolgado que me pegou e me jogou no ar. — Esfreguei a mandíbula e soltei um suspiro. — Depois me levou até a loja e comprou um conto em geleias. — Franzi a testa e acrescentei: — Lembro que pensei "Se eu continuar ganhando, ele vai ficar feliz e vai parar de bater na minha mãe". — Dei de ombros e disse: — Então continuei ganhando.

— Funcionou?

Eu a olhei com um ar severo.

— O que você acha?

— Interessante.

— Por quê?

— Porque sua mente não voltou pra sua mãe automaticamente.

— Eu não me lembro dela me abraçando.

— Essa é uma frase de cortar o coração, Joey — comentou, fazendo anotações na sua prancheta.

— Era boa com a Shannon — falei, levado pelo velho ímpeto de defendê-la mesmo com ela morta. — Com os meninos também.

— Mas não com você.

Encolhi os ombros.

— A nossa relação era diferente.

— Diferente como?

— Acho que não me tratava como filho — admiti rispidamente. — Eu era mais como um aliado.

— Aliado.

Fiz que sim.

A doutora ficou em silêncio por um longo tempo antes de mudar de assunto e dizer:

— Me conte sobre a primeira vez que você fez sexo.

— Por quê? — Olhei feio para ela. — Está querendo umas dicas?

— Quantos anos você tinha?

— Sei lá. Eu estava no terceiro ano. — Franzi a sobrancelha e cocei o queixo, pensativo. — Acho que foi uns meses anos do meu aniversário de quinze anos.

— Você acha?

Dei de ombros.

— Você era bem novo.

Dei de ombros mais uma vez.

— Como você se sentiu?

— Não muito bem.

— Porque você não estava pronto?

— Porque eu não estava no controle.

Ela franziu a testa.

— Me conte da garota.

— Era só uma garota da escola. — Me recostei na cadeira, afastei o cabelo do rosto e tentei me concentrar na lembrança. — A gente estava se pegando...

— Pegando? — interveio. — Me desculpa, Joey, mas não estou familiarizada com as gírias.

— Significa se beijando — expliquei.

— Então você e essa garota estavam *se pegando.*

Fiz que sim.

— Se estivéssemos na mesma festa, de nove a cada dez vezes a gente acabava se pegando.

— E você sentia alguma coisa por ela?

— Não — falei com sinceridade. — Tipo, não era que eu não gostasse dela nem nada disso. Ela era legal. A gente era até que amigos, mas eu não sentia nada verdadeiro por ela. Não como... — Balancei a cabeça. — Ela só... estava lá.

— Aoife — completou por mim. — Não é como o que você sentia pela Aoife?

— O que *sinto* — corrigi, me mexendo, desconfortável. — A gente só era amigos. Ela tinha namorado. Já te contei isso.

— Ah, sim — disse, folheando as anotações. — Paul, o babaca, se me lembro corretamente.

Bufei de desdém.

— Isso.

— Me conte daquela noite — pediu. — Como vocês chegaram lá.

— Você está me pedindo pra falar sobre uma coisa que aconteceu um milhão de anos atrás.

— Três anos e meio atrás, não um milhão — falou com calma.

— Três anos e meio — repeti, dando risada.

— Isso é engraçado?

— Não, só... — Sacudi a cabeça e sorri, lembrando de conversas do passado. — É só que a Aoife vivia dizendo isso.

— Quando?

— Quando perguntavam pra ela quanto tempo ela ficou com o ex.

A dra. B. sorriu antes de voltar a atenção para o interrogatório bizarro.

— Vamos voltar pra noite em que você perdeu a virgindade. Me conte o que aconteceu antes.

— Meu Deus, isso é estranho.

— Fala mais.

— Era noite de Halloween — continuei. — A noite que o Sean nasceu.

— 2001?

— Isso.

— Continue, por favor.

— Estava rolando uma matinê na cidade e eu fui com uns amigos — eu disse, me recordando. — Trombei com Paul, o babaca. Ele estava passando a mão na Aoife.

— E isso te provocou?

— Mais que isso.

— Continue.

— Andei com os caras, cheirei um pouco de pó... na verdade, cheirei bastante.

— Só cocaína?

— Não. — Balancei a cabeça. — Eu curtia oxi naquela época.

— Comprimidos.

— Isso, mas preferia esmagar e cheirar.

— Pra ter um efeito mais rápido e intenso.

Fiz que sim, me mexendo na cadeira, sentindo aquele velho desejo ganhando vida dentro de mim.

— Enfim, eu estava chapado, e ela me levou pra dentro do prédio.

— Aoife?

— Não. Danielle.

— E o que aconteceu depois, Joey?

— Eu só... — Franzi a sobrancelha, tentando juntar as peças. — Eu estava beijando ela, daí ela estava abrindo o meu zíper e botando as mãos em mim.

— No seu pênis.

— Não liguei — falei, acenando a cabeça. — Tipo, foi *gostoso*. Só fiquei... meio que surpreso.

— Porque ela te tocou intimamente?

— Porque eu estava chapado — admiti e, depois, acrescentei: — Porque eu nem estava vendo ela na minha mente.

— Quem você estava vendo?

— Aoife.

Ela escreveu algo no papel e disse:

— Continue, Joey.

— Me prensou na parede e lembro que tentei erguer as mãos pra acalmá-la, mas... não consegui me mexer. Daí estava, ah... daí eu estava sentado no chão, com uma camisinha no pau, dentro dela.

— Você estava dentro dela. — A mulher franziu a testa. — Não seria mais apropriado dizer que ela estava *em* você?

Dei de ombros.

— Foi uma noite... bem confusa.

— Porque você não consentiu.

— Eu estava *duro*.

— Ereção é uma reação normal ao estímulo.

— Tenho quase certeza que gozei também.

— Novamente, ejaculação é uma resposta do corpo ao estímulo.

— Bem... — Ergui as mãos e dei risada. — Transei com ela pelo menos mais uma dúzia de vezes ao longo dos anos, então não deve ter sido tão ruim assim.

A doutora não riu.

— Mas aquela noite você não queria. E, mesmo se quisesse, você estava intoxicado e não tinha capacidade de consentir.

— Podemos não falar disso? — pedi, — Já ouvi esse discursinho da Shannon e não vou cair nessa, ok? Não sou uma vítima. Não fui estuprado. Fiquei chapado e me ferrei. Acontece.

— Está aberto a reconhecer a possibilidade de que tiraram vantagem de você?

— Não.

— Por que não?

— Porque não sou uma vítima.

— Posso te sugerir uma coisa?

— Manda.

— Se sua irmã te relatasse a mesma situação, se algum garoto aleatório da sala dela tirasse a virgindade dela do mesmo jeito que aconteceu com você, como você reagiria?

Enrijeci.

— Não faça isso.

— Como você se sentiria, Joey?

— Um homicida.

— Por quê?

— Porque não seria certo, caramba!

— Mas tudo bem ter acontecido com você porque você é homem?

Abri a boca para responder, mas não saiu nada.

Puta merda.

— Eu... — Balancei a cabeça e soltei um grunhido. — Estou vendo o que você está fazendo aqui, doutora, e não vai funcionar.

— Te decepcionaram e tiraram vantagem de você de formas terríveis — continuou. — Entendo por que você se recusa a se ver como vítima e, concordando ou não, respeito a sua narrativa. Mas preciso que aceite que o que aconteceu com você *não* foi aceitável, pois foi uma séria quebra de confiança.

124

Planos para o parto

AOIFE

— Você chegou à vigésima oitava semana — a doutora falou, limpando o gel da minha barriga ao terminar de me examinar. — Como está se sentindo?

— No caminho pra cá, passei por um campo e vi uma égua grávida — contei enquanto a ginecologista me ajudava a me levantar para que eu pudesse me vestir. — Juro, aquela pobre estava enorme. — Soltei um suspiro e voltei para a mesa. — Então, me sinto como ela.

— Aoife... — minha mãe me repreendeu da cadeira.

— O que foi? — falei, me sentando ao seu lado. — Ela perguntou.

A médica conteve uma risadinha e se concentrou na minha ficha, fazendo algumas anotações.

— Sua próxima consulta comigo será quando estiver com trinta e duas semanas e, depois, com trinta e seis. Daí você vai vir semana sim, semana não, até a trigésima oitava semana, quando você vai passar a vir semanalmente até o parto.

Parto.

Meu Deus, que palavra assustadora.

— Você já discutiu o parto com a sua obstetra?

— Sim. — Me mexi na cadeira, sentindo um pânico me dominando de repente. — Já tenho um plano.

— E você já escolheu alguém pra te acompanhar no parto?

— Eu — minha mãe respondeu. — Eu vou acompanhar o parto.

— Não. — Revirei os olhos. — Meu namorado vai comigo.

— Aoife... — Os olhos da minha mãe se encheram de preocupação. — A gente não sabe se o Joey já vai ter voltado.

— Ele vai — confirmei, voltando a atenção para a médica. — Joey Lynch — falei, apontando para a ficha. — Pode anotar. Ele vai ser meu acompanhante.

125

Progressos e súplicas

JOEY

— Vamos, Joey — a médica disse, sentada diante de mim na minha cela individual. Sim, já tínhamos passado de Joseph para Joey, e de dra. Bianca Rushton para dra. B., ou só doutora. — Ainda temos quarenta e cinco minutos de sessão. Você estava articulando seus sentimentos tão bem... Não desista agora.

Meu Deus, aquela mulher era demoníaca.

Implacável na busca de sei lá o quê.

Eu tinha pena do marido dela.

Coitado.

— Já te falei — eu disse, me recostando na cadeira e cruzando os braços. — Você só vai conseguir arrancar coisas de mim se me deixar fazer uma ligação.

Ela sorriu e também se recostou na cadeira, me imitando.

— Você quer ligar pra Aoife.

— *Obviamente.*

— Pra falar o quê?

— Que tal "Me desculpa por te largar sozinha", pra começar? E talvez aproveite a oportunidade pra perguntar do bebê. Sabe, o de sempre.

— Poderíamos dar um passo para trás por um momento e considerar a possibilidade de a Aoife estar extremamente orgulhosa de você estar fazendo esse tratamento?

— Seria bem mais fácil acreditar nisso se você me deixasse falar com ela.

— Você conhece as regras, Joey. Esse programa é pra *você*. Pra você se concentrar em si mesmo, pra variar. Não nos seus irmãos, na sua namorada ou em alguém mais. Sei que essa é uma sensação estranha, se colocar na frente dos outros, mas esse tempo longe no mundo é necessário pra sua recuperação.

— Como se você soubesse de alguma coisa.

— Abaixe as armas, Joey — ela falou com um sorriso triste. — A guerra acabou.

— Bem, passei tanto tempo lutando que não sei como tirar o dedo do gatilho — murmurei, estalando os dedos. — Que merda, talvez eu *seja* doido. Talvez seja bom não poder falar com ela. Já arrastei ela pra baixo comigo mesmo.

— O que faz você pensar que é "doido"?

— Nossa, sei lá — falei com sarcasmo. — Que tal por que ando ouvindo a voz do meu pai morto na minha cabeça? Ou a voz da minha mãe morta?

— O trauma se revela em várias formas e versões.

— Bem, na minha cabeça, ainda estou lutando numa guerra que não *posso* vencer. Contra pessoas que *não* podem mais me machucar, mas eu *continuo* lutando mesmo assim. Então acho que isso vai um pouco além de trauma.

— Que bom, Joey — disse, me surpreendendo. — Isso é *muito* bom. Continue falando.

Como eu não tinha nada a perder, fiz o que ela pediu.

Falei de cada pensamento e ideia distorcida que me passava pela cabeça.

Eu não sabia se aquilo fazia sentido, e não me importava.

Ela queria palavras.

Então dei palavras.

— Tentei tirar eles de lá várias vezes, mas sempre dei pra trás. Sempre tinha uma parte de mim que nutria esperança por ela. Assim como ela nutria esperança por ele. No fim, olha só onde a gente foi parar. *Ele* matou ela, sendo que fiquei o máximo que aguentei pra evitar justamente isso. Aconteceu na noite em que fui embora, então como é que vou superar isso? Como é que vou conseguir seguir em frente? A culpa está me afogando diariamente. — Soltei um suspiro frustrado e sussurrei: — Tudo me parece tão desnecessário... Eu poderia ter impedido aquilo. Podia ter salvado ela se eu tivesse ficado. Mas perdi a cabeça, a paciência, toda a energia que eu tinha, perdi tudo aquela noite. E, por causa disso, acabei perdendo tudo. As crianças não têm mais mãe porque fui embora.

— As crianças não têm mais mãe porque o pai delas, o seu pai, matou ela, não você. Ele pretendia matar *todos* vocês.

— Pra mim, é difícil viver — admiti. — Viver é um desafio porque não funciono direito. Parece que não tenho as ferramentas certas pra lidar com as coisas. É como se eu estivesse preso no modo de luta. Vivo atento, esperando perigo. Não importa se estou em perigo ou não, fui programado pra farejá-lo. Não era tão ruim quando me drogava. Os remédios aliviavam as coisas. Tornavam a vida suportável. Até eu não aguentar ficar uma hora sem eles. Daí tive ainda menos vontade de viver.

— Parece terrível.

— Não me diga.

— Continue.

— Não consigo confiar em ninguém — acrescentei. — Em você. Nos meus pensamentos. Nas pessoas ao meu redor. Em ninguém.

— E nos seus irmãos?

— É diferente. — Estreitei os olhos. — São praticamente bebês.

— Sua irmã vai fazer dezessete anos. Ela não é mais um bebê, Joey.

— Ainda é um bebê pra mim. Qualquer um que eu tenha trocado as fraldas ou colocado curativo nos joelhos sempre vai ser um bebê pra mim. Além disso, eu não estava me referindo a eles.

— E o Darren?

— Você está querendo um banquete hoje, hein?

Ela deu risada.

— Vamos falar dele?

— Prefiro não — respondi sem emoção. — Eu não estava detestando tanto a sessão de hoje. Se eu falar dele, tenho a impressão que isso vai mudar.

— Você não estava detestando tanto a sessão de hoje. — Ela sorriu. — Isso é um elogio e tanto, se é que já ouvi algum. Só levou o quê? Umas onze semanas?

— Não precisa ficar se achando.

— Quer saber o que acho?

— Não.

— Fala mais.

— De novo não.

— Acho que a sua relação com o Darren é um dos seus maiores gatilhos.

— Eu não tenho essa de gatilhos, doutora.

— Seu irmão te decepcionou — ela insistiu. — Quebrou a sua confiança.

— Pelo contrário, me ensinou uma lição valiosa — retruquei friamente.

— Qual?

— Que todo mundo vai embora e ninguém te ferra mais que alguém do seu próprio sangue.

— Mas o Darren voltou.

— Tarde demais.

— Acho que você morre de saudade do seu irmão mais velho.

Bufei.

— Até parece.

— Ele quer vir te ver.

Enrijeci.

— E?

— E acho que isso pode te ajudar.

— Não. — Me levantei na mesma hora. — Fala pro babaca que pode voltar pra Belfast e me esquecer. E, se agora posso receber visita, só tem uma pessoa que quero ver.

— Você acha que, no estágio avançado da gravidez, seria bom pra Aoife fazer uma viagem de quatro horas pra te ver? Acha que seria bom pra ela emocionalmente ter tão pouco tempo com você pra depois ter que ir embora?

Meu coração disparou.

Não, eu achava que não seria bom.

— Então só me deixe ligar pra ela.

— Joey...

— Por favor. Faço o que você quiser. Falo de todas as merdas que passei. Posso até ver o Darren. Só me deixe fazer uma ligação pra minha namorada. Por favor, doutora. Não costumo implorar, mas estou implorando pra falar com ela.

126

Do nada

AOIFE

Eu estava no meio do expediente no trabalho, sufocando no calor do começo de agosto, sentindo que tinha cascos no lugar de pés, quando meu chefe me parou no meio do caminho.

— Aoife — ele disse, tirando das minhas mãos a bandeja que eu estava levando para a cozinha. — Como você está, querida?

— Bem — falei, desconfiada. — E você, Garry?

— Pra ser sincero, estou um pouco preocupado com você.

— Por quê?

— Bem... — Com o rosto vermelho, gesticulou para a minha barriga e deu de ombros. — Só estou achando que talvez seja hora de você pensar em ir com calma. Você parece exausta. Quase uma zumbi.

Rá.

Até parece que o Garry ia se livrar de mim assim tão fácil. Se eu parasse de trabalhar, isso poderia atrapalhar minha licença-maternidade.

Ele podia não me aceitar de volta depois.

Eu tinha muito a perder.

Eu tinha um bebê para criar, afinal de contas.

— A data prevista do parto é em oito semanas — falei. — Só pretendo começar a licença-maternidade em seis semanas, Garry. Você sabe disso. A gente conversou.

— Sei que a gente conversou, mas você não está cansada, meu bem?

Estou mais que cansada.

— Estou feliz de poder trabalhar.

— Não quero que você fique carregando essas bandejas pesadas pra lá e pra cá.

— Então me coloque no bar. Ou lavando louças na cozinha. Qualquer coisa, não ligo. Mas preciso trabalhar, Gar. Preciso do dinheiro.

— Você é uma ótima funcionária — respondeu, tentando me enrolar. — Temos sorte de ter você.

— Então me deixe voltar ao trabalho — falei, pegando a bandeja de volta e deixando-o para trás. — Porque ainda tenho seis semanas aqui e pretendo cumprir todas as minhas horas.

— Olha só pra essa barriga — Paul comentou quando fui pegar seu pedido pouco tempo depois. Estava sozinho em uma cabine, o que me enfureceu, porque ele podia simplesmente ter pegado um lugar no bar e deixado aquela cabine para grupos maiores. — Meu Deus, nem mulheres grávidas de trigêmeos têm uma barriga desse tamanho.

— Oi pra você também, Paul — falei, sem dar atenção para uma palavra do que ele disse.

Porque era verdade. Minha barriga *estava* enorme. Eu já tinha ouvido quase todas as piadas, comentários sarcásticos e suspiros do mundo.

O bebê estava tão grande que fui examinada quatro vezes para ver se não tinha diabetes gestacional. Deu negativo todas as vezes. Pelo visto, eu só estava carregando um lutadorzinho de sumô.

Minha mãe até me avisou para eu não comprar nada para recém-nascido, dizendo que roupinhas indicadas para bebês de zero a três meses seriam mais adequadas para o meu pequeno gigante.

Pois é, aquilo não foi nada assustador.

— O que vai querer? — perguntei, abrindo o bloquinho em uma folha em branco e pegando o lápis atrás da orelha. — Os pratos do dia são sopa de frutos do mar e cordeiro assado com molho de hortelã caseiro do chef.

— Na verdade, queria conversar com você — ele disse, coçando a nuca e olhando para a minha barriga nervosamente.

— Me desculpa, mas uma conversa comigo não está no menu de hoje — respondi. — Nem o perdão.

— Então vou querer o cordeiro assado — falou, dando de ombros, sem jeito. — E um chope.

— Pode deixar.

Fechei o bloquinho, me virei, voltei para a cozinha com o pedido e fui até o bar pegar o chope.

Quando voltei alguns minutos depois e coloquei a comida e a bebida na frente dele, meu ex fez algo impensável e segurou meu pulso.

— Dois minutos — Paul disse, em um tom urgente. — Me dá só dois minutinhos do seu tempo. Só estou te pedindo isso.

— E por que eu te daria um segundo do meu tempo? — perguntei, afastando a mão. — Você tem sorte por eu precisar desse trabalho, porque em qualquer outra circunstância eu teria derramado esse chope em você.

— Eu sei — ele disse, erguendo as mãos. — E eu mereceria isso. Mas estou indo embora pra faculdade em algumas semanas e não queria ir sem pelo menos tentar me acertar com você.

Arqueei a sobrancelha.

— Você quer se acertar comigo?

— Quero te pedir desculpas. Pelo que eu fiz com você. Por contar pra sala toda que você estava grávida. Foi péssimo da minha parte.

— Pois é, foi mesmo.

— Passei um tempão pensando sobre o meu comportamento — acrescentou. — Sobre a forma que eu te tratava quando a gente estava junto.

— Não vejo por que a gente precisa falar disso, Paul — interrompi. — Terminamos a escola. Você vai fazer faculdade e começar uma vida nova. Estou prestes a ter um bebê com o seu arqui-inimigo. Vamos deixar as coisas assim. Que tal?

— É exatamente por isso que a gente precisa conversar. Por favor, Aoife, só me dá cinco minutos.

— Você tinha pedido dois minutos — grunhi, me sentando no banco à sua frente. — Agora está pedindo cinco. Te dou três e meio.

— Obrigado. — Ele soltou um suspiro de alívio e sorriu. — Sério, obrigado.

Ainda de cara fechada, descansei as mãos na barriga e esperei que ele falasse o que queria.

— Fui um namorado de merda pra você — começou. — Não prestei atenção suficiente. Nunca te perguntei o que você queria fazer. Coloquei as minhas necessidades, os meus sentimentos e os meus desejos acima dos seus. Te sacaneei um monte e surtei quando você me deu uma dose do meu próprio veneno.

— Paul, tudo isso é passado.

— É sim — concordou. — Mas isso não muda o fato de eu me sentir mal por como as coisas terminaram. Especialmente por ter exposto a sua gravidez. E depois... — continuou. — Quando fiquei sabendo do que o Lynchy estava passando com a família... — Ele balançou a cabeça. — E do incêndio... — Soltou um suspiro pesado. — Fiquei me sentindo pior ainda.

— Pois é.

— Tentei falar com você na escola depois do enterro — ele me lembrou. — Pra pedir desculpas. Mas você não me deu bola.

— Eu tinha muita coisa na cabeça.

— Eu sei. Eu só... me sinto tão mal por tudo, Aoife.

— Escuta, também não sou santa. Você era paranoico com a minha amizade com o Joey e tinha todo o direito de ser. Podia não ter rolado nada entre a gente, mas você acertou na mosca quando disse que eu estava tendo um envolvimento emocional com ele.

— Mas muito disso tem a ver com o fato de ele ter te dado tudo que não te dei. Eu te dei presentes. Ele te deu presença — falou com calma. — Eu não entendia isso na época, por que você insistia tanto em ser amiga dele. Pensei que ter uma namorada significava oferecer pra ela coisas materiais, mas daí eu te via andando com ele, sendo que ele não tinha *nada* pra te oferecer, e ainda assim conseguia te dar *tudo* o que você queria.

Dei de ombros.

— E por que essa mudança de atitude agora?

— Porque não quero ir pra faculdade e começar uma nova vida sem fazer as pazes com a minha antiga vida — explicou. — E, quer você aceite ou não, você foi parte da minha vida antiga por bastante tempo.

— Entendi. — Me recostei no assento, levemente confusa, e disse: — Pergunta rápida.

— Manda.

— Bella Wilkinson. — Balancei a cabeça. — Cara, o que você estava *pensando*?

— Quer a revelação total?

— Manda.

— Fiquei com ela mais que uma vez. — Suas bochechas ficaram vermelhas. — Quando a gente estava junto.

— Puta merda — grunhi, dando tapinhas na barriga. — Que bom que dei uma surra nela.

— Pensei que você estava transando com o Lynchy e era por isso que você se recusava a dormir comigo, então saí pegando basicamente qualquer garota que olhasse pra mim.

— Eu não estava transando com o Joey — falei. — Não rolou nada com ele até aquele beijo no quinto ano. — Estreitei os olhos. — Quando você e o Billy armaram pra ele ser preso.

Ele se encolheu.

— Pois é, agora eu sei.

— Então, falando de garotas malucas... — O bebê me chutou, e me mexi, desconfortável. — Como vai a Danielle?

— Danielle? — Paul deu uma risada forçada. — A Danielle foi só um jeito de me distrair de você. A gente se separou logo depois do leaving cert em junho. A última notícia que tive é que ela estava saindo com o ex da Bella do Tommen.

— Bem... — Dei de ombros de maneira evasiva. — Odeio falar, mas provavelmente foi livramento. — Bufei e acrescentei: — O que é uma coisa e tanto, vindo da sua ex grávida.

Paul deu risada e disse:

— Escute, eu queria fazer algo por você antes de ir embora. Te ajudar de alguma forma.

— Você não precisa fazer nada por mim, Paul.

— Sei que você está sozinha agora que o Lynchy está na reab...

— Ele vai voltar — falei depressa, colocando as mãos protetoramente na barriga. — Vai melhorar e vai voltar pra família dele.

Meu ex se mexeu, desconfortável.

— Me desculpa se isso ainda é difícil de ouvir. Que eu amo ele. Mas é verdade, e nunca vou desistir dele.

— Pois é — falou, soltando um suspiro pesado. — Sei que você não vai desistir, e é por isso que fiz o que fiz.

— O quê? — Endireitei a postura e o observei com cautela. — O que foi que você fez, Paul?

— Imagino que você não tenha lido o jornal de hoje.

— Não. — Apoiei os cotovelos na mesa e me inclinei para frente. — Por quê?

— Houve uma grande operação antidrogas em Ballylaggin ontem à noite — falou, me deixando chocada. — De acordo com meu pai, estavam de olho nos irmãos Holland há muito tempo.

Arregalei os olhos.

— Está falando sério?

Paul assentiu.

— Ele está detido em Portlaoise até a sentença.

— Shane?

— E outros — completou. — Meu pai disse que o Shane já foi acusado de agressão sexual, lesões corporais e várias outras coisas. Está achando que o juiz vai condená-lo. O Shane vai ter sorte se não passar o aniversário de trinta anos atrás das grades.

— Até lá são seis anos. — Meu corpo relaxou com o alívio instantâneo que senti. — Você está me dizendo que ele vai ficar seis anos detido?

— Mais, se o Ministério Público conseguir o que quer.

— Meu Deus. — Soltei um suspiro trêmulo e coloquei a mão no peito. — Como foi que isso aconteceu?

Paul deu de ombros.

— Alguém avisou o esquadrão antidrogas que ele tinha um carregamento de cocaína no valor de seiscentos mil euros.

— *O quê?* — perguntei, boquiaberta, enquanto a ficha caía. Enquanto eu assimilava tudo o que ele *não* estava dizendo. — Como alguém saberia disso?

— Talvez alguém tenha amigos nos lugares certos — Paul disse, esticando o braço sobre a mesa e colocando a mão sobre a minha. — Talvez, antes de seguir em frente, esse alguém quisesse garantir que o seu primeiro amor tivesse uma chance com o primeiro amor dela.

127

Oi, mano

JOEY

Um dos primeiros passos do meu tratamento era me reconciliar com as pessoas, e foi assim que eu soube que nunca avançaria na minha recuperação. Por três motivos:

Primeiro, eu não ia pedir desculpas para ninguém por ter sobrevivido.

Segundo, que fossem à merda.

Terceiro, não sabia se tinha energia dentro de mim para travar uma batalha que me disseram que duraria a vida inteira.

Porque eu era um adicto.

Sempre seria um adicto.

Nunca *deixaria* de querer me drogar.

A ideia de passar o resto da vida lutando contra os meus desejos era deprimente.

Ainda assim, acordei de manhã e levantei a bunda da cama, cumpri todas as minhas tarefas e me sentei na sala de visita com apenas um objetivo na cabeça. Me encontrar com Darren e ganhar o cobiçado privilégio de fazer uma ligação.

A dra. B. convenceu toda a equipe que cuidava do meu tratamento que a reconciliação entre mim e Darren seria de grande benefício para a minha recuperação. Na minha humilde opinião, eu considerava essa a pior forma de chantagem emocional — me oferecer uma ligação para a minha namorada como se fosse um chocolate. Mas, ei, o que é que eu sabia?

Eu não tinha um diploma chique.

Era o drogado fracassado, que dependia que aquelas pessoas me consertassem e me mandassem de volta ao mundo.

Que merda! Eu odiava que tivesse que ser o Darren. Eu teria preferido encontrar qualquer outra pessoa naquela sala de visitas, sem exagero. Porra, eu preferia até o Gussie. Pelo menos ele me arranjaria uns cigarros.

Puxei as mangas do suéter cinza para baixo para cobrir os pulsos e esconder as cicatrizes e marcas nas minhas veias. Meu Deus, parecia que aquilo tinha sido uma vida atrás, mas eu sabia que bastava apenas um deslize para voltar para aquele mundo.

Isso não podia acontecer.

Agora que eu estava pensando com clareza, sabia que jamais poderia voltar para aquilo.

Nem mesmo para a maconha.

Era arriscado demais.

Mas a vontade ainda estava ali, borbulhando logo abaixo da superfície, e eu estava começando a aceitar que ela nunca me abandonaria por completo. Eu sempre desejaria opioides. Eu sempre desejaria heroína.

De alguma forma estranha, eu estava começando a fazer as *pazes* com isso.

Quando a dra. B. entrou na sala com meu irmão, senti os muros que eu estava tentando baixar se erguerem rápido.

— Joey — Darren falou com os olhos cheios de lágrimas, parado no meio da sala com um buquê de flores nas mãos. — Que bom te ver, mano.

— Darren. — Fiquei de pé e acenei a cabeça. — Por favor, me diz que isso não é pra mim.

Ele olhou para as flores na mão e disfarçou uma risada, enquanto as lágrimas escorriam pelo rosto.

— Eu não queria aparecer aqui de mãos vazias.

— Teria sido melhor — falei sarcasticamente. — Você vai acabar com a minha credibilidade aqui.

— Nah. — Ele deu risada, se aproximando. — Você é famoso demais pra isso.

Darren me puxou para um abraço, e tive que me conter para não o empurrar. Em vez disso, dei um tapinha nas suas costas.

Era o melhor que eu podia fazer.

Era um progresso.

— Vamos nos sentar? — a dra. B. sugeriu, conduzindo meu irmão até um grande sofá de couro.

Instintivamente, me acomodei no sofá da frente.

— Você não faz ideia de como fiquei feliz de receber a ligação — Darren começou a falar. — Quando cheguei em casa do trabalho e o Alex me falou que a sua médica tinha ligado pra dizer que eu podia vir...

— Espera um pouco — interrompi, me recostando no sofá e cruzando os braços. — Você voltou pra Belfast?

Ele fez que sim.

— Quando?

— Como assim?

— Quero saber quanto tempo você levou pra abandonar as crianças. — Arqueei a sobrancelha. — Quanto tempo você levou pra voltar pra sua vida de verdade.

— Joey.

— Ei, não estou te julgando. — Dei de ombros. — Olha só onde eu estou, Dar. Não estou em posição de atirar pedras em ninguém.

— Estão em boas mãos, com o John e a Edel.

Sim, eu não duvidava disso. Mas mesmo assim me enfurecia saber que ele tinha deixado as crianças para trás. Especialmente porque eu não estava lá.

— Joey — a dra. B. interveio. — Lembra do que falamos sobre abrir mão do controle? Você não é o pai delas, e Darren também não.

Não falei nada porque queria fazer aquela maldita ligação e, se eu verbalizasse as palavras que estavam na ponta da minha língua, certamente não teria esse privilégio.

Então a doutora e o Darren mergulharam em uma conversa profunda.

Sobre meus problemas.

Sobre minha recuperação.

Sobre meus sessenta dias de sobriedade.

Sobre como eu era um ótimo adicto em recuperação.

E blá-blá-blá.

Totalmente desinteressado, fiquei viajando na conversa, assentindo na hora certa, sem dar a mínima para o que meu irmão pensava de mim. Meus sentimentos por ele eram complicados demais para serem trabalhados em uma sessão de terapia. Tinham se acumulado ao longo de quase seis anos. E eu levaria *pelo menos* isso para resolvê-los.

Só quando os ouvi mencionando uma extensão no tratamento que meus ouvidos se aguçaram e minha atenção se voltou para a conversa.

— Que porra é essa?

— Joey, se acalme, por favor, é só uma sugestão — a doutora começou a dizer, mas eu já estava de pé.

— Não. — Balancei a cabeça e fiquei andando de um lado para o outro. — Não, não, não. Vou sair daqui em três semanas. Já cumpri o combinado.

— Joe, se a equipe médica acha que você se beneficiaria de uns meses a mais, acho que você precisa escutar — Darren tentou intervir, mas eu não ia topar aquilo.

— Não sugeriram nada, babaca. Você que sugeriu.

— Porque acho que você precisa. Acho que pode ser bom pra você.

— E acho que você precisa calar a porra da sua boca — rosnei. — Fiz tudo o que me pediram. Me desintoxiquei. Fiz a terapia individual. A maldita terapia em grupo. Plantei flores e pintei cerâmica. — Furioso, me virei para a médica. — Concordei em fazer duas semanas de desintoxicação e doze semanas de tratamento. Nem um dia a mais.

— Na verdade, uma vez que você se colocou voluntariamente sob os nossos cuidados, a duração do seu tratamento fica a nosso critério.

— Nada a ver.

— Sente-se, Joe — Darren disse. — Só escute a gente, pode ser?

— Não vou ficar aqui um dia além do que concordei — avisei, balançando a cabeça para eles. — Minha namorada vai dar à luz em setembro.

Não que vocês se importem, mas já perdi a maior parte da gravidez, e, se vocês estão achando que também vou perder o parto, estão mais loucos que eu!

— É exatamente isso que te falei no telefone — Darren disse para a doutora. — O Joey não consegue pensar em nada além dela. Sempre coloca as necessidades da Aoife em primeiro lugar, mesmo se não forem as necessidades dele.

— Com licença? — Olhei feio para o meu irmão. — Vocês estavam falando de mim?

— Faz parte do protocolo ter uma reunião semanal informal com seu parente mais próximo pra discutir o seu tratamento — a dra. B. explicou com calma. — Você já sabe disso.

— Só que ele não é próximo porra nenhuma. Pensei que você estivesse em contato com a Edel e o John. São os dois que estão pagando o tratamento, não?

— Temos informado o sr. e a sra. Kavanagh do seu progresso, mas nenhum deles é seu parente, então as informações que lhes passamos foram limitadas.

— E quem é que escolheu o Darren?

— Você, Joe — Darren respondeu.

— Não. — Sacudi a cabeça. — Eu não faria isso.

— Você assinou os formulários, Joe.

— Os formulários que *você* preencheu e que *me* deu pra assinar — retruquei em um tom acusatório. — Você não devia ter feito isso, Dar. Você sabe que devia ter sido ela. — Ergui a voz. — Daqui a três semanas, vou dar o fora daqui. Não ligo pro que vocês vão dizer.

— Escute — meu irmão disse. — Não tem nada escrito em pedra, ok? Só estou dizendo que acho que seria melhor pra você ficar mais uns meses.

— E perder o parto do meu filho?

— Por favor, só pense no que estou te dizendo — insistiu. — Pense na pressão que essa situação vai te trazer. Você acabou de se recuperar, Joe. Tudo o que você passou esse ano... juro que a Aoife vai entender. E o bebê... nem vai saber. Tipo, segundo os dados, os pais nem costumam estar presentes nos partos na Irlanda...

— Beleza, dá o fora agora.

— Joey, fala sério.

— Não, você precisa vazar daqui antes que eu perca a cabeça — avisei, erguendo a mão para afastá-lo quando ele tentou se aproximar. — Agora, Darren.

— Acho que pode ser melhor mesmo — a dra. B. falou quando meu irmão olhou para ela pedindo ajuda.

— Joe, por favor...

Quando ele falou comigo de novo, virei as costas e fui até a janela, me recusando terminantemente a continuar a conversa. Só quando saiu que soltei o parapeito que estava segurando com todas as minhas forças.

— Como está se sentindo agora, Joey? — a dra. B. perguntou, voltando para o sofá.

— Com vontade de dar um soco na parede — respondi.

— E?

— E na cabeça do meu irmão.

— Me diz uma coisa. Quando você estava se sentindo encurralado como agora, qual foi seu primeiro pensamento? Sua inclinação imediata?

— Enfiar um murro na cara do meu irmão — repeti. — E na parede. Mas mais na cara dele.

Ela sorriu.

— Então você passou.

— *O quê?*

A dra. B. sorriu mais ainda.

— Você foi empurrado pra um confronto com uma pessoa que te provoca como poucos, e seu desejo imediato não foi recorrer às drogas.

— Eu queria dar uma surra nele — falei com a testa franzida de confusão. — Como é que passei em alguma coisa?

— Você bateu nele?

— Na minha cabeça, sim.

— Na sua cabeça, é aceitável. — Ela deu risada. — Parabéns, Joey. Você tem direito a fazer uma ligação.

128

Ligações

AOIFE

O telefone tocou no domingo à noite.

Era a ligação que passei o verão todo esperando.

Quando o número desconhecido surgiu na minha tela, pensei em não atender, mas algo dentro de mim me disse para *não* ignorar aquilo.

Jogada no sofá feito uma baleia encalhada, me empanturrando de uva, peguei o celular no chão da sala e aceitei a ligação.

— Alô? — falei, bocejando, abaixando o volume da televisão no controle remoto. Eu estava vendo o filme *Pânico*, o velho recurso que eu usava quando buscava conforto.

— Molloy?

Meu coração.

Meu pobre coração disparou assim que ouvi aquela voz grave e familiar.

— Joe?

— Sim, amor, sou eu.

— Joe! — gritei, enquanto meu rosto se contorcia de emoção e eu tentava me levantar do sofá, derrubando as uvas no chão. — É você mesmo?

— Sou eu mesmo — respondeu do outro lado da linha. Tive que me sentar de novo porque minhas pernas estavam tremendo muito para me sustentarem de pé.

— Ah, meu Deus. — As comportas se abriram e fiquei chorando copiosamente por três minutos inteiros antes de me recompor. — Oi, garanhão.

— Como vai a minha rainha?

— Com saudade de você — falei entre as lágrimas. — Como é que você está me ligando? Está em casa? Ah, meu Deus, por favor, me diz que voltou pra Ballylaggin e está a caminho da minha casa.

— Logo, logo — ele disse. — Prometo, amor. Vou voltar pra você logo.

— Então *como*?

— Eu finalmente ganhei uns privilégios — explicou. — Então espere *muitas* ligações.

— De onde você está falando?

— Tem um telefone comunitário na sala de estar.

— E você lembrou o meu número?

— Está de brincadeira? Decorei o seu número quando tinha doze anos.

— Você não tem ideia de como é bom ouvir a sua voz — falei, rindo e chorando ao mesmo tempo. — Meu Deus, Joe, estou tremendo tanto que mal consigo segurar o celular.

— Conheço essa sensação. Desculpa por ter demorado tanto pra te ligar. Tentei desde o dia que cheguei, juro. Só que... — Joey soltou um suspiro pesado. — Tem um monte de regras aqui e não tem jeito.

— E aí, você está bem? — perguntei, me encolhendo de tensão. — Está limpo?

— Há sessenta e dois dias — respondeu com uma firmeza que eu não ouvia há anos. — Até me deram uma espécie de medalha quando completei dois meses sóbrio.

— Sério? — Funguei, fechei os olhos e relaxei no sofá. — Estou tão orgulhosa de você!

— Como vão as coisas?

— Hum, você sabe — falei, suspirando e batendo os pés de empolgação, fingindo tédio. — Um cuzão com quem eu costumava sair me abandonou, então ando bem puta com isso.

— Que idiota!

— Pois é — concordei, acenando a cabeça. — Pior que vou ter um filho com ele.

— Não brinca.

— Não estou brincando.

— E o canalha te abandonou mesmo assim?

— Pois é. — Fingi outro suspiro. — Descobri que ele é um drogado.

— Ouvi dizer que esses drogados são os piores.

— São mesmo.

— Pelo menos o pau dele é grande?

— Ele, definitivamente, tem um pau grande.

— Entendi, não vou nem fingir que sei o que significa isso.

Fungando, segurei a risada.

— Continua falando. Preciso ouvir a sua voz.

— Aoife... — Ele fez uma pausa, e então suas palavras vieram em uma torrente: — Meu Deus, Aoife, me desculpa, amor. Por tudo. Por te abandonar. Pela carta. Nossa, não consigo nem colocar em palavras como me sinto mal por tudo que te fiz passar nos últimos meses. Quando cheguei aqui, não era eu mesmo. A verdade é que faz muito tempo que não sou eu mesmo. Não sei se você já conheceu o meu verdadeiro eu ou se você vai gostar dele, mas estou tentando. Estou me esforçando muito pra voltar pra você...

— Eu já amo ele — interrompi. — Em todas as formas e cores, lembra?

— Você não faz ideia o quanto significa ouvir isso.

— O quê? Que eu te amo?

Ele fungou e disse:

— Sim.

— Bem, pois eu te amo, Joey Lynch — repeti, enxugando ao rosto. — Parece que não consigo deixar de te amar.

— Ainda bem. Porque parece que também não consigo deixar de te amar, Aoife Molloy.

— Joe, estou tão... ai! — Arfei de dor.

— O que houve? — perguntou na mesma hora.

— Nada. O bebê está chutando forte esses dias.

Ele ficou em silêncio por um longo tempo, absorvendo as minhas palavras, e depois perguntou:

— Como vai o meu bebê?

— Crescendo sem parar — falei, meio rindo, meio chorando, fazendo carinho no barrigão. — Você devia me ver agora, Joe. Estou parecendo uma baleia encalhada.

— Queria estar aí com você — admitiu baixinho. — Me desculpa por te deixar sozinha, Molloy. Você nunca vai entender o quanto sinto muito.

— Só volte pra casa logo — sussurrei enquanto um calafrio me percorria. — Trate de ficar bom e voltar pra gente.

— Estou indo.

— Uau.

— O que foi?

— Você falou no *presente*. — Fechei os olhos, sentindo uma onda quente de esperança dominar meu coração. — Não no *futuro*. — Fungando, acrescentei: — Você não faz ideia do quanto esperei pra te ouvir falar assim.

— Já era hora, né?

— Passou um pouquinho da hora.

— Você está sendo boazinha.

— Joe. — Eu não conseguia parar de sorrir, me deleitando com a sua voz do outro lado da linha. — Não acredito que finalmente estamos nos falando.

— Eu sei — disse com a voz embargada. — Então vai, rainha, fala comigo. Me conta o que está rolando por aí. Manda todas as fofocas.

— Ah, *agora* você quer saber das minhas fofocas?

— O coração é quem manda, Molloy.

— Pois é. — Mordi o lábio e sorri. — Então, fofoca. Hum... Al e Podge vão passar o verão nos Estados Unidos.

— Não brinca!

— Não estou brincando — falei, segurando a risada. — Conseguiram descolar um visto de trabalho.

— Pra trabalhar com o quê?

— De babá.

— Você está me zoando.

— Juro que é verdade.

— Meu Deus — disse, também rindo, achando graça e perplexo ao mesmo tempo. — Aqueles dois não deviam ficar responsáveis nem por uma bandeja de ovos.

— Ei, você está pregando pra uma convertida — concordei, gargalhando. — E a Casey foi passar duas semanas em Benidorm com uma galera da escola, então imagina só o que está aprontando lá.

— Na verdade, é melhor não imaginar. Então você está sozinha, rainha?

— Pois é. — Suspirei, contente. — Mas não está tão ruim assim.

— Não?

— Não desde que você ligou.

— Aoife.

— Ah, meu Deus. Quase esqueci de te contar! — falei, batendo a mão na cabeça. — Maldito cérebro de grávida.

— Contar o quê?

— Paul foi me visitar.

Silêncio.

— Calma, Joe. — Seu silêncio me disse tudo, e revirei os olhos. — Estou grávida de oito meses. Ele não está querendo me roubar de você.

— Eu não duvidaria de nada, vindo daquele babaca.

— Bem, aquele babaca veio trazer uma ótima notícia.

— Qual?

Respirei fundo e falei de uma vez:

— Shane Holland está preso.

Mais silêncio.

— Está me ouvindo, Joe? — perguntei quando não respondeu. — O esquadrão antidrogas pegou ele em uma grande operação. Segundo o pai do Paul, o escroto vai cumprir uma pena longa.

— Será que você podia... — Joey soltou um suspiro trêmulo antes de continuar: — Pode repetir?

Sem querer deixar nada de fora, relatei palavra por palavra a conversa que tive com Paul no Dinniman.

— Claro que não dava pra saber se ele estava falando a verdade — acrescentei depois. — Então fiz as minhas pesquisas, e é tudo verdade, Joe. Ele está preso mesmo.

— Porra!

— Como está se sentindo?

— Como estou me sentindo?

— É. — Dei de ombros. — Tipo, sei que você tinha uma ligação estranha com o Shane.

— Aoife, é como se o peso do mundo tivesse sido tirado dos meus ombros. Eu estava morrendo de medo de ter que lidar com ele de novo.

— Pois é, sei como é. Desde que você foi embora, toda vez que eu passava por ele na rua ele dava uma piscadinha, me olhava de um jeito malicioso ou comentava que não podia esperar pra que o melhor cliente dele voltasse pra cidade.

— Ele não te ameaçou, né?

— Não, não, nada disso — respondi com sinceridade. — Só estava sendo Shane. Escroto como sempre.

— Não acredito que está preso.

— Bem, agora você tem mais uma coisa pra esperar quando voltar daqui a três semanas — falei, sorrindo. — Uma Ballylaggin sem o Shane.

Mais silêncio.

Fiquei inquieta.

— Joe?

— Escuta — ele disse com uma voz grave e séria. — Não quero que você se preocupe com nada, ok? Mas estão falando de me segurar aqui por mais tempo.

Meu coração murchou completamente.

— Quanto tempo?

— Não sei.

— Como assim? — Minha respiração ficou presa. — Era pra você sair no dia 22 de agosto, né? Depois de catorze semanas? Foi o que disseram. As primeiras duas semanas eram de desintoxicação, seguidas de um tratamento de doze semanas. Eu estava marcando tudo no calendário. Foi o que disseram.

— Eu sei, amor — grunhiu de um jeito sofrido. — Mas o Darren se intrometeu nas merdas que não são da conta dele e parece que eu não posso me liberar. Tenho que receber alta, e a médica responsável pelo meu tratamento achou uma boa ideia estender o meu tempo aqui.

— Mas, se você ficar aí, você não vai voltar a tempo...

— Vou estar aí antes de você ter o bebê — me interrompeu. — *Vou* estar aí com você.

— Joe... — falei, segurando o telefone com todas as minhas forças. — Não posso passar por isso sozinha.

— Você não vai ter que passar por isso sozinha. Vou voltar pra você, Molloy. Prometo.

129

Mães adotivas

JOEY

Supernervoso, digitei o número anotado no papel que eu segurava e fiquei ouvindo a linha chamar.

Chamar.

Chamar.

Chamar.

Chamar.

— Alô? — Seu forte sotaque de Dublin soou estranho aos meus ouvidos. Afinal, já fazia um tempo que eu não a ouvia.

— Edel? — Limpei a garganta. — Ah, é o Joey Lynch.

— Joey! — ela gritou. Gritou de verdade. — Ah, meu bem, que bom ouvir a sua voz. Como você está? Você está bem? Está comendo? Estão te tratando bem? Como foi o detox? Não se preocupe com nada por aqui. Os meninos e a Shannon estão seguros. Você tem cuecas suficientes? E meias? Te mandei umas roupas, mas se você precisar de mais, eu posso...

— Estou bem — falei depressa para que ela parasse de tagarelar. — Hum, na verdade, estou mais que bem.

— Ah, querido, essa é a melhor notícia do ano — ela disse em um tom afetuoso e emocionado. — John e eu nunca duvidamos de você um segundo sequer.

A resposta dela me pegou momentaneamente de surpresa, e tive que me recompor antes de conseguir falar de novo.

— Ah, acabei de ganhar o direito de fazer ligações, e queria saber como estão as coisas por aí.

— Bem, estou encantada de ouvir a sua voz. Você parece ótimo, querido.

— Sim. — Me sentindo meio idiota e inseguro, me recostei no telefone preso à parede da sala de estar e fechei os olhos com força. — Estou bem mais lúcido esses dias.

— Bem, John e eu temos uma grande surpresa pra você quando você voltar na semana que vem.

— Na verdade, eu queria conversar com você sobre isso.

— Joey. — Agora sua voz transbordava preocupação. — Você vai vir morar com a gente, ponto-final. Não quero ouvir uma palavra de reclamação, e se você sequer pensar em se virar sozinho, preciso te avisar que tenho o faro de um cão de caça. É só perguntar pro Johnny ou pro Gerard. *Vou* farejar você e te trazer pra casa.

— Não, não é isso que eu... — Fiz uma pausa, apertando a ponte do nariz, me esforçando para dizer a coisa certa. — Não pretendo me virar sozinho por um tempo. — Afinal, nem se eu quisesse eu teria como me bancar. — Agradeço o teto que você está me oferecendo — acrescentei, mordendo os lábios. — Não quero ficar longe deles. — *Dos meus meninos.*

— Você nunca vai ter que ficar longe deles — ela disse do outro lado da linha. — Quando você voltar, vai estar em casa, querido. Com a sua família.

— Esse é o problema. — Mordi os dedos quando uma raiva ganhou vida dentro de mim. — Darren foi falar com a equipe responsável pelo meu tratamento pelas minhas costas.

— Darren? — Notei a surpresa na voz dela. — O que ele falou, meu bem?

— Ele discutiu o meu plano de tratamento. Parece que está listado como meu parente mais próximo. Aliás, será que você não consegue mudar isso pra mim? Porque era pra ser a Aoife.

— Claro que eu consigo. Faz sentido.

— Obrigado. Enfim, depois da conversa, estão querendo que eu fique mais tempo aqui.

Ela ficou em silêncio por um longo tempo e, depois, perguntou:

— E o que você acha disso, Joey?

— Sinceramente?

— Sinceramente.

— Estou pronto pra ir pra casa, mas se a médica *concorda* com o Darren fico em dúvida.

— Como assim?

— Ela nunca me enganou. — Roí a unha, ansioso. — E se ela estiver certa? E se eu estiver errado? E se eu fizer merda?

— Quanto tempo querem que você fique?

— Não sei, Edel — me obriguei a dizer. — Mas não aguento mais. Não aguento ficar mais tempo. Não posso fazer isso com a Aoife. Não depois de tudo o que fiz ela passar.

— Tem algum jeito de negociar? Que tal mais duas semanas? Se bem que, se você sente que está pronto pra voltar pra casa no dia 22, como planejado, então é porque você está pronto. Você tem uma intuição excelente, querido. Não deixe ninguém fazer você duvidar de si mesmo.

— Acho que os médicos estavam esperando que o Darren me apoiasse quando veio me ver, e, como ele não fez isso, devem ter ficado meio desconfiados.

— Posso fazer alguma coisa pra ajudar? Quer dizer, eu nunca me intrometeria na sua vida particular, Joey. Você é um jovem brilhante e capaz, e te respeito muito. Você não é uma criança. Esse não é o tipo de relação que quero pra gente, mas, se você quiser que eu interceda a seu favor, é só falar. Estou pronta pra lutar por você a qualquer hora.

— Você poderia me apoiar nessa? — perguntei, soltando um suspiro trêmulo. — Porque sua ajuda seria muito bem-vinda.

130

Conhecendo os pais... mais ou menos

JOEY

Edel Kavanagh entrou na sala na manhã seguinte ao nosso telefonema com sua energia loira e desenfreada, parecendo uma versão glamourosa da Sarah Connor de *O exterminador do futuro*.

Ao lado dela, em seu traje habitual, que consistia em um terno de primeira qualidade feito sob medida, estava John, com uma expressão divertida no rosto e uma pasta na mão.

— Joey! — Edel exclamou quando me viu debruçado sobre o parapeito da janela, me deleitando com o cigarro que consegui descolar com um dos seguranças, que virou meu amigo depois que o ajudei a trocar o pneu, enquanto eu tentava não disparar o alarme de fumaça.

Assim que seus olhos pousaram em mim, a expressão dura que ela ostentava derreteu.

— Ah, querido, olhe só pra você. — Ela balançou a cabeça, abriu um sorriso radiante e correu para mim. — Olha só pra ele, John. Não é um gato?

— Amor, a gente já falou sobre isso — John tentou intervir, mas ela já tinha invadido meu espaço pessoal e estava me abraçando com força.

— Ah, eu... — Sem jeito, atirei a bituca na janela e dei uns tapinhas nas costas dela, mentalmente contando até cinco antes de me libertar do estrangulamento. — Quando falei que sua ajuda seria bem-vinda, não quis dizer que vocês precisavam atravessar metade do país só pra me ver.

— Com licença — um funcionário da clínica entrou no meu quarto com o rosto vermelho e agitado. — Todos os visitantes precisam se apresentar na recepção. E, como já expliquei pra senhora, os pacientes não podem receber visitas no quarto.

— Ah, baixa a bola, detetive inspetor — Edel falou sarcasticamente, dispensando-o com um gesto. — Por acaso pareço estar trazendo contrabando dentro das minhas calças?

— Edel... — John a repreendeu com cautela.

— Agora... — Ela se virou para mim, afastou meu cabelo do rosto e sorriu. — Vamos, meu bem.

— Aonde?

— Resolver essa confusão.

— Como vocês sabem, meu marido e eu fomos agraciados com a guarda das crianças da família Lynch — Edel declarou um pouco mais tarde, andando de um lado para o outro na sala de visitas, enquanto John a observava do sofá de couro com sua expressão divertida de sempre. Ao lado dele, estava Darren, todo estressado. — Se Joey tivesse menos de dezoito anos, também estaria legalmente sob os nossos cuidados. — Ela se virou para a dra. B. — No entanto, acho que a idade é apenas um número, doutora. Esse garoto pertence a nós. Ele tem um lar com a nossa família, ou seja, a família *dele*, pro resto da vida. Se você tem alguma ressalva sobre a capacidade do Joey de lidar com o vício depois que sair daqui, fica tranquila, pois ele vai ter todo o apoio do mundo na palma das mãos.

— O irmão dele manifestou preocupação com a pressão a que o Joey vai ser submetido quando receber alta.

— Meu irmão é um babaca — rosnei, olhando feio para o inimigo número um.

Darren soltou um suspiro pesado.

— Joey.

— O que foi? — Dei de ombros sem remorso. — Você é.

— Não estou fazendo nada disso pra te machucar — ele se defendeu. — Só estou tentando proteger a sua sobriedade, Joe.

— Ela não é responsabilidade sua. É minha responsabilidade, Darren. Ficar limpo é *minha* responsabilidade. Cuidar de mim mesmo é minha responsabilidade, porra, não sua. E, sem ofensa, tenho feito isso há bastante tempo sem você.

— Pois é — murmurou, esfregando o queixo. — E olhe só onde você veio parar.

Estreitei os olhos, indignado.

— Ainda bem que estou *mudado*, porque esse comentário sarcástico merecia um tapa na boca.

— Certo, pessoal — a dra. B. nos interrompeu. — Vamos respirar um pouco, ok?

— Se ele deseja voltar pra casa com a gente, não vejo por que querer impedir isso. Nem como, aliás — Edel falou com firmeza.

Então todos começaram a falar ao mesmo tempo.

Os médicos.

Os terapeutas.

Os assistentes sociais.

A loira destruidora.

Meu irmão.

— Só estou tentando protegê-lo — Darren disse, erguendo as mãos em derrota. — Só isso.

— Ninguém está questionando as suas intenções, Darren.

— Eu estou. — Levantei o dedo e acenei. — *Eu* estou questionando as intenções dele.

— Darren está achando que, sem os estudos pra se concentrar, o Joey vai acabar voltando aos velhos hábitos — um membro da equipe disse para os Kavanagh. — Ele também acha que a Aoife pertence ao mesmo círculo de amizades que expôs Joey ao abuso de substâncias.

— Bem, não acredito nisso — Edel retrucou sem hesitar. — Se você conhecesse a garota, concordaria totalmente comigo.

— Ela nunca foi parte do problema — eu disse pela milésima vez. — Nunca fez parte dessa cena. Já te *falei* isso.

— Também tem a pressão de lidar com um recém-nascido. — Greg, meu conselheiro traíra, se intrometeu. — Vai ser um peso nos ombros dele.

— E os ombros *dela*? — perguntei, olhando feio para ele. — E os ombros da *Aoife*? Ela está tendo que lidar com tudo isso sozinha. Já pensou nisso?

— O nosso trabalho é considerar o seu bem-estar.

— E o meu trabalho é considerar o bem-estar *dela*!

— A Aoife tem família pra isso, Joey — Darren disse. — Por que não deixa a sua família cuidar de você?

— Porque ela *é* a minha família, Darren! — rugi, perdendo a paciência. — Como é que você não *entende* isso? Você é inteligente. Meu Deus, você tem um diploma bonzão de uma universidade de destaque! Como pode ser tão burro?

— Joe...

— Como você não enxerga que o que está fazendo é errado?

— Joey, por favor, se acalme.

Se acalme uma ova.

— Você sabe que eu estaria morto sem ela, né? — falei com a voz rouca. — Essa conversa nem estaria acontecendo, porque eu não estaria nem *aqui* se não fosse pela Aoife Molloy.

— Meu Deus. — Meu irmão se encolheu como se minhas palavras o tivessem ferido. — Não diz isso, Joe.

— É verdade, Dar — retorqui. — Eu não teria nem chegado aos dezoito anos se não fosse por ela. Que droga! Provavelmente não teria nem chegado aos quinze se não fosse por ela. Você não estava aqui. Você não viu. Eu era um merda. Sério. Fui um escroto. Pra mim mesmo. Pra ela. Meu comportamento com ela era lamentável. Eu era a minha pior versão. Ainda assim, ela não desistiu de mim. Viu algo que valia a pena salvar e decidiu me amar mesmo assim, e sou grato pra caralho por ela ter feito isso. — Balancei a cabeça. — Você nunca vai entender o quanto devo àquela garota. O quanto venero o chão que ela pisa!

— Eu sei que você ama ela — ele disse de um jeito sofrido. — Eu vejo, mas fico morrendo de medo.

— Por quê?

— Porque... — Parou e sacudiu a cabeça.

— Diz — insisti, já sabendo o que ele ia falar. — Diz o quanto você me acha parecido com *ele*. Assim como nossa *mãe* achava. Sabe, se você tivesse me falado isso três meses atrás, eu teria desmoronado. Só que agora não, porque, posso não saber quem eu sou, Darren, mas com certeza sei quem não sou!

— Não, não é isso — ele tentou me apaziguar. — Não é sobre você individualmente. É sobre vocês como casal. Quando você sair daqui, não vai ter trabalho nem escola nem hurling nem nada pra se concentrar além dela. Pra mim, isso me parece algo tóxico. Fico morrendo de medo, Joey, porque nós dois sabemos o que acontece quando adolescentes obcecados um pelo outro vão brincar de casinha juntos. A gente passou por isso, Joey, e não quero isso pra você. Não quero que você e a Aoife se tornem a segunda geração *deles*.

— Meu Deus do céu.

— Olha, talvez eu esteja projetando o meu próprio trauma no seu relacionamento, Joe, mas estou morrendo de medo por você de verdade. Tenho medo de não fazer nada e ver você seguir os passos dos nossos pais. Esse é o único motivo da nossa mãe e eu termos tentado impedir que isso acontecesse.

— Impedir o quê? O nosso relacionamento?

Ele não respondeu, e meu sangue gelou.

— A gravidez.

— No começo — respondeu com o rosto vermelho.

Claro que era isso.

— Vocês tentaram impedir a gravidez do meu bebê? — falei com os dentes cerrados. — É isso que você está me dizendo? Você e a mãe tentaram convencer a Aoife a se livrar do *meu* bebê?

— Certo, acho que é melhor a gente fazer um intervalo.

— Acho que é melhor ele responder a porra da pergunta — rosnei, ignorando as tentativas da assistente social de controlar a situação. — O que você e a mãe fizeram com a minha namorada, Darren?

— A gente não fez nada com a sua namorada — respondeu com um suspiro cansado. — Só oferecemos uma alternativa pra ela.

— Vocês ofereceram grana pra pagar um aborto? — Como ele não falou nada, soltei uma risada forçada. — Não acredito nisso.

— Joey, por favor, se acalme.

— E as pessoas ainda se perguntam por que acabei virando um adicto. — Balancei a cabeça e olhei em volta. — Olhem bem pra isso, gente. É com isso que tenho lidado a vida toda. Minha própria mãe e meu irmão tentaram me apunhalar pelas costas!

— Eu queria te ajudar — Darren explicou. — Você é novo demais pra ser pai.

— *Sempre* fui pai! — rugi, arfando. — E fiz um trabalho do caralho com as quatro crianças que criei. E, sim, sou um ferrado, um adicto, mas sou um bom pai! Sou um pai excelente, Darren. Mantive as crianças vivas, alimentadas, amadas, nutridas e educadas. Eu fiz isso. Não você. Não ele. Não ela. Eu. Então pode me chamar de drogado ou o que for, mas você não pode dizer que sou novo demais pra ser pai!

— Não quis dizer isso. Quis dizer que não queria ver você preso com...

— Eu *quero* o meu bebê, Darren!

Daria para ouvir uma agulha caindo na sala.

Um silêncio inquietante se instalou.

Até que Darren o quebrou e disse:

— Você quer?

— Claro que quero — confirmei, furioso. — Como você e a mãe ousaram tentar tirar isso de mim?

— Agora percebo que eu não tinha direito de me envolver.

— Não tinha mesmo — falei, indignado. — E você tem sorte porque a Aoife não cedeu à pressão que você, sem dúvida, botou em cima dela. — Balancei a cabeça. — Meu Deus, Dar. Eu *nunca* faria isso com você. Nunca. Te *apoiei* em todas as suas escolhas. Te *defendi*.

— Eu sei.

— Então por que você não podia fazer o mesmo por mim?

— Pensei que era *isso* que eu estava fazendo.

— Odiando a minha namorada? Pelo amor, Darren. *Por que* você faria isso comigo depois de todas as merdas que a gente passou? Por que você tentou botar pra correr a única coisa boa da minha vida?

— Não odeio a Aoife, Joe. Meu Deus, eu nem conheço a garota. Não de verdade. Eu só... queria uma vida *diferente* pra você.

— Bem, não importa o que você quer, Dar, porque esta é a *minha* vida — retruquei, tremendo. — A vida é minha e pretendo vivê-la do lado dela. Porque novidade, babaca: aquela garota *é* a minha vida. Ela e o nosso bebê. Se ela quiser um anel, ela vai ter. Se quiser uma casa, vai ter também. E, se ela quiser mais filhos no futuro, eu vou dar mais filhos pra ela. Vou dar o que ela quiser. Porque somos espelhos. Estamos juntos. *Esse* é o meu futuro, Darren, e, se você ficar se intrometendo assim, não vai fazer parte dele.

— Você não está falando sério.

— Nunca falei tão sério na vida.

— Isso é um desastre — Darren murmurou, cobrindo o rosto com as mãos.

— Pelo contrário — a dra. B. disse. — Acho que essa conversa já deveria ter acontecido há muito tempo.

— Pode crer — concordei, sentindo todo o ressentimento e o sofrimento acumulados ao longo de seis anos vindo à tona. — Você me abandonou, Darren. Você me *abandonou* com eles. Eu te amava mais que todos. Te admirava. Te idolatrava, e você simplesmente *desapareceu* da minha vida.

— Eu sei. Meu Deus, eu sei.

— Eu tinha doze anos. — Minha voz saiu estrangulada e meu peito arfava conforme eu verbalizava minha dor. — Doze anos, Darren. Quando você tinha doze, você tinha a mim. Quando eu tinha doze, eu não tinha *ninguém*.

— Sinto muito, Joe.

— Dizer que você sente muito não conserta nada. São só *palavras*. Sei que são verdadeiras, que você sente mesmo, mas são só palavras, Darren. Não consertam o *buraco* que você deixou em mim.

Ele se encolheu.

— Joe.

— O que mais dói não foi nem o fato de você ter ido embora — admiti, enxugando uma lágrima do rosto. — Sei que você tinha que ir. Você estava morrendo naquela casa. Entendo. O que mais dói é o fato de eu ter ficado e ela ter *continuado* te amando mais! Tenho inveja disso. Tenho inveja e rancor e estou ferido porque nada do que fiz foi o suficiente pra ela! Daí você voltou. E foi como se tudo o que eu tivesse feito por ela, todos os sacrifícios, todas as surras que tomei, não valessem nada. *Eu* era irrelevante porque ela só conseguia enxergar você. Vamos admitir, Dar, ela sempre só viu você, mesmo quando a gente era criança, e isso nunca me incomodou até você ir embora. Ela te colocou em um pedestal, porque você era o primogênito precioso e perfeito, e nada do que fiz chegava aos pés da lembrança que ela tinha de você!

— Isso! — a dra. B. exclamou, quase dando um soco no ar de empolgação. — Fantástico, Joey.

Darren e eu nos viramos para ela boquiabertos.

— Com licença?

— Verbalização — explicou depressa. — Fantástica verbalização dos seus sentimentos. Trabalhamos nisso por meses. — Ela sorriu para mim como se eu fosse seu aluno favorito e me deu um joinha, enquanto todos os outros membros da equipe médica pareciam horrorizados com a situação.

— Escuta, posso interromper a discussão um momentinho? — John falou naquele seu tom frio, calmo e controlado, pronto para apaziguar a situação. — Talvez eu tenha uma solução que poderia beneficiar todos.

— Ah? — Edel se afundou na beirada do sofá ao lado do marido e colocou a mão no joelho dele. — Qual, amor?

Tranquilo, John apertou a mão da esposa com carinho antes de se voltar para os vários rostos que o encaravam.

— Você quer estender o tratamento do Joey sob o pretexto da incerteza sobre sua capacidade de lidar com as pressões que o aguardam quando ele voltar pra Ballylaggin. — Ele olhou para Darren e acrescentou: — Pelo que estou entendendo, uma das suas maiores preocupações é a falta de perspectivas do seu irmão.

— Ele não tem nenhuma qualificação — Darren comentou, acenando a cabeça. — Nem terminou a escola. Não tem uma carreira. Não tem um trabalho que paga bem. O hurling está fora de cogitação pra ele. Não vão aceitá-lo de volta. Já tentei. Nem a ECB. Estão irredutíveis. Não tem uma escola na região que queira tê-lo como aluno.

— Como se eu me importasse — desdenhei.

— Pois devia — Darren grunhiu. — Você tem que criar um bebê... algo que você fez questão de falar pra todo mundo. Como pretende fazer isso com um salário mínimo? Porque, fala sério, Joe, com o seu histórico, você teria sorte de conseguir um trabalho empilhando prateleiras.

— Sou um *bom* trabalhador.

— Nunca falei o contrário — argumentou. — Mas você tem um longo histórico de encrencas.

— E se tivesse uma alternativa? — John falou calmamente. — E se eu pudesse garantir a Joey uma vaga no sexto ano na mesma escola que seus irmãos estudam? Isso amenizaria as preocupações de todos?

— Como assim? — Franzi a testa. — O que você está...?

— No Tommen? — Darren arregalou os olhos. — Não vão aceitá-lo, John. Principalmente depois do showzinho de maio. Você acha que não tentei? Ele foi retirado da escola pela Gardaí por atacar alunos de lá.

— Já está feito — John comentou, dessa vez se direcionando a mim. — Você tem vaga garantida no Colégio Tommen pra terminar seus estudos lá, Joey. A vaga é sua. — Ele deu de ombros e acrescentou: — Se você *quiser*.

— No Tommen. — Fiquei encarando-o. — Você quer que eu estude no *Tommen*?

— Quero que você pense a respeito.

— Está falando sério? — meu irmão perguntou, empolgado. — Como, em nome de Deus, você conseguiu isso?

— Como você acha, Darren? — falei. — Dinheiro.

— Ele vai aceitar — meu irmão respondeu por mim.

— Não vai — eu disse, me virando para John. — Não vou completar a escola secundária, John. Preciso encontrar um trabalho que me dê estabilidade financeira.

— Não, não, não, faz sentido — Edel falou depressa para mim. — O ano letivo começa dia primeiro de setembro, querido. Se você se matricular no Tommen, precisaria receber alta antes...

— Antes do bebê nascer — completei, enquanto meu cérebro entrava em ação.

— Seria uma linda base para construir o seu futuro, Joey — a dra. B. opinou. — Estabilidade, amizade e uma educação sólida.

— Eu te mando dinheiro — Darren prometeu. — Toda semana. Direto na sua conta. O que for necessário.

— Mesada? — Fiquei olhando para ele. — Está achando que sou uma criancinha?

— Não, te acho uma das pessoas mais inteligentes que conheço, e a perspectiva de você ter uma chance de verdade, de concluir os seus *estudos*, é importante demais pra você torcer o nariz. Quero isso pra você, Joe. Pensa nas suas oportunidades de trabalho. Pensa na faculdade. No seu futuro, mano.

— Eu não vou fazer faculdade — eu disse, atordoado. — Não é uma opção pra mim.

— Não *era* antes, mas agora *pode* ser — ele falou com firmeza. — Por que você não pode ter as mesmas oportunidades que o resto de nós? Você merece isso tanto quanto a Shannon ou o Tadhg. Ele também vai estudar lá no Tommen. E você estaria lá pra cuidar dele. Pra mostrar o caminho. Pensa nisso, Joe. Pode ser a oportunidade da sua vida.

— Você está bem, Joey, querido?

— Não, Edel, não estou — confessei, agitando os joelhos sem parar, sentado na frente dela e do marido em uma das mesas de piquenique do jardim depois da reunião.

— Agradeça ao Gerard por isso — Edel disse, apontando descontente para o cigarro na minha mão. — Ele enfiou três maços na mala que eu trouxe pra você hoje.

Boa, Gussie.

Dei uma longa tragada no cigarro e olhei para o jardim, inquieto.

— Eu que plantei essas — falei, apontando para um canteiro de margaridas amarelas em meio a uma profusão de dálias e hortênsias cor-de-rosa. — Essas aí são minhas.

— Você trabalhou no jardim?

— Era parte do tratamento — expliquei, gesticulando. — A gente conversa, senta em roda na terapia em grupo, chora, planta flores e pinta coisas. — Dei outra tragada antes de dizer: — Aqui é a coitadolândia. Uma grande competição pra ver qual vida é mais cagada.

John sorriu.

— Bem, então tenho certeza que você está disparado na frente.

Bufei.

— Você sabe bem.

— Joey, querido — Edel começou, tamborilando as unhas bem-cuidadas na mesa. — Sobre o Tommen... sei que sua primeira reação é dizer não, mas não faz isso, por favor. Só tira um tempinho pra pensar antes de decidir.

— Está bem — respondi, agitado. — Vou pensar.

131

Chamem a minha garota

JOEY

— Fato curioso do dia: oficialmente, agora tenho úberes.

— Úberes?

— É. Isso mesmo. Não estou brincando. Pelo visto, agora produzo leite. Estou molhando o sutiã.

— Você está vazando?

— Que nem uma torneira com defeito.

— Merda.

— Ah, é, e um aviso: não vejo minha vagina desde junho, então você sabe o que isso significa, não?

— Não, Molloy, não sei mesmo.

— Significa que você vai voltar pra Floresta Amazônica.

— Nossa.

— Pois é. Ah, e tenho mamilos marrons agora.

— Você sempre teve mamilos marrons.

— Não, *você* sempre teve mamilos marrons. Eu sempre tive mamilos rosados.

— Bem, às vezes é bom mudar.

— Além disso, aquele papinho de passar óleo na barriga pra evitar estrias é uma furada completa. Eu tenho passado óleo, Joe. Três vezes por dia, e o seu bebê conseguiu me esticar feito uma boneca de borracha com varizes. — Ela suspirou dramaticamente antes de acrescentar: — Acho que nunca mais vou poder usar o meu biquíni amarelo.

— Você não comprou aquele biquíni no segundo ano?

— E daí?

— E daí que talvez não seja tão ruim não caber em um biquíni que você usava quando tinha catorze anos.

— Aff, odeio quando você é racional — ela grunhiu. — Acho que prefiro quando você vivia chapado e me dizia o que eu queria ouvir.

Dei risada.

— Molloy, você sempre só ouve o que quer, então isso é irrelevante.

— Irrelevante? Saquei, seu playboyzinho. Você está praticando o palavreado que vai usar no Tommen, né?

— Não começa — reclamei, encostando a cabeça na parede. — Não vou topar.

— Vai, sim, senhor — ela disse. — No mês que vem, o papai do meu bebê vai ser um puro-sangue de escola particular. — Ela acrescentou, rindo: — De terninho e tudo.

— Até parece que eu vou usar *terninho* pra ir pra escola — resmunguei, contendo um calafrio. — Prefiro ir com a calça cagada.

— Ah, meu cagãozinho sexy.

— Quer parar?

— Ei, é você que está dizendo que vai pra escola de calça cagada, seu dramático — brincou.

— Querem me mudar, Molloy. Me transformar em uma pessoa totalmente diferente. Não sou assim. Eu sou eu.

— Não querem te mudar, Joe. Querem te apoiar.

— Não entendo.

— Eu sei que não, o que me faz te amar ainda mais.

— Você é uma besta.

— Você me ama.

— Amo. — E eu amava *mesmo*. Sorri. — E aí, já chegaram os resultados do seu leaving cert? Saiu hoje de manhã, né?

— Pois é. — Ela soltou um suspiro teatral. — Mas ainda não fui lá na escola pegar.

— Por que não?

— Porque não queria perder a sua ligação.

— Molloy. — A culpa me atingiu no peito. — Você precisa ir pegar os seus resultados.

— Levei bomba.

Meu coração murchou.

— Como assim levou bomba?

— Levei uma bomba abissal no leaving cert.

— Molloy.

— Não acredito que tenha ido tão mal assim — falou depressa. — Kev fez seiscentos pontos. Então vai pra universidade que quiser.

Como se eu ligasse a mínima para os resultados do irmão dela.

— Vamos ver. — Ela soltou um suspiro desanimado enquanto mexia nos papéis. — D em administração. E em irlandês. E em matemática. E em história. Ah, tirei C em biologia. D em inglês. Ah, e outro D em economia doméstica.

— Sinto muito, rainha.

— Pois é. — Outro suspiro pesado. — Quer mais notícias ruins?

— O que foi?

— Eu não passei.

— No St. John?

— Recebi a carta de indeferimento ontem.

Puta merda.

— Pois é, garanhão, parece que você não é o único que vai ter que voltar pra escola.

Franzi a testa.

— Você vai voltar pra escola?

— Segundo meus pais, tenho que repetir o sexto ano, o que definitivamente *não* vou fazer. — Ela soltou um grunhido de frustração. — Tipo, ano passado já foi bem difícil. Como é que vou me concentrar nos estudos tendo que cuidar de um bebê?

— Aoife... — Eu mal conseguia falar de tanta culpa. — Sinto muito, amor.

— Não é culpa sua, Joe.

Era sim.

— Trish quer que você repita o ano, é? — Eu sabia que aquilo devia ser coisa da Trish porque Tony não era do tipo acadêmico. Para ele, se você soubesse ler, escrever, contar e tivesse a cabeça no lugar, conseguiria se virar. Trish, por outro lado, torcia para que seus filhos fossem alguém na vida.

— Isso. Minha mãe acha que vai ser bom pra mim terminar a escola. Está em contato com o sr. Nyhan, e ele está sendo bem legal, apesar de tudo. O sr. Nyhan falou pra ela que a escola vai me dar suporte, sabe, me mandando tarefas pra fazer em casa e tal, daí eu não precisaria ir pra lá até o recesso de Halloween.

— Meu Deus. — Esfreguei o queixo, aturdido *por* ela.

— Minha mãe se ofereceu pra cuidar do bebê se eu voltar pra escola, mas não vou voltar, Joe.

A ansiedade me dominou.

Todos aqueles planos e decisões estavam sendo tomados sem mim.

— E eu? — perguntei. — Posso ficar com o bebê enquanto você vai pra escola. Vou procurar um trabalho no turno da noite pra dar certo.

— E o Tommen? Como você vai fazer?

— Não vou fazer.

— Vai sim, Joe.

— Não, Molloy. Vou cuidar de você e do bebê.

— Terminando a escola — ela insistiu. — Pelo menos assim nosso bebê vai poder se orgulhar de um dos pais.

Porra, essa doeu.

— Não tenho nada pra ele se orgulhar. Você que é a pessoa boa aqui, Aoife. Você que vai dar orgulho pro nosso filho.

— Pra que tantos elogios?

— Sério, você pode ir pra escola durante o dia e eu fico com o bebê. Depois, trabalho de noite enquanto você fica com ele.

— Sim, porque meu pai vai adorar essa ideia.

Revirei os olhos.

— Ele pode até me despedir, mas não pode me manter longe do meu filho.

— Não é isso, Joe — falou depressa. — Ele te ama. Você sabe disso. Ele só... está meio protetor comigo depois de tudo o que aconteceu.

— Depois que te abandonei sozinha e grávida.

— Ele sabe que você tinha que ir.

— Sabe, mas não aceita.

— Bem, aceito, e é isso que importa — ela retrucou. — Então não deixa isso te abalar. Você e o meu pai vão se acertar quando você voltar. Vocês sempre se acertam.

De alguma forma, eu duvidava disso.

Ouvi Tony resmungando outra noite quando ela estava no telefone comigo.

Ele não queria que eu chegasse perto da filha dele, e eu não tirava a razão. Nossa, já era um milagre não ter confiscado o celular dela para impedi-la de receber as minhas ligações. E eu certamente também tiraria a razão por isso. Afinal, eu tinha feito a filha dele passar pelo inferno.

— Ele vai te oferecer um emprego de volta na oficina quando souber como você está indo bem — Molloy disse. — Talvez não logo de cara, mas ele vai. Meu pai nunca te substituiu. Não contratou ninguém, Joe.

— Tomara que você esteja certa, Molloy — falei com sinceridade.

Porque podiam falar sobre diplomas e educação o quanto quisessem, mas a única ocupação que me interessava era mexendo no capô de um carro.

PARTE 11

132

De volta a Ballylaggin

JOEY

Depois de passar um tempão pensando que isso jamais aconteceria, finalmente aconteceu. O dia que eu tanto esperava e temia desde que minha cabeça voltou para o lugar tinha chegado.

29 de agosto de 2005.

O dia D.

O primeiro dia do resto da minha vida, como me disseram.

Puta merda.

Só que a minha alta estava atrelada a condições. Condições com as quais eu tinha concordado para poder sair, mas agora mal conseguia suportar.

Condições que incluíam terninhos.

Fiquei parado do lado de fora da clínica de reabilitação, que foi minha morada desde que a minha própria casa virou pó, ignorando solenemente o funcionário mais velho parado ao meu lado. Que porra ele ia fazer se eu tentasse escapar? Eu não tinha planos de fugir e, mesmo se tivesse, minha consciência jamais permitiria isso. O coitado provavelmente cairia de cara no chão tentando correr atrás de mim.

Segurando uma mala por cima do ombro e uma pasta na mão, vi um range rover reluzente parando na frente da calçada.

Respire.

Só respire.

Uma parte considerável de mim estava gritando para que eu fugisse para as montanhas, desse o fora dali de uma vez e corresse para longe daquela gente. Não fiz isso e fiquei firme, mantendo os dois pés travados no lugar enquanto a janela escura se abaixava e uma conhecida loira surgia — uma mulher que não se parecia nada com aquela que me deu à luz.

— Oi, querido. — Edel abriu um sorriso radiante para mim. — Eu pularia em cima de você pra te dar um abraço, mas John me deu ordens bem rígidas de não fazer isso.

Graças a Deus.

— Entre, meu bem — acrescentou, colocando os óculos de sol na cabeça. — É uma longa viagem até em casa e os meninos estão ansiosos pra te ver.

Sabendo que aquela mulher tinha acesso aos meus irmãos, desisti de qualquer tentativa de fuga e abri a porta do carro.

— Obrigado de novo por vir me buscar. — Enfiei a mala no banco de trás e me sentei no banco do carona ao lado dela, nervoso e agitado pra caralho. — Ah, e por todo o resto também.

— Disponha, Joey, querido — Edel respondeu, indo para a rua. — Como está se sentindo?

Ironicamente, estava tocando "Unwell", do Matchbox Twenty, e, por um breve momento, pensei em lhe dizer que me sentia mais que indisposto, mas decidi ficar com o velho e bom "Estou bem".

Ela me olhou de soslaio, arqueou a sobrancelha e fez cara de "Não minta pra mim" antes de voltar a atenção para a rua.

Comporte-se, cara.

Não irrite essa mulher.

Com os joelhos balançando sem parar, limpei as mãos suadas nas coxas e soltei um suspiro, me sentindo claustrofóbico e agitado.

A vida de todo mundo tinha seguido em frente em Ballylaggin.

Mas eu não tinha mais trabalho, nem hurling, nem mãe nem papel nenhum para desempenhar. Eu tinha que começar tudo do zero e, apesar de todas as sessões de terapia que tive, eu não fazia ideia de por *onde* começar.

A única pista que eu tinha era uma seta que apontava diretamente para Molloy.

— Shannon está doida pra te ver — continuou com um tom leve. — Ela está na cozinha desde que amanheceu com o Ollie e o Sean. Estão fazendo um bolo pra você.

Meu Deus.

— Como eles estão? — me obriguei a perguntar antes de engolir em seco.

Senti uma dor forte, ardente, abrasadora, por causa daquelas palavras e pelo fato de que eu praticamente ter abandonado meus irmãos quando mais precisavam de mim.

Ela deu um sorrisinho e disse:

— Bem.

Não consegui conter um sorriso.

— Acho que eu mereci essa.

— Os meninos estão ótimos, querido. — Então ela abriu um sorriso largo, imenso. — Na verdade, estão melhores do que qualquer um esperava, dadas as circunstâncias.

Graças a Deus.

— E a Shannon?

Edel sorriu e revirou os olhos.

— Sua irmã está completamente caidinha pelo meu filho. Estão parecendo um velho casal a essa altura. Mantê-los afastados é o maior desafio dos últimos dias.

— Imagino — falei, sabendo que a última coisa que eu queria fazer na Terra era imaginar aquele cenário específico.

— Na verdade, queria discutir uma coisa com você. — Esticou o braço e abaixou o volume do rádio. — Pensei que, já que estão morando juntos, seria mais seguro pra todos levar Shannon ao médico. — Lançou um olhar inseguro para mim. — Ela está tomando pílula desde junho, querido. Espero que você esteja de acordo.

O fato de ela estar pedindo minha permissão mexeu comigo. Edel estava me tratando feito um igual, e *não* como uma criança, e fiquei grato por isso.

— Não, com certeza foi uma decisão sábia. Tipo, não é infalível. — Fiz uma pausa e gesticulei para mim mesmo. — *Claramente.* Mas é bom ela se proteger.

— Falei pra manterem as mãos longe um do outro — Edel continuou. — Mas você sabe como são as coisas. Não posso fazer muito.

Pois é, eu sabia como eram as coisas. Molloy e eu fomos bem inventivos quando precisamos.

— Escuta. — Limpei a garganta, arregacei as mangas e me mexi, sem jeito, tentando verbalizar as palavras que jamais chegariam perto de expressar o que eu precisava dizer. — Nunca vou conseguir retribuir o que John e você fizeram pela minha família... — Parei e respirei fundo, e então acrescentei: — Pelo que vocês fizeram por mim. — Porra, eu odiava aquilo com todas as minhas forças. — Ainda não sei direito por que vocês fizeram o que fizeram ou por que continuam nos ajudando, mas acho que está bem claro que vocês são pessoas bem especiais para acolher uma família inteira. Não tenho nada para te dar em troca, não sei se algum dia vou ter, mas vou fazer tudo o que puder pra retribuir o que...

— Eu amo a sua família, Joey — me interrompeu com a voz embargada de emoção. — Cada um de vocês. — Ela deu uma piscadinha. — Especialmente você.

Especialmente eu.

Puta merda.

Não consegui falar nada. Porque a verdade era que eu não amava ela. Meu coração não funcionava do mesmo jeito que o dos meus irmãos. Sinceramente, eu tinha quase certeza que ele nem funcionava direito.

Naquele momento, parecia que tinha alguma coisa bloqueando a minha garganta, bloqueando meus pulmões e impedindo que as palavras que precisavam ser ditas saíssem dos meus lábios.

Talvez fosse melhor não amar aquela mulher. Afinal, eu tinha decepcionado ou arruinado todas as mulheres que conseguiram romper os muros do meu frio e sombrio coração.

Minha mãe.

Minha irmã.

Minha namorada.

Pensar na garota que eu tinha abandonado em Ballylaggin no começo do verão provocava uma culpa tão forte em mim que pensei que fosse me afogar de verdade. A culpa fazia eu me coçar, arder e querer escapar do confinamento daquele carro de luxo.

Ou melhor, fazia eu querer me drogar.

Respira, cara, só respira.

Não, não respira, só prenda o fôlego até parar de sentir.

Me virei para a janela, fechei os olhos e fiz exatamente isso.

Obriguei meus ombros a relaxarem e me permiti sentir, como me ensinaram.

Absorvi tudo, concentrado na respiração, nas batidas constantes do meu coração. Prestei atenção nas sensações, nos cheiros e no gosto do ar fresco.

Então finalmente passou.

— Andei falando com a Aoife — eu disse, me surpreendendo com a confissão. — Todos os dias desde que passei a poder usar o telefone.

— Ah? — Os olhos de Edel se iluminaram. — E como foi?

— Bem, ela me atendeu todas as vezes.

— Pfff. — Edel abanou a mão. — Como se ela não fosse te atender.

— Não mereço isso — admiti, me virando para ela. — A Aoife é incrível.

— Ela é mesmo — Edel comentou, sorrindo. — O coração dela é todinho seu, Joey.

— Sim. — Estremeci. — É recíproco.

— Acho que ela não sabe que você está saindo hoje — Edel comentou. — Senão ela faria questão de estar aqui comigo.

— Eu queria fazer uma surpresa. Ela acha que só vou sair na quarta. — Fiz uma careta e acrescentei: — As aulas começam na quinta.

— Ah, vai ficar tão animada pra te ver.

— Ao contrário do pai dela.

— Não se preocupe com ninguém — falou depressa. — Se concentre na sua namorada e no bebezinho que está chegando, e o resto vai se arranjar.

— As crianças sabem? Do bebê? Você contou?

— Parece que o Tadhg sempre soube — ela disse, me surpreendendo. Franzi a testa.

— Como assim?

— Pois é. — Ela assentiu. — O garoto é esperto.

— Bem, que merda.

— Os boatos voaram pela cidade depois que você foi embora, querido, então tive que conversar com eles sobre isso.

— E como reagiram?

Edel sorriu.

— O Ollie ficou todo empolgado. O Tadhg... é o Tadhg. A Shannon não para de comprar roupinhas de bebê. O Johnny e o Gerard estão fazendo estoque de preservativos, e o Seanzinho... Bem, acho que ele é novo demais pra entender que vai ser tio.

— Sério?

— Sério — confirmou com um aceno. — Estão preocupados com o irmão, mas estão animados porque ganharam a Aoife como irmã, e um sobrinho ou sobrinha.

— Sobrinho.

— É menino? — ela perguntou, quase batendo o carro de animação.

— Meu Deus, olha pra frente, por favor — falei. — E não sei. É só um palpite. Mas tenho um pressentimento.

— Sabe, é engraçado você falar isso, porque a sua avó falou a mesma coisa.

Dei de ombros.

— Ela é bem intuitiva.

— Não é a única — Edel comentou. — Tudo bem, quando chegarmos em casa, vou fazer uma aposta com John. Se você está falando que é menino e a sua avó também, vou na de vocês.

— Valendo dinheiro? — Ergui a sobrancelha. — Por quê?

— Não mencionei dinheiro — respondeu com uma piscadela travessa.

Meu Deus.

Me obriguei a não engasgar e mudei a conversa para um assunto mais ameno.

— Pensei que não reagiriam bem.

— Quem, as crianças?

Fiz que sim.

— Por que, Joey?

— Porque, apesar de todos os meus esforços, cometi o velho erro de repetir os erros do meu pai. — Balancei a cabeça e olhei para a mãe adotiva dos meus irmãos.

— Não, querido, você não cometeu um erro — ela disse, esticando o braço para bagunçar o meu cabelo. — Porque a Aoife não é a sua mãe, e você, meu garoto de coração enorme, não tem nada do Teddy Lynch em você.

— Já te falei que não estou interessado nisso — falei, me mexendo de desconforto quando ela apertou minha bochecha. — Não sou seu garoto.

— E já te falei que a gente vai ficar com você — retrucou, dando risada. — Achado não é roubado, Joey. Você é meu agora, querido.

Meu Deus.

133

Período completo

AOIFE

— Bem, boas notícias, seu colo do útero está ótimo — o médico disse, jogando as luvas no lixo. — A cabeça do bebê está encaixada. Aquele show de sangue que você viu esta manhã era seu tampão mucoso. Eu não ficaria surpreso se você desse à luz nas próximas vinte e quatro horas.

— Vinte e quatro horas? — minha mãe perguntou. — Já? Mas o parto estava previsto pra daqui a três semanas.

— Só cinco por cento dos bebês nascem na data prevista, e esse aí já está grandinho, por isso ela já está com dois centímetros de dilatação — respondeu. — Pode levar mais uns dias. Uma semana até. Bebês são imprevisíveis, mas, pela minha experiência, sua filha deve dar à luz mais cedo.

— Você consegue desacelerar as coisas aí, doutor? — empoleirada na mesa de exames, com as pernas abertas e a dignidade lá na Cochinchina, me apoiei nos cotovelos e implorei para o homem de uniforme verde. — Eu estava esperando o parto pra daqui a três semanas e meu namorado só volta na quarta à noite.

— Aoife... — Minha mãe suspirou. — As coisas não são assim, minha filha.

— O bebê vai vir quando estiver pronto — o médico disse. — E acredito que ele esteja pronto, Aoife.

— Bem, não ligo pro que você está falando — grunhi, me virando de lado e ajeitando o avental. — Só vou parir quando o Joe voltar.

— E aí, galera? — Casey falou, recostada na lateral da van do meu pai no estacionamento do hospital, curtindo o calor da tarde de verão. — Como vai o nosso bebê?

— Não começa — falei, carregando meu bebê gigante pelo estacionamento. — Está quente demais e estou sofrendo de um caso sério de dor na buceta.

— Na virilha — minha mãe me corrigiu, abrindo a van. — Por favor, querida, sei que você está mal-humorada, mas tente não ser tão vulgar.

— Eita! — Casey sorriu. — Safadinha.

— Você sabe que não é nada disso, Case. O médico enfiou a mão toda dentro da minha bu...

— Aoife!

— Vagina — falei, bufando.

— O punho todo? — minha melhor amiga perguntou, me ajudando a entrar na van.

— O punho todo, o braço e o cotovelo!

— Espero que ele tenha usado luva.

— Não seja tão dramática, Aoife — minha mãe disse, dando risada e se acomodando no banco do motorista. — Foi só um exame padrão, meu bem, não um parto na fazenda do velho MacDonald. Se você acha que isso foi ruim, espera até parir. Vai ser uma carnificina.

— Fazenda do velho MacDonald — Case falou em um tom divertido. — Boa, Trish.

— Nossa — eu disse. — Que bom que a extinção iminente da minha vagina seja tão divertida pra vocês.

— Bem, pelo menos isso vai te ensinar a não deixar seu namorado botar o bilau dele aí dentro sem proteção.

— Sim, mãe, já aprendi com os meus erros — falei sarcasticamente.

— Já tem dois centímetros de dilatação, Casey — minha mãe falou animada. — O médico acha que ela vai ter o bebê amanhã.

— Calma, mãe. Nada vai sair daqui até o Joey voltar.

— Tecnicamente, não funciona assim — Casey comentou, apontando para uma mancha circular na frente do meu vestido. — Você já está vazando, amiga.

— Ah, fala sério — choraminguei, erguendo as mãos de desespero. — Qual o problema dessa teta?

— A gente devia comprar um sino pra nossa vaquinha leiteira.

— Qual deles, filha?

— O esquerdo — grunhi, enfiando um lenço no sutiã. — O direito sempre se comporta, mas o esquerdo é rebelde.

— Ah, fala sério — Casey disse, rindo e dando tapinhas na minha barrigona. — Ignore isso e bora fazer o pé antes que o papai do bebê volte.

— Hum — grunhi, um pouco mais calma só de pensar em ver Joey de novo. — Você acha que vai ter um aparador elétrico no salão?

— Fala sério — Casey disse. — Dê um sorrisinho. Você passou o verão todo esperando por isso.

Ela estava certa.

Passei *mesmo* o verão inteiro esperando por aquilo.

Para ser mais exata, quinze longas semanas.

Joey estava voltando.

Finalmente.

Na quarta-feira à noite, estaríamos juntos de novo.

— Estou nervosa — admiti pela primeira vez, apesar de aquilo estar me devorando havia semanas.

— O quê? — Casey e minha mãe falaram ao mesmo tempo. — Por quê?

— Olhem só pra mim, gente. — Gesticulei para a minha barriga. — Não sou exatamente a Aoife que ele se lembra.

— Aoife, você está prestes a ter o bebê dele — minha mãe disse com gentileza. — Você está linda, meu amor.

— Mais que linda, você está *estonteante* — Casey comentou. — Não conheço nenhuma grávida de nove meses nesse planeta tão gostosa que nem você! Ele vai ficar maluco!

— Casey — minha mãe a repreendeu. — Por favor, podemos não falar disso?

— Desculpa, Trish, mas é verdade — minha melhor amiga insistiu. — Nossa garota aqui é uma mamãe gostosa! — Ela abriu um sorriso safado e acrescentou: — E, quando o papai Joey chegar em casa, vai ser uma explosão.

— Ah, minha Nossa Senhora — minha mãe murmurou de um jeito sofrido.

— Não precisa ficar insegura, Aoife — Casey acrescentou. — Mas só pra elevar sua autoestima, a gente vai te mimar muito hoje e vai ser tudo por conta do Papi T. — Olhou para a minha mãe e perguntou: — Você pegou o cartão de crédito dele antes de sair de casa de manhã, né, Trish?

— Com certeza.

— Oba. — Minha melhor amiga bateu palmas, animada, e passou o braço no meu ombro. — Vamos fazer um estrago.

134

Encontros frustrados

JOEY

— Obrigado por isso — falei várias horas depois, quando paramos no Rosewood Estate. — Sei que os meninos estão esperando, mas eu...

— Você tem suas prioridades, meu bem — Edel completou quando desci do carro. — Aqui, pegue isto — ela disse, enfiando um celular elegante na minha mão. — Está carregado e salvei meu número aí. Quando estiver pronto pra ir pra casa, me escreve que eu venho te buscar.

— Pode deixar. — Guardei o celular no bolso. — Obrigado.

Com a cabeça limpa e a consciência pesada, abri o frágil portão de madeira e atravessei o conhecido jardim, desviando dos cocôs de cachorro no caminho.

Meu Deus, alguém precisava começar a limpar as merdas do Spud.

Ao chegar na porta, bati de leve, abaixei o capuz e endireitei a postura.

Engoli meu orgulho, sem saber direito se ele ainda existia, enfiei as mãos trêmulas nos bolsos do jeans e me preparei para o desconhecido.

Quando a porta se abriu alguns instantes depois, meu coração murchou.

— Pensei que você fosse voltar só daqui a uns dias.

— Saí mais cedo — falei, colocando os ombros para trás enquanto meu coração disparava no meu peito. — Ela está aí?

Tony sacudiu a cabeça.

— Ela saiu com a Trish e a Casey pra ter um dia das garotas. Elas vão voltar tarde.

Meu coração murchou mais ainda.

— Você está limpo?

— Sim, Tony, estou.

— Há quanto tempo?

— Cento e sete dias — respondi baixinho.

Ele estreitou os olhos e vi a desconfiança estampada no seu rosto.

— Me mostre.

— Tony.

— Me mostre, Joey.

— Estou limpo. — Soltei um suspiro pesado, ergui as mangas e estiquei os braços para que ele os inspecionasse. — Juro.

— Sem ofensa, garoto, mas não confio em nada que saia da sua boca.

Eu merecia aquilo.

Recebi o desdém do meu ex-chefe e me mantive firme, sem querer virar as costas e ir embora. Afinal, me sentir indesejado não era nenhuma novidade para mim. Passei a vida toda me sentindo assim.

— Então quer dizer que você está sóbrio e de volta do mundo dos mortos? — disse, observando as veias do meu braço.

— Isso.

— Por enquanto.

— Isso.

— E amanhã? — Foi difícil sustentar seu olhar acusatório. — O que vai acontecer amanhã?

— Não faço ideia. — Dei de ombros, verbalizando a minha verdade. — Mas estou limpo hoje.

— Sim — falou, fungando e soltando meus braços. — Que bom.

Então fechou a porta na minha cara.

Revirei os olhos e bati de novo. Depois contei até cinco, sabendo muito bem que ele ainda estava ali, esperando para explodir comigo.

Eu podia aguentar.

Merecia tudo o que aquele homem queria atirar na minha cara.

Eu tinha feito sua família inteira passar por um inferno.

Agora eu entendia.

Cinco.

Quatro.

Três.

Dois.

Um...

— Meu Deus, Joey! — berrou, assim que abriu a porta de novo. — O que é que você estava pensando ao se envolver com essas merdas?

— Eu não estava pensando — admiti baixinho. — Eu não queria pensar. Esse era o objetivo.

— Te dei o benefício da dúvida — ele disse. — Sabia que você estava aprontando, mas vi um bom rapaz por baixo de todos os problemas. Ainda vejo. Só que... — Ele parou de falar e balançou a cabeça.

— Pode falar, Tony — pedi calmamente. — Pode falar o que quiser. Tire isso do seu peito. Eu aguento.

— Não consigo — Tony grunhiu. — Segundo minha esposa, preciso prestar atenção no que falo pra você. Já que você é frágil e tal.

— Eu te pareço frágil?

— Você parece alguém que não conheço mais.

Ai.

Mantive as mãos ao lado do corpo, disposto a aceitar o que quer que esse homem tivesse a me dizer — eu tinha que aceitar. Na minha vida vazia, ele foi a única figura paterna que tive, e eu tinha arruinado a sua filha. Roubado o futuro dela.

— Eu te amava — enfim rugiu, arfando. — Como se você fosse carne da minha carne, sangue do meu sangue.

— Eu sei.

— Você transformou minha filha em mãe antes de ela virar mulher, e, depois, a abandonou.

— Eu *tive* que ir.

— Talvez, mas isso não muda nada na minha cabeça — ele disse com a voz embargada. — Não posso arriscar deixar você perto dela. Não na condição dela. Você me decepcionou, Joey. Você foi pro fundo do poço e levou minha filha junto.

O que eu poderia dizer?

Nada.

Eu não podia mudar o que tinha feito.

Também não podia mudar o fato de que cada uma daquelas palavras era a mais absoluta verdade.

Eu *tinha* perdido o controle, me perdido e arrastado a filha dele comigo.

— Você desapareceu por meses. Você largou ela sozinha consertando os seus erros, Joey. Os seus erros. E agora voltou? Por quanto tempo?

— Pra sempre — falei, me obrigando a encará-lo. — Eu vim pra ficar.

— Você veio pra ficar — repetiu dolorosamente. — E você consegue fazer isso, Joey? Você *consegue* ficar?

— Sim, Tony, consigo — respondi, emocionado. — Não vou abandonar ela de novo.

— Fiquei sabendo que você vai estudar naquela escola chique. — Ele pareceu indignado. — Que legal, hein? Ter uma chance dessas? Enquanto isso, a minha filha perdeu tudo.

Mais uma vez, absorvi a sua raiva, sabendo muito bem que eu era o grande responsável pelo fracasso dela no leaving cert.

— Aceitei a vaga no Tommen pra poder voltar pra ela — expliquei. — Eu abriria mão dessa vaga alegremente se ela pudesse pegar o meu lugar, Tony. Você *tem* que saber disso.

— Não sei mais o que pensar — falou, esfregando o queixo. — Nesse momento, só consigo pensar que queria que você não tivesse voltado.

— Bem, pois voltei.

— Você não entende o que fez com ela — ele continuou. — O quanto a machucou. Se entendesse, você deixaria ela em paz pra que eu poder cuidar da minha família.

— Não posso fazer isso — respondi, tentando desesperadamente manter a calma. — Porque a sua família também é a minha.

— Ela é minha filha.

— E ela é a mãe do meu bebê — retorqui com firmeza. — Não posso simplesmente ir embora, Tony. Ela vai ter o meu bebê.

— O *meu* neto. Não vou deixar você machucar nenhum deles de novo.

— Você pode até tentar me separar da sua filha, mas não vai conseguir me separar do meu filho.

Depois disso, me virei para partir, mas ele esticou a mão e segurou o meu moletom. Fiquei parado com as mãos moles, esperando um soco na cara. Que não veio.

— Prove que estou errado, Joey. — Sua voz estava carregada de emoção quando ele me puxou para os seus braços e me abraçou com força. — Prove que estou errado, filho.

— Não se preocupe, Tony. — Engoli em seco, abraçando-o de volta com mais força ainda. — Eu vou te provar.

Uma hora depois, ainda furioso, contra tudo e contra todos, cruzei os braços atrás da cabeça e me deitei no chão ao lado do pequeno crucifixo de madeira. Fiquei olhando para o céu sem nuvens de verão.

— Você está aí em cima? — perguntei, e então me xinguei mentalmente. — Porra, o que é que estou dizendo? Você deve estar com ele.

A morte me cercava, pacífica e imóvel, e tive inveja.

O sol reluzia e parecia que eu via as coisas com clareza pela primeira vez em anos.

E agora?

O que é que eu ia fazer agora?

Voltar para discutir mais com o Tony?

Ficar de joelhos e pedir perdão?

Sequestrar Molloy?

Viver?

Ser feliz?

Ir para casa?

Para onde?

— Você me ferrou — sussurrei, tirando o braço de baixo da cabeça e arrastando os dedos sobre o solo do seu túmulo.

Senti nojo quando minha própria voz vazia reverberou nos meus ouvidos.

Fechei os olhos e me esforcei para me lembrar dela.

Da sua aparência.

Do seu cheiro.

Da sua voz.

Da sua dor.

Dos seus gritos.

Fungando, enxuguei o rosto com o dorso da mão e fiquei de pé.

— Te vejo depois, mãe. — Uma lágrima escorreu pelo meu rosto, e fiquei surpreso. — Fica longe da minha mente, ouviu?

Bati a terra e a grama da calça, respirei fundo algumas vezes e atravessei o cemitério. Parei na frente da lápide dele.

Uma vez.

Na clínica, prometi a mim mesmo que eu só faria aquilo uma vez.

E, depois, nunca mais.

Tinha que ser assim.

Essa ideia foi a única coisa que me manteve são no começo.

Meu rancor e minha amargura me deram algo pelo qual viver.

Sem dizer uma palavra, recolhi todas as velas, coroas e buquês de flores que a família dele havia deixado e atirei tudo por cima do muro ao lado.

— Como é, coroa? — perguntei, retornando ao seu túmulo e abrindo a braguilha do meu jeans. — *Finalmente* queimar no inferno?

— Joey, meu bem. — Ela colocou a mão no meu ombro e doeu. O movimento. A sensação. O contato. A gentileza do seu toque. — Recebi a sua mensagem.

— Mijei no túmulo dele.

— Só isso? — Ela soltou um suspiro pesado, colocou a bolsa no chão e se ajoelhou ao meu lado diante do túmulo da minha mãe. — Fico impressionada com o seu autocontrole. Eu não teria conseguido me conter.

— Também joguei as flores fora — murmurei. — Não foi o suficiente.

— Não — ela falou com tristeza. — E provavelmente nunca vai ser, querido. Pelo menos, não vai parecer suficiente.

— Trinta e oito anos — sussurrei, inclinando a cabeça para o crucifixo com as informações da minha mãe gravadas na madeira. — Ela era tão nova, Edel.

— Eu sei, querido.

Ela pegou minha mão.

Eu deixei.

Absorvi a sensação.

— Sinto falta dela — confessei, fechando os olhos quando as lágrimas começaram a cair. — Sinto tanta falta dela. — Minha voz falhou e segurei um soluço. — Sinto falta da minha mãe.

— Sua mãe te amava, Joey — Edel disse, me puxando para os seus braços. — Eu juro, meu bem. — Ela me abraçou com força e fez carinho no meu cabelo. — A Marie só se esqueceu de como demonstrar.

Quando atravessamos os portões da enorme casa, um milhão de pensamentos e emoções diferentes me dominou. E tudo desapareceu assim que paramos em frente à casa e vi meus irmãos.

— Joey!

— O-ee.

— Ele voltou, gente. Olhem, é mesmo o Joe!

Shannon estava carregando um bolo.

Sean estava sentado nos ombros de Kav com um monte de balões.

Ollie estava segurando um lado de uma faixa em que se lia "Bem-vindo, Joey", enquanto Gussie segurava o outro lado.

Todos estavam usando chapeuzinhos de festa.

Meu Deus, até minha avó estava ali, sentada em uma mesa de piquenique decorada com serpentinas e mais balões, com John e Darren.

O maldito Darren.

— Que porra é essa? — murmurei, soltando o cinto e lutando contra as emoções. — Pra que tudo isso?

— Te falei que estavam empolgados pra ver o irmão — Edel disse, dando risada e abrindo a porta. — Bem-vindo, Joey Lynch.

No instante em que desci do carro, fui esmagado por uma enxurrada de braços e pernas de Shannon, Ollie e Sean.

— Ah, meu Deus, Joe — minha irmã disse, quase me escalando, abraçando meu pescoço com tanta força que ficou difícil respirar. — Joe, Joe, Joe. — Ela encheu minha bochecha de beijos, rindo e chorando ao mesmo tempo, e só me soltou quando Ollie a empurrou para longe. — Ei, ainda não terminei!

— Eu sabia que você ia voltar — ele disse, sorrindo para mim com orgulho, abraçando a minha cintura. — Sabia que você ia voltar pra gente, Joe.

— Sempre vou voltar pra você, Ols — falei, com a voz embargada, tentando conter as emoções. — Olha só como você cresceu.

— O-ee. — Um menininho puxou a minha calça e me olhou com seus olhinhos castanhos. — O-ee.

E foi o que bastou.

Ver o rostinho do Sean fez meu coração se derreter.

Aquele menino.

Era meu irmão, mas com ele as coisas eram diferentes.

Desde que nasceu, Sean dependeu de mim de um jeito que não aconteceu com os outros.

Eu sabia que não era meu filho, mas meu coração batia por ele de uma forma paternal, e não fraternal.

— Oi, Seanzinho. — Engoli o nó na garganta e me ajoelhei na sua frente. — Como vai o meu bebê?

— O-ee. — Ele subiu no meu colo sem hesitar. — Seanzinho ama *O-ee* — sussurrou no meu ouvido, fazendo carinho nas minhas bochechas com suas mãozinhas gorduchas. — *O-ee* faz Seanzinho feliz.

— Joey também ama o Seanzinho — respondi, pegando-o nos meus braços, surpreso por ver como sua fala tinha se desenvolvido desde o começo do verão. — Seanzinho faz do Joey o irmão mais orgulhoso do mundo.

— Tá bom, tá bom, todo mundo dê um passo pra trás pra deixar o Joey respirar um pouco — John interveio quando os três se jogaram em cima de mim. O que não teria sido um problema se aquele loiro gigantesco não tivesse se enfiado no meio.

— Aff, Gibs, você não podia deixar eles curtirem o momento? — Kav grunhiu, arrancando o amigo do montinho antes de ajudar a minha irmã a se levantar. — Juro por Deus, você parece um cachorrinho carente.

— Então coça minha barriguinha, Johnny — Gíbsie respondeu antes de voltar a atenção para mim. — Bem, olhe só pra quem voltou cheio de glória. — Ele deu uma piscadinha. — E aí, cara?

Estreitei os olhos.

— É você.

Gibsie abriu um sorriso radiante.

— Sou eu.

E então teve a audácia de me abraçar.

Ele me *abraçou* de verdade.

Fiquei tão chocado que nem reagi.

Não consegui.

Não com os meus braços presos no que eu só poderia descrever como o abraço de urso mais desconfortável da minha vida.

— Acredite ou não, Lynchy, eu meio que senti falta da sua presença chapada esse verão.

— Acredite ou não, Gussie, vou arrancar esse seu cabeção de rúgbi dos ombros se você não me soltar.

— Ah, não. — Johnny suspirou e cobriu a cabeça com as mãos. — Ah, meu Deus, lá vamos nós.

— Sabia! — Gibsie declarou, se afastando e se virando para Kav. — Eu sabia, porra. É a segunda vez que alguém fala isso, Johnny. — Ele botou as mãos na cabeça e soltou um lamento sofrido. — Duas vezes, Johnny. Duas vezes. É um padrão.

— É uma coincidência — Kav disse. — Já te falei um milhão de vezes, Gibs: sua cabeça tem uma proporção simétrica.

— Simétrica? — Gibsie falou. — Por que, em nome de Deus, você está falando de matemática em um momento como esse? Estou no meio de uma crise, Johnny!

— Você *é* a própria crise, Gibs. — Kav revirou os olhos e deu um tapinha no ombro do amigo antes de se aproximar de mim com a mão estendida. — Joey, o hurler.

— Senhor Rúgbi — falei, abrindo o mesmo sorrisinho que ele me oferecia e aceitando seu cumprimento. — Obrigado.

Seus olhos azuis mal escondiam a emoção, e ele acenou a cabeça rigidamente.

— Disponha, cara.

E isso era tudo o que precisava ser dito entre nós. Ele sabia e eu também. O respeito que demonstrou comigo foi retribuído com um aperto de mão.

— Joe — Darren disse, sorrindo, vindo em direção à mesa de piquenique. — Você parece ótimo.

— Darren — me obriguei a falar, acenando a cabeça de leve. — Valeu.

— Este é o Alex — continuou, gesticulando para o homem ao seu lado. — Vocês se conheceram no funeral da mãe, não sei se você se lembra...

— Que bom te ver de novo — falei, oferecendo a mão para ele. — E Darren tem razão, não me lembro.

— Ah, não tem problema — respondeu com um forte sotaque do norte. — Você está bonitão, cara.

— Pois é. — Limpei a garganta e voltei a atenção para a senhora que estava me fuzilando com os olhos. — Oi, vovó.

— Joseph. — Seus olhos verdes estavam cheios de lágrimas quando ela segurou minha mão. — Nosso pequeno Joseph.

Me ajoelhei na frente da minha bisavó e dei um beijo no dorso da sua mão.

— Me desculpa, vovó.

— Pelo que, meu filho?

— Por te decepcionar. — Soltei um suspiro sofrido e balancei a cabeça.

— Olha pra mim — pediu, segurando minhas bochechas entre as mãos sempre trêmulas. — Por acaso essa é a cara de uma pessoa decepcionada?

Não consegui responder.

Doía demais.

— Estou tão orgulhosa de você — insistiu, se inclinando para dar um beijo na minha testa. — Se seu avô estivesse aqui, ele diria a mesma coisa.

Caralho.

Ela me acertou direto no coração com aquela frase.

— Antes de voltar pra Beara, quero te dar uma coisa — sussurrou no meu ouvido para que Darren não a ouvisse. — Não quero que você mostre pros seus irmãos. — Ela colocou um envelope dobrado no bolso do meu moletom. — Seu avô deixou isso pra você, mas eu não pude te dar naquela época. Não enquanto ele estava... bem, quando você estava na casa do seu pai. Então guardei pra te dar depois. Quando fosse a hora certa.

— O vovô? — Franzi a testa, confuso. — Ele deixou o que pra mim?

— Essa carta explica tudo — sussurrou, levando o dedo indicador à frente da boca, para pedir silêncio. — Não diz nada pros outros, hein?

Assenti. Ela sorriu.

— Agora seja um bom garoto e aproveite a sua festinha de boas-vindas.

— Pronto — Edel nos interrompeu, entrando em ação. — Me desculpa, mas tenho que roubar seu neto por um instante. Joey, tenho um presentinho pra você.

— Nós temos — John falou, ajudando Gibsie a se soltar de uma rede de gol. — *Nós* temos um presente pra ele.

— Não ligue pra ele — ela disse, revirando os olhos. — Foi ideia minha.

— Na verdade, foi ideia nossa...

— Pare de roubar os holofotes, John. — Edel bufou. — Venha, Joey, vou te mostrar.

— É tão legal — Ollie disse, segurando a mão enquanto Sean pegava a outra. — Dellie deixou a gente ajudar.

— E você foi o melhor ajudante — ela falou, nos conduzindo para os fundos da casa pela lateral. — Eu não teria conseguido sem você, meu doce menino.

— Sou superprestativo — concordou, enchendo a própria bola. — Não é, Dellie?

— Claro que sim, meu bem — disse para agradá-lo, atravessando o quintal em direção a um anexo recentemente reformado. — Agora vamos mostrar a edícula pro Joey.

— Edícula? — Franzi as sobrancelhas. — O que é isso?

— *Isso* — respondeu, parando diante de uma porta recém-pintada. — É sua nova morada. — Ela colocou a mão no bolso, pegou um molho de chaves e o sacudiu na frente do meu rosto. — Imaginei que, assim que você voltasse, ia sair procurando um lugar pra sua pequena família, então me arrisquei e fiz um ataque preventivo.

Sorrindo, ela deixou as chaves na minha mão.

— Como eu disse, bem-vindo ao seu lar, Joey Lynch.

— Hã? — Fiquei parado ali, com as chaves na mão, sem palavras. — Tipo... *o quê?*

Deu risada, abriu a porta e entrou, seguida por Ollie, que correu atrás dela.

— Venha.

— E aí, Seanzinho? — murmurei, pegando-o no colo antes de entrar. — Acho que a gente vai mesmo fazer isso, né?

— O segundo quarto é aconchegante — Edel explicou, fazendo um tour pelo que eu só poderia descrever como um duplex de alto padrão. — Mas o quarto principal tem um tamanho decente e é uma suíte.

— Uau — Sean sussurrou na minha orelha, verbalizando o que eu estava pensando, seguindo Edel e Ollie escada abaixo para a cozinha-sala conjugada.

— Pois é, garoto — sussurrei de volta. — Uau.

— Claro que, se você preferir ficar na casa com a gente, não tem problema nenhum, Joey. Não estou tentando te botar pra fora de jeito algum. Só estou tentando levar em consideração as necessidades da sua família.

Aquela mulher.

Ela não tinha só acolhido meus irmãos, mas também tinha providenciado um teto para a minha família.

Para a *minha* pequena família.

Caralho.

— Meu Deus, Edel — foi tudo o que consegui dizer. — Não sei nem o que falar.

Meu instinto foi recusar.

Não, muito obrigado.

Correr para as montanhas.

Mas eu não podia.

Eu *não podia.*

Porque a terapia tinha me ajudado a aceitar que eu não *conseguiria* fazer aquilo sozinho.

Que *não* tinha problema pedir ajuda.

E mais importante: que não tinha problema *aceitar* ajuda.

— Eu... — Balancei a cabeça, completamente perdido. — Um dia, vou te recompensar por tudo isso.

— Joey, meu bem. — Ela se aproximou, colocou a mão no meu rosto e sorriu. — A sua presença já é a recompensa que eu queria.

— Onde está o Tadhg? — perguntei para o John mais tarde aquela noite, quando estávamos sozinhos na cozinha do casarão. Darren e Alex tinham ido deixar a vovó na casa de Alice em Beara, e as crianças e Gussie ainda estavam curtindo a festa lá fora.

Eu não estava em paz com o fato de Tadhg não estar presente.

Claro que eu sabia o motivo.

Ele era o que tinha ficado mais magoado.

Sua reação à minha partida lembrava muito a minha própria reação à partida do Darren tantos anos atrás.

— Acho que ele está lá atrás na casa da árvore — John respondeu, cortando as bordas de um sanduíche de chocolate para o Sean antes de usar um molde para deixá-lo no formato de dinossauro. — Está feliz por você estar de volta, Joey. Ele só... bem, você conhece o Tadhg melhor que ninguém.

— Está puto pra caralho, isso sim — falei, apoiando o quadril no balcão, vendo aquele advogado fodão preparando o lanche do meu irmão. — Entendo, John. Não te culpo nem um pouco. Abandonei ele. Vai se apegar nisso.

Foi o que eu o ensinei a fazer.

— Tem uns hurleys e sliotars extras na lavanderia — John me disse. — De alguma forma, tenho a sensação de que ele ia gostar muito mais de uma partidinha com o irmão do que com um bando de jogadores de rúgbi.

Meu coração deu um solavanco.

— Ele ainda está jogando?

— Ele está pegando fogo — John respondeu, sorrindo. — Está determinado a seguir os passos do irmão.

— Meu Deus, isso é preocupante — murmurei, esfregando o queixo e indo até a lavandeira para pegar os equipamentos.

— Boa sorte — John falou por cima do ombro. — Boa sorte e cuidado com o canhão.

Franzi a testa, confuso.

— Canhão?

Descobri que o tal *canhão* era o próprio Tadhg, empoleirado em um banco no topo de uma casa na árvore impressionante, com um hurley na mão e um suprimento ilimitado de sliotars à disposição.

— Já te falei antes, seu gordo — ele disse, atirando um sliotar com toda a força para mim. — Experimente tomar o meu forte de novo e vou arrancar a sua cabeça!

— Meu Deus — sussurrei, evitando por pouco uma bolada na cara.

— Posso fazer isso a noite toda — meu irmão disse, jogando outro sliotar para mim, claramente ocupado demais com o tiroteio para prestar atenção no alvo. — Covarde!

— Seu merdinha — grunhi quando acertou o meu saco. — Vou te mostrar quem é covarde.

Ofereci o hurley que trouxe e rapidamente acertei um sliotar com o que peguei para mim, lançando-o de volta para ele.

Logo ficou claro que minha habilidade de lançamento não havia diminuído nem um pouco desde que fui embora. Na verdade, fui até um pouco preciso demais. Quando o sliotar atingiu meu irmão bem no meio dos olhos e ele caiu de cabeça da árvore, meu coração parou de bater por cinco segundos inteiros.

— Ah, merda — falei, deixando o hurley no chão e correndo para ele. — Tadhg? Você morreu?

— Não — grunhiu, se levantando e avançando em mim. — Mas você está prestes a morrer.

A culpa que senti quando vi o sangue escorrendo do seu nariz foi o suficiente para me paralisar no lugar enquanto eu aceitava a porrada.

— Seu filho da puta — rosnou, me derrubando no chão. — Você quebrou o meu nariz.

— E você arrebentou as minhas bolas — retruquei, sem conseguir parar de rir da indignação dele, conforme lutava contra mim. — Você cresceu, garoto.

— Pois é, e você afinou — retrucou, se contorcendo na grama comigo. — Tomara que eu tenha mesmo arrebentado as suas bolas.

— Eu também — falei, me virando de barriga para cima e deixando que ele me prensasse. — Em uma escala de zero a dez, quão puto você está?

— Catorze — respondeu, puxando meu cabelo. — E meio.

— Que porra é essa? — perguntei, dando risada e tirando-o de cima de mim. — Quem te ensinou isso? A Shannon?

— Na verdade, foi a sua namorada. Quando ela estava gritando o meu nome.

Estreitei os olhos para ele.

— Tadhg...

— Isso, Tadhg, isso! — zombou.

— Estou te avisando.

— Oh, *Tadhg*, você é muito melhor que o Joey.

— Seu bostinha.

— Você mereceu — disse, gargalhando e se deitando ao meu lado. — Cuzão.

— Pois é — falei, ofegante. — Acho que já concluímos que sou um cuzão.

— Então você voltou.

— Voltei.

Ele empurrou meu ombro com o seu.

— Já estava mais que na hora.

— Eu sei, garoto. — Empurrei de volta. — Também estava com saudade.

— Ei, Johnny? — Ollie disse, entrando na sala de estar mais tarde aquela noite. — Você vai se casar com a minha irmã?

— Espera só pra ver — Gibsie brincou, empurrando meu ombro enquanto apertava o controle do PlayStation na frente da televisão gigante. — Daqui a pouco, ele vai começar a ter sintomas de derrame.

Sorrindo, pausei o jogo e me virei para o jogador de rúgbi apavorado.

— Boa pergunta, Ols.

Na mesma hora, a respiração de Kav acelerou e uma gota de suor escorreu pela sua têmpora.

— Ollie! — Shannon gritou, vermelha feito um pimentão. — Não pergunte essas coisas.

— Mas ele comprou balões pra brincar com você — Ollie falou inocentemente. — E o Joe diz que só usamos balões especiais com as garotas com quem a gente quer se casar.

— Falei isso *mesmo* — comentei, rindo e me lembrando daquela conversa bizarra. Em minha defesa, Ollie tinha oito anos na época e tinha me pegado de surpresa.

— O que é que ele sabe sobre balões? — Johnny murmurou, agitado, mexendo na gola da camisa. — O carinha que se esqueceu dos balões.

— Balões? — Shannon perguntou, confusa, aninhada no colo de Kav. — O que é que vocês estão...

— Isso, baby. — Ele a olhou intensamente, como que dizendo "Entra na onda". — *Balões*.

— Ah. — Shannon arregalou os olhos quando a ficha caiu. — *Balões.*

— Balões. — Gibsie segurou a risada. — Ah, cara. Adoro esse garoto.

— Espera aí. — Ollie franziu a testa e se virou para mim. — Você e a Aoife brincam de balão juntos?

— Não o suficiente — Gibsie provocou.

— Hahaha. — Revirei os olhos. — Você é mesmo hilário.

Ollie continuou de sobrancelhas franzidas.

— Hã?

— Joey furou o balão dele — Johnny explicou para o número cinco.

— E agora não pode mais brincar com a Aoife por causa dos seus balões safados — Gibsie disse, rindo e tirando uma com a minha cara.

— Ah, não — Ollie disse com um suspiro triste. — Ela usou uma agulha? E agora não quer mais brincar com você?

— Hã?

— Você estourou o balão dela com a sua agulha? — Seus olhos castanhos estava cheios de compaixão. — Você deixou ela triste?

Todos ficaram em silêncio, a gargalhada parou, e senti uma parte de mim morrer por dentro.

— Sim, Ols — falei com esforço. — Deixei ela triste com as minhas agulhas.

— Hum. — Satisfeito com a resposta, Ollie saiu da sala, deixando um gosto ruim na minha boca.

— Nossa, essa *conversa* desandou rápido — Gibsie comentou, deixando o controle de lado e se levantando. — Fiquei com vontade de comer alguma coisa gostosa.

— Fique longe do pote de biscoitos, Gibs — Johnny avisou do sofá com a minha irmã. — Você está treinando, hein?

— Bem, fala isso pras minhas emoções, Johnny, porque estou sensível, cara. *Sensível* — disse, pegando a chave do carro na mesinha de centro. — Vou na cidade comprar uma larica.

— Tem um monte de comida na cozinha.

— Larica, cap — repetiu, indo para a porta. — Preciso de larica, cara. Não de filé de frango cozido.

— Credo.

— Credo pro plano de alimentação saudável que você me faz seguir — disse bufando antes de agitar as sobrancelhas e sorrir. — E aí, quem é que vai querer hambúrguer com batata frita?

Kav respondeu *não* ao mesmo tempo que a Shannon disse *sim*, e juro que nunca vi alguém voltar atrás tão rápido.

— Quer alguma coisa da lanchonete, Shan?

— Hum, talvez — ela respondeu. — Se não tiver problema.

— Pode pedir o que você quiser, baby.

Minha irmã abriu um sorriso radiante para ele e fez seu pedido, enquanto Kav prestava atenção em cada palavra.

— *Pode pedir o que você quiser, baby* — Gibsie o imitou, brincando, com a mão no peito.

— Gibs — Kav o repreendeu, ficando de pé e colocando a carteira no bolso. — Dá um tempo.

— *Pode ficar com a minha salsicha empanada* — Gibs continuou tirando sarro. — *Faço qualquer coisa pra você, baby.*

— Vou aproveitar a carona pra cidade — interrompi, achando melhor ignorar a piada sobre a salsicha empanada. — Pra ver se a Aoife voltou.

135

Matemática não é meu ponto forte, mãe!

AOIFE

— Cadê o pai? Ele ainda não voltou?

— Não, ainda deve estar na oficina, meu bem. Não o vejo desde que chegamos da cidade. Como está se sentindo, filha?

— Ah, sei lá, mãe — falei mais tarde aquela noite, no banheiro, parada debaixo do chuveiro, sentindo o jato constante de água sobre mim. — Queria estrangular ele por ter se livrado da banheira.

— Como estão as contrações? — ela perguntou da porta. — Ainda irregulares?

— Ainda — respondi, já cansada daquela provação. — Nada na minha vida é regular, então por que minhas contrações seriam?

— Bem, você ouviu o que a obstetra disse no telefone — comentou. — Assim que começarem a vir a cada cinco minutos e durarem um minuto inteiro por mais de uma hora, precisamos ir pro hospital.

— Matemática não é meu ponto forte, mãe — falei, me esfregando com a bucha enquanto implorava mentalmente para o meu pequeno intruso ficar quietinho por mais uma noite. — Você está falando com a garota que levou bomba em matemática no leaving cert.

— Ah, Aoife. — Deu risada. — Só você pra fazer piada numa hora dessas.

— Quem é que está fazendo piada?

— Você já arrumou sua bolsa pro hospital?

— Já, está no meu carro. É por isso que perguntei onde o papai está. Ele levou meu carro, lembra?

— Ah, meu Deus. — Notei o pânico na sua voz. — Vou ligar pra pedir pra ele voltar.

— Não precisa — grunhi, respirando fundo por causa de uma contração particularmente dolorosa, enquanto minha barriga se contorcia. — Não vou parir esta noite.

Esperei minha mãe fechar a porta do banheiro antes de soltar o que só poderia descrever como um lamento gutural.

A pressão que crescia no meu corpo era mais do que intensa.

Era eletrizante e profunda.

— Meu Deus, vou morrer — lamentei, mordendo os lábios, me esforçando para respirar. — Isso vai acabar comigo.

Apesar de querer ficar ali debaixo da água quente, eu *precisava* me mexer, então saí do chuveiro e me enrolei em uma toalha às pressas. Me agachei e me inclinei para frente, tentando amenizar a pressão na minha pelve.

— Não me mate, filho — supliquei, agarrando a borda da pia conforme outra contração me dominava. — Tenha dó da mamãe.

Era isso.

Puta que pariu! Estava acontecendo.

Sentia no meu âmago.

Ouvia no barulho selvagem que escapava dos meus lábios.

— Você vai conseguir — falei para a garota me encarando no espelho do banheiro. — Você vai conseguir.

Em meio à outra contração, fiquei me perguntando como é que eu ia me vestir para poder *ir* para o hospital e saí meio andando, meio me arrastando até o quarto para procurar algo para colocar, ofegando feito um animal ferido.

Quando ouvi as palavras "belas pernas", congelei na porta do quarto.

Congelei *e* me mijei.

Perdi o fôlego assim que o vi.

Ele estava ali.

Coberto de cicatrizes e afogado em segredos.

Os ferimentos autoinfligidos — os hematomas nas veias, as marcas de agulha — eram mais difíceis de suportar do que os causados pelo seu pai.

Mas ele estava *ali.*

Ele estava *de volta.*

Estava em *casa.*

Estava *limpo.*

Quebrado, machucado e um pouco agitado, Joey Lynch se sentou aos pés da minha cama, com as mangas do moletom arregaçadas e uma expressão de espanto no rosto.

— Puta merda. — Ele se levantou de uma vez. — Você acabou de...

— Me mijar? — falei, arfando, enquanto a emoção ameaçava me consumir. — Pois é, Joe, acho que sim.

— Acho que foi a sua bolsa que estourou, Molloy — respondeu, se aproximando. — Você está em *trabalho de parto*?

— Depende — respondi, atirando os braços nele. — Você está mesmo aqui?

— Estou, rainha. — Joey me abraçou e fiquei mole, sentindo que minha capacidade de ser forte de repente me abandonava.

Meses.

Eu tinha esperado *meses.*

Segurando firme, mantendo a cabeça erguida, rezando, aguardando, desejando e materializando, este exato momento.

E agora estava *acontecendo.*

Ele tinha voltado para mim.

— Então, sim, Joe — choraminguei, me agarrando nele quando outra contração ganhava força. — Definitivamente estou em trabalho de parto.

— Minha Nossa Senhora — minha mãe disse quando voltou para o quarto e encontrou meu amor perdido parado ali. — De onde é que você veio?

— Da janela — Joey respondeu, ajoelhado na minha frente, me ajudando a colocar a minha maior "calcinha de vó".

A humilhação.

— Quando foi que você voltou, querido?

— Hoje. Vim direto pra cá, mas o Tony mandou eu me foder.

— Por isso você entrou pela janela.

— Você preparou a bolsa, Molloy? — perguntou, colocando um par de meias fofinhas nos meus pés. — Se as contrações estão bem próximas uma da outra, precisamos ir pro hospital.

— Tony está com o carro e a bolsa está lá — minha mãe respondeu. — Ele está atendendo a um chamado, disse que vai levar pelo menos uma hora antes de voltar pra cidade. E, bem, não quero deixar ninguém preocupado, mas acabei de dar uma olhada na van e o pneu está furado.

— Não tem step? Posso trocar — Joey falou.

— Não temos step.

— Mas que *porra*, Trish!

— Eu sei, querido! Eu sei!

— Puta merda — grunhi, me apoiando pesadamente no Joey enquanto outra contração se espalhava pelo meu corpo. — Parece que estou partindo ao meio.

— Você está ótima — ele me tranquilizou, esfregando minhas costas quando um lamento sofrido me escapou. — Só continue respirando. Devagar e com calma.

— Joe — falei, enfiando o queixo no seu pescoço e sentindo que a dor me rasgava por dentro. — Estou morrendo.

— Continue respirando — ele disse, enfiando a mão no bolso para pegar o celular. — Vou arranjar uma carona pro hospital.

— Sim, você vai ter que me deixar sair deste carro — Gibsie anunciou do banco da frente, dirigindo feito um louco em direção à cidade em meio a ânsias de vômito. — Agora mesmo, porra!

— Você vai dirigir essa merda desse carro, idiota — Johnny berrou, igualmente agitado no banco do passageiro. Ele colocou as mãos na cabeça e balançou o corpo gigante para a frente e para trás. — Está tudo bem, Gibs. Tudo está perfeitamente normal. Podemos passar por essa juntos.

— Eu só queria um hambúrguer.

— Eu sei, Gibs.

— E talvez umas batatinhas com curry. Era pedir muito? Agora, depois do que acabamos de testemunhar, nunca mais vamos conseguir comer de novo, Johnny.

— Quer calar essa porra dessa boca? — Joey falou, nervoso. — Você está assustando ela.

— Ela está me assustando! — Gibsie retrucou, esticando o braço para segurar a mão de Johnny.

— Eu sei, cara — Johnny disse, apertando a mão do amigo. — Também estou assustado.

— Parem com isso! — gritei, me inclinando para frente para bater neles. — Vocês estão piorando a situação.

— Se acalmem, meninos — minha mãe falou ao meu lado. — Tudo isso é normal.

— Não tem nada de normal nos sons que a sua filha está fazendo — Gibsie comentou, desviando de um soco na cabeça desferido por Joey. — Quero a minha mãe.

— *Na rotatória, pegue a terceira saída* — o GPS instruiu naquela voz mecânica de robô. — *E continue na direção sul.*

— Sul? Onde é esse raio de sul?

— Só continue em frente, Gibs.

— Ah, meu Deus, cap — Gibsie praticamente choramingou. — Rotatória não.

— Você consegue, Gibs.

— Você sabe que não sou bom com rotatórias.

— *Vire à esquerda. Recalculando rota* — o GPS disse quando ele pegou a saída errada. — *Redirecionando rota para o norte.*

— Qual é a sua? — Gibsie falou, gesticulando freneticamente. — Falando comigo desse jeito como se soubesse de tudo? — Gibsie ficou olhando para o GPS no painel do carro e gritou: — O que é que você sabe? Hein? Você nem é da Irlanda!

— É um robô, Gibs, não é uma pessoa de verdade — Johnny tentou explicar. — Não leve pro pessoal.

— Ah, não deixe ela te enganar, cap. Ela sabe o que está fazendo. Me julgando dessa telinha aí.

— Não aguento mais — declarei, sem suportar mais um segundo daquilo, pois a pressão na minha área pélvica era forte demais. — Caralho. Preciso abrir as pernas e não tenho espaço suficiente.

— Molloy, olhe pra mim.

— Não, Joe, não. Não quero fazer isso! Por favor, Deus... eu já...

— *Aoife*, abra os olhos!

Em pânico, fiz o que me pediram provavelmente pela primeira vez na vida.

— Estou aqui — Joey falou com firmeza. — Estou bem aqui com você. — Seus olhos cintilavam de clareza. E sobriedade. — Não vou a lugar algum, ok? Nunca mais. Não vou sair do seu lado. — Então suas mãos estavam nas minhas bochechas, me obrigando a olhar para os seus límpidos olhos verdes. — E não vou deixar nada de ruim acontecer com você.

136

Reunião 2.0

JOEY

Quando entrei pela janela de Molloy aquela noite, a última coisa que eu esperava era vê-la em pleno trabalho de parto, mas foi isso que aconteceu.

O bate-boca com a mãe dela no hospital foi outro evento que eu não tinha antecipado. Mas, para ser justo, não tirava a razão por querer estar com a filha. A discussão foi acalorada e resultou na minha vitória quando Molloy interveio e falou para a obstetra que ela me queria como acompanhante.

Várias horas se passaram desde que demos entrada no hospital e, embora a dilatação tivesse alcançado sete centímetros, de acordo com a última verificação, aquilo parecia estar demorando um século.

Respirando como se o ar fosse acabar, minha melhor amiga se equilibrava em um barrigão, balançando os quadris e emitindo os barulhos mais terríveis que eu já tinha ouvido na vida.

Eu queria salvá-la.

Queria colocar um fim naquele sofrimento.

Mas eu estava completamente impotente.

Enquanto ela se contorcia de dor e seu corpo tentava expelir o bebê que eu tinha colocado ali, a culpa me consumia como nunca.

Estava apoiada em mim na sala de parto, no meio de outra contração, e eu só queria me desculpar.

Meu Deus do céu.

— Preciso ir ao banheiro — ela declarou, se virando de lado na bola e segurando meu ombro. — Joe, preciso ir ao banheiro agora.

— Tudo bem — falei, tentando ficar calmo quando seu rosto assumiu um intenso tom de vermelho. — Eu te ajudo.

— O que está acontecendo? — a obstetra perguntou ao me ver indo para o banheiro da suíte com a minha namorada recostada em mim.

— A Aoife precisa usar o banheiro — expliquei. — Só estou levando ela pra lá.

— Não, não, não — a mulher retrucou, nos conduzindo de volta para a cama. — Deite-se aí, Aoife, querida, e me deixe te examinar.

— Não, você não entendeu — Molloy grunhiu, subindo na cama e se encolhendo de dor quando a mulher se colocou entre as suas pernas. — Se não me deixar ir ao banheiro agora, vou cagar em você!

— Foi o que pensei. A dilatação está completa, Aoife — a obstetra declarou. — Você está pronta.

— Pra cagar?

— Não, querida, pra parir.

— Ah, meu Deus, Joe. — Ela segurou minha mão e me puxou para perto, se lamentando. — Se eu cagar na sua frente, por favor, não dê risada da minha cara.

— Molloy — falei, afastando o cabelo do seu rosto molhado. — Pode fazer o que quiser na minha frente, ok?

— Que bom, Joe — ela disse, abraçando meu pescoço e me dando uma chave de braço que deixaria Kav orgulhoso. — Porque acho que você está prestes a ver as minhas entranhas.

Havia algo errado.

Senti.

Fazia uma hora que Molloy estava empurrando e nada acontecia.

A preocupação que vi nos olhos da obstetra foi o suficiente para fazer meu coração disparar, mas foi o som estridente de uma sineta que me deixou apavorado.

— Está tudo bem — falei, segurando a mão dela com força e olhando fixamente para os seus desesperados olhos verdes enquanto o quarto se enchia de médicos e enfermeiras. — Tudo isso é normal, Molloy.

Não era.

Não podia ser.

Eu estava com a minha mãe no parto do Sean.

Aquilo estava longe de ser normal.

— Certo, mamãe, o bebê está começando a ficar bem cansado, meu bem, então a gente vai te ajudar, ok? — a obstetra que estava conosco desde que chegamos falou. — A gente vai te levar pra sala de cirurgia agora.

Cirurgia?

Meu Deus.

— Joe — Molloy gritou quando me afastaram. — Joe!

— Está tudo bem — falei, observando-a ser levada para longe. — Está tudo bem, Molloy, juro!

— O papai vai com você lá pra baixo — a enfermeira que segurava sua mão disse enquanto desapareciam com ela. — Ele só precisa se vestir primeiro.

— O que está acontecendo? — perguntei, prestes a desmaiar. Outra enfermeira me ajudou a colocar um avental cirúrgico azul e uma touca no cabelo. — Qual o problema?

— O bebê está mostrando sinais de distocia de ombro — explicou com calma. — A mãe precisa de intervenção pra dar à luz.

— Como assim distocia de ombro? — falei, seguindo-a para a pia para lavar as mãos rápido antes de secá-las com um papel e colocar luvas. — Aoife precisa de cesárea?

— A cabeça do bebê já saiu, mas os ombros estão presos no canal — ela disse, me conduzindo por um longo corredor em direção ao centro cirúrgico. — Não se preocupe, papai. A mãe e o bebê estão em ótimas mãos.

— Joe. — Molloy estava chorando quando enfim me deixaram entrar no centro cirúrgico.

Ela estava na mesa de operação, cercada pela equipe médica, agitando as mãos, procurando por mim.

— Estou bem aqui, Molloy — falei, seguindo direto para ela e sendo logo conduzido para o topo da mesa por um dos membros da equipe. — Estou aqui, amor.

— Joe — ela choramingou, segurando minha mão e gritando de dor. — Joe, está doendo muito.

— Vocês não podem dar alguma coisa pra ela? — perguntei, surtando ao vê-los maltratando-a daquele jeito, como se a Aoife não tivesse sentimentos. — Meu Deus do céu, vocês não podem fazer *isso* sem anestesia.

— Não temos tempo, pai.

— Joe...

— Está tudo bem, amor.

— Empurre, Aoife. Você precisa empurrar.

— Estou bem aqui — sussurrei no seu ouvido, segurando a cabeça dela para bloquear a nossa visão. — Fique comigo, Aoife. Fique comigo, ok?

Ela berrou de agonia quando apertaram a sua barriga, agarrada aos meus ombros.

— Faça parar!

Eu queria.

Queria aquilo mais do que qualquer coisa que já quis na vida.

— Empurre, Aoife. Mais forte. Vamos, o bebê precisa nascer.

— Ahhhh. — Seu rosto ficou branco, quase cinza, enquanto ela se agarrava em mim e empurrava com toda a força, ofegando e tremendo. — Estou com medo.

Eu também.

— Não fica — eu disse, me inclinando para frente para que ela só visse o meu rosto e *não* o que estava se desenrolando à nossa volta. — Não vou deixar nada acontecer com você.

— Ahhhh — ela gritou de novo.

Seu rosto se contorceu de dor e, de repente, ela ficou mole nos meus braços.

Segundos depois, um choro de bebê encheu a sala.

— Você conseguiu, Aoife — falei, tremendo tanto quanto ela, ouvindo os berros do nosso bebê ressoando pelo lugar. — Você conseguiu, amor.

— Consegui — ela disse, assentindo fracamente e revirando os olhos. — Ah, meu Deus.

— Ei, ei, ei. — Me aproximei da cama e segurei seu rosto entre as mãos, tentando mantê-la acordada enquanto os médicos seguiam trabalhando nela. — Está tudo bem. — Dei um beijo na sua cabeça. — Vamos, Molloy, fica comigo. Está ouvindo o bebê?

— Estou.

Ela tremia tanto... e eu também.

Ouvi o choro do bebê no fundo, sem nem saber ainda se era menino ou menina, mas não ousei sair do seu lado, inteiramente focado no seu rosto e ignorando o jeito como os médicos mexiam no seu corpo.

— Está tudo bem. Shhh, está tudo bem, amor.

— Joe...

— Com licença, papai — uma das enfermeiras pediu. — A mamãe precisa de uma ajudinha agora.

Eu nunca tinha visto tanto sangue na vida.

Mas não falei nada.

— Não, não, não — ela disse, afastando sem forças a máscara de oxigênio que estavam colocando sobre sua boca e seu nariz. — Joe...

Estavam todos tão calmos, e eu tendo um troço. Eu via seu corpo sangrar, mas ela ainda estava consciente.

Era mais que assustador.

Eu estava surtando, e uma enfermeira me levou até o bebê enquanto eles tentavam estancar o sangramento.

Ela está com hemorragia.

Está sangrando muito.

Você a matou.

Ela vai morrer.

Zonzo, olhei da mesa de operação, onde minha namorada estava, para o bebê na incubadora à minha frente.

Eu nem sabia se era menino ou menina.

Estava desesperado demais.

— Ela está *bem* — a enfermeira insistiu. — Não se preocupe. Ela está nas melhores mãos. Ela vai ficar *bem*. Agora venha conhecer o seu filho.

— Meu filho — repeti, entorpecido, desviando o olhar para Molloy. — Aoife?

Eu não a via mais.

Tinha muita gente uniformizada em volta dela.

— Molloy? — Meu coração foi parar na boca. — Aoife!

— Aqui, papai.

Logo depois, o pacotinho choroso foi enfiado no meu colo.

— Parabéns, papai. Ele é lindo.

Atordoado, fiquei encarando o bebê.

Ele berrava feito um touro com as mãozinhas cerradas, se contorcendo e se esticando nos meus braços.

— Meu Deus — falei, ninando-o e sendo levado pelas emoções. — Você está aqui.

Então ele abriu os olhos e olhou para mim.

E me perdi.

Meu coração não batia mais por mim.

Pelo resto da minha vida, ele bateria por aquele menino nos meus braços.

Caralho.

Ainda de macacão azul e touquinha, fui retirado do centro cirúrgico enquanto minha namorada e o bebê permaneceram lá dentro.

Meu coração estava disparado.

Minha mente estava a mil.

Com a respiração acelerada, me recostei na parede do corredor sentindo o coração batendo acelerado.

Que porra tinha acabado de acontecer?

Foi tudo tão rápido!

Meu celular estava tocando no bolso, e eu tinha que me recompor antes de atender.

— Joey — Trish disse. — O que está acontecendo? Ela está bem? Ela teve o bebê?

— Eu... ah, sim, está bem — falei, ainda aturdido com tudo. — O bebê ficou preso. Tiveram que levar ela pro centro cirúrgico.

— Ela fez cesárea?

— Não. — Balancei a cabeça, abalado. — Tiraram ele antes.

Mas as coisas que tiveram que fazer com ela...

O sangue.

O sofrimento que vi no seu rosto.

Estremeci só de lembrar.

— Ele? — Trish perguntou com a voz embargada. — É menino?

— É. — Soltei um suspiro trêmulo, assentindo vigorosamente e tentando compreender os eventos que tinham acabado de acontecer, que mudariam minha vida para sempre. — Ele é enorme, Trish. Disseram que ele tem 56 centímetros e pesa uns 4,4 quilos.

— Quanto é em libras e onças?

— 9 libras e 12 onças de acordo com a médica.

— Meu Deus, coitada.

— Pois é, eu sei. — Estremeci de novo. — Que horas são?

— Três e meia da manhã. A que horas o bebê nasceu?

— Mais ou menos uma hora atrás — respondi. — Pouco depois das duas e vinte.

— Onde você está agora? Está com a Aoife? Pode colocar ela na linha?

— Não, eu... — Engoli em seco e pressionei a mão na cabeça, lutando contra o pânico que tentava me dominar. — Ela estava, ah... tendo uma hemorragia, e não estavam conseguindo encontrar a fonte do sangramento. Ouvi eles falando de uma possível ruptura uterina. — Dei um suspiro sofrido e acrescentei: — Ela ainda está na sala de cirurgia.

— Não. — O lamento que escapou da garganta da mãe da minha namorada me deixou desesperado. — Deus, não. Ela está lá sozinha?

— Não me deixaram ficar — falei, perdendo o fôlego ao entender a gravidade da situação. — Eu tentei, Trish, mas me botaram pra fora. Disseram que eu não podia ficar lá enquanto ela estivesse sob anestesia geral.

— Ah, Joey, não entra em pânico — disse. — Tenho certeza que ela vai ficar bem.

— Sim. — Pisquei para conter as lágrimas. — Eu também.

PARTE 12

137

A mamãe é uma guerreira

JOEY

Molloy passou por maus bocados e foi levada para a sala de recuperação noventa minutos depois, conectada a mais fios e soros do que eu já tinha visto na vida.

Quando entrei para ficar com ela, me senti fraco.

Ela estava cinza.

Cinza, caralho.

Tudo completamente normal, as enfermeiras e os médicos ficavam me dizendo, ainda reunidos em volta dela, monitorando seus sinais vitais comigo ao seu lado. Minha atenção ia da garota dormindo na cama para o bebê, que tinha sido devolvido para mim junto com a mãe.

"Bebê Molloy, data de nascimento: 30/8/2005, hora do nascimento: 2:22" era o que estava escrito nas pequenas etiquetas na sua mão e tornozelo, mas ele não precisava de nada disso para ser reconhecido.

Era a cópia da mãe, centímetro por centímetro, com tufos de cachinhos loiros e ensanguentados grudados na cabecinha, e pulmões que ele claramente havia herdado da mãe.

Apesar de Molloy ter perdido muito sangue após o parto, a equipe conseguiu controlar a hemorragia sem precisar de cirurgia, mas só de pensar em *como* conseguiram fazer isso senti um arrepio na espinha. Fiquei grato pela anestesia, porque ninguém merecia passar por aquele tipo de provação física.

Tortura.

Era a única palavra para descrever aquilo.

Para descrever o que foi necessário fazer para salvar a vida dela e a do bebê.

— Você é incrível — sussurrei, me inclinando sobre a cama para dar um beijo na sua testa suada. — Você é uma guerreira, amor.

Me segurei para não puxar seu corpo adormecido para os meus braços e me agarrar nela e fiquei pairando ali ansiosamente. Com o nosso filho nos braços, eu queria que ela acordasse e descansasse ao mesmo tempo.

— Estou tão orgulhoso de você! — continuei falando, arrumando o cobertor sobre o seu corpo mole. — Você é uma rainha.

— Vamos levá-la de volta pra sala de parto em breve — um dos enfermeiros disse, ajeitando o que quer que estivesse pingando da bolsa para o acesso intravenoso no braço dela. — Ela vai passar algumas horas apagando e acordando — acrescentou. — Tudo normal, não há nada com o que se preocupar. O corpo dela passou por bastante coisa e ela precisa de tempo pra se recuperar. A Aoife está com uma sonda, então não precisa acordá-la, pai.

— Mas ela vai ficar bem, né?

— Com certeza — garantiu, sorrindo para o bebê nos meus braços. — Esse menininho tem uma mãe guerreira.

Voltei à enfermaria na terça-feira de manhã, e Molloy estava dormindo por conta dos medicamentos que lhe deram. Fiquei sentado ao lado da cama dela, embalando o pacotinho nos meus braços.

Pela segunda vez na vida, eu tinha virado pai.

Pela primeira vez na vida, eu tinha o meu próprio filho.

Agora era diferente do que eu tinha sentido com Ollie, Sean e Tadhg. Era mais *profundo.*

Havia algo dentro de mim, uma espécie de fio invisível, que conectava o meu coração ao dele. Eu sentia toda vez que o olhava.

Sentir seu corpinho pressionado no meu peito enquanto eu o alimentava foi o banho de realidade de que precisava. Eu era responsável por aquela pessoinha e pela mãe dele, adormecida.

A ansiedade percorreu meu corpo conforme minha atenção ia do meu filho para a sua mãe.

As duas pessoas que me criaram tinham se destruído.

Meu pai matou minha mãe.

E tentou levar todos nós consigo.

E agora nós estávamos ali.

Aoife e eu, e esse bebezinho.

Ele dependia de mim tanto quanto eu já tinha dependido do meu velho.

Fiquei observando-o, me perguntando como *ele* foi capaz de fazer aquilo com a gente, sentindo que todos os meus instintos exigiam que eu protegesse o bebê nos meus braços e a garota que o deu à luz.

Disseram que ele era enorme, mas, para mim, parecia muito pequenininho.

Ele tinha um narizinho fofo de botão que me lembrava a Shan, e lábios carnudos como nós.

Os lábios da nossa mãe.

Todos nós tínhamos a mesma boca.

Nós seis.

Seus dedos eram bizarramente compridos como ele próprio. Mas, nossa, como era parecido com a mãe.

Com toda a sinceridade, nunca tinha visto um bebê mais lindo que aquele nos meus dezoito anos de vida.

Pouco tempo depois, uma enfermeira veio verificar o acesso no braço de Molloy e substituir a bolsa com o líquido que ela estava recebendo na veia.

— Ela está bem? — perguntei, instantaneamente sensível, observando a enfermeira feito uma águia. — Faz um tempão que está dormindo.

— Ela está bem — a mulher respondeu com tanta certeza que fiquei mais tranquilo. — A coitada está exausta. — Olhou para mim e me ofereceu um sorriso solidário. — O bebê está aceitando ser alimentado por você, papai?

— Ele tomou sessenta mililitros na sala de cirurgia, e mais sessenta na sala de recuperação, e vai tomar mais uns noventa agora — falei, gesticulando para a mamadeira meio vazia apoiada no braço da cadeira. — Não sei se devo dar mais fórmula antes da mãe acordar. — Dei de ombros, impotente, antes de dizer: — A Aoife tinha me falado que queria amamentar.

Ela sorriu mais uma vez e perguntou:

— E o bebê já está sujando a fralda?

— Sim, bastante.

— Ótimo.

— E ele, hum... fez aquele cocô preto. Sabe aquele primeiro?

— Mecônio.

— Isso.

Ela abriu um sorriso estranho.

— Tem irmãos mais novos?

Fiz que sim.

— Quantos?

— Quatro.

— Uhum. — Seu sorriso se alargou. — Foi que a gente pensou.

Franzi a testa.

— A gente?

— Todos os enfermeiros dessa ala. — Ela sorriu de novo. — Não é comum ver jovens curtindo a paternidade como você.

— Ah.

Eu não estava curtindo nada.

Estava apavorado.

Mas também *estava* determinado.

A estar presente.

A fazer a coisa certa pelo menino e sua mãe.

— Seu filho já tem nome?

— Ah... — Soltei um suspiro e balancei a cabeça. — Ainda não sei qual ela vai querer.

— Ah, a mamãe é que vai escolher.

— Ela fez todo o trabalho — respondi, colocando meu bebê no ombro para niná-lo. — Ela pode escolher o nome.

— Esperto.

— Isso pode acontecer de novo? — Dando leves tapinhas nas costas do nosso filho, gesticulei para a mãe dele. — Isso que aconteceu com a Aoife depois do parto? O sangramento? Pode acontecer de novo?

Depois de me consolar com um monte de terminologia médica e jargões que entraram por um ouvido e saíram por outro, a enfermeira parou na porta e perguntou:

— Precisa de ajuda com alguma coisa?

Sim, preciso que você faça a minha namorada abrir os olhos.

— Não — falei depressa. — Pode deixar.

Esperei a mulher sair para colocar meu filho no berço e voltar para o lado dela.

— Você arrasou — sussurrei, fazendo carinho no seu rosto. — Guerreirinha.

Lembrei que a enfermeira pediu para que eu a deixasse descansar, então enfiei as mãos no bolso do moletom relutantemente para me impedir de tocá-la e franzi a sobrancelha quando meus dedos encontraram um papel.

A carta da vovó.

Voltei para a cadeira ao lado da cama e peguei o envelope que minha bisavó tinha me dado.

Meu Deus, parecia que aquilo tinha acontecido um milhão de anos atrás.

Rasguei o envelope, retirei o papel ali dentro e congelei quando vi o dinheiro.

Muito dinheiro.

— Puta que pariu — falei, arregalando os olhos assim que um maço grosso de notas de cinquenta euros caiu no meu colo.

Desesperado, olhei em volta para garantir que eu estava sozinho antes de contar as notas depressa.

Suei frio ao terminar de contar e contei mais três vezes antes de absorver o que meu cérebro estava me informando.

Quinze mil euros.

Quinze mil.

Quinze mil, caralho.

— Que porra é essa?

Confuso, enfiei a grana no bolso e abri a carta.

Querido Joseph,

Saber que, enfim, posso escrever essa carta me deixa tanto feliz quanto triste.

Feliz porque sei que você está prosperando e, principalmente, está livre daquele homem terrível, mas triste pois você teve que pagar um preço muito alto por isso.

Sei que você deve estar se perguntando sobre o dinheiro, então não vou te enrolar. Quando o vovô faleceu, ele deixou uma grana pra você no testamento, mas deu instruções estritas para não o entregar até que você estivesse longe do seu pai e fora da casa dele.

Acho que seu avô sabia tanto quanto eu que você daria o dinheiro para a sua mãe, que, por sua vez, o daria para ele.

Só que esse dinheiro é seu, Joseph.

Seu avô queria que ele ficasse com você.

Para o seu futuro.

E, por Deus, você tem um futuro brilhante à sua frente, meu doce garoto.

Quero que você pegue esse dinheiro e cuide da sua pequena família.

Gosto muito dela, Joseph. Não deixe que ela lhe escape. Confie na sua velha aqui quando te digo que essa veio para ficar.

Você vai ser um pai maravilhoso e um marido dedicado.

Durmo muito bem à noite sabendo que tenho um neto como você no mundo.

Com todo o meu amor,
Vovó Murphy.

138

Diga oi pra mamãe

AOIFE

Assim que abri os olhos, fui bombardeada por vários sentimentos e emoções.

Primeiro, senti dor.

Logo depois, confusão.

Passei a língua em meus lábios secos e virei a cabeça de um lado para o outro, tentando me livrar da tontura e entender o que diabos estava acontecendo. Foi só quando virei para a direita que o vi.

Joey.

Ele estava sentado em uma cadeira ao lado da minha cama com um pacotinho no peito.

— Oi, garanhão — murmurei com a voz rouca e grogue, encantada de vê-lo ali.

Sua atenção se voltou para mim na mesma hora, e a emoção que vi nos seus olhos verdes e límpidos foi avassaladora.

Ele está aqui.

Está mesmo aqui.

— Oi, rainha. — Ele abaixou os pés, que estavam apoiados na lateral da cama, e endireitou a postura. — Como está se sentindo?

— Como se eu tivesse lutado dez rounds com o Mike Tyson.

— Bem, não está parecendo — falou depressa, se levantando e se aproximando. — Você está ótima, Molloy.

— Joe. — Minha voz estava embargada e todo o meu foco estava direcionado para o bebê no seu braço. — Ele está bem?

— Ele é perfeito — Joey respondeu, sentando na beirada da cama e se inclinando para dar um beijo na minha sobrancelha. — Você fez um ótimo trabalho, Aoife.

— Ele? — Meu coração disparou no peito enquanto eu tirava a mão debaixo do cobertor para segurar sua mãozinha rosa. — Então a gente tem um filho?

— A gente tem um filho, e ele tem pulmões tão fortes quanto os da mãe — confirmou, colocando o bebezinho com cuidado no meu colo. — Diga oi pra mamãe.

Não consegui impedir as lágrimas de se derramarem e segurei o bebê nos meus braços, completamente emocionada.

— A gente que fez ele? — Fungando, fiquei olhando para o seu rostinho, sentindo emoções demais para entender o que estava acontecendo. — Ah, meu Deus — falei, meio rindo, meio chorando. — Ele tem o narizinho da Shannon.

— Foi o que pensei.

— E os seus cachinhos.

— E os seus olhos.

— Ele é todinho você, Molloy. — Joey apertou alguns botões no controle da minha cama e a ergueu para que eu ficasse sentada. Depois, tirou a touca do meu cabelo e deu outro beijo na minha testa. — É tão lindo quanto a mãe.

— Bem, a mãe dele não está se sentindo muito linda — murmurei, vulnerável e exposta.

— A mãe dele nunca me pareceu tão linda quanto agora — Joey disse. — Seis anos atrás, te vi pela primeira vez sentada no muro do lado de fora da escola, e agora você está aqui com o nosso filho. — Ele sorriu, se inclinou e me beijou novamente. — Obrigado por isso, rainha. Você ainda me deixa sem fôlego.

E foi o que bastou.

Suas palavras carinhosas quebraram a barreira dentro de mim.

— Joe... — Soltei um suspiro, segurei nosso bebê mais perto e dei um beijo na sua bochecha gordinha. — Quando ficou preso, pensei que...

— Ele está aqui — Joey me interrompeu, se aproximando e passando o braço pelo meu ombro. — Vocês dois estão aqui e vou cuidar de vocês. — Outro beijo. — Não vou deixar nada acontecer com nenhum de vocês, Molloy. Prometo.

— Você ficou aqui o tempo todo?

— Te falei que não ia sair do seu lado. — Ele tirou nosso filho dos meus braços com gentileza e o colocou no berço ao lado da cama antes de voltar para mim. — Nunca mais vou te deixar.

Naquele momento, não tive forças para bancar a corajosa.

Eu não tinha nem um pingo de energia.

Tinha passado tempo demais sendo corajosa.

Forte.

Agora, eu só queria me entregar.

Porque não aguentava mais.

Precisava contar com alguém.

— Não posso fazer isso sozinha — admiti, agarrando o seu moletom quando me abraçou com cuidado. — Estou tão cansada, Joe...

— Eu sei — disse, afastando o cabelo do meu rosto e me puxando para si.

— Você não pode ficar doente de novo — choraminguei, me segurando nele com todas as forças. — Você não pode me deixar sozinha.

— Nunca mais vou te deixar sozinha — prometeu, me abraçando. — *Nunca* mais. — Percebi a sinceridade das suas palavras. Eu precisava muito que ele cumprisse a promessa. Que *ficasse*. — Agora é a minha vez, Molloy. — Joey beijou o meu cabelo. — É a minha vez de cuidar de você.

139

Vou cuidar de você

JOEY

Mais tarde, a bolha silenciosa em que Molloy e eu nos encasulamos enquanto lidávamos com o bebê chorão que fizemos juntos foi totalmente estourada.

Trish e Casey invadiram o quarto do hospital cheias de balões, bichos de pelúcia e sacolas de compras, seguidas por Tony, todo melindroso.

— Aoife! — Trish e Casey gritaram, indo direto para a minha namorada. — Ah, coitadinha.

— Oi, mãe. Oi, Case.

— Ah, olhe só pra sua carinha. Você está parecendo morta.

— Nossa, valeu, mãe.

— Não ligue pra sua mãe — Casey interveio rápido. — Você está gostosa como sempre. Agora sem a barrigona.

Tendo o bom senso de me afastar, deixei as meninas e me aproximei de Tony.

— Estou vendo que seu pai ainda está aqui — Tony falou para o bebê nos meus braços. — É um bom começo.

— Ainda estou aqui — confirmei, ajeitando o neném. — Diga oi pro vovô, filho.

— Presta atenção no nome que você vai dar pro menino, hein — Tony resmungou, com os olhos fixos no bebê.

— Pega leve, pai — Molloy disse.

Entreguei o bebê para ele.

— Aqui.

— Ah, meu Deus, não me deixe segurar o bebê — Tony falou, sem tirar os olhos do meu filho. Tirou o casaco às pressas e arregaçou as mangas da camisa. — Olha só o tamanho dele. — Foi até a cadeira ao lado da cama, sentou e soltou um suspiro trêmulo. — Não seguro um bebê desde que os gêmeos eram pequenos.

— Me dê ele aqui — Trish pediu, vindo até nós. — Quero dar um abraço no meu netinho.

— Não ligue pra ela — Tony grunhiu, gesticulando para si com as mãos. — Venha aqui com o vovô, neném.

— Ah, meu Deus — Casey deu um gritinho, se inclinando sobre Tony com uma câmera digital cor-de-rosa, tirando fotos loucamente. — Ele é perfeito, gente.

— Já é um homenzinho — Trish comentou. — Ele é enorme, Aoife.

— Pois é — Molloy murmurou, fechando os olhos. — Ainda consigo sentir...

Com os olhos no bebê, voltei para perto dela.

— Você está bem?

— Uhum — assentiu, ainda de olhos fechados. — Só estou tendo uma contração.

Os médicos disseram que isso aconteceria.

Ela estava tomando uma tonelada de remédios para ajudar na recuperação.

— E aí, ex-bad boy? — Casey falou para mim, dando uma piscadinha. — Continua se comportando? — Ela agitou as sobrancelhas e acrescentou: — Espero que você não tenha roubado uns comprimidos do hospital, hein?

— Casey!

— Não, estou bem — respondi, rindo e balançando a cabeça. — Mais careta que nunca.

— Tem uma primeira vez pra tudo.

— Com certeza.

— E aí, já escolheram o nome dessa coisinha? Ou vamos chamar de menininho pra sempre?

Molloy olhou para mim e dei de ombros.

— Pode escolher, amor.

— Temos um nome — ela disse, umedecendo a boca com a língua. — Dois, aliás.

— Ah, é? — Os olhos de Trish se iluminaram. — Conta pra gente.

— Joe é contra, mas eu queria que o nome do meio fosse Joseph — declarou. — E o último nome Lynch. — Ela estremeceu e acrescentou: — Ainda não somos casados, então acho importante que todo mundo saiba que o nosso filho tem pai.

Engoli meus protestos, me recusando a discutir com a garota que tinha enfrentado oito horas de suplício para me dar um filho. Então assenti para demonstrar o meu apoio quando olhou para mim, insegura.

— E o primeiro nome? — Trish perguntou.

— Anthony — Molloy falou. — O nome dele é Anthony Joseph Lynch. — Sorriu e completou: — AJ pra encurtar.

— Mas *eu* sou Anthony — Tony falou, ficando da cor do opal corsa da filha.

— Sim, pai. — Molloy revirou os olhos. — A gente sabe.

— Você decidiu dar ao seu filho o nome do homem que te criou — Trish disse com orgulho, abrindo um sorriso enorme para a filha. — Ah, Aoife, que lindo!

— Na verdade, decidimos dar ao nosso filho o nome do homem que criou nós dois — confirmei baixinho. — Porque, vamos encarar a verdade: o único homem que tive como exemplo foi o seu marido.

Tony limpou a garganta, olhou para AJ e fungou.

— Sei exatamente o que o seu pai está tentando fazer, garoto — falou para o neto com a voz embargada. — Ele está tentando amolecer o velho vovô, não é? — Tony beijou a testa do bebê e sorriu. — Bem, pode falar pro seu pai que funcionou. Pode sim. Diga que eu vou esperar por ele na oficina assim que a sua mãe voltar pra casa recuperada.

Meu coração parou.

Molloy se virou para mim perplexa.

— Mas diz pro seu pai que ele é a última chance dele — Tony continuou falando para o meu filho. — E não se esqueça de dizer que o seu avô não vai ter dó de usar o *burdizzo* se ele sequer pensar em dar um irmão ou irmã pra você antes de terminar o estágio na oficina e botar um anel no dedo da sua mãe.

— *Burdizzo*? — Casey franziu a testa. — Que porra é essa?

— É o que se usa nas fazendas pra cortar o cordão testicular dos touros — falei com esforço, me lembrando de algo que Podge me disse uma vez. — Pode falar pro seu avô que você vai ser filho único.

Tony deu um sorrisinho.

— Pode dizer pro seu pai que é uma decisão sábia.

— Ah, meu Deus, pai — Molloy grunhiu, gesticulando. — Só faça as pazes logo com ele. Todo mundo sabe que você passou o verão todo infeliz sem o seu companheiro na oficina.

— Bem, parece que agora tenho um novo companheirinho pra me manter ocupado — Tony comentou, lutando com Trish, que tentava pegar o bebê.

— Você não está com vontade de ir ao banheiro? — perguntei, voltando a atenção para Molloy.

Eles tinham tirado a sonda pouco tempo antes e a encorajaram a se levantar da cama, mas Molloy não se moveu um centímetro.

— Joe?

— Hã?

De olhos arregalados, gesticulou para que eu me aproximasse e sussurrou no meu ouvido:

— Estou com medo de me mexer. — Ela estremeceu, colocou a mão no meu rosto e continuou: — Parece que tudo vai cair.

Meu coração se partiu.

— Não vai, não — falei, tentando acalmá-la e a aninhando debaixo do meu braço. — Você acabou de dar à luz, amor. Tudo vai ser meio estranho, mas prometo que nada de ruim vai acontecer.

— Estou coberta de sangue — falou baixinho, com as mãos tremendo, enterrando o rosto no meu pescoço. — Estou nojenta.

— Você está linda — corrigi depressa antes de voltar a atenção para os pais dela. — Aoife precisa tomar um banho. Vocês podem ficar com o bebê?

— Posso te ajudar, Aoife, querida...

— Não, eu vou com ela — interrompi Trish ao sentir o corpo da filha enrijecer. — Pode deixar.

— Minhas pernas parecem de pedra — Molloy murmurou, descendo da cama de forma hesitante. — Não olhem pra mim, ok?

— Ok — os três visitantes responderam ao mesmo tempo.

— Joe, a cama — ela disse quando ficou de pé e viu o sangue seco no lençol.

— Não tem problema.

— Mas tem sangue por todo lugar.

— Está tudo bem.

— Tem sangue no avental e nas minhas pernas... aff, Joe, até nas minhas meias.

— Molloy, está tudo *bem* — insisti, passando o braço na sua cintura e segurando seu cotovelo. — Todas as mulheres nesse hospital estão no mesmo barco. Não tem por que ficar constrangida, ok? Toda a equipe está acostumada com isso.

— Mas *você* não está — murmurou, com os lábios tremendo.

— E você acha que ligo pra isso? — Balancei a cabeça. — Estou maravilhado com você, amor. Você acabou de me dar um filho. Meu Deus, Molloy, estou tão nas nuvens que chega a ser patético.

— Sério?

— Sério.

— Ah, que bom. — Ela fungou, assentiu e se recostou em mim. — Estou de fralda.

Molloy estava usando calcinhas e meias descartáveis, e me senti extremamente culpado por fazer isso com ela. Eu não tinha ilusões sobre quem era o responsável por aquela garota.

Eu.

— Isso, devagarzinho. — Um passinho por vez, eu a ajudei a ir até o banheiro do quarto. — Sem pressa, amor.

— Obrigada, Joe — disse quando estávamos lá dentro e longe dos olhares curiosos. — Pode sair agora.

Uma ova que eu ia sair. Ela parecia estar prestes a cair dura no chão. Molloy tinha perdido tanto sangue que precisou até de uma transfusão de ferro. Pelo amor de Deus! Ela não estava apta a ir a lugar algum sozinha, muito menos tomar banho sozinha.

— Não, Molloy, pare com isso — falei, envolvendo seu braço quando ela tentou se levantar. — Deixe eu te ajudar.

— Não. — Os lábios delas tremeram de novo e vi que ela estava tentando conter as lágrimas enquanto eu a amparava. — Não quero que você me veja assim.

— Assim como?

— Assim — choramingou, gesticulando para a própria barriga e as pernas. — Estou nojenta.

— Não tem nada de nojento em você — retruquei.

Como ela não se mexeu, segurei a bainha da camisola manchada de sangue que estava usando durante o parto.

— Não. — Balançou a cabeça e virou o corpo. — Não, Joe. Eu não sou mais eu.

Caralho, aquela doeu.

Sua vulnerabilidade era de partir o coração.

Eu estava desesperado para confortá-la.

Para consertar as coisas.

Sua barriga estava machucada e murcha, com profundas estrias roxas sinalizando que seu corpo tinha abrigado e carregado o meu filho.

— Você é linda — falei. Minha voz falhou quando as minhas emoções ameaçaram levar a melhor.

— Não. — Ela fungou e sacudiu a cabeça, rejeitando as minhas palavras.

— Sim — corrigi com firmeza, segurando seu queixo. — É *sim*.

Seus olhos verdes me encararam cheios de sofrimento e vulnerabilidade.

— Senti tanto a sua falta... — Ela segurou a minha nuca e puxou meu rosto para o seu. — É como se eu tivesse morrido sem você esse verão e só estivesse voltando à vida agora.

— Sim. — Encostei a sobrancelha na dela, absorvendo o momento, as sensações, o peso na minha consciência e o futuro à nossa frente. — Sei como é.

Era ela.

Sempre foi ela.

Sempre seria ela.

A garota do muro.

— Vou cuidar de você — falei. — Porque eu te amo. — Ela tremeu quando dei um beijo na sua testa. — Porque te acho gostosa pra caralho. — Com cuidado, fui tirando a calcinha descartável que ela estava usando. — Porque você é a minha rainha. — Eu a despi completamente, liguei o chuveiro e amparei seu corpo trêmulo enquanto ela se posicionava embaixo do jato quente de água, sem dar a mínima para o fato de eu estar me molhando. Todo o meu foco estava na garota que *ainda* me olhava como se eu fosse "o cara". — E porque tudo o que eu tenho, tudo o que eu sou, devo a você.

— Aoife, meu bem? Como estão as coisas aí? — Trish perguntou, entrando no banheiro.

— Mãe, saia — Molloy sussurrou, dando as costas para a mãe. — Pelo amor de Deus!

— O que é isso na sua bunda?

— Nada.

— É uma tatuagem?

— Não.

— É o nome do *Joey*?

— Mãe, saia!

— Ah, meu Deus, Tony.

— O que houve, Trish?

— Nossa filha não queria a minha ajuda pra tomar banho porque tatuou o nome do namorado na bunda!

140

Não consigo

AOIFE

A privação de sono me transformou em uma mulher fraca. Foi por isso que mandei aquela mensagem perigosa no meio da noite. A exaustão me dominou completamente, e era difícil não ficar ruminando as dúvidas e o arrependimento que rugiam dentro de mim.

Era por isso que Joey estava sentado na beirada da minha cama de hospital às oito horas da manhã da quinta-feira.

Vestido com um uniforme recém-passado e com o nosso filho aninhado no braço, parecia mais natural na função de pai do que eu jamais poderia sonhar em ser.

— É isso — ele disse, dando a mamadeira para o AJ.

Mamadeira.

Deixei escapar um lamento sofrido.

Eu não conseguia amamentá-lo.

Não fazia nada direito.

A segunda noite com o nosso filho foi um desastre ainda maior do que a primeira, e eu estava começando a pensar que o AJ não gostava de mim.

— Você só está cansada — Joey falou, abaixando a mamadeira vazia e segurando minha mão. — Você vai conseguir, Molloy.

— Não, Joe, não vou — retruquei, me esforçando muito para não ceder à tentação avassaladora de gritar com todas as minhas forças. — Todo mundo tinha razão. Não consigo.

— Consegue sim — Joey disse, soltando minha mão para apoiar AJ no ombro. — Prometo que você consegue — continuou, se aproximando para me abraçar. — Vai ficar tudo bem.

— Não vai, não. — Balancei a cabeça e enxuguei o nariz com a manga do meu moletom. — Sou uma mãe de merda. — Outro soluço me escapou. — Ele me odeia. N-nunca chora c-com você. N-não c-consigo nem a-alimentar ele direito.

— Nada a ver. — Ele se levantou e fiquei observando-o com nosso filho no colo. — Você não é uma mãe de merda. — Carregando nosso bebê com tanta habilidade quanto as enfermeiras do hospital, Joey o colocou na cama e começou a trocar a fralda dele. — Você está meio ansiosa e ele está percebendo — explicou com gentileza, ajustando a fralda limpa antes de enfiar seu corpinho em um macacão. — Assim que você relaxar, ele também vai relaxar. — Joey ergueu AJ nos braços, o ninou por um tempinho, balançando-o de um lado para o outro, o colocou no berço e voltou para mim. — Você está exausta, Molloy. Você está passando por um monte de coisa, amor. Esse bebezinho te *adora*, ok? — Ele se sentou na cama e me puxou para o seu colo com cuidado. — Não se preocupe, pois ele está sendo *alimentado*.

— Mas a minha mãe d-disse que eu d-devia amamentar.

— Não dou a mínima pro que a sua mãe diz — retrucou, me abraçando com mais força. — Sou o pai e estou te dizendo que está bem. Ele está secando as mamadeiras. Está ganhando peso. Não tem problema nenhum, Molloy. Ele está ótimo.

— Odeio ficar aqui sozinha — confessei, enterrando o rosto no seu suéter escolar novo. — A noite é a pior hora.

— Você sabe que eu ficaria aqui se pudesse — falou de um jeito triste. — Mas nos botam pra fora à meia-noite.

— Pois é — eu disse, me agarrando nele. — Eu sei.

— Você vai pra casa hoje. E vou pra lá direto depois da escola, ok? Vou levar uma mala pra passar a noite. — Ele deu um beijo na minha cabeça. — Pode deixar que cuido dele de madrugada. Você só precisa *respirar* e ficar calma até eu voltar. Sua mãe chega em uma hora. Deixa ela te ajudar.

Não vai embora.

Por favor, não vai embora.

— Não quero ir — falou com uma voz sofrida, lendo meus pensamentos. — Mas, se eu não for, vou me ferrar com os médicos...

— Tudo bem — interrompi depressa, não querendo ter aquela conversa naquele estado sensível. — Te vejo depois da escola.

— Até depois. Então depois a gente conversa, ok? Quero falar sobre uma coisa com você e os seus pais. — Joey se inclinou e roçou os lábios nos meus. — Vamos bolar um plano. — Ele me beijou de novo. — Vamos fazer dar certo, Molloy.

141

Bem-vindo ao Tommen

JOEY

Era 1º de setembro de 2005.

O primeiro dia da minha segunda chance no sexto ano, e o primeiro dia da minha segunda chance na vida — segundo a minha terapeuta.

A verdade era que a minha segunda chance tinha nascido dois dias atrás, e estar na escola em vez de estar com o meu filho e a minha namorada estava me matando. Atravessei os portões daquele lugar sentindo uma ansiedade que tinha pouco a ver com o ambiente e tudo a ver com a garota que eu tinha deixado sozinha no hospital.

Eu já tinha estado naquela mesma situação antes. Já tinha me sentado ao pé da cama de outra mulher e testemunhado o desmoronamento e a angústia mental que seguia após um parto.

Nunca entendi quando aconteceu com a minha mãe, e continuava sem entender agora que estava acontecendo com minha namorada. Eu queria fazer a coisa certa. Queria dar meia-volta e ficar com ela. Mas a gente precisava cumprir o acordo.

Esse acordo estava atrelado a benefícios que eu não podia me dar ao luxo de recusar. Ele me proporcionava liberdade, moradia e um futuro possível para a minha família.

Minha família: Molloy e AJ.

O diretor do Tommen não conseguia esconder a antipatia por mim. Ele deixou isso claro. Sua desconfiança era imensa, e sua cautela, ainda mais sufocante. Sentado atrás da sua mesa, ele me olhava com desprezo.

— Ele está em algum programa de metadona? — Sua pergunta, embora sobre mim, foi direcionada a Edel e John, que estavam ao meu lado. — Está fazendo terapia? Frequentando alguma clínica?

Engoli a irritação e deixei John responder por mim. Afinal de contas, o homem tinha construído uma carreira fazendo exatamente isso. Cerrei os punhos e me distraí, e só falei quando o patriarca da nova família dos meus irmãos me encorajou.

Indesejado.

Era apenas uma palavra, porém a mais apropriada para descrever como eu me sentia. Eu não pertencia àquele lugar, àquela escola, àquele uniforme.

Ainda assim, me mantive firme e me deixei ser conduzido por um dos únicos homens da minha vida que eu considerava *verdadeiramente* confiáveis.

Por fim, fui dispensado com um cronograma de aulas e a recomendação de que me comportasse. Como se eu já não tivesse ouvido isso antes.

— Já ouvimos falar dele.

— Não é flor que se cheire.

— Está sempre se envolvendo em brigas na ECB.

As pessoas cochichavam quando eu passava no corredor.

— Ele é esquentadinho, viu?

Eu ignorava tudo. Nada daquilo me atingia. Já tinha aguentado coisas demais e tinha chegado longe demais para deixar que as opiniões dos outros me afetassem.

— Aquele ali tem péssima reputação.

— Soube que engravidou uma menina na outra escola.

— Tenho quase certeza que ele acabou de *me* engravidar só de olhar pra mim.

— Ele é meu irmão — uma voz familiar disse e, ao me virar, me deparei com ninguém mais, ninguém menos que Shannon com um grupo de garotas no corredor. — E vocês não deviam acreditar em tudo o que ouvem por aí.

— Ele é solteiro?

— Você não é o tipo dele.

— Qual é o tipo dele?

— A namorada dele.

Sorri.

Bem, que reviravolta.

Ela estava *me* defendendo.

Não dei bola para os comentários e dei uma piscadinha para a minha irmã antes de ir para a primeira aula. Cheguei atrasado, porque aquela escola parecia mais um castelo e fiquei todo perdido.

— Será que vão fazer um exame toxicológico nele? — Foi o comentário maldoso que ouvi ao entrar na aula de matemática. — Porque não quero nenhum drogado sangrando em mim.

— Ele deve ter aids — a garota ao lado dele zombou.

— Acredite em mim, Buckley, quando te digo que a melhor parte de você escorreu pela perna do seu pai — uma voz conhecida falou em minha defesa e, quando me virei, vi Gibsie puxando a cadeira vazia ao seu lado. — E quanto à sua namorada, srta. Porquinha... — acrescentou, estreitando os olhos para a garota rindo ao lado do babaca que tinha falado merda. — Acho que nem você aguenta se olhar no espelho.

— Vai te foder, Gibsie.

— *Te* foder? — Ele jogou a cabeça para trás. — Eu não te foderia nem que me pagassem.

A sala inteira explodiu de rir.

— E aí, amigo? — Gibsie falou, sorrindo, quando me sentei ao seu lado.

Meu Deus.

— Gibs.

— Oba! Você acertou meu nome.

— Pois é. — Dei de ombros. — Bem, achei que era melhor aprender logo, já que vou ter que te aguentar até junho.

— Isso aí, amigo — disse, dando risada e empurrando meu ombro com o seu. — Boa.

— Onde está a sua cara-metade?

— Ursinha? Ela está no quinto ano.

— Não, idiota. Kav.

— Ah! — Ele riu de novo. — Você está falando da minha *outra* cara-metade. Ele está na matemática avançada. — Gibsie franziu a testa e murmurou: — O cap é avançado em tudo. — Ele gargalhou sozinho, achando graça de algo, depois balançou a cabeça e acrescentou: — Seu futuro cunhado é um gênio.

142

Baby blues

AOIFE

Fazia três horas e meia que eu estava em casa e não conseguia parar de chorar.

Em prantos, fiquei sentada de pernas cruzadas na cama, olhando para o pequeno ser humaninho que gritava a plenos pulmões.

Eu não conseguia.

Fui burra de pensar que eu era capaz.

— Shhh, shhh, shhh — falei em meio às lágrimas, esfregando sua barriguinha e levando a chupeta aos seus lábios, torcendo para que ele parasse de chorar.

— Aoife, meu bem? — minha mãe disse da porta do quarto, me olhando com uma mistura de empatia e preocupação. — Quer que eu fique com o AJ por uma hora?

— Não — falei, ainda chorando, sentada na minha cama da infância e observando o pequeno por quem eu era responsável. — Preciso aprender a fazer isso.

— Quer que eu ligue pro Joey? — perguntou, se demorando ali. — Pra ver se ele pode vir mais cedo?

— Ele está na escola, mãe! — gritei, erguendo as mãos. — Não pode vir mais cedo. Tem que ficar lá até as quatro!

— Sim — falou devagar. — Sei que está na escola, mas, se souber que você está assim, ele...

— Assim como? — falei, enterrando o rosto no braço enquanto a histeria me dominava. — Só estou com medo.

— Ah, meu bem. — Ela se aproximou, se sentou na ponta da cama e pegou AJ. — Com medo do quê?

— De ficar sozinha — choraminguei, inconsolável. — De ter que fazer isso sem ele.

— Aoife, querida, Joey está aqui — tentou me acalmar, ninando meu bebê. — Ele não vai a lugar algum.

Mas poderia ir.

Poderia ter uma recaída.

Poderia ir embora.

De novo.

— Ainda tenho medo — confessei. Estremeci quando me mexi rápido demais e uma dor me percorreu. — Ele está lá e eu estou aqui e... — Soltei um suspiro entrecortado e estiquei os braços para o meu filho. — Só estou com medo, mãe.

— Sabe, é completamente normal se sentir confusa e sensível nos primeiros dias após o parto. — Ela envolveu o braço no meu ombro enquanto eu segurava AJ contra o peito. — Seus hormônios estão um caos e seu organismo ainda está entendendo como lidar com as coisas.

— Estou com medo — repeti, sem conseguir conter os calafrios que percorriam o meu corpo. — Eu só... — Balancei a cabeça, me inclinei e dei um beijo na cabeça de AJ. — Estou com medo.

— Claro que você está com medo — ela disse. — Você passou um inferno esse ano e só tem dezoito anos, meu bem. Não tem problema se sentir assim. É normal. Lembro quando eu trouxe você e o Kev pra casa. Chorei três meses sem parar.

— Sério?

— Sério — respondeu, me abraçando com mais força. — Eu estava totalmente perdida, e seu pai estava trabalhando todas as horas que podia pra botar comida na mesa. Naquele tempo, cheguei a pensar que estava ficando maluca. Mas as coisas vão melhorando aos pouquinhos, filha. Vão ficando mais fáceis. Prometo.

143

Mudança de planos

JOEY

— Mas ele é um hurler, Gibs — Kav observou, verbalizando meus pensamentos comigo na mesa deles do almoço ouvindo o idiota do seu melhor amigo tagarelar sobre a sua mais nova ideia absurda.

Acontece que Gibsie tinha um monte de ideias absurdas, algo que descobri rápido, já que *eu* era o infeliz que tinha um cronograma idêntico ao dele. Ou seja, passávamos as seis aulas do dia juntos.

E, sim, ele guardou um lugar para mim em *cada uma* dessas aulas.

Pelo visto, Johnny era ainda mais cabeçudo do que Kev, e estava se preparando para a ilustre pontuação de 600 pontos no leaving cert de junho, feito que apenas os academicamente talentosos conseguiam.

Enquanto isso, eu estava destinado a ser medíocre, ao lado de um garoto que nunca poderia ser acusado de ser medíocre.

— Verdade — Gibsie disse, assentindo. — Mas o Lynchy precisa de uma mudança de cenário, e a gente precisa de um ponta. O Tommen não tem time de hurling, mas de rúgbi, *sim*. Um time que está seriamente prejudicado pela qualidade dos jogadores esse ano.

— Olha só pra ele — Hughie interveio. — Ele é...

— Sou o quê? — rosnei, desafiando-o a terminar aquela frase.

— Nada — murmurou, desviando o olhar. — Deixa pra lá.

— Isso — grunhi, ainda olhando feio para ele. — Foi o que pensei.

— Ele é agressivo e questionador, pra não dizer totalmente cruel, na melhor das hipóteses — Feely decidiu opinar.

— Como é que você sabe? — perguntei, encarando-o. — Você não sabe de nada sobre mim.

— Exatamente o que eu disse — Feely observou com calma. — Além disso, ele já é um atleta habilidoso.

— Verdade — Kav concordou, coçando o queixo com uma expressão pensativa.

— Você já viu o cara em campo — Gibsie continuou, me ignorando completamente e concentrando a atenção nos colegas de time. — Ele é ligeiro.

Feely sorriu.

— Ele é perfeito.

Gibsie se virou para mim e abriu um largo sorriso.

— E aí, Lynchy? O que acha?

— Até parece — falei. — Se estão achando que vou me juntar ao...

— Você vai poder bater nos outros — me interrompeu. — Várias vezes, legalmente, sem ser preso. Considere uma forma de terapia.

— Eu mudei — retruquei, bufando. — E agora sou pai. Não tenho tempo pro esporte.

— Ah, sim. — Todos deram risada.

— O que foi? Sou pai!

— Pai, pode crer — Kav concordou.

— Mudou, é? — Gibsie zombou. — Uma ova.

Me recusando a morder a isca de alguém que era uma versão mais engomada de Alec, balancei a cabeça e me recostei no assento.

— Escutem, agradeço a oferta de entrar pro time de vocês, mas tenho uma namorada, um filho e um trabalho, que são minhas prioridades. Então dispenso.

— Trabalho? — Kav ergueu as sobrancelhas. — Já?

Assenti.

— Consegui meu trabalho de volta na oficina.

— Nossa, cara. — Ele sorriu, genuinamente feliz por mim. — Parabéns.

— Valeu.

— Oi, gente — Shannon falou, entrando no refeitório com duas garotas. Seus olhos se iluminaram quando ela me viu na mesa com os caras e até saltitou um pouco, mas se recompôs antes de se aproximar. — Oi, Joe — disse, tentando parecer casual enquanto se sentava ao lado de Kav.

— Shan — respondi, observando Kav puxar a cadeira que estava guardando para ela feito um leão.

— Oi, Johnny.

— Oi, Shannon.

— Esse é o trono dela — Gibsie falou no meu ouvido, dando risada. — Ninguém além da Shannonzinha se senta ao lado do rei da floresta. Ou, no nosso caso, o rei do Tommen.

Revirei os olhos, sem ligar para a política da escola. Mas claro que algo dentro de mim se aqueceu ao ver minha irmã encontrando o seu lugar. Tendo seu próprio círculo de amigos. *Finalmente* entrosada.

Então Lizzie passou por mim, me dando uma piscadinha e nada mais.

Nem um oi.

Nem um sorriso.

Nada, e senti uma profunda gratidão por isso.

Mantive os olhos fixos nela, observando-a se sentar entre Feely e um cara de cabeça raspada, bem na frente de Hughie.

Aquela garota... Encrenqueira ou não, tinha o meu apoio incondicional.

Eu só tinha uma namorada e um filho me esperando em casa porque ela resolveu tirar um segundo para falar comigo aquela noite. Pensar no que poderia ter acontecido — no que *teria* acontecido — se ela não tivesse interferido me deixava em dívida eterna com ela. Meu filho só tinha pai por causa daquela garota, e sempre que as coisas apertassem para ela, o que *definitivamente* ocorreria, ela poderia contar comigo.

Sim, durante todo o ano letivo, eu a protegeria, assim como protegeria Tadhg e Shannon.

— Ora, ora, se não é o garoto-problema e o que voltou das cinzas — Claire Biggs falou, se aproximando da mesa e se sentando no colo de Gibsie ao ver que não havia nenhum lugar livre.

— Ah, meu Deus — grunhiu, se mexendo de desconforto. — Não voltei das cinzas, ursinha — acrescentou, bastante concentrado em alguma coisa.

Em não ficar duro, presumi.

Sim, todos nós já tínhamos passado por aquilo.

Coitado.

— Não, Gerard. — Claire balançou a cabeça, envolvendo seus ombros e se inclinando para roçar o nariz no dele. — Você é o garoto-problema, e *ele* voltou das cinzas.

— Se eu sou o problema, você é o que, ursinha?

— Sei lá, Gerard. O quê?

— Minha — ronronou, abraçando-a e chegando mais perto. — Meu tudo.

— Claire! — Hughie berrou. — Saia de cima dele. Agora.

— Aff, ele é o velho chato que está sempre estragando o momento — Gibsie bufou, olhando feio para o amigo. — Eu *estava* tendo um encontro, Hugh!

— Pois é — Hughie retrucou com o rosto vermelho. — Com a *minha* irmã!

— Certo! — Lizzie disse, chamando minha atenção de volta para si, erguendo as mãos e olhando para Feely. — Diga. — Ela se recostou no assento, cruzou os braços e o encarou intensamente. — Dê o seu melhor.

Ele não falou nada e pensei que ela fosse gritar. Ela definitivamente parecia prestes a gritar.

— Porra, Patrick, fala alguma coisa.

— Está bem. — Ele abaixou a garrafa d'água, se virou e deu atenção total. — Acho que você tem os olhos azuis mais tristes que já vi. Olhar pra você dói, mas não tanto quanto estar perto de você. Seus pedaços fraturados são afiados e cortam qualquer um que chegar perto demais.

— Puta meeeerda — Gibsie falou, segurando a risada quando Lizzie se levantou e saiu do refeitório. — O que é isso, cara? — Ele ergueu a mão para um high-five. — Você silenciou a cobra.

— Abaixa a mão, babaca — Hughie disse, também se levantando. — Você está passando vergonha. — Sem dizer outra palavra, saiu atrás de Lizzie.

Arqueei as sobrancelhas e fiquei observando as reações deles, esperando a ficha cair.

Não caiu.

Não faziam ideia.

Algo estava rolando ali.

Talvez os anos de dependência química tivessem me deixado mais sensível. Talvez eu tivesse passado anos demais sendo a vela no relacionamento de Molloy com Ricey, e a vida me transformou num cínico.

Fiquei pensando nisso por um tempo antes de deixar para lá.

Nah, esquece isso, esses dois com certeza estão transando.

— Shan? — Duas garotas se aproximaram da mesa. — Tadhg Lynch é seu irmão?

— Sim — respondeu, franzindo a testa, confusa. — Por quê?

— Ele está do lado de fora do banheiro feminino brigando com o Ronan McGarry.

— Ah, meu Deus — Shan murmurou, levando as mãos à cabeça.

— Vou dar um jeito — Kav disse, se levantando, mas eu já estava de pé e, seguindo para o corredor principal.

— Tadhg! — gritei, abrindo caminho no corredor lotado em busca do meu irmão esquentadinho.

Então vi sua cabeça loira no final do corredor, desafiando um cara mais velho.

— Você meio que não pertence a essa escola — o cara disse, e eu sabia que essas palavras funcionariam como uma bandeira vermelha sendo agitada para um touro. — Então por que é que você e o resto dos seus irmãos de merda não voltam pro seu lugar?

— E onde seria esse lugar? — Tadhg perguntou, deixando a mochila escorregar dos ombros e dando um passo à frente para empurrar o peito do cara. — Hein? Me fala, otário. Qual é o meu lugar?

— Do outro lado da cidade, em um conjunto habitacional com o resto da ralé. — Sorriu e acrescentou: — Mas pode deixar a sua irmã aqui com a gente, já que ela anda abrindo as pernas pro cap...

— Você vai morrer, McGarry! — Tadhg berrou com ferocidade. Empurrei a multidão e me coloquei ao seu lado.

— Não seja burro — falei, segurando o braço que meu irmão tinha levado para trás, preparando o soco. — Não perca seu tempo com ele, garoto. Vamos.

— Mas ele chamou a Shannon de...

— Ele é um idiota mimado do rúgbi, que nunca teve um dia difícil na vida — eu disse. — A gente não liga pro que ele pensa.

— Ah, olhe só pra isso — o babaca zombou, provocando Tadhg com um sorriso cruel. — O irmão mais velho veio te socorrer. — Seus olhos pousaram em mim e seu sorriso se alargou. — Ouvi falar de você, drogado.

— Que original — comentei, totalmente desinteressado em perder minha energia com ele. — Olha só pra essa cabeça feia dele — continuei falando com o meu irmão. — O coitado nunca experimentou o gosto de uma buceta na vida. Vamos, garoto.

Todos à nossa volta explodiram de rir do otário.

— Já vi várias bucetas — ele disse com o rosto vermelho feito um pimentão.

— A da sua mãe não conta, cara — Tadhg retrucou enquanto eu o afastava dali. — Sinto muito te decepcionar.

— Ao contrário de você e do seu irmão drogado — o cara acrescentou. — Estão falando que o seu irmão engravidou uma vadia da ECB e...

Não terminou a frase — não poderia nem se quisesse, porque o derrubei no chão.

Tadhg deixou escapar uma risada.

— Pensei que a gente não ligava pra opinião dele.

— Mudança de planos.

144

Pelo menos você durou até o almoço

JOEY

— Dellie, ele chamou nossa irmã de vadia — Tadhg se defendeu bufando, entrando no banco de trás do range rover depois que a chamaram para nos buscar na sala do diretor. — Sim, o Joe começou a briga, mas o cara falou da Aoife e do meu sobrinho. E, escuta, antes que você diga qualquer coisa, não vou pedir desculpas por chutar as bolas dele quando ele já estava no chão. O babaca mereceu.

— Bem... — Ela soltou um suspiro pesado. — Pelo menos você durou até o almoço.

— Me desculpa — murmurei do banco do carona. — Fiz merda.

— Não fez, não — Tadhg protestou, esticando o braço para dar um tapinha no meu ombro. — Você entortou o nariz do cara, Joe. Belo gancho de direita.

— Você não está ajudando, garoto. — Cobri o rosto com as mãos, sabendo que eu estava ferrado por ter explodido. — Vou pegar quantos dias de suspensão?

— Duas semanas — Edel respondeu enquanto dirigia.

— Legal — Tadhg comemorou. — Que resultado, hein!

— Não você, Rocky — ela disse. — Você vai voltar na segunda.

— Puta que pariu — o número quatro grunhiu. — *Sabia* que eu devia ter dado o primeiro soco.

— Ei — eu o repreendi, me virando para trás. — Pare de agir feito um merdinha. Errei.

— Mas você...

— Errei, Tadhg — repeti, olhando-o severamente. — *Errei*, ok? Não me copie. *Não* foi legal. Faça melhor que eu, Tadhg. *Seja* melhor. — *Seja melhor que eu.*

— Podemos conversar? — perguntei da porta da cozinha pouco tempo depois, observando Edel Kavanagh cuidar do meu irmão caçula.

— Claro, querido — respondeu.

— Minha avó me deu um dinheiro.

— Ah, é? — disse, bagunçando os cachinhos do Sean antes de voltar a atenção para a panela de ensopado que ela estava preparando.

— É. — Dei de ombros, sem me mexer. — *Bastante* dinheiro.

Então ela se virou para mim.

— De quanto estamos falando?

— Quinze mil. — Peguei a mala que eu tinha feito para passar a noite na casa de Molloy e mostrei para ela o envelope cheio. — É do meu avô. Deixou pra mim quando morreu.

Ela ergueu as sobrancelhas.

— E você não tocou nesse dinheiro?

Balancei a cabeça.

— Não gastei um centavo.

— Você ficou tentado?

— Sinto a tentação todos os segundos do dia — confessei. — Mas não vou voltar pra lá.

Ela sorriu.

— Bom garoto.

— Acho que eu queria conversar porque quero acertar as contas com você e o John. Claro que preciso guardar uma grana pra Aoife e o AJ, mas, como o Tony me ofereceu meu emprego de volta na oficina, vou conseguir bolar um plano de pagamento...

— Não ouse terminar essa frase — me interrompeu, se virando para mim. — É sério, Joey Lynch. — Ela enxugou as mãos no avental, se aproximou e só parou quando estava com o envelope na mão, enfiando-o de volta na minha mala. — Jamais vou aceitar um centavo de você. Entendeu? Nem um centavinho, então tira essa ideia da cabeça.

— Edel. — Soltei um suspiro pesado e esfreguei o queixo. — *Tenho* que te pagar.

— Você já está me pagando — ela disse, dando tapinhas na minha bochecha. — Ficando limpo e indo pra escola.

— Levei uma suspensão no meu primeiro dia de aula no Tommen — comentei.

— Shhh. Eu também. — Ela abanou a mão. — E fiz de um jeito abissal.

— Você estudou no Tommen?

— Fui transferida pra lá — respondeu com um sorrisinho. — Que nem você.

— Não sabia.

— Tem muita coisa que você não sabe, Joey, meu bem. — Ainda sorrindo, deu mais um tapinha na minha bochecha e voltou a atenção para o ensopado. — *Muita* coisa.

Puta merda.

— Hum, você acha que consegue me dar uma carona pra cidade? — Gesticulei para a mala. — Preciso ver a Aoife.

— Posso te deixar lá em uma hora ou duas, querido, mas, se precisar ir agora, vai lá em cima perguntar pro Johnny antes de ele sair pro treino. Tenho certeza que ele não vai se importar em te deixar no caminho.

Navegar pelo Tommen era uma coisa, mas navegar pelo labirinto que era a casa dos Kavanagh era algo completamente diferente. Vagando pelos corredores, acabei encontrando o caminho na ala direita da casa. Reconheci o ambiente e fui até o fim do corredor, parando na frente de uma porta que deixava vazar a risada suave da minha irmã.

Quando nossa mãe estava viva, eu estava chapado demais para ouvir os avisos que ela me deu sobre o relacionamento da Shannon com o Kav. Agora que eu estava bem, com a cabeça clara e no lugar, eu entendia. Enfim entendi do que minha mãe tinha tanto medo.

Aquilo não era uma paixão juvenil. Também não era um romance passageiro. Não, o que quer que estivesse rolando entre aqueles dois era brutal, verdadeiro, e tinha um inegável ar de permanência.

Sorri para mim mesmo, bati na porta e a abri.

Foi meu primeiro erro.

O segundo foi... nada, esquece.

Só consegui me concentrar na minha irmã pelada sentando no namorado igualmente pelado.

— Puta merda — rosnei, cobrindo os olhos com a mão dois segundos atrasado. — Puta merda! Tira o seu pau de dentro da minha irmã!

— Ah, meu Deus! — Shannon gritou, agitando as mãos e as pernas e saindo de cima do maldito sr. Rúgbi para tentar se esconder atrás dele. — Joey! Sai daqui!

— Isso mesmo — rugi, me recostando no batente da porta e me segurando para não vomitar. — Sai de perto dela, seu canalha! Você é gigante! Vai quebrar ela!

— Eu não estava falando dele... Johnny, não se mexa! — minha irmã berrou, espiando por cima do ombro do namorado e apontando o dedo para mim. — Você, Joe! Sai!

— Não consigo!

— Por que não?

— Porque estou paralisado, Shannon! Estou tendo uma experiência de dissociação por causa do trauma. Meu Deus do céu, não te ensinei nada? — perguntei, zonzo. — Você não aprendeu *nada* com os meus erros?

— Estou tomando pílula — minha irmãzinha falou.

— E estou usando camisinha — o imbecil disse.

— Ah, meu Deus — choraminguei, nauseado.

— Você precisa aprender a bater na porta — Shannon disse, sem fôlego. — Agora vai embora.

— Vocês vão mesmo continuar? — Como ela não negou, estremeci de aversão. — Não acredito que você está fazendo *isso*.

— Joe, faz meses que a gente está fazendo *isso*.

— Pelo amor de Deus, Shannon, por que está me contando? — sussurrei, com o estômago embrulhado, recuando cegamente. — Eu só queria pedir uma carona pra casa da Aoife, não mais um motivo pra fazer terapia.

— Sobre o que você viu lá em cima... — Kav enfim falou sobre o problema. Para o meu desespero. — Sobre mim e a Shan.

— Escuta, cara, só quero uma carona pra casa da minha namorada — falei, ainda enjoado, enquanto ele me levava para a cidade. — Não quero ouvir a sua explicação.

— Eu amo ela.

— Tenho certeza que sim.

— Não — disse com um tom sério. — Eu *amo* ela, cara. Estou *apaixonado* por ela.

— Que bom pra vocês — murmurei, sem conseguir olhar para ele e não ver a imagem dos dois... Deus, eu não conseguia nem pensar. — Sei que você ama ela — acrescentei. — É a única razão para eu não estar surtando.

Ele ficou em silêncio por um tempo, absorvendo as minhas palavras, e depois falou baixinho:

— Vou levar ela comigo, Joey. Quando eu for embora de Ballylaggin. Aonde quer que eu vá, vou levar ela comigo.

— Que bom — respondi. — Pelo menos ela vai ter uma chance.

— Já está tendo uma chance — ele disse. — Por sua causa, cara. Não por minha causa.

Meu celular começou a tocar, me distraindo da conversa, e o tirei do bolso para aceitar a ligação.

— Alô?

— Alô? Joey, querido, sou eu, Trish. Só queria saber a que horas você vem.

— Já estou a caminho.

— Ah, graças a Deus. — Soltou um suspiro pesado do outro lado da linha. — Ela está tendo um péssimo dia, querido.

Meu coração murchou.

— Estou chegando.

145

O papai está aqui

JOEY

Meu coração ficou disparado durante todo o caminho até a casa dela, e essa sensação só aumentou quando Trish abriu a porta para mim.

— Como ela está?

A mãe de Molloy me recebeu com uma expressão preocupada. Ela deu um passo para o lado e gesticulou para que eu entrasse.

— Acho que ela vai gostar de ver o companheiro dela.

Ouvi AJ chorando assim que entrei, e o choro só foi se intensificando a cada passo que eu dava na direção do quarto. Não bati porque não vi motivos para isso. Então entrei discretamente e fechei a porta.

Sentada na cama, embalando a cabecinha loira cheia de cachos, Aoife se balançava e soluçava.

— Mãe, não consigo.

— Oi, rainha.

Ela deu um suspiro de susto e se virou para mim.

— Oi, garanhão.

Com as mãos tremendo, me aproximei e me sentei na beirada da cama ao lado dela.

— O que está acontecendo, amor? — perguntei, esticando os braços para o bebê chorão. — Por que está assim?

— Já fiz tudo — respondeu, relaxando os braços quando peguei AJ. — Alimentei, troquei a fralda, mas ele não para de chorar.

— Entendi — falei, ajeitando-o em um braço para abraçá-la com o outro. — Está tudo bem.

— Não está, Joe — choramingou, se virando para mim e enterrando o rosto no meu pescoço. — Não estou bem. Não consigo.

— Consegue, sim — sussurrei. — Você só precisa dormir. Só se deita e descansa um pouco, Molloy. Vou cuidar de tudo.

— Preciso conseguir cuidar dele sozinha.

— Você já consegue. Você só está sem energia. Ele precisa que você descanse. É a melhor coisa que você pode fazer por vocês dois agora.

Finalmente me ouvindo, ela se deitou em posição fetal na cama e fechou os olhos. Então adormeceu ainda chorando.

Com o bebê nos meus braços, saí do quarto e desci. Fui até o esterilizador na cozinha.

— Ela está tentando amamentar, mas não está sendo fácil — Trish disse quando entrei. — Ela está ficando muito frustrada.

— Trish, sei que você tem a melhor das intenções, mas preciso que pare de insistir que ela amamente.

— Só estou tentando ajudar minha filha.

— Eu sei, mas ela está exausta — falei com calma, tentando não pisar no calo de ninguém. Mas eu tinha que assumir o controle da situação antes que fosse tarde. — Ela não está conseguindo agora e, sinceramente, a saúde mental dela é muito mais importante pra mim do que a amamentação do meu filho. AJ vai continuar bem com a fórmula, ao contrário da Aoife, e você tem que dizer pra ela que não tem problema fazer o que for melhor pra ela.

Ficou pensando no que eu disse antes de soltar um suspiro pesado.

— Acho que tenho mesmo insistido que ela amamente.

— Tudo bem — falei, preparando a mamadeira. — Mas ela está tendo dificuldade e precisamos facilitar as coisas pra ela.

— Concordo.

— Que bom. — Assenti e suspirei de alívio. — Escuta, Trish, sei que você e o Tony não confiam muito em mim e não culpo vocês, mas não posso largar os dois aqui e simplesmente ir embora. Não posso fazer isso. Precisam de mim.

— Precisam.

— Quero que morem comigo.

— Não — a mãe dela disse, como eu previa. — Você é bem-vindo se quiser ficar e ajudar com o bebê, mas vão continuar aqui.

Cedi, entendendo que aquela não era a hora de cutucar a onça e me satisfazendo com a sementinha que eu tinha plantado.

— Vou ficar um pouco com ele na sala, se estiver tudo bem. Pra deixar ela descansar um pouco.

— Claro.

— Obrigado.

Liguei a televisão para preencher o silêncio e me sentei no sofá com AJ no meu ombro.

— Você é incrível — falei, dando tapinhas nas costas dele. — Mas você precisa dar um tempo com esse drama. A pobre da sua mãe está acabada.

Ele levantou os joelhos e deu um grito furioso.

— Pois é, eu sei — continuei, acelerando os tapinhas. — Você precisa dar um cagadão, né? Vamos lá, rapazinho. Bota pra fora. O papai está aqui.

Vários minutos se passaram, e então senti um calor repentino na mão, junto com um peido impressionante de cinco segundos.

— Esse é o meu garoto — incentivei, afastando-o para olhá-lo bem. — Você deixou um presentinho pra mim, é?

Agora que a dor havia passado, AJ olhou diretamente para mim com carinha de santo, apertando os olhos e fazendo careta, enquanto seus lábios carnudos formavam um biquinho.

— Onde é que a mamãe guarda as fraldas aqui embaixo? — murmurei mais para mim mesmo do que para ele, procurando as coisas. Encontrei uma bolsinha ao lado do sofá e comecei a trabalhar.

— Estou vendo que você é praticamente um profissional em trocar fraldas — Trish comentou, entrando na sala e colocando uma caneca de café na mesinha ao meu lado. — Nada disso é novidade pra você, né?

— Tenho bastante prática — respondi, limpando e trocando meu bebê.

— Me chama se precisar de alguma coisa.

Eu não precisaria de nada.

Acomodei-o de novo no braço, coloquei a mamadeira que tinha preparado na sua boca e sorri quando ele a procurou, estalando os lábios.

— Bom trabalho — sussurrei, trazendo-o mais para perto. — Pratique bastante.

Meia hora depois, a mamadeira de AJ estava vazia e ele estava apagado no meu peito.

Passei para a tarefa que, sinceramente, poderia fazer de olhos fechados, balançando-o para que o bebê arrotasse antes de trocar sua fralda de novo. Ele continuou a soneca e fiquei observando-o, ouvindo seu ronco suave e seus barulhinhos, sentindo meu coração bater mais forte a cada segundo.

Até que o medo abriu caminho dentro de mim e comecei a me preocupar com seu futuro.

Será que ele tinha o mesmo defeito — os mesmos genes problemáticos — que o pai?

Que o avô?

Será que eu tinha amaldiçoado aquele bebê?

Será que ele também seria ferrado da cabeça por culpa minha?

Meu Deus, torcia para que não.

Só de pensar que sentiria por mim o mesmo que eu sentia pelo meu pai, tive dificuldade para respirar. Tive vontade de correr para me afogar em qualquer substância em que conseguisse botar as mãos.

Devo ter ficado ali por uma hora, com os olhos fixos naquela cabecinha loira, rezando para quem quer que estivesse lá em cima desse ao meu filho uma chance na vida.

Uma oportunidade.

Prometi mundos e fundos para ele, oferecendo muito mais do que eu podia para aquela criança. Prometi o sol, a lua e as estrelas para que a vida desse a ele tudo de bom, em troca do que restasse em mim.

Quando ele se mexeu, dei um beijo em seu cabelo e o aninhei mais perto de mim.

Seja como ela, implorei mentalmente ao meu filho adormecido. *Por favor, não se transforme em mim.*

— Joey — Tony falou aquela noite quando entrei na cozinha e o encontrei sentado com Trish na mesa batendo papo. — Como vai meu netinho?

Eu já tinha passado tempo suficiente naquela casa para saber que toda noite antes de ir para a cama os pais de Molloy bebiam chá na cozinha e conversavam sobre os eventos do dia. Era um contraste gritante com o que acontecia na mesa da cozinha da casa onde cresci.

— Não se preocupem com ele — respondi, ajeitando meu filho dorminhoco no braço. — Foi alimentado como um lorde e está fora de combate.

— E a minha filha? — perguntou, gesticulando para uma cadeira.

— Cansada e sobrecarregada demais — falei, me sentando.

— Venha com a vovó — Trish cantarolou, pegando AJ do meu colo e o aninhando no seu peito.

— Meu Deus —Tony murmurou, esfregando o queixo. — Nunca pensei que diria isso depois do que você fez ela passar, garoto, mas que bom que você está aqui.

— Pois é. — Assenti, sem levar a sério suas palavras. — Que bom.

— É o *baby blues* — Trish comentou. — Vai passar.

— Não sei, não, Trish — Tony disse, franzindo os lábios. — E se for outra coisa?

— Outra coisa?

— Depressão pós-parto?

— Tony, só faz alguns dias que ela pariu, amor. Ela precisa se adaptar. Não tem depressão pós-parto — a esposa tentou acalmá-lo. — Só está abalada.

— Minha mãe teve uma depressão severa depois que o Sean nasceu — decidi lhes contar. — Foi bem... tenso.

— Você acha que é o que está acontecendo com a minha filha? — Tony falou, implorando com os olhos para que eu lhe desse as respostas para suas perguntas.

— Não, acho que não — falei, escolhendo as palavras com cuidado. — Mas acho que precisamos conversar sobre os próximos passos.

— Não — Trish disse sem hesitar, balançando a cabeça. — Já te falei que é bem-vindo pra ficar aqui, Joey, mas ela não vai morar com você.

Engoli a frustração e me concentrei em Tony.

— Tenho minha própria casa agora, uma edícula na casa dos Kavanagh. É segura e completamente minha. Se a Aoife for morar comigo, posso ajudar com o AJ e dar o apoio que ela precisa.

— Ela já tem apoio — Trish argumentou. — Estou do outro lado do corredor, pelo amor de Deus. Estou disponível vinte e quatro horas por dia, sete dias por semana pra ela.

— Não é a mesma coisa — insisti, ficando surpreso com a minha calma. — Sei que você tem boas intenções e sou grato por tudo o que você fez por eles, mas preciso ficar com a minha família.

— Joey, adoro você, mas não vou continuar essa conversa — Trish grunhiu. — Minha filha *não* vai morar com você.

— Entendo que...

— Você *acabou* de sair da clínica — ela disse. — Está limpo há apenas três meses. Não me entenda mal, pois estou torcendo muito por você, mas você não é a solução estável que ela precisa.

— Fiz merda — falei, erguendo as mãos. — Eu sei. Decepcionei a sua filha e fiz ela passar pelo inferno. Não estou negando nada nem me justificando. Mas *estou* no controle agora. — Me esforçando para não grunhir, tamborilei os dedos na mesa, querendo que os pais dela apenas me *ouvissem*. — Eu amo a sua filha, Trish. Sempre amei. E, sim, sou a primeira pessoa a admitir que nem sempre demonstrei esse amor da forma que ela precisava, da forma que *vocês* precisavam, mas eu amo ela.

— Joey.

— *Consigo* fazer isso — continuei. — Cuidar da Aoife e do AJ. Consigo, Trish, e mais importante: eu *vou* fazer isso. Somos uma família. A gente vai ficar junto, e isso não vai começar só quando você decidir que sou estável o suficiente. Vai começar *agora*.

— E como é que fica o Tommen nessa história? — Tony perguntou. — Você passa o dia na escola. Aoife vai ficar sozinha na edícula com o bebê até você voltar pra casa de noite?

— E quando ela voltar pra ECB daqui a uns meses? — Trish questionou. — O que você está propondo? Como vai ser quando vocês estiverem estudando em escolas diferentes? Vou cuidar do AJ enquanto ela estiver na aula. Já organizamos tudo. Como isso se encaixa no seu plano?

— É outra coisa que eu queria conversar com vocês.

Trish estreitou os olhos, desconfiada.

— Minha filha vai terminar os estudos e, não quero ouvir uma palavra de protesto.

— Eu não podia concordar mais. Aoife precisa terminar a escola.

Trish visivelmente relaxou de alívio.

— Que bom.

— Só não na ECB.

Ela estreitou os olhos de novo.

— Joey Lynch, se você estiver pensando em botar ideias na cabeça dela, eu vou...

Ela parou de falar quando enfiei a mão no bolso e coloquei o dinheiro na mesa na frente deles.

— O que é isso, em nome de Deus?

— Onde é que você arranjou esse dinheiro?

— Da minha avó.

— Quanto tem aí?

— Quinze mil — falei calmamente. — Quatro mil vão pra pagar a mensalidade da Aoife no Tommen. — Engoli em seco e os encarei. — Me deixem fazer isso por ela.

— Joey. — A expressão de Trish era de puro pânico. — Ela não quer nem voltar pra escola. Se você ouvisse as brigas que a gente teve sobre a ECB... — Ela balançou a cabeça. — A Aoife está irredutível.

— Estarei com ela no Tommen — insisti, percebendo a sua hesitação e partindo para o ataque. — Nada vai mudar em relação aos cuidados com o AJ. Se você está disposta a ficar com ele enquanto a gente está na escola, eu ficaria muito grato.

— Você quer que ela estude no Tommen? — Tony falou. — Em uma escola particular?

— Não posso voltar pra ECB. Se eu pudesse estudar com ela lá, eu iria. Mas o Tommen é o único lugar que me aceitou.

— Ela vai te seguir pra qualquer lugar — comentou.

— É uma boa escola — acrescentei. — Ela vai ter uma ótima educação lá.

— Bem... — Tony se recostou na cadeira e esfregou o queixo. — Pelo visto, você já pensou em tudo, né, garoto?

Dei de ombros, sem me dar ao trabalho de negar.

— E a Aoife? — ele perguntou. — O que ela acha disso?

— Ainda não falei com ela — respondi. — Queria conversar com vocês primeiro.

— Hum.

— Não, Tony, não quero que ela saia de casa — Trish protestou. — Não é a hora certa.

— Trish. — Deu um suspiro pesado. — Isso não é sobre o que a gente quer, amor. Não mais. Ela já tem mais de dezoito anos. — Virou-se para AJ e seus olhos cintilaram de emoção. — O garoto tem razão. Eles são uma família.

— E se ele a decepcionar de novo?

— Daí vou usar a pá do quintal pra enterrar ele.

Molloy acordou no meio da noite e se levantou desesperada, procurando o nosso bebê.

— AJ está bem — sussurrei na escuridão, puxando-a para trás com delicadeza. — Acabei de dar uma olhada. Ele está dormindo.

Ela relaxou de alívio, se virou para mim e soltou um suspiro trêmulo.

— Você dormiu?

Fiz que não.

— Por que não?

— Estou meio que... lutando contra uma coisa aqui.

— O fantasma dela?

Assenti.

— Joe. — Ela colocou as mãos nas minhas bochechas. — Me diz o que está se passando nessa sua cabecinha.

— Dói.

— Onde?

— Em todos os lugares.

Ela ficou me olhando e fiquei olhando-a de volta. Eu queria estar tão perto dela quanto minha pele permitia. A conexão que sentia com ela já era avassaladora quando eu estava chapado, porém, agora que estava sóbrio, era tão forte que eu mal conseguia suportar.

Depois de vê-la dando à luz, depois de testemunhar a força sobre-humana que ela possuía, eu soube que nunca estaria à altura daquela garota.

— Aqui? — finalmente perguntou, colocando a mão sobre o meu peito. Fez pressão nele. — Aqui dentro?

Fiz que sim devagar.

— E aqui? — perguntou, passando os dedos na minha têmpora. — Aqui dentro?

Tremendo, segurei sua mão, desesperado para tocá-la.

— Estou orgulhosa de você, Joe.

— Está?

Aoife sorriu suavemente e foi descendo os dedos pelo meu pescoço, pousando a mão de novo no meu peito.

— Estou.

— Não mereço.

Sem dizer nada, ela segurou minha mão entre as suas e a levou até o seu peito.

— Está sentindo isso?

— Sim. — Senti seu coração batendo acelerado. — Estou.

— É você — sussurrou. — É o que você faz comigo.

— Ainda?

— Ainda. Sempre.

— Aoife...

— Chega de chances, Joe — disse, enquanto seus olhos se enchiam de lágrimas. — Essa é a última, ok?

— Ok. — Assenti e soltei um suspiro entrecortado. — Só preciso de uma chance mesmo.

— É sério — acrescentou. — Se você fizer merda de novo, já era. Basta uma vez e pronto. Vou sumir da sua vida e não vai ter mais volta. — Ela me encarou com desconfiança. — Não posso colocar a segurança dele em risco. — Um calafrio a percorreu. — Não vou colocar *a gente* acima do nosso filho.

— Não quero que você faça isso — eu disse, respirando forte e rápido enquanto a perspectiva de tê-la de volta na minha vida pairava diante dos meus olhos. — Ele vem em primeiro lugar.

— Antes das drogas?

Engoli o nó na garganta e assenti.

— Vocês dois vêm em primeiro lugar.

— Sei que não vai ser fácil pra você.

— Não vai — concordei. — Mas estou colocando você e ele como prioridade.

— Também não quero que você beba — ela falou. — Se isso for um problema, você precisa me dizer agora. Sei que você não é alcóolatra, mas você não pode correr o risco de se perder. Eu...

— Entendo — interrompi. — E concordo. Não vou beber. Sei o que está em jogo.

— Só quero te manter vivo, Joe — disse, me encarando fixamente. — Preciso de você vivo. — Ela mordeu os lábios e olhou para o berço ao lado da cama. — Não quero fazer isso sozinha.

Meu coração se partiu.

— Você não vai ter que fazer isso sozinha — prometi, encontrando motivação no fato de alguém precisar de mim de novo.

De repente, percebi que eu precisava daquilo.

Precisava que precisassem de mim.

Fui programado para cuidar das pessoas que amava.

Sem isso, ficava perdido.

Talvez não fosse algo saudável, mas preferiria isso a enfiar agulhas nas minhas veias todos os dias da semana.

— Que bom — ela disse, fungando. — Agora me beija. E capricha.

Fiz o que me pediu com todo o coração, me inclinando para frente e roçando os lábios nos dela. Tremi quando notei aquela conhecida excitação me dominando ao sentir seus lábios nos meus.

Vibrando, ela abraçou meu pescoço e sussurrou:

— Pro que der e vier, Joe.

Meu coração disparou ferozmente no peito, porque eu sabia que ela estava falando sério. Sussurrei de volta:

— Pro que der e vier, Molloy.

Eu também falava sério.

Mais sério do que nunca.

146

Dias melhores virão

AOIFE

Secretamente feliz por Joey ter levado uma suspensão de duas semanas no Tommen, aproveitei cada segundo da sua presença. Porque a verdade era que me sentia *melhor* com ele. Mais estável. Mais amparada. Mais *eu*.

Ao contrário de quando estava com a minha mãe, não ficava constrangida nem me sentia inadequada quando tinha que fazer alguma pergunta sobre AJ. Parecia que estávamos de novo na aula de economia doméstica e eu tinha o melhor parceiro da turma. Ele era muito paciente comigo até quando nem eu tinha paciência. Na primeira semana de suspensão, mal se afastou. Na segunda semana, conseguiu me convencer a sair de casa com a promessa de ir ao mercado. O garoto conhecia minhas fraquezas e usou isso a seu favor sem o menor remorso.

— O que acha de dar uma passada na mansão? — Joey perguntou na terça-feira de manhã enquanto voltávamos do médico depois da consulta de check-up.

Estava tocando "A Rainy Night in Soho", do The Pogues, no rádio, e a letra envolveu meu coração feito um cobertor quentinho.

— Todo mundo vai estar na escola, então vamos ficar só com a Edel e o Sean — acrescentou depressa, esticando o braço para apertar a minha coxa. — Não vai ser nada estressante, prometo.

— Claro, Joe — falei, segurando sua mão. — Meu Deus, me desculpa, nem pensei que você queria levar o AJ pra ver a sua família.

— Quero levar vocês dois pra ver a minha família — me corrigiu. — Mas não precisa ser hoje, se você não estiver a fim.

— E por que eu não estaria a fim?

— Você teve umas semanas difíceis, Molloy.

— Você também.

Ele bufou.

— Nem chega perto.

— Você assumiu todos os turnos da noite nas últimas sete noites.

— Porque você passou os últimos nove meses produzindo um ser humano.

— Você acha que consigo, né, Joe? — perguntei, dando uma olhada para AJ acomodado na cadeirinha no banco de trás do carro. — Você acha que posso ser uma boa mãe, né?

— Não acho, Molloy. Tenho certeza.

— Estou ficando boa nisso, né? — Mordi a boca, arrastada por uma terrível insegurança. — É que amo muito ele, Joe. Toda vez que olho pra ele, fico completamente atordoada pensando em todas as coisas que podem dar errado. Em todas as coisas que *não* sei. Só de pensar que vou cometer algum erro com ele a ansiedade se multiplica até o ponto de eu não conseguir nem respirar.

— Sinto exatamente o mesmo — falou, apertando minha mão.

— Sente?

Ele assentiu.

— Com *você*, Molloy.

Minha respiração ficou presa e meu coração se apertou.

— Joe...

— Escute, você é uma mãe incrível e esse menino tem sorte de ter você — falou. — Não precisa ficar insegura, Aoife. De verdade, porque você vai arrasar, amor. Você é a nossa cola. Nós três estamos aqui por *sua* causa. — Ele apertou a minha mão de novo. — AJ não estaria aqui sem você, e eu também não. Então não duvide de si só porque você está temporariamente sem energia. O único motivo de você estar assim, pra começo de conversa, é porque você passou a gravidez inteira segurando as pontas por mim.

Suas palavras tocaram meu coração e estremeci.

— Tudo bem, Joe. Entendo. Você estava doente.

— Estava — concordou. — E não posso mudar essa parte da nossa história, mas *posso* aliviar o peso pra você agora. Posso assumir minhas responsabilidades, Aoife, então me deixe fazer isso, ok? — Ele olhou para mim, implorando com seus olhos verdes para que eu o escutasse. — Me deixe cuidar de você.

— Joey? — Edel chamou atrás da porta da cozinha. — É você, querido?

Parada na lavanderia, fiquei vendo meu namorado travar uma batalha interna. Vi nos olhos dele. Eu sabia *exatamente* o que estava se passando na sua cabeça. Joe estava tentando se convencer a não sair correndo. Tentando se convencer a *confiar* na mulher do outro lado da porta.

— Você consegue — sussurrei, fazendo carinho na sua bochecha com o dedão.

Ele encontrou a determinação que eu tanto admirava, respirou fundo e assentiu para si mesmo antes de responder:

— Sim, sou eu. — Joey soltou a cadeirinha de AJ e abriu a porta do carro. — Trouxe umas pessoas pra te ver.

Orgulho.

O orgulho ganhou vida dentro de mim.

Quando entramos na cozinha, eu estava agitada demais para conseguir falar.

— Olha só pra você — Edel sussurrou, segurando o avental com as mãos enfarinhadas, enquanto seus olhos cheios de lágrimas iam de mim para AJ e se fixavam em Joey. — Olha só pro homem na minha cozinha.

— Puta merda, Joe — falei quando ele me mostrou seu novo QG. — Esse lugar todo é só pra você? — Dei uma volta com nosso filho nos braços, observando a enorme sala-cozinha aberta. — Essas pessoas são *milionárias*, é?

— Acho que sim — respondeu com a testa franzida, colocando a cadeirinha na mesa. — Loucura, né?

— Pois é — comentei, segurando a risada. — Caralho, que *doideira*.

— É melhor que o apartamento infestado de ratos no Elk's Terrace que a gente estava planejando ter, né?

— Com certeza — falei, rindo e me virando para ele quando a ficha caiu de repente. — Espera... *o quê?*

— Vem morar comigo.

Fiquei imóvel, sem nem piscar, tentando entender as suas palavras.

— *Hã?*

— Vem morar comigo, Molloy — repetiu, se aproximado. — O que acha?

— Aqui?

— Aqui — confirmou, assentindo. — Pelo menos por enquanto.

Meu coração disparou ferozmente no peito enquanto meus olhos vasculhavam seu rosto, procurando a pegadinha.

Não encontrei nada.

— Você está falando sério — eu disse, um pouco zonza. — Não está brincando.

— Não — falou, colocando a mão no meu quadril. — Fica comigo.

— Estou com você, Joe.

— Não. — Balançou a cabeça. — *Fica* comigo, Molloy.

— Como?

— De todos os jeitos.

Uau.

— Te amo. — Ele esticou o braço entre nós para fazer carinho nos cachos macios de AJ. — Passei um terço da minha vida te amando, Aoife Molloy, e não pretendo parar. — Ele se inclinou, pressionou a testa na minha e soltou um suspiro trêmulo. — Tomei várias decisões terríveis — admitiu baixinho. — Mas a pior, de longe, foi te machucar e te afastar.

— Tudo bem, Joe — sussurrei, tremendo. — Eu te perdoo.

— Não mereço o seu perdão — ele retrucou com uma voz rouca e embargada. — Mas *vou* merecer. Porque não importa o que aconteça, daqui pra frente, vou estar do seu lado. — Acariciou meu nariz com o dele antes de me dar um beijo na boca. — Porque, nessa nossa versão de pra sempre, a gente já tem nosso final feliz, Molloy.

EPÍLOGO

Rei do meu coração

SHANNON

22 DE DEZEMBRO DE 2005

— Shannon, meu bem — Edel falou por cima do ombro do seu lugar no fogão, com Sean no colo. — Não quer dar uma olhada pra ver se o seu irmão precisa de uma mãozinha com o bebê antes de ir pra escola?

— Uhum. — Assenti, comendo o último pedaço da minha torrada de chocolate e descendo do assento do balcão de mármore. — Pode deixar.

— Boa garota — disse atrás de mim. — Você é a minha rocha, querida.

Ignorei Tadhg e Ollie brigando na porta da cozinha por um sliotar enquanto John tentava apaziguá-los, exausto, e saí.

Assim que coloquei o pé fora de casa, o ar gelado da manhã de dezembro atingiu meu rosto e sorri, me deleitando com a luz da neve caindo do céu. A neve era esparsa. Não daria para fazer um boneco de neve, mas era linda.

Respirei fundo, tirando um momento só para respirar e contemplar.

A calmaria.

A tranquilidade.

O contentamento.

O espírito de Natal.

Era o último dia de aula antes das férias de inverno e eu mal podia esperar para passar duas semanas inteiras em casa com minha família.

E o Johnny.

Tudo bem: principalmente com o Johnny.

Era meio que oitenta por cento a favor de Johnny.

Talvez noventa...

Com os ombros relaxados e um sorriso no rosto, caminhei na ponta dos pés em volta de algumas poças de gelo da chuva torrencial de ontem e depois disparei, desesperada para chegar à edícula antes que Bonnie e Cupcake percebessem que eu estava lá fora. Se elas me vissem, meu uniforme perfeito e limpinho viraria lama.

Pura lama.

— Joe? — falei, entrando sem bater quando as diabinhas de rabo amarelo da minha mãe adotiva apareceram, com as patas enlameadas e prontas para me cobrir de carinho.

Não é que eu não amasse Bonnie e Cupcake. Eu adorava, mas aquelas cachorras deixavam até Gibsie e Claire no chinelo — um feito bastante impressionante.

No instante em que fechei a porta da gloriosa casa do meu irmão, ouvi um barulhão do outro lado.

— Uma daquelas bestas trombou na porta de novo? — Joey gritou.

— Isso — falei, dando risada e cobrindo a boca com a mão, me sentindo mal por rir da falta de coordenação da pobre coitada. Afinal, eu não tinha o direito de falar da falta de coordenação de ninguém. — Acho que era a Cupcake.

— Tem algo muito errado com essa aí — comentou. — Por que não conseguem ser boazinhas que nem a outra?

Sorri. Meu irmão estava se referindo à menina dos olhos do meu namorado.

Bem, pelo menos a menina na forma canina.

Sookie.

— Está frio lá fora — falei, indo direto para a árvore de Natal. — Ah, e está nevando também.

— Vai passar rápido.

— Eu sei.

— Procurando alguma coisa aí, Shan? — Apoiado no corrimão do andar de cima com a camisa da escola aberta e uma escova de dentes pendurada na boca, meu irmão arqueou a sobrancelha. — Você está parecendo uma criancinha.

— Eu só estava... dando uma olhada. — Com as bochechas coradas, me afastei da árvore, colocando o presente que eu tinha pegado de volta no chão antes de abrir um sorrisinho para o meu irmão. — Edel quer saber se você precisa de ajuda com o AJ antes de sair.

— Não, está tudo sob controle — respondeu, escovando os dentes e desaparecendo no seu quarto gigante.

— Fale por você — Aoife interveio, correndo com meu sobrinho no colo vestida apenas com a camisa do uniforme. — Olha, AJ. É a tia Shan. — Ela veio direto para mim, descendo às pressas a escada rústica em espiral que conectava o térreo ao andar superior da casa. — Por favor, pega seu sobrinho um segundo pra eu me vestir, ok?

— Claro — falei, pegando AJ no colo. Ele tinha cachinhos loiros e olhos verdes como os pais. — Como vai o meu sobrinho favorito?

— Ele é o seu único sobrinho — Aoife disse, dando risada e voltando para a escada parecendo uma mulher em uma missão.

— Por enquanto — Joey brincou, bloqueando a porta do quarto com uma expressão travessa.

— Se você *cogitar* botar outro bebê dentro de mim depois do que seu filho fez com minha buceta, espero que você tenha dinheiro pra pagar uma cirurgia de reconstrução genital depois.

— Não foi tão ruim assim, Molloy — falou, rindo e saindo da porta quando a namorada o empurrou com a bunda. — Você se curou perfeitamente.

— Não vai ser pra mim, seu cuzão. — Ela reapareceu vestindo a saia do Tommen. — A cirurgia vai ser pra você. Porque, se você colocar essa sua arma de tentação em massa perto de mim sem camisinha, vou cortar fora essa coisa.

— São preliminares, Molloy? — Joey ronronou, saindo atrás dela quando ela correu de volta para o quarto.

— É uma clara ameaça, Lynch — esclareceu, e logo depois deu uma gargalhada. — Piedade, piedade, pare! Porra, Joe... isso faz cócegas!

— A sua mamãe e o seu papai são doidinhos — falei, assoprando sua bochecha gorducha e produzindo um barulho engraçado. Ele deu uma risada deliciosa e abriu um largo sorriso banguela. Eu sabia que era suspeita para falar, sendo tia dele e tal, mas AJ Lynch era, sem dúvida, o bebê mais perfeito do mundo.

Sim, meu sobrinho era absurdamente adorável.

— Como é que você já tem quatro meses? — eu disse, balançando a cabeça, maravilhada.

Tanta coisa tinha acontecido em tão pouco tempo e parecia que toda uma vida tinha se passado desde que Joey saiu da clínica... Só fazia duas semanas que ele tinha voltado quando Aoife e AJ vieram para passar uma noite na casa dele. Claro que, essa noite acabou se prolongando, porque chegaram em setembro e não foram mais embora — para a nossa alegria.

Ter AJ na casa ao lado era uma festa para todos nós, mas não chegava nem perto da *alegria* de ver nosso irmão *finalmente* feliz.

Joe passou por tantas dificuldades que uma hora pensei que ele poderia não voltar mais. Mas, feito uma fênix renascendo das cinzas, meu irmão renasceu no dia em que seu filho respirou pela primeira vez.

Joey estava vivendo a vida dele.

Com a família dele.

E me tranquilizava saber que ele enfim estava em paz *consigo mesmo.*

Depois que a Aoife se matriculou no Tommen, após o recesso de Halloween, os dois ficaram mais calmos. Eu não tinha certeza se acreditava em almas gêmeas, mas, se isso realmente existisse, os pais do meu sobrinho eram um ótimo exemplo. Joey Lynch e Aoife Molloy eram cheios de defeitos e humanamente imperfeitos. Ainda assim, era inegável que eram perfeitos um para o outro.

Eu sabia que meu irmão ainda lutava diariamente contra o vício, e provavelmente sempre lutaria, mas ele estava tão determinado a fazer a coisa certa, a permanecer no caminho certo, que no fundo eu não tinha dúvidas de que continuaria florescendo.

Quando finalmente saíram do quarto dez minutos depois, o rosto vermelho e os uniformes amarrotados me garantiram que, embora não tivessem planos de aumentar a ninhada, não tinham problema nenhum em praticar a arte de fazer bebês.

— Vocês são nojentos — falei, entregando AJ para o meu irmão e dando um tapa no ombro dele, pois continuou secando descaradamente a bunda da namorada. — Sério, Trish vai chegar a qualquer hora pra buscar o AJ. E se ela pegar vocês dois?

— E se eu pegar esses dois fazendo o que, Shannon, querida? — a mãe da Aoife perguntou atrás de mim, colocando a bolsa no balcão da cozinha. — Na verdade, pensando bem, não me conte. Acho que é melhor não saber.

Quando saí pouco tempo depois, tive que piscar várias vezes para que meu cérebro aceitasse o que meus olhos estavam vendo. A neve de antes estava mais pesada. E estava se *acumulando*!

Saltitando de empolgação diante da perspectiva de um dia de neve, corri para a mansão a toda velocidade e fiquei aliviada ao ver Bonnie e Cupcake de volta da corrida. Sério, a casinha delas era maior que o meu quarto no Elk's Terrace.

Eu estava quase entrando em casa quando uma enorme bola de neve me atingiu na cabeça. Soltei a maçaneta e cambaleei para trás com a força do impacto antes de cair de bunda no chão.

— Ai — falei, dando risada, assustada e contente ao mesmo tempo. — Tadhg, doeu!

— Ah, merda — uma voz familiar falou. — Foi mal, Shan. Pensei que fosse o Gibsie.

Me virei de lado e vi Johnny me espiando, de maneira discreta, por cima do capô do range rover da mãe.

— Rápido, baby — sussurrou, desaparecendo atrás do carro e reaparecendo logo depois, rolando na minha direção feito um ninja. — Entre no esconderijo — Johnny falou, me colocando debaixo do braço enquanto me puxava para o seu santuário. — Aquele maldito assassino está solto por aí armado com bolas de neve.

— Quem? — perguntei, gargalhando e olhando para a impressionante pilha de bolas de neve que ele tinha estocado. — Tadhg?

— Se abaixe, Shan! — Ele se jogou em cima de mim quando uma bola do tamanho de um sliotar passou zunindo pela minha cabeça e berrou uma espécie de grito de guerra. — Você está morto, Gibs!

— Você vai ter que me encarar pra me matar, cap! — Gibsie gritou enquanto outra bola passava por mim e acertava a lateral do rosto de Johnny. — E nós dois sabemos que você é covarde demais pra deixar a Shannonzinha desprotegida.

— Bote suas bolas perto da minha namorada pra ver se eu não te mato — Johnny rosnou, atirando a sua munição. — Está ouvindo, Gibs? Vou esmagar esse seu rostinho lindo!

— Pois vou botar minhas bolas na cara dela.

— Gibs...

— Vou botar minhas bolas grandes e molhadas na cara dela... Meu Deus, Johnny! — Gibsie apareceu de trás da garagem com as mãos na cabeça. — Tinha uma pedra na sua bola.

— Eu sei — Johnny confessou sem remorso. — Eu que coloquei ela lá.

— *Doeu.*

— *Que bom!*

— Não vou mais brincar. — Gibsie tirou a neve do cabelo e jogou uma última bola no meu namorado antes de sair pisando duro na direção da casa. — Vou contar pra Mami K.

— Quem é o covarde agora, hein? — Johnny gritou. — Seu traíra.

— Johnny — repreendi, batendo no seu braço. — Não seja tão cruel. Você sabe que ele é uma alma sensível, no fundo.

— Ah, ele vai sobreviver — Johnny disse, dando risada e voltando a atenção para mim. Sorriu, se inclinou e colocou uma mecha de cabelo atrás da minha orelha. — Oi, Shannon.

Estremeci e abri um sorriso radiante para ele.

— Oi, Johnny.

— Me desculpa pela bolada. — Deu de ombros, sem jeito. — Pelo visto, curto dar boladas na sua cabeça.

— Bem... — Agitei as sobrancelhas de um jeito brincalhão. — Pode mirar mais embaixo da próxima vez.

— Ah, é? — ronronou, me beijando na boca. — Onde, por exemplo?

— Nos meus lábios.

— Quais lábios?

— Pode escolher.

— Nossa! — Johnny suspirou e sorriu. — Desencana da escola. — Ele pegou minha mão e me puxou. — Vamos pra casa da árvore.

— Espere! — falei, rindo sem fôlego, com dificuldade para acompanhar seus passos. — Você não quer construir um boneco de neve?

— Lábios e bolas primeiro — ele disse por cima do ombro. — Boneco de neve depois.

Muito obrigada por ler este livro!

A história de Joey e Aoife foi concluída,
mas a série Os Garotos de Tommen está longe de acabar.
Para atualizações sobre datas de lançamento,
confira em chloewalshauthor.com.
Continue lendo o capítulo bônus deste livro.
Descubra o que aconteceu antes do Epílogo.

Capítulo bônus

AOIFE

7 DE NOVEMBRO DE 2005

Quando acordei na primeira segunda-feira de novembro, a primeira coisa que registrei foi o familiar som de "Semi-Charmed Life", do Third Eye Blind, ecoando pela casa.

— Meu Deus, de novo? — murmurei sozinha, cobrindo o rosto com um travesseiro.

Desde que descobrimos que uma das velhas fitas cassetes que eu tinha gravado acalmava AJ, vivíamos colocando-a para tocar.

Não é a fita, me corrigi mentalmente. *É essa música.*

A ironia de que a única música que acalmava nosso filho ser sobre metanfetamina também não me escapou.

Virei para o lado, vi o berço vazio e pulei da cama, sentindo uma combinação de letargia e pânico absoluto. Letargia porque fazia meses que eu não dormia direito, e pânico porque era meu primeiro dia no Tommen, o que significava que eu teria que deixar AJ com minha mãe por sete horas inteiras.

Pelada como vim ao mundo, peguei uma camiseta velha no chão do quarto e saí para procurar meu bebê. O nervosismo que vinha crescendo no meu peito durante toda a semana foi temporariamente esquecido quando desci o último degrau da escada e vi meu filho com o pai.

De costas para mim, Joey se balançava e dançava ao som da música, com AJ aninhado no ombro. Vestido apenas com uma boxer preta, fiquei vendo-o virar uma panqueca na frigideira enquanto cantarolava a música que tocava sem parar.

Ah, meu Deus.

O Joe normal já era irresistível, mas o Joe pai? Meu Deus, essa versão era demais para os meus pobres ovários recém-recuperados.

Aqueles últimos dois meses não tinham sido fáceis, mas a gente estava conseguindo.

Juntos.

Meu melhor amigo estava de volta, meu fiel escudeiro, de vida e de paternidade e maternidade.

— Quanto você quer pelo showzinho particular mais tarde? — brinquei, apreciando a cena. — Belos movimentos, garanhão.

— Você não vai conseguir pagar — Joey respondeu, todo espertinho, se virando para piscar para mim. — Bom dia, rainha.

— Então que bom que você é meu e não tenho que pagar nada — falei, me aproximando com os olhos fixos em AJ. — Como vai o meu bebê?

— Pior que sou seu mesmo, Molloy. — Ele se inclinou para dar um beijo na minha testa antes de me entregar nosso filho e se concentrar no fogão. — Sabe, acho que está nascendo um dentinho.

— Obrigada! — Peguei o gorducho no colo e soprei suas bochechas para fazê-lo dar risada. — Estou falando isso há dias, mas minha mãe e a Casey disseram que eu estava doida, já que ele é novo demais.

— Bem, a Casey não sabe de nada, porque as gengivas dele estão parecendo pedras — Joey retrucou. — E, sem querer ofender sua mãe, mas ela não conhece AJ melhor que você. Você é a mãe dele, e é você que está conectada com ele, amor.

— Eu estou?

— Claro.

Sorri para AJ, sentindo um orgulho imenso pelo elogio à minha maternidade. Significava muito, vindo do Joe. Se bem que ele era sempre o primeiro a me elogiar, sempre o primeiro a me defender, quando minha mãe passava um pouco do limite.

Então lembrei do dia que saí de casa e do confronto épico entre minha mãe e meu namorado.

— Quem é a mãe do AJ, Trish? Você ou a Aoife? Porque eu certamente sou o pai, e, sem ofensa, sei que, chapado ou não, não fiquei em cima de você nove meses atrás.

— Joey!

— Não, essa história de avó autoritária tem que parar — falou, pegando nosso filho adormecido dos braços dela e o entregando para mim, onde ele estava até minha mãe arrancá-lo do meu colo. — A gente é grato por tudo o que você fez por nós. Mais do que posso dizer em palavras. Mas a mãe dele é a Aoife. E ela é uma mãe maravilhosa.

— Eu sei que ela é...

— Então deixe ela ser mãe e pare de subestimá-la — continuou, enfiando as minhas roupas em sacos de lixo pretos. — Pare de interferir e questionar tudo o que ela faz pelo menino, porque ela consegue.

— Estou te subestimando, Aoife? — perguntou, se virando para mim. — Você também pensa assim?

— Hum... — Com certeza. *Limpei a garganta e dei de ombros. — Talvez um pouquinho.*

Joey me olhou como quem dizia "covarde" antes de se concentrar de novo na minha mãe.

— Você sabe que sou louco por você, Trish. Você é como uma segunda mãe pra mim — ele tentou de novo. — E não tem mais ninguém no mundo a quem eu confiaria nosso filho, mas você tem que parar com os comentários direcionados a Aoife e a encheção de saco quando ela está cuidando do menino. — Joey pegou outro saco de lixo da mochila, o abriu e continuou a esvaziar meu guarda-roupa. — Eu aguento o tranco porque, sinceramente, não dou a mínima pro que você acha da minha paternidade, mas a Aoife se importa com sua opinião, e você não está fazendo bem pra autoconfiança dela, então preciso que você corte o cordão umbilical e deixe sua filha respirar...

— Ah, meu Deus, sua mãe já chegou — Joey anunciou, me trazendo de volta ao presente enquanto ouvíamos batidas vigorosas do outro lado da porta. — São sete e meia da manhã.

— Ela está empolgada — falei, engolindo a risada. — É o primeiro dia dela com o AJ.

— Pois é. — Nervoso de uma maneira engraçada, Joey beliscou a ponta do nariz e murmurou algo ininteligível.

— Ela só quer me ajudar, Joe — tentei de novo, colocando a mão no seu braço. — Não seja ranzinza.

— Eu sei — ele disse, assentindo com uma expressão séria. — Mas é que essa ajuda nem sempre *te* ajuda, Molloy.

— Concordo — falei, saindo para a varanda. — Mas ela está bem melhor, e, além disso, com quem mais a gente pode deixar o AJ enquanto estivermos na escola?

Joey recostou o quadril no balcão da cozinha e deu de ombros.

— Edel se ofereceu.

— Edel já está ocupada demais com seus irmãos.

— Só não quero ninguém fazendo você se sentir mal.

— Não é o que ela está tentando fazer, Joe. Ela me ama. E só quer afastar minhas preocupações.

— Afastando seu filho.

— Joe. — Pisquei os olhos para ele, sabendo que essa discussão poderia durar uma eternidade, mas não tínhamos tempo para aquilo. — Por favor.

— Está bem. — Ergueu as mãos, derrotado, balançou a cabeça e começou a servir as panquecas. — Não vou falar mais nada.

— Obrigada.

— A não ser que ela comece a passar dos limites de novo — acrescentou. — Nesse caso, retiro o que disse.

— Eu não ia querer outra coisa — respondi antes de abrir a porta e cumprimentar minha mãe.

JOEY

No fundo, eu sabia que tinha sorte no quesito sogra. Trish Molloy tinha um coração de ouro. Tinha dado à luz e criado a mãe do meu filho e perdoado as infinitas preocupações que causei à sua filha. O problema era que, desde o nascimento de AJ, a mulher estava me deixando louco. Ela queria se envolver em cada detalhezinho da vida da filha e do neto, o que era uma grande questão para mim, considerando que seu envolvimento geralmente resultava em lágrimas.

Já Tony não tinha mudado nada desde a chegada de AJ. Era o mesmo de sempre no trabalho. Na verdade, nossa relação tinha até melhorado. Mas Trish? Ela estava me tirando do sério.

Talvez a forma como fui criado me fez ter problemas com a falta de limites e o intrometimento incessante dela na minha pequena família, ou talvez o relacionamento de Trish e Molloy sempre tivesse sido assim e eu que estava chapado demais para notar ou me importar, mas eu estava ali agora.

De cabeça limpa e presente, eu estava surtando.

Segundo Kav, aquele comportamento era normal, pois a Edel também se intrometia na sua vida. Só que a Edel sempre respeitou meus limites, e minha própria mãe esteve com a cabeça ausente durante a maior parte da minha vida, então eu não tinha referência nenhuma de um comportamento maternal aceitável.

Voltei para o quarto para preservar minha sanidade e minha sobriedade e entrei no chuveiro, torcendo para que a água pudesse, de alguma forma, dissipar a agitação que eu sentia.

Alguns minutos depois, Molloy entrou às pressas, nervosa e desesperada.

— Joe!

— O que foi, meu Deus? — perguntei, também desesperado, me virando para ela. — Você se machucou?

— Não fecha!

— Como? — falei, limpando a condensação do vidro para poder olhar para ela.

— A minha saia — choramingou dramaticamente, atirando o frágil tecido azul-marinho na pia. — A saia não fecha, Joe!

— Como assim não fecha?

— Você destruiu meu corpo com seu pau gigante, e seu filho destruiu o meu corpo com aquela cabeçona, e agora eu não caibo em uma saia tamanho 36!

— Tamanho 36? — eu disse, me segurando para não falar que ela nunca usou tamanho 36, para começo de conversa. O meu amor sempre foi tamanho 38. Eu sabia porque tinha sido arrastado para as compras várias vezes ao longo dos anos. — Molloy, você pariu dois meses atrás. O que é que você estava pensando quando comprou uma saia que não caberia nem na Shannon?

— Ah, por favor. A Shannon é tamanho 34.

— Molloy!

— Eu tinha bolado todo um plano de alimentação saudável e exercícios com a Casey pra perder o peso da gravidez antes de começar no Tommen.

— E você perdeu — falei, para logo depois acrescentar: — Não que você precisasse perder peso, claro. — Limpei o boxe mais uma vez, avaliei seu corpo devagar e soltei um assobio impressionado. — Você está maravilhosa.

— É isso. É um sinal. — Ela ergueu as mãos no ar em derrota. — Não vou voltar pra escola. Vou ficar em casa com o AJ. É aqui que eu deveria ficar, vou sentir saudade demais se tiver que passar o dia todo longe dele. Além disso, eu não ia arrasar nos estudos mesmo. Nós dois sabemos que não sou nenhum Kev.

— Até parece que você não vai voltar pra escola. — Desliguei o chuveiro, saí do boxe e peguei uma toalha. — A gente vai junto, Molloy.

— Bem, agora não posso ir, né? — retrucou depressa. — A não ser que você queira que eu apareça pra aula com a bunda toda à mostra.

— Você pode muito bem fazer isso — eu disse, me aproximando. — Mas fique sabendo que não vou poder me sentar com você na aula, porque vou ter sido expulso por matar todos os babacas que olharem pra sua bunda.

— Fala sério.

— Estou falando sério. Agora me dá essa saia que vou levar pra Edel. Tenho certeza que ela pode dar um jeito. Aumentar um centímetro ou algo assim.

— Edel?

— É, ela trabalha com roupas, lembra?

— Não, não precisa — murmurou com as bochechas vermelhas. — Tenho uma saia maior no armário.

— Então qual é o problema, Molloy? — perguntei. — Porque você não vai se livrar da escola, amor...

— Olha só pra isso, Joe — ela choramingou, gesticulando para a pele macia e solta abaixo do seu umbigo. — Vou ser a única garota no Tommen com pança de Joey.

Ergui a sobrancelha.

— Pança de Joey?

— Isso — disse, fungando e assentindo. — É a minha versão de barriguinha de mãe. Só que resolvi chamá-la de pança de Joey. — Aoife fez uma pausa para dar outro soluço dramático. — Já que foi você quem botou ela aí, saca?

Tenha paciência, cara.

— Me escuta. — Prensei ela contra a parede oposta do banheiro e inclinei seu queixo para que olhasse para mim, ajeitando a toalha na cintura para esconder a semiereção que apareceu só de olhar para ela. — Você é maravilhosa, Aoife Molloy.

— Era.

— Era, é, e vai continuar sendo — falei com um rosnado. — Pra sempre. Não existe uma garota no Tommen, nem na ECB, aliás, que chegue aos seus pés.

— Joe, só queria ser eu de novo — admitiu com um suspiro. — Queria ser a mesma de quando você e eu... você sabe. — Ela balançou a cabeça, soltou um suspiro pesado e murmurou: — Só quero ser o que eu era pra você.

Ali estava.

Ela pensava que eu não a queria como antes.

Porque não trocávamos intimidades desde que... meu Deus, desde antes da minha mãe morrer.

— Eu te quero — falei depressa, colocando a mão na sua bochecha. — Desesperadamente.

Ela arregalou os olhos de surpresa.

— É?

— Em que momento te dei a impressão de que não sou completamente apaixonado por você?

Minhas palavras eram diretas, bruscas, e a deixaram chocada, sem conseguir dizer nada, o que era bastante incomum.

— Você é apaixonado por mim? — ela finalmente perguntou, se atrapalhando com as palavras de um jeito nada típico. — Eu só... já faz mais de dois meses, e pensei que, já que você não tentou...

— Se pudesse ficar com você no segundo em que voltei da clínica, eu teria ficado — interrompi, precisando consertar aquela situação antes que ela virasse uma questão entre nós. Precisando lhe apresentar minha verdade. — Eu queria. Mais do que tudo. *Ainda* quero. De manhã, ao meio-dia e à noite, Molloy. — Soltei um suspiro frustrado e disse: — Você é a mãe do meu filho, Molloy. Você é minha melhor amiga no mundo inteiro. Meu Deus, o único lugar em que quero estar é *dentro* de você.

— Então por que você, sabe, não tentou nada?

— Porque você estava se refazendo do parto — falei com sinceridade. — Porque você ainda está se recuperando, e não vou me transformar no meu pai.

Aoife franziu a sobrancelha, confusa.

— Seu pai?

— Passei a vida toda ouvindo aquele homem se forçar pra dentro do corpo da minha mãe. Às vezes, até vendo. — As palavras eram uma admissão dilacerada de algo sombrio. Algo que eu não gostava de perceber com frequência. — Depois do Tadhg, até esperou umas semanas pra que ela se recuperasse, mas, depois dele, aguentou só uns dias ou horas.

— Ah, meu Deus. — Ela respirou fundo. — Joe...

— Então o motivo de eu não ter iniciado nenhum contato físico não é porque não te desejo, mas porque não vou ser igual a ele, Molloy. — Fui em frente e reafirmei tanto para mim quanto para ela: — E nunca vou te transformar nela.

Um longo silêncio se instalou depois disso, e nenhuma palavra foi dita. Em vez disso, ficamos parados no banheiro, com os olhos fixos um no outro, nos encarando enquanto ela absorvia minha verdade e eu me aterrava na sua presença.

— Hoje à noite — enfim disse, quebrando o silêncio. — Depois que o AJ dormir. — Aoife esticou a mão para afastar o cabelo da minha testa e deu um beijo no meu ombro. — Estou pronta.

Fiquei duro só de pensar, mas me esforcei para reprimir a vontade que senti de empurrá-la contra a parede. Segurei sua mão e dei um beijo no seu pulso.

— Combinado.

— Não esqueça a camisinha, garanhão.

— Pode deixar, rainha.

Agradecimentos

Tenho muito a agradecer a muitas pessoas a quem sou grata. Pessoas que, com seu incentivo e seu apoio incondicional, tornaram este livro realidade.

Walshy: O que é que posso dizer, cara? Foi um turbilhão. Eu te amo há muito tempo, meu velho amigo. Obrigada por ser o meu Johnny. ♥

Crianças: E aí, carinhas? Acho que é hora de tirar as galochas e usar aquele vale anual. Rsrs. Amo muito vocês. Foi meu amor por vocês que criou Edel Kavanagh. Vou apoiar vocês para sempre, vocês são meu time. ♥

Sinead: Eu tinha onze anos quando você entrou no meu mundo e fico muito feliz por você ter ficado. Não teria sobrevivido aos últimos cinco meses sem você. Você é uma das melhores pessoas que conheço e tenho muito orgulho de dizer que é minha família.

Johnny Butt: O homem do café. O OG. Amo você, pai. Sempre. Obrigada por ser a minha rocha.

Nikki, Bianca, Danielle, Rayna, Fiona, Chitra, Aleesha: Meninas, o que eu faria sem vocês? Seu apoio e sua amizade significam o mundo para mim e amo muito todas vocês. Obrigada por me apoiarem. Amo vocês profundamente. Pro que der e vier. ♥

Nicole e Inbal: Bem, meninas, vocês conseguiram. Vocês oficialmente tiraram Joey de mim, e não sei nem como agradecer. Já disse antes. Vocês mudaram tudo.

Shai: A amiga mais gentil que eu nunca soube que precisava. Obrigada por me aturar. Sei que, às vezes, sou a própria Aoife, haha. Você é a melhor.

A todas as pessoas que conheci nesta jornada: Muito obrigada pelo apoio e pela amizade.

Aos meus leitores: Obrigada por me apoiarem. Obrigada por apostarem em mim. Obrigada por lerem minhas histórias. Obrigada. ♥

1ª EDIÇÃO [2025] 2 reimpressões

ESTA OBRA FOI COMPOSTA EM ADRIANE TEXT POR BR75 E
IMPRESSA EM OFSETE PELA GRÁFICA BARTIRA SOBRE PAPEL PÓLEN
DA SUZANO S.A. PARA A EDITORA SCHWARCZ EM DEZEMBRO DE 2025

FSC
www.fsc.org
MISTO
Papel | Apoiando o manejo florestal responsável
FSC® C105484

A marca FSC® é a garantia de que a madeira utilizada na fabricação do papel deste livro provém de florestas que foram gerenciadas de maneira ambientalmente correta, socialmente justa e economicamente viável, além de outras fontes de origem controlada.